CARL ZUCKMAYER

MEISTERERZÄHLUNGEN

G. B. FISCHER

54. bis 58. Tausend
© Carl Zuckmayer 1960, 1963, 1967
Deutsche Erstausgabe unter dem Titel
›Geschichten aus vierzig Jahren‹ 1963
Druck: Paul Robert Wilk, Seulberg (Taunus)
Buchbinderische Verarbeitung: Ludwig Fleischmann, Fulda
Printed in Germany 1971
ISBN 3 10 696503 7

Die Geschichte eines Bauern
aus dem Taunus

Schorsch Philipp Seuffert, seit der großen Frühlingsschlacht im Jahre 1918 zu dringender Feldarbeit reklamiert, bemerkte Mitte Juni, daß sein Weib Anna Barbara guter Hoffnung war.

Schreck war das erste, was er empfand.

Draußen in Frankreich tobte noch der Krieg, viel fruchtbares Ackerland lag da noch brach, und die verharschten Rübenfelder wurden immer noch von Stahlsplittern, Kupferbolzen, Bleikugeln gepflügt, die Saatfurchen mit Blut und Leichenfäule gedüngt. In Fuchstanz, so hieß Seufferts Heimatort, las man, wie überall, die Heeresberichte mit blasser, stumpfer Verdrießlichkeit, die Kommunalnachrichten über Abgaben und Rationierung mit angstvoller Spannung. Nachts, auch manchmal am Tage, brummten die Flieger niedrig übers Gebirg, wie zornige Hornissen, von denen drei Stück einen Gaul umbringen. Aber die gingen auf die Stadt oder die Industrie, man hatte hier nichts zu fürchten und hörte von Bombenabwürfen und Zerstörung mit der gleichen lüsternen Gruseligkeit wie früher von einer fernen Feuersbrunst.

Die Zeiten bös – das Kriegsende weit wie immer – der Erntestand recht mager – all das hätte nicht vermocht, die Angst in Seufferts Herzen über jede Wallung von Stolz und Vaterfreude siegen zu lassen, die heimlich aufmuckte, wenn er die Brust und den kaum erst geschwellten Leib seines jungen Weibes abends beim Ausziehen oder in der Arbeit unterm Kittel sich straffen sah.

Aber der Sommer ging immer weiter ins Land, die frühen Kartoffeln wurden schon ausgemacht, bald sollte der dritte Heuschnitt sein. Da geschah es in einer klaren Mondnacht, daß aus dem tiefsten Schlaf Schorsch Philipp Seuffert sein Weib weckte. Zuerst starrte sie ihn mit verschleierten Augen an, rappelte sich hoch, schwergliedrig, im Glauben, es sei etwas los im Stall oder in der Scheuer, und sie müsse helfen. Dann bemerkte sie ohne Begreifen, daß der Mann vor ihr in voller Uniform stand, den Stahlhelm auf dem Kopf, den Tornister auf dem Rükken, neue Unteroffizierstressen hatte er sich auf den verblichenen Waffenrock genäht, und die Stiefel waren dick mit Fett beschmiert. »Wach auf«, sagte er mehrere Male, und es war etwas sonderbar Fremdes in seinem Ton, dem sie blind zuhorchen mußte, ja, sie vergaß ganz den Schreck und die Sorge, die ihr schon lang sein stummes Wesen machte, sondern lauschte auf seinen Stimmklang, benommen, wie auf das Kyrie und die anderen Gesänge des Pfarrers im Hochamt. Und wie bei einer Predigt verfiel sie wieder in einen bang wohligen Halbschlaf, als er, leise und unverständlich vor sich hin redend, seine Tabakspfeife mit viel Umstand in Brand setzte. Der brenzlige Geruch des Rauchtabaks für Heer und Flotte vermischte sich in der Kammer mit Zimmerdunst und einströmendem Heugeruch, der Tabaksrauch zu so ungewohnter Stunde wirkte auf die Frau wie ein berauschender unheimlicher Weihrauch, sie starrte ihn an, erkannte ihn kaum. Das Mondlicht troff so gelbwächsern über sein Gesicht, die gerade, harte Stirn, die kurze Nase, die eckigen Backen und das breite Kinn, daß er wie ein Kopf aus gehauenem Stein aussah, oder wie ein Toter, und nur das kleine Schnurrbärtchen, schwarzstoppelig über den starken Lippen, zuckte und bebte ein sonderbares Leben. Ein Luftzug schleifte den Duft der weißen Nachtfalterblüten durchs Zimmer, süß und schwer stieg Schlafsucht durch die Nase und den offenen Mund der Frau ins Hirn — wenn er doch sich ausziehen wollte und ins Bett kommen, dachte sie dunkel und wagte nicht, sich zu bewegen.

Plötzlich aber schrak sie wild in die Höhe. In sein Gesicht war dieser Ausdruck gefahren, der sie seit Wochen schon erschreckte und krank machte, dieses schwere, geplagte Kauen, wie wenn einer reden will und zu reden glaubt, und es ist keine Sprache in seinem Mund; auch im Schlaf hatte sie es oft an ihm gesehen, und dann war er aufgesprungen und hatte sie angefaucht: »Ich muß fort« – das war es immer – »ich muß fort« – und jetzt stand er mit diesem wilden Angesicht wie beim Erwachen dicht vor ihrem Bett, nur viel härter war es jetzt, und fest entschlossen klang die Stimme, als er ihr die Hand hinhielt und sagte: »Ich geh.« Dann zog er die Hand noch einmal zurück, ging zur Tür und stippte die Finger ins geweihte Wasser, daß es aufspritzte. Seine Augen glänzten matt und undurchsichtig wie schwarze Kohlen, als er ganz ruhig wieder an ihr Bett ging. Er tropfte das Wasser ab. »Es schad weiter nix«, sagte er dabei und dachte einen Augenblick nach. »Ich komm bald wieder«, sagte er dann, drückte ihr die schlaffe warme Hand und schritt mit klappernden Absatzeisen zur Tür hinaus.

Ihr war wie einem, der im Schlaf einen schweren Druck verspürt, eine Faust an der Gurgel oder ein Knie auf der Brust, und will schreien, sich

6

wehren, sich erheben, aber der ganze Leib liegt wie in Totenstarre, die Glieder haben keinen Willen, der Mund keine Stimme, nur der Kopf ist wach mit all seinen schreckhaften Gesichten.

Als sie endlich den ersten Laut ausstieß, glaubte die Viehmagd unterm Dach, die Kuh würde kalben, fuhr hoch und rannte in den Stall. Der Nachbar, Bürgermeister, ein alter Mann, den der Mond nicht schlafen ließ, stürzte im Hemd ans Fenster. »Wo brennt's?« schrie er. »Wo brennt's?!« Da sah er die Frau aus der Tür jagen und wie verrückt, immer hell schreiend, im Kreis um sich selbst rennen. »Der Schorsch«, verstand er nur immer, »der Schorsch!« Der Bürgermeister sprang hinunter, weckte seinen Bruder. Beide trabten wie scheue Ackergäule in den Hof. »Was«, schrie der Bruder, der noch besser hörte, »der Schorsch ist fort?!« – »Er muß schon am Wäldche sein«, greinte und jammerte die Frau, »gleich ist er fort!!« – Zwei Mägde und ein altes Weib hatten sich dazugesellt, jetzt lief alles los, auf die fahl schimmernde Landstraße hinaus, von der ein Fußpfad abschwenkte in den schwarz ragenden Hochwald. Die Greise vornedran, in lang flatternden Nachthemden, dann die Weiber, zuletzt, von lautlosem Schluchzen geschüttelt, die Frau. Keiner wußte recht, worum es ging, aber als gleich hinter der ersten Wegbiegung Seufferts hohe Gestalt sichtbar wurde, begannen sie alle zu schreien, wie wenn ein Stück Vieh ausbrechen will, und rannten auf ihn zu.

Seuffert drehte sich drohend um. »Kehrt, marsch, marsch!!« schrie er, als hätte er Rekruten vor sich. Aber der Bürgermeister hatte ihn schon am Rockzipfel erwischt. »Willst du heimkomme!!« schrie er, »willst du heimkomme!!« Seuffert schüttelte ihn ab. »Geht niemand was an«, sagte er leise. »Hab ich dich dazu reklamiert!« zeterte der Bürgermeister und verstummte plötzlich vor Seufferts wildem Gesicht. »Ihr Saubauern«, sagte der knurrend. »Ihr versteht nix.« Dann fuhr er der zitternden Anna Barbara übers Haar. »Geh heim«, sprach er ruhig. »Leg dich schlafe.« Sprach's und setzte seinen Weg fort, ohne sich noch einmal umzudrehen. Die ganze Gesellschaft glotzte ihm stumm und verdutzt nach. Annebarbara, mit dem Rücken an einen Baum gelehnt, hatte aufgehört zu weinen und hielt mit blasser Hand ihre Nachtjacke über der Brust zu. Zwischen den beiden riesigen Tannen, die den Abstieg zur Brücke säumten, stolperte Schorsch Philipp Seuffert über eine Wurzel.

Er stolperte wirklich wie ein leibhaftiger Mensch, daß der Stahlhelm schief rutschte, stampfte mit dem Fuß auf, setzte den Helm gerad und verschwand. Das war das letzte, was man von ihm sah. Sommer, Herbst und Winter strichen hin.

Ja, die Nüsse wurden reif und die Äpfel geerntet, bald gab es Treibjagd mit fernem, dünnem Klappern und gelbem Gejohl, die Stoppelfelder lagen stachlig verödet, von blau zitterndem Rauch überschwelt, der Buchenwald verrostete, flammte feurig auf, sank raschelnd herunter, klaffte schon kahl. Die Blätter fielen, manche schwebten herab in leise schaukelnder Drehung, andere fegten in dürren, knatternden Scharen, ein trockenes böses Sturmhusten. Wilde Kastanien fielen herab und kullerten glänzend braun aus der stachligen Hülle. Die letzten Kartoffeln waren bald aus der Erde gebuddelt. Dicke Nebel begannen den Tag, bis die Sonne sich durchfraß und Baumkronen, Hausgiebel, Bergränder mit zarter Klarheit in die rauchige Luft hob. Die Tannen standen unverändert, schwarzgrün und kühl. Dann kam der November, mit schweren Regengüssen und wildem Rüttelwind, der Bach hatte schlammgelbes Wasser, und die Blätter auf den Wegen verfaulten schon. Der Krieg war aus. An den Mauern des Spritzenhauses klebten Anschläge mit gedruckten Aufschriften, Männer in dicken Mänteln kamen von der Stadt und versuchten, Vorräte zu kaufen, mehr denn je, mit denen die Bauern gierig und mißtrauisch hinterm Berg hielten; einmal auch war ein Mann da, der redete vor dem Gemeinderat und dann auf dem Dorfplatz in einem schrillen Ton mit vorgeschobenen Zähnen und mit einem Dialekt von drüben, jenseits des Rheins. Den hörten die Bauern mißtrauisch und blinzelnd an, indem sie bei den gemarkungsfremd ausgesprochenen Wörtern boshaft unter sich schielten. Nach und nach kam der und jener heim, mit seinem Entlassungsschein in der Tasche, andre waren schon ohne Schein gekommen, und niemand hatte danach gefragt. Sogar ein paar Pferde kamen ins Dorf, die Äcker wurden zur Wintersaat von richtigen Männern gepflügt, und manche Frau, deren Mann unterm Holzkreuz verscharrt lag, ging jetzt mit einem, dem die Frau an der Grippe weggestorben war, oder mit einem der Jungen, die als Erben heimkamen. Kurz nach Weihnachten kam Anna Barbara nieder, sie nannte den Jungen Schorsch und trug ihn an ihrer Brust, die kaum genug Milch geben konnte für seinen prachtvollen Durst. Draußen knirschte der Schnee unterm Schuh. Von Schorsch Philipp Seuffert keine Spur.

Als der im Sommer den Jägerweg vom Gebirge herabschritt, standen die Dämmerwolken reglos über der Mainebene wie eine schiefergraue Wand. Nach und nach wurden die Landstraßen wach, Wagen kamen vorbei, ein Trupp blasser, übernächtiger Soldatengesichter von der

Übung oder vom Wachdienst, dann ratternde Lastautos, vollbepackt mit verdeckter Ladung in der Nähe des Fabrikstädtchens, bei Höchst die stumpf trottenden Scharen der Arbeiter, grünwangige Männer auf dem Weg zur chemischen Fabrik, viele Frauen mit hohlen Gesichtern, und dann, in der Nähe der großen Stadt Frankfurt, jagten schlanke Kraftwagen vorbei, Staub und Schottersteine spritzend, in denen lässig zurückgelehnt, in silbergrau und graugrünen Mänteln, Stabsoffiziere und Ordonnanzen saßen. Am Fuß der Eisenbahnbrücke machte Schorsch Philipp halt. Seitab vom Weg setzte er sich hinter einen Strauch, wo ihn niemand beobachten konnte, holte aus dem Brustbeutel einen älteren Urlaubs- und Fahrschein und kratzte mit dem Federmesser einige Daten herunter, die er dann mit befeuchtetem Tintenstift umständlich und vorsichtig nachmalte.

Dann schritt er weiter, ohne sich in der Vorstadt irgendwo aufzuhalten, geradewegs zum Hauptbahnhof, wo er sich erkundigte, wann der nächste Urlauberfrontzug nach Südosten abgehe. Bis gegen Abend, sagte man ihm, müsse er warten, und er setzte sich in den heißen, staubigen Wartesaal dritter Klasse, kaute an seinem mitgenommenen Brot und dämmerte vor sich hin. Unentwegt gingen und kamen Soldaten den Tag über, viele schliefen langhingestreckt auf den harten Bänken, andere tranken zusammen aus den Flaschen, die man ihnen zu Hause eingepackt hatte, und redeten miteinander laut und scheinbar unbekümmert. Wieder andere, die auf der Durchreise warten mußten, liefen ruhlos umher und stießen fluchend an die überall abgelegten Gepäckstücke. Von Zeit zu Zeit wurde ein Zug ausgerufen, es klang wie der scharfe Ton des morgendlichen Weckens in der Kaserne, dann fuhren Paare, die in den Ecken saßen, wie ertappt auseinander, Hände verklammerten sich, während die Körper der Frauen zuckend neben den schwer schreitenden, breitrückigen Körpern der Soldaten gingen. Auch Bahren und verhängte hölzerne Kisten wurden vorbeigeschleppt, kurz abgesetzt, weitergetragen, von Sanitätern und Schwestern begleitet. Einmal marschierte draußen ein ausziehendes Regiment auf, mit einer starren, klappernden Musik und blechernem Gesinge. Die Stimmen der Knaben und älteren Männer hatten etwas Breiiges, knochenlos Verweichtes, viele waren heiser und ohne Ton. Züge stampften, fauchten, verschnauften fern. All dieses Geschehen drang in Seufferts Auge und Ohr kaum ein, ging gleichgültig an ihm vorüber. Indem er in langen Pausen die Namen fremdsprachiger Bahnstationen aus seinem Gedächtnis klaubte, lautlos im Mund formte – Namen, die immer näher und deutlicher zu seinem erstrebten Ziel führten –, sah er hinter halb geschlossenen Lidern und hörte mit tiefgesenktem Kopf die Vorgänge und Ereignisse eines dumpfwachen Stück Lebens, das lang hinter ihm lag, aber in Traum und Wachen ihn verfolgte, wie etwas, das angefangen und nicht zu Ende ist, sondern wächst und wächst, unaufhörlich, bis es abgetan und vollbracht wird. Sich selbst sah er in der fremden, hell umlichteten Überdeutlichkeit der Träume, und das, was aus ihm kam als Tun und Werden, das, was verging, und das, was blieb, was bestand wie er selbst, drängend und fordernd, solang er lebte, was ihn verfolgte in seinen wolkigen Gedanken und in seiner stillen, klaren Überlegung, was er nicht sagen konnte und was ihn nicht ruhig werden ließ. Eine Zeitlang war es ganz in ihm verschüttet, das war nach seiner ersten Reklamation, als er damals wieder verspürte, was die Arbeit in den eigenen Feldern war, und als er dann zum zweitenmal fort mußte, zu einem fremden Regiment, auf einen anderen Kriegsschauplatz, wo jeder in dem ewig gleichen Lehm und der ewigen Todesangst vor den Geschossen sein Gesicht verlor und stier dahinlebte.

Jetzt aber, seit er ganz zu Hause war und wohl nicht wieder fort gemußt hätte, und seit er das entdeckte an seinem Weib, was er früher oftmals erfleht hatte, ging es ihm gewaltig wieder auf und ließ ihn nicht los. Da war auch niemand, mit dem er es hätte besprechen können, denn die Beichte wollte er nicht mehr besuchen, seit ihm ein Geschoß seinen Bruder zerfleischt hatte. Und das Weib, Anna Barbara, durfte wohl noch nichts wissen von alledem, während sie trug und es in ihr wuchs und das alles noch dunkel und ohne Frieden war. Manchmal kam eine Karte von einem Kameraden seines alten Landwehrregiments, das stand immer noch an der gleichen Stelle, dort, wo das große Rußland in waldigen Steilgebirgen an den zersplitterten Balkan stieß. Auf der Karte stand der immer gleichbleibende Gruß der Soldaten, aber für Seuffert klang noch etwas anderes, Geheimes, mit, wenn er da las: »Hier geht noch alles gut –.«

Dann sah er, wie heut im Wartesaal, sich selbst deutlich einhergehen, durch das kleine Dorf, kaum erobert, das so seltsam dem heimischen glich und doch fremd war in jedem Stein am Weg und jeder Ackerkrume. Sah sich in diesem Haus, wo er Quartierältester war und wo eine breite junge Frau abends die Suppe vom Feuer trug, eine Frau mit Händen und Haaren, ähnlich wie die seiner eigenen Frau zu Hause und noch ähnlicher denen seiner toten Mutter, und bäurisch wie diese, bäurisch wie er selbst, bis in die Haltung des Löffels beim Mahl und in den

Tonfall beim Singen und Reden in der fremden Sprache. Was dann kam, sah er nicht, denn es war ein Leben, wie er es lebte von Jugend auf: die Feldarbeit durch einen Lenz und einen Sommer, und nur im Herbst ward es anders, weil der Frost früher einsetzte und härter fiel. Dann aber, gegen das zweite Frühjahr, das Kind in den Armen der Frau, nach einer langen Wehnacht, und später das Kind in seinen Armen, wenn er am Bett saß, und er hörte das helle Schreien des Kindes in dieser Hütte, die viel ärmer und kleiner war als die seine im Taunus – hörte es noch draußen auf der Landstraße durch den Wald, als er dann abzog, ohne Abschied, zum erstenmal reklamiert nach Hause. Das war im Frühjahr des sechzehner Jahres, und der zweite Sommer ging seitdem zur Neige. Schorsch Philipp Seuffert wußte nichts mehr von dem fremden Dorf außer den Feldpostkarten, die manchmal kamen, und auf denen stand: »Hier noch alles gut«, oder »Hier noch alles beim alten.« Jetzt mußte er hin. Er hatte keinen Plan dabei, und keine Absicht wußte er deutlich. Aber er mußte hin, mußte dorthin und nach dem Rechten sehen, eh er sich freuen durfte an der guten Hoffnung zu Haus. Wie er nun saß und alle die Namen kaute, die ihn im Weg näher brachten dorthin, war er zum erstenmal wieder leicht und ungeplagt. Auch den Namen dieser Frau schob er auf seine Zunge, aber ihr Gesicht sah er nicht mehr, kaum noch ihr Bett, nur das Kind, das noch kein Gesicht hatte, aber sein Blut und seinen Atem.

Am Nachmittag war Schorsch Philipp Seuffert etwas eingeschlafen auf seinem Stuhl, aber plötzlich wurde er wach, mit einem schreckhaften Gefühl, als ob sein Zug jetzt ginge oder ein Unglück draußen passiere. Aber es war noch früh, und er stand auf und reckte die Glieder. Da hörte er, wie wohl schon vorher dunkel im Schlaf, ganz nah und deutlich seinen Namen sagen. Und gleich darauf war er umringt von Männern, die er anstarrte, als stiegen sie im Leichenhemd aus der Erde, als sprängen sie im Traum aus seinem Kopf. Das waren die Männer, von denen die Postkarten manchmal kamen, die Karten mit den immer gleichen Worten aus dem fremden Dorf, aus diesem Dorf, in das er hinmußte.

Und wie sie ihn lachend umdrängten, mit Fragen, Zurufen, Anreden, auf die er nicht antworten konnte, pfiff draußen ein Zug, und alle sprangen auf, schoben, zogen und stießen ihn mit, den sie noch für schlaftrunken oder für weintaumelig hielten, schleppten ihn hinaus in die große Bahnhofshalle, wo noch mehr ihn empfingen mit Zuruf und Geschrei, und wo ein Offizier ihm auf die Schulter klopfte und ihn willkommen hieß.

»Einsteigen!!« schrie plötzlich einer, und alle stürzten auf die offenen
Abteile zu, rissen ihn mit. »Nein, nein«, stammelte er, ohne all das
noch zu fassen, und plötzlich wild aufstampfend: »Nein, nein, ich will
nicht, ich fahr nicht mit!!« Aber schon hatten ihn ein paar Arme gepackt, hinaufgezogen übers Trittbrett, unter dem schon die Steinkante
des Bahnsteigs verschwand. Gesichter, die eben noch gelacht hatten,
wurden ernst, finster. »Mach kei Sache, Schorsch!« sagte einer leise, begütigend. Die anderen starrten verbissen vor sich hin. Beklommenes
Schweigen herrschte, die Räder stampften, und Schorsch, der mit steifen
Gliedern auf eine Holzbank gesunken war, begriff langsam: sein altes
Regiment war auf dem Durchmarsch, fort aus dem fernen Dorf an eine
andere Front, gerad heute kam es durch diesen Bahnhof, und man hatte
sein Erscheinen in voller Ausrüstung und zu dieser Stunde so gedeutet,
als sei er zum Regiment zurückkommandiert und solle es befehlsgemäß
heute und hier treffen. Dann, seinen plötzlichen Widerstand, das kannten alle diese Männer, die hier um ihn saßen und schwiegen und in sich
selbst etwas bohren und schneiden spürten. Das kannten sie, und das
würgten sie ab, bei den anderen wie in sich selbst, und so saßen sie um
ihn her, um ihn, dem sie die Postkarten geschrieben hatten, als Kameraden und als Fremde, unter denen er verlassen war und fern von seinem Ziel. Der Zug stampfte in eine ruhlos durchblitzte Nacht. Sie fuhren gegen Westen, an vielen Bahnhöfen vorbei.

Als man sie auslud irgendwo vor einem leise rollenden, brodelnden
Himmel, von dem der Regen wie dünner Sand herabbrann, war Seuffert
schon fest in die Kompanie eingereiht und hatte seine Korporalschaft
wie einst. Er wehrte sich nicht und lehnte sich nicht mehr auf. Auf seinem Schein, dessen Datum er selbst auf den jetzigen Monat verändert
hatte, stand: »Zum Regiment zurück.« Da gab es kein Ausweichen und
keine Erklärung. Aber er bedachte das kaum. Ihm war, als habe ihn etwas umkrallt in der Brust innen, und er mußte schweigen. Nur um
seine Lippen saß ein verstockter Trotz, und manchmal irrten seine
Augen vom Wege ab, den er seine Korporalschaft frontwärts führte, als
suchten sie in den zerstampften Feldrändern und Häusertrümmern eine
Lücke zur plötzlichen Flucht. Aber der erste Abend kam, und sie lagen
im Biwak einige Kilometer hinter der Front in einer Landschaft, die
schon zwei Jahre vorher die Schlacht kahl gefressen hatte, auf den
Grundmauern eines Dorfes, die nur noch an einigen umherliegenden
Backsteinen zu erkennen waren und an den Stümpfen der beim ehe-

maligen Rückzug gefällten Obstbäume. Auf den Trümmern einer Baracke lagen sie, die in der Nacht vorher eine Fliegerbombe zerschmissen hatte, samt all ihren Insassen, und auch in dieser Nacht dröhnten die Motore niedrig über der stetig zitternden Erde, krachten und schütterten da und dort krepierende Bomben, bellten die Abwehrgeschütze und ließen ihre Schrapnells fern, hohl, in der rauchigen Luft zerplatzen, meckerten abgehackt die Maschinengewehre. Die ganze Nacht über waren die Straßen erfüllt von rasend marschierenden Truppen, die sich den Weg versperrten, vor- und zurückeilend. Geschütze donnerten immer näher, Geschrei und Getöse war, manchmal grundlos verstummend, manchmal entsetzlich aufbrüllend. Nur wenige Männer fanden in dieser Nacht den Schlaf, obwohl sie den ganzen Tag marschiert waren. Gegen Morgen wurden sie von atemlos herbeistürzenden Ordonnanzen alarmiert, alles rannte durcheinander nach Zeug und Waffen, kaum fanden sich die Korporalschaften zusammen; wie man war, wurde man vorwärtsgetrieben von wild verstörten, unsicheren Kommandos, mitten durch zurückflutende, keuchend abgekämpfte Truppenreste rannte man über die aufgeweichten Felder, irgendwo war eine Stellung angedeutet, quer übers Land gezogen eine kaum einen Spatenstich tief ausgehobene Furche, da begann man mit fliegender Eile zu schanzen, Erde zum Wall aufzuwerfen, sich einzuwühlen, jeder, wo er stand, indes schon Kugeln wie blinde, ziellose Vögel sirrend und schrillend umherirrten.

Dann ging die Sonne auf, das Donnern der Geschütze schwoll furchtbar an, mächtige Erd- und Rauchkrater wirbelten überall empor, sonst war das Land weithin wie ausgestorben, wie eine tote Landschaft auf einem längst verglühten Gestirn, in dessen gasiger Luftschicht kein lebendiges Wesen zu atmen vermag. Dünn gesät lagen die deutschen Soldaten in den flüchtig aufgeworfenen Erdlöchern, wußten kaum, wo Freund oder Feind war, einige Batterien fuhren aufs Geratewohl auf, um sofort von mörderischstem Granatfeuer überhagelt zu werden und von den Fliegern wie von wilden Wespenschwärmen überfallen, indes auf der Seite des Gegners, kaum gestört durch den maßlos unterlegenen Apparat der deutschen Truppen, ungezählte frische Regimenter und Massen ungenutzter, ungeschwächter Maschinen in den Kampf zogen. Dies war der erste Tag des großen entscheidenden Durchbruchs durch die deutsche Westfront. Seufferts Landwehrregiment, das seit mehr als drei Jahren in friedlicher Stellung im Südosten gelegen hatte, geriet mitten in dieses todgeladene Verderben, in dieses wahnsinnige Zertrommeln aller menschlichen Widerstandskraft, das die frischesten und abgestumpftesten Nerven gleichermaßen zerriß. Bleich und käsig wie Leichen lagen die Männer in ihren kläglichen Deckungen, von denen eine nach der anderen zusammengestampft und in ein schwärzlich rauchendes Grab verwandelt wurde. Ersatzleute, die zu ihnen stießen, waren bereits von wochenlangen Kämpfen zermürbt, vom Hunger geschwächt, von Verzweiflung und Ingrimm entmutigt. So stoben sie, als am Nachmittag plötzlich wie riesige Käfer erdgraue Tanks von allen Seiten den Horizont überkletterten, die Äcker überschwemmten und fauchend heranstampften, wie Spreu vorm Sturm auseinander und rasten, taumelten, stolperten, stürzten zurück, jeder allein, in einer hilflosen, haltlosen Einsamkeit, um zerbrochen niederzufallen, wo irgendeine rückwärtig verteidigte Stellung sie aufnahm oder der nachdrängende Feind sie ereilte.

Seuffert selbst erlebte das alles kaum. Er schwankte mit wie ein Betrunkener in einer Reihe von Kranken, er blieb, wo er lag, und grub sich ein, schoß oder lud sein Gewehr, war einige Stunden hindurch mit einem Trupp übermenschlich sich verteidigender Männer zusammen in eine Grubenenge gepfercht, aus der es kein Entrinnen gab, und wurde mit all diesen von Offizieren der siegreich vordringenden Feindesmassen entwaffnet. Dann lag er in einer Art von Starrschlaf, der die meisten befallen hatte, wie ein Toter auf der Erde, bis man sie auftrieb und in einer Reihe mit vielen anderen Gefangenen hinwegführte. Man brachte sie nicht weit, die meisten brachen bald wieder zusammen, auch die Soldaten der Gegner waren zu Tode erschöpft, der Abend sank schon herab, der Schlachtlärm verebbte langsam, und nur noch wenige Granaten heulten, man umgab sie in einer verlassenen Artilleriestellung mit Stacheldraht und verteilte Brot und Wasser unter sie. Plötzlich bemerkte Seuffert unter seinen Mitgefangenen, die er zuvor kaum angeschaut hatte, einen der Kameraden aus dem Dorf in der Ferne, es war der, von dem er die Postkarten bekommen hatte und der damals mit ihm in der gleichen Hütte gelebt hatte, in der dann das Kind schrie. Seuffert trat zu ihm hin, der auf dem Gesicht lag und schnarchte, rüttelte ihn auf, drehte ihn um, beugte sich zu ihm nieder und sagte zu ihm: »Ich muß fort.« Er sagte es so, wie er es vor Tagen zu seinem Weib in der Kammer gesagt hatte, so hart und bestimmt, daß der gefangene Soldat Schlacht und Erschöpfung vergaß, sein Gesicht ihm voll zuwendete und ihn fragend ansah. Und Seuffert, als sei in ihm ein Damm gebrochen, eine Wand geborsten – wie ein Stummer, dem ein Schreck oder eine Freude plötzlich die Sprache gibt –, sagte hier als gefangener Soldat dem gefangenen Kameraden die Geschichte seines Aufbruchs und all seiner Not. Der hörte ihn ganz zu Ende, als begreife er alles. Dann sagte er, indem er sich enttäuscht und ermüdet abwandte: »All das wegen dem russischen Weibsbild.« Seuffert verstummte, sein Gesicht wurde trüb und bös.

Er schlief nicht ein. Inmitten dieser Schlacht und ihres Verderbens saß er da, ganz in sein eigenes Schicksal vergraben und verwühlt. Er starrte auf den fahlen, flackernden Streif der mählich beruhigten Front. Die lag jetzt im Osten.

Mitten in der Nacht entfloh er. Die Wachmannschaft war eingeschlafen. Es dachte auch wirklich kein anderer Soldat an Flucht unter diesen zu Tode gehetzten Schlachtopfern. Durch die vielfach zerrissene, kaum erst gezogene Frontlinie kam er unbemerkt. Auch durch die eigene Front, in der es von versprengten und zurückflutenden Soldaten wimmelte. Der fortschreitende Rückzug und das Debakel kamen ihm zugut. Wer wußte noch, wo die Reste seines Regiments steckten, wer dachte noch daran, ihn zu fragen? Auf rückwärts dampfenden Materialzügen, auf den Dächern der Lazarettwagen, an Puffer und Trittbretter geklammert kam er durch Frankreich. In Belgien wurde er auf einer Sammelstelle für Versprengte, in die ihn der Hunger getrieben hatte, zu einer Ersatzabteilung eingeteilt, entfloh in der gleichen Nacht. Mit einigen Deserteuren zusammen fuhr er auf einer herrenlosen Lokomotive ostwärts. Landstraßen, Städte, von Truppen überschwemmt, Lager in wilder Auflösung, Kolonnen in Flucht, Meuterei in verluderten Etappenbataillonen, die frontwärts fahrende Verpflegungszüge überfielen, plünderten, Aufziehen der roten Fahnen über einem Gefangenenlager, all das zog und flog an ihm vorüber, haftete nicht, bannte kaum sekundenlang das Bild und den Drang aus seinem Innern. Durch Deutschland kam er mit Papieren, für die er einem Regimentsschreiber sein letztes Geld gegeben hatte. Der letzte Zug, der deutsche Soldaten nach Südosten fuhr, trug ihn dem Ziel entgegen. Beinah zwei Monate waren vergangen, seit er aus dem Heimatort und von seinem Weib aufgebrochen war. Jetzt wurden die Namen, die er im Bahnhof damals aus seinem Gedächtnis erweckt hatte, leibhaftig und wuchsen vor ihm auf.

In den ersten Wochen, als Anna Barbara Seuffert ihr Kind stillte, kam eines Tages ein Mann vom nächsten Dorf herübergewandert und klopfte an ihre Tür. Er war gerade aus der Gefangenschaft zurückgekehrt und sie erkannte ihn als einen der Kameraden, die einst mit Seuffert zusammen ausgerückt waren. Er sollte ein guter Hufschmied sein, auch Ackergeräte besserte er aus und hatte mehrere Gesellen.

Der setzte sich auf die Bank ihr gegenüber und blieb lange da, er sprach nicht viel, starrte nur vor sich hin und nickte manchmal mit dem Kopf. Sie saß mit Näharbeit, blickte kaum davon auf. Plötzlich nahm er das Bild, das vor ihr auf dem Tisch in einem Rahmen stand: Seuffert war es in einer Friedensuniform, mit Helm und Gewehr. Er betrachtete es genau und blies etwas Staub vom Rahmen. »Schade«, sagte er dann. »Schade um den.« Anna Barbara sah auf, es war, als lächle sie, ihr Gesicht war ganz ruhig. »Der kommt wieder«, sagte sie fest. »So, so«, sagte der Mann nachdrücklich. Dann, nach einer langen Pause, fuhr er fort: »Ich habe ihn gesehen zuletzt.« Die Frau fuhr auf. Wortlos starrte sie ihn an. Und langsam, schwer nach dem Wort suchend, erzählte der Mann ihr von der gemeinsamen Gefangennahme an jenem Durchbruchstag und wie er dann in derselben Nacht verschollen sei. »So ist es«, sagte er zum Schluß. »Und wer ihm wohlwill, der tut gut, wenn er die Totenmesse bezahlt.« Aber die Frau, die ihn mit keinem Laut unterbrochen hatte, sagte wieder ruhig: »Der kommt wieder.« Der Mann begann noch einmal, ausführlich alle Chancen aufzuzählen, die für Seufferts sicheren Tod sprachen. Die Frau schien ihm kaum zuzuhören. »Er lebt«, wiederholte sie nur manchmal, und ihr Gesicht wurde immer ruhiger, fast freudiger. Dem Mann wurde es kühl und unheimlich im Innern. Stumm saß er da und fand nur das Wort nicht, um zu gehen. Später stand sie auf und holte das Kind herein, machte die Bluse auf und legte es sich an die Brust. Er wagte kaum hinzusehen, tat es aber doch verstohlen. Schließlich stand er auf. »Ja«, sagte er, »vielleicht lebt er doch noch.« Die Frau lächelte mit vollem, nacktem Gesicht. Da ging er schnell.

Seuffert fuhr mit dem Zug der Karpaten- und Balkantruppen bis zu jener kleinen Bahnstation unweit der russischen Grenze, von der er damals, im Frühjahr vor zwei Jahren, abgereist war. Es war nur noch ein kleiner Rest der deutschen Besatzung dort vorhanden. Diese wenigen in erhöhter Alarmbereitschaft, denn man hatte schlechte Nachrichten, die ehemaligen Bundesgenossen waren abgefallen, die Bevölkerung ringsum feindlich, der Abmarschbefehl in die Heimat wurde täglich erwartet, da und dort waren Gefechte mit plötzlich auftauchenden fremden Abteilungen im Gang.

Seuffert kümmerte sich wenig um all diese Nachrichten, ließ sich auf dem Bahnhof verpflegen und setzte sich in Marsch, zu Fuß, nach dem ziemlich weit abgelegenen Dorf. Am nächsten Tag erst kam er an die Stelle, wo sie damals gekämpft hatten und wo der Waldweg direkt zur Ortsgemarkung führte. Dort setzte er sich nieder und rastete kurz. Eine seltsam fiebrige Erregung war über ihn gekommen. Und zu gleicher Zeit eine tiefe entnervende Ermattung. So dicht vorm Ziel, stieg in ihm langsam, noch ohne klares Wissen darum, die Frage auf nach diesem Ziel und nach seinem Zweck und Ende. Wieder überkam ihn jenes eisig heiße Rieseln, das er damals als Gefangener verspürte, nachdem er dem Kameraden alles erzählt hatte. Etwas von Angst war darin und eine dumpfe Lust. Das Weib, dessen Namen er kaum mehr aussprechen konnte, und das Weib in der Heimat, Anna Barbara, das auf ihn wartete jetzt, all das war eines für ihn, wie die Äcker, die er hier oder dort gepflügt hatte. Und das Kind, das damals schrie, und das Kind, das sie im Taunus von ihm trug, beides brannte in ihm und ließ ihn nicht los und mußte zusammenkommen. Er stand auf und ging langsam weiter. Als er in den Wald einbog, wehte der Klang von Schüssen an sein Ohr. Gleich darauf das Rattern eines Maschinengewehrs, dann das Brodeln lebhaften Infanteriefeuers. Bestürzt blieb er stehen. Da schlug ein roter Schein durch die Baumschatten, aus der Richtung des Dorfes, ein flammender roter Brandschein, und Seuffert begann wie ein Rasender zu laufen. Da, wo der Wald zurücktrat und die Felder begannen, kamen ihm deutsche Soldaten entgegen mit rauchenden Gewehren. Er lief an ihnen vorbei, ohne sie zu fragen. Das Dorf stand in hellen Flammen. Dunkle Gestalten rannten vorm Feuerschein, grell überflackt, schrien, warfen sich nieder, schossen Gewehre ab. Ein vorüberlaufender Soldat packte ihn am Arm. »Nicht ins Dorf!« schrie er. »Sie haben uns überfallen!« Aber Seuffert riß sich los, hatte schon die ersten Häuser erreicht, lief mitten durch ein brennendes Gehöft und stand vor der Hütte, deren Strohdach schwelte. Unter der Tür lag ausgestreckt auf dem Gesicht der starre Körper einer Frau. Ihre Hand hielt ein großes Holzbeil umklammert. Aus dem Hinterkopf überm Genick sickerte Blut. Seuffert setzte mit einem Sprung über die Leiche weg. Aus dem Innern der Hütte hörte er einen Laut. Das Kind saß am Boden, fast unbekleidet, als solle es schlafen gehn, weinte vor sich hin. Er nahm es auf den Arm, es wehrte sich nicht. Draußen begann das Feuer aufjohlend über die Dachbalken abwärts zu springen. Seuffert raffte ein paar Kleider und Decken zusammen, die verstreut umherlagen. Dann verließ er, ohne zu laufen, mit dem Kind das brennende Dorf.

Im Wald stieß er wieder auf fliehende Soldaten. »Wirf den Balg fort, lauf, sie sind uns auf den Fersen!« rief ihm einer zu. Aber Seuffert ging ruhig und stetig weiter, als gebe es für ihn und das Kind keinen Feind. Jetzt aber pfiffen Kugeln um seinen Kopf, und gleich darauf streifte ein Schuß seinen Arm, daß das Blut herabtroff und er das Kind kaum noch halten konnte. Da ging er seitwärts von der Straße ins Gebüsch, setzte sich nieder. Von dort sah er, wie einer der letzten fliehenden Soldaten von zerlumpten Kerlen eingeholt wurde, zu Boden gerissen, mit Messern zerstochen. Da schlich er sich tiefer in den Wald, immer weiter, bis er das ferne Geschrei und das Gebrodel der Schüsse nicht mehr vernahm. Die Richtung hatte er längst verloren, immer dichter und wegloser stieg der Wald zu wüsten Bergkuppen an. Es dunkelte, und er kroch mit dem Kind in ein Dickicht, wiegte es in Schlaf. Er hob seine karge Ration auf, um es in der Frühe zu nähren, und schlug es in seine Decken. In dieser Nacht fiel der erste Schnee.

Gegen Morgen schrie das Kind, und Seuffert gab ihm zu essen, was er hatte, rieb seine Glieder warm und trug es an seinem Leib unter dem Waffenrock. Der Schnee hatte alles gleichgemacht im Wald, jede Spur war verwischt, keine Richtung zu merken. Mittags taute ein föhniger Wind und kurze schwüle Sonne ihn weg, aber die verschwand bald wieder hinter schleppendem Nebel, und der zweite Abend kam, ohne daß Seuffert einen Ausweg aus dem Wald gefunden hätte oder eine Spur von Menschen. Aber Tiere sah er in großer Zahl, Hasen, Hirsche und Rehe liefen ihm über den Weg, fast ohne ihm auszuweichen, und in der kurzen Sonnenstunde kam er zum Schuß, traf und briet am Abend Fleisch für sich und das Kind. Als dieses ermattet eingeschlafen war, kroch Seuffert in eine nahgelegene Schlucht, die er vor der Dämmerung gesehen hatte, aber mit dem Kind nicht mehr erreichen konnte. Ein Kienspan leuchtete ihm und die Sterne, die plötzlich knisternd und frostig aufprangen. Er fand da die Reste einer hastig verlassenen älteren Truppenstellung, in den halb zerfallenen Geschützeinschnitten fand er einige Kisten zurückgebliebener Infanteriemunition, ein Unterstand mit festen Balken war in die felsige Erde gegraben, ein alter Herd darin, ein paar Bund fauligen Strohs, Holzscheite, ein Beil und Notkonserven in verrosteten Büchsen. Ratten fuhren rasselnd in die Ecken, Staub bröckelte mehlig herab. Dorthin brachte Seuffert das Kind, machte ihm ein Lager und zündete Feuer an. Dann legte er sich selbst zur Ruhe. Und es verging Tag auf Tag, der Schnee fiel herab in lautlosen Wolken, dick und feucht, fror in den Nächten zusammen und ballte sich höher in neuen rieselnden Tagen. Bald gab es Seuffert auf, nach Wegen oder Menschen zu forschen. Es war auch längst kein Mann mehr in diesem Land, der seine Sprache verstanden hätte, und kaum einer, der ihm geholfen hätte oder sein Leben geschont. Aber die Tiere gaben ihm reichlich Nahrung, er hatte genug Munition und lernte auch bald, sie in Schlingen und selbstgebauten Fallen zu fangen, wie er als Kind im Taunus die wilden Kaninchen erjagt hatte. Das Kind aß von allem, was er brachte, und schlief nachts in seinem Arm. Zuerst hatte er kaum ein Wort von seiner stammelnden Sprache verstanden, und das Kind nur stumm und verstört seinen fremden Lauten gelauscht. Dann sagte er dem Kind den Namen des verbrannten Dorfes, den er noch wußte, und später den Namen dieser Frau. Da nickte das Kind und sagte ihm ein Wort, von dem er verspürte, daß es Mutter bedeutete. Und er sagte »Mutter« und lehrte das Kind dieses Wort, aber das Kind glaubte, daß er das sei, und nannte ihn so. Oft weinte es anfangs, aber mehr und mehr vergaß es den dumpfen Kummer und was ihm fehlte, nur abends und wenn es fror, rief es oft klagend das Wort in seiner Sprache, das auch Seuffert bitter verspürte und voll Verlangen, denn es hieß Frau, wie es Mutter hieß. Sonst war das Kind heiter und von gesunder Kraft und wurde männlich, weit über sein Alter durch die Nähe des Mannes, lief mit ihm durch den Schnee und lauerte an seiner Seite auf Wild, wie die jungen Füchse mit den alten auf Beute lauern. Im Anfang sagte ihm Seuffert viele Worte für das, was er brauchte und empfand, in seiner deutschen Sprache. Bald aber begannen sie beide, der Mann und das Kind, in einer eigenen Sprache zu reden miteinander, die es sonst nicht gab, sondern nur zwischen diesen beiden Menschen gesprochen wurde in der winterlichen Wildnis. So hatten sie viele Worte, und auch Spiele gab es da, sie brachen die glitzernden Eiszapfen ab vom Rand ihres Unterstandes und bauten Weiler damit auf den hartgefrorenen Schnee, bis die Sonne das Zaubergebäude in feurige Tropfen zerrinnen ließ.

Erst gegen Ende des Winters begann die Not. Seufferts Munition wurde knapp, und gleichzeitig begann das Wild immer mehr zu verschwinden, teils durch die dauernde Jagd vorsichtig geworden, teils von der Kälte und dem Mangel an Nahrung verscheucht. Der Wind stand jetzt fast immer scharf von Nordost, wehte Eisnadeln in schneidenden Schloßen von den verharschten Bergrücken. Wölfe heulten bald nah, bald fern, und eines Tages liefen die Spuren schon dicht um den versteckten Unterschlupf. Da legte sich Seuffert nachts auf den Anstand, mit einem großen Vorrat seiner schwindenden Munition, schoß die kühnsten Tiere ab und verjagte die übrigen auf längere Zeit. Die erlegten Wölfe waren ihm eine willkommene Beute, denn die mitgeschleppten Kleider des Kindes wie auch sein eigener Waffenrock hingen bereits in kaum mehr zu flickenden Fetzen herab. Aus den Wolfspelzen, die er mit dem Messer zerschnitt und mit Sehnen der Wolfsknochen zusammennähte, wie die wilden Völker der Nordlande es taten, machte er warme Kleidung für sich und das Kind. So half er sich, wie er konnte, und sie kämpften beide voll Mut, das Kind mit seinen schwachen Kräften, er mit aller Stärke eines Mannes, gegen die Entbehrung. Aber je weiter der Winter vorrückte, desto schwerer wurde das Leben für die Natur des Kindes, und als die Nächte begannen, mählich kürzer zu werden, und der Orion am Abend tiefer stand, ging sein Atem oft schwer und keuchend, sein Körper war heiß und feucht im Schlaf, seine Augen lagen tief gehöhlt, und der Puls flackerte fiebrig. Eines Nachts hockte Seuffert lange wach neben seinem Lager, starrte über den unruhig atmenden Leib hin. Der harte, verbissene Zug von Trotz und Nichtredenkönnen war jetzt ganz aus seinem Gesicht gewichen. Offen und ohne Druck lagen jeder Gedanke und jede Regung auf seiner klaren Stirn. Er sprach nicht, wenn er allein war, aber er dachte deutlich und mühelos.

›Das alles hat sein müssen‹, spürte er, ›damit dieses Kind lebt. Und damit ich selbst lebe und mein Weib und das Kind, das sie nährt. Jetzt aber darf der Tod nicht über uns kommen, wie er über die fremde Mutter kam.‹ Diese tote Frau, kaum kam es vor, daß er an sie dachte, war für ihn nicht anders wie der Feldrain, den man im Frühjahr pflügt, der Saat trägt im Sommer und der im Winter zerfällt. Und die dunkle, schwindlige Lust, die ihn früher oft durchrieselt hatte, war von dem Kind und diesem Winter ganz aus ihm herausgebrannt. Er stand auf, reckte die Glieder, packte das Zeug zusammen. »Jetzt müssen wir gehen!« sagte er laut und beugte sich über das schlafende Kind. Tags zuvor war er auf einer weiten Jagdstreife zum erstenmal auf eine alte Wagenspur gestoßen, die durch den vom Wind locker gefegten Schnee schimmerte. Zwei starke Tragriemen hatte er sich aus Leder gemacht. Die hielten das Kind auf seinem breiten Rücken. Es lag wie ein künftiger Märzhauch in der klaren Morgenluft, als sie aufbrachen.

Der Mann aus dem Nachbardorf blieb vor Anna Barbara Seufferts Haus lange stehen, dann kehrte er um, ging bis zum Wald zurück, trat vom Weg abseits unter die Tannen und holte die Karte wieder aus seiner Brusttasche heraus, um sie aufs neue halblaut und Wort für Wort skandierend zu lesen. Die Karte war ihm endlos nachgewandert, vom englischen Gefangenenlager zur deutschen Austauschstelle und endlich in die Heimat, wo sie ihn erreicht hatte an diesem hellen, klirrenden Wintertag. Und es war ihm, als könnten aus der frostharten Erde gespenstische Pflanzen brechen oder böse Worte tönen aus den Brunnen am Weg, seit er diese Karte las. »Bin entkommen. Fahre jetzt dorthin. Alles Gute. Seuffert.«

So stand es da in etwas verwischter, doch leibhaftiger Schrift, Poststempel von einer kleinen deutschen Stadt am Niederrhein. Oktoberende 1918.

Er faltete die Karte in vielfache kleine Quadrate zusammen, daß sie ganz in die Ecke seiner Brieftasche verschwinden konnte, dann schritt er langsam und unschlüssig wieder zu Seufferts Haus zurück. Seit einigen Wochen kam er oft in dieses Haus, sah nach dem Vieh, half auch der Frau manchmal in der Arbeit, sprach wenig und nannte nie Seufferts Namen. Auch die Frau sprach nie von ihm, aber ihr Gesicht war immer von der gleichen klaren Gewißheit erfüllt. Jetzt, als er über die Wiese kam, trat sie vor die Tür, als habe sie ihn erwartet, und winkte ihm zu. Der Glanz dieses Wintertages lag auf ihrem Haar und in ihren Augen, die über ihn wegschauten oder durch ihn hindurch, als stünde einer hinter ihm, der ihren Blick empfinde. So stark war dieser Blick, daß der Mann unwillkürlich herumfuhr und verstört in die leere Luft starrte. Dabei zuckte seine Hand nach der Brustseite, wo die Karte verborgen war, aber er ballte die Faust fest zusammen und griff nicht in die Tasche.

Aber die Frau näherte sich ihm, legte die Hand auf seine Schulter, daß er heftig zusammenfuhr, und hängte sich dann in seinen Arm; von einer ungewohnten zarten Frühlingsröte war ihr Gesicht überhaucht, eine leichte schwebende Lauflust sprang aus ihren Gliedern, wie ein junges Tier war ihr Leib, wiedergeboren und neu erstanden in doppelter Jugend nach den schweren Lasten der Geburt, ein Duft ging von ihr aus, wie von den Spitzen der Tannen, die von tauendem Schneewasser tropften, so lief sie dem Wald entgegen, wortlos, mit lachenden Augen, und der Mann, fast gezogen von ihrer Hand, folgte ihr wie berauscht.

Es kam aber gegen Abend Nebel auf, plötzlich aus der Erde gurgelnd wie Kraterdampf, und als die Sonne rasch versunken war, quirlte es wie Rauch verwirrend, kreisend, zwischen den dunklen Bäumen.

Über Anna Barbara kam es wie heiße pressende Angst. Es war in der Nähe eines Wildfutterhauses, mitten im Wald, und es knackte überall im schwarzen Gebüsch; fern in der Suhle, in den vereisten Moorlachen, rumorten die wenigen Wildsäue, die noch in diesen Wäldern standen und deren Rauschzeit jetzt war. Sie klammerte sich an den fremden Mann wie an einen Baumstamm im Sturmwind und flüsterte ein Wort, das er nicht verstand, aber vor dem er sich fürchtete wie vor der Karte in seiner Tasche. Durch die Kleider und Röcke fühlte er ihren bebenden Leib, spürte er die fliegende Hitze ihrer Haut, und die Spitzen ihrer Finger bohrten ins Fleisch seiner Arme. Fester zog er sie an sich, und aus den ruhlos bewegten Büschen sprang etwas Böses, Grausames, Gewaltsames wie die fernen Brunstlaute der kämpfenden Keiler. Seine Hände schlossen sich krampfhaft um ihre Brust. Da sagte sie — und wieder erschrak er so furchtbar in seinem Rücken, als berühre ihn da ein glühender Atem —, sagte sie deutlich und jedes Wort langsam hochhebend: »Jetzt seh ich ihn —!«

Der Mann fuhr von ihr zurück und lachte plötzlich laut, gezwungen, künstlich, wie einer singt, der sich im Dunkeln fürchtet.

Sie schien es nicht zu hören.

»Ich seh ihn«, sagte sie und hob sich auf die Zehen, als müsse sie über ein Bollwerk wegsehen. »Er ist im Wald«, sagte sie, »er wandert – das Kind auf seinem Arm–«

Der Mann wich zurück, mit vorgestreckten Fingern, als gelte es, einen Spuk zu bannen, bekreuzigte sich dreimal, rannte davon. Die Frau stand noch eine Zeitlang ganz still, alle Angst schien von ihr gewichen, nichts war auf ihrem Antlitz mehr übrig von den Schauern des Zweiten Gesichtes. Sie war nur müde vom Laufen, sah sich nach dem Manne um, dessen Arm sie jetzt nicht mehr halten konnte, und ging nach Hause, um ihr Kind zu stillen.

Der Mann verbrannte in dieser Nacht ein kleines, hartes, zusammengefaltetes Papier in der riesigen Glut seines Schmiedeofens.

Unterm heulenden, jaulenden Tauwind, der in den Riesenwipfeln der Tannen ritt, erreichte Seuffert mit dem Kind den Rand des großen Waldes. Vor ihm lag eine gelbe, wellige Steppe, von einigen mageren Buschinseln durchsprengt, eine Wagenspur zog sich endlos über versandete Heidestrecken, ein feuchter Sprühregen fröstelte herab.

Kein Haus, kein Schutz vor Wind und Wetter weit und breit. Aber in ihm drängte etwas, lieber auf dem offenen, unbarmherzigen Plan dieser Steppe umzukommen, als noch länger das scheue dunkle Leben im feuchten Schoße der Wälder zu fristen. Er füllte sich kleines Holz in einen Sack, um Feuer machen zu können, setzte das Kind wieder auf seine Schulter und schritt mächtig aus. Bald war es ihm, als zittere fern über den dunstigen Himmelsrand ein Glimmen von heißer Luft, wie es große Feuer auftreiben. Auch glaubte er, im schleifenden Wind Stimmen zu vernehmen, wie von fernem Geschrei und Gesinge. Aber zu sehr war sein Auge und Ohr an die tausend Truggebilde der Wildnis gewöhnt, zu oft hatten die Menschenstimmen knarzender Bäume, sickernder Bäche, gebrochener Winde ihn getäuscht und grausam verhöhnt. So schritt er still weiter, ohne Hoffen und ohne Verzweiflung, und wunderte sich kaum, als nach einer Stunde wirklich dunkle Gestalten am Horizont heraufjagten, die weder Wolkentrug waren noch flüchtiges Wild, sondern wirklich und leibhaftig Männer auf Pferden, Männer mit dicken Mänteln, die Lanzen quer überm Sattel, Männer, wie er sie von den ersten Monaten des großen Krieges her kannte, wo ihr Erscheinen Kampf bedeutete, wildes, erbittertes Schießen und erbarmungslose Wut: Kosaken.

Einer schien ihn bemerkt zu haben, winkte mit der Lanze, und sofort brauste ein Trupp geschlossen auf ihn zu, umringte ihn in einiger Entfernung, ritt dann, von allen Seiten ihn einkreisend, im leichten Trab heran. Seuffert legte sein Gewehr zur Erde, dabei berührte seine Hand den Boden, streichelte ihn kurz, wie segnend, dankend, zärtlich fast, dann richtete er sich auf, nahm das Kind fest an seine Brust und sah den Ankömmlingen froh entgegen.

Aufklärungspatrouillen waren dies von den mächtigen Reiterscharen des Roten Generals, die nach Süden zu das russische Land durchstreiften, dessen Grenze Seuffert schon überschritten hatte. Unweit von hier, inmitten der Steppe, war das Lager eines Hauptteils seiner Truppen, sie rasteten hier wochenlang auf dem Vormarsch zum Schwarzen Meer, wo noch große Landstrecken von der Herrschaft der Weißen Gegengenerale befreit werden mußten. Kosaken waren das, wie sie im Schreckensjahr des Weltkriegsbeginns über die Ostpreußengrenze geschwärmt waren, Reiter auf Tod und Leben, Kämpfer aus Trieb und Beruf, aber sie standen nicht mehr im Dienst einer raubgierigen Macht, für die man kämpfte und für die man begeistert war, wenn sie den Sold erhöhte – sondern sie ritten und jagten jetzt gegen den Feind im Dienste des Volkes, das wußte und verspürte der letzte säbelbeinige Pferdebursch, der dumpfeste, rauflustigste Saufbruder –, sie gingen gegen den Feind und hatten Lust an Treibjagden auf rennende Menschen, auf Plündern und Beute und Fraß und bezwungene Weiber, wie stets, aber sie spürten im Innern, wo der Stolz saß beim letzten noch und der Gehorsam und der treibende Ehrgeiz, daß es das Volk war, das mit ihren Waffen Krieg führte, Krieg, so wild und roh, so hart und ungerecht, so hungrig und wutblind wie Kriege sind, aber es führte ihn nicht, um zu rauben, sondern es führte ihn, um zu leben. Das wußten sie.

Solche Männer waren es, die Seuffert umringten und die mit einem Gemisch von Mißtrauen, Neugier, Staunen und Mitleid den fremden, abgemagerten, bärtigen Mann im Wolfspelz betrachteten, jenen seltsamen Christopher mit dem blassen Kind, an dessen Beinen noch die Stiefel und Kleider der deutschen Kriegstruppen waren und zu dessen Füßen die Soldatenflinte lag. Ein Unterführer nahm den Mann mit dem Kind zu sich aufs Pferd, er ließ es gern geschehen, obwohl sie ihm nicht sagen konnten wohin, und er ihnen nicht sein Ziel nennen konnte. Aber alles war besser als die Verlassenheit und dies Wandern ohne Hilfe mit dem schwachen Kind.

Also kam Schorsch Philipp Seuffert und sein Kind zu den Truppen des Generals Budjenni. Der selbst war nicht bei diesem Heerlager, sein Hauptquartier war damals weitab in einer großen Stadt. Aber dem Lagerkommandanten, einem übergetretenen Offizier der alten Armee, führte man Seuffert vor. Der verstand nun Deutsch, aber aus den abgehackten Sätzen Seufferts konnte er nicht klug werden. Im Glauben, es handle sich um einen der entflohenen Gefangenen aus dem Weltkrieg, ließ er ihn zwar in Freiheit und wies ihm Verpflegung zu, fühlte aber keine Pflicht, seinen Weitermarsch zu unterstützen, sondern hatte Lust, den kräftigen Kerl in seine Truppe einzureihen, die für die kommenden Kämpfe skrupellos Kanonenfutter anwarb.

Seuffert seinerseits wurde aus den Äußerungen der Soldaten nicht klar, war aber von einer harten Entschlossenheit erfüllt, sich um keinen Preis, was man auch mit ihm vorhabe, von dem Kinde zu trennen.

Als man ihm das Kind nehmen wollte, zunächst nur in der guten Absicht, es den Schwestern bei der Sanitätskolonne zur Pflege zu übergeben, setzte er sich verzweifelt zur Wehr, war durch nichts zu bewegen, das Kind aus seinen Armen zu lassen, auch den halb scherzhaft, aber mit gefahrvollem Ausdruck auf ihn gerichteten Gewehrläufen hielt er stand, und bald sprach sich im ganzen Lager die Geschichte herum von dem wilden Mann und seinem Kinde. Neugierige drängten sich an das Zelt, in dem man mit Seuffert zu verhandeln versuchte, ein Kosak riß Witze über ihn und sang ein altes Lied vom Mann, der schwanger war und Mutter wurde, das Gelächter wollte nicht aufhören, und Seuffert stand, wie ein Tier im Käfig, mit trotzigen Lippen, entschlossen und unbeugsam, inmitten des Geschreis und Gejohles. Da trat ein kleiner weißbärtiger Mann durch die Menge, der die Uniform der einfachen Sanitätssoldaten trug, aber vor dem wichen alle zurück und zeigten Respekt vor ihm, mehr als vor einem hohen Offizier. Sein stilles, vielfach zerfurchtes Gesicht, das eines alten jüdischen Weisen, erfüllte auch Seuffert mit einem Gemisch aus Ehrfurcht und Vertrauen, und er ergriff die dargebotene Hand des Greises.

Dieser Mann, der einstmals Rabbiner in einer kleinen südöstlichen Gemeinde war, die bei einem der Pogrome zu Anfang des Krieges zugrunde gegangen war, lebte als Arzt, Pfleger und Dolmetsch bei den Reiterscharen des Volksheeres. Er hatte einen großen Einfluß auf die Führer der Soldatenräte und auf die einzelnen Männer dieses Heerbanns. Jeder, der sich nicht auskannte in einer Sache und den eine Not oder ein Zweifel packte, kam zu ihm und sagte ihm alles von sich. So ward dieser alte Mann immer weiter und klarer in seinem Wissen und Erkennen der menschlichen Dinge. Als nun dieser Mann lange Zeit allein mit Seuffert gesprochen hatte und von ihm alles gehört und genau erfahren, was zu seiner Geschichte gehörte – obwohl er nur das unreine Deutsch der östlichen Juden sprach und Seuffert nur den Tonfall seiner westlichen Heimat –, rief er am Abend noch den Rat der Soldaten dieses Lagers zusammen und erzählte ihnen von dem Mann, »der alles verlassen hatte und durch das kriegsdröhnende Land gegangen war, unberührt von den Gewalten der Vernichtung, um ein kleines Lebenslicht, das er einst fast im Dunkel entzündet hatte, vor dem Verlöschen zu retten. Und daß dieser bärtige, hellblickende Mann wie ein Heiliger sei unter den dumpfen, bösartigen Bauern, der weit über Land gehe und das Saatkorn trage, das Saatkorn des Lebens, das die Äcker der Menschen fruchtbar macht«.

Während er all dies sprach, schlief Schorsch Philipp Seuffert gut und fest, satt und warm, sein sattes und ruhig atmendes Kind im Arme, unter der Pferdedecke eines verlausten Kosaken.

Am andern Morgen war er sehr erstaunt, daß einige Männer sich tief vor ihm verneigten, als er sie freundlich und bescheiden grüßte. Er hielt es für neuen Spott und ging erbittert abseits. Aber die Männer sangen heute das Lied von dem Manne, der fruchtbar ward, mit einem anderen Ton. Er hörte ihn nicht und hätte ihn auch nicht verstanden. Aber er begriff gut und jubelte in seinem Herzen vor Glück, als man ihm später Papiere gab, die ihm sicheres Geleit und freie Reise durch die Länder aller befreiten Russen gewährleisteten, und schied noch am gleichen Tage, von einem Kosakentrupp geführt, der ihn und sein Kind bis zur nächsten Niederlassung brachte. Von da war sein Weg noch weit von wechselndem Schicksal begleitet, Hunger und Durst, Kälte und hartes Lager mußte er oft verwinden, aber es focht ihn wenig an, denn immer sorgten ein gutes Glück und seine kräftige Hand für das Kind, daß es ohne Not und Krankheit die lange Wanderung und alle die Fahrten überstand. Im ersten Frühjahrsstrahl sahen sie eine Stadt mit grünen Kuppeln, wehenden Türmen und Dächern. Von dort fuhren sie lange Tage in dem warmen Holzwagen einer mächtigen Eisenbahn. Graue Steppen, von denen der letzte Schnee taute, rasend geschwollene Flüsse, unendliche Wälder, die sie mit vertrautem und doch angstvollem Schauer erfüllten, schwankten an ihnen vorbei. Auf regenüberglänzten Bahnstationen, in silbern schimmernden Wellblechbaracken, tranken sie heißen Tee, den man ihnen schenkte. Viele Menschen, Männer, Frauen und Kinder, gingen damals elend zugrunde in diesem Land. Diese beiden aber, Kind und Vater, blieben bewahrt.

Am ersten Mai führte man im kurländischen Gebiet Schorsch Philipp Seuffert über die Grenze. Alle Häuser waren geflaggt, man feierte das Fest des Volkes, die Fahnen glänzten in der Sonne.

Seuffert wußte nicht, warum man ihn da ein Stück Wegs über Land führte. Dann stand da ein Mann in grauem Rock, der ihm sagte, dies sei nun deutscher Boden, auf dem er stehe. Seuffert kniete nieder und küßte diesen Boden. Das Kind, von seinem Beispiel ergriffen, berührte ihn auch mit seinen Knien, Händen und Lippen. Dann schämte sich Seuffert, ließ sich zur Abschubstation für zurückgekehrte Gefangene bringen und sprach nicht mehr viel, bis er in der großen Stadt Frankfurt aus dem Zuge stieg.

Als Seuffert endlich, nach seiner letzten Heimwanderung mit dem Kinde auf dem Rücken, zwischen den beiden riesigen Tannen stand, die den Weg von der Brücke zum letzten Anstieg säumten, setzte er sich nicht nieder und ermattete nicht, wie damals am Waldrand vor dem fremden Dorfe. Er hielt noch nicht einmal an, um sich den Schweiß zu wischen, ja er sprang und lief und stolperte, wie ein leibhaftiger Mensch stolperte er über die hohe Wurzel. Dann stand er hinter der Hecke seines Hauses. Die Obstblüte war längst vorüber, die Kirschbäume hatten mächtig angesetzt, und die Beerenbüsche standen alle in starker Fruchtbarkeit. Drüben sein Stück Feld, die Ackerfurchen lagen zum Teil noch ohne Grün, ockergelb glänzte das aufgerissene Fleisch der Erde, die Strahlen der vollen Morgensonne brausten hinein, regneten sichtbar herab wie blitzende Pfeile, gatteten die offenen Furchen mit gewaltiger Kraft, schäumten mit dem braunen, schwerflüssigen Bodendunst zusammen in breiten Wellen übers atmende Land. Die Stare flöteten langgezogen und süß. Eine Tür knarrte sommerlich in verrosteten Angeln. Da trat Anna Barbara aus dem Haus, den Korbwagen mit dem Kind vor sich herschiebend. Ihr Gesicht war hell und ohne Schatten. Sie hob das Kind aus der Wiege und setzte wie spielend seine kleinen unbekleideten Füße auf die nackte, warme Erde. Die zuckten prüfend, tasteten mit gestreckten Zehen, dann strampelten sie stark und traten mit fester Sohle klatschend auf den Boden.

Schorsch Philipp Seuffert stand da hinter seiner Hecke, das Kind an seiner Hand starrte wie er mit großen Augen durch den Zaun.

Einen Augenblick sah Seuffert unschlüssig auf das Haupt des Kindes herab. Dann faßte er seine Hand fester und trat durch die Pforte. Reglos sah die Frau ihm entgegen. Als er sehr nah gekommen war, setzte sie zuerst ihr Kind sorgsam in den Wagen, bevor sie mit beiden Armen, offenen Händen, ihn und das neue Kind empfing.

Krimwein

Meilen auf Meilen ostwärts durch die Wälder. Regen im Gesicht. Schau-
ernde Schloßen. Hagel und dünner Schnee. Dann Sonnenwirbel: Oasen
von Licht. Wehendes Birkengrün im schwarzen Meer der Forsten, Fata
Morgana, trügerische Hoffnung auf Wärme, Wohnstätten. Der Bärlapp
kroch schlangenhaft am Boden. Die Wacholdersträucher hatten noch
alte Beeren vom Herbst. Es roch nach einer Pflanze, die in unseren Wäldern nicht wächst: geil, gierig, verwirrend, doch jung und scharf, ohne
Sommersüße. Belling sagte, es riecht wie seidne Blusen beim Schwoof,
er meinte die Achselhöhlen. Frank liebte ihn nicht. Sie kamen in Streit
wegen der geringsten Sache, gewöhnlich beim Essen. Der Batteriechef
schwieg dazu, er war ein Familienvater aus Hohenzollern-Sigmaringen.
Der Stabsarzt blaß, nervös, mit einem Glasauge und grauer Gesichts-
farbe, stiftete Frieden. Es gab seit sechs Tagen keinen Alkohol mehr. Die
Räder der Haubitzen sanken oft über die Achsen in den Morast. Der
Schlamm spritzte an den Pferdebeinen hoch. Das Leder der Gamaschen
war mit einer Lehmkruste verwachsen. Man war steif und benommen
vom endlosen Reiten und Schlafen an der feuchten Erde. Die Zeltbah-
nen hatten einen süßlichen faden Schimmelgeruch. Da kam der Bug.
Plötzlich unter Steilhängen, ein breiter, gelber, quirlender Strom. Ver-
krüppelter Wald kroch bis zum Ufer hinab. Gefallene Stämme faulten
mit halbem Leib im Wasser. Rote und schwärzliche Büsche ringsum, von
den Frühlingsmähnen der Schilfrohre umwogt.

Drüben, jenseits des Stroms, fing Asien an: die Steppe. Fahl. Von
Dämmer gesäumt. Baumlos und böse. Der Fluß war trübe, schmutzer-
wühlt. Weiter oben hatte er viele Leichen deutscher und russischer Männer geschluckt. Die mochten jetzt in den schlammigen Grundwässern
treiben, von großen und kleinen Fischen benagt, von den Krebsen zer-
fressen. Der Himmel schwankte in schwerem Wolkengang, aber es war
plötzlich wärmer geworden. Frühe Mücken tanzten überm Fluß. Am
Ufer drunten lag Rodianka, sechs kleine Lehmhütten, fast vom Wasser
bespült. Dahinter, mit der schwarzen Stirn der asiatischen Steppe zuge-

wandt, mit dem Rücken an die letzten Urwälder Europas gestemmt, stand das schwere, klobige Schloß. Die Offiziere ritten zum Tor. Sie waren vom Marsch verblödet, hatten nur dumpfe Wünsche: Bett. Warmes Essen. Etwas Schnaps vielleicht. Als aber ein Weib öffnete, scheute Franks Pferd. Belling sprang ab, machte sich an sie heran. Sie hatte ein Gesicht, als ob sie mit Stalleimern spräche: grob, ohne Bewußtsein von anderen Menschen, gelangweilt. Aber ihre Zähne waren groß und schön, es schlief etwas Ungeahntes hinter dem Mund, hinter den Augen. Man sprach sie an, im plumpen Idiom des deutschen Soldatensprachführers. Sie antwortete französisch. Es fiel keinem auf, obwohl sie berichtete, die Tochter des Schloßkastellans zu sein. Die Herrschaft schien geflohen. Der Stabsarzt dolmetschte. Das Weib schritt voran über den Hof. Ihre Beine und Arme waren nackt. Der Rock preßte die Hüften. Ihr Hals war hinten breit und glatt. Frank spürte ein wildes Geschlucke von Haß und Ekel in der Kehle, wenn er Bellings unrasierte Backen sah, seine schweißige Stirn, seine kurzfingrigen plumpen Hände, und die Augen, mit denen er das Weib anglotzte. Er selbst, Frank, sah zigeunerhaft aus, mit verwildertem Schopf.

Man fand eins der bekannten polnischen Schlösser aus dem achtzehnten Jahrhundert, verstaubt, aber gut erhalten. Der Batteriechef begab sich zu Bett. Die Herren verlangten zu trinken. Das Weib, taub, zuckte die Achseln. Da suchten sie selbst nach der Kellertür. Das Weib lief ihnen plötzlich nach, hielt die Tür zu, hatte einen flehenden, angstgefolterten Ausdruck, sagte nichts. Belling fuchtelte mit dem Revolver, es machte ihm Spaß, den Landsknecht herauszukehren. Aber der Keller war leer. Ratten fuhren wie trappelnde Kobolde in Stroh und Gerümpel. Plötzlich stieß Frank einen Fluch aus, verschwand. Staub wirbelte auf. Belling brüllte. Der Stabsarzt kroch mit der Taschenlaterne vor. Zwei Burschen hielten große Kerzenleuchter. Es war eine Falltür, die nach unten aufklappte, wenn man sie betrat. Frank lag mit verstauchtem Gelenk in einem feuchten Gewölbe. Man hörte unheimlich die Wasser des Bug glucksen, obwohl der Strom recht weit war. Der Stabsarzt betastete Franks Knöchel. Belling leuchtete die Wände ab.

Da knarrte plötzlich der Boden, und eine riesige Gestalt tappte sich aus einer zweiten Falltür herauf: ein Schädel, wie aus Steinklötzen, kahl, eckige Backen, mit weißem, an den Spitzen vergilbtem Tatarenschnurrbart überm Mund. Die kalkige knotige Hand schwang einen unsichtbaren Hut durch die Luft, dann dröhnte die heisere Stimme: »Salut à l'Empereur! Salut aux grandes armées de France! Le jour de gloire est

30

arrivé!« Dann kroch er ganz hervor, seine Kleider waren muffig und feucht. Mit einer großen, fast devoten Handbewegung wies er in das Verließ, aus dem er kam: »Bitte sehr, meine Herren Bonapartisten, der Wein ist große Klasse, aus dem glorreichen Jahr Ihrer Waffen – oh!« (er trat dicht an Belling heran, senkte die Stimme) – »wir haben lange auf Sie gewartet. Zehn Jahre, vielleicht zwanzig, vielleicht vierzig, viele Jahre, zum Teufel!« – er lachte plötzlich dröhnend, daß der feuchte Schorf von den Wänden bröckelte: »Entschuldigen Sie meinen Aufzug! Ich war gezwungen, mich versteckt zu halten!« In diesem Augenblick erschien das Weib auf der Schwelle, totenbleich, mit wilden, flirrenden Augen. Sie schrie ihm einige Worte auf polnisch zu. Er brach seinen Satz ab, schüttelte den Kopf, ließ sich von ihr an der Hand fassen und hinaufführen.

Der Stabsarzt machte Belling ein Zeichen, beim Wegtragen des vor Schmerz knirschenden Frank zu helfen. Frank aber wehrte sich, wollte nicht getragen sein: »Erst nachschauen unten wegen Wein.« Man stieg hinab. Gleich darauf hörte man Klirren, Lachen, Rufe des Erstaunens. Es kamen einige Dutzend breitbauchiger Flaschen herauf, Krimwein mit Lack versiegelt, auf dem Napoleons Zeichen gestempelt war, auf der Flaschenmitte war ein großes »N« eingepreßt, darum herum in Kreisform die Zeichen: »Moskau 1812.« Frank, am Boden liegend, schlug mit dem Seitengewehr einer Flasche den Hals ab. Der Wein war schwer und süß, ohne Schärfe, prickelnd, doch dickflüssig wie Öl, tief dunkelgelb und klar. Der Geschmack lag etwa zwischen altem Pfälzerwein und mildem gezehrtem Tokayer. Frank setzte ab, die Flasche war halb leer. Er fühlte sich so belebt, daß er allein aufstehen konnte. Man schleppte ihn und die Weinflaschen hinauf.

Der Batteriechef schlief bereits. In einem großen Saal, mit Speisetafel, Waffen und vielem Trinkgerät, stand schon Essen bereit. Belling meinte, man müsse das Weib einladen. »Damit sie durch dein widerwärtiges Schmatzen ein für allemal den Ekel an den Männern kriegt«, sagte Frank. Die beiden waren bei jenem Zustand angelangt, in den Wohn- und Lebenskameradschaft oft ausartet. Haß bis zum körperlichen Ausbruch. Ekel bis zur Verzweiflung. Die Art, wie der andere sich wäscht, ein Stück Brot abschneidet, seine Nase schnaubt, ist Grund genug, ihm den Tod zu wünschen. Da ging die Tür auf. Im Schein einiger Dutzend Kerzen, die im Nebenzimmer brannten, stand der alte Pan: riesenhaft, in einer alten napoleonischen Uniform. Hand am Degengriff, Orden, klirrende Sporen. »Salut bienvenue enfin!« brüllte er in militärischem

Ton, stampfte auf den Tisch zu und reichte jedem die Hand. Die Offiziere standen unschlüssig, der Stabsarzt begann zu reden. Aber der Alte hatte die auf dem Boden stehenden Flaschen gesehen. Mit Schnalzen und Knurren hob er sie gegen das Licht, dann köpfte er die erste nach Soldatenart, füllte ein großes Glas, trank, füllte noch einmal, trank, setzte ab, goß den Rest auf die Diele und schenkte den anderen ein, indem er halbverständliche Hochrufe auf Napoleon ausstieß.

»Wir haben 1915«, sagte Frank. – »Der Kerl kann doch nicht 150 Jahre alt sein.« »Nein, aber hundert«, meinte der Stabsarzt. »Die Uniform ist aus der Zeit.« »Blödsinn. Vielleicht war sein Vater Bonapartist.« »Wir müssen die Kastellanstochter fragen«, sagte Belling, stand auf, ging hinaus. Frank, der mit verbundenem Fuß halb liegend saß, ward blaß, goß ein Glas hinunter. Gleich darauf hörte man Lärm, die Flurtür ging auf, das Weib stürzte herein. Aber sie kümmerte sich nicht um die Offiziere, starrte nur den Alten an. Der hatte sich bei ihrem Eintritt erhoben, machte eine vorstellende Handbewegung: »Meine Herren, die junge Herrin von Rodianka ist Ihre Sklavin!« Dann fiel er zurück, hob eine neue Flasche hoch.

»Wer sind Sie?« fragte Frank ziemlich barsch. »Lassen Sie mich in Ruhe!« schrie sie ihn an. Gleichzeitig bemerkte sie Belling, der hinter ihr in der Tür stand, und wich vor ihm zurück, wodurch sie dem Tisch näherkam. Da fuhr der Alte hoch, packte mit bärenhafter Wucht ihren Arm. »Was willst du«, brüllte er, »hier sind die Offiziere der großen Armee, du sollst ihnen gehören, du hast ihre Sklavin zu sein!«

Frank hatte sich mühsam erhoben, der Stabsarzt suchte nach Worten. Frank packte einfach den Arm des Weibes, zwang sie auf einen Stuhl. Seine Finger durchlief im Moment ein brennendes Gefühl von ihrer kühlen widerstrebenden Haut. Sie starrte zu Boden, ihre Lippen waren blaß und nach innen gepreßt. Plötzlich nahm sie Franks Glas, trank es auf einen Zug leer, setzte ab und sah sich groß um. »Recht so, bravo, bis, bis!« schrie der Alte, dessen Kopf unter den Augen und im Genick blutrot anzulaufen begann. Frank füllte das Glas. Belling trat hastig heran. »Jetzt mit mir, Rodianka!« rief er, hielt ihr ein Glas hin. Sie nahm es, trank, lachte auf, daß plötzliche Stille ward: es klang sehr böse, Schakalsgelächter. Aber ihre Haare gingen hinten auf und Belling faßte hinein. Frank sah die Hand wie ein nacktes ekelhaftes Tier in den Haaren. »Tu sie weg!« er lallte schon. Sein Fuß schmerzte. Er trank, Belling schüttete sich Wein aus der Flasche in den Hals. Der Alte sang vor sich hin: »Gloire de Dijon«.

Plötzlich sah Frank, wie der Stabsarzt – affenartig grimassierend – sein Glasauge aus dem Kopf nahm, einen Korkstöpsel in die leere Höhle kniff, die Zähne fletschte und nach dem Gelalle des Alten im Sitzen zu tanzen begann: auf dem Stuhle wankend, daß die Lehne laut knarrte. Frank wollte ihm zurufen, aber es kamen verkehrte Worte aus seinem Hals: »Rodianka, jetzt sind wir alle sinnlos besoffen, aber schließlich ohne Humor, man könnte heulen.« – Dann sah er, wie Belling das Weib küßte, und warf sich mit dem Oberkörper vor, riß ihre Schultern zurück. Er fühlte sekundenlang ihre Zunge, aber es rollten trübe, gelbquirlende Wellen von der Decke und spülten ihn weg. Belling torkelte in einem roten Nebel; der Stabsarzt schrie plötzlich: »Bug! Bug! Der Bug!« Alle hörten jetzt die Flut gurgeln, wie er; aber der Alte stand hoch aufgereckt; Frank glaubte, er stünde bis über die Knie im Fluß. Doch der Fluß ebbte zurück, die Wälder wuchsen herein, riesige Tannenzapfen knallten auf die Erde. Wein quoll in gluckernden Bächen heraus. »Hélas! Gebt Feuer!« brüllte der Pan, schwang eine alte polnische Pistole, schoß; es klirrte von Glas, und Rauch wirbelte herum. Der Alte schritt rasch und ohne Schwanken um den Tisch, die Augen weit aufgerissen, in der Linken eine halbleere Flasche, zielte auf die Kerzen im Nebenraum. »Huzza, Feuer, hé, Feuer, hohé, Feuer!«

Belling sprang plötzlich auf, hatte seinen Browning in der Hand. »Du triffst nichts, Schweinehund!« brüllte er. »Du vielleicht!« schrie Frank, riß den Revolver aus der Tasche. Schuß, Schuß! Ein Spiegel klirrte herunter. Der Stabsarzt stieg auf den Tisch, stand zwischen Scherben und glimmenden Zigaretten, kommandierte, mit den Armen rudernd: »Schuß, Schuß, Schuß!« Belling wankte durchs Zimmer, ging näher heran, lud neu: »Verdammtes Gelichter!« Der alte Pan sang ein polnisches Lied, warf die Pistole hoch; plötzlich sah er das Weib in wildem Ringen mit Frank, der sie von rückwärts umklammert hielt, lachte, schrie: »Bravo, bravo, bis!« Da blitzte es vor Franks Augen, Belling hielt den rauchenden Revolver unter seiner Nase, hatte an seinem Kopf vorbeigeschossen. Frank stieß ihn vor den Bauch, spürte wütende Gier, ihn zu würgen, vergaß seinen Fuß, wollte auf, sank zurück, vor Schmerz rasend, packte den Revolver, schoß. Belling, an der Tür stehend, schoß wieder: der Alte irgendwo im Zimmer, warf die Arme hoch, drehte sich hart, schlug zu Boden. Der Stabsarzt erbrach. Frank spürte den Fuß nicht mehr, wankte ans Fenster: »Luft – Luft –« Der Morgen kroch aus den Uferbänken herauf, gelb, voll Sumpfgeruch.

Da sah er das Weib durch den Hof rennen, hinter ihr Belling, keuchend wie ein Tier. Er fuhr hoch, sank stöhnend nieder; der Fuß, der verdammte Fuß!

Der Batteriechef stand in der Tür. Die Wache rasselte im Nebel, erregt durch das Geschieße. Fragen — Geschrei — Verwirrung. Plötzlich sah man das Weib in der Dämmerung, mit offenen Haaren, zerrissener Bluse. Einer rief sie an. Sie verschwand in Richtung der Wälder. Bellings Leiche hing zwischen Uferwurzeln im Fluß; man fand sie erst am andern Tag.

Geschichte von einer Geburt

Eine Märznacht, rauh, regnerisch, mitten im Weltkrieg, und Frankreichs
Erde hing in Klumpen, Brocken, Krusten an Soldatenbeinen, Pferdebäu-
chen, Wagen, Waffen, Geschirr. Da machte die leichte Feldbatterie Quartier in einem Dörfchen dicht hinter der Front, das keine zehn Häuser an
der Straße hatte und eine Handvoll Hütten ringsum zwischen Rüben-
feldern ins öde Land verstreut. Libercourt-le-petit, so hieß es wohl, oder
Couchy-les-champs oder Le Mesnil, oder weiß der Teufel wie sonst. Damals war jedes verzwickte Wort für uns ein Markstein der Ewigkeit,
heute schmeißen wir alles durcheinander, Namen, Gestalten, Daten,
Landschaften, Bilder, Gerüche, das zerfließt alles im Gedächtnis wie die
Gesichter rasch gefallener Kameraden; was wieder aufersteht, hat
Schicht und Farbe gewechselt – vielleicht auch das Blut, den Herzschlag,
den Atem, die Knochen, das Hirn –, bleibt nur zu hoffen, daß die unsterbliche Seele jeder Verwandlung trotzt und daß sie wahrhaftig lebt in
jeder Wiedergeburt. Die Soldaten, welche in den verstreut umherliegenden Hütten Quartier nehmen mußten, waren übel daran, die kleinen
Pfade versanken im Schlamm, es war stichdunkel, man irrte leicht vom
Wege ab – in Belgien war einer beim Kaffeeholen in den Schacht eines
halbabgerissenen, unbedeckten Ziehbrunnens gestürzt, tagelang ver-
mißt worden und erst gefunden, als es aus dem Brunnen stank. Die drei
Soldaten, denen das Los zufiel, mit ihrem Zeug die äußerste Hütte zu
beziehen, kamen daher recht unfroh in ihr Quartier, besonders der
jüngste, denn er war zur Parkwache eingeteilt und mußte also in der
gleichen Nacht den Weg noch viermal zurücklegen. Jeder mit einem
Bund Stroh auf dem Rücken, dessen stichelnde Halmspitzen den Nacken
zerkratzten, Gepäck und Woilach übern Arm gehängt, so stapften sie mit
ihren schweren Reiterstiefeln durch den Schlamm, die Augen angestrengt auf den zitternden Lichtkreis von der Taschenlaterne des Quar-
tiermachers geheftet. »Sind Zivilisten drin?« fragte einer. »Zwei Weiber.« Aufhorchen! »Was für Weiber?« – »Junge?« Keine Antwort. Und
schon kreischt der Schlüssel im Schloß, Lichtschein und qualmiger Dunst,

Stalldunst, dicke Luft zum Schneiden zwischen Tür und Regennacht. Die öffnet, ist ein altes Weib mit dem Gesicht einer verwesten Eidechse, Händen wie starre Hühnerklauen. Aus ihrem Mund kommt ein gleichförmig röchelnder, pfeifender Laut, den man zu riechen glaubt. Noch aus der dunklen Ecke, in die sie sich verkriecht – das wäre wie in einer Tierhöhle –, die Ecke zum Winterschlaf, wenn nicht am Holz ein flakkernd Öllämpchen hinge, ein Kruzifix darüber, frische Buchsbaumzweige darauf gesteckt; und der erste Gedanke ist, daß gestern Palmsonntag war, ein schöner Empfang beinahe. Jetzt aber schaut man in die andere Ecke, wo kein Lämpchen brennt, und im Schein der Knipslaternen wird ein niedres Lager sichtbar, halb eingesunken, ein fahles Lappenzeug von alten Decken, darunter wälzt sich etwas, wälzt, wellt, hügelt, bäumt sich, windet sich, lautlos zuerst – und man sieht nichts als die unruhig bewegten Lumpenhaufen. Da, da gibt es einen Laut, das verkrochene, vergrabene Tier, da bekommen die Lumpen Stimmen, da stöhnt uns das verschmutzte Lager an, schrecklich, gepreßt, qualvoll – und dann brüllt es plötzlich stoßweise unter den zuckenden Fetzen heraus, zweimal, dreimal, fünfmal, anschwellend, zerschellend, verstummt –, und das Bett liegt wie tot. Die Soldaten im Kriege sind Schreie gewöhnt, einer von den dreien lag schon einmal auf dem Verbandsplatz in einer großen Schlacht, dieses Geschrei war aber von einer Art, daß alle zuerst blöde und ratlos standen, jeder den anderen anstarrte, keiner voranging. Der Quartiermacher war inzwischen hurtig verschwunden, vermutlich wollte er Vorwürfen und Beschwerden aus dem Wege gehen. Die drei standen gottverlassen am Eingang ihrer Tierhöhle und räusperten sich, bis dem jungen, dem der Arm eingeschlafen war, sein Strohbund von der Schulter fiel, den anderen gegen die Beine, und somit endlich der erlösende, geisterbannende Fluch erscholl. Es war nun auch alles ganz friedlich, das alte Weib unterm Öllämpchen sah man kaum, der Lumpenhügel schwieg und rührte sich nicht, eine Kerze war schnell aufs Wandbrett geklebt, man sah ein paar Holzscheite, warf sie auf Glutreste im schwarzen Kamin, schichtete das Stroh in die Nähe, fand einen Kessel voll Wasser, setzte ihn auf die Flammen und suchte die Kaffeebüchsen hervor. Aber das Feuer wollte nicht richtig ziehen, und der junge, der niedergekniet war, um es anzublasen, hob gerade zum Atemholen den Kopf und beugte sich zurück, da fuhr er so zusammen, daß er beinahe den Kessel vom Rost gestoßen hätte. Auch die anderen standen, wo sie gerade waren, starr, und hielten den Atem an. Aus den fahlen Lumpen ragte reglos, geräuschlos, ein Gesicht: breit, von braunen

Zotteln umfranst, bleich, unförmig, verquollen, dicke Lippen, die offen-
standen, wie zum Schrei geformt, Augen, die nichts Menschliches hatten
und keinen Schimmer von Begreifen, aber auch nicht wie Tieraugen,
nicht wie Glasaugen, nicht wie Totenaugen – solche Augen, wie alle
drei sie kannten, die Augen des besinnungslos wütenden Schmerzes.
Gleich darauf wölbte sich der ganze Bettberg langsam, aber krampfhaft
hoch, eine Decke fiel herunter, ein Stück Leib, ein Stück nackte Schulter
stieß hervor, das Gesicht fiel in Schatten, Haarflechten flackerten wild –
und ausbrechend, austobend wieder der schreckliche, brüllende, schnau-
bende Schrei. Dann Stille. Beklemmend. Alle drei gingen plötzlich, wie
auf gleichen Befehl, in kurzen Schritten dem Lager zu, dann standen sie
zögernd: Der erste, Weigel, ein älterer Bergmann aus dem Westerwald,
der zweite, Bopp, ein Bierkutscher aus Hanau, der dritte, Thomas, ein
achtzehnjähriger Student. Schließlich streifte Weigel ein Stück Decke
zurück und hielt die Taschenlampe sehr hoch über das Unbekannte,
was da unten massig lag und in kurzen Stößen zu atmen schien. Dann
wurde er kühner, sah sich die Sache gründlich an und machte sich an
den Decken zu schaffen. »Geburtswehen«, sagte er, »das kommt und
geht« – und die anderen fühlten sich sonderbar beruhigt beim sachverständigen Klang seiner Stimme. Bopp, der Schorsch, der lachte sogar und
ging ganz nahe heran, Thomas spürte kühl im Leib, hob sich aber auf
die Zehnspitzen und schaute über Weigels Schulter, und auf einmal geschah es, daß das Weib ganz ruhig seinen Kopf erhob, alle drei mit gesunden Augen ansah und übers ganze Gesicht zu grinsen begann. »Red
sie an«, sagte Weigel zu Thomas, der hatte aber kein Glück damit, die
Frau schien sein Französisch nicht zu verstehen oder wollte nicht, sie
machte die Augen zu, gähnte laut und drehte sich langsam, schwer, wie
ein schwangeres Tier, zur Wand, und dabei sah man, wie ungeheuer
dick ihr Bauch sein mußte.

Es war in diesem Landstrich mit der Witterung im Frühjahr so, daß gewöhnlich die Wärme zu früh quoll, im Februar vorzeitig blasse Pflanzen
und Schößlinge trieb, die nasse unreife Erde mit schalem Knospendunst
überschwemmte, schlüpfrige Saatspitzen aus den Schollen lockte und all
das gierig und schüchtern Keimende schutzlos den grimmigen Rück-
stößen der Frostkanonen preisgab. Die hatten drei Tage gewütet, mit
tödlichen Sturmattacken der Hagelschloßen, Schneegewitter und Platz-
regen. Jetzt aber, als Thomas die zweite Wache stand, zwischen dritter
und fünfter Morgenstunde, ebbte der Angriff zurück, bei plötzlicher

Windstille am Boden jagten die Wolken hoch in zerfetzten Fluchtscharen, am Vollmond vorbei, und es mischte sich seltsam das Frösteln naßkalter Schwärze mit einer lau gärenden, erdwürzig riechenden, nebelhaft steigenden Bodenluft. Im Westen flackerte wechselnd ein rötlicher Schein, große blasse Streiflichter zuckten über den Horizont, ein dumpfes, leises Gebrodel, von lautlos schütternden Luftstößen unterbrochen, ein ruhiges, verhaltenes Gedröhn, das die Stille der Nacht stiller machte, erscholl von der Front. Die Rohre der Kanonen glänzten feucht zwischen den Rippen und Wirbeln kleiner Weidenbäume, das flüchtige Mondlicht troff in verödete Pfützen, aus der Stallbaracke schnaubte oder stampfte ein Gaul, die Nacht war unruhig, und ihre hohle Stummheit von dem Tritt und Gerassel vieler marschierender Truppen durchbebt, die unsichtbar südlich und nördlich auf den zermatschten Landstraßen frontwärts zogen. Etwas Dröhnendes, Grausames, Unerbittliches lag in der Luft, man sprach von geplanten Offensiven, man spürte die Schauer einer Schlacht voraus, der geheime Befehl zum Angriff, zum Schrecken, zum Tode — fern im Dunkel hinterhältig ausgeheckt — fing schon lebendig zu rumoren an, die Gespenster der Truppenverschiebung, des Marsches nach unbekanntem Ziel, umflatterten jeden einzelnen preisgegebenen Mann und würgten ihm plötzlich die Kehle. Thomas stand an einem Baum gelehnt, in seinen feuchten Mantel vergraben, den Helm im Genick, in seine Nüstern stieg ein Geruch wie von blühenden Kätzchen, Primeln, Anemonen und Osterkraut. Der Vogel Kiwi schrie bald nahe, bald fern, eine kleine Eulenart, die in manchen Gegenden Frankreichs in Massen vorkommt, man hörte sie in den ersten Monaten des Jahres auf jeder Nachtwache schreien. Bei uns zuhause, wo sie seltener ist, heißt sie der Totenvogel, und der wird auch in Frankreich jedesmal für einen Soldaten geschrien haben. Heute vielleicht für den Wachkameraden, der am anderen Ende des Geschützparks steht, dachte Thomas. Oder für Schorsch Bopp, der in der Tierhöhle auf dem Stroh so gewaltig schnarcht. Für das Weib womöglich, oder für sein ungeborenes Kind. Für mich nicht. Für mich sicher nicht. Und er begann auf und ab zu schreiten, da das Gesinge einer fern vorbeiziehenden Truppe ihn frostig überfiel und aus dem pferdehaften Halbschlaf des Wachestehens weckte. Während er so auf und ab schritt, sah er plötzlich aus der Gegend seines Quartiers herschwankenden Lichtschein, hörte einen unverständlichen Ruf, irgendwo in einer anderen Hütte wurden die Läden aufgestoßen, Lampen angesteckt, ein kurzes Hin und Her von Stimmen erscholl, ein Getrabe, ein Fluch, dann kamen zwei Kerle im

Laufschritt am Park vorbei, von denen der eine, am Husten kenntlich, der alte Weigel war. Der andere, ein blonder Mensch mit Bärtchen und schmaler Drahtbrille, trug einen Drillichanzug mit der Rote-Kreuz-Binde um den Arm, hatte einen Sanitätskasten in der Hand, sah verschlafen aus, spuckte dauernd und lief in Holzpantinen. Ehe man sie anreden konnte, waren sie beide vorbei. Gleichzeitig aber schnaubte und schnaufte ein furchtbarer Ton durch die Nacht, viel wilder, lauter und verzweifelter, als es am Abend in der Hütte selbst geklungen hatte, unmenschlich, unwirklich, wie das Geblöke der Wahnsinnigen im Irrenhaus. Dann wieder war alles still. Thomas begann rastlos hin- und herzulaufen. Bald sah er auf die Leuchtuhr am Arm, bald verbohrte er den Blick in das fahle Dämmerlicht, das am östlichen Himmel hochkroch. Eine ganz fremde Erregung, die nichts mit Furcht, nichts mit Neugier, nichts mit Verlangen zu tun hatte, ging in seinen Adern um. Es war ihm plötzlich, als stünde er vor ungeheurem Neuland, aufgerissenen Wolken, vor der offenen Ferne, und etwas wie Lust und Schwindel machte ihn bewußtlos, trieb Dinge, Wellen, Geräusche durch sein Hirn, daß er, die Lippen gleichgültig bewegend, Worte sagte, Sätze kaute, Namen rief und nicht mehr fühlte, wie ihm geschah. »Geburt, Geburt«, sagte er und lief um eine Pfütze herum mit der Haltung eines Schwimmers, der den Kopfsprung machen will – und –, »es wird schon Tag« – sagte er – »zum Teufel« – sagte er – »Kein Krümel Tabak« – und, die Zähne verbissen, die Arme ausgestreckt – »Herrgott, wie die Zeit vergeht« – dabei war ihm, als schrumpfte sein Leib, als schnurrten seine Glieder und Muskeln ein, als krümmte sich sein Körper zum Hocksitz des Embryo, und nur der Kopf bleibe groß, schwer, erwachsen. »Geburt, Geburt«, sagte er und spürte aus der Luft etwas Heißes, Brennendes, Elektrisches in Funkenschwärmen auf sich niederregnen – und starrte tiefgebückt in den Erdschlamm, den Lehm, den zähbraunen Brei um die Wurzeln der Weiden, starrte zu Boden, indem er den Himmel meinte, warf den Kopf himmelwärts und ihm war, als grabe er sein Gesicht über und über ins feuchte Erdreich, während der laue Wind über seine Stirn schleifte, und alles fiel ihm ein, was den Frühling macht – dies ungeheure Wehen der Weidenruten, wenn sie gelb schimmern und leuchten von künftigem Knospengrün – das Geheimnis eines auskriechenden Schmetterlings – das tolle zaubervolle Erwachen der Tümpel und Teiche – der wilde heisere Liebesruf nestbauender Vögel – und jetzt?! jetzt aber?! was war das –?

Der rüde Gesang zweier in verschiedener Richtung marschierender Truppenkörper, rechts und links im Gelände, fast schon verhallend, hatte sich ganz vermischt, das gab in der Ferne harmonisch und groß eine klare Musik, und Thomas stand und lauschte mit offenem Mund, heiß stieg's ihm in die Kehle, seine Augen sanken herab, alles strömte über ihn zusammen, der Himmel ertrank in Sternen, der Kiwi schwieg. Jene Musik, die damals aus dem Gesinge fern marschierender Regimenter, aus dem »Haltet aus« und »Siegreich wollen wir« grölender Muskoten aufstieg, hörte Thomas viele Jahre später untrüglich wieder, es war der Anfang des zweiten Satzes von Beethovens letzter Sonate, opus 111. Damals kannte er sie nicht, aber er vernahm sie gläubig und andachtsvoll. Dann begann er zu frieren; die Ablösung stampfte heran; ein Hahn krähte prophetisch.

Was in der Höhle vorging, glich einem verzweifelten Kampf. Das Weib hatte längst alle Decken und Fetzen mit den furchtbaren Stößen ihres massigen Körpers heruntergeschleudert. Das Hemd aus schlechtem, gelblichem Stoff war quer überm Bauch zerrissen, nackt lag sie da, die Hügel und Berge ihres Leibes bebten, die Schenkel zogen sich hoch und streckten sich wieder aus, die geballten Fäuste schlugen den Bettrand, das große bleiche Gesicht mit rollenden Augen war aufwärts gedreht, der Atem ging keuchend aus ihrer Brust. Rechts und links vom Lager standen in Hemdsärmeln mit unwirschen Mienen Bopp und Weigel, während der Sanitäter am Boden kniete, ratlos in seinem Kasten herumfingernd, und das alte Weib in der Ecke allerlei Zeug murmelte, das wie Flüche und Verwünschungen klang. Sie meinte es auch im Ernst so, sagte der Sanitäter, denn der Vater des Kindes war ein deutscher Ulan gewesen, und die Alte wollte ihre Tochter lieber krepieren sehen, als einen kleinen Boche gebären. Keine Hand rührte sie, noch nicht einmal zum Wasserholen war sie zu bewegen, in der Ecke hockte sie mit dem Gesicht einer verwesten Eidechse und lallte bös. Es war auch kein Arzt im Ort, das Stabsquartier in der Dunkelheit nicht zu finden, – so mußten drei Artilleristen und der Sanitäter, der sich furchtbar genierte (er war von Beruf protestantischer Theologe), Geburtshelfer und Hebammen sein. Eine Viertelstunde lang schien es, als wolle der Engel noch einmal gnädig vorübergehen, dann aber setzte es ein mit dem Furioso eines ausbrechenden Vulkans: Erdbeben, Gedonner, Gebrüll und feurige Lava: Blut! Die zittrigen Finger des Sanitäters versagten, Weigel griff zu mit ruhiger, erfahrener Bergmannsfaust, nachdem er sie in

den Eimer gewärmten Wassers getunkt hatte, den Thomas herbei-
schleppte. Aber das Weib, wiehernd wie eine angeschossene Stute,
schlug mit den Beinen aus, trat ihn vor die Brust, daß er zurücktau-
melte. Bopp und der Sanitäter packten jetzt jeder ein Bein und hielten
es mit aller Macht umklammert nach auswärts gedreht, denn die
Stunde war da, und man konnte nichts mehr machen als rücksichtslos
zugreifen, auf die Gefahr hin, daß alles falsch war, was man tat, Mutter
und Kind unter den groben Händen draufgingen. Von schweren
krampfigen Stößen geschüttelt, preßte und drückte das Weib, und Weigel, in der Linken die Taschenlampe, versuchte mit der Rechten dem
lebendigen Geschöpf, das aus der Enge kam, seinen Weg zu erleichtern.
»Es kommt köpflings«, sagte er, »das stimmt, aber es ist zu dick, glaube
ich. Wo das viele Blut herkommt, weiß der Teufel.« Und Bopp mußte
sich mit aller Kraft seines Brustkastens auf den Schenkel der Frau legen,
so zuckte, zerrte und zog sie. Es war wie beim Pferdebeschlagen. Plötzlich warf sie den Oberkörper hoch, schrie gurgelnd und schlug mit beiden Fäusten nach Weigels Kopf. »Halt ihr die Arme und die Schultern
runter«, sagte der zu Thomas. Aber der Widerstand war so kräftig, daß
der Junge sich mit den Knien auf ihre Schultern stemmen und mit beiden Händen ihre Arme packen mußte. Ihr Kopf lag jetzt wieder auf-
wärtsgedreht dicht unter seinem Gesicht, die Stöße ihres Atems berührten ihn, und er stierte wie gebannt, benommen, versunken, in ihre weit
offenen Augen, deren Ausdruck übernatürlich war. Gleichzeitig lockte
ihn der Vorgang am unteren Ende dieses Leibes ungeheuer und schrecklich, und das letzte wahnsinnige Gerüttel, das letzte unmenschliche
Gebrüll, das letzte Aufbäumen und Abwehren, dem große drückende
Stille folgte, sah er schon wie hinter Glas, hörte er wie aus anderer Luftschicht, kalt, wach, gefühllos. Kaum spürte er, daß sie ihre Zähne in
seinen Finger schlug und ein Fetzen Haut beim Wegreißen herunter-
ging. Minuten folgten, die fast lautlos waren, und man hörte wieder das
ekelhafte Röcheln und Pfeifen des alten Weibes. Die Brust der Gebären-
den ging ruhig, Weigel stand mit seiner Taschenlampe unbeweglich,
die anderen spürten ein tiefes, rieselndes Ermatten des Körpers in ihren
Händen, sie hielten ihn nur noch aus Vorsicht fest. Plötzlich erschrak
Thomas wild, die beiden Hände des Weibes fuhren an seinen Armen
hoch, er wollte fest zupacken, spürte aber im nächsten Moment etwas
Unerhörtes, Unerwartetes, fast Unmögliches: diese Hände suchten
seine Hände, faßten sie an, schlangen die Finger in seine Finger und
preßten sie in leichtem zärtlichem Druck. Die Augen der Frau waren

auf einmal geschlossen, das aufgewölbte Gesicht schien eingefallen, die Lippen blaß und schmal, ein sonderbarer Glanz lag auf ihrer feuchten Stirn, und Thomas durchzuckte es, als sei dies der Tod, obwohl er den warmen lebendigen Druck der beiden Hände fühlte. Rasch blickte er auf und sah, wie Weigel mit einem Gesicht, unter dessen Stoppeln allerlei fragwürdige Falten liefen, etwas Lebendiges, Rötliches in die Höhe hob – und er sank fast vornüber auf die Brust der Frau, die jetzt ruhig atmete, und es schwankte, tanzte alles um ihn her, und der Tag brach herein oder war schon längst hereingebrochen, Dienstag war's in der Karwoche, und in diesem Augenblick schrie das Kind.

Sonderbar: die Alte war plötzlich still geworden, kam aus ihrer Ecke hervor, nahm das Kind in die Arme, wusch es, wickelte es in ein Tuch und war wie eine Gluckhenne um den kleinen Boche herum. Die drei Artilleristen gingen hinab ins Dorf und putzten ihre Gäule. Der Sanitäter hatte aufgehört, sich zu genieren, war sehr stolz und schrieb einen Rapport. Am Nachmittag kam Thomas allein ins Quartier zurück, um das Geschirr zu packen, zum Abend war Aufbruch in Feuerstellung befohlen. Als er hereinkam, da stand das junge Weib mitten in der Stube – sie hatte eine Art Mantel umgehängt –, sie stand breitbeinig, ihr Gesicht war rot und frisch, die beiden Brüste groß und strotzend nackt, an der einen lag ihr Kind. Während Thomas sein Zeug packte, kam sie langsam heran und setzte sich dicht vor ihm auf den Tisch. Er hielt ein und betrachtete sie. Die Alte war nicht im Haus. Die Fenster standen offen. Warme Luft roch herein. Die Frau sah ihn an, mit dicken, geschürzten Lippen, auf denen die Zunge spielte, aber mit großen ernsthaften Augen unter der tierischen Stirn. Dann nahm sie seine Hand und legte sie minutenlang auf ihre freie Brust, die kühl war und so fest wie ein voller kräftiger Arm.

»An die Pferde! Batterie aufgesessen!« Jetzt ist der Abend nah, und die Röte im Westen schüttert von dumpfen Donnerschlägen. Die Gäule sind unruhig, der Frühling sticht in der Luft. Die ist hoch oben blaß, der Mond wie eine verblasne Wolkenfeder darin verloren, dann stürzt die Nacht schnell, der Kiwi schreit, marschierende Truppen grölen in der Ferne.

Die Geschichte von einer Entenjagd

In der Frühe kam Thomas zurück, mit kleinen leisen Ruderschlägen dem Ufer zusteuernd, machte sehr langsam das Boot fest, schöpfte es noch aus, denn es zog bei jeder größeren Fahrt etwas Wasser, und ging zur Hütte hinauf, aus der schon Rauch aufstieg: Söri kochte Kaffee.

Er trat ein, die beiden großen Enten baumelten wie Skalpe an seinem Gürtel, mit schwärzlich verklebten Augen, ein paar Tropfen geronnenen Blutes vorm Schnabel, an den Brustfedern, am Hals. Er tat so, als habe er vergessen, daß die Enten an seinem Gürtel hingen – er machte sich nichts wissen –, es schien ihm selbstverständlich zu sein. Söri stieß einen kleinen hellen Schrei aus. Sie hatte die Kaffeemühle zwischen den Knien und trug, wahrhaftig, einen rotseidenen Morgenrock, das Haar hatte sie schräg über ein Ohr gekämmt, so daß die andere Gesichtshälfte groß, nackt und klar erschien wie der Spiegel des Fischsees draußen. Und unter dem seidenen Morgenrock hatte sie hellgraue Jagdbreeches an, aber rote Pantoffel an den nackten Füßen; so hockte sie auf einem Kistenstuhl in der groben, klotzigen Holzhütte – die Kaffeemühle zwischen den Knien, im Herd krachte und knarzte brennendes Kiefernholz –, lachte Thomas mit blanken Zähnen an und wies auf die Enten, deren zusammengebundene Füße, in der Todesstarre verkrallt, seine Windjacke kratzten.

Wieder kam ihm die Wut über seine Faulheit und seinen Unverstand – zwei Monate schon im Nordland zu leben und nicht Norwegisch zu können. Sein dummes Schulenglisch reichte kaum aus, um von einem Tabak festzustellen, daß er gut sei. Nun band er langsam und mit etwas klammen Fingern die toten Enten los, wog sie spielend in der Hand und legte sie dann in ihren Schoß, oberhalb der Kaffeemühle, wo die grauen Breeches unter dem Schlafrock hervorschauten, wo die Schenkel einander leicht und zart berühren würden, wenn sie nackt wären – das ging ihm dabei durch den Sinn, während er wortlos die Kaffeemühle aus ihren Knien zog und, rückwärts das Kreuz an den Tischrand lehnend, zu mahlen begann. Mit den Fingerspitzen tastete sie über Rücken, Bauch und Schwungfedern der Enten hin: die waren von baum- und moosfarbenem Graugrün, seltsam mit rötlichem Braun unterlegt, schwärzlich gerillt, und das tiefe Blaugrün der Brust von wolkigen schmutzweißen Flaumwellen gesäumt. Söri betrachtete sie mit einer stillen, tierischen Aufmerksamkeit, ihre Wimpern, die viel dunkler waren als das Haar, ließen einen schmalen Schlitz der lichtgrünen Augen frei, sie lagen etwas schräg zur stumpfen Nase, der Mund, breit, mit dünnen, leicht aufwärts gebogenen Winkeln, von der Zungenspitze befeuchtet, stand ein wenig offen, ihre Haut war hell, ihr Gesicht zart und kräftig, mit einer leisen Andeutung der finnländischen Abkunft. Thomas mahlte Kaffee und war abwechselnd in den Anblick Söris und der Enten versunken.

Im Nebenraum, hinter der hängenden Zeltbahn, hustete Henrik, Söris Mann. Der Kaffee war fertig gemahlen. Thomas gab ihr die Mühle und nahm seine Enten zurück, hängte diese an einer Leiste des Fensters auf, während Söri den Kaffee aufgoß, dessen Geruch sich warm und kräftig im Raum verdickte. Jetzt trat Henrik heraus, in Hemd und Hose; sein breites, rundes Gesicht war von dunklen Bartstoppeln bedeckt und sah noch verschlafen aus. Er hatte am Abend vorher gefischt und war erst nach Mitternacht heimgekommen, gerade als Thomas in die weiße flirrende Nacht hinausging, um Enten zu schießen, deren beste Stunde die der ersten Sonnenstrahlen ist. »Kaffee, Kaffee!« rief Henrik und langte den Buttertopf vom Wandbrett. Dann sah er die Enten. »Hallo«, rief er, »holla, gute Jagd!« und hieb Thomas seine schwere Pratze auf die Schulter. Henrik hatte in Darmstadt Maschinenbau studiert, er sprach Deutsch, sogar die Mundart von Thomas' Heimatgegend. Beide betasteten sachlich und prüfend die toten Enten, nickten ernsthaft dazu und setzten sich dann zu Tische, Söri goß den Kaffee ein, sie schnitten mächtige Ranken von einem breiten Brotlaib, klatschten mit Lappenmessern Butter darauf und stocherten in den kalten Resten eines gebratenen Lachses herum, den Henrik zwei Tage vorher am Wasserfall gefangen hatte.

»Es ist Sonntag«, sagte Henrik plötzlich, »es wird gut sein, wenn wir uns rasieren. Wir kriegen Besuch.« Dann redete er norwegisch mit Söri, beide sahen Thomas an und lachten; der verstand kein Wort, sagte »all right« und lachte mit.

So etwa unterhielten sie sich bereits seit zwei Wochen, seit sie zu dritt auf Hallers einsamer Jagdhütte am Skjürvanten hausten, um Lachse zu fischen, Enten zu schießen, Schneehühner auszumachen. Es ging friedlich und geruhsam zu in ihrem Wigwam. Henrik flickte den ganzen Tag Netze, die ewig schadhaft waren, oder er hackte Holz, oder er entwirrte unwahrscheinlich verknotete Angelschnüre. Thomas trieb sich

viel allein an den Seeufern oder mit dem Boot in den abgelegenen Schilf-
buchten herum, oder er schoß mit Rehposten nach einer birkenrindenen
Scheibe, oder er kletterte auf einen der weglosen Berge, wo es viele
Raubvögel gab, sogar Schnee-Eulen und Steinadler, und wo man im
Hochmoor manchmal ein paar silbergrauen Rentieren begegnete, die
sich von einer Lappenherde verlaufen hatten. Söri lag gewöhnlich in
ihren Breeches und ihrer weichen Lederjacke in den Heidelbeeren und
machte sich Mund, Hände und Kleider blau. Abends spielten sie ein
Würfelspiel mit hölzernen Pferden, lachten furchtbar, wenn einer verkehrte Zahlen warf, und qualmten die Hütte voll.

Jetzt aber stand Thomas plötzlich auf, obwohl der Kaffee noch gar
nicht ausgetrunken war, glotzte mit offenem Mund seine Enten an und
spürte: ›Es geht nicht mehr so weiter.‹ Nichts hatte sich ereignet, nicht
das geringste war passiert. Aber es ging nicht mehr so weiter. Nein, es
ging nicht mehr.

Nämlich, wo Frauen rar sind, beginnen sie plötzlich eine Rolle zu spielen, die ihnen im allgemeinen Leben keineswegs zukommt. Nicht daß
die Männer gleich wie Hirsche mit gesenkten Hörnern aufeinander los-
gingen; auch Haß, Mißtrauen, Eifersucht und Bosheit sind unter Kameraden nicht an der Tagesordnung. Hier war erst recht gar keine Rede
von alledem. Nur: es beginnt sich unmerklich alles um die Frau zu
drehen. Man macht sich zwar zur unausgesprochenen Vorschrift, im
Sport, auf der Jagd, im Hüttenleben die Frau durchaus als gleichartiges
Geschöpf zu behandeln, läßt alle überflüssige Galanterie beiseite, hilft
ihr nicht beim Einsteigen ins Boot, trägt ihre Angel nicht, macht keine
Versuche, sie zu unterhalten, wenn man sich lieber mit seiner Shagpfeife
unterhält, und sieht behaglich zu, wenn sie die schlammbedeckten Was-
serstiefel reinigt. Aber trotz alledem: plötzlich merkt man, daß sich alles
um sie dreht. Ob man einen Lachs fischt, Enten schießt, das Boot abdich-
tet, einen Wurzelknorz zu Feuerholz zerhackt – jede Art von Leistung
geschieht ihr zu Gefallen. Das ist ärgerlich, besonders wenn man sie
noch nicht einmal etwa liebt. Wenn man noch nicht einmal den Gedanken erwägt, sie zu küssen, während ihr Mann seine Netze flickt. Wenn
der Mann noch nicht einmal zögert, die halbe Nacht allein auf dem See
herumzustreichen, während seine Frau schon im Bett liegt und, hinter
einer gähnenden Zeltbahn hervor, Solveigs Sang pfeift. Kurzum: wenn
sich gar nichts ereignet, und man läßt plötzlich seinen halbausgetrunke-
nen Kaffee stehen, dann geht es wirklich nicht so weiter.

Nun aber war Sonntag, und um die Mittagszeit standen Henrik, Thomas und Söri einträchtig am Ufer, sahen um die Waldkuppe herum, im dichtbesetzten Boot, ihren Besuch kommen, den Besitzer dieser Hütte, der mit seiner Familie vier Stunden über Land fuhr, um nach seinen Jagdgästen zu sehen, und dessen »Hallo« und »Huzza« von den Bergwänden ein ungewohntes Echo weckte. Haakon Haakonson, der zwei Stunden unterhalb des Sees, am Fluß, sein einsames Alphaus hatte, saß auf der Ruderbank, bärtig und ernst, mit bloßem Kopf. Haller selbst trug einen hellen Strohhut, seine Frau ein Lodencape, seine Schwägerin ein Sommerkleid, sein Sohn eine scharf blitzende Brille.

Während der langen norwegischen Begrüßungen betrachtete Thomas unausgesetzt den großen Strohkorb, den Haakon stöhnend aus dem Kahn hob: Flaschenhälse lugten heraus, und verdeckte Töpfe standen darin, ein Steinkrug voll frischer Sahne, eine angebratene Rentierkeule, ein halber Hummer waren da zu sehen, und er griff freudig zu beim Auspacken, Hinauftragen und Zubereiten all dieser Kostbarkeiten. Das war eine heitere Abwechslung, über die man vergaß, daß es nicht so weiterging – zwischendurch wurden die toten Enten wieder betastet, gewogen, bewundert. Als dann alle um den breiten hölzernen Tisch herumsaßen, kräftig zulangend, jeder ein großes Glas Rotwein vor sich, sagte Söri etwas und deutete lachend auf Thomas, worauf ihm alle zutranken, weil er die Enten erlegt hatte.

Satt und behaglich rauchend, saß er nach dem Essen vorm Bau. Mit Aquavit, Bordeaux, Hummer, Rentierfleisch und geschlagenem Rahm war die Empfindung, es ginge nicht so weiter, tief in die unbewachten, schlummernden Abgründe seines Innern hinabgeglitten. Eine breite, gleichmäßig atmende Ruhe lag mit dem klaren Mittagslicht über der Landschaft: Baumkronen tranken Sonne, die Erde trank langsam das Wasser der trocknenden Regentümpel, und der Himmel trank in stillen Zügen den feuchten Dunst, der zögernd aus dem See stieg. In der Hütte drinnen lachte Söri mit den andern Frauen. Thomas hörte es nicht anders als das Lachen einer Taube im Wald, das ferne Gezeter eines Rohrspatzens, das Geräusch einer großen Libelle, deren gläserne Flügel im Vorbeistreichen wie trockenes Papier knisterten. ›Die Welt‹, spürte er, ›ist gut und schön gemacht, es lohnt sich, in ihr zu leben, ja, es verlohnt jede Mühe und Plage, jeden Schmerz und Schlag, vielleicht sogar am Ende den Tod. Nichts gibt es, was die Treue dieser Erde erschüttern könnte, wenn man sie einmal mit allen Kräften geliebt hat. Nichts gibt es, was die Gnade dieses Himmels trügen könnte, wenn man sie einmal mit allen Fasern empfangen hat. Der Tod aber ist ohne Schrecken, wenn man bedenkt, er müsse genug haben, nachdem er mit allen Waffen des großen Krieges durch vier wehrlose Jahre hindurch nichts erreicht hat, als daß man ihm immer wieder um Haaresbreite entging – und wenn man hofft, sehr alt zu werden in Kraft, und dann zu sterben, wenn alles erfüllt und gerundet ist, an einem Tage wie diesem, mit einem letzten Strom Licht im Auge, an einem Tage wie diesem, wo das Versinken eines Leichnams im grünen See keinen Bruchteil der Lust und des Jubels der Schöpfung beschweren könnte.‹ Solches spürend, schloß Thomas die Augen halb und sah gleichzeitig mit dem blauen Strahl zwischen dem Birkengelaub die schwarzgrüne Kuppel der Herbstnacht, das Verrosten metallischer Wolken an einem Winterabend, das reißende Schwarz eines stürmenden Gewitters, und hörte gleichzeitig mit dem leisen Geläute des Uferwassers die krachende Brandung an längst vergangenen Meerklippen, den Tropfengesang duftenden Sommerregens, das Knirschen verharschter Schneekrusten unterm Schuh. Die Gerüche des Waldbodens und des zarten Holzrauchs, der aus dem Hüttenrohr zitterte, verschwammen mit dem Geschmack von Gravens Tabak, dem Hauch von Lederzeug und dem Dunst des eigenen Körpers zu einer seligen Wolke von Gegenwart und traumzerlöster Erinnerung. Er saß lange, ohne zu denken, und dämmerte, glücklich ein- und ausatmend. –

Da trat der alte Haller heraus. Den Strohhut im Genick, die Havanna im Mundwinkel, den steifen Kragen vorn am Hals geöffnet, die stark behaarten Fäuste in die Seite gestemmt, klein, gedrungen, breitbeinig, mit braunem, faltigem Gesicht und einer Fuchsnase, so stand er da, ein Selfmademan durch und durch, mit einem zugekniffenen, einem weit gesperrten Auge, so blickte er über Wald und See, im vollen Bewußtsein, alleiniger Besitzer der Fischereihoheit und des Jagdrechts in dieser Gegend zu sein. »Es gibt wieder Lommen dies Jahr«, sagte er, und Haakon, der abseits auf einem Baumstumpf hockte und aus einer Tonschüssel Grütze aß, nickte ernst und sorgenvoll. »Mehrere Paare«, sagte er, »und eine junge Brut.« – »Verdammte Fischräuber«, rief Haller, dann zwinkerte er mit seinen Fuchsaugen Thomas an: »Wie wär's – zwei Kronen pro Kopf!« Thomas lachte. »Heute noch?« fragte er. »Je schneller, desto besser«, sagte Haller. »Wenn wir abends wegfahren, will ich die Köpfe mitnehmen.« – »Well«, rief Thomas, den der Ehrgeiz packte (und der außerdem noch nicht wußte, woher er das Reisegeld für die Heimfahrt im Herbst nehmen sollte). »Der Staat zahlt eine Krone fürs Stück. Ich setze zwei aus!« drängte Haller. Schon hatte Thomas das Gewehr in der

Hand, steckte Patronen ein. »Hinter der Insel im Schilf müssen sie nisten«, meinte Haakon. »Ich weiß«, sagte Thomas, »ich bring sie auf.« Da streckte Henrik den Kopf zum Hüttenfenster heraus. »Schießen Sie?« rief er Thomas an, der schon zum Boot hinabschritt. Und gleich darauf: »Warten Sie ab. Meine Frau will mitfahren!« – »Well«, schrie Thomas, machte schon die Bootskette los. Und sah, wie Söri ihre Lederjacke locker um die Schultern warf, ihre Zigarette austrat und ihren kleinen grauen Filzhut aufsetzte. Dann fuhren sie zusammen hinaus, während der alte Haller und Henrik am Ufer standen, jeder einen Fernstecher in der Hand, um seine Jagd zu beobachten. Thomas ruderte, das Gewehr über die Schenkel gelegt, Söri saß ihm gegenüber, die Steuerleine in der Hand, die dunkelblonden Haare aus der Stirn gestrichen, mit einer weißen Bluse unter der Lederjacke und einem Blick voll tierischer Wachsamkeit, der abwechselnd sein Gesicht und sein Gewehr streifte.

Es gilt nun, die Mißgeschicke dieser Jagd zu verzeichnen, ohne nachträglichen Ärger, denn nicht alle Jagden dürfen glücklich sein, und die beste ist manchmal die, von der man ohne Beute heimkehrt, aber mit einer neuen Erfahrung im Schädel, einem neuen Gefühl im Zwerchfell, einem neuen Antrieb im ganzen Leib. Lommen sind große Raubenten, die mit ihrem scharfen krummen Schnabel die stärksten Fische packen. Daher führen die Nordlandfischer einen Vernichtungskrieg gegen sie. Thomas hatte noch keine geschossen, da man sie nicht essen kann und da er nicht wußte, daß man ihre Skalpe prämiiert.

Jetzt, als er sein Boot mit leisen Ruderschlägen um die Spitze der Insel trieb, die es den Fernstechern der Zuschauer entzog, ergriff ihn, der längst über die Zeit des Jagdfiebers hinaus war, eine leise Unruhe. Er wußte nicht recht, ob dies wegen des ungewohnten Wildes war, wegen der Prämie, oder weil es doch nicht so weiterging. Söri saß unbeweglich, und sie sprachen kein Wort. Plötzlich tippte sie ihn an und deutete über seine Schulter. Er fuhr herum: mitten auf dem See dunkle Punkte. Das mußten die Lommen sein, denn Wildenten waren um diese Zeit kaum zu vermuten. Sie bewegten sich ziemlich rasch auf das waldige Ufer zu.

Thomas wendete das Boot so hastig, daß er mit beiden Rudern krebste. Seine Unruhe begann ihn zu ärgern. Er zog gewaltig los, indem er Söri auf englisch zu erklären versuchte, daß er jenseits der Insel an Land wolle, über die Waldkuppe laufen, um so den Lommen vom Ufer aus schußnahe zu kommen. Die Fernstecher arbeiteten erregt. Man schien

48

sein Manöver nicht zu verstehen, winkte hin und her. Er kümmerte sich nicht darum, hielt gerade aufs Land zu. Söri rang nach einem Wort, sagte es dann norwegisch, er verstand nicht, sie machte ein verzweifeltes Gesicht und unverständliche Zeichen. Er schüttelte den Kopf, legte den Finger auf den Mund, sah sie drohend an; sie schwieg, zuckte die Achseln. Da streifte die Bootsspitze Land, er stieg heraus, zum Glück erst mit einem Fuß, und sank sofort bis zur Hüfte ein.

Jetzt hatte Söri ihr Wort gefunden: »Swamp«, sagte sie, »very swamp«, aber es war zu spät. Thomas mußte sich mühsam wieder ins Boot ziehen. Sein rechtes Bein war bis hoch hinauf voll schwarzen Morasts, und das Wasser troff in seine Stiefel. Wütend stieß er das Boot wieder ab, während von der Fernstechergruppe ein deutlich hörbares Gelächter herüberwehte, und es war noch ein Glück, daß Söri nicht mitlachte, sondern ihn ernsthaft und aufmerksam ansah.

Als er um die Landzunge herumkam, stieß er mit seinem Boot fast auf die Lommen, die mit Schrei und knatterndem Flügelschlag hochgingen, Kurs quer über den See. Er riß das Gewehr hoch, zielte, drückte ab – das Ausbleiben des Schusses warf ihn fast um. Er hatte nicht geladen. Nun sah er Söri schon mit einem beinah haßerfüllten Blick an. Ohne weiteres trug sie die Schuld an alledem. Und es war ganz sonderbar, unglaublich fast, daß sie nicht lachte, sondern nach wie vor sein Gesicht, seine Hände und sein Gewehr mit ruhigen, aufmerksamen Augen streifte. Hastig, obwohl es zu spät war und seine Zweikronenköpfe bereits weit überm See verschwanden, lud er das Gewehr und hörte die Fernstechergruppe am Ufer, denen sein Nichtschießen unbegreiflich war, schreien und zetern. Er sandte ihnen einen empörten Blick, da sah er, daß sie immer in einer bestimmten Richtung winkten, immer ein bestimmtes Wort riefen. Jetzt war auch Söri aufmerksam geworden, faßte ihn am Arm und flüsterte aufgeregt: »Young lommers, young lommers!«

Wahrhaftig, in einiger Entfernung schwamm eine einzelne ausgewachsene Lomme in erregten Kreisen, tauchend, wieder hochschnellend, treibend, hastend, hetzend, in Todesangst, da sie das Boot zwischen sich und dem Ufer liegen und immer näher kommen sah. Dicht um sie geschart schwamm die junge Brut. Die Mutter trieb, jagte, stieß, ihr langer Hals war flach übers Wasser weit vorgestreckt und wie von Verzweiflung gezerrt. Jetzt hatte Thomas sie schon beinah erreicht, er ließ die Ruder streichen, hielt das Gewehr schußbereit und kniete im Boot.

Die Jungen tauchten unter, von der Mutter geführt. Gespannt starrte

Thomas auf den Wasserspiegel. Da kam das erste hoch, es hatte die Richtung unter Wasser falsch bemessen, dicht beim Boot kam es herauf, gleich daneben ein zweites, ein drittes, gelbwollige, flaumige, kuglige Federbälle, die mit schwachen Schwimmfüßen das Wasser schlugen, traten, peitschten, und deren winzige Flügelstümpfe zuckten und zitterten. Deutlich sah man die krummen Raubschnäbel, die aus den verängstigten Kükengesichtern recht hilflos ragten, wie wenn man einem zweijährigen Kind ein Dolchmesser zwischen die Zähne gesteckt hätte. Da: mit einem gewaltigen Schwung tauchte die Mutter auf, aus der Flut hochschnellend wie ein Torpedogeschoß, die Augen weit aufgerissen, in Angst und Sorge um ihre Jungen, doch die waren verschwunden, der breite Leib des Bootes hatte sich dazwischengeschoben, verdeckte sie ihrem Blick, lag drohend und würgend zwischen ihr und ihrem Leben, starrte sie kalt an mit dem grausamen Rohr des Gewehrs, dem sie jetzt ein unfehlbares Ziel bot.

Eine alte erfahrene Lomme weiß, was ein Boot ist. Was ein Jäger ist. Was ein Gewehr heißt. Sie weiß, daß es den sicheren Tod bedeutet, einem solchen Feind zu nahe zu kommen, und daß es kein Mittel gibt, ihn zu bekämpfen. Jetzt aber, als habe sie all das vergessen, als sei das Boot ein kleines, schwach bewehrtes Wassertier, oder als spüre sie in sich die Kraft, Wunder zu wirken, das Pharaonenheer ertrinken zu lassen, die Mauern von Jericho umzuhauchen, bäumte sie sich hoch auf überm Wasser, die Federn gesträubt, die Schwingen kampfmutig gespreizt, mit den scharfkralligen Füßen die Wellen schlagend, den Schnabel weit geöffnet zu wutheiserem Schrei, die Augen blutunterlaufen, grell funkelnd, von Haß und Verzweiflung – so ging sie das Boot an, das zwischen ihr und ihren Jungen lag, vorstoßend mit gerecktem Hals, und ergriff erst die Flucht, als Thomas mit dem Ruder nach ihr schlug. Da ging sie mit schwerem Leib und ermatteten Flügeln hoch, langsam in Kreisen abstreichend, und bot noch lange ein unfehlbares Ziel für des Jägers Gewehr. Der aber kniete noch immer und legte nicht an. Vom Ufer, wo die Fernstecher fuchtelten, wildes Geschrei. Jetzt war das erschöpfte Tier außer Schußweite. Die Jungen, von der Führerin verlassen, schwammen hilflos durcheinander und umkreisten das Boot, als suchten sie in ihm die Mutter, tauchten unter und kamen wieder hoch; mit zwei Schrotschüssen hätte man sie alle erledigt.

Vom Ufer schallten deutliche Rufe, schon schnappten die Stimmen über vor Eifer und Wut: »Feuern! Feuern!«

Aber Thomas schoß nicht.

Langsam, ohne ein Wort zu sagen, mit einem fast verbissenen Zug um den Mund, Söris Blick meidend, drehte er das Boot mit der Spitze zum Ufer, ruderte zurück. Wie er dann anlegte, das Gewehr an Land warf, die Bootskette um einen vorstehenden Wurzelast schlang und das Schöpfgefäß ergriff, überfielen sie ihn von obenher mit wüstem Geschrei und Geschimpfe. »Drei Kronen hätte ich für die Alte gezahlt«, schrie Haller, »vier Kronen! und für jedes Junge den Preis eines ausgewachsenen Lachses! Diese Fehljagd«, schrie er in einem für Thomas' Ohr widerwärtigen Gemisch von Deutsch, Englisch, Norwegisch – »kostet mich den halben Fischfang eines Sommers!« Auch Henrik schimpfte und fragte, der junge Haller, die Frauen, sogar Haakon Haakonson wiegte mißbilligend und betrübt den ernsthaft behaarten Schädel. Thomas drehte ihnen den Rücken zu im gleichmäßigen Auf und Nieder des Ausschöpfens, er vertiefte sich so in diese Arbeit, als sei sie das Wichtigste auf der Welt, und gab keine Antwort. Was sollte er auch sagen. Es war sinnlos. Völlig sinnlos. Ein Gefühl grenzenloser Vereinsamung stieg in ihm auf, während er das letzte Wasser aus dem Boden des Kahns kratzte. Kann man diesen Menschen, kann man den Menschen sagen, warum man etwas tut oder läßt? ›Nein‹, sagte er sich kurz, ›und nicht einmal stillschweigend Respekt vor unseren Handlungen können wir von denen verlangen, die nicht das gleiche verspüren wie wir.‹ Er sagte sich das nicht so genau, aber er wußte im Augenblick, als er das Schöpfgefäß zu Boden warf, den Rücken langsam gerade machte, seine Jacke zuknöpfte, an Land sprang (wobei ihm noch auffiel, wie grell sich das Licht im Wasser der tief in den schwarzen Moorgrund getretenen Fußstapfen spiegelte), er wußte in diesem Augenblick fürs ganze Leben, daß es am besten sei, fremde Leute, die etwas nicht begreifen, einfach klipp und klar, ohne Umschweife oder Bedenken, anzulügen.

So kam es, daß er mitten in das allgemeine Gezeter hinein laut und vernehmlich sagte: »Was wollt ihr, es waren keine Lommen, es waren Enten!« Es entstand ein verblüfftes Stillschweigen über diese offensichtliche Lüge, und ihm schoß das Blut zu Kopf, da ihm jählings einfiel, daß er ja eine Zeugin habe, die ihn im nächsten Augenblick entlarven werde. »Enten?« schrie Haller plötzlich, und seine Stimme kippte um vor Empörung. »Enten – um diese Zeit«, sagte Henrik achselzuckend. »Enten!« schrie alles durcheinander. – »Enten!« schrie Thomas aufstampfend, »Enten, Enten!« brüllte er in Hallers Gesicht. »Junge Enten, die man nicht schießen darf!« log er verzweifelt. – Da ertönte hinter ihm Söris Stimme, ruhig und gleichgültig fast, aber so, daß alle darauf hörten: »Ja – es waren Enten«, sagte sie. »Es waren keine Lommen, da hat er recht«, sagte sie. Thomas drehte sich nicht um. Ihm war, als ginge ein heißer Strom über seinen Rücken. Langsam schritt er an der ganzen Gesellschaft vorbei, an der Hütte vorbei, am Holzstall vorbei und verschwand bergaufwärts im Wald. Man rief ihm nach, er hörte es nicht mehr. Feuchter Wacholder und Pilze rochen ihm entgegen. Irgendwo machte er halt, setzte sich auf einen vermoosten Felsblock und pfiff leise vor sich hin.

Als er zurückkam, war die Gesellschaft längst verschwunden. Die fahle Nordnacht machte den See schon matt und silbern. Henrik stieß gerade von Land, die frischgeflickten Netze im Boot, um sie weit drüben am Schilfufer auszulegen. Söri stand an eine Kiefer gelehnt und sah ihm nach. Thomas trat neben diese Kiefer, machte den Finger krumm und klopfte an, wie man an eine Zimmertür klopft. Söri schaute noch auf den See, wo gerade das Boot hinter der Insel verschwand. Thomas versenkte seinen Blick sehr tief in die Kiefernrinde: rötliche Schalen blätterten wie spröde Haut von der braunen rissigen Borke. Dazwischen das zarte Gewebe einer kleinen Spinne, die dürre Kruste einer leeren Schmetterlingspuppe, der schimmelgrüne Ansatz einer Flechte.

Sehr tief schaute er in die Rindenrisse dieser Kiefer, sehr dicht war sein Kopf bei ihr, und sie umhauchte ihn mit einem Geruch, die Kiefer, der zärtlich war und bereit, lockend und von großer Wärme geschwellt. Jetzt strich eine Sumpfeule tief und nah vorüber, und beide folgten mit den Augen ihrem Fluge. Die Eule verschwand im Röhricht, dessen Halme sich lang und zitternd bewegten. Vereinzelt stiegen Blasen aus dem Schlammboden des Uferwassers auf, da und dort sprang ein Fisch, die Nacht blieb warm und hell. Endlich sah sie ihn an. Mit unruhigen Mundwinkeln. Er, Thomas, umfaßte ihr ganzes Gesicht mit großem, vollem Blick. Alle Unruhe war von ihm gewichen. Warm und stark rann es durch seinen Körper. Plötzlich faßte er ihre Hand und sagte: »Tak« – das fiel ihm ein. Ihre Augen lachten. »Es waren keine Enten«, sagte sie, »es waren Lommen.« – »Ja«, sagte er. »Aber ganz junge Lommen.« Sie nickte ernsthaft und gab keinen Laut, als er sie langsam an sich zog.

Die Geschichte vom Tümpel

Den langen bläulichen Riß, der sich im Zickzack über die krustige Eisfläche zog, hatte die frühe Märzsonne in vielen scharf glitzernden Mittagstunden genagt. Nachts schob ihn der Frost wieder zusammen und füllte ihn auf mit körnigen Reifbrocken.

Als aber der Föhn durchs Hochtal schnaufte, die schmutzigweißen Gesichter der nebligen Berge schreckhaft und drückend nah heranholte, die Wälder blaugrün und braun aus den fahlen Schneefeldern wusch, verbiß die plötzliche Wärme sich in die schmalste Bresche, bohrte und sprengte und fraß und rammte sich wütend ein, mit gierigem Finger, brennender Zunge saugend, stoßend, bis die ersten bräunlichen Blasen wie dunkles Wundblut hervorquollen und langsam, siegreich, undämmbar das trübe Wasser des Tümpels über die schmelzenden Schollenränder stieg. Bald lag der kleine Tümpel glatt und klar inmitten der schneefreien Wiese, deren gelbes Herbstgras schon von den saftigen Jungspitzen übersproßt wurde, und nur zwischen den harten, altgrauen Schilfrohren spann sich noch in der Frühe klamm und glasig die letzte dünnschalige Eiskruste wie Haut auf gekochter Milch.

Tag auf Tag baute sich dem Frühling entgegen.

Die Luft, erst noch kälteklar wie harter geruchloser Kristall, ward bald von Bodendämpfen beschwert, von Ackerdünsten durchquirlt, von herben und süßen Duftwellen durchrollt und durchronnen, da roch es plötzlich betäubend nach den Blüten des Seidelbast, da stank es vom Seegrund herauf, wo die Bauern ihr spärliches Feld düngten, da schmeckte der laue schleifende Wind und der frische rüttelnde Wind nach Laub, Sauerampfer, Maikraut, daß man ihn schlürfend zwischen die Zähne sog, und über dem Tümpel stand ein Hauch von verdunstendem Wasser und leise durchwärmtem, mehlig morastigem Schlamm.

Und am oberen Ende, wo der Bach in ihn einfloß, war bis zum Grund eine so hellbraune Klarheit, daß jedes winzige Steinchen und die um krustige Gehäuse alter Entenmuscheln wehenden Fäden von Tang und Algen unendlich zerteilt und verästelt und vielfach gespalten erschienen, wie behaarte Insektenfühler oder der Fuß einer Spinne unterm Mikroskop. Flüstern in grauen, zottigen Schilf. Knarzen im Weidenholz, unter den gelblich hangenden Ruten. Glucksen im sickernden Schlamm. Reglos das Wasser im Tümpel.

Da quoll aus dem glatt ruhenden Teichgrund eine lichtbraune Wolke auf, zuerst wie zarter Rauch durch die Grundwässer wehend, dann in mächtigem Strudel hochwirbelnd. Gleich darauf wellte und hügelte der Schlammboden, wie von unterirdischen Vulkanen bewegt, riß auf, klaffte breit, spaltete sich nach oben, und es war, als werde ein zweites, tieferes Erdreich, ein winziger Bergrücken, mählich hochschwellend, aus ihm geboren. Aber der kleine graubraune Hügel zuckte und zitterte wie von Krämpfen und inneren Stößen geschüttelt, dehnte sich plötzlich aus und hob sich vom Boden auf, langsam im Wasser hochsteigend, reckte die winzigen Stümpfe morastverklebter Beine aus, tauchte empor über die Wasserfläche mit einem runden, warzigen Kopf, aus dem sich in schmalen Schlitzen erst, dann groß und hell werdend, goldgelb leuchtende Augen gebaren, atmete lang und bebend, füllte den faltigen Bauch mit quellender Luft, ruderte in kurzen Stößen, und dann kroch die erste Kröte dieses Frühlings ans trockene Land.

Lange Zeit lag sie da in großer Erschöpfung, spürte die leichte Berührung der schrägen Sonnenstrahlen auf ihrem Körper und den Hauch von den Flügeln einiger kleiner Sumpfmücken, die sie sorglos umschwirrten. Ihre Haut hing schlaff rechts und links am Leib, die Knochen des Kreuzes und der Hüften standen spitzig heraus, die Beine lagen reglos ausgestreckt in der gleichen Haltung, mit der sie kriechend den ersten festen Grund erfaßt hatten. Von Zeit zu Zeit ging ein kurzer Atemruck durch ihre Flanken. Unmerklich, wie ein schwächlicher Puls zuerst, begannen die Luftbewegungen des weißlichen Kehlsacks, und all das war wie die matten Regungen eines entkräftet hinsterbenden Geschöpfes. Auch die Augen, die sich im Wasser schon mit goldener Iris und schwarzem Sehschlitz geregt und durchhellt hatten, sanken wieder müde zusammen, als wollten sie in ihren Höhlen verdorren. Die lange Entbehrung und furchtbare Starre des Winterschlafs schienen zu groß, um noch einmal zu wachem Leben aufgerüttelt zu werden. Der Leib lag fühllos und ohne Trieb, als wolle er in die Erde versinken. Aber unmerklich, wie aus einem unsichtbaren Keim wuchernd, wuchs in den Höhlen dieses erstorbenen Körpers der große, grausam unerbittliche Gott: Hunger! – der peitschende Treiber und der wachsame Erhalter aller lebendigen Wesen. Und wie ein wild rasender Schmerz jäh in die

Eingeweide des stumpfen Tieres biß, sprang da ein mächtiger Widerstand auf und straffte alle Nerven, weit riß es die Augen auf und spannte die Muskeln am Hals und in den Gelenken, schnellte den Bauch vorwärts und ließ die Kiefer aufklaffen, Ziel suchen, zuschnappen und den Regenwurm, der gerade vorbeikroch, im letzten Augenblick, bevor er pfeilschnell in die Erde verschwinden konnte, am Ende seines glatten Leibes packen. Während die Kröte noch langsam schmatzend den Wurm fraß und ihr Leib bis in die Warzen der Haut von wiederkehrender Kraft durchrollt wurde, regte sich der Boden des Tümpels an vielen Stellen, und an vielen Ecken des Uferrandes regten sich das Schilf und der seichte Schlamm, die schwarzen Kohleaugen einer Unke funkelten schon räuberisch nach den niedrig tanzenden Mücken, ein magerer Bergmolch schleppte sein faltig überspanntes Skelett an Land und schoß plötzlich wild hinter einer lahm kriechenden Schnecke her, ein großer Grasfrosch wagte die ersten Sprünge auf zitternden Schenkeln, und überwinterte Kaulquappen, Wasserkäfer, Blutegel kreuzten wie prüfend in der braunen Flut hin und her. Plötzlich löste sich vom harten Stengel eines Schilfrohrs, dicht unter der Wasserfläche, ein Geschöpf, das wie ein Stück vertrockneter Weidenborke daran geklebt hatte, reckte sich kurz, riß furchtbare fahle Gespensteraugen auf, entrollte die gräßliche Fangmaske: die Raublarve einer Libelle, die schon zwei Jahre wie ein Tiger in diesem Tümpel wütete und jetzt zu ihrem furchtbarsten Mordjahr, vor der Verwandlung, erwachte. Einen Augenblick dehnte sie die Schwimm-, Fang- und Freßglieder, dann schnellte sie in peitschendem Ruck durchs Wasser und packte ein zappelndes Körperbündel, eine große, schon mit Füßen bewehrte Krötenquappe, zerrte und zog sie hinab in die dunkel quirlenden Grundwässer, zwischen die faulen Stümpfe geknickter Rohre und überschwemmter Weidenbüsche, schlug ihre Zähne immer tiefer in die Weichen des verzweifelt kämpfenden Tieres und begann, das Blut und alle Säfte aus dem langsam ersterbenden Körper zu saugen.

Immer wärmer durchstrahlte die Sonne das kleine Gewässer, immer ruhloser und drängender wachte das tausendfache Leben auf. Schon wuchs Entengrün wie ein zarter Schleim über die Fläche des Tümpels, schon stampften in der Frühe die ersten frei weidenden Kühe vorbei, neigten die Köpfe zu langen, schlürfenden Zügen, ließen tief in den Schlamm gebohrte Löcher zurück, wenn sie die schweren Füße heraushoben. Tiere wanderten dem Tümpel zu aus den mählich austrocknenden Schmelzbächen. Bergmolche, Feuersalamander, die unter Steinen und in morsche Baumstrünke verwühlt überwintert hatten, kamen im Paarungstrieb weither gewandert und suchten das Wasser als das mächtige Element ihrer Zeugung und Geburt. Alle fanden sie vielfache Nahrung und Platz, soviel sie brauchten. Die Rückenschwimmer und viele kleine Wasserinsekten schossen in unerschöpflichen Scharen über die Flut, die Myriaden kleiner Käfer- und Mückenlarven nahmen kein Ende, obwohl unzählige Mäuler sie verschlangen; die furchtbaren Räuber, auch mit Fangarmen und tückischer Schnelligkeit bewehrt, fraßen nur dünne Lücken in dies endlos wuchernde Leben.

Die Kröte, vor geringer Zeit noch kaum aus der Totenstarre des Winterschlafs erwachend – die Unken, Frösche und weiblichen Molche krochen und schwammen schon mit breiten hängenden Bäuchen, in denen der Laich quoll, während die Männer, zu wilder, kämpferischer Gier erwacht, einander bedrängend, bis jeder seinen Drang gestillt hatte, oft Beute und Fraß vergaßen, tagelang in stummen Kämpfen oder im Krampf der verkrallten Begattungssprünge auf die Rücken der Weiber geklemmt, verharrten. Nachts im Schilf das Keckern und Ächzen der Frösche, das Gesinge der Kröten, das dünne Geläut der Unken. Molchmänner standen mit bebendem Kamm, mit der Pracht ihrer erregten Hautfarben prunkend, senkrecht im Wasser vor den träge rudernden, fruchtschweren Weibern.

Mächtige Gelbrandkäfer schossen wie Granaten und Torpedos hintereinander her, um sich mit den umhörnten Endspitzen der Leiber bohrend zu erfüllen. Feuersalamander, im seichten Uferwasser zappelnd, preßten die walzigen, schwarzgelb gefleckten Leiber zusammen, in wilden Zuckungen und Peitschenschlägen des Schwanzes die Wollust der Samenvereinigung erzeugend. Teichfrösche mit vorquellenden Augen befruchteten in stummem Versickern den Laich, der aus den schmerzhaften Bäuchen der weiblichen Tiere drang. Und bald war der Tümpel erfüllt bis in die letzten Wassertropfen am Binsengras von jung keimender, atmender, wachsender, schwellender Brut. Unsichtbar die Milliardenheere der ewig sich teilenden Urtiere! Unfühlbar leise die erwachende Bewegung in den schwärzlichen Eizellen durchsichtiger Laichmassen! Unhörbar das erste wilde Gezappel und hilflose Schnappen der umhertaumelnden Larven! Winzige Kaulquappen, wie Kommas einer verschnörkelten Schrift, hingen zu einer seltsamen zitternden Traube geballt an einem versunkenen, algenbehaarten Baumast. Junge Bergmolche, lebend geboren, mit ihren feinverästelten Kiemenbündeln tastend, jagten schon in der Tiefe auf kleine Würmer und Wasserflöhe.

Manche Brut wurde, kaum geboren, von den im Rausch der Laichzeit ausgehungerten Erzeugern verschlungen. Aber die meisten Mütter trieben, im dunklen Drang der Bruterhaltung selbst von der Geburtsstätte forteilend, auch die grausamen Väter hinweg. Die Sonne goß täglich Fluten von zeugender Wärme in die trächtigen Wasser. Mückenschwärme sangen schon abends um die sumpfigen Ufer. Das Riedgras wucherte so hoch, daß es den Tümpel wie ein Urwald umstand. Weiße und gelbe Seerosen öffneten die breiten, saftigen Schalen. Das Schilf schoß hoch empor, rauschte und bog sich im Wind. Kleine Rohrsänger nisteten und brüteten darin. Eine Wasserratte, aus dem See im Tal von Reusenfischern vertrieben, kam todesmutig emporgeklettert, ihre Jungen im Mund schleppend, barg sie im Röhricht. Immer früher am Tag, immer später am Abend berührte die Sonne den steilen buschigen Uferrand. Alles strotzte und schwoll von Fruchtbarkeit.

Aber die Sonne kroch täglich mit stärkerem Brand in diesem Jahr ihre Bahn, die niemals von Wolkenzügen oder feuchten Nebelschwaden durchkreuzt wurde. Manchmal hing sie morgens hinter dünnen Dunstschleiern, wie ein gefräßiges Spinnentier im fahlen Netz. Dann aber brach sie stets wieder durch mit gewaltigem, fressendem Feuer, immer härter wölbte sich die bedrohte Erdkruste ihr entgegen, immer tiefer bohrte sie ihre Hitzpfeile in die berstenden Schollen, immer dörrender kroch sie den durstigen Fasern der Wurzeln nach bis in die letzte haarfeine Verzweigung, sengte die Gräser gelb, daß sie vorzeitig ermattet niedersanken, ließ die jung treibenden Laubhölzer vor Durst erstarren und saugte, schlürfte, trank, soff, selbst von unendlich höhlendem Durste durchrast, Tag für Tag größere Massen Wasser aus dem längst faulig stehenden, unbewegt wehrlosen Tümpel. Da waren die ehemals feucht überwuchernden Schlamm- und Sumpfränder längst zu schalig blätternden, mehlig stäubenden Krusten erstarrt. Da hingen die äußeren Weiden schon mit schlaffen Zweigen ersterbend und krank. Da ragten die holzigen Schilfrohre, ohne zu wachsen, täglich höher aus dem sinkenden Spiegel der Flut. Da wurden die Uferflächen immer weiter und kahler, die Wassertiefe immer versumpfter und enger, die Brut- und Wachsräume der unzähligen Tierscharen immer trüber, durchwölkter und bedrängter. Ja die große Hitze, von Mensch und Tier und Pflanze des festen Landes verflucht, doch bekämpft von all diesen durch Flucht in den Schatten oder tieferes Eindringen der Notwurzeln in die noch bewahrte Tiefe, schuf hier im Tümpel, aus dem es weder

Flucht noch Rettung gab, ein furchtbares, unentrinnliches, mörderisches Würgen und ein schweres kampfloses Erliegen.

Und sie verteilte sonderbar, gnadlos und ohne Gerechtigkeit Leben und Sterben nach der Willkür einzelner Nöte und Kräfte. Zuerst nährte sie Massen gieriger Larventiere gewaltig durch das in der warmen stehenden Flut ungeheuer wuchernde Kleinzeug. Dann ließ sie Massen vorzeitig fett gewordener, schwer beweglicher Larventiere in einer plötzlich austrocknenden Schlammpfütze am Ufer hilflos verzappeln. Erst nährte sie die alten, im Wasser beheimateten ausgewachsenen Tiere zu mächtiger Kraft, indem sie ihnen die immer enger zusammengedrängten Herden der jungen Brut preisgab. Dann aber gab sie die also erstarkten selbst ihren noch mächtiger erstarkten Feinden preis. Immer noch lagen Unken flach wie halbversunkene braune Blätter auf der ruhenden Fläche, dämmerten friedlich hin. Doch es kam vor, daß sie plötzlich von einem Maul aus der Tiefe gepackt wurden wie Schwimmer von einem Haifisch, hinabgezerrt, verschlungen. Furchtbar tobte der Kampf in den Tiefen zwischen den grausamen Räubern, den fangzahnbewehrten Libellenlarven, den Blutegeln und den alten fraßgierigen, über ihr Maß gewachsenen männlichen Molchen. Viele lebten mit zerfetzten, langsam nachwachsenden Gliedern, schwärenden Wunden, rissiger Haut. Täglich trieben Leichen solcher Tiere, die von ihren siegreichen Mördern nicht mehr gefressen werden konnten, mit gedunsenem Körper, bauchaufwärts, verwesend auf der Tümpelfläche, dienten Milliarden von Keimen als Brutstätte und versanken schließlich im heißen trocknenden Uferschlamm. Täglich lagen auf Schlammbergen, die neu aus dem schwindenden Wasser aufragten wie dunkle Schleimschichten, Massen sterbender Kiemenatmer, die noch kurze Zeit verhauchend zuckten. Die Wasserpflanzen, die Stengel der Seerosen, die Stümpfe zerknickter Schilfrohre, auf immer engeren Grund zusammengedrängt, verwuchsen miteinander zu undurchdringlichem Dickicht, versumpften den Teichgrund gänzlich, saugten das Wasser, das von oben her die Sonne in vollen Zügen wegtrank, nach unten in die sickernde wurzelverwucherte Erde. Und es kam der Tag, da unter einem lautlos brütenden Himmel, der mittags wie erhitzte Metallplatten auf die Erde preßte, die nackte braune Fläche des mittleren Tümpelbodens, nur noch von wenigen Pfützen durchfleckt, zwischen den starrenden Lanzenschäften der Schilfrohre offen dalag, rasch von den glühenden Wellen der Hitze gedörrt und getrocknet. So sehr war dieser Fleck brauner Erde von Leichen gedüngt, daß die Spitzen des wuchernden Grases, die rasch hervorschossen, schwärzlich und welk ans Licht kamen, wie vor der Geburt verwest.

Täglich gingen die Kühe auf dem Weg zur Weide an diesem Tümpel vorbei. Im Frühjahr hatten sie ihre breiten Mäuler ruhig und langsam in die kühle Flut getaucht, in den ersten Tagen des Sommers kamen sie oft, von plötzlichem Durst getrieben, in hastigen Sprüngen und soffen mit kurzem Atem, zitternden Flanken. Als aber die Dürre begann und die furchtbare Tageshitze ihre Euter schlaff und ihre Mäuler fiebrig machte, umstanden sie oftmals in stummen, ermatteten Scharen die Ufer des mehr und mehr verschwindenden Teiches und nahmen ihren Weg mitten durch sein sumpfiges Bett. Jeder Schritt ihrer schweren, mächtigen Füße ward da zum Tod unzähliger Tiere, die in der Enge keinen Platz mehr fanden, dem zermalmenden Huftritt auszuweichen. Manchmal zerstampfte der achtlos nachgeschleifte Hinterfuß eines lahmenden Rindes die Frühjahrsbrut mehrerer Geschlechter in einem einzigen Augenblick. Je mehr der Tümpel austrocknete, desto tiefer sanken die Beine der schweren Tiere in den Grund ein, oft standen sie stundenlang knietief im weichen Morast, der ihre Knöchel kühlte, ihre Beine vor den Bremsen schützte.

Jetzt, als der Grund des Tümpels nackt und dörrend in der Sonne lag, waren diese tiefen, von den Kühen in den Sumpf getretenen und immer wieder nachgestampften Löcher die letzten Oasen des Wassers, die letzten Zufluchtsstätten des Lebens vor der endgültigen Vernichtung. Hier, in den mörderischen Fußstapfen, die vorher den Tod und die Zermalmung bedeutet hatten, klammerte sich noch immer eine verzweifelte Schar ans dumpfe, schmerzende Leben. In einer Flüssigkeit, die nicht mehr zur Hälfte Wasser war, in einem trübe brodelnden Gemisch aus flüssigem Schlamm, Säften verfaulender Pflanzen und dem Urin der Rinder, krochen und zuckten noch atmende Larven, eng ineinandergepreßt Feind und Freund, Verfolger und Beute, Räuber und Opfer, zu schwach und zu sehr von der gleichen Not entkräftet, um sich zu fressen oder zu bekämpfen. Und bald sanken auch diese letzten Rettungshöhlen, eine nach der anderen, von der Hitze zermahlen zusammen. Kaum eine oder zwei waren es noch, die sich mit spärlichen Wasserresten hielten, als dieser Abend bleiern niedersank, hinter dessen rötlich brandigem Verschwelen zum erstenmal dunkel geballte Wolken ihre schwangeren Bäuche in die Nacht wölbten.

In dieser Nacht war die Luft über dem Sumpf von einem leisen, singenden Klagen erfüllt, in das sich aus der Ferne langgezogen und weh, dann trillernd wie erlöst, das Brüllen ahnungsvoller Tiere in Ställen und auf der Weide mischte.

In dieser Nacht hörten die gelben und bläulichen Lichter nicht auf, wie heimliche Wunderzeichen über die Erdränder zu sprühen.

In dieser Nacht mengte sich seltsam und ahnungsvoll ein Duft keimender Gräser mit einem schweflig geladenen Hauch, und das leise Rollen ferner Gewitter schien aus den Rissen und Spalten des dürren Erdbodens zu dringen. Gegen Morgen fielen die ersten Tropfen, schwer und hart, zerplatzten spritzend auf den staubüberkrusteten Steinen wie stählerne Aufschlaggeschosse. Dann, als es hell ward, und die Sonne ging an diesem Tag nicht auf, jubelte brausend der Regen.

Gegen Herbst, als es nachts kühler wurde, lag der Tümpel im milderen Licht voll klaren hellbraunen Wassers. Die Kühe, heimkehrend, tauchten langsam ihre breiten Mäuler hinein. Manche Tiere, die sich vor der Dürre in moosverwühlte Verstecke gerettet hatten, auch manche, die den letzten Kampf im Schlamm vergraben überdauert hatten, waren in ihn zurückgekehrt. Von den Larven und Jungtieren wuchsen nur wenige auf in diesem Jahr. Die aber waren groß und stark und lebten lange.

Eine Weihnachtsgeschichte

Könnt ihr euch an den Heiligen Abend des vorletzten Jahres erinnern? Den ganzen Tag über hing schon Schnee auf der Stadt, aber vormittags strich die Luft noch aus Nordwest, schleppte Frost mit und kalten Dunst, der wie eine Mauer nach oben stand und den Schnee in die Wolken zurückpreßte. Man roch ordentlich, wie der Schnee im Himmel stockte, und wie der Boden unter dem vielen Stein und in den hartgefrorenen Gärten nach ihm verlangte, und wie die niedrigen Wolken ganz voll Drang waren, ihn zu gebären und ihre schweren Bäuche auszuflocken.

Aber das Licht an diesem Tag blieb streng, kalt, glasig, und die Straßenverkäufer traten von einem Fuß auf den anderen, klapperten mit harten Sohlen auf dem Pflaster wie Tänzer auf einer Rollplatte und schlugen sich mit den Armen unter die Achselhöhlen. Erst gegen Dämmerung flaute die kalte Luft ab; es war, als ob von den vielen Lichtern und Laternen, die im Zwielicht milchig und kugelig erstrahlten, ein dünner Wärmestrom aufzitterte wie von Kastanienöfen an den Straßenecken. Als es dunkel ward, rieselte ganz lichter strähliger Schnee herunter, vor den Bogenlampen schien er unbeweglich zu stehen wie ein feinmaschiges weißes Netz, und er blieb auf der Erde wie Sand ohne Feuchtigkeit liegen, klebte an den Sohlen der Fußgänger und polierte die Reifen der langsam gleitenden Autos gefährlich blank und glatt.

Um diese Zeit, als in den Läden noch die letzten Einkäufe gemacht wurden und die heiseren Straßenverkäufer im Westen das Bündel Lametta, Restbestand, schon um drei Pfennige ausschrien, als man ältere Herren in ihren Privatwagen, mit unförmigen Paketen umstellt, so daß sie sich kaum vorbeugen konnten, um die angelaufene Scheibe zu wischen, in Richtung Dahlem oder Grunewald nach Hause fahren sah, als in den Fenstern der Parterre-Wohnungen da und dort schon die Lichterbäume aufstrahlten und die Glocken der wenigen Kirchtürme, mit unwahrscheinlicher Feierlichkeit inmitten all der kleinen und großen Stadtgeräusche, die Christnacht einläuteten, wälzte sich ein dunkler, sonderbar unförmiger Menschenzug von Osten und Norden her, irgendwo stromartig zusammenmündend – langsam, schwerfällig, in einem müden, aber unbrechbar gleichmäßigen Takt der Schritte, in die westlichen Stadtviertel hinein. Die Trambahnen und Autobusse stauten sich an den großen Kreuzungen, und Schutzleute, die die Spitze des Zuges flankierten, hielten Radfahrer und Passanten auf, die aus Eiligkeit oder Ungeduld den Strom durchbrechen wollten. »Weiterjehn, laßt se nur weiterjehn« – sagten die Schutzleute mit einem fast väterlichen Ton in der Stimme, denn sie wollten nicht, daß es irgend etwas gäbe, und bangten vor jedem Aufenthalt als vor dem Einfallstor des Unvorhergesehenen. Und der Menschenstrom, von den Fenstern oberer Stockwerke anzusehen wie ein grauer, gekerbter, mühsam kriechender Riesenwurm, aus der Nähe mehr wie ein still geschlossener Ausbruch aus den Geschäftsstraßen der Altkleiderhändler, wie ein filziger Zopf aus abgeschabten Mänteln, Umschlagtüchern, Rockkragen, runden Hüten, Schirmmützen und Wolljacken, all das fast ohne Gesichter und von Schneegeriesel und Kältedunst umschwankt, schob sich mit schlurfenden Sohlen unaufhaltsam voran. Einzelne Schildträger da und dort in der freien Straßenmitte schleppten an Stangen genagelt große Bretter, deren Aufschriften man nicht lesen konnte, nur manchmal im stechenden Strahl eines Scheinwerfers einzelne Worte wie »... Nieder mit ...« oder »... Volksbetrüger ...« oder ähnliches, was mit dem Schnee und der Nacht und den vielen feuchten Kleidern zusammen nur einen dumpfen, bedrückenden Sinn ergab. Von Zeit zu Zeit drang von sehr weit hinten aus dem Zug – die Vordersten marschierten stumm und gleichsam widerstandslos dahin – eine belegte, knarrende Stimme, die ein Kommando zu formen suchte, und dann murmelten viele Stimmen, mit hoffnungsloser Bemühung um Gleichklang, in einem unsicheren Rhythmus: »Hunger, Hunger, Hunger.« –

In den Seitenstraßen flatterten die Gerüchte auf, schwirrten wie Dohlenschwärme nach allen Seiten in die stilleren Stadtviertel hinaus. Dienstmädchen und Portiersleute, etwa im bayerischen Viertel oder im westlichen Charlottenburg, schienen in heimlicher Funkverbindung mit den belebten Hauptstraßen zu stehen, wußten immer Neues, noch bevor das Alte widerlegt worden war. »In Jrunewald steht ne ganze Villenstraße in Flammen«, hieß es, als irgendwo, eines Zimmerbrandes wegen, das Läutezeichen des Feuerwehrautos gellte. »Am Wittenbergplatz is jeschossen worden«, hieß es. »Zwanzig Tote liegen am Wittenbergplatz.« Aber am Wittenbergplatz fiel kein Schuß.

Hingegen stand am Wittenbergplatz, dicht bei einem der geschlossenen Portale des Kadewe, um diese Zeit ein junger Mann von etwa
dreißig Jahren, der dadurch auffiel, daß er am Kinn ein blondes krauses
Bärtchen trug, und hielt unter einer Art Radmantel, wie sie in früheren
Zeiten von Droschkenkutschern oder Naturfreunden getragen wurden,
eine menschliche Gestalt eng an sich gepreßt, von der man nichts sah
als das stoßweise Beben des verhüllten Körpers. Es war ungewiß, ob sie
schmerzhaft atmete, schluchzte oder nur fror.

Der Blick des Mannes folgte mit wachem, etwas erstauntem Ausdruck
dem Ende des Hungerzuges, das eben in den Lichtschächten zwischen
Gedächtniskirche und Kinopalästen verschwand, von einigen großen
offenen Kraftwagen langsam gefolgt, über deren niedrige Seitenwände
steif wie Spielzeugpuppen die Uniformen und Helmtöpfe der Schutz-
polizisten unbeweglich ragten.

Es standen jetzt außer diesen beiden nur noch wenige Menschen an
derselben Ecke, denn die Straßenverkäufer und Zeitungsausrufer hatten
Feierabend gemacht; ein Wächter des Kaufhauses, als Weihnachtsmann
gekleidet mit weißem Wattebart, stapfte ungehalten hin und her, eine
kleine Gruppe von Chauffeuren, deren Droschken drüben an der
Trottoirkante des Platzes hielten, hatte sich debattierend an der Straßenecke gesammelt, ein Mädchen in einem zu kurzen, sehr abgeschabten Kalbfellmantel und roten Glanzlederstiefeln, die bis zum Knie hin-
aufreichten, beschrieb in kurzen Schritten einen Kreis von ganz engem
Radius, und einige Leute mit hochgeschlagenen Mantelkragen warteten
auf den Autobus. Niemand schien das fremdartige Paar zu bemerken,
und keiner kümmerte sich um die beiden, bis plötzlich die Gestalt unter
dem Radmantel, lautlos und ohne Heftigkeit, am Körper des jungen
Mannes herunter aufs Pflaster glitt.

Der Mann beugte sich über sie und versuchte, sie an den Schultern
hochzuziehen. Als ihm dies nicht gleich gelang, drehte er sich ohne Hast
zur Gruppe der Chauffeure um, die nun alle, zunächst unberührt und
ohne besonderes Interesse, zu ihm hinschauten, und lächelte ein wenig.
Gleichzeitig war das Mädchen mit den hohen roten Stiefeln hinzugetreten und starrte mit hängender Unterlippe auf die unbeweglich am Boden liegende Frau hinab.

Nun löste sich aus der Chauffeurgruppe ein älterer Mann mit grauem
Schnurrbart, kam langsam herbei, von zwei jüngeren gefolgt, schüttelte
den Kopf, räusperte sich und spuckte gegen die Glasscheibe des Waren-
hauses. »Wat hat'n die?« sagte er dann mit ziemlich klarer Stimme.

»Wat wird se haben«, knautschte das Mädchen mit den Stiefeln, das sehr durch die Nase sprach, »Hunger wird se haben!« – »Die's dot«, meinte einer der jüngeren Chauffeure, die dazugekommen waren, »die's dot. Man sieht's an de Lippen. Da kenn ich mir aus mit von Weltkriech.« Der junge Mann im Radmantel lächelte immer noch vor sich hin und antwortete nichts, und in diesem Augenblick richtete sich die Gestalt am Boden halb auf und sagte leise »Ach« –, und dann lächelte sie auch. »Na pack doch man zu!« schrie der ältere Chauffeur plötzlich ganz aufgeregt. Er und der Fremde griffen ihr unter die Oberarme, und sie ließ sich ganz leicht emporstützen. Sie lehnten sie an die Glasscheibe, und man sah nun im elektrischen Licht, daß es eine junge Frau war, der rechts und links dunkle Haarsträhnen unter einem kleinen, kecken Hütchen auf die Schläfen fielen, und deren zartes, stumpfnäsiges Gesicht, mit leicht umschatteten, weit geöffneten und wie von Belladonna flackrig vergrößerten Augen man lange ansehen mußte, um zu merken, daß es sehr schön war. Sie hatte einen losen, cremefarbenen Frühlingsmantel an, der eher auf eine elegante Hotelterrasse im Süden gepaßt hätte, um den Hals trug sie einen groben grauen Wollschal, der offenbar von ihrem Begleiter stammte, und an den Beinen hatte sie schwarze Seidenstrümpfe. Auf dem rechten Schienbein war ein kreisrundes Loch, wohl von einem Sturz oder Stoß, unter dem ein wenig geronnenes Blut zu sehen war. Darüber deckte sie jetzt beim Aufstehen rasch die Hand. Und ihre Hände, schmal und durchsichtig und trotz der Kälte gar nicht rot, streckte sie wie abwehrend ein kleines Stück vor den Leib.

Inzwischen war der als Weihnachtsmann verkleidete Wächter herangekommen und musterte die Gruppe, die nun etwas verlegen beisammenstand und auch, nachdem die Frau aufgerichtet war, schon gar keine Gruppe mehr darstellte, sondern in lauter fremde Leute zerfiel. »Hier könne nich bleiben mit die kranke Frau«, sagte der Wächter nach einer Weile zu dem jungen Mann. Der antwortete nicht und schien den großen Christbaum im Schaufenster zu betrachten, der mit künstlichem Reif bedeckt und mit vielen elektrischen Birnen behaftet war und zu dessen Füßen weiße Wäsche lag. »Ick jeh mal rin«, sagte der Weihnachtsmann nach kurzer Pause, »und telefoniere nach der Rettungswache.« Da aber verzerrte sich das Gesicht der jungen Frau ängstlich, und sie hob wie bittend beide Hände. »Nein«, sagte sie mit etwas zu heller Stimme, »ich geh schon weiter!« Und sie machte eine kurze Bewegung von der Scheibe weg, wankte aber, und der Fremde mit dem Bärtchen, immer noch auf den Christbaum schauend, nahm sie am Arm und stützte sie unter der Achsel. »Lasse man'n Schluck heißen Kaffee trinken«, sagte plötzlich der eine jüngere Chauffeur, ein schwarzhaariger Mensch mit einem übermäßig breiten Mund. Er sagte das zu dem Fremden und bot auch, in einer unbewußten Scheu davor, sich mit der Frau selbst in Verbindung zu setzen, dem Fremden seine Thermosflasche. Der nahm sie, schraubte sie auf, füllte etwas in den Verschlußbecher und setzte es der Frau an die Lippen. Es war so still, daß man sie leise schlürfen hörte, und keiner sagte ein Wort.

Das Mädchen mit den Stiefeln hatte sich geschneuzt und malte sich nun die Lippen nach, und eine andere, die zu ihr getreten war, stierte ihr über die Schultern in den im Innenleder ihrer Tasche angebrachten Spiegel. Dann setzte die Frau den Becher ab, hielt ihn dem schwarzhaarigen Chauffeur hin und sagte – wobei man zum erstenmal bemerkte, daß sie eine nicht hiesige, eher etwas ausländisch klingende Mundart sprach –: »Dank schön, das war gut!« – »Na, 's jut«, sagte der Chauffeur und schraubte seine Flasche zu. Der Wächter hatte sich den beiden Mädchen zugewandt. »Kein Jeschäft heute, wat?« sagte er brummig. »Kommt noch«, meinte das Stiefelmädchen, »wenn de Lokale schließen. Weihnachtsfeier für Junggesellen, mit Gemüt und Zaster.« Einige lachten, und die Mädchen schlenkerten mit ihren Taschen um die Ecke. Jetzt aber hatte der ältere Chauffeur mit dem grauen Schnurrbart, nach einigem Räuspern und Spucken, etwas überlegt. »Wo wollt ihr denn hin, ihr beide?« sagte er zu dem fremden jungen Mann. »Hier is nischt los heite, ick bring euch'n Stück.« – »Wo wollen *Sie* denn hin?« sagte der Fremde freundlich. »Ich meine, in welche Richtung?« Er schien aber nur aus Höflichkeit zu fragen und ohne eine besondere Absicht. »Ich«, sagte der Chauffeur, »mach in de Standkneipe an Stadtpark. Ick bin unverheiratet«, fügte er hinzu, und gleichsam sich entschuldigend sagte er noch: »Mit Fuhre is nischt mehr los heite.« Nun aber war der schwarzhaarige Chauffeur mit dem breiten Mund, der vorher seine Thermosflasche gegeben hatte, plötzlich sehr lebhaft. »Weißte was, Fritze«, sagte er zu dem älteren, »wir nehmen se mit in de Standkneipe und stiften se ne heiße Wurst«, und dann sagte er mit einer formellen Wendung zu dem Fremden: »Ick lade det Fräulein uff ne Bockwurscht ein.«

»Bockwürschte könnse an der Ecke Passauer ooch haben«, sagte der Alte. »Aber nich von mir«, lachte der Schwarzhaarige, der immer munterer wurde. »Bei Jahnke hab ick unbegrenzten Kredit. Kommense, Fräulein«, sagte er, und faßte die Frau, die sich noch mit dem einen Arm auf ihren Begleiter stützte, an der freien Hand. Die sah den Blondbärtigen unschlüssig fragend an, aber der nickte nur und sagte zu dem älteren Chauffeur, von dem die ganze Einladung eigentlich angeregt worden war: »Dann fahren wir wohl alle zusammen?« – »Meinetswegen«, erwiderte der und stapfte zu seinem Wagen, während der Schwarzhaarige schon der Frau in den seinen half und den fremden jungen Mann nicht daran hinderte, leichtfüßig hinterher zu steigen und sich an ihrer Seite im Wagen zurückzulehnen. Dann ließ er anspringen und fuhr los, so flott, daß sie auf dem schneeglatten Asphalt bedenklich schleuderten, während der ältere bedächtig folgte. Am Stadtpark schlossen sie ihre Wagen an die Reihe der wartenden Droschken an und gingen, die Frau in der Mitte, wie alte Bekannte alle vier in die kleine Kneipe am Eck, unter deren Schild ›Schultheiss - Patzenhofer‹ ein Adventskranz aus Fichtenzweigen mit roter Schleife und niedergebrannten Wachslichtern hing.

Es war sehr warm in Jahnkes kleiner Bierstube, denn das lange Ofenrohr ging mitten durchs Lokal. Drei oder vier Holztische standen teils an der Wand, teils an der nach innen offenen Auslage, die nach der Straße zu durch einen Rolladen verschlossen war und in der man, außer zwei leeren kupferbeschlagenen Bierfäßchen und einigen etikettierten Flaschen, mehrere Teller mit kalten Schweineschnitzeln, Sülzkoteletten, Buletten, Käsebrötchen und sogenannten illustrierten Gurken sah.

Das gefrorene Fett an den kalten Speisen und auf dem Porzellan der Teller sah talgig weiß aus, wie von Stearinkerzen abgetropft. Zigaretten- und Tabakrauch übertäubte nicht ganz den Geruch des Tröpfelbiers und des schlechten Fettes aus der Küche. Aber es roch auch ein wenig nach verschüttetem Grog aus Rumverschnitt und nach den Lederwesten und Schmierstiefeln der Chauffeure. Etwa fünf Chauffeure saßen herum, drei davon spielten Karten, und die anderen tranken kleine Bierschlucke und stierten in die Abendzeitung. Am Büfett, das blank metallisch glänzte und immer von einer schaumigen Wasserflut überspült schien, lehnte ein Mensch, der offenbar kein Chauffeur war, zigarettenrauchend, und beobachtete die Tätigkeit von Jahnkes Schankmamsell. Die trug eine Art weißen Laborkittels über Rock und Bluse, mit aufgekrempelten Ärmeln, und sah so frisch und glanzbäckig aus, als stünde sie nicht Tag und Nacht in einer rauchigen Bierkneipe, sondern verbringe die Zeit mit Freiluftturnen und Wintersport. Sie schenkte wundervoll ein, indem sie die Gläser schräg unter die Siphonkranen hielt, und schnitt mit einem flachen Stück Holz den überstehenden

Schaum glatt am Glasrand ab. Jahnke selbst trat gerade aus der Küche ins Lokal und kaute auf beiden Backen. Er trug eine Art Litewka aus graugrünem Sackleinen, die unterhalb seines heftig vorgewölbten Bauches in einem Gürtel steckte, und hielt den grauen Lockenkopf immer etwas vorgeneigt, als wollte er jemanden hirschartig mit der Stirne forkeln. Gewohnt, von seinen Gästen zuerst gegrüßt zu werden, sah er den Neuankömmlingen schweigend entgegen und nickte kaum auf ihr zuvorkommendes Gutenabend. »Laß man vier Paar Heiße anfahren«, rief der Schwarzhaarige, nachdem sie sich alle an einem freien Tisch nahe beim Büfett gesetzt hatten.

»Und vier Mollen vonet jute Dortmunder Union.« – »Dortmunder Union nur gegen bar«, knirschte Jahnke kauend, »für Kreide jenügt ooch det schene helle Schultheiss.« – »Dortmunder Union«, wiederholte der Chauffeur und kramte ein Fünfmarkstück aus der Hosentasche. Er legte es hart auf den Tisch und sagte: »Wenn det alle is, können wir immer noch det scheene helle Schultheiss jenießen. Oder wat?« Er sprach dies alles immer halb zu der jungen Frau gewandt, die ihn blaß und verschwommen anlächelte. Inzwischen hatte der Fremde mit dem Bärtchen seinen komischen Radmantel abgelegt und sah darunter aus wie ein normaler konfektionsbekleideter Stadtbewohner. Er sah mit dem immer gleichen, stets wachen und etwas erstaunten Blick vor sich hin und schien mit dem Zeigefinger der rechten Hand auf die Tischplatte zu zeichnen. Die Frau weigerte sich trotz der großen Wärme ihren Mantel abzulegen. Sie öffnete ihn nur obenher, und man sah, daß sie darunter seltsamerweise eine leichte sommerliche Spitzenbluse anhatte, die den Ansatz einer schönen runden Brust freiließ. Der schwarze Chauffeur schaute unablässig dahin und rückte ihr langsam näher, was sie gar nicht zu bemerken schien, aber sie ließ sich gern und dankbar von ihm die Bockwurst, die nun kam, zerschneiden und Senf darauf schmieren und Brot brechen und aß, wie auch ihr Begleiter, der auf ihrer anderen Seite saß, recht heißhungrig und mit Genuß. Fast übersehen hätten wir aber bei der Betrachtung dieses Ausschanks, daß in einer freien Ecke, neben der Telefonzelle, ein sehr kleines Christbäumchen stand, mit etwas Watte als Schnee und einigen Strähnen drahtig glitzernden Engelhaars behangen, von sechs langen farbigen Wachskerzen verziert, die jetzt noch brannten und in die Blumenscherbe, in der das Bäumchen saß, hinuntertropften.

»Soll ja ne Schießerei jewesen sein«, sagte Jahnke und kam leutselig an den Tisch heran, »an Wittenberch.« – »Wir kommen ja von Wittenberch«, antwortete der Ältere. »Na und?« – »Na wenn da wat jewesen wäre, denn hätten wa längst schon jeredet von.« – »Kann ich nich wissen«, sagte Jahnke, »ob ihr von redet, wenn da wat war.«

»Nischt war«, sagte nun der Schwarze. »Wie soll'n da wat sind, waren ja mehr Jrüne bei als Proleten.« – »Wat woll'n dien ooch an Christabend auf'n Wittenberch«, brummte Jahnke. »Jar nichts auf'n Wittenberch«, rief der Schwarze. »Demonstrieren hamse wolln gegen de Arbeitslosigkeit und de Hungerlöhne, det is et jute Recht von de Proleten.« – »Aber doch nich an Christabend auf'n Wittenberch«, beharrte Jahnke eigensinnig. »Nee, an Kaisers Jeburtstach auf'n Tempelhofer, wat?« schnauzte der andere. »Halt die Klappe, Kerl!« sagte der ältere Chauffeur und warf ihm einen Blick zu. »Nee Fritze«, rief Karl aufgeregt, »det willste nich glauben, der Jahnke, det is'n Reaktionär.« – »Ick bin'n Jastwirt«, sagte Jahnke gewichtig, »und wenn's dir nich paßt, denn mach deine Rechnung glatt und jeh bein andern.« – »Deswejn noch lange nich«, meinte Karl bedeutend ruhiger. Und dann wandte er sich plötzlich an den fremden jungen Mann mit dem Spitzbärtchen.

»Organisiert?« sagte er zu ihm. Der schien nicht gleich aus seinem Geschaue zu erwachen, gab sich aber Mühe, sein Gesicht höflich zu konzentrieren. »Wie?« fragte er. »SPD? KPD?« drängte Karl in ihn. Der Fremde lächelte. »Ich bin nicht von hier«, sagte er nach einer Weile. »Ach so«, machte Karl und sah ihn verständnislos an.

»Aber Sie, Fräulein«, rückte er der jungen Frau auf den Leib, »ick meine wat Ihnen betrifft, wenn ick mir heflich erkundigen dürfte.« – Auf den durchsichtigen Jochbeinen in dem kindhaften Frauengesicht erschienen plötzlich hektische rote Flecke, die Augen verschwärzten sich böse. »Was geht das Sie an?« sagte sie fast schrill – wobei der fremdländische Akzent in ihrer Aussprache noch stärker zu hören war –, »sind Sie vielleicht von der Polizei?« – »Entschuldigense mal, Fräulein«, stotterte Karl betroffen, »ick wollte ja nur nach Ihren Vornamen jefragt haben –« Da passierte etwas Merkwürdiges. Nämlich die junge Frau ließ ihr Gesicht langsam niedersinken, ganz tief, daß es fast den Hals und die Brust berührte, ihre Hände öffneten und schlossen sich mehrfach, und dann, als sie mit einer plötzlichen, fast wilden Bewegung das Gesicht wieder hob, war es von Tränen überglänzt, die tropften, rannen, liefen, strömten, als könnten sie nie mehr aufhören. Dabei war sie ganz lautlos, und ihr Mund völlig unbewegt. Die Männer saßen eine Weile in tiefer Beklommenheit. Jahnke hatte beide Fäuste auf den Tisch gestützt und starrte der Frau, vornübergebeugt, mit offenem

Mund ins Gesicht. Fritz, der ältere Chauffeur, zuckte die Achseln und machte ein Gesicht, als ob er sich vor sich selbst geniere, und die Schankmamsell kam neugierig und mitleidsvoll hinterm Büfett vor. »Was hat se denn? Was hat se denn?« fragte sie, aber keiner antwortete, bis Karl schließlich zu stammeln begann. »Aber Frollein«, sagte er, »aber Sie, Frollein«, – – weiter kam er nicht, denn jetzt passierte etwas noch Merkwürdigeres. Der fremde junge Mann stand nämlich auf und machte Karl ein ziemlich heftiges Schweigezeichen. Dann trat er an das Christbäumchen neben der Telefonzelle, machte mit den Händen ein paar taktierende Bewegungen in der Luft, schnupperte einen Augenblick in den Duft der wenigen Kerzenstümpfe, die knisternd niederbrannten, legte den Kopf weit zurück und begann zu singen.

Er sang mit einer tiefen und doch recht hellen Stimme, und sang so laut und kunstlos und unbekümmert, als ob er ganz allein wäre. Ohne darauf zu achten, daß inzwischen die Tür klingelnd aufging und andere Gäste kamen und daß wieder Bier ausgeschenkt wurde und sogar ein paar laute Stimmen dazwischenquarrten, sang er Weihnachtslieder, die kaum einer von denen in der Kneipe je gehört hatte. »Auf dem Berge, da wehet der Wind«, sang er, und »Josef, liebster Josef mein«, und viele andere, und schließlich, in einem fast hüpfenden Takt, rasch, munter, frohlockend, und mit dem Fuß den Rhythmus mitstampfend, sang er: »Kommet ihr Hirten, ihr Männer und Frau'n« er sang es und tanzte es, daß die Gläser klirrend wackelten und das Ofenrohr schepperte und das Deckenlicht im Rauch zu schwanken schien – »fürchtet euch nicht« – und dann hörte er plötzlich auf und setzte sich wieder neben die Frau, die zu weinen abgelassen hatte, und sah alle andern mit lachenden Augen an, während er den Rest seines Bieres austrank und sich den Mund abwischte. »Wat heißt hier Hofsänger, inn anständiges Lokal«, brüllte ein baumlanger, breiter Mensch in dickem uniformartigem Wintermantel, in dessen Schnurrbart Eiszapfen hingen. Er war gerade während des letzten Liedes eingetreten und stapfte an den Tisch der Fremden heran. – »Der is wohl von de Zeltmission, is der Junge wohl«, schrie er den Fremden an, »'n bisken doof, Junge, wat?« Aber die Chauffeure, die Schankmamsell und sogar Jahnke persönlich nahmen den Fremden sofort einmütig in Schutz. »Du, Parkbulle«, sprach Jahnke mit seiner absolutistischen Stimme, die jeden Widerstand sinnlos machte, »kümmer du dir mal um deine eigenen Angelejenheiten. Wenn hier bei mir eener 'n Jesang riskiert, dann jeht et nur mir an, det is mein Hausrecht und meine private Jeschmackssache.« – »Von mir aus kannste hier 'n Cäcilienverein blöken lassen«, sagte der Wächter. »Ich mecht'n Helles.« Er bekam's, verschärfte es durch zwei doppelte Korn und blieb verärgert am Büfett stehen, während am Tisch, von den anderen umsitzenden Chauffeuren durch Zwischenbemerkungen und Zurufe befeuert, ein lebhaftes und sonderbares Gespräch mit dem fremden krausbärtigen Jüngling entstanden war.

»Singe, wem Jesang jejeben«, rief ein Chauffeur namens August Schmöller, ein blonder Mensch mit einer Narbe auf der Stirn, indem er an den Tisch der Fremden herantrat. »Wenn ick zu Hause komme und habe mir unterwejens an ne verstopfte Düse jeärjert oder an de Verkehrsordnung, denn drehck mirn Radio uff und laß een schmettern. Det hilft.« – »Sag det nich zu dem«, meinte Fritz und deutete mit dem Kopf auf den Fremden. »Bei uns war neulich einer von de Heilsarmee, der hat jesagt, der Radio sei Teufelswerk und gegen de Religion.« – »Das ist Unsinn«, sagte der Fremde vergnügt, »wenn einer so was sagt. Das Radio ist Menschenwerk, wie das Bierglas oder die Schnapsflasche. Es kommt nur auf den Inhalt an!« – und da Fritz ihn verständnislos ansah, fügte er wie entschuldigend hinzu: »Wir wissen einfach noch nichts damit anzufangen!« – »Na hörnse mal«, ließ Karl sich vernehmen, »bei die technische Höchstleistung! Wir in unsere Zelle ham jeden Abend Moskau janz klar, und wir ham ooch Amerika jekriegt, wie Schmeling jeboxt hat« – «Wir hören die Stimmen der Welt«, sagte der Fremde, »aber wir verstehen sie nicht.«

Diese Bemerkung ging in einer allgemeinen Radiodebatte unter, in der alle gleichzeitig redeten. »Ich zum Beispiel«, brach sich der alte Chauffeur Fritz allmählich Bahn, »ich interessiere mir für Fußball. Nu kann ick aber nie bein Matsch jehn, weil wir sonntags det beste Jeschäft ham. Da flitzich denn immer zwischen zwei Fuhren mal rasch ins Haus Vaterland rin und hör de Erjebnisse, frisch wie ne Nachtschrippe. Ich kenn mir da 'n bisken aus, wissen se, und wenn ick zum Beispiel höre: Concordia Spandau gegen Bohemia Prag zwo Mitteltore drei zu eins« – hierbei ahmte er die Stimme des Lautsprechers nach, ohne es zu merken –, »denn sehck det vor mir, denn sehck det janz jenau vor mir!« sagte er ganz aufgeregt und wie zu sich selbst. Keiner hörte ihm zu, und er wendete sich an den Fremden. »Und deshalb sage ich, det is'n jesegneter Fortschritt, det war früher nich!« – »Da haben Sie recht«, sagte der, »wenn's Ihnen Freude macht!« Aber dann fing er plötzlich an zu reden, und zwar ziemlich leise, aber alle verstummten in ihrem Gespräch und hörten ihm zu. »Ich war einmal, auch an einem

Weihnachtsabend«, sagte er, »in Holland. Es war in einer Villa, ziemlich
nahe am Meer. Wir saßen zusammen und schraubten am Radio herum. Ich war da auch nur vorübergehend«, sagte er nebenbei mit einer
höflich lächelnden, schrägen Kopfneigung zu der Frau neben ihm, die
ganz lebhaft und mit geröteten Wangen allem lauschte. »Wir wollten
die Übertragung des Christmettesingens hören, die im Programm angekündigt war, und hatten vorher viel Punsch getrunken, und waren
einfach voll Festesfreude, wißt ihr so, daß alle sehr gern zusammen im
Zimmer sind, auch wenn sie sich sonst kaum kennen.« Er sah dabei in
den Gesichtern herum, und fast alle lachten mit den Augen, obwohl sie
ernsthafte Mienen machten.

»Der Radiokundige unter uns suchte nach der richtigen Welle, und
einen Moment lang hatte er sie auch schon, die fernen Glocken erklan-
gen, von einem süddeutschen Dom, und man hörte einen hellen Hauch
von Knabenstimmen, die gerade einsetzten, – sooo – !«, und er sang
leise die ersten Töne von dieser Melodie. »Da aber drehte unser Radio-
besitzer die Schraube noch einmal kurz zurück, vielleicht, um alles besser zu machen, und da gellte plötzlich ein Signal in unser Weihnachts-
zimmer hinein, es übertrug sich eigentlich nur ganz leise, aber es ging
uns allen gellend ins Ohr. So!« Er klopfte den Rhythmus dieses Signals
auf den Tisch und pfiff es zwischen den Zähnen – »SOS – – SOS – –
Schiff in Seenot!! Die Brigg ›Zuidersee‹ bei Ebbe gestrandet, schwerer
Flutgang, Leck im Schiff, höchste Gefahr für die Besatzung. 23 Seeleute
in Lebensgefahr, zu Hilfe, zu Hilfe!«

Er schwieg. Alle schwiegen. Dann sagte August Schmöller: »Junge,
Junge«, und Jahnke schnappte mit einem Laut, wie wenn ein Pinscher
Fliegen fängt, die Schaumkappe von seinem frischen Bier.

»Und wat habt'n ihr jemacht?« fragte Karl nach einer Weile.

»Wir haben dann die süddeutsche Welle gesucht und den Gesang der
Regensburger Domspatzen gehört«, sagte der Fremde ernsthaft. »Es war
sehr schön.«

Die Frau neben ihm hielt seine Hand in der ihren.

»Na ja«, sagte dann Karl wie zu seinem eigenen proletarischen
Gewissen.

»Helfen hätten se ja sowieso nich können.«

»Nein«, lächelte der Fremde. »Aber das waren die Stimmen der Welt.«

Ein Dienstmädchen stürzte plötzlich herein, es hatte einen Mantel
mit Pelzkragen über die Schultern geworfen und darunter noch die

Serviertracht, schwarzes Kleid mit weißer Trägerschürze. »Raus«, rief sie ins Lokal, »bei Meyers is Schluß. Fünf Taxen werden jebraucht.« Einige Chauffeure sprangen auf und liefen hinaus, während man schon die sonoren und fülligen Motorstimmen abfahrender Privatwagen hörte. Das Mädchen war ans Büfett zur Schänkmamsell getreten und zählte Geldstücke, die sie lose in einer Schürzentasche trug. »Die reichen Kantoreks, mit'n Mercedes-Kompressor«, sagte sie zur Mamsell, »haben mir achtzig Fennje jejeben, und dabei warnse vier Personen hoch. Ihrn Schofför ham se zu Weihnachten ne Jarnitur Netzhemden jeschenkt, aus'n Ollen sein Engrosgeschäft. Wat sagt man!« – Sie stützte sich dabei mit dem Ellbogen auf die Schulter des Mannes, der als einziger Nichtchauffeur schon den ganzen Abend über am Büfett saß, und küßte ihn nun unvermittelt aufs Ohr. »Na, Männe«, sagte sie, »haste dir jelangweilt?« – »Nee«, antwortete ihr Freund. »Langeweile kenn wir nich. Habe immer ne schöne Aussicht jehabt«, sagte er und blinzelte zu der Schänkmamsell, die rot wurde. »Du Schlimmer«, sagte das Dienstmädchen gleichgültig und zwickte ihn in die Backe. Indessen war am Tisch der Fremden wieder etwas Merkwürdiges geschehen.

Der Mann mit dem blonden Krausbärtchen hatte nämlich alle Bierfilze gesammelt, deren er habhaft werden konnte, einige Bleistifte aus der Tasche gezogen, und nun war er damit beschäftigt, während sein Gesicht einen so gedankenlosen und fast blöden Ausdruck zeigte wie das eines mit sich allein spielenden Kindes, die Rückseiten der Bierfilze mit Strichen und Schraffierungen zu bedecken. Seine Hand fuhr so hastig hin und her, daß man sich kaum vorstellen konnte, es werde dabei etwas Erkennbares herauskommen. Plötzlich aber überreichte er Herrn Jahnke einen Bierfilz, auf dem, in groben Zügen zwar, aber deutlich im Ausdruck getroffen, Jahnkes selbstsichere Physiognomie zu sehen war, mit allen menschlichen Reserven und aller heimlichen Helligkeit des Jahnkeschen Eigenwesens. Und schon war er dabei, den Chauffeur Fritz zu porträtieren. Die andern merkten, was los war, schauten ihm über die Schulter und machten Gesichter wie beim Fotografieren, wodurch sich aber der junge Mann nicht stören ließ. Nur Karl interessierte sich wenig für die künstlerischen Ereignisse, die er wohl als den beiläufigen kulturellen Überbau des Abends auffaßte. Seine 5 Mark waren längst in Dortmunder Union aufgelöst, und er genoß nun schon das schöne helle Schultheiss auf Pump. Aber weit weg von diesen ökonomischen Tatsachen schlug ihm das Herz grundlos und bang im Halse; die Frau neben ihm, die immer noch den Mantel trug, hatte dessen Kragen oben sehr weit zurückgeschlagen, und mit zunehmender Scheu starrte Karl auf die Haut an ihren Schlüsselbeinen, die von ganz zarten bläulichen Adern durchzeichnet war. Plötzlich beugte er sich, rabiat vor unbekannter Schüchternheit, weit vor und küßte sie einfach auf die Schulter, dicht neben dem Halsansatz und den Haaren, die ihr vom Ohr herabfielen. Und nun kam das Merkwürdigste, nämlich die Frau nahm ihr Hütchen ab und strich ihr schönes, volles, etwas kupfriges Haar zurück und neigte ihr Gesicht mit einem zauberischen, undurchsichtigen Lächeln sehr nah dem ganz erschreckten Karl zu und wühlte ihm ein wenig in den Haaren, und legte ihm ihren Arm um die Schulter. Schon malte sich etwas wie ein törichtes Besitzerlächeln auf Karls einfachem und männlichem Gesicht, da begann der Fremde, freundlich vorgeneigt, ihn auf den Bierfilz zu zeichnen, und sofort wurden Karls Züge wieder kindlich und leise verstört.

»Wie kannste det aber nu auf der Welt zusammenbringen«, sagte der Chauffeur Fritz plötzlich laut, längst Gesprochenes und Vergessenes aus seinem Kopf wieder aufgreifend. »Wenn auf der einen Welle Amerika is und auf de andren Deutschland, und eener funkt Notsignale und der andere Tanzmusik, so kannste das doch nicht alles auf einmal hören, sondern erst det eene und nachher det andre, und wenn man sich det alles zu jleicher Zeit vorstellt, wie will denn'n Mensch da Ordnung reinbringen, wat?« – »Ja, siehst du«, sagte der Fremde, den er hilflos fragend anstarrte, »es läßt sich doch auf der Welt nicht alles in Ordnung bringen. Ordnung ist eine Nebensache. Ordnen läßt sich immer nur ein kleiner Teil! Und wenn du alles das besser und richtiger ordnest, was jetzt falsch geordnet ist« – sagte er zu Karl, der unsicher blinzelte – »dann fängt doch das Leben und sein Geheimnis überhaupt erst an!« – »Ordnung muß sein«, brüllte da auf einmal der Parkwächter vom Büfett her, und kam schwankend und drohend näher. »Ich sage: Ordnung muß sein!« wiederholte er sichtlich herausfordernd.

Als ihm aber keiner widersprach, fuhr er, scheinbar zusammenhanglos, fort: »Jetzt in Winter, da is ja nischt los in der Beziehung. Aber in Sommer, da könnt ihr wat erleben!« Er lachte blöd und setzte sich dem Fremden gegenüber. »So in de warmen Julinächte«, sagte er, »wenn sich de Liebespaare in Park auf de Bänke rumdrücken, denn pürsch ick mir janz leise von hinten ran, und wennse denn jrade mitten bei sind, denn nehm ick 'n Jummiknüppel raus und hau den Herrn Bräutijam von oben runter uffn Kopp. Denn sinse jeheilt, kann ick Ihn'n sa'n.« – Der Fremde sprang auf und hatte plötzlich rote Flecke im Gesicht. »Aber das ist doch nicht wahr, was Sie da erzählen!« rief er laut. »Das können Sie doch gar nicht tun!« – »Det kann ick nicht«, wiederholte der Parkbulle geringschätzig. »Wenns ne jute Nacht is, komm ick manchmal uff zehn, fuffzehn Stück.« – »Und warum machen Sie denn das?« fragte der Fremde fassungslos. »Warum?« schrie der Wächter und schlug auf den Tisch. »Na, – Ordnung muß sein, sag ick!!« Der Fremde war wieder ganz ruhig geworden. »Wenn das wahr ist, was Sie da erzählen«, sagt er, »dann sind Sie ein ganz gemeiner Kerl!« Alle waren still und erwarteten eine Katastrophe. »Was bin ick?« fragte der Parkbulle lauernd. »Ein ganz gemeiner Patron«, bekräftigte der Fremde voll Überzeugung, »und außerdem direkt gottlos! Geheilt! Haben Sie denn nie bedacht, was Sie da tun? Sie verletzen ja« – und er verstummte kopfschüttelnd. Der Wächter hob den Arm, und die Chauffeure spannten schon die Muskeln, denn jeder glaubte, es käme ein Faustschlag. Es kam aber nichts.

Der Wächter schnaufte, völlig außer Fassung gebracht. Dann drehte er sich auf dem Gesäß um, ohne aufzustehen. »Noch 'n Helles!« rief er, und in diesem Augenblick fing die Frau am Tisch hell und heiter zu lachen an. Plötzlich lachten die andern auch. Irgendeiner sagte was Komisches, Jahnke schlug sich knallend auf den Schenkel, und ehe man sich's versah, hatte der Fremde wieder zu singen begonnen, diesmal am Tisch sitzend, mit seiner tiefen, aber lichten Stimme sang er das Trinklied der Nonnen im Rosenhaag »Schenket ein den Cypernwein«, und bei der zweiten Strophe schon sangen die Chauffeure die Melodie mit! Der Parkbulle kaute nachdenklich an seinem Bier und schüttelte den Kopf zu alledem, und mitten in der Schlußstrophe sah man auf einmal, daß Karl ganz steif und merkwürdig verkrampft dasaß und vergeblich durch Grimassen die andern zum Schweigen zu bringen suchte. Es wurde allmählich still, der Fremde hatte zuerst aufgehört, und jetzt sahen alle, was los war: die Frau lag mit dem Kopf seitlich an Karls Schulter, ihre Augen waren geschlossen und ihre Haut ganz weiß, man wußte nicht recht, ob sie schlief oder ob ihr das Herz stillstand. Während nun aber alle zu ihr hinsahen, verzog sich plötzlich der Mund wie von einem grausam reißenden Schmerz, das ganze Gesicht zuckte und flog, ohne daß die Augen sich öffneten, die Wangen fielen jählings ein und bekamen schwarze Löcher, und gleich darauf schlug sie die Augen wieder auf, atmete tief, bekam Farbe ins Gesicht und lächelte ein wenig. Milly, das Dienstmädchen von Meyers, war hinzugetreten und sah ihr mit einem schwimmenden und zärtlichen Blick auf die Hände. »Wat für Hände«, sagte sie dann mehrmals und streichelte vorsichtig die Fingerspitzen der

Frau. »Laßt se doch ins Vereinszimmer auf det scheene Sofa liegen«, riet die Schänkmamsell, die auch herzugetreten war und die Ratlosigkeit der Männer spürte. »Nich wahr, Herr Jahnke«, sagte sie, »warum soll se nich in Vereinszimmer auf det Sofa liegen, wenn se müde is.« – »Meintswegen«, sagte Jahnke wie erlöst, »schafft se man rüber, da kann se pennen bis in die Puppen. Jeputzt wird nich an Feiertag!« Der Fremde verbeugte sich dankbar vor Herrn Jahnke und reichte der Frau die Hand. Sie stand zögernd auf, während Karl steif und ein wenig enttäuscht sitzenblieb, und ging mit leicht schwankenden Knien, von dem Fremden geführt und von Milly und dem Schänkmädchen gefolgt, in das verdunkelte kleine Hinterzimmer. An der Tür blieb der junge Mann zurück, die beiden Mädchen gingen mit der Frau hinein und schlossen die Tür hinter sich. Eine Zeitlang blieb es still, und von dem Fremden sah man nur den Rücken. Er stand mit etwas gesenktem Kopf und schien ins Leere zu sehen. Kurz darauf kam das Schänkmädchen zurück. »Nu jeht's ihr besser«, sagte es. »Sie liegt längelang, de Milly bleibt bei ihr drinnen.« – »Ich danke Ihnen«, sagte der junge Mann und begab sich zum Tisch zurück.

»Sag mal, wer bist denn du eigentlich«, wandte sich Karl plötzlich an ihn. »Ich meine – nichts für ungut – weil du sone komische Kruke bist.«

»Ich bin«, sagte der Fremde in einem Tonfall, von dem man nicht wußte, ob er sich über die anderen oder sich selbst lustig mache, oder ob er es vielleicht ganz ernst meine, »ich bin ein seltsamer Mensch. Ich vertrage nämlich kein Eisbein, und erst recht kein Sauerkraut. Als ich sehr jung war, hielt ich dies jedoch für das Beste.« Die Chauffeure nickten verständnisvoll. »Da ich aber nicht auf Lebenszeit mit Sodbrennen herumlaufen wollte, machte ich mich auf, das Land zu finden, wo man Nektar und Ambrosia speist.« – »Wat?« fragte Fritz. »Schlampanjer und Austern«, meinte der Parkbulle verächtlich. »Nein«, sagte der Fremde ernsthaft, »die Götterspeisen, die ja bestimmt leicht verdaulich sind. Und ich kam an die Grenze eines fremden Landes, da stand ein Erzengel Wache, in grüner Uniform, und fragte mich nach meinem Begehr, und als ich es genannt hatte, sagte er zu mir: Was du wirklich suchst, ist ›Jugend ohne Alter und Leben ohne Tod‹. Da ward ich sehr fröhlich, denn genau das war es, was ich suchte, ich hätte es aber selbst nie nennen können. Sechs Mal wirst du in die Irre gehn, sagte der Engel und hob den Grenzpfahl auf, beim siebten Mal magst du dein Ziel erreichen. Bei diesen Worten zeigte er auf einen nahgelegenen Friedhof. Ich aber machte mir nichts daraus und zog wohlgemut weiter. Da kam ich in einen finsteren Wald, der war voll von bösen Geistern und Ungeheuern, und da ich bald meinen Weg verloren hatte und auf ihre Gnade angewiesen war, verführten sie mich, böse Dinge zu tun, so böse und so verworfen, wie ihr es euch gar nicht denken könnt. Denn ihr wart ja noch nicht in der Gewalt böser Geister.

Eines Tages hörte ich leises Weinen an einem Felsenquell, und da saß eine verstoßene Prinzessin, die schon lange über Land gelaufen war, und versuchte die Läuse in ihrem seidenen Hemd zu knicken. Und die Stimme des Engels sagte zu mir: Hilf ihr, dann hast du den ersten Ausweg gefunden. Da half ich ihr Läuse knicken, und wanderte weiter mit ihr, und so sind wir entkommen. Aber noch sind sie hinter uns her.« – »Wer?« fragte einer, »die Grünen?« – »Die bösen Geister«, sagte der junge Mensch, »die wird man nicht so leicht los.«

Der Parkbulle hatte ihn die ganze Zeit über höhnisch betrachtet, aber nicht gewagt, die allgemeine Stille des Zuhörens zu unterbrechen. Nun sagte er mit biederem Ton: »Na, Mensch, wenn de wirklich so'n Rübezahl bist, denn tu doch man jefälligst 'n Wunder. Det möcht ick besehn hier, verstehste?« Der Fremde nickte nur und zuckte dabei die Achseln. »Haste verstanden?« sagte der Parkbulle schon bedeutend angriffslustiger, da Karl leise gelacht hatte. »'n Wunder sollste tun. Kannste det?« – »Jeder kann Wunder tun«, sagte der Fremde ziemlich unbeirrt, »also auch ich.« – »Na denn laß man ne Runde Schnaps auf'n Tisch erscheinen, für jeden 'n doppelten Korn, det wär'n Wunder«, sagte der Parkbulle, dem trotz einer Pause des Nachdenkens kein ungewöhnlicheres Wunder eingefallen war.

»Das will ich«, sagte der Fremde und strich über sein krausblondes Bärtchen. »So«, rief der Bulle, »und wie machstn det?« – »Indem ich den Wirt bitte, uns eine Runde Schnaps zu schenken«, sagte der junge Mann bescheiden und ohne Spott. Jahnke, der an seinem Schanktisch eingenickt war, sah ihn mit merkwürdig verträumten Augen an, die anderen grinsten. »Ich bitte Sie, Herr Jahnke«, sagte der Fremde mit gleichmütiger Stimme zu ihm, »schenken Sie uns eine Runde Schnaps. Für jeden einen doppelten Korn.« Jahnke glotzte einen Augenblick, wie hypnotisiert, und es griff plötzlich eine große Spannung um sich. Auf einmal warf Jahnke gebieterisch den Kopf herum zur Schänkmamsel, die in der Ecke beim Ofen mit dem Freund des Dienstmädchens flüsterte. »Laß man anfahren«, befahl er. »Sechs doppelte Korn!« Jetzt aber brach, wie wenn ein Druck von allen Lungen, ein heimlicher Griff von jeder Kehle gewichen wäre, ein allgemeines tobendes Hallo aus, man ließ Jahnke hochleben und noch mehr den Wundertäter, denn daß es sich um ein offensichtliches Wunder handelte, dem Jahnke, der noch nie in seinem Leben einen ausgegeben hatte, zum Opfer gefallen war, lag klar zutage. Der Schnaps kam rasch und wuchs wie von selbst auf den Tisch, denn es waren jetzt alle so mit Lachen, Reden, Schreien beschäftigt, daß kaum einer gemerkt hatte, wie er gebracht und hingestellt wurde. Plötzlich hatte man ihn in der Hand und im Mund und durch Gurgel und Speiseröhre hinab wohlbrennend im Gekröse, und als der Fremde nun wieder zu singen anhob, brauchte er nicht lange um Teilnahme zu werben: gleich fielen alle in das Lied ein, das er anstimmte und das alle kannten: »Wenn du denkst, der Mond geht unter, er geht nicht unter, er tut nur so.« Es war ein blödsinniges Lied vielleicht, aber es war dieser Stunde voll angemessen, und wer von uns hat nicht einmal so eine Stunde erlebt? Und gerade als das Lied im schönsten Anschwellen war, da kam das Dienstmädchen Milly aus dem Vereinszimmer heraus und sagte Herrn Jahnke ganz aufgeregt etwas ins Ohr. Herr Jahnke stand schweigend auf und ging ohne weiteres sehr rasch zur Telefonzelle. Von dort winkte er nach rückwärts den Fremden herbei, der den Vorgang stumm beobachtet hatte, und zog ihn mit in die Zelle hinein. Und während die Männer vorn eine neue Lage Schnaps ausknobelten, hörte man Herrn Jahnke im Hintergrund laut und erregt eine Telefonnummer verlangen.

Eine halbe Stunde später war der Arzt da. »Wo liegt sie?« fragte er und winkte dem Dienstmädchen Milly, ihm zu folgen. In der Tür zum Vereinszimmer drehte er sich noch einmal um und befahl der Schänkmamsell, kochendes Wasser vorzubereiten, und nach zehn Minuten kam er wieder aus dem Zimmer heraus, klappte seinen Handkoffer auf und trug ihn in die Küche, wo er Instrumente abkochte und sich eine Ewigkeit lang die Hände wusch. Dann trat er wieder ins Lokal, er war nun in Hemdsärmeln und hatte Gummihandschuhe an, blinzelte durch seine Goldbrille einen Augenblick mißtrauisch zu Jahnke und den Gästen hin und verschwand ins Vereinszimmer. Es wurde fast nichts mehr gesprochen am Tisch, wo alle wie vorher beisammensaßen und sich einander nicht anzuschauen trauten. Der Fremde zeichnete auf die Tischplatte Bäume, die sich im Wind bogen, kahle Bäume, verkrüppelte, niederbrechende Baumstrünke, Schößlinge, Zweige, Blätter und ragende Hochtannen. Es war sehr still, die Uhr tickte laut, und durch die offene Tür zur Küche hörte man das kochende Wasser singen.

Aus dem Vereinszimmer keinen Laut. Nach gar nicht langer Zeit aber ging die Tür auf, und Milly lief stolpernd vor Aufregung durchs Lokal, sie hatte hochrote Backen, und alles flog an ihr. »Sie hat«, flüsterte sie unter lautem Atem zu den Männern am Tisch hin, »Krönchen in die Wäsche jestickt, sieben Zacken, det is ne Gräfliche, oder wenigstens 'n Freifräulein!« – »Selber Fräufreilein«, brummte Fritz ungläubig. »Aber nee doch!«, rief Milly etwas lauter und verschwand in die Küche, »wie se nich bei sich war, da hatse ausländisch jesprochen. Mamma mia, hatse jesagt!« Der Fremde am Tisch barg sein Gesicht in den Händen. »Und man hat ihr so gut wie nischt anjesehn«, sagte Karl verbittert, »ich dachte die isn bisken mollig, dachte ick, untenrum.«

Als Milly mit einem Topf Wasser langsam aus der Küche zurückkam, räusperte sich Jahnke und wollte sie etwas fragen, aber in diesem Augenblick erscholl aus dem Vereinszimmer, dessen Tür Milly nur angelehnt hatte, ein zarter und doch durchdringender Laut, gleich darauf anschwellend, quäkend, quärrend, plärrend, gellend, und dann in ein stockendes Gemauze übergehend. Kindergeschrei. Milly stolperte wieder und verschüttete etwas Wasser, bevor sie ins Zimmer verschwand. Der Parkbulle stand auf, streckte die Glieder, wollte einen Witz machen, verschluckte ihn, und sagte dann: »Nu jehck mal 'n Rundgang. Morjn die Herrn.« – Er machte die Tür auf, blieb einen Moment auf der Schwelle stehen und knöpfte seinen Mantel zu. Von draußen fiel schon ein graugrieseliges Morgenlicht herein, in das der viele Rauch sich kräuselnd hinausdrehte. Durch die offene Tür sah man schattenhaft die kahlen Bäume und darunter, vom Licht der Laternen besprengt, das in der Dämmerung wesenlos zerflatterte, mit verhängten Kühlern die Kette der Autodroschken, wie Schafe, Rinder, Maultiere und schlummernd gekauerte Kamele.

Der Arzt trat heraus. »Macht mal die Tür zu!« herrschte er die Männer an. Dann ging er in die Küche, um sich wieder die Hände zu waschen. Jahnke trat, von den Männern gefolgt, in die Tür des Vereinszimmers. Er und der Fremde gingen hinein, die andern blieben auf der Schwelle stehen und schauten in einer engen Gruppe einander über die Schulter.

Plötzlich war auch der Parkbulle wieder da und winkte den beiden Chauffeuren Fritz und Karl heimlich mit einem Zeitungsblatt, es war die dicke Feiertagsausgabe, die er mit hereingebracht hatte. Mißtrauisch traten sie zu ihm an den Tisch. Die Seite ›Aus aller Welt‹ und ›Gerichtsteil‹ war aufgeschlagen, und der Parkbulle tippte mit seinem dicken Wollhandschuhfinger auf ein verschwommenes Photoporträt, unter dem ein fettgedruckter Bericht stand. Fritz, der schwer und langsam las, murmelte halb lautlos vor sich hin, einzelne Worte hoben sich wie Schreckschüsse heraus » . . . gesucht . . .« – » . . . Großbetrug eines gewerbsmäßigen Kurpfu-Kurpf«–»Kur-pfuschers . . .«, sagte der Parkbulle. – »Entführungsverdacht und Sittlichkeits-« – »Aber nu man ocke«, sagte Karl, »bei denen, da is doch keine Sittlichkeit –«. Er war ganz weiß, und der Schweiß stand ihm auf der Stirn. »Wat willstn machen?« fragte Fritz leise den Parkbullen. »Ick weeß ja nich«, sagte der vor sich hin, »hier drinnen, det is nich mein Revier«. – »Und auf dem Photo, da hat er ooch keen Bart«, sagte Karl. »Den kann er jeklebt haben«, sagte der Parkbulle, »ick hab da nischt mit zu tun.«

Damit drehte er sich auf dem Absatz und ging so leise hinaus, wie er wohl noch nie im Leben irgendwo hinausgegangen war. Das Blatt blieb auf dem Tisch liegen.

Milly und das Schänkmädchen hatten Millys Freund rechts und links untergefaßt und standen mit ihm im Vereinszimmer neben der Tür, eng an die Wand gepreßt. »Is'n Junge«, flüsterte Milly kaum hörbar zu den Chauffeuren hin.

Die Frau lag auf dem Sofa, und man hatte ein weißes Leintuch über sie gedeckt. Neben ihr, auf einem Stuhl, lagen ihre Kleider, am Boden standen zwei Waschbecken und ein Blecheimer, daneben die Tasche des Arztes, aus der Nickel blitzte. Das Kind lag in ihrem rechten Arm und quakte ein wenig. Und die Mutter hatte die Augen weit auf, und man sah, daß es tief schwarzblaue Augen waren in einem bleichen, schönen, irdischen Gesicht.

»Sie sind wohl der Vater von dem Kind?« sagte der Arzt zu dem Fremden und klappte ein Notizbuch mit Vordrucken und Registereinteilung auf.

»Ich?« erwiderte der, mit einem ganz erstaunten Blick. »Wieso?«

»Na«, sagte der Arzt und zog seinen Rock an.

»Ich schicke dann jemanden her, der das aufnimmt«, sagte er. »Es genügt ja zunächst einer vom Revier –«, und dann, während er in seinen Mantel schlüpfte, rief er der Schänkmamsell zu: »Fencheltee, aber nicht zu heiß!« Dann ging er.

Jahnke war ziemlich lange fortgewesen und kam nun zurück, offenbar aus seiner Wohnung im Hochparterre. Er hatte Milly und ihren Freund mit hinaufgenommen, und die trugen nun einen Packen älterer Wäschestücke, windelartigen Kinderzeugs und Decken hinter ihm her. Während sie das alles ins Vereinszimmer schleppten, trat der Fremde zu Jahnke hin. »Verzeihen Sie«, sagte er, »haben Sie vielleicht einen Fahrplan?« Jahnke sah ihn an. »Jewiß«, sagte er dann, und nahm ihn aus einer Schublade des Büfetts heraus. »Wollen Se wech?« sagte er nach einer Weile. Aber der Fremde hörte es nicht, er saß mit abwesender Miene über den Fahrplan gebeugt und schrieb sich Züge heraus. Die Chauffeure hatten inzwischen nach ihren Wagen gesehen und kamen allmählich wieder herein. »Mal 'n Kaffee kochen«, sagte Jahnke zur Schänkmamsell und ging hinter ihr her in die Küche. Auch die Chauffeure gingen im Raum hin und her, denn es schien nicht mehr richtig zu sein, daß man sich wieder hinsetzte: es war alles aufgelöst, fremd und morgendlich.

Nach einiger Zeit stand der Fremde auf und sprach leise mit dem alten Chauffeur Fritz. »Ja, wird 'n det jehn?« sagte der. »Natürlich«, antwortete der Fremde. »Von mir aus«, sagte Fritz, und dann zu Karl, der hinzutrat: »Zum Schlesischen Bahnhof.« — »So«, sagte Karl, und verstand. Der Fremde war ins Vereinszimmer gegangen und packte zusammen.

»Mit de Behörde woll'n die ooch nich aus die gleiche Schüssel essen«, sagte August Schmöller zu den beiden andern. »Det jeht mir nischt an«, sagte Karl. »Jewiß nich«, bekräftigte August. »Ick meine nur bloß.« Als Jahnke später die Küchentür öffnete, aus der ein dicker warmer Kaffeegeruch drang, sah er nur noch, wie Karl und August die Frau, die in einem Bündel das Kind an sich gepreßt hielt, auf gekreuzten Armen hinaustrugen. Fritz ging hinterher und schleppte zwei Decken mit. Um Jahnke kümmerte sich niemand, und der Fremde schien schon im Auto zu sein. Auf dem Tisch, zwischen verschüttetem Schnaps und Aschenresten, lag noch der Bierfilz mit Jahnkes Porträt. Darauf hatte der Fremde das Datum geschrieben, 24. 12. 1929, und ein Herz und eine Hand darunter gemalt.

Langsam ging Jahnke ins Vereinszimmer. Blieb stehen, schaute ins Lokal zurück. Draußen sprangen Motoren an, dann schnurrten die Wagen davon.

Im Vereinszimmer war aufgeräumt worden, das Leintuch lag zusammengefaltet überm Stuhl, und sonst erinnerte nichts an das Geschehene.

Nur ein leiser Geruch von Jodoform und anderen Medikamenten, den der Arzt mit seinen Kleidern und seiner Tasche hereingeschleppt hatte, hing noch in der Luft.

Als aber nun Jahnke gedankenvoll das Fenster öffnete und die erste Sonnenhelle hereinließ, die draußen auf dem Rauhreif der Bäume und über der dünnen Eisschicht des Stadtparkteiches flimmerte, ging auch dieser Geruch hinaus, und es blieb von allem gar nichts mehr übrig.

Die Affenhochzeit

»Fährtensucher«, sagte Nikoline zu ihrem Mann, der gerade, hemds-
ärmelig, aus dem Atelier trat, »zieh deinen Rock an, du mußt jetzt
gehn.« – »Wohin zum Teufel?« sagte Fährtensucher und stampfte mit
dem Fuß, denn er wollte sich eigentlich nur Zündhölzer für die Pfeife
holen und dann weitermalen. »Du wolltest das Geschenk kaufen«,
sagte Nikoline, ohne sich davon einschüchtern zu lassen, daß er nun
mit beiden Füßen stampfte und schreckliche Flüche ausstieß, untermischt mit wilden Drohungen gegen Frau, Kinder, Verwandte, Bekannte und die menschliche Gesellschaft überhaupt. Nikoline schüttelte
nur den Kopf. »Robert«, sagte sie, »sei doch nicht komisch!« – Das
brachte ihn erst recht zur Raserei. »Wie kommst du dazu, mich mit
Robert anzureden?« schrie er. »Was habe ich dir denn getan?« – Dabei
hieß er wirklich Robert, Robert Rottenbach, und hatte auch nichts
Grundsätzliches gegen seinen Namen einzuwenden. Aber es war in
dieser Ehe ein heimliches Gesetz, sich niemals mit dem richtigen
Namen anzureden, und geschah es doch einmal, so galt es als Zeichen von
Kälte und Unzärtlichkeit. Man rief sich mit den verschiedensten Kriegsnamen, die je nach Stimmung, Umgebung, Jahreszeit wechselten und
die man im Lauf des Zusammenlebens sich selbst oder einander gegeben hatte. Größtenteils stammten diese Namen aus der Welt des kindlichen Abenteuers, doch hatten sie alle auch irgend etwas mit der Wirklichkeit zu tun. Auf Reisen zum Beispiel hieß Robert ›Kartengänger‹, da
er seinen Ehrgeiz darin setzte, in fremden Städten und Geländen Weg
und Steg nach der Karte zu finden, und lieber zwei Stunden in die Irre
ging, als einen Schutzmann oder Chauffeur zu fragen. Auch der ›Fährtensucher‹ war nicht ganz aus der Luft gegriffen, denn er konnte im
feuchten Boden oder im Schnee jede Tierspur bestimmen und brachte
damit bei Ausflügen oder Spaziergängen seine Frau zu leiser Verzweiflung. Sie wurde seltsamerweise Hieronymus, Jacobus oder Schnauzbart
genannt, und man hatte sich so daran gewöhnt, daß man nichts Lächer-
liches oder Absonderliches mehr dabei fand. Und es braucht wohl jede

Ehe und jede gute Gemeinschaft überhaupt einen Zug zu Albernheit, kindischen Geheimnissen und Lausbüberei. – Ebenso plötzlich, wie Roberts Wut- oder Verzweiflungsanfälle aufflackerten, pflegten sie zu verrauchen. »Es wird heute so nichts mit der Schmiererei«, sagte er und machte eine bockige Kopfbewegung zum Atelier hin, aus dessen angelehnter Tür, vermischt mit Pfeifenrauch, ein dünner Firnisgeruch drang. »Das Wetter ist nicht darnach. Es stinkt nach Frühling!« sagte er dann. – »Aha«, sagte Nikoline nur, denn sie wußte, daß jeder seiner Zornesausbrüche und überhaupt, was es an spärlichen Ärgernissen mit ihm gab, unmittelbar mit seiner Arbeit zusammenhing und mit ihrem Wachsen oder Stocken. »Es stinkt nach Frühling«, wiederholte Robert mit Wohlbehagen und schien seine Worte auf der Zunge zu schmecken. »Alles, was echt ist, stinkt«, sprach er weiter, indem er den Rock anzog. »Alles Großartige stinkt«, behauptete er noch und sah sehr vergnügt aus: »Zum Beispiel: der Mensch!« fuhr er fort. »Wenn einer was ist und was kann, dann stinkt er nach sich!« Er setzte seinen Hut auf. »Verstehst du?« – drängte er. »Natürlich«, sagte Nikoline und hatte einen zerstreuten Gesichtsausdruck. »Dann ist's gut«, sagte Robert und wendete sich zur Tür. »Übrigens«, kam er nochmals ins Zimmer zurück, »wieviel soll ich denn ausgeben?« – »Es muß schon was Anständiges sein«, sagte Nikoline, »er hat deinen ganzen Unzuchtsprozeß geführt und macht unsere Wohnungssachen und alles und hat noch nie eine Rechnung geschickt.« – »Tausend Mark haben wir noch«, sagte Robert, »und wenn ich die widerliche Wand bemale, gibt's dreitausend. Dann fahren wir weg«, sagte er und schnupperte zum offenen Fenster. »So, und die Kinder?« sagte Nikoline. »Die Kinder werden in den Schornstein gehängt und geräuchert«, antwortete Robert versonnen und sah Bergwälder im Schimmer des Vorfrühlings, windgerillte Seen, Föhnleuchten und stürzende Schmelzbäche. »Die Kinder werden eingepökelt und als Jungschweinernes verkauft«, wiederholte er und überzählte die Geldscheine, die er aus der Tasche zog. »Soll ich hundert ausgeben?« fragte er – »Hundertfünfzig«, sagte Nikoline, »und wegfahren werden wir im Frühling auf alle Fälle. Die Kinder sollen froh sein, wenn sie uns einmal los sind!« – »Richtig«, sagte Robert, »sie leiden überhaupt schon an krankhaftem Familiensinn.« Damit ging er. Nikoline schloß die Flurtür hinter ihm, dann warf sie einen Blick ins Atelier, in dem eine Art von Unordnung herrschte, die keineswegs schlampicht, sondern eher zweckvoll, belebt und natürlich wirkte. In der Mitte war ein großer Rahmen gespannt, und die Leinwand war mit einigen skizzenhaften Andeutungen bedeckt. Quer darüber hatte Robert mit verwisch-barer Kohle das Wort ›Bockmist‹ geschrieben. Nikoline betrachtete es gedankenvoll. Es handelte sich um einen Auftrag: für das Klubhaus eines großen Industrieunternehmens die Wände auszumalen. Der Hauptentwurf sollte bis morgen abgeliefert werden. Aber es war noch nichts Faßbares zu erkennen. Man hatte ihm gewisse Richtlinien gege-ben: Szenen aus dem Alltag der Industrieangestellten oder aber die Symbole des Wirtschaftslebens sollten freskenhaft dargestellt werden. Nikoline sah im Raum umher: überall lagen Blätter mit Pflanzen, Tie-ren, menschlichen Gestalten und Gesichtern, vor allem Bauern- und Kindergesichtern. An der Wand hingen Landschaften, wirkliche und geträumte. Manche waren wüstenhaft, kahl wie polare Küsten, andre wucherten wie tropische Urwälder. Dazwischen sehr einfache Schilde-reien: ein Feldrand, ein Weg mit Holzstoß, eine Magd, die Kartoffeln schälte, ein apfelessendes Kind. Der Entwurfrahmen stand kühl und quadratisch, voll prätentiöser Nüchternheit, mitten in dieser vielbeleb-ten Welt.

Robert war schon ein ganzes Ende gegangen, ohne daß ihm der Zweck seines Weges zu Bewußtsein kam. Der Himmel war sonderbar milchig bewölkt, aber im Norden, wo es keine Wolken mehr gab, lag ein so klares, flüssiges Licht, als ob die weite, grüngläserne See ihren Wider-schein emporstrahle. Auch roch die Luft, trotz vorzeitiger Wärmequel-len, die, in die kühlere Wolkenzone streichend, sonderbare Lichtwirbel erzeugten, so frisch und salzig bitter, daß man glauben konnte, es be-gönne wirklich gleich am Rand der Stadt Berlin das große nördliche Meer. In dem Stadtteil, in dem Robert wohnte, war heute Markttag, und er schlenderte mitten durch die Verkaufsstände: Fisch, Gemüse, Kartoffeln, Fleisch und Blumen wurden angeboten wie auf dem Markt einer Kleinstadt. Auf der breiten Fahrstraße, rechts und links von den Trambahngleisen, hielten strohbedeckte Bauernwagen mit kleinen, struppigen Pferden, zwischen denen sich die Autos mühsam durch-schlängelten. Aber viele Bauern brachten ihre Ware auch auf Lastkraft-wagen oder in den Beiwagen ihrer Motorräder. Robert blieb stehen und sog sich die Augen voll mit Einzelheiten, Bögen, Bewegungen. Dann sah er wieder zum Himmel mit seiner kühlen weißen Flockigkeit. Er dachte daran, daß man, ohne irgend etwas von der Erde zu bemerken, nur einem Stückchen Wolkenhimmel und seinem Licht ansehen müsse, was für eine Jahreszeit und fast welche Stunde es sei. Und daß alle

Kunstübung nur darauf ausgehe, das Licht nachzuschaffen und die Linie, die Quellen der Bewegung. »Wollense'n Hund koofen?« zischte ihm plötzlich jemand mit scharfer Flüsterstimme ins Ohr. Robert schrak zusammen und sah in ein Paar stechende, hastige Augen. Ein unrasierter Mensch stand dicht neben ihm und lupfte einen weiten sackartigen Mantel: der Kopf eines ziemlich jungen, graumelierten Pinschers lugte hervor, mit feuchter schwarzer Gumminase und lustigem, nur jetzt etwas befremdetem Gesichtsausdruck. »Jelejenheit«, flüsterte der Mann aufgeregt. »Fuffzig Emm. Prima Rasse, garantiert stubenrein. Könnse gleich mitnehmen, Halsband hat er ooch.« Robert tätschelte den Kopf des Hundes, und dabei fiel ihm wieder ein, daß er weggegangen war, um für einen Freund ein Hochzeitsgeschenk zu kaufen. Hundertfünfzig Mark, hatte Nikoline gesagt. Doch ein bißchen viel eigentlich. Robert fand es, wenigstens für diesen Augenblick, sehr komisch, daß man jemandem, der heiratet, und noch dazu ein reiches Mädchen, und der schon allein nicht arm ist, auch noch Geschenke machen soll. Aber das ging gleich wieder vorbei, dafür tauchte blitzartig der Gedanke auf, den Hund zu kaufen: wenigstens für zwei Tage hätte man dann einen Hund, länger duldete Nikoline ihn doch nicht in der kleinen Stadtwohnung, und dann könnte man ihn als Hochzeitsgeschenk verwenden. Aber dem hastigen Hundeverkäufer waren alle diese Überlegungen zu umständlich. Mit einem Ruck, der Roberts Hand fortstieß, schloß er plötzlich wieder den Mantel über dem zurückzuckenden Hundeköpfchen. »Wollnse oder wollnse nich?« drängte er. – »Nein«, sagte Robert energisch. Es schien ihm doch richtiger, dem jungen Paar nicht mit einem Pinscher zum Polterabend zu kommen, und überhaupt waren die Eltern der Braut sehr konventionelle Leute, die wohl auch auf normale und übliche Hochzeitsgaben Wert legten. Der Mann mit dem Hund hatte kurz kehrtgemacht und verschwand im Gewühl, während schon ein Blauer langsam und mißtrauisch heranschritt. Robert schüttelte den kurzen Traum, mit einem kleinen Hund nach Hause ins Atelier zu gehen, von seiner Stirn und bestieg einen Autobus nach dem Kurfürstendamm. Auf dem offenen Verdeck des Autobusses sitzend, vom raschen Luftzug umknattert, hing er zunächst mit großer Ausführlichkeit dem Traum von einer Segelfahrt auf einem schwedischen Sund nach. Er stellte sich das Kreuzen vor frischer Brise so deutlich vor, daß er, in einer Kurve, den Kopf tiefer duckte, um nicht von der umschwingenden Segelstange getroffen zu werden. Als dann der Schaffner kam, gerann die flimmernde Wasserfläche des Sunds in den glattgefahrenen

Asphalt des Wittenbergplatzes, und als der Wagen die Tauentzienstraße entlangfuhr, an den vielen Auslagen vorbei, bedachte Robert ernsthaft die Lage.

Es handelte sich also um ein Hochzeitsgeschenk für seinen Freund Georg, der, weil er aus Süddeutschland stammte, von all seinen näheren Bekannten Schorsch genannt wurde. Georg Kulp war ein verhältnismäßig junger Rechtsanwalt, der in Berlin rasch Karriere gemacht hatte und vor allen Dingen als besonders verständnisvoller Berater von Künstlern, Musikern, Malern, Dichtern und Schauspielern in ihren oft komplizierten Rechtsproblemen, denen die meisten ziemlich hilflos gegenüberstanden, bekannt geworden war. Robert wurde von ihm vor einigen Jahren in dem berühmten Unzuchtsprozeß verteidigt, der ihm damals viel Ärger bereitet, in der Folge aber seinen Namen und Ruf und vor allem die Anziehungskraft seiner Arbeiten ungemein erhöht hatte. Wie vielfach das Krautschießen eines äußeren Erfolges von Mißverständnissen gedüngt wird, war es auch hier: es gab eine Zeit, da es in gewissen Kreisen, für die Roberts Kunst am wenigsten geschaffen war, zum guten Ton gehörte, ein Blatt des unzüchtigen Malers im Salon zu haben. So war er seitdem aus den gröbsten Geldsorgen heraus, ja er verdiente sogar zeitweise recht gut, und er machte mit dem Geld das Klügste, was er tun konnte: er gab es aus, von seiner Frau und vielen unbemittelten Freunden freudig unterstützt, und legte es in guter Laune, Lebensfreude und angenehmen Erinnerungen auf lange Sicht und hohe Zinsen an. Die Blätter selbst, derentwegen man damals ihm und seinem Verleger den Prozeß gemacht hatte, waren alles eher als unzüchtig, himmelweit von Schlüpfrigkeit oder Zweideutigkeit entfernt: Zeichnungen und Aquarelle, aus dem leibhaftigen Dasein von Pflanze, Tier, Ding und Mensch, aus den elementaren Vorgängen der Natur, mit einer unmittelbaren, reinen Anschauung und mit einer fast religiösen Weltliebe erfaßt. Georg Kulp hatte ihn damals herausgepaukt, und seitdem hielten sie gute Freundschaft, obwohl sie von Temperament und Lebensart völlig verschieden waren. Jede Woche einmal erschien Georg Kulp im Atelier droben und verbrachte einen Abend mit Robert und seiner Frau, manchmal auch mit Robert allein, und das waren die Abende, an denen sie, wie sie sagten, das Lagerfeuer anzündeten und endlose, zähe und heftige Männergespräche führten. Dann und wann waren einige Freunde Roberts dabei, die in Heizer, Oberheizer, Schürer, Bewacher und Beschauer des Lagerfeuers eingeteilt waren, es wurde dann unter Einzel- und Gruppengesprächen sehr viel Schnaps getrunken,

85

und gegen Morgen sangen sie Soldatenlieder und störten die Bewohner der unteren Stockwerke aufs empfindlichste. Nikoline ging dann frühzeitig ins Bett und schlief mit ›Oropax‹ in den Ohren, so gut es eben ging. Oft waren alle noch da, wenn sie und die Kinder morgens aufstanden, und sie deckte dann einen großen Frühstücktisch und kochte ungeheure Mengen von Kaffee und Eiern. Das ganze Lagerfeuer saß fromm und etwas abgekämpft nach Art braver Schulknaben um die Frühstückstafel herum. Mit der Zeit hatte es sich ganz von selbst herausgebildet, daß Georg Kulp alle praktischen Angelegenheiten Roberts, seine Kauf- und Mietverträge, seine Steuersachen und sogar die Balancierung seines Ausgabenbudgets betreute und verwaltete. Er gehörte sozusagen zur Familie, wie das Großhirn zum Kleinhirn, er war immer da, wenn man ihn brauchte, und hatte selten etwas ausgesprochen Wichtigeres vor. Daher wirkten seine Verlobung und nun die nicht mehr aufzuhaltende, endgültig festgesetzte Heirat ziemlich niederschmetternd auf die beiden, und besonders Robert haßte die Braut, noch bevor er sie kennengelernt hatte. Das Kennenlernen schmolz dieses Gefühl nicht um, und obwohl alle Leute, sogar Nikoline, sagten, sie sei nett, fand Robert sie schauderhaft und unerträglich. Sie war ein Mädchen aus sehr guter Familie, und wenn Robert auch keineswegs etwas gegen väterliches Geld und anständige Erziehung einzuwenden hatte, so desto mehr gegen eine gewisse Haltung, die das Aufwachsen in der ›besseren‹ Gesellschaft des westlichen Berlin mit sich bringt. Rasches Urteil, immer bereit und allzu leicht sagbar, auch über Dinge, denen der eigne Horizont, die eigentliche menschliche Substanz längst nicht gewachsen ist, dazu eine Art von äußerer Sicherheit, hinter deren Schutzhülle man nicht erst vorzudringen brauchte, um zu ahnen, wie schwach ihr inneres Gerüst sei, und ein tierischer Mangel an Wissen jeder Art, überdeckt durch eine schwabblige Fülle von wahllos eingeschlungenem Bildungsgut, kennzeichneten sie. Daß die Braut, in einer bewußt ironischen Umbildung ihres richtigen Vornamens, Lenina genannt wurde, machte sie in Roberts Augen nicht anziehender, und ihre ehrlichen Versuche, in seiner Gegenwart natürlich, anspruchslos, liebenswürdig und schmiegsam zu sein – denn sie fühlte wohl seine Abneigung und wollte ihn als Freund ihres Mannes erobern –, wurde von ihm als eine Elementarstufe betrachtet, aus der sie sich erst in zwanzigjähriger Bußübung empordienen müsse. Dabei bemerkte Robert oft einen Zug von Echtheit und gewinnender Frische in ihrem Wesen, und er schalt sich selbst einen Pharisäer, Zeloten, Dogmatiker. Aber mit der Vernunft und dem guten Willen ist in solchen Fällen, wo es nur um Neigung, Witterung, Empfindung geht, nichts auszurichten.

Schon aus diesen Hintergründen heraus war es eine nicht ganz einfache Aufgabe für ihn, den beiden ein Hochzeitsgeschenk zu kaufen. Nikoline hatte sich, vielleicht aus pädagogischen Gründen, bestimmt aber in weiser Voraussicht, davor gedrückt: es handle sich um *seinen* Freund, sagte sie, und da müsse auch er selbst sich einmal anstrengen. Robert seinerseits haßte das Einkaufen, soweit es sich nicht um Dinge aus seinen speziellen Interessengebieten drehte: um Aquarien etwa oder Zimmerstutzen, Blumen, alte Glasflaschen und alkoholische Getränke – und wenn er einmal einkaufen ging, dann tat er es allein und auf keinen Fall in weiblicher Begleitung. Das hypnotisierte Hinstarren der Frauen auf ausgelegte Modeartikel, ihr abschätzender Blick auf die Preistafel, das konzentrierte und gleichzeitig zerstreute Auge, mit dem sie die Schaufenster großer Geschäftshäuser überfliegen, reizten seine Wut und seine Spottlust. Als er nun an der Gedächtniskirche ausstieg und auf der linken Seite des Kurfürstendamms stromaufwärts strich, ergriffen ihn Angst und Ekel vor seinem Unternehmen. »Die haben doch alles«, sagte er vor sich hin. »Die können doch gar nichts brauchen!« – Und er dachte mit Abscheu an die gediegene Wohnung im alten Westen und das solide Müggelseelandhaus der Kulpschen Schwiegereltern. »Sie werden sich einrichten«, dachte er, »und dann sind sie gerichtet.« Er blieb vor dem Ledergeschäft von Rosenhayn stehen, bestaunte den Portier, der ihn mit einer magischen Handbewegung in den Laden zu zaubern versuchte. »Es gibt nichts zu kaufen«, sagte er hartnäckig und verzweifelt. Auf die nächstliegende Idee, dem Freund ein Bild oder eine Zeichnung zu schenken, kam er gar nicht, weil sie eben viel zu nahe lag. Eine recht hübsche junge Frau, die rasch aus einem Auto stieg und ins Geschäft wollte, stolperte über seinen Fuß und knurrte leise. Er entschuldigte sich auf italienisch, und die Frau sah sich, merklich besänftigt, nach ihm um. Da streckte er ihr die Zunge heraus, worauf sie entsetzt die Flucht ergriff. Immerhin hatte ihn ihr Kleider- oder Haargeruch etwas aufgemuntert, und er ließ sich nun im Strom anderer Besucher in den Laden hineinspülen. Ziellos ging er umher, sah ungeheure Mengen aufgeschichteter Aktenmappen, Ledertaschen, Hutschachteln, Handkoffer, Zigarrenetuis, Schreibtischeinrichtungen und komplizierte Futterale für sehr kleine Bleistifte oder silberne Zahnstocher und begann müßige Betrachtungen über den Rhythmus von Angebot und Nachfrage, von Bedürfnis und Bedarfserzeugung anzustellen, die andere schon gründlicher und mit ebensowenig praktischem Resultat durchgeführt hatten. Der Geruch des jungen Leders begeisterte ihn sehr, aber die Stimmen, Geräusche und die animalische Wärme all der vielen Menschen machten ihn schläfrig und stumpf. Die Verkäuferinnen waren alle sehr beschäftigt und bemerkten gar nicht, wenn jemand, der nicht laut nach ihnen schrie, lange an ihrem Warentisch herumstand. Einmal stieß ihn sogar eine, der er im Wege war, ziemlich barsch beiseite, indem sie ihm den Ellbogen, unter dessen Winkel sie ein Paket hielt, in den Magen rammte. Er verbeugte sich tief vor ihr, worauf sie ganz rot wurde und wütend weiterlief. Gleich darauf fragte ihn ein gepflegter Herr mit unsagbar glattem Haupthaar und noch bedeutend glatterem Angesicht nach seinen Wünschen. Er suche einen frischen Lachs, sagte Robert, aber lebendig, stubenrein und ohne Gräten. Da sei er wohl falsch hier, sagte der glatte Herr, ohne eine Miene zu verziehen, auch ohne jedes Befremden, und wandte sich von ihm weg. Nach diesem entscheidenden Mißerfolg verließ Robert das Geschäft und betrat nebenan den vornehmen Laden von Scherk. Hier herrschte exklusive Ruhe. Ein mächtig aufgewölbter Persianermantel saß auf einem Stuhl und äußerte unerfüllbare Wünsche, die ganz bestimmte Schleifung von Kristallflakons und das ganz bestimmte orientalische Holz für einen Toilettenschrank mit eingebautem Zerstäuber betreffend. Ein älterer Herr sprach leise und begütigend mit dem Prachtstück, als ob er darinnen ein Gesicht oder eine Art Kopf oder Hirn vermutete. Eine sehr streng angezogene Dame trat auf Robert zu und schaute ihn fragend an. Sie hatte schöne graue Augen und Hände, die er am liebsten gleich gezeichnet hätte. Er nahm, ohne sich weiter umzuschauen, ein kleines Fläschchen Parfüm, Chanel Nr. 5, für seine Frau und ließ sich dann, nachdem er sich so als ernsthafter Käufer legitimiert hatte, ziemlich alles zeigen, was es in dem Laden gab. Aber er betrachtete nicht die Gegenstände, sondern nur die Hände dieser Frau, und als er schließlich, mit seinem Parfümfläschchen, hinausging, schien sie recht böse auf ihn, aber doch ein wenig geschmeichelt. Sie dankte hoheitsvoll für seinen Gruß und zog sich, als er, nochmals grüßend, an ihr und der geöffneten Tür vorbeischritt, ohne Not das straff sitzende Kleid zurecht. Und als Robert nun weiterging, bald rechts, bald links den Kurfürstendamm hinauf, mußte er, ob er wollte oder nicht, allen Vorübergehenden auf die Hände gucken, und er zeichnete im Geist ein Rembrandtsches oder Dürersches Lebenswerk an Händen, Greifern, Klauen, Flossen, zärtlichen, heftigen, begabten, vertrockneten, edlen und niedrigen Menschenhänden vor sich hin. So kam er immer weiter, dann und wann trat er in ein Geschäft, um nichts zu finden; in einem zauberischen Glasladen, Heller, auf der rechten Seite, erstand er sechs hellbraune, dünnschalige, achteckige Schnapsgläser für sich selbst, bei Staub auf der linken Seite kaufte er einen Badeanzug, für den Fall, daß er doch ans französische oder spanische Mittelmeer reisen sollte, und in einem Chinoiseriegeschäft japanische Papierblumen, die sich im Wasser auflösen, für die Kinder. Schließlich bog er in irgendeine Seitenstraße und dann in noch eine, nur von der Absicht getragen, die flüchtig aufgetauchte schräge Vorfrühlingssonne möglichst im Gesicht zu haben; ging immer rascher, dachte an tausend Dinge zugleich und gar nicht mehr an das Hochzeitsgeschenk, den drohenden Polterabend und den Auftrag vom Industrieverein. Plötzlich stand er wie gebannt vor einem kleinen Laden, der mitten in einer stilleren Wohnstraße lag und auf dessen Tür in weißer Schrift ›Zoologische Handlung‹ aufgemalt war. Im Schaufenster Aquarien, mit wehenden Wasserpflanzen und algenbehauchten Scheiben, Wärme- und Lichtanlagen für die Exoten und gleitendem, pfeilendem, schwebendem Getier. Er sah das weinrote, tiefblaudurchbänderte Geleucht eines Makropoden im Hochzeitsstaat, den Perlmutterglanz still schwärmender, zebrastreifiger Skalaras, die bebende, durchsichtig lichtgrüne Schweifspitze des kämpferischen Schwertträgers, das breitrunde, käuende Maul des opalisierenden Mondfischs. Dahinter die Vögel in großen und kleinen Bauern: Schmetterlingsfinken, dutzendweise auf einer Stange zusammengeschmiegt, mit himmelblauen und zartrosa Halsflecken, Dompfaffen, das schwarze Köpfchen selbstbewußt und mit liebenswürdigem Ernst über dem vorgewölbten schönroten Bauch und dem herrlichen Hellgrau des Rückens drehend, eine chinesische Nachtigall, aus glucksender Goldkehle schlagend, klugäugige Schamadrosseln, die sich schnalzend verbeugten, ruhlose Stieglitze mit bunt flitzendem Gefieder, kobaltblaue Sittiche, paarweise aneinandergepreßt und rastlos auf ihre Nachbarn und Mitbewohner schimpfend, und einen großen, weißen, gelbschopfigen Kakadu, der in das pausenlose Geschrille, das bis auf die Straße zu hören war, ein immer gleiches, unverständliches Wort schrie. Im Schaufenster war ein kleines Pappschildchen angebracht, auf dem handschriftlich zu lesen stand: Lebendes Fischfutter, täglich frisch. Es fiel Robert ein, daß er für seine Fischzuchten zu Hause nicht mehr genug Daphnien besitze, und er war froh, einen Grund zu haben, um das lockende Geschäft zu betreten. »Haben Sie Flöhe?« fragte er, als er hereinkam. Die Verkäuferin, eine ältliche, etwas verquollene Person in einem schmuddeligen Ärztekittel, verstand sofort. »Lebende Daphnien oder jetrocknete?« fragte sie zurück. »Lebendige«, sagte Robert, »und möglichst viele.« – »Habense'n Glas mit?« sagte die Frau. »Sonst kostet's fuffzig Pfennije Pfand.« Robert antwortete nicht. Er hatte etwas entdeckt.

Langsam und wie gezogen ging er in die hinterste, ziemlich dunkle Ecke des Ladens. Ein paar Augen hatten von ihm Besitz ergriffen, ein Paar Augen mit heller, wäßrig grauer Iris und großen, dunklen Pupillen, von denen ein doppelter Blickstrahl, wie ein unsichtbares, federndes Gleis, schnurgerade in Roberts Augen ging. Und jetzt, als er nah herankam, streckte sich ihm ein kleines, braunes, weiches, sehr menschenhaftes Händchen mit einer gleichsam zerstreuten und doch ganz dringlichen Gebärde entgegen. Robert nahm das Händchen, das zuerst schlaff in der seinen lag und sich plötzlich mit dem Druck einer für seine Kleinheit unheimlichen Kraft, wie sie ähnlich in Säuglingshänden steckt, um seine Finger schlang. Gleichzeitig ein leiser, zwitschernder, langsam anschwellender Begrüßungslaut, dann ein kurzes lachendes Aufschnattern, und dann ein lautloser, weicher Satz: zur Schulter hinauf. Aber die Kette, mit der das Äffchen an einem Halsband festgemacht war, reichte nicht aus: es wurde zurückgerissen, kam mit allen vieren auf seine Stuhllehne, richtete sich auf den Hinterbeinchen auf und begann jämmerlich zu rufen: »Zipp, zipp, zipp, zipp . . .«, so ähnlich klang es und endete in einem ziemlich schrillen und äußerst verlangenden Schrei. Robert ging noch näher und begann, das Tier zu streicheln, das nun mit den Lippen an seinen Fingern schmatzte und eine Hand in seinen Rockärmel klammerte, als wolle es ihn nie mehr loslassen. »Ein Rhesusaffe?« fragte er über die Schulter. — »Isn Weibchen«, sagte die Frau, während sie mit einer Art Kohlenschaufel Daphnien aus einer kleinen Wassertonne in ein Geleeglas scheppte. »Heißt Colombine.« – »Colombine!« sagte Robert und machte die Kette los. Im gleichen Augenblick saß das Tierchen auf seiner Schulter und kraulte ihn in den Haaren. »Sehnse«, sagte die Frau vorwurfsvoll, »wenn man se losmacht!« – »Bei mir kann sie suchen«, sagte Robert. — »Die sucht keine Läuse nich«, belehrte ihn mürrisch die Frau, »die sucht Schuppen. Das schmeckt denen.« – »Ich weiß«, sagte Robert. »Wie alt ist sie denn?« – »Die is jung!« antwortete die Frau mit einem rätselhaften Ton. »Zutraulich ist se! Wennse sich mit die einlassen, die kriegense nich mehr los!« Die mürrische Stimme der Frau hellte sich ein wenig auf. »Colombine", sagte sie. »Sei nich so zudringlich, laß man den Herrn seine Haare.« Aber Colombine hörte ihr gar nicht zu und war vollauf beschäftigt. Die Frau kam näher. »Ob de runtergehst!« sagte sie ziemlich freundlich zu dem Tier. Das aber klammerte sich plötzlich mit beiden Ärmchen um Roberts Hals und begann wieder jämmerlich zu ziepen und zu zwitschern. »Die will von Ihnen nich wech«, sagte die Frau, »die hat Ihnen nu mal erkannt!« – »Erkannt . . .«, wiederholte Robert, und dann sagte er plötzlich: »Was soll's denn kosten?« – »Eins fuffzig die Daphnien, es gibt ja noch keine draußen um die Zeit«, sagte die Frau, »und fuffzig Pfennije Pfand.« – »Nein«, sagte Robert mit etwas unsicherer Stimme, »ich meine: Colombine« – »Die?« sagte die Frau und wurde plötzlich gierig. »Die is so zahm, so zutraulich is die, mit der könnse alles machen!« – »Das liegt mir fern«, sagte Robert ernsthaft. »Ich möchte nur mal den Preis wissen. Nehmen kann ich sie nicht.« – »Fressen tut sie, was Se ihr geben«, ratschte die Frau, »und jesund is se, fühlense mal die Fettpolster! Die is klug wien Hund, sag ick Ihnen, also jenau wien Mensch is die!« – »Und kosten tut sie gar nichts?« sagte Robert kopfschüttelnd. – »Hundertfuffzig«, sprach die Frau beiseite. »Aber mein Mann jibt se nich her. Der is janz verrückt mit dem Tier, rein verrückt is der. Nee, der jibt se nich her! Es ist dies der beste Affe, den wir hatten!« sagte sie plötzlich in steifem, gewähltem Hochdeutsch. – »Schade!« sagte Robert und machte eine kleine Bewegung mit dem freien Arm, als wolle er das Äffchen herunternehmen. In diesem Augenblick biß Colombine ihn mit ihren kleinen Schneidezähnchen ins Ohr. Sie knappte ihm von unten das Ohrläppchen zusammen und hielt es einen Moment lang fest, es tat aber gar nicht weh und war eher wie eine heimliche Zärtlichkeit oder ein Zeichen. Und statt das Tier von seiner Schulter zu nehmen, griff Robert mit der freien Hand in seine Rocktasche. »Packen Sie mir mal ein paar große Tüten voll Erdnüsse und Affenbrot«, sagte er, »und rufen Sie eine Taxe bei!« Er zählte drei Fünfziger ab und legte sie auf den Tisch. »Eine Decke können Sie mir vielleicht leihweise mitgeben? Wenn Sie wollen, zahle ich auch ein Pfand dafür« – »Is nich nötig!« sagte die Frau hastig und strich das Geld ein. »Die kleene Schlafdecke könnse mit behalten, da is se dran jewöhnt!« Colombine nahm ihm die Schlafdecke, die er hochhob, aus der Hand, riß sie an sich und schlug ihm ihre zerfetzten Zipfel um die Nase. Dann legte sie ihre Lippen dicht an seine Ohrmuschel und schnatterte leise auf ihn ein.

Als er nach Hause kam und Nikoline ihm die Tür öffnete, war sein Mantel vorne sonderbar gebaucht. »Ruf mal die Kinder!« sagte er. – »Wieso?« sagte Nikoline und starrte ihn mit offenem Mund an. Er lupfte den Mantel, unter dem ein schrill zwitschernder Laut hervordrang. »Sie heißt Colombine«, sagte er leise und schuldbewußt, »sie könnte deine Schwester sein. Georg wird sich sicher furchtbar freuen. Aber ich glaube«, fügte er etwas verschämt hinzu, »sie ist schon sehr verliebt in mich!«

Colombine wurde im Atelier untergebracht, und zwar setzte man sie zunächst auf ein kleines Schränkchen, in dem Robert Farbenkästen, Blöcke und sonstige Malgeräte aufbewahrte. Das Halsband mit dem Kettchen hatte man ihr vorläufig nicht abgenommen und den Karabinerhaken des Kettchens an dem Hebel des Heizkörpers, der sich dicht neben dem Schränkchen in gleicher Höhe befand, angehängt. Um sie herum häufte man eine Menge Futter, und man stellte eine kleine Schale mit warmer Milch vor sie hin, die Colombine sofort, ohne davon getrunken zu haben, in großem Bogen gegen ein frisches Ölgemälde schmiß. Die Schalen der Erdnüsse, die sie fleißig knackte, warf sie nach allen Seiten in den Raum, und als sie plötzlich ein menschliches oder vielmehr äffisches Bedürfnis ankam, hockte sie sich recht artig auf den äußersten Rand des Schränkchens und beschenkte die Heizung. Sie habe einen natürlichen Reinlichkeitssinn, erklärte Robert seiner staunenden Familie, was daraus hervorgehe, daß sie nicht auf das Schränkchen, das sie schon als ihre Wohnung begriffen habe, sondern von dem Schränkchen herunter mache, wo ja für sie die Außenwelt anfange und was nicht anders aufzufassen sei, als wenn ein Mensch eben austrete. Aber das Kästchen mit Sägemehl, das er dann rasch beschaffte, stülpte sie sich zuerst über den Kopf und warf es dann nach den Kindern. Überhaupt war ihr Verhalten zu den Kindern höchst feindselig. Sie schien in ihnen eine Art unlauterer Konkurrenz zu erblicken und fletschte die Zähne, sobald sie in die Nähe kamen. Als Roberts vierjähriges Töchterchen sie trotzdem streicheln wollte, wurde sie nur durch seinen hurtigen Zugriff daran gehindert, dem Kind mit vorgestreckten Nägeln und entblößtem Gebiß ins Gesicht zu springen. »Es ist ganz gut so«, sagte Robert, »die Kinder würden das Tier sonst küssen, und das ist ungesund!« Nikoline war seit dem Einzug des Äffchens ziemlich erstarrt und beharrte, ohne Widerspruch laut werden zu lassen, in einer Art passiver Opposition. Dieses Verhalten war vollauf gegenseitig. Colombine zeigte der Frau gegenüber zwar nicht die ausgesprochen eifersüchtige Abneigung, die sie den Kindern entgegenbrachte, aber sie wurde ganz still, steif und vornehm, sobald Nikoline in die Nähe kam, wie eben wohlerzogene Frauen, die sich nicht leiden können, nicht gleich aufeinander loskeifen, sondern sich ihre Verachtung durch eine königliche Haltung darzutun wis-

sen. Ganz ohne Maß und von einer geradezu schauerlichen Eindringlichkeit war dagegen ihre Passion für Robert. Sie starrte ihn unentwegt
an, ließ ihn keine Sekunde aus den Augen, beobachtete jede seiner Bewegungen und schaute bei allem, was sie selbst tat, sogar beim Fressen
und beim Gegenteil, unablässig in sein Gesicht. Sie lachte und schwätzte
mit ihm und geriet geradezu in Ekstase, wenn er sie streichelte oder zu
sich nahm. Immer versuchte sie, seine Hand, seine Haare oder wenigstens einen Rockzipfel von ihm zu erwischen, und sobald er den Rücken
drehte, begann sie jämmerlich zu schreien. Zum Mittagessen war Robert
sowieso zu spät gekommen, aber es wäre auch nichts daraus geworden:
bei seinem ersten Versuch, das Atelier aus irgendeinem Grund zu verlassen, sprang Colombine trotz der Halskette von dem Schränkchen herunter, baumelte, schrillend und gurgelnd, an der Heizung ein Stück über
dem Boden und hätte sich beinahe erwürgt. Robert brachte sie daraufhin zu ebener Erde in der Ecke neben dem Sofa unter, von dem sie sofort einen Stoffstreifen und eine Quaste abriß. Auch dieser neue Standort nutzte ihm nichts: er mußte sich jetzt zu ihr auf die Erde setzen,
sonst sprang sie wie eine Wahnsinnige hin und her, gegen die Wand,
gegen das Sofa, ja sogar mit dem Kopf voran gegen den Fußboden, so
daß Robert ernstlich Angst um sie bekam. Sobald er zu ihr zurückkam,
beruhigte sie sich und tat, als ob nichts gewesen wäre. Sie blinzte ihn
dann vertrauensvoll an, indem sie die fleischfarbene Haut ihrer Lider
mehrmals ganz rasch und kurz über die Pupille zog, und heftete einen
so feuchten, unverhohlen beglückten, ja anbetenden Blick auf ihn, daß
er nicht widerstehen konnte. Das Abendbrot nahm er allein im Atelier,
auf einem niedrigen Hocker sitzend, in der rechten Hand die Gabel,
während er mit der linken kleine Apfel- und Bananenstückchen an Colombine verabreichte. Nikoline hatte an diesem Abend eine Freundin
da, und die beiden Frauen aßen im Wohnzimmer allein. Später kamen
sie mit einer Flasche Wein herüber und setzten sich neben Robert und
das etwas gekränkte Äffchen auf das Sofa. Um den Duft Colombines
einigermaßen zu übertäuben, rauchten sie viele Zigaretten, während
Robert aus Furcht, es könne der schwere Rauch für die Lungen des Tieres ungesund sein, sich seine Brasilzigarre verkniff. Er saß nun auf der
Sofakante, und das Äffchen, von der Halskette befreit, auf seinem Schoß.
»Du wirst wohl deinen Beruf aufgeben müssen«, sagte Nikoline nach
einiger Zeit. — »Wieso?« fragte Robert gereizt. — »Wegen Colombine«,
sagte sie. — »Unsinn«, sagte Robert. »Die muß sich nur erst ein bißchen
eingewöhnen.« — »Aha«, sagte Nikoline, »du willst sie also tatsächlich

behalten!« – »Sprich nicht mit mir wie mit einem Untersuchungsgefangenen«, sagte Robert, »und stelle keine Suggestivfragen. Colombine ist das Hochzeitsgeschenk für Georg und seine Braut.« – »Das junge Paar kann sich gratulieren«, sagte Nikoline. – »Kann es auch«, rief Robert. »Ich wollte, man hätte uns ein Äffchen geschenkt statt einer geschmacklosen Blumenvase und einem Sektkühler!« – »Macht denn Georg keine Hochzeitsreise?« fragte nun die Freundin. – »Ich weiß nicht«, sagte Robert verlogen, »und wenn ja, dann nehmen wir eben das Äffchen so lange in Pension!« – »So«, sagte Nikoline kühl und landete wieder beim Ausgang des Gespräches: »Dann kannst du solange deinen Beruf aufgeben!« – Robert antwortete nicht und starrte auf seinen Entwurfrahmen, auf dem immer noch unverändert das Wort ›Bockmist‹ stand. – »Morgen muß ich sehr früh aufstehen«, sagte er nach einer Weile. »Am Nachmittag kommt der Kerl vom Industrie-Klub. Da muß wenigstens etwas angedeutet sein. Vielleicht«, sagte er und räusperte sich ein wenig, »vielleicht schlafe ich gleich hier!« – »Mit Colombine!« sagte die Frau, und die Freundin lachte. Robert überhörte es. »Ich möchte sie gern zeichnen«, sagte er nach einer Weile. – »Für den Industrie-Klub?« fragte Nikoline. – »Du bist unerträglich«, sagte er. »Aber vielleicht kann man wirklich auf dem Industriebild einen Affen anbringen!« – »Als Symbol der freien Wirtschaft!« sagte Nikoline. Das Äffchen schaute sie vorwurfsvoll an und murrte leise. Im übrigen saß es jetzt ganz ruhig und spielte nur manchmal mit zerstreuten Händchen an Roberts Krawatte herum, während es sich mit den Hinterhänden an seinem Gürtel hielt. Es wurde nicht mehr viel gesprochen, und die Freundin verabschiedete sich bald, denn sie spürte, wie sich die Luft im Raum, trotz der großen Dimensionen des Ateliers, in jeder Beziehung mehr und mehr verdickte. Nikoline begleitete sie hinaus, sah nach, ob die Kinder schliefen, und kam dann noch einmal zurück. »Fährtensucher«, sagte sie im Eintreten und wollte fortfahren, aber der machte ihr ein heftiges Zeichen mit dem Kopf und zischte: »Psst!« – Auf den Zehenspitzen kam Nikoline heran. Das Äffchen war eingeschlafen. Zusammengerollt, halb auf dem Rücken, die eine Hand unterm Köpfchen, lag es in Roberts Arm, und sein Atem pfiff ganz leise bei jedem Zug. »Eigentlich«, flüsterte Nikoline, »ist es doch sehr lieb!« Robert antwortete nicht. Mit jener leicht komischen Behutsamkeit, die kräftigen Männern eigen ist, wenn sie etwas sehr Zartes tun, hob er Colombine, ohne ihre Lage zu verändern, auf beide Hände und legte sie auf das zerschlissene Deckchen, dem man noch ein altes Kissen und vorsichtshalber eine Gummiplane untergeschoben hatte. Das Tier ließ es ganz still geschehen und rührte sich nicht. Beide betrachteten es eine Zeitlang, wie es kurz, aber regelmäßig atmete. Dann faßte Nikoline Roberts Hand. »Komm«, sagte sie leise, und Robert nickte, schon seinen Körper wendend. In diesem Augenblick schlug Colombine die Augen auf. Sie tat gar nicht erstaunt, und es sah überhaupt nicht nach Erwachen aus, sondern so, als habe sie sich nur schlafend gestellt und alles, was vorging, ganz genau beobachtet. Sie regte sich kaum und blieb in der gleichen Stellung liegen, aber sie heftete den großen, etwas traurigen Blick bittend, vertrauend und nicht ohne Vorwurf auf Roberts Gesicht. »Wir machen das Licht aus«, flüsterte Nikoline, »dann wird sie schon wieder einschlafen!« – Robert ging zum Schalter, drehte ab. Aber gleichzeitig mit dem Knipsen des Schalters schrie Colombine schrill und jämmerlich auf. Und ehe noch Robert das Licht wieder einschalten konnte, hörte er auch Nikoline aufschreien, der etwas rasend Bewegtes an den Beinen vorbeigefahren war, und im selben Moment spürte auch er schon etwas an seinem Bein, zerrend und reißend an seiner Hose, das Licht flammte auf, und schon sauste das Äffchen an seinen Kleidern in die Höhe, turnte ihm auf die Schulter und klammerte sich um seinen Hals. Vorsichtig, nach minutenlangem Streicheln, brachte er es auf sein Lager zurück und legte ihm nun doch wieder das kleine Halskettchen an. Colombine ließ es sich ruhig gefallen und lächelte ihm zu. Dreimal versuchte er, das Licht zu löschen und mit seiner Frau hinauszugehen: aber sofort begann wieder das Schreien, Weinen, Ziepen, Jammern und Winseln. Robert stand ratlos da. »Ich müßte wenigstens bleiben, bis es wirklich fest eingeschlafen ist«, sagte er. – »Kleine Kinder läßt man sich ruhig einmal ausschreien«, meinte Nikoline. »Sie hören dann schon von selbst auf!« – »Ja«, sagte Robert, »aber kleine Kinder haben weniger Seele!« Nikoline ging hinaus und kam nach einigen Minuten mit Roberts Decken und Kissen zurück. »Übrigens«, sagte sie dann, während sie ihm auf dem Sofa das Bett zurechtmachte, »was schenken wir denen jetzt wirklich morgen zum Polterabend?« – »Ich weiß noch nicht«, sagte Robert, »vielleicht Colombine!« — Sie zuckte ungläubig die Achseln. »Gute Nacht, Fährtensucher«, sagte sie dann. — »Gute Nacht, Jacobus!« Sie ging. Er lag dann noch lange, beim Schein des Leselämpchens, ausgekleidet auf dem Sofa und beobachtete das Äffchen, das im Bewußtsein seiner Nähe ruhig atmete, zeitweise schlief und nur dann und wann noch mißtrauisch und sehnsuchtsvoll die Augen aufschlug. Schließlich schien es fest eingeschlafen, der Ausdruck seines Körpers und seines kleinen ältlichen Gesichtchens hatte etwas Gelöstes, Ge-

stilltes, Hingegebenes. Nur die eine Hand hielt noch im Schlaf einen
Zipfel von Roberts herunterhängender Bettdecke umschlossen. Robert
betrachtete es lange, bevor er abdrehte. »Was hast du nur an mir?« sagte
er leise und nicht ohne Rührung auf das atmende Körperbündel hin-
unterschauend. »Was denkst du dir in mich hinein?« sagte er — —
»Täusche dich nicht, Colombine! Ich bin wie alle! In drei Tagen werde
ich dich verleugnen.«

Die ersten Stunden des nächsten Vormittags genügten, um die Wohnung in ein Schlachtfeld zu verwandeln, auf dem Colombine wie eine
Gottesgeißel wütete. Die Morgenluft und das schöne helle Frühlings-
wetter draußen schienen alle Kräfte der Zerstörung in ihr zu entfesseln.
Es begann damit, daß sie, als Robert rasch einmal zum Briefkasten ging,
sein noch unbenutztes Frühstückstablett ziemlich gründlich abräumte
und dann, bei einem Versuch, Fische zu fangen, das Aquarium, auf dessen Glasrand sie sich geschwungen hatte, von der Fensterbank schmiß.
Robert trat gerade ein, und Colombine flog ihm sofort zärtlich und
schuldlos an die Brust. Aber der Anblick der überall im Atelier umher-
schwimmenden Wasserpflanzen und der hilflos am Boden zappelnden
Prachtfische brachte ihn zum Überkochen, er schüttelte Colombine wut-
entbrannt ab und rannte nach ihrer Kette, um sie festzulegen. Sie jedoch
ahnte Verrat und entsprang zum erstenmal ihrem Freund, witschte
durch die offene Ateliertür in die Wohnung und begann dort, mit ihren
Verfolgern ein lustiges Fangspiel zu treiben. Um elf Uhr waren ein
Wandbrett mit Küchengeschirr und die Glasflaschen auf Nikolinens Toi-
lettentisch zu beklagen, der Kronleuchter, der nicht die Elastizität einer
windgeschaukelten Baumkrone hatte, heruntergestürzt, ein Kind in den
Finger gebissen, das andere an den Haaren gezaust, mehrere Blumen-
töpfe vom Fenster gefegt, eine silberne Zuckerdose samt Inhalt in den
Hof geworfen, und in der Küche heulte sich Anna, das Mädchen, die
Augen aus. Schließlich war es Robert gelungen, Colombinens Verzeihung für alles Geschehene zu erlangen, und sie hatte sich denn auch
freiwillig mit ihm ins Atelier zurückbegeben.

Als Nikoline gegen Mittag einmal ins Atelier schaute, war das erste,
was sie sah, eine halbgeleerte Flasche Kognak auf dem Zeichentisch und
daneben ein Wasserglas. Robert stand vor dem Entwurfrahmen, in einer
recht gezwungenen Haltung, das Äffchen schaukelte auf seiner Schulter
und wurde von ihm mit der linken Hand am Bein festgehalten. »Wenn
ich's an die Kette lege«, sagte er, und seine Stimme klang etwas rauh,

»weint es, wenn ich's freilasse, schmeißt's das Aquarium hinunter, und wenn's auf meiner Schulter sitzt, kann ich nicht arbeiten. Aber«, fügte er hinzu, mit einem schrägen und leicht flackernden Blick, »es geht ihm gut.« Das Äffchen zwitscherte dazu und zupfte ihn am Ohr und an den Haaren. Nikoline trat näher und sah flüchtig auf den Entwurfrahmen hin. Das Wort ›Bockmist‹ hatte er nun weggewischt, aber sonst war nichts allzu Deutliches zu erkennen. Die Schraffierung im Hintergrund konnte Regen oder auch rußige Fabrikluft bedeuten, und die Umrisse eines Riesenschlots, eines Hochhauses und einer Lokomotive standen ohne Zusammenhang darin umher. »Um fünf kommt der Industrieverein«, sagte Robert mit einem verzweifelten Ton in der Stimme. »Sperr sie doch ein«, sagte Nikoline, »wenn es an ihr liegt. Vielleicht ins Badezimmer!" – »Es liegt nicht an ihr!« schrie Robert und stampfte. Er schrie ohne Rücksicht auf Colombine, die ihm entrüstet auf die Nase schlug. »Ich kann den Dreck nicht machen!« schrie er. »Es geht einfach nicht, ich kann das nicht auf Kommando, ich will auch gar nicht, was geht mich das alles an, ich huste auf die ganze Wirtschaft, ich habe nichts damit zu schaffen, was ist denn das für eine belämmerte Religion!« Er ging drohend auf Nikoline zu, das Äffchen fletschte die Zähne. »Ist das vielleicht eine Religion?" fragte er herausfordernd. – »Nein«, sagte Nikoline, »das behauptet auch niemand.« – »Doch!« fauchte Robert. »Die behaupten das! Für die ist Wirtschaft eine Religion! Für mich nicht!« schrie er. – »Dann laß es doch sein!« sagte Nikoline, immer noch sehr ruhig. – »Und die dreitausend Mark?!« rief Robert und warf sich rücklings auf das Sofa, strampelte mit den Beinen. Colombine war voll Entsetzen über diesen Ausbruch brutaler Verzweiflung von ihm weg und auf einen Stuhl gesprungen, dort richtete sie sich auf die Hinterhände auf, starrte ihn an und jammerte laut. Nikoline trat zu Robert hin. »Fährtensucher«, sagte sie sehr lieb. »Stell dich doch nicht so an. Wenn du's nicht machen kannst, dann läßt du's bleiben. Verreisen können wir trotzdem. Du machst dann einfach Zeichnungen für den ›Uhu‹ und die ›Illustrirte‹. Wahrscheinlich kauft auch Bergius deine ›Spielenden Fische‹. Er kommt doch nächste Woche her!« Robert richtete sich auf und sah düster vor sich hin. »Du, Schnauzbart«, sagte er nach einer Weile und sah auf das Äffchen hinab, das nun zu seinen Füßen saß und sich in unzweideutigem Liebesbedürfnis am Knöchel über seinem Halbschuh rieb. »Ich glaube, wir können sie doch nicht behalten. Sie macht mich ganz krank.« Er stand auf, ging, von Colombine auf dem Fuße gefolgt, zum Zeichentisch, schüttete Kognak in das Wasserglas und trank einen Schluck. »Sie hat mich zu gern«, sagte er. »Es geht nicht. Ich müßte wirklich meinen Beruf aufgeben.« Colombine sprang auf den Tisch und versuchte, ihm das Glas aus der Hand zu nehmen. »Nein«, sagte Robert, »es geht nicht. Ich kann ihr nicht widerstehn. Sieh nur, wie sie mich anschaut!« — »Meinst du«, sagte Nikoline zögernd, »wir sollten sie denen wirklich als Hochzeitsgeschenk mitbringen?« — »Warum nicht?« sagte Robert. »Die haben noch keine Kinder, aber drei Dienstboten, und die Person« – damit meinte er die Braut seines Freundes –, »die Person hat ja überhaupt nichts zu tun! Dort wird sie's gut haben.« – »Aber die Liebe!« sagte Nikoline. – »Die Liebe höret nimmer auf«, erwiderte Robert rätselhaft. »Außerdem können wir jetzt gar nichts anderes mehr kaufen. Sie hat hundertfünfzig Mark gekostet.« Er streichelte das Äffchen, das sich vertrauensvoll in seine Hand schmiegte. »Wie du meinst«, sagte Nikoline und lächelte ein wenig. – »Na«, meinte Robert, »ich werd mir's noch überlegen. Das Essen läßt du mir rüberbringen, ich will durcharbeiten.« Er nahm Colombine auf die Schulter und schritt zum Entwurfrahmen zurück. »Ich kann sie auch nicht allein lassen«, fügte er noch hinzu. Dann packte er einen großen Kohlenstift, als wolle er damit zum Bajonettangriff vorgehen.

Um fünf Uhr pünktlich schellte es bei Maler Robert Rottenbach an der Flurtür. Zwei Herren in dunklen Mänteln und mit runden harten Hüten auf dem Kopf standen draußen. Das Mädchen ließ sie gleich ins Atelier eintreten, ohne daß sie vorher ablegten, denn es gab drinnen einen Kleiderständer für kurzfristige Besucher. Nikoline hatte sich nicht blicken lassen, sie war damit beschäftigt, sich im Badezimmer die Haare zu waschen, um abends bei der Hochzeitsgesellschaft in besonders festlichem Blond zu strahlen. Nach kurzer Zeit schien es ihr, als höre sie aus dem Atelier laute erregte Stimmen und seltsam heftige Geräusche, wie wenn auf den Tisch geschlagen oder mit harten Gegenständen geworfen werde. Neugier und Sorge trieben sie im Frisiermantel und mit offenen Haaren auf den Gang hinaus und vor die Tür des Ateliers. Drei Stimmen erschollen gleichzeitig, zwei davon in tiefen, begütigenden Untertönen, während die dritte, die Roberts, das Terzett beherrschte und allzu laut, etwas übertrieben, ja geradezu betrunken klang. Unbekümmert um die Wirkung, um Zustimmung oder Widerspruch, schien er von seinem eigenen Redestrom berauscht und war offenbar gerade auf einem rhetorischen Höhepunkt angelangt, den er durch Faustschläge gegen den Entwurfrahmen kenntlich machte. »Bitte sehr«, hörte man ihn brüllen,

»wenn Sie von mir Ihre Wand bemalt haben wollen, dann kriegen Sie einen Wald von Affen! Einen Urwald mit lebenden Affen kriegen Sie von mir, hier ist die Skizze, an der ich einen vollen Monat Tag und Nacht gearbeitet habe! Wenn Sie wollen, kann ich Ihnen auch noch die Lieblingsorchideen Ihrer Verhältnisse hineinmalen, oder den Wellensittich Ihrer Frau Gemahlin, das ist für Ihre Industrieangestellten erhebender als ihr bescheidenes Alltagsleben oder die traurigen Symbole eurer anrüchigen Wirtschaft! Jawohl!« Er hob die Stimme noch mehr, ja er schien jetzt mit Genuß zu predigen. »Bauen Sie doch endlich den finsteren Aberglauben ab«, donnerte er, »daß die Wirtschaft etwas Großartiges sei! Großartig ist der Mensch und die Natur, und die Wirtschaft hat eine untergeordnete, dienende Funktion! Sie hat überhaupt erst einen Sinn, wenn sie der menschlichen Freiheit dient! Jawohl!!« In diesem Augenblick entstand drinnen ein furchtbares Gepolter und Gerumpel, von Ausrufen und Wutschreien und von dem lauten, sieghaften Kreischen Colombinens durchgellt. Nikoline öffnete ein klein wenig die Tür und schaute durch den Spalt: drinnen bot sich der Anblick einer vollendeten Katastrophe. Der Entwurfrahmen war umgestürzt und lag am Boden, daneben die fast geleerte Kognakflasche und das zerbrochene Glas. Colombine sauste, mit einem runden, dunklen Gegenstand in der Hand, über Tische, Stühle, Schränke und Bilder, Robert und die beiden Herren in Tempo der wilden, verwegenen Jagd hinterher, und jetzt turnte das Äffchen mit rasender Schnelligkeit an der langen Gardinenschnur hoch, die vom geöffneten Oberlichtfenster herabhing. Gleich darauf prallte Nikoline zurück und wurde fast von den beiden Herren überrannt, die, ihre Mäntel auf dem Arm, in wutschnaubender Hast das Atelier verließen. Der zuerst Herausstürmende bemerkte sie gar nicht, während der zweite vor ihr, die nicht mehr rasch genug entweichen konnte und ihren Frisiermantel mit den Händen über der Brust zuhielt, eine verlegene Verbeugung machte und dann, unverständliche Worte murmelnd, dem Vorausgeeilten folgte. Nun trat Robert aus dem Atelier und hielt die immer noch aufgeregt schnatternde Colombine an die Brust gedrückt. Er strahlte. »Sie hat dem Speckhals seinen Hut weggerissen«, sagte er, »und durchs Oberlicht auf die Straße geworfen!« Er lachte dröhnend. »Die Brüder bin ich los!« — Nikoline schaute ihn an: sein Kopf war etwas gerötet, und er schwitzte. »Schau«, sagte er, »was ich denen gemalt habe!« Er richtete den Entwurfrahmen wieder auf. An Stelle der Schlote und Hochhausgerüste war mit Farbstiften ein merkwürdiges Geflecht von Urwaldbäumen und Schlinggewächsen hingeworfen, darinnen sich Colombine in vier oder sechs verschiedenen Stellungen und Größen tummelte. »Colombine hat die Situation gerettet«, sagte er. »Ich habe nämlich furchtbare Reden geschwungen!« Erschöpft und leise schwankend, schritt er durchs Atelier, setzte sich auf einen Stuhl. »Die dreitausend Mark sind mir wurscht«, sagte er. »Aber . . .« Er redete nicht weiter und begann, für das Äffchen eine Banane zu schälen.

Während der nächsten beiden Stunden verhielt sich Colombine ungewöhnlich ruhig. Es war, als spüre sie den drohenden Abschied, die Trennung, die Veränderung. Sie atmete kurz und schwer, sah Robert unablässig mit traurigen Augen an und schien in ihr Schicksal ergeben, wie wenn jemand weiß, daß es kein Handeln gibt und daß er den Mächten, auf die er vertraut, nur blindlings gehorchen kann oder am Widerstand zugrunde gehen. Robert wich nicht von ihr, er fütterte sie, streichelte sie, schwätzte mit ihr, und oftmals hatte er sie dicht an seinem Gesicht, bohrte den Blick in ihre Pupillen und lauschte an ihrem Herzschlag, als wolle er ihr Geheimnis herauszwingen. Schließlich stand er auf. »Schluß jetzt«, sagte er und ging hinüber, um seinen Smoking anzuziehen, denn es war schon halb acht, und auf acht Uhr war man zum Polterabend geladen. Colombine hockte still und verstört in ihrer Ecke.

Nun hatte Roberts Frau die unwandelbare Eigenschaft, wenn man eingeladen war oder ins Theater wollte oder überhaupt bei abendlichen Anlässen irgendwelcher Art, mit dem Ankleiden nicht fertig zu werden, und zwar völlig unabhängig davon, ob sie zu einem frühen oder späten Zeitpunkt damit angefangen hatte. Nicht daß sie sich etwa in besonders übertriebener Weise herrichtete oder eine unmäßige Zeit vorm Spiegel verbrachte. Im Gegenteil: das eigentliche Fertigmachen, das Frisieren, Anziehen und der ganze äußere Aufputz, was Robert das ›Überholen der Karosserie‹ nannte, ging in verhältnismäßig klar gegliederten und zielbewußt durchgeführten Etappen vor sich. Aber es waren unsichtbare Mächte am Werk, innere Widerstände, heimliche Geister der Opposition oder die Gespenster längst verblichener Gouvernanten, die sie mit der Gewalt von mystischen Erleuchtungen plötzlich dazu trieben, in Haarnetz und Strümpfen, sonst ziemlich unbekleidet, ihre Haushaltungsbücher durchzurechnen oder einen achtseitigen Brief zu schreiben. Merkte sie dann plötzlich, daß es viel zu spät war, dann brach eine furiose Tätigkeit aus, bei der außer Robert alle Familienangehörigen, das Mädchen, die Kinder, ja sogar die Portiersfrau zu Dienstleistungen und Handreichungen herangezogen wurden. Die bösen Geister hatten in solchen Augenblicken viele notwendige Dinge auf raffinierte Weise versteckt, und es entstand ein wildes, regelloses Suchen in sämtlichen Schubladen und Schrankfächern der Wohnung, etwa nach dem einzigen Paar zu dem Kleid passender Handschuhe, dem Täschchen, der Bernsteinkette, den Überschuhen, der Haarspange, dem Schal und zum Schluß sogar nach dem Taschentuch und der Puderdose. Robert wurde in solchen Fällen militaristisch und erklärte seiner Frau mißbilligend, man merke wieder einmal, daß sie nicht gedient habe. Dauerte es sehr lange, begann er sogar, den Weltkrieg zu preisen und den enormen erzieherischen Wert eines nächtlichen Alarms, eines feindlichen Durchbruchs und eines ungeregelten Rückzugs. Diese Gedankenverbindung lag allerdings nah, denn beim Verlassen der Wohnung glich das Ankleidezimmer einer unter Granatfeuer evakuierten Stadt: verstreute Kleidungsstücke, ausgeschütteter Puder und die aufgerissenen Schrank- und Kastentüren kennzeichneten den Fluchtweg. Im Lauf der Jahre war es zu einer starren Konvention geworden, daß Robert eine gute halbe Stunde vor dem notwendigen Zeitpunkt des Aufbruchs, ohne sich erst lange vom Stande der Dinge zu überzeugen, zu schimpfen und zu brüllen begann, er tat dies rein gewohnheitsmäßig und ohne Leidenschaft, so wie man einem Droschkengaul, auch wenn er von selbst läuft, »Hüh« zuruft, weil er nervös wird, wenn der gewohnte Laut ausbleibt. Nikoline rechnete so sicher mit diesem Gebrüll aus dem Nebenzimmer wie mit dem Amen in der Kirche, und es ersetzte ihr geradezu die Uhr: sie wußte, wenn Robert schrie, es seien nur noch fünf Minuten und er ginge jetzt, konnte man bequem mit einer kleinen halben Stunde rechnen. Heute blieb nun, obwohl das Suchen und Springen in ihrem Ankleidezimmer einen besonderen Grad von Turbulenz erreichte, das Gebrüll Roberts, der Ausbruch seines militärischen Wortschatzes und seiner versteckten Korporalsgelüste, vollständig aus. Nikoline war geradezu beunruhigt und begann, sich wirklich zu eilen. Als sie, schon fertig angezogen, in Roberts Schlafzimmer schaute, sah sie ihn im Smoking, mit dem Hut auf dem Kopf, auf seinem Bettrand sitzen, eine Flasche Mosel neben sich, aus der er ohne Glas getrunken hatte, und das Äffchen, das er in sein seidenes Halstuch gehüllt hatte, an seiner Brust. »Schau sie mal an«, sagte er. »Ich weiß nicht, was mit ihr ist. Glaubst du wirklich, daß sie es ahnt und deshalb trauert?« Colombine hockte ganz still und hatte ein merkwürdig versunkenes Gesicht, so als lausche sie auf Vorgänge in ihrem Innern. »Vielleicht hat sie Bauchweh«, sagte Nikoline, »du hast ihr sicher zuviel Obst gegeben.« In diesem Moment erscholl ein Geräusch, das Nikolines Theorie ohne jeden Zweifel bestätigte. Und gleichzeitig fuhr

Robert hoch. »Verflucht!« sagte er. »Die Weste! Das Hemd auch! Ich muß das Hemd wechseln!« Er setzte Colombine mitsamt dem gleichfalls besudelten Seidenschal in ein Waschbecken, wo sich der bedauerliche Vorfall prompt wiederholte, und begann, mit den Zähnen knirschend, den Kragen und das mühsam festgezimmerte steife Hemd zu öffnen. »Wenn ich das gewußt hätte«, sagte Nikoline, ohne zu bedenken, daß es ohnehin schon um zwanzig Minuten zu spät war, »hätte ich mich nicht so furchtbar zu eilen brauchen.« – Robert arbeitete wie ein Klempner an seinem frischen Frackhemd. »Und ich dachte«, sagte er keuchend, »sie habe Seelenkummer! Aber vielleicht ist es beides«, tröstete er sich. »Es war kein edler Abschied, Colombine – aber du hast ihn mir immerhin erleichtert.«

Am Nachmittag war es schon recht warm gewesen, und jetzt dampfte die Stadt aus allen Poren der Steine und des Asphalts in eine dunkelblaue, klare Nacht hinauf. Mitten im aufgelockerten Dunst von Benzin, Menschenbrodem, Parfüm und Straßenstaub roch es plötzlich nach Frühling. Feuchte Luftschauer mit Knospen- und Wurzelhauch strichen vom Tiergarten her. Die volle runde Mondscheibe, vom Stadtrauch getrübt, schwamm dunkelfärbig wie eine durchgeschnittene Blutorange ganz tief und schwer über den westlichen Dächern. Die rasch abkühlende frühe Nacht verstärkte alle Geräusche und regte sie mächtig auf: die Stadt hallte von Autohupen, Zeitungsausrufern, Trambahnsignalen und dem Rollen der ober- und unterirdischen Bahnen, als stünde sie auf einem neuen, riesigen, weitschwingenden Resonanzboden. Selbst die Schritte der Fußgänger knallten lauter und pochten wilder durch die stilleren Straßen, ja die Erde schien unter dem Pflaster zu klopfen, zu hämmern, zu stoßen, zu rumoren. Es wäre kein Wunder, wenn an einem solchen Abend der Asphalt großer Plätze, von unten tausendfach durchbohrt und gesprengt, sich mit einer wuchernden Grasnarbe bedecken, Maulwurfshaufen zwischen den Gleisen der Trambahn aufspringen, Schmelzbäche, laternen- und pfeilerknickend, von den Treppen der Bahnhöfe herab über die Bürgersteige brausen würden, um in den Schächten der U-Bahn zu vergurgeln. Als Robert und Nikoline in einer Taxe durch den Tiergarten fuhren, schrien die Amseln, nur sich selbst hörend, unbekümmert um das Getöse der Stadt. Robert hatte das Fenster heruntergedreht und schnaufte die Luft ein. »Es ist ganz gleich«, sagte er zu Nikoline, »ob wir verreisen können oder nicht. Schön ist es überall, wo man gern ist. Wozu in die Natur? Wo du hinspuckst, ist lauter Natur!

Diese Stadt ist herrlich! Mir ist ja so wohl«, sagte er und reckte die Glieder, »daß ich den Industrie-Klub los bin!« Er sang ein paar Töne von irgendeiner Melodie und schaute auf Colombine hinunter, die man nun vorsichtshalber in einer vom Portier rasch beschafften großen Weinkiste untergebracht hatte. Die Kiste stand im Auto vor ihren Füßen, und es war ein altes Tuch drübergespannt, an dessen Löchern Colombine schon eifrig herumbohrte. »Wart nur«, sagte Robert, »wenn wir dort sind, dann kommst du wieder raus!« Er lachte bübisch. — »Ich habe das Gefühl«, sagte Nikoline, »du wirst dich heute abend besaufen!« — »Nein«, sagte Robert, »bin schon besoffen!« Das stimmte aber nicht, er war nur etwas angerauscht und aufgeräumt. Um zu einem richtigen Rausch zu kommen, brauchte er schon einige Zeit und beträchtliche Mengen. Nikoline sah ihn besorgt von der Seite an. »Bitte«, sagte sie, »laß das Äffchen nicht gleich im Empfangszimmer los. Es wäre kein guter Witz. Das Tier muß es büßen!« Robert senkte beschämt den Kopf. »Du hast recht«, sagte er. »Ich habe mit dem Gedanken gespielt. Es wäre natürlich verfehlt. Man kann das dem Tier nicht antun. Nein«, sagte er und sprach wieder zu Colombine hinunter, »du bleibst an deinem Kettchen, und ich bringe dich irgendwo unter, wo du deine Ruhe hast.« Colombine hatte inzwischen ihr Ärmchen durch das größte Loch in dem Tuch gezwängt und streckte unter leisem, eindringlichem Ziepen die Hand nach ihm aus. Er reichte ihr seine Hand, und sie hielt sie nun, ohne sich weiter zu regen, heiß umklammert, bis sie vor dem festlich erleuchteten Haus in der alten Privatstraße ankamen. Ein Hausdiener stand vorm äußeren Eingang und regelte die Auffahrt der Autos. Die meisten schienen allerdings schon da zu sein, denn in stolzer Zeile parkten viele prachtvolle Privatwagen am Gitter der Vorgärten entlang. Einige wenige Nachzügler schlurrten noch herbei, stolperten eilig die hell beleuchtete Freitreppe hinauf und ließen sich von den weiß behaubten Mädchen in die Garderoberäume führen. Dieser Polterabend stellte die eigentliche gesellige Hochzeitsfeier des jungen Paares dar: die Trauung selbst wollte man anderntags draußen im Landhaus und nur im engsten Familienkreise begehen. So war heute alles geladen, was dem Bräutigam oder der Braut, ihren und seinen Eltern und Verwandten irgend nahestand, hauptsächlich aber, außer der näheren und ferneren Familie, die Leute, mit denen die Brauteltern gesellschaftlichen Verkehr pflegten, vermutlich also sehr feine Leute, bestimmt aber sehr reiche. Auch fehlten nicht einige Kapazitäten und Têtenreiter aus Georgs Berufskreisen, berühmte und berüchtigte Anwälte mit ihren berühmten und berüchtigten Gattinnen, sogar ein paar höhere Akademiker waren da, denn Georg hatte seine Laufbahn als Assistent eines großen Staats- und Völkerrechtslehrers begonnen. Georgs Eltern, die als kleine Wein- und Obstgutsbesitzer in einem pfälzischen Dörfchen lebten, waren auch herbeigeholt worden und hatten einige der nächsten Verwandten, vor allem Georgs verheiratete Schwester und deren Mann, mitgebracht. Vom Lagerfeuer waren außer Robert nur zwei der bedeutendsten Schürer und Oberheizer eingeladen, ein älterer, dicker und etwas verrückter Regisseur, der jedes Jahr in einem anderen Stadtteil eine Bühne übernahm und sofort verkrachte, weil er persönlich viel zu nett war, um ein Theater leiten zu können, – und ein junger Arzt, der als riesig begabt galt, aber mit seiner Praxis nicht vorwärtskam, weil er mit seinen Patientinnen immer gleich Verhältnisse anfing und deshalb aus den Komplikationen und Wirrnissen gar nicht mehr herausfand. Der Regisseur hieß mit seinem Kriegsnamen (andere wurden am Lagerfeuer nicht gebraucht) nach einer berühmten Karl May-Figur ›Tante Droll‹, und den Arzt nannten sie ›Yorrik, der Pirat‹. Robert selbst wurde mit dem klingenden Häuptlingsnamen ›Tokvi Kava, der schwarze Mustang‹ oder auch der ›Schrecken der Bleichgesichter‹ gerufen. Zu bemerken ist noch, daß das Lagerfeuer nur aus gewichtigen Männern bestand: es wog kaum einer der Zugehörigen unter hundertsiebzig Pfund, die meisten aber mehr als hundertachtzig. Sie aßen und tranken gern, und dies war ein unentbehrliches Charakteristikum ihrer Sinnes- und Geistesart. Außer den Lagerfeuerfreunden waren als Outsider noch einige bekannte Musiker, die im Haus der Schwiegereltern verkehrten, und eine sehr hübsche und prominente Schauspielerin, der Georg ihre nie abreißenden Prozesse führte, unter den Gästen.

Das Haus stand im alten Westen und war eines jener noblen, stillen Gebäude aus der gediegenen reichen Bürgerzeit. Innen aber war es vor wenigen Jahren völlig renoviert worden, unter Hinzuziehung der modernsten Architekten, Maler, Einrichtungskünstler. Man hatte zwar übertriebene oder einseitige Stilexperimente vermieden, aber es war in geschickter Anordnung alles untergebracht, was in der letzten Zeit als modern oder geschmackvoll galt. Indirektes Licht, großflächige, helle Wände, glattpolierte Holzfüllungen, eingebaute Kamine, in denen man echte Buchenscheiter verheizte, zweckhafte Möbel aus Holz, Glas oder Nickel, nur alle etwas zu groß in den Dimensionen; wenige Bilder, gut aufgehängt, hauptsächlich Originale von Slevogt und Kokoschka; in den Ecken lauerten gotische Madonnen, und der Wintergarten war von einem berühmten Meister phantastisch ausgemalt. Kurzum: es war, wie Robert sich auszudrücken pflegte, zum Kotzen geschmackvoll, und man konnte sich dem Eindruck nicht entziehen, daß man bei längerem Aufenthalt in diesen Räumen der unheilbaren Bleichsucht oder einer lebenslänglichen Melancholie verfallen müsse. Die Gäste hatten sich im vorderen Empfangszimmer versammelt, das an den Wintergarten anschloß, während in den hinteren Räumen die Speisetafeln, jede etwa für zehn Personen gedeckt, aufgestellt waren. Der Speiseraum wurde von dicken gelben Kerzen beleuchtet, und es lag ein sehr kostbarer Duft von verbrennendem Wachs und von den vielen Tulpen und Narzissen der Tischdekoration, noch von keinem Speisengeruch verdorben, in der Luft. Obwohl Robert Colombine am Halskettchen festhielt und sie untenher jetzt in einen Plaid gewickelt hatte, gestaltete sich sein Auftritt mit ihr zu einer kleinen Sensation. Während die Herren mit hochgezogenen Augenbrauen und etwas peinlich berührt zu ihm hinschauten, drängten sich von allen Seiten die Damen herbei, um das Tier zu bewundern und zu liebkosen. Colombine, durch einen solchen Ansturm von Massenzärtlichkeit und fremden Gerüchen außer Fassung gebracht, verhielt sich zunächst still und hockte ganz erstarrt; aber gerade als Robert sich schließlich zum Brautpaar und den hausherrlichen Schwiegereltern durchgeschlagen hatte, machte sie einen entschlossenen Ausbruchsversuch und begann verzweifelt und durchdringend zu kreischen. Robert konnte sie zwar am Halskettchen festhalten, aber sie hielt auch ihn fest, und zwar an seiner Smokingkrawatte. »Ihr werdet Freude an ihr haben«, röchelte Robert, während sich die Krawatte in einen langen, halswürgenden Strick verwandelte. »Sie ist vollständig zahm!« Colombine bekräftigte das durch Kettenrasseln und wilde dämonische Grimassen, wobei es ihr gelang, sich von dem Plaid zu befreien und die Hinterhände in Roberts Weste einzukrallen. Robert schaute in die Gesichter der Beschenkten: Georg war ziemlich erstarrt, während Lenina, die Braut, in ein schallendes, etwas hysterisches Gelächter ausbrach. »Süß«, rief sie immer wieder, »einfach süß!« Beide hüteten sich wohlweislich vor einer sofortigen Übernahme der Morgengabe. »Ich glaube«, sagte Robert und deutete auf den großen Tisch im Hintergrund, auf dem Hochzeitsgeschenke in allen Größen und Werten aufgebahrt lagen, »hier ist sie nicht ganz am Platz. Habt ihr irgendeinen stillen Ort, wo man sie vorläufig unterbringen kann?« – »Komm«, sagte Georg nur und schritt energisch voraus. Robert folgte, durch das Zimmer mit den gedeckten Tafeln hindurch, an einer Reihe von Serviermädchen vorbei, die gerade mit gefüllten Sektbechern auf silbernen Tabletts aufmarschierten, dann durch einen langen Gang, der die vordere mit der rückwärtigen Wohnung verband und der von den vielfachen Gerüchen der Küche erfüllt war. »Neben der Küche ist ein Badezimmer fürs Hauspersónal«, sagte Georg. »Da wird er am besten bleiben.« – »Er? Wer?« fragte Robert. – »Der Affe«, sagte Georg mit einem erstaunten und etwas gereizten Ton. – »Es ist ein Weibchen«, belehrte ihn Robert. »Sie heißt Colombine.« – »Ach, wie nett«, erwiderte Georg und öffnete die Badezimmertür. Die Wanne war mit Wasser und schwimmendem Eis gefüllt, und es lagen viele Weinflaschen darin. »Die Leute müssen natürlich hier aus und ein gehen«, sagte Georg. – »Das macht nichts«, meinte Robert. »Du mußt ihnen nur sagen, daß sie sie nicht losmachen. Vielleicht binden wir sie an den Heizkörper fest und legen die Decke hierher!« Er brachte Colombine, die seinen Arm eisern umklammert hielt und absolut nicht von ihm lassen wollte, in der Ecke zwischen Klosett und Heizung unter. »Erdnüsse und Bananen haben wir mitgebracht«, sagte er und entleerte ein Paket, das er unter den Plaid geklemmt hatte. »Und ein Schälchen Wasser läßt du ihr hinstellen, aber nicht zu kalt!« – »Natürlich«, antwortete Georg etwas nervös, denn er wollte rasch zur Gesellschaft zurück. Robert sah Colombine an, die beide Hände nach ihm ausstreckte und schwieg. »Ich glaube, je rascher ich weggehe, desto besser ist es«, sagte er, »sie hängt nämlich schon sehr an mir, obwohl wir uns erst seit gestern kennen!« – »Ja, komm nur!« sagte Georg und zog ihn hinaus. Als sie die Tür hinter sich geschlossen hatten, ging drinnen ein schrilles Jammern und Klagen los. Sie schritten hastig den Flur entlang. »Übrigens«, sagte Georg unmittelbar vor ihrem Eintritt in die vorderen Räume, »ich dank dir schön!« Robert sah ihn an. »Es ist etwas Lebendiges«, sagte er, »und ich denke, solange ihr keine Kinder habt –« Georg lachte: »Es ist wenigstens eine ganz gute Vorbereitung darauf!« – »Oh«, sagte Robert, »Kinder sind gar nichts dagegen! Um das Äffchen muß man sich wirklich ein bißchen kümmern!«

Als sie hereinkamen, wurde gerade zu Tisch geführt. In feierlichem Aufzug betrat man paarweise den Speisesaal, die beiden Elternpaare, wechselseitig vertauscht, voran. Der alte Kulp mit seinem frischen roten Gesicht unter dem weißen Haarschopf wirkte gar nicht so bäurisch, sondern viel eher wie ein Edelmann von altem Schlag unter all den reichen Leuten aus der neuen Stadt. Er führte mit Grandezza die Brautmutter, die den feierlichen Gang durch einen tänzelnden, wiegenden

Schritt ironisierte, um ja nicht etwa hausfraulich, unzeitgemäß oder gar bürgerlich zu wirken. Überhaupt galt merkwürdigerweise in diesen Kreisen das Wort und der Begriff ›bürgerlich‹ als größter Schimpf, demgegenüber aber nicht mehr, wie in früheren Zeiten, als Wunschvorstellung der Adel des Blutes oder Geistes stand, sondern eine allgemeine, unklare und unverbindliche Libertinage, von der sich niemand ein ehrliches Bild machen konnte. Das Ideal dieser Gesellschaft war, aller Hüllen entkleidet, der erfolgreiche Hochstapler, und im Grunde genommen wollte jeder für sich allein, ganz ohne Bindung an das Gesetz und das Schicksal seiner Kaste, eine unabhängige ›Persönlichkeit‹ darstellen. Gerade dadurch aber trug das Antlitz dieser Schicht einen so besonders unpersönlichen, charakterlosen und genormten Zug. Leute wie die Kulps aus der Pfalz, die noch sich selbst, ihre Gewohnheiten, Sitten und Wesensgrenzen ernstnahmen, stachen von der glatten, traditionslosen Oberfläche dieser Gesellschaft ab wie echte Bilder von glänzenden Öldrucken und hatten in der altväterlichen Würde ihrer Kleidung und Haltung etwas geradezu Junges, Frisches und Lebensvolles.

Der mittelste Tisch war für die jüngeren Leute bestimmt. Dort saß das Brautpaar mit Georgs Schwester und Schwager, und nach rechts und links gruppierte sich das Lagerfeuer. Der ›Tante Droll‹ hatte man ein sehr junges und farbloses Mädchen aus reichem Hause beigesellt, das zur Bühne wollte und immer auf der Jagd nach Beziehungen war, – Yorrik, der Pirat, führte eine junge Frau, Cousine der Braut, der das Bedürfnis nach deftigen Redensarten und lockeren Tischgesprächen im Gesicht geschrieben stand, – Nikolines Tafelnachbar war ein Cellist von der Staatsoper, der ihr gleich erzählte, er habe nicht zu Mittag gegessen, um jetzt mehr stopfen zu können, – und Robert hatte die Schauspielerin Nona Schmitt, auf deren von illustrierten Blättern und von Premieren bekannte Erscheinung sich viele Blicke richteten.

Die Freunde vom Lagerfeuer hatten ihren Becher Sekt mit einem Zug geleert und schauten sich, während die klare Schildkrötensuppe serviert wurde, suchend und verlangend nach allen Seiten um. Robert, der Georg am nächsten saß, stieß ihn verschiedentlich mit der Stiefelspitze ans Schienbein und deutete dabei mit dem Todeszeichen der römischen Cäsaren – Daumen nach unten – der Reihe nach in die vielen schönen, aber leeren Gläser, die vor ihm standen. Georg jedoch schien nichts zu bemerken und unterhielt sich angelegentlich mit seinem Schwager aus der Pfalz. Schließlich ging Tante Droll zur direkten Methode über. »Sag mal, Georg«, sagte er, »wann bekommen wir nun endlich was zu trinken?« – »Es gibt vier verschiedene Weine und Pommery«, sagte Georg, »und ihr sollt heute überhaupt nicht so viel saufen!« – »Wieso«, sagte Robert, »wer heiratet hier, wir oder du? Du sollst heute nicht so viel saufen, wir nicht!« Noch bevor Georg, der von einer auffälligen und ihm sonst gar nicht artverwandten Gereiztheit war, antworten konnte, beugte sich Lenina, die Braut, zu den Freunden vom Lagerfeuer vor. »Ich habe das kommen sehen«, sagte sie, »und habe dementsprechend vorgesorgt. Robert, nehmen Sie mal die mittelste der drei Wasserkaraffen und riechen Sie daran!« Robert tat's, und sein Gesicht verklärte sich. »Helene«, sagte er, denn er vermied es, teils aus Bosheit, teils aus Taktgefühl, sie Lenina zu nennen, »Sie sind doch ein ganz famoses Mädchen.« – »Hast du etwa daran gezweifelt?« sagte Georg scherzhaft. – »Natürlich«, erwiderte Robert, während er sich, den Freunden und der Schauspielerin Nona Schmitt aus der Karaffe in die Wassergläser goß. »Wodka«, sagte er und setzte an. Er nahm einen Schluck und schnalzte befriedigt. »Das ist gut für die Nerven«, sagte er zu Nona Schmitt und prostete ihr zu. – »Nein«, sagte die Schauspielerin, der das alles zu glatt ging. »Ich möchte ein Pilsener Bier!« – »Hörst du, Georg!« sagte Robert und stieß mit den Freunden an. Georg tat, als höre er nichts. »Ich will ein Pilsener Bier haben«, sagte Nona Schmitt mit der Miene des schmollenden Trotzköpfchens. Da ihr nun aber wirklich niemand mehr zuhörte und sich das ganze Lagerfeuer in lauten sachverständigen Äußerungen über die Qualität des Wodkas erging, brach sie die Szene ab und ergab sich gleichfalls dem klaren Feuerwasser.

Mittlerweile war die Suppe abserviert worden, und die Moselgläser wurden gefüllt. Aus der rückwärtigen Tür strömte die feierliche Prozession der Serviermädchen – es war nämlich eine Besonderheit des Hauses, daß nur von Mädchen, niemals von Kellnern, bedient wurde. – Das heftige Rot der Hummerscheren und der zarte Fleischton aus den geöffneten Schalen leuchtete von den Schüsseln, die sie auf der flachen Linken trugen. In diesem völlig unpassenden Augenblick klopfte der Hausherr ans Glas. Es entstand eine ärgerliche Stille, in der man die noch ungesättigten Mägen knurren zu hören glaubte.

»Liebe Freunde und Verwandte«, begann er im kühlen Tone eines Vorsitzenden und Mitglieds unzähliger Aufsichtsräte, »es ist mir eine herzliche Freude, euch alle an diesem unserem festlichen Vorabend in meinem Hause willkommen zu heißen. – In dieser Stunde der Not, die uns allen die schwersten Opfer auferlegt«, er stockte einen Moment und fixierte nervös die Serviermädchen, die wie zum Appell in Reih

und Glied an der Wand standen, »in dieser Zeit der Weltwirtschafts-
krise, die arm und reich in gleicher Weise heimsucht«, wieder stockte
er eine Sekunde, und Robert äußerte schon zu seiner Nachbarin die
Befürchtung, er sei in eine falsche Rede gekommen, »ist es«, fuhr der
Redner fort, und seine Stimme bekam Fanfarenklang, »ein ungewöhn-
liches und ganz besonderes Glück, ein solches Freudenfest feiern zu
können, wie es der Himmel uns heute beschieden hat. Denn was gibt
es für uns Eltern Schöneres und Wünschenswerteres als das Glück und
das Wohlergehen unserer geliebten Kinder?« ... Im Verlauf der folgenden Sätze, die sein Ohr aufnahm, ohne sie dem Bewußtsein weiterzugeben, beobachtete Robert das Brautpaar. Während Georg mit leicht
gerunzelter Stirn, ernsthafter Miene und etwas verträumten Augen vor
sich hin schaute, hatte Lenina den Kopf tief gesenkt und schien sich zu
schämen. Robert fand, nicht nur des Wodkas wegen, daß sie eigentlich
ein sehr klares menschliches Gesicht habe und daß er ihr manches in
Gedanken abbitten müsse. Plötzlich horchte er auf, und auch die andern hoben die Köpfe: in eine jener merkwürdig abrupten Pausen hinein, in denen der Redner sich auf den Gegenstand seiner Ansprache zu
besinnen schien, und die eine lastende Stille verursachten, hörte man
einen fernen, leisen, doch ungewöhnlich penetranten Laut. Robert
suchte Nikolinens Blick, die tröstend nickte, aber doch vorsichtshalber
den Finger auf die Lippen legte. ›Das arme Vieh‹, dachte Robert und
beschloß, sofort nach dem Hummer dem Äffchen einen Besuch abzustatten. Inzwischen hatte der Redner heimgefunden. Wie von einem
Alpdruck befreit, ließ man die letzten Worte auf sich einströmen: »–
mir ein dringendes Bedürfnis, euch allen im Namen meiner Familie
für euer Kommen meinen Dank auszusprechen, indem ich mein Glas
erhebe und in den Ruf ausbreche: unsere lieben Gäste, sie leben ...« –
Eine Musik, die sich jetzt erst im Nebenzimmer eingefunden hatte,
übertönte das Hoch, die Gläser klirrten, und der Hummer schwebte
von allen Seiten den Harrenden entgegen.

Schon vor dem Eis waren die Freunde vom Lagerfeuer betrunken.
Lenina hatte, über den Wodka hinaus, alles getan, was sie für ihre
Pflicht als künftige Gattin einer Lagerfeuercharge ansah. Von jedem
Wein, der eingeschenkt und für gewöhnlich höchstens einmal nachge-
gossen wurde, ließ sie noch zwei bis drei Flaschen extra an den Tisch
bringen, und da es sich um ziemlich schwere Weine handelte und zwischendurch der Wodka lebhaft reihum ging, war der Erfolg durchschla-
gend. Der Cellist neben Nikoline, der offenbar am wenigsten trainiert

war, hatte schon recht verglaste Augen und ein merkwürdig verschwollenes Gesicht, er erzählte ihr mit lallender Zunge zum fünftenmal denselben uralten Musikerwitz, lachte dazu mit einer hühnerartig gackernden Stimme und versank zwischendurch in einen Zustand völliger Gelähmtheit, vermutlich, wenn ihm einfiel, daß er nachher noch spielen sollte. Yorrik, der Pirat, schien seine Tischdame bedeutend besser zu unterhalten. Sie machten bereits den Eindruck, als säßen sie allein in der separierten Nische eines Nachtlokals. Ohne sich noch im geringsten um die übrige Gesellschaft zu kümmern, steckten sie die Köpfe und, wie man an den Bewegungen des Tischtuches merkte, auch die Knie immer enger zusammen und tuschelten so intensiv, wie wenn es im Tonfilm um den Verrat militärischer Geheimnisse geht. Von Zeit zu Zeit lachten sie schallend auf, stießen miteinander an und tranken ihre Gläser aus. Tante Droll glänzte übers ganze Gesicht vor Wohlbehagen, schlürfte und schmatzte kennerisch an den Weinen herum und zog die Pfälzer Verwandtschaft in ausgedehnte Fachgespräche über Jahrgänge, Lagen, Gewinge, Jugend, Alter, Entwicklung, Übergang, Flaschenkrankheit, Korkschäden und Temperaturfragen der Weine. Das ehrgeizige Mädchen neben ihm versuchte vergeblich, das Gespräch auf Kunst und Theater zu bringen, worauf er aber nur mit einem sehr häßlichen, jedoch in der Bühnenwelt alltäglichen Umgangswort reagierte. Nona Schmitt hingegen sprach Robert in Form von anekdotischen Erzählungen ihre sämtlichen Erfolgsrollen vor und schilderte ihm auf temperamentvolle Weise ihre Krachs mit Regisseuren, Theaterdirektoren und ungehorsamen Kollegen. Er hielt sich schadlos, indem er mächtig trank und ihr von Zeit zu Zeit in den Rückenausschnitt faßte. Georg hatte anfangs voll Entsetzen den Gang der Dinge beobachtet und durch Fortschicken erst halb geleerter Flaschen zu bremsen versucht, dann aber, da er die weitere Entwicklung als unaufhaltsam erkannte, faßte er den Beschluß, sie ihrer Eigengesetzlichkeit zu überlassen und wenigstens seinerseits Haltung zu bewahren. Sein Gesicht zeigte immer noch den teils besorgten, teils verträumten Ausdruck, den es bei der ersten Rede angenommen hatte, wozu mit der Zeit ein etwas gegenstandsloses, eingefrorenes Lächeln trat. Die Braut hingegen war ziemlich munter und beteiligte sich lebhaft an den Umtrünken und Zusprüchen des Lagerfeuers. Es waren zwischendurch noch mehrere Reden gehalten worden, die sich mit Liebe und Ehe beschäftigten und diese Zustände teils mit einer grünen Wiese, teils mit einer Baumschule oder auch mit einer Brutanstalt verglichen — man hatte auch schon ein von einem

Vetter verfaßtes Couplet gesungen, in dem die Braut als diebisch, verlogen und naschhaft, der Bräutigam als sexueller Wüstling gekennzeichnet war, und die Onkels hatten ihm in zwinkerndem Einverständnis, als gehörten sie alle derselben Menschengattung an, mit ›alter Junge‹ und ähnlichen Ausrufen zugetrunken. Jedesmal, wenn eine Rede stieg, eilten sämtliche Serviermädchen stoßtruppartig herbei, wohl um beim Schlußtoast hurtig die leeren Gläser nachzufüllen. Während der Rede oder des Vortrags aber standen sie in einer langen Reihe, Robert zählte vierzehn Stück, reglos und unbeteiligt an der Wand. Die Anführerin war eine magere ältliche Person, die aussah wie eine von ihrer Pension lebende Offizierswitwe, und die Queue bildeten zwei ganz junge Aushilfsmädchen, von denen die eine ungewöhnlich hübsch war, klein, zierlich, mit schlanken Fesseln und runden, brombeerfarbenen Augen. Diese Augen flogen immer wieder zu dem Tisch des Brautpaars hin und umtasteten es mit einer so forschenden Eindringlichkeit, als seien hier die geheimen Sternenwege des menschlichen Lebens zu ergründen.

Jetzt aber, als schon der Pommery entkorkt wurde und die Kapelle nebenan, die bisher mit den innigsten und abgespieltesten Weisen der klassischen Musik dem Sinn des Festes Rechnung getragen hatte, auf den schrillen, mänadisch jauchzenden Befehl der Hausherrin Jazz und Tango zu spielen begann, jetzt schlug der Hausherr selbst wieder ans Glas und kündigte dem durchaus uninteressierten, größtenteils schläfrig angegessenen Publikum eine besondere Sensation an. Eine weltberühmte Persönlichkeit sei soeben eingetroffen, um dem Brautpaar einige rätselhafte Träume zu deuten und ein paar lebenswichtige Lehren mit auf den Weg zu geben. Es wurde verständnisinnig gelacht und gedruckte Textblätter wurden von Hand zu Hand gegeben, auf denen, gesperrt und rot unterstrichen, das Wort ›Mitsingen!‹ stand. »Schauderhaft«, sagte Lenina, »das ist natürlich Tante Yulla!« – Tante Yulla, eine Schwester der Brautmutter, hatte Medizin und Psychologie studiert, eine Zeitlang in Wien gelebt und dann, nach kurzer Ehezeit, die mit kopfloser Flucht des gequälten Gatten endete, die pädagogische Laufbahn ergriffen. Sie wirkte in einem Heim für schwachsinnige Kinder, wo sie immerhin etwas weniger Schaden anrichten konnte, als es bei gesunden der Fall gewesen wäre, und galt in der Familie als eine unerhört kühne Persönlichkeit und eine geistige Kapazität. Lenina hatte mit der Hellsichtigkeit des Entwicklungsalters schon sehr früh ihre ungewöhnliche Minderwertigkeit durchschaut und haßte sie. Sie starrte in das Textblatt und wurde blaß bis in die Lippen vor Wut und Scham. Auch die Freunde vom Lagerfeuer waren aufmerksam geworden, und ihre Weinseligkeit wich jählings einer heftigen Trutzlaune. Nun spielte die Musik drinnen präludierend die Melodie: »Ich will euch was erzählen . . .«, nach der die Verse gedrechselt waren, und es erschien unter Applaus und Gelächter, während die Saaltöchter schon wieder ihre Front einnahmen, eine Gestalt von barbarischer Geschmacklosigkeit. Um die schlechte, aber unverkennbar weibliche Figur war ein schwarzer Gehrock mit langen Männerhosen gezwängt, und das Gesicht war mit Glatzperücke, Brille und weißem Spitzbärtchen in das eines greisen Gelehrten verwandelt. »Professor Freud«, jubelten die Gebildeten, und man versuchte ganz rasch, die Pfälzer Verwandtschaft über die dargestellte Person und ihre Bedeutung aufzuklären. »Ekelhaft!« sagte Lenina, und es sah aus, als wolle sie aufspringen und hinausrennen. Georg legte den Arm um ihre Schulter und wollte sie beruhigen, aber sie schüttelte ihn wütend ab. Da beugte sich Robert ernsthaft und kameradschaftlich zu ihr hinüber. »Sollen wir stören?« fragte er. Tante Droll und Yorrik hatten es gehört, nickten begeistert. Lenina reichte ihm freudig über den Tisch weg die Hand. »Um Gottes willen«, sagte Georg, »ihr werdet doch nicht – es geht doch vorüber – man muß doch schließlich – an diesem einen Abend . . .«

»Halts Maul, stinkender Coyote«, sagte Robert, und in diesem Augenblick hatte die Musik das Vorspiel vollendet, der erste Beifallssturm sich gelegt, und Tante Yulla begann, mit gezierten Kopf- und Armbewegungen, ihren Vortrag. Unter leiser Klavierbegleitung, sang sie, noch ohne Beteiligung des Publikums, mit einer fetten und doch scharfen Stimme, die erste Strophe. Sie lautete:

»Die Psycho-Analyse,
Die hat es uns gelehrt,
Daß als Komplex man büße,
Was man als Kind entbehrt.
So haben viele Leutchen
einen Ehestandskomplex,
Vielleicht hat unser Bräutchen
auch ein ähnliches Gewächs!«

An dieser Stelle, noch vor dem Einsatz des Refrains, begannen die Freunde vom Lagerfeuer, denen das Blut zu Kopf gestiegen war, mit schallenden Stimmen und unter Füßestampfen und Fäustetrommeln das unsterbliche Soldatenlied abzusingen:

»So leb denn wohl, wir müssen Abschied nehmen,
Die Kugel wird ins Flintenloch gesteckt,
Und unser allerschönstes junges Leben, Hurra, Hurra,
Liegt in dem Krieg wohl auf das Schlachtfeld hingestreckt!«

Sie sangen brüllend die ganze Strophe durch und dann noch eine, ohne sich um das allgemeine Entsetzen und die ringsum entstehende Verwirrung zu kümmern. Dann aber erhob sich Tante Droll, trat mit dem Sektglas in der Hand vor und grölte, indem er mit spöttischen und boshaften Gesten auf Tante Yulla deutete:

Freud – euch des Lebens, solang noch das Lämmchen glüht,
Pflegt die Neurose, eh sie verblüht!«

Begeistert fielen Robert und Yorrik ein, der Vers wurde mehrmals wiederholt. Nona Schmitt, die zwar nicht begriff, worum es ging, aber bei einer so wirkungssicheren Sache nichts zu riskieren glaubte, schmetterte mit, und sogar Lenina stimmte ein, während Georg mit hilflosen Gebärden den Schwiegereltern und der Gästewelt seine Unschuld und seine Bestürzung auszudrücken versuchte. Dort hatte die peinliche Szene ein allgemeines Durcheinander und eine große Ratlosigkeit ausgelöst. Manche Gäste glaubten zwar noch, es handle sich um ein abgekartetes Spiel, es gehöre dies alles mit zum lustigen Vortrag, und lachten gezwungen, aber andere hielten das explosive Ereignis für den Elementarausbruch einer in dieser Zeit und in diesen Kreisen übermäßig gefürchteten politischen Massenbewegung und wollten die Flucht ergreifen. Die meisten nahmen das Ganze als eine besoffene Ungezogenheit, eine Art rüpelhaften Studentenulks, und es bemerkte niemand, daß hier eine Revolution des guten Geschmacks, des Geistes und Herzens, des menschlichen Taktgefühls marschierte. Tante Yulla in ihrer schandmäßigen Maske stand zuerst wie vom Donner gerührt; dann, nachdem sie eine Zeitlang mit aller ihr verfügbaren Stimmschrillheit vergeblich durchzudringen versucht hatte und ihre verzweifelten Schreie nach Ruhe und Ordnung ungehört verhallt waren, stürzte sie zu ihrer Schwester, der Hausherrin, und keifte mit krampfigen Gesten auf sie los, während ihr schon nervöse Tränen über die mit Leichnerfett und Puder beschmierten Wangen in den angeklebten Bart rollten. Hier nun erwies sich Leninas Mutter, die Hausfrau, als eine routinierte und den Wechselfällen des gesellschaftlichen Kriegsglücks vollauf gewachsene Strategin. Mit einem energischen Wink und scharfem Augenblitz brachte sie ihren Gatten zum Schweigen, der im allgemeinen Radau ohne jede Wirkung sein Glas fast zerklopfte und »Silentium!« schrie, gleichzeitig flüsterte

sie der ältesten Servierdame, die sofort als Ordonnanz und Befehlsemp-
fängerin zu ihr geeilt war, eine knappe Weisung ins Ohr, worauf diese
in Richtung zur Musik davonstürzte, dann erhob sie sich ostentativ,
nickte graziös nach allen Seiten, reichte ihren Tischnachbarn die Hände
und löste die Tafel auf. Die Musik hatte unterdessen, auf ihre Anordnung, die von den Freunden immer noch siegreich behauptete Weise
»Freut euch des Lebens« aufgenommen, und unter diesen Klängen, die
sogar das Lagerfeuer beschwichtigten und seiner Kundgebung die Reib-
fläche und den Elan nahmen, zog man in regellosen Gruppen, plaudernd
und lachend, in die Nebenräume, wo die Rauch-, Kaffee- und Likörtische
aufgebaut waren. Die Hausherrin beobachtete mit dem kalten, undurch-
dringlichen Lächeln eines chinesischen Generals die Räumung der
Kampfzone, im stolzen Bewußtsein, eine ernsthafte Komplikation oder
gar einen spießbürgerlichen Krach vermieden zu haben. Ihrer Schwester
im Freud-Kostüm, die mit erneuten Wutschreien Revanche fordern
wollte, zischte sie nur ins Ohr: »Verschwinde!« – Dann folgte sie gelassen ihrem Gästeheer.

Der Mokkageruch, der aromatische Rauch edler Zigarren, das wohlig-
milde Brennen guten alten Kognaks und die Klänge gedämpfter Tanzmusik erzeugten bald eine allgemeine harmonische Stimmung des Burg-
friedens, der Nächstenliebe und des Gottvertrauens. Die Gespräche drehten sich um schöne, angenehme, weltfreundliche Gegenstände, um
Landhäuser, Schiffsreisen, Wintersport, Mode, Musik und den neuen
Emil Ludwig; nur einige ganz schlechte Menschen hielten noch mit
heimtückisch verkniffenen Gesichtern an ihren Tischdiskussionen über
Finanzwirtschaft, Reichsbankpolitik oder das Programm der Abrüstung
fest. Das Lagerfeuer hatte sich zunächst aufgelöst, und seine einzelnen
Glieder wandten sich wieder individuellen Betätigungen zu, nur trafen
sie sich von Zeit zu Zeit ganz von selbst am Standort der Schnäpse und des
Whiskys. Robert nahm Lenina beiseite und reichte ihr ein großes Glas
Kognak. »Komm«, sagte er, »du bist ein feiner Kerl, wir wollen du sagen!« – Sie schlangen die gebeugten Arme ineinander, leerten so ihre
Gläser und gaben sich einen Kuß. »Lene«, sagte Robert und sah ihr in
die Augen, »sorg mal dafür, daß unser Georg wieder ein Mann wird!« –
»Es wird schon wieder werden«, sagte sie. »Schau dir mal seinen Vater
an! Der ist noch richtig!« – Der alte Kulp, der nichts von Schnäpsen
hielt, hatte sich sein Weinglas und eine besonders gute Flasche mit ins
Rauchzimmer genommen und stand, weißbehaart und rotbäckig glü-
hend wie ein Herbstapfel unter Schnee, mit Tante Droll zusammen, in

dem er einen Gesinnungsfreund gefunden hatte. Sie erzählten einander Geschichten von berühmten Weinproben und Kellerbesuchen, stießen von Zeit zu Zeit mit ihren Römern an und klopften sich lange gegenseitig auf die Schultern. Georg trat zu Robert und Lenina. »Eigentlich«, sagte er, »habt ihr ganz recht gehabt.« – »Das hättest du früher merken können«, sagte Lenina erzieherisch, und Georg nickte beschämt. Robert lenkte von dem Thema ab: »Was sagt ihr denn zu Colombine?« – »Zu wem?« fragte Georg verwundert. – »Nun zu eurem Äffchen!« – Es entstand eine kleine Pause. Dann lachte Lenina. »Es war eine große Überraschung«, sagte sie. »Vielleicht wäre es draußen im Landhaus ganz gut aufgehoben!« – Robert nickte nur und ging dann langsam nach hinten.

Im Speiseraum waren die Tische schon abgedeckt und wurden nun zusammengeschoben. Man fegte den Parkettboden ab, weil hier später getanzt werden sollte. Durch den langen Gang, der zur Küche führte, liefen Mädchen und Hausdiener hin und her. Es zog und roch nach Essen und Spülicht. Ein seltsames, stoßweises Schluchzen bebte und schepperte von rückwärts her, bald in hohem Diskant, bald in tiefen, gurgelnden Kehllauten. Eine Seitentür war nur angelehnt, Robert schob sie ein wenig auf und schaute hinein. Es war ein hell erleuchtetes Schlafzimmer. Auf dem Bett lag bäuchlings in konvulsivischen Zuckungen Tante Yulla, immer noch im professoralen Gehrock, aber ohne Perücke und mit wirren, verstrubbelten Haaren. Die Anführerin der Serviermädchen, die seit einer Ewigkeit in der Familie bedienstet war, stand neben ihr und streichelte behutsam ihre verkrampften Hände. »Beruhigense sich mal, Frau Yulla«, hörte man sie immer wieder sagen, »et is ja nich so schlimm, die Herrschaften haben Ihnen einfach nich verstanden! Das war zu hoch für sone Tischjesellschaft!« Aber Yulla heulte immer wieder auf, biß in die Kissen und verwühlte sich in ihren Schmerz und ihre Schande. – Leise ging Robert weiter. Vor dem Badezimmer des Personals blieb er stehen, lauschte. Kein Ton war zu hören! Behutsam öffnete er die Tür. Da bot sich ihm ein merkwürdiger und unterwarteter Anblick. Eine alte Dame in schwarzem Seidenkleid kniete bei Colombine auf dem Boden, streichelte sie und hielt ihr eines Händchen in den ihren. Robert trat näher, Colombine sah flüchtig zu ihm auf, zwitscherte ein wenig, wandte sich aber sofort wieder der alten Dame zu. Die erhob sich, das Äffchen auf dem Arm haltend. Robert verbeugte sich vor ihr. Er kannte sie wohl, hatte sie aber vorher in der Gesellschaft nicht bemerkt und noch nicht begrüßt. Sie war die Gattin eines berühmten Staats- und Völkerrechtslehrers, der auch in der Politik und im öffentlichen Leben der Nation eine wichtige Rolle spielte. Robert sah ihn im Geiste vor sich: gepflegt, nobel, sehr reserviert und eigentlich etwas zu gut aussehend, als daß man ihm ohne weiteres eine wirklich große wissenschaftliche Bedeutung zutraute. Er war nicht unter den Gästen des Polterabends, seine Frau war allein gekommen, denn sein vielbeschäftigtes Dasein brachte es mit sich, daß er zwar überall angesagt wurde, aber fast nirgends erschien, und vielleicht lag darin das Geheimnis seines ungewöhnlichen staatsmännischen Erfolges. Seine Frau hatte unter ihrem weißen Scheitel ein sehr merkwürdiges, ziemlich faltiges Gesicht, das mit den dunklen Brauen und dem etwas gelblichen Teint ein wenig exotisch wirkte und, besonders durch ihre großen, tiefliegenden Augen, fast schön aussah. Robert betrachtete ihre schmale, blasse, sehr zärtliche Hand, mit der sie das Äffchen streichelte. »Gefällt sie Ihnen?« sagte er dann. Die Dame nickte. »Ich habe ihr ein bißchen Gesellschaft geleistet«, sagte sie. »Ich glaube, man wird sich hier wenig um das Tier kümmern.« – »Ja«, sagte Robert. »Das fürchte ich auch. Es war wohl eine ziemliche Dummheit von mir.« – Die alte Dame sah ihn an und lächelte ein wenig. »Hatten Sie das Äffchen schon länger?« fragte sie. »Zwei Tage«, sagte Robert, »aber es hing schon schrecklich an mir. Jetzt«, lachte er, »scheint es mir untreu zu werden.« – »Wollen Sie's nicht lieber wieder mitnehmen?« sagte sie und sah ihn an. »Nein«, antwortete Robert. »Es geht nicht. Ich kann sie nicht halten«, sagte er und schüttelte energisch den Kopf, »so gern ich möchte. Ich müßte meinen Beruf aufgeben!« – Colombine hatte beide Ärmchen um den Hals der Dame geklammert und steckte den Kopf in den Spitzenkragen ihres Kleides. – »Wollen Sie das Tier nicht mir überlassen?« sagte sie plötzlich. »Ich habe Platz und kann mich auch drum kümmern. Sie müßten mir natürlich sagen, was es gekostet hat«, fügte sie hinzu und lächelte. »Das ist nicht so wichtig«, sagte Robert, »aber es wäre wundervoll, wenn Sie sie wirklich nehmen könnten!« – »Ich nehme sie gern«, sagte die Dame. Robert sah sie dankbar und begeistert an. »Allerdings«, sagte er plötzlich, »dann hab ich ja wieder kein Hochzeitsgeschenk für Georg und Lene!« – »Warum schenken Sie ihnen nicht ein Bild oder ein Blatt von sich?« fragte die Dame. »Das würde ihnen sicher am meisten Freude machen.« – »Donnerwetter«, sagte Robert. »Wieso bin ich darauf nicht von selbst gekommen!« Es war wie eine späte Erleuchtung, und er schüttelte ganz betroffen den Kopf. »Ist es also wirklich abgemacht?« fragte die Dame. »Natürlich«, sagte Robert, »was werden die sich freuen, wenn sie das Kind wieder los haben!« Sie lachten, und Colombine schnatterte verträumt. »Ich möchte jetzt nach Hause gehen«, sagte die Dame, »und nehme sie am besten gleich mit!« – »Wenn es Ihnen recht ist«, sagte Robert, »begleite ich Sie! Wegen der Kiste und der Decken und der Futtertüten. Es ist überhaupt kein ganz leichter Transport.« – »Es ist nicht nötig«, sagte sie. »Ich habe meinen Chauffeur da.« – »Doch«, sagte Robert, »ich komme mit. Meine Frau wird sich freuen, wenn wir hier früher weggehen. Ich saufe sonst nämlich bis in den hellen Morgen. Und außerdem«, sagte er, »möchte ich so gern sehen, wo sie dann zu Hause ist!« – »Ich freue mich, wenn Sie mitkommen«, sagte die Dame. »Waren Sie nicht früher schon einmal in unserem Hause?« – »Doch«, sagte Robert, »bei Ihrem Sohn. Das ist aber schon viele Jahre her, da studierte er noch.« Sie nickte. Robert ging auf den Gang und rief eines der Mädchen an, das er kannte. »Holen Sie mal unauffällig meine Frau«, sagte er. »Und dann rasch unsere Mäntel und die Affenkiste. Wir gehen gleich hinten raus, damit es niemand merkt!«

Die großen Ebereschen vor dem Portal knisterten im Nachtwind. Zwei Chauffeure in dicken Mänteln stapften auf und ab. Der eine rauchte eine kurze Stummelpfeife, der andere ging sehr vornübergebeugt und kaute beständig an seinem hängenden Schnurrbart. »Na, Fritze, was meinste«, sagte der mit der Pfeife. »Obs unser oller Herr nochmal schaukelt?« – Der andere glotzte ihn verständnislos an. »Na, bleibt er nu Reichspräsident oder nich?!« fragte der erste eifrig. »Mensch«, sagte der andere nur und schaute von ihm weg, »deine Sorjen!« – Hinter einem der hohen breitstämmigen Bäume, eng an die Rinde geschmiegt, standen zwei Gestalten fast unbeweglich im Dunkeln. Sie sprachen nichts miteinander, aber sie küßten sich auch nicht, starrten sich nur ins Gesicht und preßten ihre Körper zusammen. Plötzlich ein schriller Pfiff vom Portal her, und die Stimme des Hausmeisters: »Nummer siebzehn! Ankurbeln!!« Die Gestalten hinter dem Baum lösten sich hastig. Der Chauffeur stürzte, seinen Mantel zuknöpfend, zu seinem Wagen hin, das hübsche kleine Serviermädchen flitzte um die Hausecke zum Hintereingang. Sie prallte fast auf Robert, der mit Nikoline und der alten Dame eben vom hinteren Eingang her kam. Er schleppte die leere Kiste, und seine Taschen steckten voll Futter. Colombine hatte sich unter dem Pelzmantel ihrer neuen Liebe eingerichtet. So schritten sie rasch und wie auf einer romantischen Flucht dem schnurrenden Wagen zu. Das Mädchen blieb stehen und guckte ihnen nach.

Das Haus der Dame lag im neuen Westen, nicht allzu weit von der Gegend, in der Robert wohnte. Nein, sie wollten nicht mehr ablegen, sagte Nikoline, nur noch bei der Unterbringung des Äffchens behilflich sein und dann gleich nach Hause gehen. Die Dame schien auch nichts anderes erwartet zu haben, in Mantel und Spitzenkopftuch schritt sie voraus in den ersten Stock. Colombine hatte sich während der Fahrt völlig ruhig verhalten und knautschte auch jetzt nur leise, aber befriedigt vor sich hin. »Sie ist wohl todmüde«, sagte Robert, nicht ohne einen leisen Anflug von Eifersucht. »Wenn sie ausgeschlafen hat, wird es schon wieder losgehen!« – »Hier kann sie sich austoben«, sagte die Dame und öffnete eine Tür. Sie trat mit dem Äffchen ein, während Robert und Nikoline auf der Schwelle stehenblieben. Das Zimmer war vollständig leer, die Rolläden heruntergelassen, hellere Flächen an den etwas nachgedunkelten Wänden bezeichneten die Stellen, an denen früher Bilder gehangen hatten. Robert, einen Schritt ins Zimmer tretend, betrachtete nachdenklich diese quadratischen Flecken, die mit den vorhanglosen Fenstern zusammen dem Raum einen besonderen Ausdruck von Leere und Verlassenheit gaben. »Wenn ich mich recht erinnere«, sagte er nach einer Weile, »hat doch Ihr Sohn in diesem Zimmer gewohnt. Ich habe ihm damals die Bilder gehängt!« – Die Dame antwortete nicht, drehte die Heizung auf, die leise zu zischen begann. »War das nicht sein Zimmer?« fragte Robert noch einmal. »Doch«, sagte die Dame, ohne sich zu ihm umzudrehen. »Mein Sohn ist vor einem halben Jahr gestorben.«

Sie stand mit dem Rücken zur Tür und streichelte das Äffchen, das ihren Hals mit den beiden Armen umschlungen hielt. Robert hatte unwillkürlich Nikolinens Hand gepackt. Dann ging er hin, nahm die Futtertüten aus seinen Taschen, legte sie neben dem Heizkörper auf den Boden. »Am liebsten frißt sie Bananen«, sagte er. »Aber ich habe keine mehr da.« Sie nickte, antwortete nicht. Er dachte einen Augenblick nach, dann beugte er sich nieder, küßte ihr die Hand. Sie stand noch unbewegt und ohne sich umzudrehen, als die beiden das Zimmer verließen und die Tür leise hinter sich zumachten.

Der Mond war nun ganz hoch und strahlenklar, die klebrigen Knospen der Kastanienbäume funkelten wie lauter kleine Flammen. Draußen wartete noch das Auto, um sie nach Hause zu bringen. »Komm«, sagte Robert zu Nikoline. »Wir wollen zu Fuß gehen.« – »Ja«, sagte sie. »Es ist gar nicht kalt!« – Er hängte sich bei ihr ein, und sie schritten aus.

Der Seelenbräu

I

Es war ein Dechant von Köstendorf – zu ungewisser Zeit. Denn in Köstendorf gibt es keine Zeit. Ich ging einmal selbst durch Köstendorf – nämlich Alt-Köstendorf –, ich kam über die hohe Leiten vom Tannberg herunter, es läutete eben Mittag, als ich das Dorf betrat, und da merkte ich gleich, hier war alles Erdenkliche – Sonne und Schatten, Tag und Nacht, Schmeißfliegen, Wirtshaus, Kirchenuhr, Telegraphendrähte, aber keine Zeit. Woran ich das merkte, kann ich nicht genau erklären. Ich hörte die Glocke läuten – ich roch, daß es im Pfarrhaus schmalzgebackene Apfelspalten gab. Ich sah den silbernen Wasserstrahl aus einem Brunnenrohr laufen – ich sah, daß das Postamt geschlossen war – und ich sah den alten Christusdorn hinter dem blanken Fenster einer Bauernstube, über dessen ganze Höhe und Breite er sich nach allen Seiten hin ausrankte. Einige seiner um ein Gitter gewundenen Zweige waren mit länglich zugespitzten, graugrünen Blättern besetzt, und kleine rote Blüten wie Blutstropfen zwischen die langen Stacheln gesprengt, andere schienen dürr und saftlos wie totes Holz, wieder andere trieben grade frisch aus, alles zu gleicher Zeit, und mir fiel ein, daß dieses fremdartige Gewächs, auch Dornenkrone genannt – wie viele, die in den Blumentöpfen der Bauern heimisch sind – aus dem Orient stammt und wohl in den Kreuzzügen herüberkam.

Man sah keinen Menschen im Dorf, das in der hellen Sonne ganz leer und ausgestorben lag, nicht einmal einen Hund. Aber in einiger Entfernung, schon halbwegs nach Neumarkt hinunter, stand mit gespreizten Beinen ein alter Mann und hackte Holz. Er war so weit entfernt, daß ich ihn zuschlagen und die Scheiter auseinanderfallen sah, bevor der Hall seiner Axt in mein Ohr drang, und ich mußte denken, daß man grade darin, in diesem klaffenden Spalt zwischen den Wahrnehmungen, der Zeit eine Falle stellen könne und sie darin einfangen wie eine fahrlässige Maus. Auch beobachtete ich, daß der Alte sich beim Holzhacken eine ganze Menge Zeit nahm, also mußte ja eigentlich welche da sein. Trotzdem hätte ich beschwören können, daß es in Köstendorf keine gab.

Vielleicht war sie den Leuten hier zu lange geworden, und sie hatten sie totgeschlagen. Oder ich hatte sie selber versäumt und verpaßt, vertrieben, verloren, vertan und verschwendet, während ich da herumstand und ihre Anwesenheit in Zweifel zog. Wie lange ich so stand, kann ich mich auch nicht erinnern. Die Glocke schwang aus, man hörte die Fliegen summen, und mit der goldenen Luft über dem Kirchdach zitterten die gebreiteten Schwingen des Augenblickes ›Ewigkeit‹.

So ist es also für die Kenner Köstendorfs und des Salzburgischen müßig, nachzuforschen, ob der Dechant, der in dieser Geschichte vorkommt, wirklich gelebt hat. Bestimmt ist nicht der jetzige damit gemeint, auch nicht der vorige. Ob der nächste, kann ich nicht versichern. Denn da es in Köstendorf zwar ein Dechanat gibt, aber keine Zeit, so ist es auch möglich, daß der, von dem hier die Rede ist, noch gar nicht geboren wurde.

Seinerzeit aber war er schon hochbetagt, und er herrschte mächtig in seinem Reich, das aus mehreren umliegenden Kirchspielen und einem ungewöhnlich großen Gemüsegarten bestand. In den Kirchspielen sah er nach dem Rechten, was ihm nicht allzuviel Mühe machte, denn die kleinen Streitigkeiten und größeren Ärgernisse, die es dann und wann gab, schlichtete er gewöhnlich ohne viel Worte, indem er seine Stirn blaurot anlaufen und die Augäpfel hervortreten ließ, bis man die Äderchen in ihrer Hornhaut sah. Es geschah dann sofort, was er wollte, und er brauchte es gar nicht erst zu sagen. Denn was er wollte, das wußte man schon. Er wollte, daß alles natürlich und doch gerecht zugehe, worin er keinen Gegensatz erblickte – er wollte auch, daß man sich an die Gebote Gottes und an die Amtsstunden hielt, und hinterher wollte er seine Ruhe haben. Hatte er die, dann ging er in seinen Gemüsegarten, und dort züchtete er nicht nur alles, was an Grünzeug, Kraut und Wurzelwerk auf jeden anständigen Tisch gehört, sondern auch vieles, was der Bauer nicht kennt, nicht frißt und schwer aussprechen kann: Broccoli, Melanzani, Finocchi, Pepperoni und andere vokalreiche Gewächse. Alles, was italienisch klang, hatte es ihm angetan. Hätte man Ravioli oder Scampi pflanzen können, er hätte es bestimmt nicht versäumt. Die grobe Arbeit machte er selbst, die feine erst recht, er grub seine Beete um, düngte und wässerte sie, setzte Pflänzchen, säte und zupfte Unkraut, denn er stammte aus einem Bauernhaus, und er traute nur seinen eigenen grünen Fingern. Das hielt ihn gesund und stimmte ihn heiter. Gesunde Heiterkeit war die Grundstimmung seiner Natur – und die Wut- oder Zornausbrüche, die von seiner Umgebung, besonders den

Schulkindern, gefürchtet wurden, waren mehr eine Art von hygienischem Dampfventil, wie das Schwitzen, das Schneuzen oder Räuspern, worin er Gewaltiges leistete. Er war kein homo diplomaticus und schien sein Amt nicht von der weisen Kirche zu haben, sondern direkt vom lieben Gott, der es gerne dem Einfältigen gibt, damit er ihm dann auch noch den Verstand dazu leihen kann. Denn ER ist, im Geben und Nehmen, zur Verschwendung geneigt.

Der Dechant von Köstendorf aber hatte eine unglückliche Liebe, die er selbst wohl für glücklich hielt, das war die Musik. Zwar hatte er ein sauberes Gehör, eine Baßstimme, von der die bleigefaßten Kirchenfenster klirrten, und Hände, mit denen man auf der Orgel anderthalb Oktaven greifen konnte. Aber seine natürlichen Gaben und deren Bildsamkeit standen in keinem Verhältnis zu der Größe seiner musikalischen Leidenschaft, die er in einer fast ausschweifenden, ebenso sklavischen wie tyrannischen Weise bei jeder Gelegenheit betätigte. So erschien er auch in den verschiedenen Schulhäusern des Dechanates fast nie, um den Religionsunterricht, sondern um die Gesangsstunden zu kontrollieren, was ihn eigentlich gar nichts anging. Da aber die Gesangsstunde gewöhnlich von den Junglehrern exerziert wurde, die froh waren, wenn man ihnen ihren mageren Knochen ließ und sie nicht auf den Schwanz trat, gab es nie einen Widerspruch oder eine Beschwerde. Der Dechant röhrte stiermäßig in den dünnen Chorgesang hinein, wenn er fand, daß die zweite Stimme nicht richtig durchkam, stampfte den Takt mit seinem genagelten Stiefel und ruderte mit den Armen unheimlich in der Luft herum. Die Kinder wagten vor Angst kaum mehr zu piepsen, viele hatten einen Knopf im Hals und hätten gern geheult – da er aber selbst so laut sang, merkte er nicht, wie die Klasse immer leiser und stummer wurde. Er nahm wohl auch dem bescheidenen jungen Mann die Schulgeige aus der Hand, kratzte darauf herum, mit seinen dicken Fingern empfindsam tremolierend, und stellte mit den Kindern Gehör-, Stimm- und Gedächtnisprüfungen an, nicht ganz nach den Methoden der pädagogischen Psychologie, aber mit rascherem Ergebnis. – Dann griff er sich einzelne heraus, die wohl oder übel mehr wie ausgehobene Rekruten während eines Krieges in den freiwilligen Kirchenchor eintreten mußten. Auf die Idee, daß einer nicht gewollt hätte, kam er nicht. Für ihn waren sie Begünstigte, Auserlesene. Er überraschte denn auch diejenigen, die sich bei der Probe durch gutes, vor allem lautes Singen auszeichneten, mit unerwarteten Freundlichkeiten. Manchmal schenkte er ihnen sogar ein grasgrünes oder giftrotes Kracherl, eine Fabriklimo-

nade, die ihren Namen vermutlich von dem enormen Gezisch und Gebrodel der hineingepreßten Kohlensäure hat, und amüsierte sich köst-
lich, wenn die Kinder mit schwachen, eifrigen Fingern versuchten, die
als Verschluß dienende Glaskugel in den Flaschenhals zu stoßen, um
sich dann, wenn es plötzlich gelang, von oben bis unten anzuspritzen.
Der Kirchenchor sang beim Hochamt die liturgischen Antworten und
Wiederholungen, intonierte und führte die von der Gemeinde mitzu-
singenden, in der Diözese herkömmlichen Lieder – aber zu feierlichen
Anlässen, besonders zu den hohen Festen des Jahres, ließ der Dechant
mehrstimmige Choräle einstudieren, die an den entsprechenden Stellen
der Messe, beim Gloria, nach dem Offertorium, vor der Kommunion
oder wo immer es angängig war, eingelegt wurden. Seine musikalischen
Assistenten waren das Mesnerehepaar Zipfer, Florian und Rosina, welche die hohen und tiefen Stimmen führten – Rosina mit einer ihrem
Brustumfang gemäßen opernreifen Sopranstimme, die stets in gleicher
Stärke wie die Dampfpfeife eines Schnellzuges dahingellte – Florian mit
seinem bierhauchgeschwängerten und nicht immer schleimfreien Rau-
cherbariton. Florian Zipfer spielte auch die Orgel, was manchmal gut-
ging, wenn es Rosina oder einer der sieben Zipfer-Töchter gelungen
war, ihn Samstag nachts rechtzeitig aus dem Wirtshaus zu holen. Andernfalls kam es zu leichten Störungen seines inneren Koordinaten-
systems, was dann zu einer Art Ringkampf oder Wettrennen zwischen
den Manual- und Pedalklaviaturen führte, nach ziemlicher Verwirrung
mit einem klaren Unentschieden endend. Immerhin konnte er es infolge langjähriger Routine kaum verhindern, einigermaßen in der Tonart zu bleiben oder wenigstens darauf zurückzukommen, was Rosina,
trotz all ihres heiligen Eifers und ihrer frommen Nüchternheit, nach
wenigen Takten als hoffnungslos aufzugeben schien. Die Gemeinde
lauschte in andächtigem Schauer oder döste vor sich hin, nur aus dem
sogenannten Spötter- oder Heidentempel, dem angestammten, abgesonderten Chorsitz der Brauherrn- und Gastwirtsfamilie Hochleithner, ertönte öfters ein kaum unterdrücktes Gekicher und Gepruste, und einmal
wurde sogar eine mitgebrachte Stimmgabel dort angeschlagen, was aber
das Ehepaar Zipfer nicht mehr aus dem Takt bringen konnte, aus dem
es schon längst heraus war. Der Dechant feuerte in solchen Fällen vernichtende Wutblicke vom Altar herauf gegen das trübe Glasfenster des
herrschaftlichen Chorsitzes, der, wie in alten Schloßkapellen, von
Schnitzwerk umrahmt, über den Tragpfeilern der Apsis eingebaut und
durch einen besonderen Treppeneingang von der Turmseite her zu er-

reichen war. Er stammte noch aus der Zeit, bevor das ehemalig erz-
bischöfliche Bräuhaus säkularisiert und der große Grundbesitz der Gegend, samt Burgruine und Wasserschloß, von der reichen Brauerfamilie
aufgekauft worden war. Es erschien dann wohl auch hochmütig und
herausfordernd der bärtige Riesenschädel des derzeitigen Brauherrn,
Matthias Hochleithner, hinterm Glas verschwommen wie die beklemmende Maske eines Trolls oder Faungotts, und wiegte sich zu dem unsichtbaren Geschepper seines Bauches belustigt hin und her – während
der Dechant sich mit beiden Fäusten ans Missale Romanum klammern
mußte, um seines unheiligen Zornes Herr zu werden und es nicht als
Wurfgeschoß zu benutzen. So kam es, daß der Dechant – den sein künst-
lerischer Ehrgeiz, vanitatum vanitas, in mancherlei Nahkampf mit einer
der sieben Hauptsünden verstrickte – gelegentlich an hohen Feiertagen
eine stille Sechsuhrmesse zelebrierte (der nur die alten Weiberchen bei-
wohnten, die sowieso nicht mehr schlafen können, wenn die Nacht brüchig wird) – und daß er das Hochamt dann von einem befreundeten
Amtsbruder halten ließ, um selbst die Orgel zu spielen, den hinter ihm
aufgestellten Kinderchor mit Schultern, Kopf und Steiß zu dirigieren
und die tiefe Solostimme des eingelegten Chorals, im kanonischen
Duett mit Rosina Zipfer, für seine Gemeinde zu singen. Auf diese Gelegenheit freute sich nicht nur die ganze Familie Hochleithner – die sich
zur Unterhaltung und Belustigung ihres Oberhauptes, des mächtigen
›Herrn Bräu‹, schon wochenlang vorher in ironischen Imitationen und
Bewitzelungen des zu erwartenden Kunstgenusses erging –, sondern die
gesamte Schuljugend der verschiedenen, dem Dechanat angehörenden
Ortschaften, die es nötig hatte, sich von ihrer archaischen Angst und
ihrem unheimlichen Respekt vor dem Dechanten durch ein heimliches
Gelächter zu erlösen. Wenn es, in der Karwoche etwa, bekannt wurde,
daß der Hochwürdige Pater Schiessl vom Salzburger Chorherrnstift, ein
großer Fasten- und Bußprediger der Diözese, die Ostermesse lesen, der
Dechant aber den Choral singen werde, dann war die Kirche zum Hochamt so überfüllt, daß kein abgeplatzter Hosenknopf, kein noch so dünnblättriges Heiligenbild, kein Malzzuckerl aus einem unachtsamen
Mundwinkel und keine Haarschleife aus den gebrannten Locken der
Mädchen mehr zu Boden fallen konnte. Kämpfend zwischen Andacht,
Schläfrigkeit und gespannter Erwartung, wie das Publikum bei gewissen
Aufführungen des Wiener Burgtheaters, wo man den ganzen Abend auf
das Erscheinen eines bestimmten Lieblings in einer bestimmten Szene
harrte, ließ die Gemeinde den größeren Teil des Hochamts samt Spiel,

Gesang und Predigt wie stets vorübergehen, um ihre volle Aufmerksamkeit auf den Genuß des einen, unfehlbar kommenden Augenblicks zu versammeln.

Der Dechant nämlich war in seinem musikalischen Geschmack und in der Wahl seines Festprogramms äußerst konservativ. Die alten, zerlesenen Notenblätter von Stefan Wagners ›Feierlicher Messe in G-Dur‹ wurden immer wieder von Florian Zipfer ausgeteilt und eingesammelt. In dieser Messe gab es einen bestimmten zweistimmigen Choral, den der Dechant besonders liebte, vielleicht weil er ihm die Gelegenheit zu einem Fortissimo gab, und der, falls er selber sang, zwischen Paternoster und Kommunion auf alle Fälle ertönte. Die Baßstimme begann im Solo und hielt dann den langen Ton, während Rosina Zipfers schriller Sopran in jubelnden Lagen einfiel und darüber aufstieg.

Da der Dechant auf Artikulation und Aussprache große Stücke hielt, konnte man sogar die Worte verstehen, besonders wenn man sie ein Jahr lang erwartete. Sie gingen in der Schlußstrophe folgendermaßen:

Baß: Oh, stille meu – – – n
       Sopran: Oh, stille mein Verlangen
Baß: *Du Seelenbräu –*
       Sopran: Du Seelenbräutigaham
Baß: –tigam
Beide: Dich geistlich zu empfangen –
       Du wah–res Os–ter–lamm.

Sobald der ›Seelenbräu‹ erklang, ging es wie ein leises Rauschen durch die Kniebänke, und wenn man nach dem Ite und dem Segen in die blendende Mittagssonne hinaustrat und ein Gewimmel von feierlichem Schwarz und Weiß sich über die holprigen Steine der Kirchhofstreppen ergoß, flog das Wort unter Lachen und Lächeln von Mund zu Mund. In Köstendorf und Umgebung hatten die beiden großen Repräsentanten der weltlichen und geistlichen Macht, der Wirts-, Guts- und Brauherr Matthias Hochleithner und der Dechant, jeder seinen feststehenden Spitznamen. Im Gegensatz zu Matthias Hochleitner, den man den ›Leibesbräu‹ nannte, hieß der Dechant bei jung und alt der ›Seelenbräu‹.

Während man von dem Dechanten zwar sagen konnte, daß er eine Seele von einem Menschen war – obwohl seine irdisch-fleischliche Erscheinung sich absolut nicht wegdenken ließ und ihr lautes Recht verlangte –, schien der Herr Bräu Matthias Hochleithner wirklich nur aus Leib zu bestehen.

Und aus was für einem Leib. Wenn da vielleicht doch eine Seele drinnen war, so mußte sie in dieser füllig-massiven Gemächtigkeit eher zerquetscht oder von den Stürzen und Güssen des Nachschubs verschüttet werden, und bestimmt nahm sie weniger Platz ein als das Nierenfett oder die Leber. Der Schneider Matuschek, wie alle guten Schneider böhmischer Abkunft, brachte herum, daß er für die Lederhosen des Herrn Bräu das doppelte Maß an Bockshaut verbrauche wie für die eigenen, und er wog, ein Hohn auf die Legende von dem mageren Schneiderlein, in der Früh seine hundertfünfzehn Kilo, und nach dem Nachtmahl drei mehr. Der Herr Bräu aber trug nur recht selten die einheimischen Ledernen oder die graue Joppe mit den Hirschhornknöpfen und den langen, dunkelgrün paspelierten Landeshosen. Er hatte eine Schwäche für den Stil und die Kleidung der großen Welt. Alle paar Jahre reiste er nach London, nicht ohne eine ausgiebige Station in Paris zu machen, das er, was Lebenskunst betraf, höher schätzte. Für seine Anzüge genügten ihm die weltberühmten Firmen von Prag und ihre Wiener Filialen keineswegs. Den beliebten Knize, bei dem sich Künstler, Erzherzöge und Gigolos einkleiden ließen, nannte er ›demimondän‹ oder ›pervers‹. Sein Geschmack konnte nur durch die Arbeit eines jener schweigsamen Herren von Bondstreet oder Pall Mall befriedigt werden, die man so leicht mit dem von ihnen bedienten Oberhausmitglied verwechselte. Das Merkwürdige war, daß ihm solche aus edelsten Stoffen ebenso seriös wie leger gemachten Kleider tatsächlich standen. Dieser enorme Fleischklotz von einem Menschen, dieser Pithekanthropus an Glieder- und Knochenbau, schien in einen jener dunkelflauschigen, kaum sichtbar gemusterten Nachmittagsröcke, über leicht fallenden, einfarbigen, etwas heller getönten Tweedhosen, in ein rohseidenes Hemd und nach Maß gemachte Boxcalfhalbschuhe – das Paar für drei Guineas – gradezu hineingeboren. Wenn er im Brauhaus die Arbeit kontrollierte, von der er jeden kleinsten Handgriff selbst zu tun verstand, oder in den Ställen und Scheunen herumstieg, dann liebte er es, den ältesten, verdrecktesten Leinenjanker und die speckigsten, ausgebeultesten Kutscherhosen zu tragen, die man im Alpenvorland finden konnte. Er liebte es auch, mit seinen Brauknechten Kegel zu schieben oder im kühlen Vorgewölb des Wirtshauses bis zum frühen Morgen mit ihnen durchzusaufen. Er liebte den Krach und den Schweiß der überfüllten Tanzböden bei einer Hochzeit oder einem Volksfest, das Gedränge zwischen den Kirtagsbuden, den Dampf der riesigen Gulasch- oder Rindfleischkessel in der Gasthausküche, den schalen Tröpfeldunst in der Schenk und den modrigen Faßgeruch im Keller. Er konnte fluchen wie ein Viehtreiber, rülpsen wie ein Walroß, das man mit Bier und Radi gefüttert hat, und seine Sprache war nur für gelernte Köstendorfer verständlich. Er liebte die derbsten Witze und den unartikulierten, lallenden Gesang der angetrunkenen Bauern, ihr Schreien, wenn sie den Tanz ›einsprangen‹, ihr Gejohle beim nächtlichen Heimweg, ihr Gestoß und Geranze mit den Weiberleuten und ihre hirschmäßigen Raufereien. Aber in seinen privateren Neigungen war er, wie er selbst es zu nennen pflegte, ein ›Tschentlemann‹. Und das bildete er sich nicht nur ein. Er war es wirklich. Mit all seiner grobianisch ungehobelten Natur war er kein Grobian, kein Kaffer, kein ordinärer Mensch. Mit all seinen noblen Passionen und ihren üppigen Auswüchsen war er kein Snob, kein Hochkömmling ›sine nobilitate‹. Eine gewisse Vornehmheit, nämlich Großherzigkeit, ein sicheres Geltungs- und Maßgefühl, noch im Wüsten und Maßlosen, war sein bestes Teil, nicht angelernt, kaum je bedacht, sondern selbstverständlich. Denn er war der echte, vielleicht der letzte Sproß einer echten Aristokratie, wenn sie auch nur aus Bierbrauern und Gastwirten bestand. Aber wo Aristokratie etwas Wirkliches und nicht nur Angemaßtes ist – da bedeutet sie nie etwas anderes als die aus der Übung und Haltung eines Standes erwachsene, echteste und möglichst vollendete Menschenart – soweit sich Menschenart zur Vollendung eignet. Das Hochleithner-Wirtshaus ›An der Straß‹, in dessen mit geblümtem Stoff tapezierter Wochenstube der jetzige Herr Matthias, wie all die früheren Matthiasse, zur Welt gekommen war, wurde schon in der Chronik vom Jahre 780 erwähnt. Seitdem war es wohl zu ungezählten Malen abgebrannt, eingerissen, umgebaut oder neu errichtet worden, aber die heutigen Grundmauern und die meterdicken Steinwände seines Unterbaus waren bestimmt nicht jünger als drei- bis vierhundert Jahre – und die verschiedenen ererbten Geräte und Möbelstücke, Kupferpfannen und Zinnkrüge, Steinmörser und Holzschüsseln, Bettstellen, Kästen, Ofengitter, Standspiegel und Bilder, womit die mächtigen Wirtsstuben und die saalartig geräumigen Gästezimmer ausgestattet waren, gingen von der frühen Renaissance bis zum späten Biedermeier durch alle guten Zeiten. Was dann hinzugekommen war, wirkte degeneriert und mittelmäßig – aber es war nicht viel. Selbst die elektrischen Birnen hatte man nach Möglichkeit in die alten eisernen Laternen und Hängelampen oder in große Holzräder und bemalte Roßkummete eingebaut, wie man sie früher zur Kerzenbeleuchtung verwandte.

Matthias Hochleithner war unverheiratet, und er wohnte nicht mehr im Wirtshaus, dessen sämtliche alten Räume er einschließlich der Wochenstube, des Spukzimmers und des Spinnkabinettchens seiner Großmutter als guter Geschäftsmann vermietete. Für sich selbst hatte er etwa zehn Minuten oberhalb des an die Wirtschaft anschließenden Brauhauses, in einem parkartigen Wiesen- und Baumgelände, das, von einer Mauer umzogen, in gepflegter Verwilderung strotzte, ein herrschaftliches Haus gebaut, seines klassischen Stils wegen die ›römische Villa‹ genannt. Da er aber den größeren Teil seiner Zeit, vor allem die Abende, teils aus Pflicht, teils aus Lust, im Wirtshaus verbrachte und es nicht immer auf ganz festen Beinen verließ, hatte er sich aus glattgehobeltem splitterlosem Holz ein Geländer machen lassen, das wie eine Schiffsreling erst an der Seitenwand des Bräu entlang, dann die kastanienbestandne Allee hinauf längs der Parkmauer, und schließlich direkt zur Eingangstür seines ebenerdigen Schlafgemachs führte. Nicht nur in finsteren Sturmnächten, sondern auch in den stillen, mondhellen, oder im lichten Frühnebel, konnte man öfters den Herrn Bräu beobachten, wie er ganz allein, Hand für Hand und Fuß für Fuß, sein Lebendgewicht an jenem Geländer bergauf zog, wobei er manchmal stehenblieb, um einem Urlaut Luft zu geben oder in der Erinnerung an ein komisches Ereignis, einen gelungenen Scherz laut aufzulachen. Warum er nicht geheiratet hatte, was bei seinem Stand und seiner ländlichen Umgebung ganz ungewöhnlich war, konnte niemand sagen, und er selbst schwieg sich darüber aus. Überhaupt war er ein Mensch, der trotz seines offenen, ungenierten Wesens recht unerschließbar war, man konnte nie wissen, was er eigentlich dachte – oder was in ihm vorging, wenn seine großen dunkelbraunen Augen, während der Mund noch lachte oder Virginiawolken paffte, sich plötzlich in einer dämmerhaften Melancholie vertrübten. Er hatte wohl auch ein Leiden, etwas Internes, was ihn manchmal mit wütenden Schmerzkrämpfen überfiel und für ein paar Tage aufs Lager warf. Der alte Dr. Kirnberger jedoch, der einzige, zu dem er Vertrauen hatte und der in solchen Fällen mit seinem Pferdewägelchen herantrottete, pflegte, wenn ein besorgter Verwandter ihn nach dem Patienten fragte, nur zwischen zusammengebissenen Zähnen herauszuzischen: »Z'viel g'fressen, z'viel g'soffen.« Und nach kurzer Zeit, die der Herr Bräu stets ganz allein, in seinem Schlafzimmer eingeschlossen und nur von der tauben Nanni bedient, verbrachte, erschien er in ungebrochener Laune und Robustheit und begann ohne Übergang alles, was schwer und fett war, zu verspeisen.

Sonst aber lebte er keineswegs allein. Fast das ganze Jahr über, besonders während der Ferienzeiten im Sommer, um Weihnachten oder Ostern herum, hatte er die Villa voller Gäste, die größtenteils seiner näheren und ferneren Verwandtschaft angehörten, und zwar hauptsächlich der schlechter gestellten oder verarmten Zweige. Dies entsprang nicht allein der Tugend christlicher Nächstenliebe und Mildtätigkeit. Sondern Matthias Hochleithner hatte eine ausgesprochene Lust an großer Hofhaltung und an Gefolge. Zwar wollte er keine demütigen, unterwürfigen, pump- oder erbschaftslüsternen Vasallen und Kreaturen. Er machte sich nichts aus Schmeichelei, die er durchschaute – er verachtete Feigheit, haßte Servilität und Intrigen. Was er wollte, war unterhalten zu werden, und zwar möglichst gut unterhalten – ohne daß er selbst sich allzusehr dabei anstrengen mußte. Er umgab sich deshalb gern mit solchen Leuten, die an seiner Unterhaltung ebenso interessiert waren wie an ihrer eignen, die seine Mucken und Sonderlichkeiten kannten und verstanden, und mit denen er sich, der selbst keinen Hausstand hatte, wie ein Patriarch oder Stammeshäuptling – so wie es eben seinem Gewicht und seiner Stellung entsprach – sehen lassen konnte. Der Hochleithnerische Stammtisch im Wirtshaus, schon mehr eine Tafel, um den riesigen Kachelofen herumgebaut, manchmal von fünfzehn bis zwanzig Familienangehörigen aller Altersstufen besetzt, dem der Herr Bräu in seinem breiten Armlehnsessel präsidierte, war denn auch wirklich ein imposanter Anblick. Außerdem hatte er herausgefunden, daß die Ärmeren unter seinen Verwandten im allgemeinen die phantasievolleren und amüsanteren waren. Sie hatten auch mehr Zeit und machten längere Ferien. Für die anderen wohlbestellten Wirte und Brauer in seiner Schwäger- und Vetternschaft, die zwischen Salzburg und Innsbruck, Passau und Linz, Graz und Steyr in den berühmtesten alten Gasthöfen saßen, hatte er mehr Spott oder Geringschätzung übrig, er bezichtigte sie der Hausbackenheit und Engstirnigkeit, denn er wußte, daß sie sich ihrerseits gern über seine Reisen und seine weltläufigen Ambitionen lustig machten. Für die Mitglieder seiner ständigen Hofhaltung aber zeigte er oft eine ebenso unberechenbare wie ernsthafte und tiefgehende Anteilnahme, besonders für die Schicksale der jüngeren, heranwachsenden Generation. Es kam vor, daß er – niemals auf Grund von Bitten oder gar Bettelei, immer nur aus eigenem Antrieb – in schwierigen Fällen fast übertrieben große Hilfe leistete, worüber er sich nicht nur Danksagungen, sondern jede Erwähnung verbat. Anderseits war seine Generosität in hohem Maß mit seiner eigenen Laune und Lustbarkeit verbunden. Er brauchte Gesellschaft und Kumpanei für seine derberen und kultivierteren Genüsse. Er war kein Mann der heimlichen Gelüste und abgesonderten Vergnügungen. So kam es, daß mancher Köstendorfer Fuhrmann oder Viehschlachter den Unterschied zwischen den Whitestaples und den Selected Imperials, zwischen englischen, französischen und holländischen Austern kannte, wie sie oft während des Winters in metallverschlossenen Eisfäßchen mit der Bahn ankamen – daß es Mühlbauern und Forstgehilfen gab, die wußten, wie man einen Burgunderpfropfen aufzieht, einen Pommerykorken knallen läßt, und wie ein alter Paul Roger oder ein Piper-Heidsieck gekühlt sein müsse. Und während an Feiertagen ganze Prozessionen von Salzburgern zur ›Straß‹ hinauspilgerten, um das von Matthias Hochleithner gebraute ›Köstendorfer Spezial‹ zu kosten, ließ er für sich selbst – und für seinen Stammtisch natürlich – das teure Pilsener aus Böhmen kommen, dessen frischen, zart-bitteren Geschmack er unnachahmlich fand. In jüngeren Jahren hatte er manchmal mitten in der Woche Feiertag verkündet und seine Brauknechte im vierspännigen Pferdewagen, später im Auto, mit nach München genommen, wo er sie nach stundenlangem Besuch des Hofbräuhauses oder des Oktoberfestes zu einer großen Oper, etwa der ›Götterdämmerung‹ oder dem ›Tristan‹, in eine Loge des Prinzregententheaters einlud. Ihr rhythmisches Schnarchen während des Liebestodes muß den verzückten Wagnerianern recht arg auf die Nerven gegangen sein. Seit sich sein dicker, schwarzer Vollbart mit Silber durchzog (und die geheimnisvollen Anfälle häufiger wurden), reiste er weniger. An seiner Hofhaltung und seiner heimischen Lebensweise änderte sich nichts. Die Feste wurden gefeiert, wie sie fielen, die Arbeit des Alltags nahm ihren steten Verlauf, ohne sich aufdringlich bemerkbar zu machen, die Gäste kamen und gingen.

Ein ständiger Gast aber, oder schon mehr ein Kind im Hause, war Matthias Hochleithners verwaiste Nichte, die Clementin. Ihre Mutter war seine einzige Schwester gewesen, an der er in seiner Jugend sehr gehangen hatte – ihr Vater ein mittelloser ungarischer Baron. Man hätte die Clementin also ruhig Baroneß nennen dürfen. Aber im Dorf hieß sie nur ›Das Fräulein‹, und darin lag mehr Respekt und Einschätzung, als das höchste Adelsprädikat bedeuten könnte. Ihre beiden Eltern waren, als sie fünf Jahre zählte, bei einem Zugunglück in der Schweiz ums Leben gekommen. Hinterlassen hatten sie fast nichts, denn es war eine Heirat gegen den Willen der Brauteltern gewesen, der junge Baron galt als Spieler und Luftikus. Clementins Mutter hatte, da sie ihn liebte, auf ihr Erbteil verzichtet, und die Mitgift hatten sie, vor ihrem frühen Ende, glücklich durchgebracht. In der ersten Zeit wurde die Clementin in einem Kloster erzogen und verbrachte nur die Ferien bei ihrem Onkel Matthias. Eines Tages aber, sie mochte etwa zehn sein, weigerte sie sich am letzten Ferientag, in ihre Klosterschule zurückzufahren. Sie machte dem Herrn Bräu eine furchtbare Szene, der er hilflos gegenüberstand und die seine machtvolle Autorität vollständig außer Gefecht setzte – sie klammerte sich an ihn und erklärte, daß sie sterben müsse, wenn sie nicht hierbleiben dürfe, daß man sie im Kloster zwinge, sich in Hemd und Hosen zu waschen, worin sie nach der sommerlichen Unbefangenheit, dem Baden im See, der freizügigen Lebensweise, eine besondere Demütigung erblickte, sie schwor, daß sie sofort aus dem Dachfenster auf die gepflasterte Straße springen werde, wenn man sie mit Gewalt wieder hinbringen würde. Am nächsten Tag legte Matthias Hochleithner einen seiner besten englischen Anzüge an — Pfeffer-und-Salz mit lichtgrauem Seidenhemd und langer dunkler Krawatte —, wählte sehr sorgfältig den Hut, einen ›Homburg‹ à la Eduard VII., für seine Kopfnummer besonders hergestellt – und fuhr allein zur Klosterschule. Die Audienz, die er dort bei der Frau Oberin hatte, war für beide Teile ein einziger Gipfel von Verlegenheit. Auf die Frage, ob es wahr sei, daß die Mädchen sich in Hemd und Hosen waschen müßten, sagte die Oberin – übrigens eine besonders liebenswürdige, fast damenhafte und souveräne Erscheinung –, das unterstehe mehr oder weniger dem Bemessen der jeweiligen Aufsichtsschwester. Auf Sauberkeit lege man größten Wert, einmal die Woche werde warm gebadet, was der Herr Bräu normal fand. Die Aufsichtsschwestern jedoch hätten zum Teil sehr strenge Begriffe von der jungfräulichen Züchtigkeit, so daß die völlige und unnötige Entblößung des Körpers, sowohl vor fremden wie vor eigenen Blicken, nach Möglichkeit vermieden werde. – Man wäscht sich also wirklich, sagte der Bräu, in Hemd und Hosen. — Die Frau Oberin errötete, erst ärgerlich, dann in einer Art von Verwirrung, und plötzlich sagte sie, mit einem freimütig lächelnden Blick in Matthias Hochleithners Gesicht, der nun ihn zu einer Art von Erröten brachte: »Ihre Nichte ist ein sehr natürliches und aufgewecktes Kind. Ich glaube, der Gegensatz zwischen der Umgebung in ihren Ferien und dem Klosterleben in der Schulzeit ist eine zu große Belastung für sie. Die meisten Mädchen hier, auch die Schwestern, kommen aus engen und kleinen Verhältnissen. Vielleicht sollten Sie sie in eine weltliche Schule geben. Oder noch besser, ihr ein richtiges Heim bieten. Sie haben doch selbst keine Kinder?« Matthias Hochleithner empfahl sich rasch, und die Clementin kehrte nicht ins Kloster zurück. Ihr Jubel kannte keine Grenzen, sie lief sofort in die Küche, in die Ställe, ins Bräu und teilte allen Knechten und Mägden mit, daß sie nun immer bei Onkel Matthias bleiben werde. Der aber fühlte sich durch die Anstiftung der Frau Oberin in ein schweres Dilemma versetzt. Er merkte auf einmal, daß er das Kind gern hatte, und die Beweise ihrer Anhänglichkeit erfüllten ihn mit einem ganz unbekannten Gefühl, dessen er sich fast etwas schämte. Auch gab es eine Menge kaum lösbarer Probleme. Die anderen Verwandten, besonders die weiblichen, die sich sonst um das Kind zu kümmern pflegten, waren alle abgereist. Die taube Nanni war zu g'schert, er mußte sich selbst mit Einzelheiten befassen, zu denen er sich nicht geschickt fühlte. Dazu kam, daß in der verwandtenlosen Zeitspanne mancherlei andere Besuche ins Haus standen, die er jetzt wohl absagen müßte. Denn wenn er auch unverheiratet war, lebte er keineswegs wie ein Mönch. Es war alles höchst kompliziert, vor allem die Schul- und Erziehungsfrage. Und da er niemand anderen hatte, der sich damit auskannte und mit dem er den Fall besprechen konnte, besuchte er eines Tages den Dechanten.

Die beiden Männer standen nicht allzu gut miteinander. Der Dechant sah in Matthias Hochleithner einen heidnischen Barbaren, gegen den man eigentlich mit Kreuz und Schwert zu Feld ziehen müsse – der Herr Bräu nannte den Dechanten einen geistlichen Bauernlackel, Dreschflegelpapst, Sauschwanzapostel. Der Dechant hinwieder ließ in der Predigt Bemerkungen fallen wider die Bierdimpfe und Frißlinge, deren Gott der Bauch sei – was den Brauherrn zu despektierlichen Reden über die einheimische Kirchenmusik und gewisse Raben, die sich für Nachtigallen halten, anreizte. Jedem kam unentwegt zu Ohren, was der andere über ihn sagte und dachte. Trotzdem hatten sie beide eine Art von heimlicher, schwer erklärbarer Achtung voreinander, die sie nie direkt eingestanden hätten. Es war die gegenseitige Anerkennung feindlicher Großmächte, die einander gleich stark wissen, und wenn sie sich öffentlich trafen, tauschten sie auch die entsprechenden diplomatischen Höflichkeiten aus. Jeder war der Herr seiner eigenen, in sich geschlossenen Welt – aber im Grund waren sie beide auf dem gleichen Mist gewachsen, wie er in Alt-Köstendorf im Winter die Graswurzeln wärmt. Vielleicht hatte der Leibesbräu erwartet oder insgeheim erhofft, daß ihm der Seelenbräu abraten würde, das Kind zu behalten, denn er mußte ihn ja für denkbar ungeeignet zur Aufzucht einer christlichen

Jungfrau erachten. Aber der Dechant äußerte keine Bedenken. Ihm schien alles recht einfach. Der Graf Uiberacker im nahen Schloß Sighartsstein hielt einen Hauslehrer, dort könne man sie bestimmt am Unterricht teilnehmen lassen. Später mochte sie vielleicht mit den Schloßkindern in die tägliche Salzburger Schule fahren. Wenn sie es im Kloster nicht ausgehalten hat, meinte der Dechant, würde sie in einem anderen Internat auch nicht anwachsen. So ein Kalbl, sagte er, muß wissen, wo sein Stall ist.

Er hatte dabei einen kleinen Hintergedanken. Das Mädchen Clementin hatte eine ungewöhnlich hübsche, frische und biegsame Singstimme. Sie war ihm bei einer Fahnenweihe aufgefallen, und er hörte sie schon in seinem Kirchenchor. Die beiden Herren tauschten noch einige allgemeine Bemerkungen, steckten sich eine Virginia an und besichtigten das neue Glashaus im Gemüsegarten.

»Ich behaltet's«, sagte der Dechant beim Abschied.

»Vielleicht probier ich's«, sagte Matthias seufzend, »auf ein Vierteljahr.«

Das war nun siebenmal vier Vierteljahre her.

Mit zehn war die Clementin eher ein Waserl, stumpfnäsig, flachshaarig, sommersprossig, steckerlbeinig, nicht gerade hübsch, aber alert und possierlich wie ein Eichhörnchen. Mit zwölf, nach zwei Jahren beim Leibesbräu, war sie so dick geworden, daß die Buben ihr auf dem Schulweg ›Wurscht‹ oder ›Blunzen‹ nachriefen: Und sie konnte zurückrufen, daß den abgehärtetsten Buben grauste. Das Dicke stand ihr aber besser zu Gesicht, ihre Haut war rosig, ihre Haare glänzten, ihre Augen bekamen das tiefe Dunkelbraun, wie es den groben Zügen ihres Onkels die nokturne, fast exotische Sonderheit verlieh. Zigeuneraugen, nannte es der Dechant mit einer Mischung aus Tadel und Bewunderung. Mit vierzehn schoß sie ganz plötzlich in die Höhe, ohne jedoch die Proportionen zu verlieren, und mit fünfzehn hatte sie die Figur einer blühenden jungen Frau. Sie war nicht schlank, recht füllig, doch groß genug, mit hoher Brust und weichen runden Schultern – auch die Gliedmaßen, Arme und Beine, waren stramm und kräftig, eher derb, aber ihre Hände so schön und nobel wie die einer flämischen Madonna. Ihre Hüften und Schenkel hätte man fast plump nennen müssen, wäre ihr nicht eine fabelhafte und völlig unbewußte Grazie der Bewegung eingeboren worden, die Leichtigkeit einer Hirschkuh, das Stehn und Schreiten eines göttlichen jungen Tieres. Die gleiche lebhafte Anmut wohnte auf ihrem starken, unregelmäßigen Gesicht, das einer Bäuerin und einer Fürstin gehörte, einem spielgelüstigen Kind und einer träumerischen Dame.

Das Kind in ihr war frech wie ein Rohrspatz, unzähmbar, schnabel- und krallenscharf, schlagfertig, spottgewandt – gefährlich, in Angriff und Abwehr, für Langsame, Blöde, Stumpfe –, oft rücksichtslos, manchmal grausam und niemals roh. Wo sich die Frau regte, war sie schon in der Knospe so mild und feurig wie ein alter Wein, dem ewige Jugend eignet. Und selbst ein solcher Wein muß flach und sauer werden – wenn nicht zur rechten Zeit der rechte Trinker kommt.

Der Seelenbräu hatte seinen Rat nicht zu bereuen. Die Clementin schmetterte wie eine Amsel im Kirchenchor, sie war mit ihrem hellen Sopran und ihrer Sangesfreude die Stütze des rechten Flügels, wo die Mädchen standen – ja, er hätte sie längst die Soli singen lassen, wäre das nicht eine tödliche Kränkung für Rosina Zipfer gewesen. In ihre sonstige Erziehung mischte er sich nicht ein. Es schien alles normal zu gehen, sie fuhr täglich nach Salzburg zur Schule, die eine Fahrt mit dem Sighartssteiner Gutswagen, die andere mit der Nachmittagspost. Von der Schule kam weder Lob noch Tadel, aber manchmal eine Beschwerde der Postpassagiere, daß sie im überfüllten Wagen eine lebendige Maus aus der Falle gelassen oder der alten Gräfin Uiberacker statt ihre Hand eine kalte Hühnerklaue gereicht habe, was für eine kurzsichtige und nervöse Dame ein sehr unangenehmes Gefühl ist und leicht zu Anfällen führt. Matthias Hochleithner lachte sich schief über solche Delikte, brachte sie sogar noch auf Ideen – und bis sie zur Kenntnis des Dechanten kamen, waren sie schon überholt und vergessen. Persönlich hatte er niemals Grund, sich über Disziplinlosigkeit und kindische Unvernunft von seiten der Clementin zu beklagen. Ihm gegenüber war sie anders. Zwar war sie eines der wenigen, vielleicht das einzige Kind im Dorfe, das überhaupt keine Angst vor ihm hatte. Sie verkehrte mit ihm in einer ernsten und respektvollen Weise, wie mit jemandem, mit dem man durch ein gemeinsames, heimliches Medium verbunden ist. Dieses Medium war die Musik. Nach der allerersten Prüfung, die er in der leeren, hallenden Kirche mit ihr angestellt hatte, kam er ganz aufgeregt ins Wirtshaus gestürzt, bestellte sich ein Krügel Bier und sagte zu Matthias Hochleithner, der ihn an seinen Stammtisch gebeten hatte, mit einer Art von Schauer in der Stimme: »Die Clementin hat das absolute Gehör.«

»Mein«, sagte der Bräu, um ihn zu ärgern, »brauchet man da ein Doktor?«

Er fuhr noch eine Weile fort, sich dumm zu stellen, aber der Dechant schien so erschüttert über seine Entdeckung, daß er kaum hinhörte und nicht einmal wütend wurde, wodurch das ›Pflanzen‹ für Matthias Hochleithner den Reiz verlor. Er sah schließlich auch selber ein, daß man eine solche Gabe nicht verkommen lassen dürfe, und es wurde beschlossen, daß die Clementin einen besonderen Musikunterricht erhalten solle, den der Dechant persönlich übernahm.

Er hatte auch gerade genug Ahnung von den Grundlagen des Klavier- und Geigenspieles, vom Notenlesen, Blattsingen und vom einfachen Kontrapunkt, daß es in den ersten Jahren anging, und zwar für ihn selber oft mühevoll, bei der Clementin spielend. Sie übte und lernte fleißig, was er ihr aufgab, und brauchte sich dabei wenig anzustrengen, es flog ihr zu, daß ihr Meister kaum Schritt halten konnte. Sie zeigte keine besondere Begabung oder Lust für eines der Instrumente – ihre ganze Freude und Fähigkeit konzentrierte sich auf den Gesang. Die Stimme wuchs mit ihr wie ein grünes Bäumchen, mit Ausnahme jener Zeit vor dem Aufschuß, wo sie im Fett steckenzubleiben schien. Dann aber schwoll sie und füllte sich wie ein Bachwasser im Frühling, es war, als ob all die ungelebte Kraft, die in diesem strotzenden jungen Körper hauste, in ihr sich entschleusen und ausströmen wollte. Sie mußte sich im Chor Gewalt antun, um nicht alle anderen zu übertönen. Wenn sie sich im Musikzimmer der ›römischen Villa‹, zur abgehackten Begleitung des Dechanten, an den ›Linden Lüften‹ versuchte, stellten die Knechte im Brauhaus drunten ihre stuckernde Dampfmaschine ab und lauschten in den schweiß- und hefedünstigen Steingewölben der über Hügel und Park durch die dicksten Wände quellenden Jubelbotschaft, daß sich nun alles, alles wenden müsse.

Auch der Seelenbräu, unter seinem Kampf mit den Tasten, lauschte nicht ohne Rührung und leise Besorgnis. Die Stimme, die Musikalität, das Wissen und Können des jungen Mädchens, alles begann ihm über den Kopf zu wachsen. Er mußte sich sagen, daß sein Unterricht nicht mehr ausreiche, ja eher einen Hemmschuh bedeutete. Es war ihm unter qualvoller Selbstprüfung der Verdacht aufgestiegen, daß er sie verdarb, an dilettantische Unarten gewöhnte, die natürlichen Mittel ruinierte. Es kostete ihn keine geringe Überwindung, aber eines Tages machte er ihr selbst und ihrem Onkel den Vorschlag, sie beim Salzburger Mozarteum als Schülerin anzumelden.

Matthias Hochleithner war sofort einverstanden, aber die Clementin selber war gar nicht so entzückt, wie man es hätte erwarten sollen. Oder aber, sie zeigte es nicht. Vermutlich wußte sie, was dieser Schritt für den Dechanten bedeutete, und sie bestand auch darauf, daß die gewohnten Stunden weitergingen, das heißt, daß er sie zweimal die Woche beim Üben kontrollierte und begleitete. Für diese Stunden, deren Gegenstand immer schwerer wurde, mußte er selbst heimlich mehr üben als die Clementin. Aber sie waren die unerwarteten Sternschnuppen und Meteore in dem dämmernden Herbstabend seines Lebens. Das Mädchen selbst wußte genau, daß sie ihn eigentlich zum Lernen und Studieren nicht mehr brauchte – aber sie konnte ihn auch nicht entbehren. Es war keineswegs nur ein Zug von selbstloser Gutmütigkeit oder Dankbarkeit, der sie bewogen hatte, die Stunden aufrechtzuerhalten. Was es eigentlich war, begriff sie kaum. Doch es war mehr als Gewohnheit. Der alternde, vierschrötige Mann, mit dem schlohweißen Haarschopf über dem luftgeröteten Gesicht, das beim Spielen noch röter wurde, mit der kleinen kreisrunden Tonsur und der schweren Genickfalte auf dem nicht immer makellosen Stehkragen der Soutane, mit seinen etwas vorstehenden, wasserblauen Augen und seinen komischen, rudernden Armbewegungen, vor denen die Kinder sich fürchteten, übte noch immer jene merkwürdige, mit scheuer Neugier gemischte Faszination auf sie aus, die sie früher empfunden hatte, wenn sie ihn sonntags im reichen, prangenden Meßgewand die Monstranz heben oder die geheimnisvollen Gesten der Segnung machen sah und wenn er dann am Schluß in die verbotene Zauberkammer der Sakristei verschwand, um später wie ein gewöhnlicher Mensch, mit Frühstücksappetit und einem leichten Bronchialkatarrh herauszukommen. Gerade dieser Übergang vom Unbegreiflichen, Geheiligten, Schauervollen zum gewöhnlichen und natürlichen Leben und Treiben zündete und erregte ihre Phantasie. Ein Priester, der immer im Bannkreis des Übernatürlichen verblieben wäre, Tag und Nacht im Dienst und Besitz der göttlichen Kräfte, wäre nicht so erstaunlich gewesen wie die Erscheinung eines Mannes, dem die Gewalt zu segnen, also wohl auch zu verdammen gegeben war, und der wie ein anderer seine geknofelte Speckwurst aß und einen Zahnstocher benutzte. Sie hatte sich nie vor ihm gefürchtet, ihn auch nicht übermäßig verehrt, aber es hatte ihr vor sich selbst eine gewisse Bedeutung, fast Weihe gegeben, daß sie mit ihm in Sachen der Musik eine persönliche Vertrautheit hatte, die niemand mit ihnen teilte, und daß sie mit ihm in diesen Stunden auf gleichem Fuß umgehen konnte. Gerade jetzt, nachdem das ursprüngliche Verhältnis sich so geändert hatte, daß er der Lernende war, empfand sie in den Stunden mit ihm eine erhöhte Selbstkritik, einen gesteigerten Ehrgeiz, vor allem die stolze, kindlich erregte Freude über Fortschritt und Gelingen, wie sie kein Lob, kein Ansporn und keine Galanterie ihrer Salzburger Professoren in ihr erwecken konnte. Die Galanterie war ihr bei einigen dieser Herren geradezu unsympathisch. Sie merkte wohl, daß sie ihnen nicht nur der Stimme wegen gefiel. Und daß mit der Zeit immer mehr Musikpädagogen, auch Zöglinge, das Köstendorfer Wirtshaus zum Ziel ihrer Sonntagsausflüge machten und dort versuchten, in den inneren Zirkel des Herrn Bräu vorzudringen, erfüllte sie mit einer Verlegenheit, die sich in Spott und Hochmut äußerte. Wenn aber einer ihrer Lehrer oder Mitschüler wagte, einen Witz über den ›Seelenbräu‹ zu machen, dessen Spitzname und musikalische Marotten überall im Salzburgischen bekannt waren, dann geriet sie in einen solchen Zorn, daß das Erbe sämtlicher groben Wirte, einschließlich derer, die das Heilige Paar in Bethlehem hinausgeworfen hatten, aus ihr vorzubrechen schien. Wer sich über den Dechanten lustig machte, hatte es mit ihr für alle Zeiten verdorben, und der einzige, dem sie es unvergolten zugestand, war ihr Onkel, der sich ja über alles in der Welt lustig machte. Dabei ärgerte sie sich selbst genug über die halsstarrige Beschränktheit, mit der der Dechant, trotz ihres gemeinsamen Vordringens in die höheren Regionen der Musik, an seiner vorweltlichen Behandlung des Kirchenchores, an Stefan Wagners ›Feierlicher Messe in G-Dur‹, an den Künsten des Ehepaars Zipfer und an seinem unseligen Seelenbräu festhielt. Aber sie wußte, daß man da nicht eingreifen könne. Sie hatte sich überhaupt von frühauf oft und viel über den Dechanten geärgert oder sich auch für ihn geschämt, und darin bestand ein Teil ihrer unveränderlichen Beziehung, vielleicht sogar die eigentliche Wärme ihrer Neigung zu ihm. Sie ärgerte sich und genierte sich für ihn, wenn er Adante und Andagio sagte, obwohl ihr bekannt war, daß er wußte, wie es richtig heißt, und daß ihm nur die Zunge stolperte, wenn sie die Sprache seiner Leidenschaft versuchte – so wie ein tölpelicher Verliebter bei seinen tausendmal vorbedachten Redensarten ins Stottern gerät. Sie war gewohnt, sich immer etwas für ihn, seine menschlichen Unebenheiten, Rauheiten und Schwächen, zu schämen, und das machte ihn auf eine schwer erklärliche Weise anziehender, vertrauter und liebenswerter für sie. Manchmal konnte sie seine Nähe kaum ertragen und hätte am liebsten die Stunde abgebrochen, wenn er die italieni-

schen Texte falsch aussprach, Fachworte ungeschickt anwandte, beim
Entziffern der Noten mit seinem Fingernagel auf dem Papier kratzte,
wenn ein Dreckbächlein von seinen schneebekrusteten Stiefeln unter
den Pedalen zusammenlief – wenn er gar, ohne es zu bemerken, halblaut und heiser mitsang und dabei vor Eifer zu schnaufen und zu schwitzen begann. Noch wenn er gegangen war, blieb im Musikzimmer ein
leichter Hauch von Schweiß, kalter Zigarrenasche, Schuhfett, gefrorenem
und wieder aufgetautem Gartenmist, Mittagessen und Weihrauch.

»Ein grauslicher Mensch«, mochte sie plötzlich laut ausrufen und mit
dem Fuß aufstampfen – und dabei erschrak sie ein wenig, und ihr Herz
zog sich leicht zusammen.

II

Es gibt nichts Verlasseneres in der Welt als eine kleine Bahnstation bei
Nacht, auf der nur ein einzelner aussteigt. Es gibt nichts Einsameres als
eine dunkle Landstraße, an der die Drähte simmern.

Ein junger Mensch mit aufgestelltem Mantelkragen stapfte allein die
leere Landstraße entlang, die von der isoliert gelegenen Bahnstation
Neumarkt-Köstendorf nach der Ortschaft Alt-Köstendorf hinaufführt.
Er schleppte mühsam sein Gepäck, einen alten, mit einem Strick zuge-
bundenen Handkoffer und eine große, bis zum Platzen vollgestopfte Ledermappe. Es war dunkel und kalt, die Straße mit verharschtem Eis-
schlamm bedeckt, der Wind trieb Schloßen wäßrigen Schnees vor sich
her und pfiff dem jungen Mann durch den dünnen Mantel und das
lange strähnige Haar, denn er trug weder Hut noch Mütze. Der Schnee
beschlug seine Brillengläser, die Kälte mußte seine Ohrmuscheln zerbei-
ßen, aber da er beide Hände voll hatte, konnte er sie nicht schützen oder
reiben, sondern machte nur mit seinen eckigen Schultern hilflose, zuk-
kende Bewegungen. Der Zug hatte natürlich wieder Verspätung gehabt,
es war schon tiefe Nacht, die Bauernhöfe hockten vermummt im Finstern, die kahlen Bäume und Telegraphenstangen am Wegrand seufz-
ten, klapperten im Wind, die Drähte sirrten und simmerten. Weit und
breit war kein Licht zu sehen, nur am niedern, wolkenzerklüfteten Himmel der rote Funkenschweif, den die Maschine des ostwärts weiter-
stampfenden Bummelzuges aus ihrem Schlot spie.

Der junge Mann fluchte leise vor sich hin bei dem Gedanken, wie
lang er wohl vor der Tür eines versperrten Gasthofes stehen und läuten
oder pochen müsse, bis er in dieser Satansnacht ein Unterkommen

fände. Plötzlich hielt er an – und lauschte erstaunt. In einer Atempause des Windes, während das Schnaufen der Eisenbahn verhauchte, hörte er, verworren erst und jetzt ganz deutlich, Musik in der Nacht. Fiedel, Blech und Pauke, das Gedudel und Gestampf einer altertümlichen Bauernmusik, Juh-Schreien und Johlen, kurz aufschwellend, wie wenn jemand eine Tür geöffnet hätte, dann wieder abgedrosselt und im Poltern des Windes verschlungen. Der junge Mann, obwohl in Salzburg geboren, war nie in Alt-Köstendorf gewesen, und der verschlafene Beamte an der Station hatte ihm geraten, wegen einer billigen Übernachtung in Lechners ›Gasthof und Fleischhauerei‹ im Oberdorf anzuklopfen. Um seinem Rat zu folgen, hätte er jetzt am Ortseingang, wo sich die Wege zwischen Unter- und Oberdorf teilten, nach rechts abbiegen müssen. Aber er konnte der Anziehung nicht widerstehen, die das unerwartete Getön dieser fetzenhaften, ohne Anfang und Ende aus der Finsternis hergewehten Musik auf ihn ausgeübt hatte, und so folgte er der breiten Altstraße immer weiter, dem Ohr und der Nase nach – denn es lag nun so etwas wie ein gäriger Malzgeruch in der Luft, vermischt mit einer Ahnung von heißen Weißwürsten und dem krustigen Duft frischgebackener Krapfen. Bis dann schließlich, als er um die Ecke bog, der schwarze Klotz des Brauhauses vor ihm aufstand – das zeitverschlissene Steinwappen der Salzburger Bischöfe über dem Tor von einer schwankenden Hängelampe beschienen – und gleich dahinter, hochragend zwischen den schneeumwölkten Kronen alter Lindenbäume, die mächtige fachwerkdurchbälkte Giebelfront des Wirtshauses ›An der Straß‹ – mit seinen türgroßen, von bemaltem Holz umrahmten und kunstvoll vergitterten Erdgeschoßfenstern und den geschnitzten Galerien seiner Umläufe im ersten und zweiten Stock.

Wenn der junge Mann später an diesen nächtlichen Weg zurückdachte und an die erste, unvermutete Erscheinung des schloßartig majestätischen Gebäudes vor seinem Blick, dann meinte er, es sei wie in den Märchen gewesen, in denen ein einsamer Wanderer von einer Geistermusik in ein verwunschenes Haus und in ein unheimliches, glückhaftes oder grauenvolles Abenteuer gelockt wird. Sicher aber ist, daß er damals nicht ahnte, welchen Schritt er tat, als er nach einigem Starren auf die erleuchteten, von innen mit Leinenvorhängen verhüllten Fenster, hinter denen es dudelte, dröhnte und schrie, die schwere, eisenbeschlagene Eingangstür aufzog und – immer noch mit hochgeschlagenem Mantelkragen – halb blind von der schneebeflockten Brille, das Haar zerzaust und naß, die beiden Gepäckstücke in erstarrten Händen, durch das matt erhellte Vorgewölb in die von Licht, Lärm und Wärme siedende, überfüllte Gaststube hineinstolperte. Was er dort erblickte, war so vollkommen unwahrscheinlich, unmöglich und außerhalb jeder Vorstellung, daß er wie angedonnert stehenblieb und wohl für eine Sekunde an seinem Verstand zweifelte. Der ganze Raum war von spukhaft phantastischen, wüsten, unsinnigen, grausigen und lächerlichen Gestalten belebt, von denen keine in dieser Zeit und Welt zu Hause schien. Aufgeschwollene Wulstbäuche, meterlange Nasen, himmelstrebende Höckerbuckel, violette und leichenweiße Gesichter, unförmige Hintere, mit Fuchs- und Sauschwänzen behaftet, Spitzenschleier und Seidenschleppen um klobige Mannsbeine wallend, lächelnde Mädchenlarven, aus deren bierschaumbedeckten Herzkirschenlippen der schwarze Virginiastummel ragte, fragile Kinderfiguren in rosa Ballkleidchen mit kolossalen Troll- oder Tierköpfen auf den Schultern, zähnebleckende Ungeheuer mit obszönem Cul-de-Paris, und goldflitterglitzernde Feen mit grün- oder blauflächsernem Haarschopf, exotische Tänzerinnen, die Backen mit Ruß geschwärzt und den Kopf mit Pfauenfedern drapiert, Gehenkte, denen der Strick um die Gurgel und eine lange dünne Zunge aus dem Mundwinkel baumelte, übergroße Männer mit blutigen Halsstümpfen, die ihren Kopf unterm Arm trugen, Burschen mit Hirschgeweihen und brennenden Kerzen auf dem Haupt, hohläugige Schädel im langen Totenhemd und gigantische Säuglinge in Häubchen und Wickelzeug, das Steckkissen mit Faßreifen auf den breiten Rücken gekuft. Das alles schrie, blökte, grölte und meckerte durcheinander, kein einziger Laut erinnerte an eine menschliche Stimme, und selbst die Musikanten, die längs der Wand auf einem schmalen erhöhten Geländerpodium saßen, waren unmenschlich vermummt und schienen ihre Noten rückwärts zu spielen. Inmitten des Getümmels thronte auf einem gewaltigen Backenstuhl vorm Kachelofen ein bärtiger Riese, mit zwei funkelnden Satanshörnchen auf der Stirn, in einen weiten, brennroten Domino gehüllt, und trank große Schlucke aus einem kristallgeschnittenen Pokal. Er bemerkte sofort den ganz erstarrten jungen Mann auf der Türschwelle, der so aussah, als ob er am liebsten umkehren und wieder weglaufen möchte — sein Gesicht glänzte auf, wie in einer Eingebung boshafter Lustigkeit, er schüttelte sich vor Spaß, winkte mit der Pratze und rief den Tanzenden etwas Unverständliches zu.

Im nächsten Moment war der Ankömmling von einem wilden Maskenreigen umringt, seiner Gepäckstücke beraubt, in die Mitte des Raumes und in einen tobenden, springenden, wirbelnden Kreis hineingezerrt, der ihm wie einer Fürstlichkeit zuzujubeln und zu huldigen schien. Die Musik ward immer rascher und gellender, und während er noch verzweifelt um seine Ledermappe kämpfte, riß sich eine wüste Hexe mit langer spitzer Nase, vorspringendem Kinn, gelben Hackzähnen vom Arm eines ungeschlachten Fliegenden Holländers los, sprang auf ihn zu, faßte ihn um die Hüften und begann zum johlenden Applaus der Menge im tollsten Dreher mit ihm rundum zu walzen. Für einen Menschen, der seit zwölf Uhr mittags nichts Warmes und auch dann nur ein paar Würstl mit Gulaschsaft gegessen hatte und anderthalb Stunden in einem kalten, verspäteten Bummelzug verbracht, war das fast ein bißchen zuviel. Ihm wurde nach ein paar Runden so schwindlig, daß er nach Atem rang und kaum mehr die Füße heben konnte. Trotzdem spürte er im festen Griff der Hexe, daß sie einen jungen, warmen, elastischen Körper haben mußte, dessen Umarmung und Nähe ihn fast noch schwindliger machte. Die Hexe schien seinen Zustand plötzlich zu begreifen und Mitleid zu fühlen – oder vielleicht war ihr selbst etwas wie ein schreckhafter Schwindel zu Kopf gestiegen –, denn sie brach ganz unvermutet mitten im Tanzen ab und dirigierte ihn, mit einer leichten Stützung unter seinem Ellenbogen, zum Tisch des Riesen hin, der ihm mit einer großartigen Gebärde – auch er gleichsam huldigend – den vollen Pokal hinreichte. Fast ohne Besinnung setzte der junge Mann ihn an, kostete, trank und trank und kostete wieder. Es war bester französischer Champagner – der beste, den er je, als Gast reicher Freunde, auf die Zunge bekommen hatte –, und der Riese nickte ihm grinsend zu und wieder zu, bis das große Glas, das wohl eine halbe Flasche faßte, geleert war. Mit einem Schlag wurde ihm ungeheuer wohl, das Blut sang durch all seine Adern, seine Füße und Finger wurden warm, sogar die Ohren tauten auf und prickelten nur noch ein wenig. Aber noch immer erschien ihm alles wie ein verrückter Traum – als sei er in eine Brueghelsche Teufelskirchweih oder Höllenfastnacht hineingeraten –, und erst als dieses Wort durch seinen leicht illuminierten Kopf schoß, dämmerte ihm, daß heute tatsächlich Faschingsdienstag war und daß sie die Nacht vor dem aschernen Mittwoch begingen. Als er aber den Pokal jetzt niedersetzte – während die Musik verstummte und die erhitzten Masken auf die Bänke und über ihre Bierkrüge herfielen –, hatte die Hexe an seiner Seite ihren Kopf abgenommen, und er schaute in das lieblichste Mädchengesicht, das er sich je in Schlaf oder Wachen erträumt hatte. Der Mund blieb ihm offen stehen, und er mußte wie gebannt in ihr Gesicht schauen, bis es sich in Verwirrung oder Unwillen rötete und die schwere Hand des Riesen ihn auf einen Stuhl niederzog.

»Wo hat es denn dich«, sagte der Bräu, der in einer solchen Laune einen jeden duzte, »wo hat es denn dich dahergeschneit?«

Und bevor der junge Mann etwas erwidern konnte, schüttelte er sich bereits vor Lachen, als habe er die komischste Antwort von der Welt bekommen.

Inzwischen hatte sich Matthias Hochleithners Hofstaat um den Stammtisch versammelt, es wurde eingeschenkt, Weißwürste, Bratwürste und Krapfen, Bierkäse und Gleichgewichtstorte je nach Geschmack herumgereicht, der Ankömmling aber, vor dem sich die Speisen bergartig türmten, von allen Seiten beglückwünscht oder mit Zutrinken geehrt – und er begriff allmählich, daß er den Preis gewonnen hatte, der von dem Brauherrn für die unpassendste und unmöglichste Erscheinung an diesem Abend ausgesetzt worden war. Der Preis bestand in jenem Kristallpokal und einer Kiste Champagner, die man vor ihm aufbaute, nachdem auch sein Koffer und seine Ledermappe wieder in seinen Besitz gekommen waren. Mehr Glück, dachte er sanft benebelt, indem er vorsichtig nach der jungen Hexe schielte, kann man wohl in einer Nacht nicht haben. Unklar gewahrte er den Fliegenden Holländer an ihrer Seite, von dem sie sich, vor ihrem Hexentanz mit ihm, losgerissen hatte. Gleichzeitig beantwortete er in seiner gefälligen und unbefangenen Art die Fragen des Herrn Bräu, der – als sich herausstellte, daß der fremde Mensch Franz Haindl hieß, aus der Gnigl stammte und morgen seine Stellung als der neue Aushilfslehrer von Alt-Köstendorf antreten solle – vor Lachen heulte und fast einen Erstickungsanfall bekam. Was an alledem so komisch war, ließ sich nicht beweisen, aber es mußte unwiderstehlich sein, denn der ganze Stammtisch bog und krümmte sich vor Gepruste und Gewieher. Am herzlichsten aber lachte der junge Mann selber. Auch ihm schien es auf einmal ungeheuer magen- und rippensprengend komisch, daß er Franz Haindl hieß, daß er kein anderer als er selber war, daß er aus der Gnigl stammte und daß er der neue Junglehrer in Alt-Köstendorf sein sollte. Er mußte seine Brille abnehmen und sich den Kragen öffnen, so lachte er. Und je mehr er lachte, desto mehr schrie, keuchte und röchelte vor Lachen der Herr Bräu und der ganze Saal. Was ihn so herzhaft mitlachen ließ, war aber nicht nur der Champagner. Es war Franz Haindls ungezwungenste Natur, in der es Schmerz und Lust, Trauer und Freude, aber kein Tröpfchen Bitterkeit gab, und die ihm die simple Kraft ver-

liehen hatte, niemals beleidigt zu sein, niemals die Stacheln der Welt
gegen sich selbst gerichtet zu fühlen, niemals die eigne Person oder ihr
äußeres Geschick besonders tragisch zu nehmen, und immer mitlachen
zu können, wo es etwas zu lachen gab, auch wenn es auf seine Kosten
ging. Die Clementin, die ihn ebenfalls mitten im Lachkonzert heimlich beschielte, dachte, daß an diesem eher unscheinbaren, etwas unge-
lenken Menschen auf den ersten Blick gar nichts Besonderes sei, nichts
besonders Anziehendes oder Abstoßendes, nichts sehr Ernstes und
nichts sehr Komisches. Auf den zweiten Blick jedoch bemerkte sie, daß
seine Art, mitzulachen und sich in seine Lage zu finden, so unbegreiflich gelassen war – weder demütig noch stolz, weder verlegen noch welt-
gewandt, nur eben völlig gelassen, das heißt in sich selbst gesichert –,
wie man es bei solcher Jugend kaum erklären konnte. Und auf den
dritten fiel ihr auf, daß er, der vorher beim Tanz noch seine wollenen
Handschuhe trug, die merkwürdigsten Hände hatte, nicht schöner, aber
anders als jede ihr bekannte Menschenhand, fast unmenschlich, wie zu
etwas Besonderem und Abwegigem gemacht. Und der vierte Blick traf
seine Augen, die hinter der nun klargewordenen Brille die klarsten,
mildesten und eigensinnigsten Augen waren, die ein Mensch im Kopf
haben konnte. Dabei schauten sie jetzt mit dieser unbeirrbaren, etwas
zerstreuten oder träumerischen Freundlichkeit ohne Scheu in die ihren.
Jeder Mensch hat manchmal seine gute Stunde, wenn er es am wenigsten voraus erwartet, ahnt, plant oder auch nur bemerkt. Ob er ihr
dann gewachsen ist, ob er etwas damit anzustecken vermag oder sie wie
ein schlecht gehaltenes Zündholz ausgehen läßt, das liegt bei ihm allein.
Der junge Franz Haindl war heute abend nicht nur für die Laune des
Herrn Bräu, sondern auch für die Clementin genau im richtigen Moment über die Schwelle gestolpert. Der Holländer Michel an ihrer Seite
war nämlich in Zivil ein Herr Michael von Ammetsberger, der Sproß
einer ebenso traditionellen Brauherrn- und Wirtsfamilie, die, in die
große Hotellerie aufgestiegen, noch reicher als die Hochleithners und
im Zug der Zeit sogar geadelt worden war. Onkel Matthias, der sonst
von reich gewordenen Bierbrauern nicht viel hielt, hatte einen gewissen Respekt vor ihm, weil er schon mit dreißig Jahren durch besondere
geschäftliche Tüchtigkeit die Aktienmehrheit an einigen Schweizer
Hotelunternehmungen erworben hatte, seine österreichischen Gast-
häuser von Pächtern verwalten ließ und gelegentlich mit einem großen
Tourenwagen nach Luzern, Interlaken oder St. Moritz fuhr. Auch
stammte seine Mutter aus der französischen Schweiz, was der Herr Bräu

vornehm fand. Ganz im Gegensatz zu Matthias Hochleithner war er aber weder ein vornehmer noch ein machtvoller, sondern nichts als ein reicher Mann. Im übrigen sah er gut aus, robust, gesund, von keinem Geiste angekränkelt, liebte das Angenehme dieser Welt, was ihm niemand verdenken kann, und war unverheiratet. Seit er die Clementin kennengelernt hatte, anläßlich des Mozarteum-Balls im ›Mirabell‹, fing er an, sich mehr für seine salzburgischen Geschäfte zu interessieren, und jetzt hatte er sich zu ihrer tiefsten Beunruhigung im Gasthof ›An der Straß‹ eingemietet, um den Schnepfenstrich in der Lichtenthanner Au und die Spielhahnbalz im Seekirchner Moos zu erwarten. Das heurige Maskenfest, das den Höhepunkt des Köstendorfer Winters bedeutete und unter dem Stichwort ›Gespensterschreck‹ wochenlang vorbereitet worden war, gab ihm zum erstenmal Gelegenheit, der Clementin ungeniert auf den Leib zu rücken. Das hätte die ausgelassene Heiterkeit, mit der sie die berühmten Hochleithnerschen Feste zu genießen pflegte, nicht weiter trüben können – hätte er nicht schon vorher, durch ein peinliches Gemisch von demütigen Hundeblicken und pompöser Selbstgeschwollenheit, zum Ausdruck gebracht, daß er es ernst meinte. Schlimm war dabei, daß der Bräu es auch gemerkt hatte und nicht ungern zu sehen schien, und am schlimmsten, daß sie selbst nicht genau wußte, wie sie dazu stand. Die widerstreitendsten Empfindungen und Gedanken hatten sie in den letzten Wochen bewegt, bald war es Auflehnung, bald Abscheu, bald leise Neugier, bald ungewisse Angst, und dazwischen eine süße, verwirrende Beklemmung ihres Herzens, in der sie alles auf der Welt, das nächtliche Schreien einer Katze, das Rauschen des Windes im Park, das Rumpeln und Knistern in der Früh, wenn die taube Nanni nebenan Feuer machte, den brennenden Schauer des kalten Waschwassers auf ihrer Haut, zum erstenmal mit allen Sinnen – wie etwas Wachrüttelndes, Erschütterndes, Unvergeßliches und nur auf sie Bezogenes zu erfahren glaubte. Das hatte aber kaum mit diesem Mann zu tun, bei dessen Annäherung sie sich eher – wie man von vorzeitig aufgeschreckten Rehen sagt – ›vergrämt‹ fühlte. Trotzdem hatte sie ihn nie wirklich entmutigt. Ein wenig geschmeichelte Eitelkeit und jener schwer widerstehliche Reiz, mit dem Feuer zu spielen, verhinderten es. Daß man im Ort erzählte, das Kind, welches die Kellnerin Rosa erwartete, sei von ihm und während ihrer Dienstzeit in seinem Salzburger Hotel entstanden, hatte ihn ihr nicht näher gebracht, aber auch nicht besonders verleidet, denn solches kam öfters vor, und es mußte auch gar nicht wahr sein. Aber zum ersten Male in all den Jahren war es ihr plötzlich zum Bewußtsein gekommen, daß sie selbst, gleich der Kellnerin Rosa, ein armes Mädchen sei und von den Wohltaten ihres Onkels lebte. In ihren heimlichen Träumen sah sie sich zwar manchmal in einem Auto mit Chauffeur und Zofe in Alt-Köstendorf ankommen, um ihre kurzen Ferien, die ihr die Wiener Hofoper und ihre internationalen Konzertverpflichtungen grade erlaubten, als zahlender Gast, Freundlichkeiten und Trinkgelder versprühend, in der ›Straß‹ zu verbringen. Das starb aber rasch dahin, wenn das Auftreten einer Berühmtheit in Salzburg oder eine kurze Reise mit dem Herrn Bräu sie mit wirklicher großer Kunst konfrontiert hatte und wenn dann nach einer schlaflosen Nacht und einigen hektischen Arbeitsstunden die Schwierigkeiten und Hindernisse wie die massive Kette des Tennengebirges oder des Steinernen Meeres sich vor ihr auftürmten. Das waren die Augenblicke, in denen sie mit dem ahnungslos im Glück falscher Töne schwelgenden Seelenbräu fast die Geduld verlor. Die solide Erbschaft der Brauer, Wirte und Bauern in ihrem Geschlecht mahnte sie, daß ein Mädchen beizeiten heiraten solle, und zwar nicht zu tief, nicht zu hoch über die angestammte Welt und vor allem nicht aus ihr heraus. Ein Gefühl von Dankbarkeit und Verpflichtung gegen den Onkel und Nährvater – von dem sie nicht ewig genährt werden wollte, auch wenn er sie niemals eine Abhängigkeit spüren ließ – schien das zu bekräftigen und den Herrn von Ammetsberger als vorbestimmtes Schicksal zu etablieren. Die Leidenschaft ihrer heimlichen Natur aber, die noch keinen Ausstrom gefunden hatte, bäumte sich gegen alles Vernunftgebotene auf und verlangte nach ihrem eigenen quellhaften Entspringen.

So war der Eintritt dieses Franz Haindl und seine Krönung zum Ballkönig ein geradezu gottgesandter Zwischenfall für sie gewesen, in einer Lage, die ihr nichts wünschenswerter machte, als der zunehmenden Hitzigkeit des Ammetsberger auf dem überfüllten Tanzboden zu entkommen – und die allgemeine Pflanz- und Lachstimmung, durch die Person und das Abenteuer des Junglehrers ausgelöst, hatte sie von ihrer eigenen Bedrängnis für eine Zeitlang befreit. Jetzt aber setzte die Musik wieder ein, und die jungen Bauern oder Knechte, die schon während der letzten fünf Minuten mit ihren Mädchen tanzlustig im Kreis herumgegangen waren, wobei sie immer gewagtere ›Gstanzln‹ plärrten, ließen beim ersten Trompetenton für einen Augenblick die Hand ihrer Tänzerin los und sprangen mit beiden Füßen zugleich und mit einer Drehung um sich selbst hoch in die Luft und in die Mitte des Tanzbo-

dens hinein, auf den sie mit einem rauhen, gellenden Juhschrei auf-
krachten. Gleich darauf stampfte, dröhnte und zitterte der Saal, denn
die Musik hatte einen altertümlichen Springtanz angestimmt, den man
wohl nirgends anders in der Welt als in dieser Gegend noch kannte
und der auch hier nur mehr bei solch ungewöhnlicher Stimmung und
extravagantem Anlaß gespielt wurde. Manche der jüngeren Tanzpaare
taumelten auch bald aus dem Kreis, weil sie es nicht mehr verstanden,
gaben auf oder probierten in der Ecke – während einige der älteren
Leute, schwere Männer, noch schwerere Frauen, einsprangen, um mit
berückender Leichtigkeit, hinreißendem Rhythmus die immer gleiche
schwierige Tanzfigur zu den vier immer gleichen Sechsachteltakten aus-
zu führen.

Schrumm–diddeldiddel-Schrumm–diddeldiddel–

Links – rechts rechts
Links links links
Rechts – links links
Rechts rechts rechts –

ging es in donnerndem Takt, und das Hüftefassen, Lupfen und Hüpfen
auf einem Bein schien in dieser Nacht so selbstverständlich wie auf einem mittelalterlichen Mummenschanz.

Die Clementin fühlte den Atem des Ammetsberger, den sie nicht
anschaute, auf ihrem Hals, seine Hand in der Nähe ihres Kreuzes auf
der Stuhllehne, und sie wußte, daß er sie im nächsten Moment um den
Tanz bitten werde. Sie hätte die gute Ausrede gehabt, daß er für Unge-
übte zu schwierig sei, und ihn auslassen können. Aber die Springlust
fuhr ihr in die Glieder, Fiedel und Klarinettenpfiff sirrten durch ihre
Kniekehlen, ihre Füße zuckten wie verhext, sie hätte den Tisch um-
schmeißen können. Mit einem Ruck wandte sie sich dem Junglehrer zu,
der auf seinem Ehrenplatz neben Matthias Hochleithner ihr zunächst
saß, ihre Hand fuhr schon aus, um ihn an der Schulter zu fassen und
ihn, dem Ammetsberger zuvorkommend, zum Tanz zu fordern.

Aber die Hand blieb in der Luft, und ihre Augen weiteten sich erstaunt. Franz Haindl hatte, mit sonderbar schief gelegtem Kopf der Musik lauschend, eine der Menükarten, wie sie der Herr Bräu täglich selbst
in seiner eigentümlich schrägen und dünnbalkigen Hand auszuschrei-
ben pflegte und die vom Nachtmahl noch auf den Tischen herumlagen,
umgedreht und begann eben, als sei er allein im Raum, mit einem kleinen abgekauten Bleistift etwas auf die leere Seite zu malen.

Die Clementin glaubte zuerst, seine eifrigen Züge beobachtend, daß er die Tanzenden abzuzeichnen versuchte, dann aber, als sie ihm neugierig über die Schulter lugte, sah sie, daß er fünf ziemlich grade Linien gezogen hatte, um die Grundmelodie des Tanzes, jene vier Sechsachteltakte, in Punkten und Strichen dazwischenzusetzen. Er fühlte ihren Blick, schaute auf, lächelte etwas abwesend.

»Ein merkwürdiges Thema«, sagte er, mehr vor sich hin.

»Es ist die Henndorfer Mazurka«, sagte die Clementin und mußte sich nah zu seinem Ohr beugen, damit er sie in dem Lärm verstand, »sie ist sehr alt. Man spielt sie nur noch im Fasching.«

»Fasching«, wiederholte er nachdenklich – »Fasching«, murmelte er noch einmal, als gäbe das Wort ihm eine besondere Idee, und setzte rasch einige Notenköpfe hinzu, die nicht in den vier Takten vorkamen. Dann lächelte er wieder und schüttelte, wie über sich selbst schockiert oder um Entschuldigung bittend, den Kopf – und es war zum erstenmal an diesem Abend, daß ihr schien, er sehe verlegen aus – gleichsam ertappt.

»Interessieren Sie sich für Musik?« fragte sie und hätte sich gleichzeitig ohrfeigen können, so dumm fand sie die Frage.

»O ja«, nickte er ernsthaft, schon wieder ganz ungeniert. »Sie auch?«

»Ich gehe ins Mozarteum«, sagte sie und ärgerte sich noch mehr, da sie fühlte, daß sie rot wurde, »und studiere Gesang.« Sie wußte nicht recht, ob er sie verstanden hatte, er sah sie aufmerksam an, schien aber an etwas anderes zu denken.

Wollen wir tanzen, hätte sie sagen mögen, aber aus einem ganz unerfindlichen Grund brachte sie es nicht heraus. Statt dessen wandte sie sich abrupt zum Ammetsberger zurück, dessen große heiße Hand in ihrem Kreuz grade oberhalb der Hüften sie während der letzten paar Sekunden vergessen hatte zu fühlen.

»Kommen S'«, stieß sie vor, sprang auf und zerrte ihn hinterm Tisch heraus, daß ihm der holländische Dreimaster vom Schädel flog.

Er mußte es wohl für die betörende Wirkung seiner Person und seiner Werbung halten, daß sie sich mit einem so glühenden, ja besessenen Temperament in den Tanzstrudel warf – und er konnte nicht ahnen, was alles in ihr mit und sich in ihr austanzte –, er schwoll vor hahnenstolzer Verliebtheit und versuchte, sie im Gedräng zu karessieren und sich dicht genug an sie zu pressen, um ihre hüpfenden Brüste gegen seinen schwer atmenden Rumpf zu fühlen – was bei einem Tanz nicht geht, bei dem man sich gegenseitig mit gestreckten Armen in der Taille halten muß. Dabei kam er natürlich dauernd aus dem Takt, und bald wurde ihr sein intensives Ungeschick und seine falsche Tritte, von denen viele auf ihre Zehen trommelten, zu dumm – sie ließ ihn los, daß er wie ein angepeitschter Brummkreisel durch den Saal schlitterte, und griff sich den ›Dodey‹, Alt-Köstendorfs ortsamtlichen Totengräber, einen unsäglich wohlgelaunten, kräftigen Fünfziger mit rotgrauem Haar, kühnem, aufwärts gezwirbeltem Schnurrbart und einer stillvergnügten, verschmitzten Gutmütigkeit im Gesicht – den der Herr Bräu für heute nacht als ›Scharfrichter vom Galgenhölzl‹ schauerlich hergerichtet hatte. Der Dodey war in allem, was mit festlichem Brauch und öffentlicher Lustbarkeit zu tun hatte, ebenso zu Hause wie in den Ritualen der Aufbahrung und des letzten Geleits, er konnte die Mazurka springen wie kein anderer im Dorf, die Clementin hatte es schon als Kind von ihm gelernt, und die beiden machten ein Paar, das alle anderen ausstach und an die Wand tanzte. Es fiel auch eine Gruppe nach der anderen ab, und schließlich tanzten sie nur noch allein in der Mitte des plötzlich geleerten Saales, der von anfeuerndem Zuschrei und Händeklatschen hallte. Die Clementin hatte den Kopf zurückgeworfen, ihr reiches Haar ging auf, ihre Lippen waren feucht, ihre Augen halb geschlossen, und als auch die Musik nicht mehr konnte und mit einem langen Triller verendete, mußte der Dodey sie festhalten, daß sie nicht umfiel. Es kreiste und nebelte vor ihrem Blick, als er sie dann zum Tisch zurückführte, und aus diesem Geflimmer und Geschwirre formten sich erst allmählich die kompakten Gestalten der einzelnen Leute in ihren Stühlen heraus – des Postmeisters, des Florian Zipfer, des Höllhuber und Buchschartner und Esterer und Gugg, der Stammgäste und einiger Damen aus der Verwandtschaft des Herrn von Ammetsberger und des Onkel Matthias. Nur wo der junge Franz Haindl gesessen hatte, war – und blieb – ein leerer Stuhl.

Bevor sie sich aber über das befremdliche Gefühl von Enttäuschung, sogar leichter Gekränktheit, klarwerden konnte, das sie beim Anblick dieses leeren Stuhles befiel, zwinkerte Matthias Hochleithner sie zu sich heran.

»Ich hab' ihm das Spukzimmer geben«, flüsterte er ihr zu, »weil er müd war. Er fürcht sich net, hat er gesagt, und glaubt net an Geister. Vielleicht lernt er's kennen, heut nacht.«

Er rieb sich die Hände und blies die Backen auf. Seine Augen waren dunkel funkelnde Schlitze zwischen den wulstigen Lidern und Lachfalten.

Die Clementin wußte genau, was das bedeutete, und es erfüllte sie mit einem heftigen Vergnügen. Der Herr Bräu wollte wieder einmal spuken. Es war ihm lange genug nicht eingefallen. Sie hatte schon gedacht, er hätte es aufgegeben, weil es sich zuzeiten als ein teurer Spaß herausstellte. Das letzte Mal hatte er dem Landesfiskalrat Schöllerer einen Nervenarzt und vier Wochen im Sanatorium bezahlen müssen. Das war auch ein allzu echter Spuk gewesen. Sie hatte sich stundenlang hinter dem großen dreiteiligen Ofenschirm verbergen müssen, um im geeigneten Moment den naturgetreu ausgeführten Leichenkopf darüber herausschauen und wackeln zu lassen. So arg konnte es diesmal, aus Mangel an gediegener Vorbereitung, nicht werden, aber dem Onkel Matthias würde schon außer dem konventionellen Seufzen und Kratzen hinter der vermauerten Tür etwas Gespenstisches einfallen – er sah danach aus. Was aber auch ausgeheckt würde – es gab dem überzeitigen Fest, das schon zu erlahmen und schal zu werden drohte, eine neue Zündung, daß dem fremden jungen Mann mitgespielt werden solle, und keineswegs kam sie auf die Idee, ihn davor zu bewahren oder gar zu warnen. Recht geschieht ihm, das kommt davon, dachte sie ohne den Versuch einer logischen Begründung.

Matthias Hochleithners persönliche Beziehung zum Geisterzimmer war ziemlich kompliziert. Er glaubte nämlich in Wahrheit an seine Geister. Er war überzeugt, daß es sie gab, obwohl sich in seine Geschichten von tatsächlich vorgekommenen Umgängen und Erscheinungen immer ein undurchsichtiger, doppelbödiger Zug von Ironie mischte. Man wußte nicht recht, wenn er davon erzählte, ob er sich über die Gläubigen oder über die Zweifler, über die Zuhörer oder über sich selbst, über die Menschen oder über die Geister lustig machte. Zutiefst aber waren die ruhelosen Seelen der beiden Söhne, die angeblich im sechzehnten Jahrhundert in diesem Raum und vielleicht sogar in demselben Himmelbett ihre reiche Mutter ermordet und den Geldkasten über die längst eingefallene Wendeltreppe hinuntergeschleppt hatten, für ihn so wirklich oder so unwirklich wie die schweren, bedrohlichen Möbelstücke des Zimmers, die verblichenen Samtvorhänge am Bett, die stechenden Augen der angedunkelten Familienporträts und überhaupt wie Steine und Holz, Dachböden, Keller und Treppen in seinem Stammhaus. Er glaubte an die Existenz der Geister, aber er zweifelte an ihrer Zuverlässigkeit. Sie erschienen nicht auf Verlangen, und er hatte durchaus keine Scheu, dem nachzuhelfen, indem er sie darstellte und zur Bestrafung von Skeptikern oder auch nur zum eigenen Spaß selber spukte. Grade weil die Geister für ihn so real waren, konnte er sich erlauben, ihnen ins Handwerk zu pfuschen oder sozusagen eine Lektion zu geben. Denn schließlich war er ja doch noch der Herr im Haus.

Er empfand wohl überhaupt eine heimliche, nicht klar bewußte Verwandtschaft zu Geistern, Trollen, Dämonen, Halbwesen, Ruhlosen und Wiederkehrern aus dem Zwischenreich – und das Schrecken der blöden Leute, worunter er die große Mehrheit seiner Mitmenschen, alle nur ihren Augen Trauenden, verstand, war seine zweite Natur. So sehr identifizierte er sich selbst mit Gewesenen und Abgeschiedenen, daß er nicht einmal den taktgebotenen Respekt vor ihnen kannte. Er war nicht davor zurückgeschreckt, sich unter das Leichentuch eines aufgebahrten Großonkels zu legen, um sich, als die Schulkinder zum Totensegen kamen, langsam darunter aufzurichten und sich an ihrem panisch entsetzten Davonstürmen zu weiden. Ein andermal hatte er sich selber totgestellt, als die taube Nanni morgens mit dem gewärmten Wasser in sein Schlafzimmer kam, und er saß dann grinsend auf dem Bett, als auf ihren heiser lallenden Alarm hin die Hinterbliebenen zusammenliefen. Aber niemand wußte ganz genau, ob er nicht in Wahrheit einen schweren Ohnmachtsanfall erlitten hatte und ihn als einen makabren Witz vertarnte. So inszenierte, travestierte und parodierte er seine Hausgespenster wie der zynischste Rationalist – aber jedes Jahr an Mariä Lichtmeß, dem Todestag seiner Großmutter, hörte er sie in ihrer Sterbeecke pochen, wie sie mit ihrem Krückstock aufgepocht hatte, wenn das Essen zu spät kam, und erstattete ihr mit ruhiger, sachlicher Stimme Bericht über die jüngsten Vorgänge und Entwicklungen im Geschäft. Denn, sagte er, sie will immer in alles ihre Nase hineinstecken. Und die Leute, die ihn zufällig mit ihr reden hörten, wußten nicht, ob er ihnen etwas vormachte oder ob es ihm Ernst war. – Die Clementin wußte, daß es ihm Ernst war. Sie hatte das alles von Kind auf miterlebt, und es war für sie so sehr zu Köstendorfs Luft und Landschaft gehörig, daß sie nicht mehr darüber nachdachte als über die Entstehung eines Gewitters oder des Herbstnebels. Sie selbst glaubte nicht an die Geister, denn sie hatte sie nie gehört oder gesehen, wohl aber recht oft dargestellt und bei ihrer Erscheinung mitgeholfen, wobei das Schönste war, daß man, obwohl man es selber tat, sich dennoch ein wenig fürchten und gruseln konnte. Sie war ihres Onkels bester Spukassistent und hatte manchen hysterischen Anfall furchtloser Geisterzimmerbewohner auf dem Gewissen. Selten aber hatte sie sich so grausam aufs Spuken gefreut wie heute nacht. Auch der Herr Bräu schien dem heutigen Zauber mit besonderer Genugtuung entgegenzusehen. Der verdient's, brummte er vor sich – wenn er's net glauben will. Erst gewinnt er sechs Flaschen Champagner, dann sagt er, es gibt nix Übernatürliches!

Man mußte warten, bis man annehmen konnte, daß er eingeschlafen war; die Zeit ging langsam, die schweren Getränke hatten die Festgäste stumpf und dröselig gemacht, die Musik war besoffen und brachte keinen rechten Tanz mehr zustande, und viele, die früh aufstehen mußten, waren heimgegangen. Nur der Ammetsberger schien in großer Form und in immer sieghafterer Laune, denn auch jetzt wieder mißdeutete er die glühenden Wangen, lebhaften, spannungsvollen Augen und die unruhige, etwas exaltierte Lustigkeit der Clementin. Er fühlte sich ganz als der glückliche Besitzer, trank große Mengen von dem starken, einheimischen Birnenschnaps, gab sich keine Mühe mehr, das häufige Aufstoßen zu unterdrücken, und lachte übertrieben über jeden Witz des Herrn Bräu. Endlich schien es so weit zu sein. Die Kellnerin, die als Spionin hinaufgeschickt worden war, meldete, daß im Zimmer alles still sei und das Licht abgedreht. Die Vorbereitungen waren rasch getroffen, und ein paar alte Vertraute und Mitarbeiter der Hochleithnerschen Infernalien, der Zipfer, der Dodey, als Ausnahme auch der Ammetsberger, wurden eingeweiht. Nicht weiter bemerkt von der dünner gewordenen Ballgesellschaft, entfernten sich die Beteiligten, einer nach dem anderen, und schlichen sich möglichst lautlos die rückwärtige Holztreppe hinauf, um sich dann auf dem Umlaufbalkon zu versammeln, auf den die Fenster des Geisterzimmers hinausgingen und von dem man die Vorgänge drinnen belauschen konnte. Von diesem Umlauf gab es außerdem eine kleine Wandtür, die in einen außer Betrieb gesetzten Kaminabzug führte – früher wohl zum Rauchfangkehren benutzt –, und durch den offenen, von einem Gobelin verdeckten Kamin konnte man das Geisterzimmer betreten und darin gleichsam aus der Luft erscheinen. Das Verschwinden war dann leicht, weil es außer dem Haupteingang, den der Gast verriegelt haben mochte, eine zweite, ebenfalls verhängte und unverschließbare Seitenpforte gab. Dabei hatte der Herr Bräu vier lebende Zeugen, daß die wirklichen Geister, waren sie einmal zum Spuken aufgelegt, nicht solche Tricks benutzten, sondern aus der Wand kamen und durch die verschlossene Türe abgingen. Die Clementin sollte die weiße Frau spielen – Schleier und Phosphorfarbe hatte der Bräu für solche Fälle im Kabinettchen bereit –, der Zipfer und der Dodey würden sich hinter ihr in den Kamin schleichen, um für die unheimlichen Geräusche zu sorgen, wofür der Dodey das gewisse Trampeln, Scharren und Klopfen, der Zipfer das Stöhnen und das grausige Kichern verstand. Der Bräu und der Ammetsberger würden draußen lauschen und zuschauen. Da die Wände des Hauses unermeßlich dick waren, hörte man im ersten und zweiten Stock den Lärm aus der Wirtsstube drunten höchstens wie ein ganz fernes, verworrenes Gelalle, das gleich Wind oder Regen die Nachtstille noch stiller machte. Selbst nervöse Leute konnten hier droben eine im Erdgeschoß stattfindende Hochzeit verschlafen — falls es der Herr Bräu nicht anders beschlossen hatte.

Der Schnee schauerte in den überdachten Umlauf hinein, der Clementin klapperten die Zähne – obwohl sie einen schweren Mantel über ihre Geisterschleier geworfen hatte –, während sie sich, als letzte von allen, auf den filzgesohlten Spukschuhen hinausschlich. Man wollte sich zuerst von außen überzeugen, ob im Raum drinnen alles still und unverdächtig sei. Die Vorhänge und Läden des Geisterzimmers waren so tückisch angeordnet, daß immer ein kleiner Schlitz freiblieb, durch den man hineinschauen konnte. Durch diesen Schlitz fiel jetzt, zur peinlichen Überraschung der Anschleichenden, ein dünner Lichtschimmer. Vielleicht hat er die Nachtlampe brennen lassen, flüsterte der Bräu – er hat gesagt, er ist müd. Die Clementin hatte bereits den Fenstersims erreicht, ihr Gesicht an die Scheiben gepreßt und starrte reglos in den verwunschenen Raum.

Da drinnen brannte wirklich die kleine Nachtkastenlampe. Der Handkoffer stand verschlossen auf dem unberührten Bett. Ausgepackt war nur die Ledermappe, deren Inhalt, über den Tisch verstreut, sie sofort als Noten und Notenpapier erkannte. Zwischen Tisch und Bett wanderte auf Strümpfen, sonst noch völlig angekleidet, der junge Mann auf und ab, dann und wann stehenbleibend, um mit einem kleinen abgekauten Bleistift auf das Papier zu kritzeln. Seine Lippen bewegten sich lautlos, als würde er in Gedanken etwas singen, vielleicht sang er sogar wirklich leise vor sich hin, und man konnte es durch die geschlossenen Fenster nicht hören. Manchmal hoben sich seine beiden Hände ein wenig und taktierten kurz in der Luft, dann fielen die Arme wieder herab und hingen wie abwesend, vergessen, von seinen Schultern. Das dünne Nachtlicht warf seinen Schatten groß und verschwommen über die Wand und legte einen bleichen, ungewissen Schimmer um seine Stirn. Die Augen waren hinter dem Brillenglas verblendet. Es ging von seinem einsamen Tun und Treiben eine so ganz in sich versammelte, zielvolle und nüchterne Planmäßigkeit aus, daß es fast unheimlich wirkte – unheimlicher als jeder künstliche oder echte Geisterspuk. Es hatte nichts von Zaubern, vom Streuen und Weih'n um den Rabenstein. Es war, wie wenn jemand mit äußerster Präzision und mit allen technischen Handgriffen an einer Maschine arbeiten würde, die nicht existiert oder die nur er selbst sieht.

Die Clementin stand wie gelähmt. Sie empfand etwas wie einen brennenden Rutenschlag über den ganzen Leib. Sie spürte, wie das Blut aus ihren Schläfen wich. Ihr Herz polterte gegen die Rippen. Sie klammerte die eiskalten Finger an den Fenstersims.

»Wach is er«, hörte sie die enttäuschte Stimme des Bräu über ihre Schulter wispern.

»Beten tut er«, murmelte Florian Zipfer, der in seinem Mesnerleben vielen brevierflüsternden Herren gedient hatte.

»Naa«, sagte der Dodey, nachdenklich und verständnisvoll, »der spinnt.«

»Ah was«, sagte der Ammetsberger, lauter als es der Lage angemessen war, denn die schneefeuchte Nachtluft hatte ihn keineswegs nüchtern gemacht. »Angst hat er, deshalb schlaft er net. An Schreck muß er kriegen. Geng mer's an, schrei'n mer allmitanand – ein, zwei –«

In diesem Moment jedoch, indem er bereits hörbar den Atem einzog, um ihn mit alkoholischem Grölen wieder auszustoßen, war die Clementin aus ihrer kalten Erstarrung erwacht. Sie fuhr herum und preßte dem verblüfften Ammetsberger rasch die Hand auf den Mund.

»Abfahren!« zischte sie vor und stampfte mit den lautlosen Gespensterschuhen. »Abfahren!«

Betreten löste sich die Gesellschaft der Geisterseher auf und schlich zur Treppe zurück. Sie selbst folgte, vor Kälte und Erregung zitternd, am Arm des ärgerlichen Herrn Bräu, nachdem sie noch einen Blick durch die Scheiben geworfen hatte. Der Arbeitende drinnen hatte für den Bruchteil einer Sekunde den Kopf gehoben, nicht anders, wie wenn ihn eine Fliege oder ein Zugwind gestreift hätte, und sofort ohne Verdacht oder Unterbrechung weitergemacht.

»Ein ungepflegter Mensch«, murmelte Matthias Hochleithner böse – »bleibt net auf und geht net schlafen. Morgen früh zieht er aus.«

Drunten war das Fest zu einem kurzen kataklysmischen Aufflackern vor dem Ende erwacht. Es war den Bauern eingefallen, daß längst Aschermittwoch angebrochen sei, und nach altem Köstendorfer Brauch mußte zur Auskehr des Faschings der stock- und steifgetrunkenste Festteilnehmer als Fastenleiche eingeäschert werden. Die Wahl war auf den Postmeister gefallen, der nach dem Verschwinden des Herrn Bräu am Stammtisch eingeschlafen war. Er war ein dicker, freundlicher, phlegmatischer Mensch, der sich weder über verlorene Wertpakete, verspätete Eilbriefe, unleserliche Adressen, verstümmelte Telegramme, noch über irgend etwas anderes in der Welt aufregte. Man hatte ihn auf einen als Bahre improvisierten, umgekehrten Tisch gelegt, die Musik spielte einen Trauermarsch im Walzertakt, eine schwankende, stolpernde Prozession bewegte sich zuerst in die Küche, wo man einen Eimer kalter Herdasche aufkratzte, dann durchs Vorhaus in die Gaststuben und auf den Tanzboden zurück. Der Roisterer Klaus, ein dunkelhäutiger, schwärzlicher Geselle mit Kohleaugen in seinem narbigen Gesicht, das durch das Fehlen sämtlicher Vorderzähne und das Herausstehen zweier eberhafter Eckhauer einen wilden, räubermäßigen Eindruck machte, hatte sich mit langen weißen Küchenschürzen und roten Abwaschtüchern in eine Art Priestergewand vermummt und schritt, Aschenfaß und Staubwedel schwingend, dem Zug voran, wobei er mit rauher, lallender Stimme monotone Exequien in einem wüsten, phantastischen Narrenlatein leierte, von einem plärrenden Ministrantenchor durch Antworten und Wiederholungen assistiert. In der Mitte des Tanzbodens setzten sie die Leich ab, und unter allerlei grotesken Zeremonien wurde der schläfrige Postmeister, der sich auch hierüber nicht aufregte, erst mit Bier angesegnet und dann über und über mit Asche beschmiert. Männer johlten vor Spaß, Weiber kreischten und quietschten, als er sich nun aufrichtete und gemeinsam mit dem Klaus in wallender Schürzenschleppe durch die Stuben wankte, um jeden, der ihm in die Nähe kam, anzuschmutzen. Keinem kam dabei auch nur im entferntesten in den Sinn, daß sie etwa mit etwas Heiligem ihren Spott trieben oder gar eine Blasphemie begingen. Keine Spur von Hohn, von Verlästerung wurde dabei empfunden. Es war der letzte und dreisteste Bocksprung jener aus allen Banden gelösten Maskenfreiheit, wie sie der ernsten Zeit und ihrer tiefen Stille seit Urgedenken vorausging. Dieselben Leute, die sich jetzt noch wie losgelassene Erdgeister und tobende Rüpel gebärdeten, würden in ein paar Stunden ruhig und gelassen ihr Knie vor dem Altar beugen und vom Daumen des Priesters das Aschenkreuz, das Memento der kommenden Passion und aller Vergänglichkeit, auf die Stirn empfangen. Dann würden sie ebenso ruhig und gelassen, wenn auch nicht ohne Brummschädel und Haarwurzelziepen, an ihre Arbeit gehen. Jetzt aber überschlug sich noch einmal die entfesselte Lustbarkeit der späten Stunde. Jeder pumpte seinen Rest von Witz und Stimme aus, man löschte den Gurgelbrand mit frischem, kalten Bier und aß noch eine überfällige Speckwurst zur besseren Bekömmlichkeit. Der Herr Bräu hatte all seine Laune wiedergefunden, thronte wie vorher auf seinem Backenstuhl, pflanzte die Vorbeitaumelnden mit derben Scherzworten und lachte Tränen über ihre dummschlauen oder gescherten Antworten. Die anderen Stammtischgäste waren mehr oder weniger abgefallen. Der Animetsberger starrte glasig vor sich hin. Der Ausflug auf den kalten Umlauf hatte die Geister des Birnenschnapses aus seinem Magen ins Hirn gelockt, wo sie eine hämmernde, wirblige Gespensterpolka drehten. Und der harte Handgriff der Chementin auf seinen Mund, ihr unbegreiflich barsches, fast drohendes Aufbegehren hatten irgendwelche nebligen, düsteren Ahnungen in ihm geweckt und ihn jählings vom Gipfel seines glücklichen Besitzerstandes hinabgeworfen. Er mußte schlucken und den Schweiß von seiner Stirn wischen, es war ihm fast eine Erleichterung, daß die Clementin selber verschwunden war und ihn in diesem Zustand bedauerlichen Absinkens nicht mehr sah.

Die Clementin aber hatte sich unter dem Vorwand des Kostümwechsels aus der Gesellschaft und dem Wirtshaus weggeschlichen. In ihren Mantel gehüllt, mit hohen Pelzüberschuhen, ein seidenes Tuch um die Haare, ging sie langsam, Schritt für Schritt, durch den knöcheltiefen Neuschnee den gewohnten Heimweg in der dunklen Kastanienallee zur Villa hinauf. Wenn sie sich umdrehte, konnte sie noch die schwarzen Umrisse des Wirtshauses sehen, die erleuchteten Fenster des Tanzbodens und den schwachen, kaum bemerkbaren Lichtstreif aus dem Zimmer im Oberstock. Der Schnee trieb noch immer, er hatte sich dick und schwer auf alle Zweige gepackt, und hinter dem Schnee war ein hohles, gurgelndes Windheulen, das auf Tauwetter, Föhn, Frühling deutete. Kuhbrüllen kam wie dumpfes Stöhnen aus einem entfernten Stall. Bald mußte Melkzeit sein. Es war schon ein grauer Dämmerschein in den Wolken.

Der kalte Schnee tat ihr gut auf dem Gesicht. Sie atmete tief, sog die starke Morgenluft wie einen fieberkühlenden Trunk. Aber sie konnte sich nicht von dem heiligen Schreck erholen, der ihr beim Anblick des ahnungslos in seine Arbeit vertieften Mannes durch die Seele gefahren war. Noch hier, allein und im Dunkeln, machte es sie rot und blaß. Sie war verzweifelt, sie schämte sich und wußte nicht genau, warum und wofür. Nicht wegen des Streiches, den sie geplant hatte. Sie schämte sich tiefer. Sie schämte sich ihrer selbst. Wäre der junge Mann dageblieben, wär' er nicht seinem eigenen Gebot gefolgt und komponieren gegangen, als es ihn dazu trieb, hätte er sich gar um sie bemüht, wie sie's eigentlich erwartet hatte, so hätte sie ihn sicher nach einem kurzen, neugierig flüchtigen Interesse nicht weiter beachtet und ihn mit dem gleichen, oberflächlichen Hochmut behandelt, mit dem sie sich ihrer Verehrer entledigte, sich aber auch selbst über alle wirkliche Erschütterung und Entscheidung wegspottete. Jetzt war ihr der Spott vergangen. Sie konnte nicht aufhören, den fremden Menschen vor sich zu sehen, wie er da droben zwischen Tisch und Bett auf und ab ging, und der nicht wußte, daß sie ihn belauscht hatte. Sie fühlte Schuld, Beschämung, Reue. Das Herz war ihr aufgerissen. Aber ein Herz muß aufgerissen werden, wie der Acker vom Pflug, damit es blühen und fruchten kann.

III

Die Fastenzeit nahm ihren gewohnten Verlauf, alles ging, wie es die Regel war: zu Reminiscere regnete es, auf Lätare kamen die Weidenkätzchen heraus, Judica brachte Eis und Hagel, zu Oculi strichen die ersten Schnepfen ein, und bis Palmarum schmolz der letzte Schnee. Nur im Bergwald droben und auf der Hochleiten lagen noch alte verharschte Placken. Von den Äckern und Wiesen rings um das Dorf hinunter zum hechtgrau schillernden, schollenbrüchigen Wallersee wehte im lauen Märzwind jener scharfe Geruch der ausgefahrenen Jauchenbrühe, Odel genannt, und mengte sich mit den zarteren Düften von Seidelbast, Veilchen, aufgetauter Erde. Die feuchten Bachmulden und Waldränder färbten sich grünlich-weiß und lichtblau von den Feldern der Schneeglöckchen, wilden Krokusse und kleinen Traubenhyazinthen. Die Stare kamen, schwatzten und flöteten in den Wirtshauslinden, der Tischler Beyerl kletterte in die Kronen, selbst wie ein langschnäbliger Riesenstar, und reparierte die alten brüchigen Nistkästchen. Abends schrien die Amseln, nachts heulte der Kauz, in der Frühdämmerung fauchten und knurrten die Mooshähne. Die Bauern pfiffen laut, wenn sie den langgestreckten, überschwappenden Odelwagen durch die schlammigen Wegrinnen fuhren. Der Roiderfischer legte in der eisfreien Bucht die ersten Grundangeln. Die Knechte striegelten die schweren Bierwagenrösser blank und flochten ihre Mähnen und Schwänze in festliche Zöpfchen.

Ostern stand vor der Tür. Die zehnjährigen Kinder gingen zum Erstkommunionunterricht und begannen mühselig, ihre flaumleichten, noch nicht ausgefiederten Gewissen für die Generalbeichte zu erforschen. Der Kirchenchor übte Stefan Wagners ›Feierliche Messe in G-

Dur‹. Niemand ahnte, daß in Alt-Köstendorf, hinter dem stillen Kreisen der Monde, die sich mehrend und mindernd dem Frühling zuwandten, die Geisterschlacht entbrannt war, der Umsturz lauerte, ein heimlicher Machtkampf tobte.

Dem Seelenbräu war in der ersten Fastenwoche etwas vollständig Unerhörtes begegnet: ein Junglehrer hatte ihm widersprochen und ihn öffentlich, unter den Augen der angststarrenden Klasse, korrigiert. Man konnte nicht behaupten daß der junge Mensch dabei frech oder unbescheiden gewesen sei. Es war ihm offenbar gar nichts darüber eingefallen, er hatte nachsichtig gelächelt und sich sogar ein wenig verbeugt, als er dem nach Gewohnheit in den Chor hineinbrüllenden Dechanten anschaffte, Fis statt F zu singen, damit er die zweite Stimme nicht verdürbe. Er hatte auch mit der gleichen unbefangenen Höflichkeit erklärt, daß Gehörprüfungen in seiner Klasse nicht nötig seien, er lasse die Kinder nach einer völlig anderen Methode singen, als der Dechant sie anzuwenden versuchte, und er hatte zu behaupten gewagt, daß eine Quint im Chorgesang nicht unbedingt ein Mißton sei, was dem Dechanten wahnwitzig und ketzerisch erschien. Überhaupt hatte er seinen Besuch durchaus als den eines neutralen Gastes aufgefaßt, ohne sich im geringsten aus dem Konzept bringen zu lassen, und seine Bedeutung als absolute Autorität im Köstendorfer Musikleben anscheinend gar nicht begriffen. Und als der Dechant die Stirne blaurot anlaufen und die Augäpfel vorquellen ließ, hatte er ihm in freundlicher Besorgnis einen Stuhl und ein Glas Wasser angeboten. So blieb dem Seelenbräu nichts weiter übrig, als wieder wegzugehen und sich beim Oberlehrer Weidling zu beklagen. Herr Weidling wurde dadurch in eine peinliche Verlegenheit gebracht, denn er wußte wohl, daß der Dechant zwar das Recht der Tradition und die Macht der Gewohnheit, aber keinen amtlichen Titel auf seiner Seite hatte, der ihn befugte, in den Schulunterricht einzugreifen. Die Gesangstunde war eben Sache des damit betrauten Lehrers, der, wenn er es falsch oder schlecht machte, gegen den Lehrplan verstieß, sich unfähig zeigte, gemaßregelt, abgesetzt, entlassen werden konnte. Das müßte aber erst untersucht und bewiesen werden, man konnte nicht einfach hingehen und ihn schurigeln. Es schien unmöglich, auch auf die taktvollste Weise, das dem geistlichen Herrn begreiflich zu machen. Der Oberlehrer nahm sich vor, dem jungen Mann, der eine etwas langsame Auffassung zu haben schien, unter vier Augen einen kräftigen Wink zu geben, und versuchte es für die gegenwärtige Situation mit ablenkenden Redensarten, Wetter und Frühgemüse betreffend, was den Dechanten zur Weißglut brachte. Aus dem Schulzimmer hörte man das Schmettern der Kinderstimmen. Man mußte zugeben, es klang nicht übel.

Das war aber nur der Anfang der Spannungen und Zerwürfnisse. Der harmlose, bescheidene Junglehrer, sonst eher zerstreut, heiter und nachgiebig, zeigte in Sachen der Musik einen recht schönen Starrsinn. Nicht nur, daß er in seinem Unterricht jede Einmischung ablehnte und die immer deutlicheren Winke des Oberlehrers konsequent überhörte, sondern seine gefährlichen Tendenzen schienen unter der Köstendorfer Schülerschaft Boden zu gewinnen und um sich zu greifen. Es kam vor, bei einer Probe des Kirchenchors, daß die Sänger an gewissen Stellen verlegen und störrisch schwiegen, bis der Dechant mit dem Rohrstock drohte, und schließlich durch leises Gebrumm und Gemurre zum Ausdruck brachten, daß die Orgel etwas anderes spiele, als in den Noten stehe. Die eigene Tochter, die dreizehnjährige Crescentia, bezichtigte ganz offen ihren Vater Florian Zipfer eines falschen Taktmaßes und unrichtiger Akkorde – in einem Choral, den man seit Jahrzehnten genauso und nicht anders gespielt hatte, wodurch er nach Meinung der Crescentia nicht richtiger geworden war. Das konnte nicht auf Zipferischem Miste gewachsen sein. Der Dechant wurde gezwungen, Irrtümer zuzugeben, Unklarheiten zu berichtigen, und er erkannte darin die giftige Saat des Aufruhrs und der Zersetzung. Er machte noch andere unheimlichere Beobachtungen. Verschwörerhaft pflegten sich kleinere Gruppen von Kindern nach den abendlichen Chorproben zu entfernen, um unter allerlei heimlichem Getuschel eine andere Richtung als die zu ihren elterlichen Bauernhöfen einzuschlagen. Auch hatte der erbitterte Zipfer ihm zugetragen, daß nicht nur eine Reihe von Schulkindern außerhalb der Stunden mit dem Junglehrer gesehen worden sei, zum Beispiel am Seeufer, wo er auf die albernste und würdeloseste Weise mit ihnen Indianer gespielt und Rohrpfeifchen geschnitten habe, sondern daß während seiner Singstunden ein Halbwüchsiger, der wegen Stimmbruchs nicht mittun konnte, als Wache ausgestellt werde, um eine eventuelle Annäherung des Seelenbräu zu melden. Man befand sich also schon fast im Kriegszustand, wenn auch noch keine offenen Feindseligkeiten ausgebrochen waren. Der Dechant verschmähte es, sich durch Betreten des Schulhauses mit einem so unwürdigen Gegner gemein zu machen, hielt sich beleidigt zurück, wiederholte aber beim Oberlehrer Weidling seine ärgerlichen und drohenden Vorstellungen. Nun war der Oberlehrer durchaus nicht gesonnen, des Junglehrers wegen in einen Rechts- und Gewissenskampf einzutreten. Statt dessen hatte er unterderhand gewisse Erhebungen gemacht, in der Hoffnung, etwas herauszufinden, womit man den Störenfried lahmlegen und loswerden könne. So erfuhr der Dechant, daß der junge Mann mit den verschiedenen respektierlichen Salzburger Familien, die den Namen Haindl trugen, überhaupt nicht verwandt war, sondern daß sein Vater ein Eisenbahner aus Wien gewesen sei, am Salzburger Rangierbahnhof gearbeitet und in einem Gnigler Mietshaus unweit der Bahnstrecke gewohnt habe. Daß der Sohn Franz, der seinem Aussehen nach jedes Alter zwischen zwanzig und dreißig haben konnte, zweimal das Landeslehrerseminar verlassen und versucht habe, sich als freier Musikstudent durchzubringen. Daß er im Ausland gewesen sei und offenbar ohne Geldmittel in vagabundierender Weise gereist wäre. Daß er eine Zeitlang bei einem Verwandten in Wiener Neustadt gelebt und den dortigen Arbeiter-Sänger-Chor dirigiert habe. Daß er erst kürzlich, nach dem Tod seines im Dienst verunglückten Vaters, heimgekommen sei und die Seminarlehrerprüfung abgelegt habe, um seine Mutter und jüngeren Geschwister zu unterstützen. Dieser letztere Zug hätte für ihn sprechen können und stimmte den Dechanten zunächst auch nachdenklicher. Alles andere sprach entschieden und häßlich gegen den jungen Mann. Eisenbahner ist schon ein sehr düsterer Vaterberuf. Nicht wegen der sozialen Klassifizierung. Maurer, Bauernknecht, Büchsenmacher, Fuhrmann, Polizist, Kellner oder Friseur, alles wäre besser gewesen. Denn die Eisenbahner standen, kein Mensch konnte sagen warum, im Geruch, gottlos und unsittlich zu leben. Vielleicht weil sie die Gelegenheit hatten, herumzureisen und über Nacht wegzubleiben. Die Unstetheit, die der Franz Haindl in seiner Studienzeit an den Tag gelegt hatte, schien auch auf eine solche verderbliche Charaktererbschaft hinzuweisen. Das schlimmste aber war Wiener Neustadt und der Arbeiter-Sänger-Chor. Denn in Wiener Neustadt, da lebten die Roten, eine Menschensorte, von der der Dechant eine zwar unklare, aber ganz abscheuliche Vorstellung hatte. Jeder wußte, daß Wiener Neustadt so rot war wie Saublut und Vogelbeeren. Was dort in einem Chor gesungen wurde, konnte nichts Gutes und Kunstmäßiges, es mußte wild, grausam und heidnisch sein – und daß einer dort gewirkt hatte, genügte schon, um ihn für das Lehramt in einer anständigen Gemeinde wie Alt-Köstendorf als völlig ungeeignet zu stempeln. Man könnte ohne weiteres beim Landschulrat Einspruch erheben, und zwar mit sicherem Erfolg. Trotzdem scheute der Dechant vor einem solchen Schritt noch zurück und veranlaßte auch den dienstwilligen Oberlehrer, nichts Voreiliges zu unternehmen. Er, der Seelenbräu, hatte bisher in all den Jahrzehnten seiner Amtszeit noch alle Schwierigkeiten und Probleme selbst, aus eigener Machtvollkommenheit, nach eigener Meinung und im Stil der eigenen Persönlichkeit zu bewältigen verstanden, und es widerstrebte ihm, bei irgendeiner höheren Offizialstelle Unterstützung zu suchen. Auch hielt ihn, ohne daß er sich's zugestand, ein heimliches Anstandsgefühl davon ab, obgleich er sich wohl hätte sagen können, daß es seine Pflicht sei, die Kinder vor einem schlechten Einfluß zu bewahren. Es war nicht Mitleid, nicht Zweifel an seinem Recht, eher eine Art von Ritterlichkeit. Es wäre ein Kampf mit gar zu ungleichen Waffen gewesen.

Desto strenger, unbeugsamer und hartnäckiger verfuhr er aber jetzt mit seinem Kirchenchor. Es gab keine Kracherln, keine Zuckerln, keine Hutzelbirnen mehr. Jeder kleine Versuch von Unbotmäßigkeit wurde im Keim erstickt. Furcht und Zittern herrschte im kalten, schwach erleuchteten Orgelhochbau, in dem die Proben stattfanden. Eines Tages holte er zum Schlag aus, indem er den Junglehrer auffordern ließ, einer Probe des Kirchenchores beizuwohnen. Franz Haindl, der wohl wußte, daß dies ein hingeworfener Handschuh war, saß unbeweglich in einer Ecke und lauschte mit gesenktem Kopf. Wer ihn sonst nicht kannte, hätte denken müssen, daß diesem todernsten jungen Mann kein Fünkchen Humor verliehen sei. Jede Heiterkeit war aus seinem Gesicht verschwunden und hatte einem Ausdruck von verbissenem Eigensinn Platz gemacht. Seine Unterlippe war vorgeschoben, die Mundwinkel herabgezogen, die Backenmuskeln kauten fanatisch. Ein gefährlicher Mensch, dachte der Dechant, der ihn heimlich beobachtete. Höchste Zeit, daß man ihm den Meister zeigt. Nach der Probe hielt er ihn zurück. Was denn nun so ein Musikgelernter, fragte er ihn mit einer gewissen jovialen Hinterhältigkeit, am Köstendorfer Kirchenchor auszusetzen habe. – Ob man offen reden dürfe, murmelte der junge Mann. – Freilich, sagte der Dechant drohend, sonst hätte er ihn ja nicht zu fragen brauchen. – Dann, sagte Franz Haindl, möchte er sich die Bemerkung erlauben, daß er die Auswahl des Dechanten nicht ganz verstehe. In derselben Zeit, mit der gleichen Mühe könnte man auch Gutes und Wertvolles einstudieren.– »Was zum Beispiel?« fragte der Dechant mit mühsamer Beherrschung. – Der Junglehrer zuckte trotzig die Achseln. »Man braucht nicht weit zu suchen«, sagte er, »wenn einem die ganze ernste Musik von Palestrina bis Bruckner zur Verfügung steht – warum dann unbedingt Stefan Wagner?« Er sprach den Namen mit einer spöttischen Betonung aus. Der Dechant begann anzulaufen: »Junger Mensch«, sagte er voll Ingrimm, »hier ist keine Oper. Hier ist kein internationaler Konzertsaal. Hier ist kein roter Sängerbund. Hier ist ein einfacher und ländlicher Kinderkirchenchor.« — »Grade deshalb«, sagte Franz Haindl, »sollte man gute Musik machen.« Bekennerhaft warf er den Kopf zurück und starrte seinem Gegner herausfordernd in die Augen. Keiner von beiden wußte, wie komisch sie dabei ausschauten. Wenn Fanatiker sich selbst sehen könnten, würden vermutlich viele Konflikte beigelegt.

Der Dechant konnte kaum an sich halten. »Sie behaupten also«, brachte er keuchend hervor, »Stefan Wagner sei keine gute Musik?« – »Nein«, sagte Franz Haindl unerbittlich, »er ist zweitrangig.« – Jetzt war es für den Dechanten zuviel. »Das kann a jeder sagen«, schrie er mit geballten Fäusten, »a jeder zug'reister Nixkönner, a jeder Bimpf! Machen S' erst was Besseres, Sie –«

Er sah aus, als möchte er ihm am liebsten eine Watschen herunterhauen. In Franz Haindls Miene war aber nun eine Spur von Humor und Menschlichkeit zurückgekehrt. Er hatte seinem Herzen Luft gemacht, er hatte gesagt, was ihm sein musikalisches Gewissen befahl. Jetzt empfand er eher ein leises Bedauern, daß er den alten Herrn habe kränken müssen, und den heimlichen Wunsch, es wieder gutzumachen. Dafür gab es aber im Augenblick keine Gelegenheit. Er konnte nichts tun, als ihm möglichst rasch von seiner Anwesenheit zu befreien, und entfernte sich mit einer höflichen Verbeugung, die auf den Dechanten sarkastisch wirkte. Während er aber eilig davonschritt, formte und festigte sich in seinem Inneren ein hoffnungsvoller Plan.

Der Dechant fühlte sich tief verletzt. Von jetzt ab kämpfte er nicht nur für die Aufrechterhaltung der Köstendorfer Tradition und seiner eignen Autorität, sondern für Stefan Wagners nie bezweifelte Erstrangigkeit und für die ihm ans Herz gewachsene ›Feierliche Messe‹. Nie vorher war sie mit solcher Hingebung und so zäher Wucht geprobt worden. Die Festtage hatten dieses Jahr eine besondere Bedeutung für den Dechanten. Anfang April, nicht zu lang nach Ostern, sollte er sein goldenes Priesterjubiläum begehen. Wie konnte man sich besser auf ein solches Ereignis vorbereiten als im Dienst der geliebten Musik? Schon hatte der Pater Schiessl, der sowieso eine Reihe von Fastenmissionspredigten in der Umgebung abhielt, sich bereit erklärt, das österliche Hochamt zu zelebrieren. Der Seelenbräu ließ sich nicht durch rebellische Redensarten aus dem Sattel stechen.

Zur selben Zeit beobachtete er zum ersten Male jene merkwürdigen und beunruhigenden Veränderungen an der Clementin, die er zunächst in keinerlei Verbindung mit den anderen Vorgängen brachte. Einmal fand er sie überm Klavier in Tränen aufgelöst, ohne daß sie einen Grund angeben wollte – ein andermal hatte sie mitten in der Arbeit die Stunde abgebrochen und in heftiger Weise erklärt, daß sie alles aufgeben und überhaupt nie mehr singen oder eine Note anschauen werde. Dann wieder hatte sie ganz ungeregelte und unberechenbare Ausbrüche von Heiterkeit, ja es kam ihm vor, als treibe sie eine Art von lustigem Schabernack mit ihm, den er nicht recht begriff, oder als verberge sie ihm irgendein äußerst spaßhaftes Geheimnis, das in schwerverhaltenen Lachkrämpfen aus ihr herausplatzen wollte. Er hätte eine gewisse Erklärung für diese Wallungen gehabt, denn man sagte im Dorf, daß sie heimlich mit dem Herrn von Ammetsberger verlobt sei. Sie machte ihm aber keineswegs den Eindruck einer glücklichen und nur durch die Bedrängnis des ungewohnten Brautstandes aus dem Gleichgewicht gebrachten Liebenden. Auch hatte er, ohne ihn näher zu kennen, eine gewisse Abneigung gegen den von Ammetsberger und konnte sich die beiden nicht recht zusammen vorstellen. Vielleicht konnte oder wollte er sich überhaupt die Clementin mit niemandem zusammen vorstellen. Um so härter traf ihn dann der unvermutete Schlag, der seinen Seelenfrieden schwer erschütterte.

In der ›Straß‹ platzte die Bombe erst am Palmsonntag. Das war, als der Professor Leopold Fischlhammer vom Mozarteum beim Dämmerschoppen am Stammtisch des Herrn Bräu plötzlich laut sagte:

»Die Köstendorfer Faschings-Suite ist ein Skandal.« Er hatte einen Augenblick abgepaßt, in dem die Clementin hinausgegangen war, um für ihren Onkel einen Liter Wein zu zapfen.

»Ja so«, sagte der Bräu, der sich aus Prinzip nie merken ließ, wenn er nicht wußte, wovon die Rede war.

»Ein Skandal«, wiederholte Fischlhammer.

»Und daß er es Ihrer Nichte gewidmet hat«, sagte die Frau Professor Fischlhammer mit einem hinterfotzigen Blick, »darüber reden die Leut.«

»Ja so«, sagte Matthias Hochleithner noch einmal und begann angestrengt nachzudenken.

Der Professor Fischlhammer, eine anerkannte Autorität als Musikschulbeamter und Komponist der von Liebhabervereinen oft gesungenen ›Variationen über das Madl-Ruck-ruck-ruck‹, gehörte nicht zu dem Kreis von Clementinens Feiertagsverehrern. Er ließ sich auch, obwohl durch seine Gattin mit der Familie Hochleithner entfernt verwandt, nicht oft in Köstendorf sehen und war vermutlich nur herausgekommen, um diese Bemerkungen fallenzulassen.

Seine Frau war eine Wirtstochter aus der entfernten Vetternschaft, die den Mädchennamen Aphrodite Braumüller getragen hatte, was ihr im Kreis des Leibesbräus den Spitznamen ›Die Bierschaumgeborene‹ einbrachte. Darüber war sie wohl ein wenig verbittert. Sie gehörte überhaupt zu jener Art von Frauen, die immer über etwas beleidigt sind, und daher stammte die kühle Beziehung zwischen den Familien.

»Man wundert sich allgemein«, sagte die Bierschaumgeborene jetzt mit einer etwas schrilleren Stimme, »über die Widmung. Man hält es für eine Taktlosigkeit.«

»Was für eine Widmung?« mischte der Ammetsberger sich ein.

»Ja, wissen Sie denn von nichts?« rief die Frau Professor mit gemachtem Erstaunen.

»Ein Skandal«, sagte der Fischlhammer zum drittenmal.

»Weshalb denn?« fragte der Bräu vorsichtig, »weshalb ist ein Skandal?«

»Weshalb«, schrie der Professor empört. »Weil's eine Schand is! Da könnt a jeder kommen und sagen, es ist Musik, wenn er auf'n Soachdeckel haut!«

Durch ein paar weitere geschickte Kreuzfragen brachte Matthias Hochleithner heraus, daß zu einem vom Mozarteum veranstalteten Wettbewerb für einheimische Komponisten, der dem Gewinner öffentliche Aufführung und Drucklegung versprach, das Machwerk eines gewissen Franz Haindl eingereicht worden sei, ›Die Köstendorfer Fasching-Suite‹ genannt, und zur allgemeinen Sensation unter den Preisrichtern mit einer handschriftlichen Widmung an das Fräulein Clementin versehen. Es handle sich um eine unverschämte, frivole und stümperhafte Kakophonie. »So a Gemeinheit«, sagte der Ammetsberger, der glaubte, daß eine ›Kakophonie‹ etwas Obszönes sein müsse. Auch der Herr Bräu war äußerst peinlich berührt. Nichts haßte er mehr, als wenn hinter seinem Rücken etwas vorging, wovon er nichts wußte und was er durch fremde Leute erfuhr. Auch war er besonders erbittert über den Augenblick der Enthüllung, denn es wurden grade in der Kuchl draußen die Schnepfen zubereitet, die er vor einer Woche im Keanberger Forst geschossen hatte. Sie waren gut ausgehangen, und er freute sich seit Tagen auf diese Mahlzeit. Der zart-kräftige Wildgeruch verbreitete sich schon im Haus, und es nahte der Moment, wo man sie auf einem brennenden Spirituskocher auftragen werde, damit er selbst die Soße mit einem Schuß Kognak flambieren könne. Da mußte nun so ein Lackl die Stimmung verderben. Es war ihm nicht ganz klar, wen er mit dem Lackl meinte, den Professor Fischlhammer oder den inkriminierten Haindl, der immer noch für eine besonders billige Miete im Geisterzimmer wohnte. Der Herr Bräu hatte damals seine Drohung, ihn hinauszusetzen, nicht wahrgemacht. Vielleicht hatte er die geheime Absicht, bei besserer Gelegenheit noch einmal zu spuken. Oder es hatte ihm irgend etwas an dem jungen Mann gefallen, obwohl er sich als geisterfest erwiesen hatte. Und das war jetzt der Dank. »A blöder Lackl!« rief er auf jeden Fall, um seiner inneren Wut Luft zu machen.

»Und so ein ausg'schamter Falott«, sagte der Professor voll Gift, »wird als Erzieher auf die unschuldige Dorfjugend losgelassen.«

»Es muß was g'schehn!« schrie der Ammetsberger und schlug mit der Faust auf den Tisch. Er war schon wieder über dem Birnenschnaps.

Plötzlich stand die Clementin in der Stube, man hatte in der allgemeinen Erregung ihren Eintritt gar nicht bemerkt. Sie maß den Ammetsberger mit einem herausfordernden, fast verächtlichen Blick, der ihn flammrot machte. Sie selbst sah blaß aus, schien aber ruhig und gefaßt. Nur die Glaskaraffe mit dem vom Einzapfen noch perlenden weißgelben Terlaner zitterte ein wenig in ihrer Hand.

»Was is denn dös für a G'schicht«, sagte der Bräu leise und drohend, »mit der Widmung? Hast du ihm das erlaubt?«

»Ich hab's nicht gewußt«, sagte die Clementin, indem ihr Gesicht sich ablehnend verschloß, »aber es ist doch keine Schand.«

»Keine Schand!« rief der Fischlhammer und griff sich an den Kopf. »Keine Schand!«

»Nein«, sagte die Clementin und stellte den Wein ab. »Gewiß, keine Schand. Aber vielleicht eine Ehre.«

»Ah so«, machte der Fischlhammer mit einem bitteren Lachen, »ja freilich. Lobkowitz. Esterhazy. Haffner.«

»Warum net«, sagte die Clementin und zuckte hochmütig die Achseln, »der junge Tomaselli sagt, er wär ein Genie.«

»Genie —«, stöhnte die Professorin, als habe man Gott gelästert.

»Der junge Tomaselli«, rief der Fischlhammer, »der is ja selber noch naß hinter die Ohrwaschln. Was versteht denn der!«

»Wenn einer Franz Haindl heißt«, sagte der Herr Bräu gewichtig, »wenn einer Franz Haindl heißt – dann is er a Selcher oder, wenn's hoch kommt, im Delikatessengeschäft. Aber ka Genie.«

Man barst vor beifälligem Gelächter, der Bräu schien wieder Herr der Lage zu sein.

»Geh«, sagte die Clementin gelassen, als sich das Lachen gelegt hatte, »das ist doch nur Gewohnheit. Joseph Haydn war auch einmal so ein Name — eh man halt gewußt hat, wer er war. Was is denn da für ein Unterschied. Und Franz Schubert heißt unser Kashändler vom Grannermarkt. Davon wird die ›Unvollendete‹ auch net schlechter. Eher besser.«

Der Professor Fischlhammer war in die Höhe gefahren, wie von der Otter gebissen. »Kein Unterschied«, stammelte er, fast flüsternd vor Entsetzen, »kein Unterschied – zwischen dem Haydn – und dem Haindl.« »Das hab' ich nicht gesagt«, fuhr die Clementin auf.

»Ich hab's gehört! Ich hab's gehört!« schrie die Bierschaumgeborene und bekam rote Flecken auf den Jochbeinen.

»Ich hab's aber net gesagt!« rief die Clementin, jetzt auch schon am Überlaufen. »Ich hab' gesagt, warum soll einer net Franz Haindl heißen und doch was Besonderes sein!«

»Dann kann er von mir aus«, sagte der Bräu, »Apotheker werden.« Und die Beifallslacher übertönend, fügte er mit plötzlichem, unbeherrschtem Schreien hinzu:

»Aber dich soll er in Ruh lassen, gefälligst!«

»Sonst kann er was erleben!« fiel der Ammetsberger ein.

»Er laßt mich ja in Ruh«, rief die Clementin in verzweifelter Verwirrung – aber gleich darauf, mit einem Hochleithnerischen Stolz im Gesicht und an der Grenze des Groben-Wirts-Tons:

»Außerdem wär' das meine Sache ganz allein. Da hätt' hier niemand hineinzureden.«

»Niemand?« sagte der Bräu mit schwerem Atem und sah sie von unten an. Ihn hatte sie gar nicht gemeint, sondern den Ammetsberger. Aber was konnte sie tun? Hätte sie nur mit ihm allein sprechen können! »Niemand«, wiederholte der Bräu leise und ganz betroffen. Seine Augen hatten sich plötzlich mit dicken Schatten verwölkt.

»Das wer ma sehn«, knurrte der Ammetsberger, »dem wer ma's zeigen.«

»Sie vielleicht?« rief die Clementin, froh, ihre Wut an den rechten Mann bringen zu können.

»Genialer als der Haydn«, wehklagte der Fischlhammer – »Der Haindl!«

»Ich hab's gehört«, hetzte seine Frau, »ich hab's –«

Das Wort starb ihr auf den Lippen, es wurde in der Wirtsstube totenstill, sogar die Bauern und Knechte auf ihren Wandbänken, die sich bisher um den Diskurs nicht gekümmert und sich leise murmelnd unterhalten hatten, verstummten und schauten neugierig auf.

Ahnungslos, ohne etwas von dem Gespräch aufgefangen zu haben, war der Junglehrer Franz Haindl eingetreten. Mit einer höflichen Verbeugung zur Tafelrunde, einem Grüßgott zu den Bauern und einem unbefangenen herzlichen Lächeln für die Clementin ging er zu einem entfernten Ecktisch, setzte sich nieder und nahm die Menükarte auf, um sich, wie jeden Sonntagabend, sein Nachtmahl und ein Viertel Wein zu bestellen.

»Es riecht ja so gut«, sagte er zu der Kellnerin, die den Brotkorb auf seinen Tisch stellte.

»Das sind die Schnepfen«, sagte die Rosa, »für den Herrn Bräu. Die sind nicht auf der Kart'n.«

Der junge Mann biß hungrig in ein Salzstangl und lächelte neidlos.

»Mir geben S' halt«, sagte er, indem er die Speisekarte überlas, »Hirn mit Ei. Nein, G'röste Nierndl. Nein, Gebackene Knödl. Nein – ein Naturschnitzel. Ein Naturschnitzel. Dabei bleibt's. Ein Naturschnitzel und Mitgebratene.«

Die Kellnerin hatte nur aus Gewohnheit zugehört, sie wußte es schon. Diese Speisewahl wiederholte sich litaneiartig an jedem Sonntag, denn in jedem Österreicher und in jedem Künstler steckt ein Pedant. Der junge Mann lehnte sich befriedigt zurück und dachte, ob er, falls er ein Achtel Gespritzten für den Durst tränke, sich dann noch ein Viertel Terlaner leisten könne.

»Herr Haindl«, sagte Matthias Hochleithner, gar nicht laut, in eine beklommene Stille hinein, die jeder, außer dem Angesprochenen, als drohend empfunden hatte, »es wird geredet, daß Sie meiner Nichte eine Musik gewidmet haben.«

Er betonte Musik auf dem u und sprach es lang aus.

»Eine Musik!« brummte der Fischlhammer verächtlich.

»Ich war so frei«, sagte Franz Haindl, nach kurzem Zögern.

»Warum haben S' mich denn net vorher gefragt?« sagte der Bräu, um eine Spur leiser.

»Hätt ich das müssen?« sagte der Junglehrer erstaunt. »Darauf hab' ich gar nicht gedacht. Es war – es hat eine Überraschung sein sollen.«

Sein Gesicht war heiß geworden. Die Clementin schaute unter sich.

»Das nächste Mal«, sagte der Bräu im gleichen verhaltenen Tonfall, in dem etwas ungeheuer Bösartiges lauerte, »da lassen S' das bleiben.«

Höhnisches Kichern kam von den Zuhörern. Aber es war noch immer fast totenstill im Saal.

»Auf solche Überraschungen«, fuhr er fort – und ganz unvermittelt schwoll seine Stimme zu einem furchterregenden Brüllen – »da san mir net scharf dahier!«

»Sonst können S' selber a Widmung kriegen«, hängte der Ammetsberger an und zeigte die Faust, »a solchene.«

Niemand lachte, und wieder senkte sich eine peinvolle Stille über den Raum. Der junge Mann schien zu überlegen, was er sagen oder wie er sich zu dem vollständig unerwarteten Angriff verhalten solle. Er sah mehr aus, als ob er sich für die andern geniere. Er schüttelte leicht den Kopf, hüstelte ein wenig. Die Kellnerin Rosa mit ihrem vorstehenden Leib war noch immer an seinem Tisch und rieb in neugierig-verlegener Nervosität die Menükarte zwischen ihren Fingern. Bevor aber irgend etwas anderes geschehen konnte, ging die Clementin auf einmal quer durch den Saal zu dem Ecktisch hinüber, an dem der Haindl saß.

»Bei der Gelegenheit«, sagte sie laut, »möcht ich Ihnen vielmals danken, daß Sie mir Ihre Suite gewidmet haben. Das war sehr freundlich von Ihnen. Es hat mich sehr gefreut.«

Sie streckte ihm die Hand hin, die er rasch ergriff und einen Augenblick festhielt. Ob er etwas sagte, hörte man nicht. Aus der Kuchl ertönte gleichzeitig eine Klingel und die Stimme des Fräulein Mali, der Wirtschafterin:

»Rosa! Die Schnöpf'n san gar!«

Die Kellnerin fuhr wie aus einer Trance in die Höhe und rannte zur Küchentür. Alle anderen starrten auf den Herrn Bräu.

Der hatte den Mund geöffnet, als wolle er eine Drohung oder einen Fluch ausstoßen. Statt dessen aber kam nur ein leises dünnes Röcheln heraus, das auch gleich wieder abstarb. Sein Gesicht war grau geworden – sein silberschwarzer Bart und sein starkes Kopfhaar traten plötzlich in ganz greller Dunkelheit hervor. Eine seiner dicken, schweren Hände krampfte sich mit einer langsamen, unnatürlich langsamen Bewegung auf seinen Leib zu. Die andere fiel wie ein Stück Brot vom Tisch herunter und klatschte dumpf auf die Armlehne seines Sessels auf. Dann kam ein langes, halb ersticktes Stöhnen von seinen offenen

166

Lippen, und der Kopf sank ihm mit schmerzverdrehten Augen auf die Schulter.

Jetzt entstand ein jäher Aufruhr am Tisch. Die Bierschaumgeborene schrie nach Wasser. Alles sprang auf. Gläser und Stühle wurden umgestoßen. Die Rosa, die mit den Schnepfen hereinkam, ließ um ein Haar das Tablett fallen. Nur ihre Siebenmonatswölbung hatte es noch gestützt. Sie lehnte schluchzend am Ofen und sah aus, als würde es losgehen. Die Clementin umklammerte immer noch die Hand des Franz Haindl. Dann aber riß sie sich auf, lief zu Matthias Hochleithner hinüber, stieß die andern beiseite und nahm seinen Kopf in die Arme, hielt sein Gesicht an ihrer Brust. Nach ein paar Atemzügen schien er sich etwas zu erholen. Er preßte beide Hände auf die Tischplatte und hob sich langsam hoch. Mit einer gewaltigen Anstrengung stellte er sich auf die Beine. »Es is nix«, sagte er heiser, »ich bin gleich wieder z'ruck.«

Auf einen Wink der Clementin waren die beiden riesigen Brauknechte, der Lix und der Burschl, die im Vorhaus überm Bier gesessen hatten, hereingekommen und faßten ihren Herrn mit der Vorsicht und Zartheit gelernter Krankenschwestern rechts und links unter die Achseln. Schritt für Schritt stützten sie ihn bis ins Freie hinaus, wo es schon dunkel wurde, um ihn dann auf gekreuzten Armen und verschränkten Händen zur Villa zu tragen.

Die Clementin folgte in einiger Entfernung. Es gab nichts, was sie tun konnte. Den Dr. Kirnberger hatte sie schon angerufen. Droben würde die taube Nanni alles übernehmen, sie konnte ihn auskleiden und wußte, wo die Tropfen waren. Die Clementin ging in den dämmervollen, abendfeuchten Park und setzte sich auf eine Steinbank. Der Springbrunnen plätscherte sinnlos. Der griechische Gott starrte sie aus blinden Augen an. Es war alles ganz unbegreiflich.

IV

Wie oft in der Karwoche, wurde es föhnig und warm. Der Wolkenhimmel hing niedrig, die Berge rückten bedrohlich nah, als wollten sie auf die Erde fallen. Eine drückende Stille lastete auf dem Ort und auf den Menschen, in der die Knospen hörbar zu platzen schienen. Matthias Hochleithners Anfall mußte schwerer sein als gewöhnlich, es dauerte länger, der Dr. Kirnberger kam zweimal am Tag und verweigerte jede

Auskunft. Am Gründonnerstag aber kam ein Auto von Salzburg, dem der Notar Dr. Haidenthaller entstieg, um sich sofort zur römischen Villa zu begeben. Es sprach sich im Dorf herum, daß der Bräu seinen Willen machte.

Der Besuch dauerte lang, und die Clementin verbrachte die ganze Zeit ruhelos im Musikzimmer, in dem seit dem Ereignis vom Palmsonntag kein Ton mehr erklungen war. Sie hatte auch ihren Onkel seitdem nicht zu Gesicht bekommen, obwohl sie in den Osterferien sowieso nicht nach Salzburg fuhr und das Haus kaum für eine Viertelstunde verließ. Das entsprach an sich der Gepflogenheit: er ließ sich ja niemals sehen, wenn er krank war, und sie hatte bisher die sporadischen Anfälle nicht weiter tragisch genommen, man dachte halt, daß es vom Magen kam. Diesmal dachte sie das nicht. Sie konnte seine angstverstörten Augen nicht vergessen, das Gefühl seiner kalten Stirn an ihrer Brust und den leichenhaften Anblick der herabhängenden Hand. Es mußte, was man sich beim Leibesbräu niemals vorgestellt hatte, vom Herzen kommen. Vom Herzen – vielleicht auch von der Seele. Sie fühlte sich schuldig – obwohl sie nichts getan hatte, was sie hätte bereuen oder widerrufen können. Aber ihretwegen war ihm das geschehen. Man kann auch schuldig werden, ohne es zu sein. Und sie sah keinen Ausweg. Sie wußte nicht, was sie tun sollte, wenn er gesund würde und aufstünde. Sie konnte es nicht wiedergutmachen, was geschehen war. Nur schlimmer. Oder sie mußte ihr eignes Herz verraten. Sie sprach kaum einen Menschen in diesen Tagen. Dem Ammetsberger ging sie aus dem Weg. Und auch den Seelenbräu mußte sie meiden, denn sie wußte um sein schwelendes Zerwürfnis mit dem Junglehrer, das dessen weitere Existenz in Köstendorf unmöglich machen würde – falls ihr gemeinsamer heimlicher Plan nicht glückte. Das aber war nun durch die sonntägige Katastrophe alles in Frage gestellt – und es stand ihr wohl mit dem Dechanten eine ebenso schwere, vielleicht noch härtere Krise bevor. Ihre ganze Welt schien aus den Fugen zu gehen.

Gegen Abend beobachtete sie, daß zwei Leute ins Krankenzimmer gerufen wurden, der Tischler Beyerl, der die windbeschädigte Pergola reparierte, und der Gärtner Willy. Sie putzten sich umständlich die erdverklebten Schuhe ab und wuschen in der Küche ihre Hände. Vermutlich sollten sie eine Unterschrift beglaubigen. Die Karwochenstille über dem Ort war noch schwerer geworden, weil nun auch das Vesperläuten ausfiel. Die Glocken waren bis zum Samstagnachmittag verstummt, man sagte den Kindern, sie seien nach Rom geflogen, und sie erinnerte sich, am Fenster stehend, wie sie früher oft hier gelauert hatte, Stirn und Nase an die Scheiben gedrückt, und in den Himmel gestarrt, ob sie vielleicht eine Glocke beim Heimflug zwischen den Wolken entdecken könne. Dann hörte sie den Notar das Haus verlassen, das Auto abfahren, die beiden Zeugen leise in der Küche murmeln, wo man ihnen wohl ein Bier verabreichte. Plötzlich aber war die taube Nanni im Zimmer und gab ihr mit ihren heiseren Lauten und aufgeregten Handbewegungen zu verstehen, daß der kranke Herr Bräu sie zu sehen wünsche.

Ihr Herz klopfte heftig, als sie auf der Schwelle seines Schlafzimmers stand, das sie nie vorher betreten hatte. Es gehörte zu seinen Sonderlichkeiten, daß er außer der ständigen Bedienung keinem Menschen den Zutritt zu diesem Raum erlaubte, auch wenn er gesund war. Er hielt ihn sogar gewöhnlich unter Verschluß und trug den Schlüssel in der Tasche. Die Leute glaubten, daß er nach Art seiner Vorfahren sein Geld darin verborgen halte, vielleicht in einer alten Schatztruhe oder unter den Dielen. Als Kind hatte sie manchmal durch die ebenerdigen Fenster hereinzuluchsen versucht, aber nichts Rechtes gesehen, denn der Raum lag stets im Dämmer schwerer Gardinen. Auch jetzt war er nur schwach erleuchtet, und zwar von dicken gelben Wachslichtern, die in zwei altmodischen Hängelampen, rechts und links vom Bett, angezündet waren. Sie waren mit dünnen Silberketten an der Decke befestigt und schwankten leise von der Erwärmung, so daß alle Schatten im Zimmer in einer ständigen Bewegung zitterten. Das riesige Renaissancebett stand mitten im Raum, es war ziemlich hoch und von einer bankbreiten, ebenholzschwarzen Stufe umlaufen. An seinem Fußende ragten zwei gedrechselte Säulchen. Die Kopfseite wurde von einem Himmel überdacht, der aus einem alten Gobelin gebildet war. Er zeigte in matten Farben den Gott Morpheus als einen schönen nackten Jüngling – oder war es der Tod? –, der mit ausgebreiteten Armen bleiche Rosenblätter streute. Rechts und links fielen geraffte Portieren aus dunkelrotem Samt. Außer diesem Bett, das thronartig den Raum beherrschte, waren nicht viele Möbel vorhanden. Ein wuchtiger, schwarzer Holzkasten, eine silberbeschlagene Wäschetruhe, eine deckenhohe Standuhr mit gemaltem Zifferblatt, die leise und knisternd tickte. Der Boden war mit einem dicken Teppich bespannt, die Wände damastbezogen, schwere Seidendecken lagen locker auf dem Bett, auch die Fenstervorhänge schienen aus alter Seide oder Brokat. Eine Wandtür stand halboffen, von der ein paar Stufen aus rotgeädertem Untersberger Marmor in ein eingelassenes Bad hinabführten. Ein Ofen aus glasierten

Hohlkacheln war so in die Ecke gebaut, daß er vom Flur draußen geheizt werden konnte. An das Bett waren ein kleiner Schreibsekretär und ein Stuhl herangeschoben, auf der ausgezogenen Tischplatte standen eine Glaskaraffe und ein halbgeleertes Portweinglas, offenbar von dem Notar zurückgelassen, daneben lag ein mehrblättriges Dokument unter einem Briefbeschwerer aus Bergkristall. Ein sonderbarer Duft durchwehte den Raum, und sie bemerkte, daß auf einem Sims ein kleines orientalisches Räucherkerzchen brannte. Eine unbegreifliche, feierliche, fast schmerzliche Einsamkeit erfüllte dieses fremdartige Schlafgemach.

Matthias Hochleithner saß aufrecht im Bett. Eine große Menge von Kissen war hinter seinen Rücken getürmt, aber er schien sie nicht nötig zu haben. Er saß vorgebeugt, die Hand unterm Kinn, den Ellbogen auf ein hochgestelltes Knie gestützt, über das die Daunendecke hing. Seine mächtige Gestalt, mit einem weitärmeligen dunklen Schlafrock bekleidet, wirkte fast schmal und zart in den enormen Dimensionen der Bettstatt. Sein Gesicht schien auch wirklich etwas schmaler geworden, es hatte einen bräunlichen Elfenbeinton, der vielleicht von der Kerzenbeleuchtung kam, aber er sah nicht schlecht oder geschwächt aus. Die Haut war straff, die Augen sprühten in ihrem schwarzen Feuer – nur wenn man genau hinsah, wohnte in ihrer Tiefe noch die Erinnerung an eine abgründige und unverscheuchbare Angst. Er wartete, bis die Clementin ganz nah ans Bett gekommen war, und ließ auch dann noch eine halbe Minute verstreichen, ohne sie anzusprechen. Auch ihr kam kein Wort auf die Lippen. Plötzlich kniff er ein Auge zusammen und machte mit der Schulter eine listig-boshafte Bewegung zu dem Dokument auf dem Schreibtisch hin.

»Möchst wissen, was da drin steht?« fragte er verschlagen.

»Nein«, sagte die Clementin tapfer, »das geht mich nix an. – Ich möcht nur wissen«, fügte sie hinzu, und jetzt bebte ihre Stimme ein wenig, »ob's dir wieder gut geht.«

Wieder ließ er eine Zeit verstreichen.

»Doch geht's dich an«, sagte er langsam, »da is deine Zukunft drin.«

»Meine Zukunft –«, wiederholte die Clementin, mit einem Ton, der etwas ganz Wesenloses, unvorstellbar Fernes, Verschwommenes, Nebliges, vielleicht gar nicht Wirkliches in das Wort legte.

Matthias Hochleithner nickte, als verstünde er diesen Ton.

»Mit deiner Mutter«, sagte er in einer großen Gedankenraffung, »hat's grad so angefangen. Dann is fort gangen. Und nimmer heimkommen. Seitdem hab' ich nie ein Weiberleut mögen. Richtig mögen. Außer dir.«

Er schaute vor sich hin, und der Clementin saß es heiß hinter den Augen. Wieder nickte er, als sehe er alles vor sich und verstehe es.

»Jetzt willst auch fort«, sagte er dann, ganz ohne Vorwurf, Trauer oder Frage in seiner Stimme, nur, wie man etwas feststellt.

Die Clementin brachte kein Wort heraus – auch wenn sie eins gewußt hätte. Es ging ihr plötzlich quälend durch den Sinn, warum sie nicht daran gedacht hatte, ein paar Blumen mit hereinzubringen. Sie hatte einen Busch frischer Primeln in ihrem Zimmer. Sie bemerkte auch mit ebenso zwangvoller Qual, daß hinten im Nacken ihrer Bluse ein Knopf offen war, und mußte sich Gewalt antun, nicht hinzugreifen und daran zu nesteln.

Jetzt wandte er ihr wieder das Gesicht zu, sein Mund lächelte ein wenig, und er zwinkerte leicht mit den Augen.

»Setz dich her«, sagte er dann und wies mit der Hand auf die breite Bettstufe. Während sie sich so niederließ, daß sie ihm nun gleichsam zu Füßen saß, aber nah genug, daß er sie mit der ausgestreckten Hand hätte erreichen können, beugte er sich etwas weiter vor, daß er die Zeit auf der Wanduhr lesen konnte.

»Bist hungrig?« fragte er dann.

»Ich kann's aushalten«, sagte sie lächelnd und wunderte sich, als sie die eigene Stimme hörte.

»In einer halben Stund«, sagte er, »kommt die Nanni mit der Suppen. Sauerampfer und Kerbl, weil Gründonnerstag ist. Auch ein Chaudeau hat er erlaubt. Wenns d' magst, kannst mitessen.«

Sie nickte dankbar, und er strich ihr ganz leicht, mehr wie ein Hauch, mit der Handfläche übers Haar.

Dann legte er sich in die Kissen zurück.

»Laß dir Zeit«, sagte er leise – und atmete ruhig und tief.

Sie wußte, daß das hieß, sie könne ihm nun alles sagen, was sie wolle, oder auch schweigen, sich sammeln und klären, bis sie das rechte Wort und die rechte Meinung fand. Von seinen stillen, fast schläfrigen Atemzügen, die das gute Gleichmaß der Genesung hatten, ging auch auf sie ein Strom von Ruhe über, von der unendlichen Weite und Freiheit all der Zeit, die man sich lassen dürfe, da sie ja selber kühl und ohne Hast verstreicht und unendlich lange währt. Einer Minute gehörten sechzig pochende Gedanken – eine halbe Stunde war eine halbe Ewigkeit.

Sie dachte nach, was sie denn aussagen und erzählen könne, von dem, was geschehen und was nicht geschehen war. In einem Herzschlag baute sich alles zusammen, so wenig war es in Wirklichkeit, und hätte doch Stunden oder Tage brauchen können, um's zu ergründen und auszuschöpfen, denn alles und jedes, die ganze Welt, das volle Leben gehörte dazu. Da war der neu eingestellte Sechsuhr-Autobus und die schlechte, von der Schneeschmelze und den Chaussee-Arbeitern aufgerissene Straße übern Rennerberg. Da waren all die Eugendorfer, Henndorfer, Köstendorfer Bauern und Bäuerinnen, die am Freitagabend nach Hause fuhren und den Wagen mit ihrem Lärm und Dunst, ihren Körben, Paketen, Regenschirmen und Witzworten erfüllten. Da war die Station Postwirt in der Gnigl, wo sie aufgestanden war, um einer alten Frau Platz zu machen, und wo sie plötzlich gemerkt hatte, daß neben ihr, fast an sie gepreßt, der Junglehrer stand. Er hatte sie auch noch nicht bemerkt, denn er hielt sich mit einer Hand in einer Lederschlinge und versuchte mit der anderen, ein offenes Buch so nah vor seine Augen zu bringen, daß er mitten im Geschüttel und trotz des schwachen Lichtes darin lesen konnte. Es war eine dicke, kleingedruckte Partitur. Vielleicht erkannte er sie auch gar nicht, denn er hatte sie nur an dem einen Abend, im Kostüm und im Wirbel der Maskerade gesehen. Aber dann begriff sie, daß er sie wohl erkannte, denn das Buch fiel ihm fast aus der Hand. Sie lachten sich an und sagten etwas, wie daß es voll sei und daß man Verspätung habe, und schwiegen und lachten wieder. Ein junger Chauffeur war am Steuer, der Autobus fuhr wie toll, man konnte kaum stehen.

»Bach«, sagte sie dann mit einem Blick auf sein Buch.

»Die Motetten und die Geistlichen Kantaten«, nickte er.

»Wollen Sie das den Köstendorfer Schulkindern beibringen?« fragte sie im Scherz.

»Vielleicht«, sagte er lächelnd, »aber verraten Sie mich nicht.«

»Wenn Sie ein Klavier brauchen«, sagte sie nach einigem Zögern, »unseres ist nicht berühmt. Ein alter Kasten – aber neu gestimmt.«

»Klavier?« sagte er, es klang erstaunt. »Das brauch ich nicht. Ich bin kein Pianist.«

»Ich dachte, Sie komponieren?« sagte sie kühn und wurde rot.

»Aber dazu braucht man doch kein Klavier«, sagte er unbefangen und ohne sich zu wundern, woher sie davon wußte.

»Auch keine Geige? Gar nichts?«

»Notenpapier«, sagte er lustig, »und Zeit. Sonst nichts. Noch nicht einmal Ruhe. Auch keine Stimmung. Keine Schwäne im Mondschein. Keine Samtjacke und kein Barett.« Er lachte lausbübisch.

Sie aber wurde fast ärgerlich über seine Antwort. Sie hatte sich das Komponieren ganz anders vorgestellt. Man kam sich geradezu dumm vor.

»Müssen Sie denn nicht – hören, was Ihnen einfällt?« fragte sie.

»Wenn ich dazu ein Klavier brauchte«, sagte er, »dann könnt ich's gleich aufgeben.« Sie fand, daß es arrogant klang.

»Sie brauchen also auch nicht in ein Konzert zu gehen«, sagte sie beinah bissig, »um die Meisterwerke kennenzulernen.«

»Nicht unbedingt«, sagte er ernsthaft, »wenn ich eine Partitur hab, die ich lesen kann. Davon lern ich mehr, als wenn's mir einer vormacht. Interpretiert, wie man sagt.«

Sie schüttelte den Kopf, und er schien nach Worten zu suchen, um sich zu erklären.

»Ein Musiker«, sagte er schließlich, »ist ein Mensch, der mit den Augen hört. Und mit dem Hirnkastl, natürlich.«

»Jetzt erzählen S' mir noch«, sagte sie, nun ausgesprochen spöttisch, »daß der Beethoven taub war.«

»Nein«, sagte er ganz erschrocken, »so was hätt' ich nicht getan.«

Er schaute sie hilflos an und sie schämte sich. In diesem Augenblick fuhr der Autobus in den Graben.

Es war in der Kurve unterhalb vom ›Gasttag‹.

Er fiel nicht um, er schlitterte und schlurfte nur in den vereisten Schlamm hinein, neigte sich ganz langsam auf die Seite und lehnte sich wie aus Zerstreutheit an die Straßenböschung. Und dort verblieb er, in einer nachdenklichen Haltung.

Den Passagieren war vor Schreck der Atem stehengeblieben, es war ganz still im Wagen, und niemand schrie, während alles aufeinanderrutschte. Der Chauffeur hatte es wohl so kommen sehen, er blieb fatalistisch an seinem Steuer sitzen und drehte sich nicht einmal um.

»Jemand verletzt?« fragte er durch die Zähne, indem er sich eine Zigarette anzündete.

Jetzt fing das Kreischen, Schimpfen, Lachen und Johlen an. Die Tür war verklemmt, man mußte die Fenster aufstemmen, um sich gegenseitig herausheben zu können. Die vielen Gepäckstücke waren überall im Weg und wurden zu Kampfobjekten. Dicke Frauen prusteten und schlugen um sich, Männer fluchten, ein paar Kinder greinten, der Chauffeur rauchte. Die Clementin wurde gewahr, daß der Junglehrer sie die ganze Zeit wie schützend in den Armen hielt. Die scharfen Kanten seines Notenbuchs preßten sich ihr schmerzhaft in die Rippen. Sonst war sie unverletzt. Sie lachten Tränen, als sie schließlich auf der Straße standen.

»Gut is gangen«, sagte der Chauffeur. »Hätt's uns nach der drüberen Seite verrissen, wär'n mir in Bach gefallen.«

Dann packte er sein Nachtmahl aus und teilte kauend den in der Dunkelheit herumschimpfenden Reisenden mit, daß die Fahrt unterbrochen sei. Man müsse zum Gasthof Mayrwies zurückhatschen und dort warten, bis übers Telefon eine Hilfe oder ein Ersatzwagen beigebracht werden könne.

Während sich nun der ganze Troß unter vielem Geschrei und Gezeter allmählich in Bewegung setzte, um wieder hinzugehn, wo man hergekommen war, schlugen die Clementin und der Franz Haindl, wie auf Verabredung, die andere Richtung ein. Sie fanden, daß es besser wäre, vorwärts statt rückwärts zu laufen. Daß es eine herrliche Nacht sei, nicht zu kalt und grad kühl genug, um gerne auszuschreiten. Daß man an der nächsten Station genausogut warten könne, bis ein Ersatzwagen nachkäme. Daß es ein Glück sei, in der frischen Luft zu atmen. Daß man im Gehen auf der stillen Landstraße besser sprechen könne als in einem überfüllten Postwagen und überhaupt als in irgendeinem Raum. Jedes Wort wußte sie noch und jeden Schritt, das Knirschen des Schottersands unter ihren Schuhen, das Auftauchen der schmalsilbernen Mondsichel zwischen den Wolken, das ferne Heulen eines Hofhunds, den Geschmack von Holzrauch und das leise Schnurren der Zentrifuge, wenn man an einem Bauernhaus vorbeikam – all die Fragen, die Antworten, die Pausen — das stete, kreisende Wachstum ihres unendlichen Gesprächs.

Was wollte sie jetzt von alldem dem alten Mann erzählen? Wo fing es an – wie ging es weiter? Was konnte man festhalten – was auslassen? Alles war eins – und es lief noch immer randvoll, wie ein Bächlein, von dem man nicht ahnte, wo es entsprungen ist und wo es hinwill. Konnte sie ihm erklären, wie es kam, daß sie nach zweieinhalb Stunden Wegs grade erst angefangen hatten, auf das Wichtigste zu kommen? Wie aber sollte sie ihm sagen, was denn das Wichtigste war? Würde er es verstehen? Und ohne das–ohne zu wissen, wie wichtig es war–konnte man auch nicht verstehen, weshalb sie am nächsten Freitag den früheren Bus nehmen mußten – denn man hatte ja keine Gewähr, daß wieder einer in den Graben fuhr – und auf der halben Strecke aussteigen, um wieder den langen Weg wandern zu können. Wie lang – und wie kurz – sind sieben Freitage – sieben Wochen – sieben durchwanderte Stunden? Waren sie nicht auch jetzt grade dort stehengeblieben – und hart unterbrochen worden – wo das Wichtige begann? Und war nicht alles Entscheidungsvolle noch ungesagt – ungeschehen? War das nicht alles so drängend·voll von Ereignis – und unbemessener, ereignisloser Leidenschaft –, daß es in keine Worte ging – und jeden Gedanken sprengte? Ach, sie wußte auch jetzt nicht, wieviel von der halben Stunde vertickt und verknistert war, in der sie ihr Herz hätte ausschütten und leicht machen können – nach all den beklommenen Tagen, in denen sie dachte, daß es keine Versöhnung gab, daß sie die Tür der Kindheit wortlos und ohne Lossprechung hinter sich zuschlagen müsse, um ihren eigenen Lebensweg zu beginnen. Wie aber sollte denn sie nun Welten versöhnen – die einander so fremd waren wie steigende und sinkende Sternzeiten? Stand denn ein junges Leben, nur weil es jung war, immer zwischen zwei Welten, und warum durfte es nicht ein bindendes Glied zwischen ihnen sein, statt einer trennenden Schneide? Ach, wie konnte sie es denn dem ruhvoll Atmenden ins Gesicht sagen und es in die prunkende Stille dieses Raums hineinwerfen, daß sie ihre Zukunft ungesichert wünsche? Daß sie nach einer Welt verlange, in der die Sicherheit nicht galt – und wo der Sohn des Eisenbahners um die Kunst, die Freiheit, das wahre Leben ringt? Daß sie sich nach einem Sturmwind sehne, der machtvoll und unerbittlich in die Zeiten fährt, auch wenn er diese ihre holde, geliebte kindliche Seelenheimat zerwehen und zerschlagen müsse?

Sie hatte die Flächen ihrer Hände zusammengelegt, als könnte sie aus ihnen das rechte Wort herauspressen, und die Stirn fast auf den Schoß gebeugt, doch plötzlich fühlte sie, daß Matthias Hochleithner ihr das Gesicht zugewandt hatte und sie aus seinen großen Augen, in denen stets ein Spott und stets eine Trauer hauste, prüfend ansah. Da quoll es heiß in ihr auf, sie griff nach seiner Hand und sagte den einzigen Satz: »Ich hab ihn gern.«

Dann barg sie das Gesicht an seiner Schulter, und die Tränen stürzten. Durch die Tür aber schob die taube Nanni den Rolltisch herein, von dem die Gründonnerstagssuppe und die gerösteten Brotkrüstchen dufteten, und der Herr Bräu machte ihr über die zuckenden Schultern der Clementin hinweg mit seltsamen Zeichen und lautlosen Mundbewegungen verständlich, daß sie ein zweites Gedeck und eine Flasche Wein bringen solle.

Am Ostersamstag, zur Zeit der Vieruhrjause, läuteten die Glocken wieder. Es klang, als hätten sie einen neuen, frischen, gereinigten Ton. Gleichzeitig ließ man im Brauhaus den Dampf ausfahren und Feierabend pfeifen. Das machte einen kleinen Höllenlaut in das ernste Gebrumm und eifrige Gebimmel. Zusammen aber klang es nach Festfreude und himmlisch-irdischem Vergnügen. Die Brauknechte gingen sich abschrubben und das Hemd wechseln. Auch die Bauern stellten, außer dem Melken und Viehfüttern, die Arbeit ein. Alles bereitete sich auf das Begehen des Feiertags vor wie auf eine andere, verwandelte oder umgekehrte Art von Arbeit. Den kleinen Mädchen wusch man die Haare mit Zuckerwasser, schmälzte sie und wickelte sie mühsam in Papier ein, damit es am Sonntag schöne, steife Löckchen wären. Scharfe Rasiermesser kratzten über harte, stoppelige Wangen. Die schweren Erbgewänder und Staatsschürzen wurden aus den Kästen der Hofbäuerinnen genommen und die breiten schwarzseidenen Kopfschleifen glattgebügelt. In der Kirche wurde eine Vesper gelesen und dann die Beichte gehört. Als der Dechant sich endlich aus dem Beichtstuhl zwängte und in die frische Luft hinaustrat, dämmerte es bereits. Er fühlte sich müde und abgespannt. Manche der älteren Leute, die zum Bekenntnis kamen, waren nicht leicht zu verstehen und wollten gar nicht aufhören, sich ihrer kleinen Fehlsamkeiten zu entledigen. Und die Person, auf die er heimlich gewartet hatte, war nicht gekommen. Sein Herz war schwer und von mancherlei quälenden Erschütterungen heimgesucht, zu deren Klärung und Bewältigung ihm die anstrengenden Ritualien der letzten Tage keine Zeit gelassen hatten. So beschloß er, sich vor dem Nachtmahl einen erholenden Spaziergang zu gönnen, und suchte nur kurz das Pfarrhaus auf, um sein großes Klappmesser einzustecken. Denn dies war eine Jahreszeit, wo es draußen viel zu finden und einzuholen gab, was nur der freie Wildwuchs des Frühlings und auch der gepflegteste Gemüsegarten nicht hervorbringen konnte. Der wilde Hopfen, der sich den Waldrändern entlang an alten Bäumen hochrankte und sie im Herbst mit seinem rötlich-silbernen Seidenflachs behängte, trieb jetzt tief unten nahe der Wurzeln, knapp überm Humus hochstehend, frische gelbgrüne Schößlinge, Hopfenspargel genannt, die einen wunderbaren Salat machten. Aus dem feuchtwarmen, verrotteten Belag des herbstgefallenen Altlaubs stießen die Morcheln ihre spitzen schwärzlichen Gnomenköpfe heraus und konnten, mit den Fingern freigegraben, mit der Klinge ausgehoben werden. Brunnenkresse schwamm in dem klaren Gewässer der Waldbäche, hob straffe, blanke Stengel aus den Teichen empor. Selbst die wüste Brennessel hatte um diese Jahreszeit einen Nachwuchs zartgrüner Jungpflänzchen, die, richtig zubereitet, besser schmeckten als der feinste Frühspinat. Langsam, ohne Weg zwischen den kahlen, kaum erst knospenden Bäumen, schritt der Dechant die leichte Steigung des Bergwalds hinauf, die Augen auf den Boden geheftet, das Messer und den Henkelkorb in der Hand, die lange Soutane wie einen Frauenrock anhebend – und er vergaß über der Spannung des Suchens, Findens und Sammelns, über dem Spähen, Sichbücken, Prüfen und Unterscheiden fast seine drückenden Sorgen. Ohne der Zeit zu achten, war er nun schon bis zum Fuß der Burgruine gekommen, von der auf dem steilen Bichel nur noch ein paar brombeer- und wilddornumrankte Mäuerchen standen, während die Hügelsohle von den alten Kasematten und Verliesen tief unterkellert war. Der Herr Bräu, zu dessen Grundbesitz das brüchige Gemäuer gehörte, hatte in seinen jüngeren Jahren einen Teil dieser unterirdischen Gewölbe ausgraben und stützen lassen, um eine Champignonzucht darin anzulegen. Später aber hatte sich das Unternehmen als zu kompliziert und wenig einträglich erwiesen. Es zahlte sich nicht aus, all den dazu nötigen Pferdemist in einzelnen Fuhren zu dem verlassenen Ort hinzuschaffen, und man hatte die Beete unters Brauhaus verlegt. So standen die alten Fels- und Mauerhöhlen, obwohl nun mit Türen, Luftschächten und Tragbalken versehen, wieder leer und ungenutzt, dienten höchstens allerlei wilden Tieren zum Unterschlupf. Als der Dechant eben in das dichte Gestrüpp eindrang, das zwischen den mächtigen Buchen und Eichen am Fuß des Berghügels aufgewuchert war und mit seinem saftigen Geranke eine besonders reiche Ernte an Hopfenspargeln versprach, hörte er plötzlich einen Ton, der ihn für einen Augenblick zweifeln machte, ob er wache oder träume. Es war die ihm so vertraute Stimme der Clementin, mit der sich seine lauten und unterdrückten Gedanken in diesen Tagen ununterbrochen beschäftigten und die er überall anders als grade hier zu vernehmen erwartet hätte. Sie wiederholte mehrere Male die Anfangstakte jenes Quartetts aus dem ersten Akt des ›Fidelio‹, dessen hochdramatischen Part sie vor kurzem, noch unter seiner mühsamen Assistenz, studiert hatte:

»Mir wird – so wun – derbar – !«

Die letzte Silbe hielt sie, wie zum Signal, lange aus. Gleich darauf aber, in etwas weiterer Entfernung, rasch näherkommend und für das Ohr des Dechanten wie ein teuflisches, triumphales Hahnengekrähe anzuhören, kam die Antwort: »Sie liebt – mich – das – ist klar –!«

Es war, unzweifelhaft, die Stimme des Junglehrers Franz Haindl.

Der Dechant stand wie angewachsen und machte hinter einem der dicken Bäume seine Gestalt so schmal wie einen Schatten. Aber die beiden jungen Leute, die er jetzt zusammen den Weg heraufkommen sah, hätten ihn ohnedies zwischen den dämmrigen Stämmen nicht bemerkt. Sie schauten nicht rechts noch links, sondern nur einander ins Gesicht und hatten sich offenbar so viel zu sagen, daß sie beide gleichzeitig redeten. Ihre Worte konnte er nicht unterscheiden, aber in ihren Stimmen spürte er den erregten Klang von heißem, brennendem Einverständnis, und sein Herz krampfte sich zusammen. Jetzt aber kam das Entsetzliche. Der junge Mann bog plötzlich vom Weg ab und zwängte sich durch die Büsche in den schluchtartig zugewachsenen alten Wallgraben hinein. Er hatte die Clementin bei der Hand gefaßt und half ihr über das Stein- und Wurzelgewirre zu einem jener halbverschütteten Eingänge, die in die unterirdischen Burggewölbe führten. Er hörte das Knirschen und Quietschen der vermorschten Kellertür. Er hörte ein verhallendes Lachen der Clementin. Dann waren sie beide im Schoß des Berges verschwunden.

Der Dechant atmete schwer, das Blut schlug ihm im Hals und in den Schläfen, alles schwankte und kreiste vor seinem Blick. Auch seine Gedanken hatten sich verwirrt und taumelten wie geblendete Vögel hin und her. Was er in dieser Woche durchgemacht und erfahren hatte, stürzte jetzt gleich einer einzigen Woge auf ihn ein, warf ihn nieder und überschwemmte ihn. Erst war es die Nachricht vom sonntägigen Skandal im Wirtshaus gewesen, die ihn sofort erreicht und ihm die Binde von den Augen gerissen hatte. Dann kamen die Spitzelberichte des Rudi, Oberlehrer Weidlings Sohn, der, ein Lehrling unter Lehrlingen, grau in grau, ohne sich durch den bösen Blick oder feindliche Haltung auffällig zu machen, denselben Freitagsautobus benützte. Zugleich damit jene unheimlichen Einflüsterungen des Zipfers über die Vergiftung der Schulklassen mit heidnischer, ja protestantischer Musik. Das Absagen der Stunde durch die Clementin, mit ihres Onkels Krankheit begründet. Die Gerüchte über das nahende Ende des Herrn Bräu, durch den Besuch des Notars veranlaßt. All das und sein innerer Kampf zwischen Stolz, Pflicht und Verletztheit – das unsichere Harren und Warten, ob sie nicht doch von selber käme, um zu gestehen, zu bekennen, zu bereuen, sich Hilfe und Rat zu holen – denn sie konnte ja doch nicht ganz in Satans Klauen gefallen sein. Der qualvolle Zweifel, ob er sich einer hohnvollen Ablehnung von seiten Matthias Hochleithners aussetzen solle, denn der Leibesbräu würde geistliche Einmischung verschmähen und verachten – oder ob es seine Hirtenpflicht verlange und seine innere Verbundenheit, an dem verirrten Kind, das bald wieder ganz allein in der Welt stehen könnte, Vaterstelle zu vertreten. Niemals hatte er sich ihre Verirrung und ihr Vergehen als eine vollendete Tatsache – vielleicht als eine Versuchung, eine Wunsch- und Gedankensünde, aber nicht leibhaftig, nicht im Fleische, nicht in der nackten, rohen Wirklichkeit – vorgestellt. Was er aber jetzt mit eigenen Augen gesehen hatte, konnte nur einen Sieg der Hölle bedeuten, das Werk eines schändlichen Verführers, dem sie sich lachend und ohne Widerstand ergab. Denn der Dechant hatte zu lange gelebt, und auf dem Lande gelebt, als daß ihm unterkam zu glauben, zwei junge Leute verschiedenen Geschlechts würden allein in eine dunkle Höhle gehen, um Schwammerln zu suchen. Und plötzlich bemerkte er, zu seiner tiefsten, grausamsten Bestürzung, daß seine Zähne knirschten und daß seine Faust das offene Klappmesser wie eine Mordwaffe umklammert hielt. Es war ein weltlicher, blutiger Zorn, der ihn übermannt hatte. Es war Haß. Es war Rachgier. Es war Eifersucht. Mit einem Stöhnen ließ er das Messer fallen, brach wie gefällt in die Knie, machte mit zitternden Fingern das große Kreuzzeichen über Stirn, Brust und Schultern und schlug die Hände vors Gesicht. Jetzt gab es keine Fragen, kein Denken, kein Grübeln. Jetzt gab es nur das Gebet, das ihm das innere Licht, das ihm die klare Kraft der Entscheidung bringen könne, was er tun und wie er handeln müsse. Denn daß er jetzt nicht mehr wegschauen, umkehren und vergessen könne – daß er zum Eingreifen und Kämpfen verpflichtet sei –, darüber war kein Zweifel. Während er aber mit all seiner Glaubensstärke, im leisen Murmeln des Vaterunser und des Ave-Maria, versuchte, sich die Allmacht des Weltschöpfers, die Erwählung und das Leiden der Gottmutter, das irdische Selbstopfer des Menschensohnes ganz gegenwärtig in seine Seele und vor seinen Geist zu rufen, um ihn daran zu klären und auszuwägen, hörte er wieder ein unverhofftes und sonderbares Getön und Geräusch in der Dämmerstille. Diesmal war es ein Gepfeif und Getrappel, das ihn erst an eine Schar von kleinen Tieren, Wühlmäusen, Marmotten, hüpfenden Gassenvögeln gemahnte – und als er die Hände vom Gesicht nahm, sah er verschwommenen Auges auf demselben Wege, den vorher die beiden gegangen waren, in vielen Gruppen und Grüppchen, schlendernd, springend, laufend, eine Reihe wohlbekannter Gestalten der Burgruine zueilen. Es waren, kaum glaublich aber wahr, die Kinder seines Kirchenchors, größere und kleinere Buben und Mädchen, er hätte sie abzählen und sie bei Namen nennen können, einzeln, zu zweit, zu mehreren schoben und stießen sie sich lustig zwischen die Büsche des Wallgrabens und verschwanden durch die gleiche knirschende, quietschende Kellertür ins Gewölbe hinab. Der Dechant kniete mit offenem Mund und wußte nicht, wie ihm geschah. Schließlich erhob er sich schwerfällig, nicht ohne ein kurzes Dankgebet hinaufzusenden und sein Klappmesser vom Boden aufzuheben und sorgfältig abzuwischen. Jetzt waren die letzten kleinen Gestalten, als seien sie vom Spiel eines Rattenfängers gelockt, in den Berg getreten und von der Höhle verschluckt – und während er noch stand und all dem kaum Faßlichen nachsann, drang aus der Kellertiefe ein fernes, erdgedämpftes, vielstimmiges Gesinge zu ihm her, dessen Melodie und Einzeltöne man nicht unterscheiden konnte. Langsam wandte er sich und begann durch die immer tiefer sinkende Dämmerung zwischen den Büschen und Bäumen den Rückweg zu suchen. Zu vieles war ihm unklar, um im Augenblick etwas anderes zu tun. Ohne es zu bemerken, hatte er im Gehen ein glattes, knospengeschwelltes Buchenzweiglein gebrochen und begann, es in Gedanken zu zerkauen. Der bittere Saft gab ihm ein kühles, kräftiges Gefühl. Ruhe und Überlegung kamen zurück. Noch wußte er nicht recht, ob er wirklich erleichtert sein dürfe, weil das Schlimmste nicht Wahrheit gewesen sei, ob er beschämt sein müsse über seinen Verdacht und seinen Herzensaufruhr, oder ob es gar noch ärger wäre, wenn eine ganze Schar unschuldiger Kinder statt einer einzelnen Seele dem Verführer ins Garn ging. Eins aber schien gewiß, daß es nicht zu spät war. Daß man noch eingreifen könne. Daß er den Weg des Bösen zur rechten Zeit gekreuzt habe. Nie, niemals sollte sie ihm gehören! Und ohne viel nachzudenken, warum und weshalb, ohne einen klaren Plan, aber mit der vollen Sicherheit, daß dort die Wurzel sei, an die man die Axt legen müsse, schlug er die Richtung zum Brauhaus ein.

Wenn er geglaubt hatte, er müsse zur Villa hinaufgehen und sich den Zutritt in ein Krankenzimmer verschaffen, so war er im Irrtum. Schon von weitem sah er den Herrn Bräu an einem kleinen Gartentisch mit einem Windlicht darauf vor seinem Wirtshaus sitzen. Die Abendluft war mild genug, um noch eine Stunde im Freien zu bleiben. Da saß Matthias Hochleithner ganz allein und schien in strotzender Gesundheit. Er hatte eine englische Sportmütze tief in der Stirn sitzen, einen weiten, leicht karierten Flauschmantel um die Schultern und eine schottische Gargarinedecke über den Knien. Vor ihm standen eine gewaltige Platte voll resch gebackener Froschschenkel und eine Schüssel mit Kressensalat. Auch das war ein traditionelles Karwochenessen in Alt-Köstendorf.

»Nehmen S' Platz, Hochwürden«, rief er gutgelaunt, als er den Dechanten unschlüssig näherkommen sah, und winkte der Kellnerin.

»Rosa, noch eine Portion, und ein Liter vom Alten. Die Froschhaxeln san heuer dölikat. Fast wie Backhendl.«

Der Seelenbräu bemerkte auf einmal, daß er einen derben Hunger hatte. Seine gewöhnliche Nachtmahlzeit war wohl schon längst vorüber, und er hoffte nur, daß der Pater Schiessl, der als Gast bei ihm wohnte, allein angefangen hatte. Eh er sich's versah, zerkrachte ein Paar Froschhaxeln nach dem andern zwischen seinen kräftigen Zähnen, wenn er auch immer wieder erklärte, daß er nur kosten wolle und nicht zum Essen gekommen sei. Inzwischen schenkte der Herr Bräu ihm schon das zweite Glas von dem alten, traubigen Dürnsteiner voll. Das Vorhaus und die Wirtsstube drinnen waren von vielen Gästen besucht, für die das Feiern am Samstagabend begann. Matthias Hochleithner lauschte mit lächelndem Genuß dem verworrenen, leicht angedudelten Gesinge, das schon von einigen Tischen her klang.

»Ostern«, sagte er, »is ein schönes Fest. Mein Großvater hat immer gesagt, wer in der heilig Osternacht nüchtern bleibt, für den is das Fegfeuer zu kalt.«

Auch auf den Dechanten, ob er wollte oder nicht, strahlte mit dem Wein und den Speisen und dem frühen, über der dunkelblauen Waldkuppe aufsteigenden Mond etwas von seiner wohlig-gemächlichen Genesungslaune aus. Es schien in dieser Stimmung nicht ganz leicht, den rechten Anfang zu einem ernsten, vielleicht streitbaren Gespräch zu finden. Ob Matthias Hochleithner wohl ahnte, wo seine Nichte sich jetzt befand – und mit wem?

Als hätte der Leibesbräu seine Schwierigkeiten erspürt und wollte ihm eine Brücke schlagen, beugte er sich plötzlich vor und schaute ihn mit zusammengekniffenen Lidern an.

»Wissen S' schon?« fragte er – und nach einer längeren Spannungspause hängte er ohne besondere Betonung, ganz beiläufig an: »Hochzeiten wer ma.«

»Hochzeiten«, wiederholte der Dechant mit leerem Ausdruck und stellte das halb erhobene Glas hart auf den Tisch.

»Alt genug is«, sagte der Bräu, »Zeit wär's. Man kann net ewig auf ein Jungmensch aufpassen. Soll sich ein anderer die Last machen.«

Er lehnte sich zurück, schmeckte behaglich ein Aufstoßen und maß sein Gegenüber mit einem Blick, mit dem ein Forscher ein geimpftes Meerschweinchen beobachten mag.

»Es kommt drauf an«, sagte der Dechant heiser, »es kommt drauf an – ob er der Würdige ist.«

»Glauben denn Sie«, fragte der Bräu, »daß er nixwürdig is?«

Er schien sich daran zu weiden, den Dechanten noch weiter in Unklarheit zu lassen und ihn zu einer direkten Erkundigung zu treiben.

»Mir ist«, sagte der Dechant nach einigem Nachdenken, »ihre Wahl bis derzeit nicht bekannt worden.«

»So«, sagte Matthias Hochleithner und nahm einen tiefen Schluck.

»Ja hörn S' denn net, was geredt wird?«

»Dorfklatsch«, sagte der Seelenbräu, »und Weibertratsch, das is nix, wo man hinhört.«

»Das sagt der Ammetsberger auch«, nickte der Bräu und füllte des Dechanten Glas nach.

Jetzt war ein Name gefallen – wenn auch in apokrypher Form –, aber für die einfache Denkart des Dechanten war kein Zweifel möglich. Der Ammetsberger. Und die Clementin steckte mit dem Junglehrer, zwar nicht allein, im Burgverlies – doch dem Junglehrer, das hatte er gesehen und verspürt, gehörte ihr Herz.

Drinnen in der Wirtsstube schwoll aus einem brodelnden Gewirr von Stimmen und Gläser- oder Geschirrklickern der knödelige Bariton des Florian Zipfer, der – von sonntäglicher Chorpflicht befreit, ohne zu ahnen, daß das Ohr seines Meisters nahe war – in kunstlosem Biergesang schwelgte: »Wo is denn heut der Häuslmoa – der Häuslmoa – der Häuslmoa –«. Andere fielen ein. Es war das Stammlied der Köstendorfer ›Prangerschützen‹, das sie nächtelang durchsingen konnten. Der Herr Bräu lachte und wiegte sich im Takt. »Wo is denn heut mei Zipfihaubn – mei Zipfihaubn – mei Zipfihaubn –«, brüllte er anfeuernd ins offene Fenster hinein. Der bucklerte Kappsberger Hansl war auf das Sims geklettert und quetschte die Ziehharmonika.

Der Dechant aber hatte, ohne es zu merken, sein drittes Glas geleert. Plötzlich neigte er sich heftig zu Matthias Hochleithner hinüber und legte ihm die Hand auf den Arm.

»Sind Sie gewiß«, fragte er fast rauh, »daß er der Richtige ist? Und daß – daß sie ihn mögen tut?«

»Rosa!« rief der Herr Bräu. »Ein Doppelliter!«

»Mögen«, sagte er dann – und sein Blick folgte dem schwerfällig tragenden Gang der Kellnerin – »mögen. Wenn man warten will, bis ein

Madl den Richtigen mag, dann lauft's ei'm derweilen mit dem ersten besten Strizzi davon.«

Recht hat's, wenn's davonläuft, hätte der Dechant beinah gesagt, und er erschrak nicht einmal bei dem Gedanken. Er spürte ein Feuer in sich aufsteigen, wie er es nie oder höchstens in jungen, kampfheißen Tagen gekannt hatte. Es war das Feuer der Empörung. Es war die Flamme der Menschlichkeit.

»Herr Bräu«, sagte er mit großem Ernst, »ich bin nicht befugt, mich in Ihre Entscheidungen einzumischen. Aber ich sag's, ob Sie's hör'n wollen oder nicht. Die Clementin, die muß glücklich werden. Glücklich! Darauf allein kommt's an. Und nicht auf uns alte Leut. Verstehen S', was ich mein?«

»Wer ist glücklich?« sagte Matthias Hochleithner nach einer längeren Pause, während er die Gläser gefüllt und den Dechanten mit einem unergründlichen Blick beobachtet hatte. »Wer ist glücklich?« wiederholte er und hob kurz die Hände, wie es Pontius Pilatus getan haben mochte, als er die ewig unbeantwortete Frage aussprach, was Wahrheit sei.

»Schau«, sagte er nach einem Schluck – denn er war jetzt schon dort, wo er selbst den Hochwürdigen zu duzen anfing. »Schau da hinüber.« Er wies mit dem Handrücken nach der im verebbenden Föhn und im stärker aufstrahlenden Mondschein dunkel hingezeichneten Gipfelkette des Watzmanns, des Untersbergs und des Stauffen vorm lichtschwimmenden Horizont.

»Es hat amal eine Zeit geben, da war'n auch die noch net da. Und einmal werns' zammfallen wie ein alter Heustadl. Oder platzen werns' wie ein überhitzter Dampfkessel. Aber für uns – für uns – da stehn s' wie die Ewigkeit. Was is denn schon ein Mensch.«

»Das klingt«, sagte der Dechant, mißtrauisch und verwirrt, »als wie ein Atheismus.«

»Naa«, sagte der Bräu mit einem gutmütigen Lächeln, »so ist net gemeint. Mit dem Herrgott, da möcht ich mir nix anfangen. Aber der Herrgott, der laßt sich Zeit. Und nur aufs Zeitlassen kommt's an. In fünf Jahren schaut immer alles ganz anders aus – ob einer glücklich is – oder unglücklich.«

»Das ist mir gleich«, rief der Dechant, »wie Sie das meinen«; denn die heilige Flamme war jetzt erst recht und stärker in ihm angefacht – er hätte jedem unrechten Spruch getrotzt, auch wenn er vom Höchsten kam, er hätte Gott und die Welt bis aufs Messer bekämpfen können, vor allem sich selbst.

»Das ist mir gleich«, rief er noch einmal, »aber die Clementin, die muß den Mann kriegn, den s' gern hat.« Dabei hieb er mit der Hand auf den Tisch, daß die Gläser hüpften.

»Sie hat ihn ja gern«, sagte Matthias Hochleithner und zwinkerte verschlagen.

»Den Ammetsberger?« fragte der Dechant fast schreiend und zog ungläubig die weißen Brauen in die Höhe. Der Herr Bräu antwortete nicht gleich, sondern stieß ein tief amüsiertes, koboldmäßiges Kichern und Glucksen aus.

»Da kommt s' selber«, sagte er und deutete zur dunstwogenden Landstraße hin. Gleich darauf stand die Clementin vor ihnen am Tisch. Sie mußte gelaufen sein. Ihr Atem ging rasch, ihre Augen strahlten. Sie sieht glücklich aus, dachte der Dechant.

»Grad hab ich's Hochwürden erzählt«, redete ihr Onkel sie an, »daß du heirigen tust.«

»Ach«, sagte sie nur und wandte ihr Gesicht, von einer leichten Verwirrung durchwölkt und doch von innen strahlend, dem Dechanten zu. Es war ein fast bittender, hoffender, kindlich vertrauender Blick, mit dem sie in seine Augen sah.

Er erhob sich ein wenig mühsam, denn er spürte den Wein, und er wußte nicht recht, was er sagen sollte. »Mein liebes Kind«, brachte er schließlich vor und streckte zögernd die Hand aus, »mein liebes Kind—«. Im gleichen Augenblick aber fühlte er ihre Arme um seinen Hals und ihre heißen Lippen, rechts und links, auf seinen Wangen.

Dann riß sie sich los und war mit einem Handwinken, mit einer gelösten Haarsträhne auf ihrem Ohr, mit einem fliegenden Wehen von ihrem Rock und ihrem Schultertuch in die dunkle Allee hinauf verschwunden. Der Dechant setzte sich nicht wieder. Er hatte sich tief gebückt, kramte unter der Bank nach seinem Hut und seinem Henkelkorb. Als er schließlich den Rücken hob und sich zum Herrn Bräu wandte, war sein Gesicht vom Bücken stark gerötet. Doch seine Augen lachten.

»Das hat aber net nach dem Ammetsberger geschmeckt«, sagte er mit einem strafenden Kopfschütteln.

»Wer hat denn von dem g'red't?« fragte Matthias Hochleithner mit einem runden, erstaunten Schauspielerblick. Dann aber erhob er sich auch, zog den Mantel fester um die breiten Schultern.

»Nix für ungut«, sagte er, indem er dem Dechanten die Hand hinstreckte. »Und dank schön für den Besuch. Das Madl hat sich gefreut. Ich auch.«

»Selber dank schön«, sagte der Seelenbräu und preßte herzlich die dargebotene Tatze mit der seinen, die eher noch ein wenig größer und breiter war. Und bevor er sich zum Gehen wandte, leerte er – diesmal mit Genuß und Verstand – ein viertes Glas Dürnsteiner.

Hinter ihm her, während er die nächtige Dorfstraße entlang schritt, jauchzte mit doppelter Stärke der Schützengesang aus dem Wirtshaus, in das der Herr Bräu jetzt eingetreten war. Alle übertönend, und schon im trunkenen Diskant, die Stimme seines Mesners Florian Zipfer:

»Aber heut – aber heut – da gehn mer net haam – da gehn mer net ham – da gehn mer net haam – bis daß der Gugutzer schreit –«.

»So a Falott«, murmelte der Seelenbräu vor sich hin und lächelte im Finstern. Vielleicht meinte er den Zipfer. Vielleicht den Leibesbräu. Vielleicht sich selber. Er wußte es nicht, es war ihm gleich, sein Schritt ging leicht und beschwingt. Er wußte auch nicht, ob er die größte Niederlage oder den größten Sieg seines Lebens hinter sich hatte. Auch das war ihm gleich. Für seinen Erzfeind, kam ihm vor, hatte er den Brautwerber gemacht. Und jetzt war ihm so wohl ums Herz, als wäre er selber der Hochzeiter.

»Gsch'gsch«, machte er plötzlich und schwang seinen rasselnden Binsenkorb in die Richtung einer überdachten Hausecke, um die ein aufgeschrecktes Liebespaar hastig ins Dunkel entfloh. Er hätte sich totlachen können.

»Gut war er«, sagte er schnalzend und schmeckte den Dürnsteiner auf dem Gaumen. Ein kühler Luftzug wehte ihm ins Genick, der Wind hatte gedreht, der Mond war auf einmal verschwunden, und mit einem Schwall dicker Finsternis schauerte ein unverhoffter, sprühender Aprilregen hernieder. Auch das kam dem Dechanten erheiternd vor.

»Wachswetter«, sagte er laut und nahm den Hut ab, daß die Tropfen in seine weißen Haare prasselten. Bis er aber den holprigen Kirchberg hinauf war, kam der Mond schon wieder heraus, er schien jetzt viel greller als vorher, er spiegelte sich blinkend in den flachen Regenpfützen, er glänzte auf dem Kirchendach wie geschmolzenes Blei. Von den Seehöfen drunten, mit dem Geschrill und Geknatter der Frösche schnarrten seltsame, unheimlich verstellte Troll- oder Perchtenstimmen, bald in Kopf-, bald in Baßtönen, bald rasch und meckernd gleich Bocksgeschrei, bald in einem stampfenden, abgehackten, röhrenden Gequak und Gestöhne. Das war der Fensterlschwatz, uralter und immer neu erfundner Reim- und Rhythmenbann, mit dem irgendwelche waldversteckten Burschen irgendein angstgeschrecktes, erwartungszitterndes

Jungmensch, vielleicht beim Seebrunner, vielleicht beim Soagmüller, vielleicht beim Roiderfischer, auf ihr Kommen vorbereiteten und andere, zu denen sie nicht kamen, ausrichteten und verhöhnten. Auf dem Friedhof aber, dessen Mauerecken, Kreuze und Steinmäler der nackte Hexenmond in scharfen Schatten auf die Gräber warf, stand in einem schwarzen Kreis von Erde ein Mann und machte langsame, auf und nieder schwingende Bewegungen mit seinem Rücken, als ob er zaubern wolle. Der Dechant wußte gleich, daß es der Dodey war, und daß er nichts anderes tat, als ein Grab zu graben. Er stand ja schon bis zu den Knien in der Grube.

»Grüß Gott«, sagte der Seelenbräu und lehnte sich über die Mauer. »Grabst noch so spät?«

»Besser ist besser«, murmelte der Dodey und wischte sich den Schweiß.

»Recht hast«, nickte der Dechant, der wußte, daß es sich um die letzte Stätte für den neunzig Jahre alten Huemer handelte, der zwar daheim noch atmete, aber nichts mehr von sich wußte und schon die Wegzehr empfangen hatte. Er verstand auch heute nacht besonders gut, daß der Dodey lieber auf Vorschuß grub, als etwa am Feiertag arbeiten zu müssen, oder gleich hinterher, wenn ihm vom Feiern der Kopf noch brummte. Er sah, wie der Dodey sich bückte und ein paar morsche, aus der aufgegrabenen Huemerschen Familiengruft herausragende Beiner mit milden Fingern beiseiteschob.

»Das muß vom Urgroßvater sein«, sagte er dabei und nickte dem Brustbein mit den bleichen Rippen zu wie einem alten Freund.

»Komm«, sagte der Dechant, indem er durch das Mauerpförtchen schritt, »i helf dir a bißl.«

Er nahm die Grabschaufel und begann wegzuschippen, was der Dodey aufharkte. Das tat ihm besser, als schlafen zu gehen. Tief zog er den Atem ein. Es roch nicht nach Tod und Verwesung. Es roch nach Graswurzeln und nach der feuchten, kräftigen Frühlingserde. Der Dechant schippte heiter, bis er zu schwitzen begann, und es schien ihm ganz natürlich, daß sie auf dem hell beschienenen Kirchhof standen und eines Mannes Grab gruben, der noch gar nicht gestorben war. Nach einer halben Stunde fühlte er sich müd genug und wanderte langsam dem Pfarrhaus zu. Hinter ihm her wanderte der Mond. Er flimmerte in den Brunnen und funkelte in den Fenstern, er legte blasse Quadrate auf die Böden der stillen Bettkammern, er ließ die klebrigen Knospen wie kleine Laternen schimmern, er glomm durch die Ritzen der Viehställe, in denen ein Stroh raschelte, eine Kette klirrte. Er fleckte zwischen Bräu und

Villa die dunkle Kastanienallee, durch die sich jetzt eine schwere, schwankende Gestalt, grunzend in schläfriger Vergnügtheit, Hand für Hand am glatten Holzgeländer nach Hause zog.

Wie stets, wenn man erwarten durfte, den Seelenbräu zu hören, war die Kirche zum Hochamt überfüllt. Die starke Sonne des Ostermorgens brach sich in den gemalten Scheiben und schüttete einen stäubenden Strudel vielfarbiger Prismen über die fahlen, abgetretenen Steinfliesen aus. Die Flügel des Hochaltars waren mit frischen Blumen und Zweigen geschmückt. Auf der Frauenseite war ein schwarzer Glanz von den seidenen Haarschleifen und ein Geflimmer von den wenigen alten Goldhauben. Auf den Vorderbänken saßen die weißgekleideten kleinen Mädchen so dicht, daß es von oben aussah, als wäre ein Schnee gefallen. Die Männer und jüngeren Mägde standen bis zu der halbgeöffneten Türe hinaus, durch die der kräftige Wiesenhauch hereinwehte. Hinterm Glas des Chorsitzes verschwommen, war Matthias Hochleithners bärtiger Riesenschädel erschienen, der immer erst nach der Predigt auftauchte. Schon war die Heilige Wandlung vorüber, man hatte sich aus der tiefen Kniebeuge wieder aufgerichtet, der erste goldene Glockenschwall vom Kirchturm war verhallt, die erste feierliche Salve der Prangerschützen verdonnert, jetzt kam eine kurze Stille, in der nur die Priester- und Ministrantenstimmen murmelten, und viele Blicke richteten sich verstohlen zum Orgelchor hinauf. Als sich aber der Dechant, heute wie immer, nach einer raschen Verständigung mit Rosina Zipfer auf seinen Orgelsitz begab, um seinem eignen Solo zu präludieren, da legten sich plötzlich zwei kühle Hände rechts und links auf seine Wangen, und als er sich halberschrocken herumdrehte, schaute er in das lächelnde Gesicht der Clementin – und eh er sich auch für eine Sekunde überlegen konnte, was sie denn jetzt und hier zu suchen habe, da sie doch längst nicht mehr zum Kirchenchor gehörte, hatte sie ihm mit sanfter Raschheit die alten, vergilbten Noten vom Orgelbrett genommen und einen dicken, frischgebundenen Pack handgeschriebener Singstimmen in den Schoß gelegt, auf deren erster Seite in großen Goldbuchstaben gemalt war:

›Ihrem verehrten Meister – zu seinem kommenden Jubiläum – der Köstendorfer Kirchenchor.‹

Bevor er aber imstande war, die Worte zu entziffern, und überhaupt den Sinn der Störung zu begreifen, gewahrte er den Junglehrer Franz Haindl, in einem dunklen Anzug, mit blitzender Brille, mitten unter den Chorknaben – jetzt war die Clementin an ihren alten Platz auf der Mädchenseite getreten – auf ein Zeichen von ihr hob der Junglehrer die Hände – kaum hörbar hatte er den Buben, die Clementin den Mädchen den Einsatzton gegeben – und im strahlenden Ernst der frischen Stimmen erschallte es durch das tiefstille Kirchenschiff:

> Singet dem Herrn ein neues Lied.
> Lobet den Herrn in Seinem Heiligtum.
> Lobet Ihn in der Feste seiner Macht.
> Lobet Ihn in Seinen Taten. Lobet Ihn in
> Seiner großen Herrlichkeit
> Lobet Ihn mit Posaunen. Lobet Ihn mit
> Psalter und Harfe.
> Lobet Ihn mit Pauken und Reigen. Lobet Ihn
> mit Saitenspiel und Pfeifen.
> Lobet Ihn mit hellen Zimbeln, lobet Ihn mit
> den wohlklingenden Zimbeln.
> *Alles, was Odem hat, lobe den Herrn.*
> Halleluja –

Es war der 150. Psalm, und die Musik war von Johann Sebastian Bach. Der Dechant aber wußte nicht, was es war. Durch sein einfältiges Gemüt ging für einen Herzschlag der Gedanke, daß er vielleicht gestorben sei – an der Orgel gestorben – und daß ihn der Himmel mit einem Engelchor empfange. Denn von Menschen – von Kindern – hatte er niemals Ähnliches gehört. Dann jedoch merkte er, daß er noch lebte. Denn eine Seele fühlt nicht den Zwang, sich zu schneuzen. Es war ein kaum widerstehlicher Zwang, er bekämpfte ihn tapfer, bis der letzte Ton verklungen war, obwohl es in seinen Augen biß und brannte, als habe er Zwiebeln geschält. Wie im Traum hatte er sich erhoben und schritt ganz langsam dem Hintergrund des Chores zu, wo jetzt der Franz Haindl und die Clementin in der Mitte seiner Kinder beisammenstanden – und während er zwischen ihnen hindurchging, berührte er mit einer fast segnenden Bewegung seiner beiden Hände ihre und seine Schulter.

»Schön war's«, flüsterte er, und das war alles, war er hervorbrachte. Dann ging er – immer noch wie ein Traumwandelnder – die gewundene Steintreppe hinunter und in die freie Luft hinaus. Ohne recht zu wissen, was er tat, bückte er sich zu einem ganz kleinen flachsköpfigen Kind herab, das vor dem Kircheneingang, wohl auf seine Mutter wartend, mit Steinchen spielte, und küßte es auf die Locken.

Drinnen standen und knieten die Köstendorfer wie von einem Zauber berührt. Kaum ein Atemhauch, kaum ein Räuspern war zu vernehmen. Nur ein einzelnes kurzes Schluchzen klang auf – und das kam aus der Ecke, wo allein im Pfeilerschatten die schwerleibige Kellnerin kauerte. Denn der Ammetsberger war abgereist.

Als das Ite und der Segen vorbei waren, ertönte vom Chor herab noch einmal – lauter, jauchzender, stärker das zeitliche Lob aller ewigen Schönheit, das Lob des Himmels und der Erde, das Lob der Schöpfung und der Geschöpfe, das große Lob der Musik.

Der Ostertag schwang wie eine blaue Fahne überm Kirchdach. Der Turmhahn blinkte, als wollte er in die Sonne springen. Tausend Lerchen jubelten in der Höhe.

Die wandernden Hütten

In den Walliser Tälern, am Eingang und Ausgang der Dörfer, und auf den einsamen Viehalpen, den Mayen-Saessen, stehen in langer Gassenzeile, oder je nach dem unebenen Boden in Gruppen und Haufen durcheinander, die schwarzen ›Mazots‹ – jene sonderbaren, stelzfüßig gebauten Vorratshütten, die man sonst nirgends findet.

Auf niedrigen, nach oben kegelförmig verjüngten Sockeln, aus Mauerwerk oder Hartholz gemacht, sind runde flache Steine aufgelegt, etwa vom Ausmaß mittlerer Mühlsteine, die den Tragbalken der Hütte als Eck- und Mittelstützen dienen, so daß das ganze dunkelgebeizte Holzhaus – viereckig, fensterlos und mit schiefer- oder schindelgedecktem Giebeldach – mannshoch über der Erde wie ein gedrungener Pfahlbau wirkt und gleichsam auf übermäßig großen, vorzeitlich versteinten Pilzen zu ruhen scheint. Die Eingänge oder Türen dieser Hütten liegen zum Teil recht hoch und können nur durch angestellte Leitern oder durch abgeglättete hölzerne Handgriffe, die man in die Winkel der überstehenden Seitenbalken geklemmt hat, erreicht werden. Sie dienen zur Aufbewahrung von Heu, Mehl, Getreide, oder auch des schwärzlichroten, luftgetrockneten Rindfleischs, der scharfgebeizten Schinken, der runden Käslaibe und anderer Lebensmittel, die man aufspeichern muß, bevor der Winter die Straßen verlegt und die Pässe in Schneegrüfte verwandelt. Ein starker und milder Duft von geräuchertem Kernspeck, vermischt mit süßem Heustaub und dem Geruch des trockenen, sonngedörrten Holzes, das manchmal noch einen klaren Harztropfen schwitzt, quillt häufig aus ihren Ritzen und sänftigt den Eindruck von düsterer Unbelebtheit und Ödnis, den sie beim ersten Anblick erwecken. Auf ihren stämmigen, kurzen Stummelbeinen sehen sie wie niedrig geduckte, vorsintflutliche Kriechtiere aus, plumpe Schildkröten, breitleibige Reptilien oder schwerfällig kletternde Insekten.

Die Leute haben dort eine sehr einfache und nüchterne Erklärung für diese merkwürdige und leicht befremdliche Bauart: an den glatten Sokkelstümpfen, mehr noch über das allseitig frei herausragende steinerne

Pilzdach, können Ratten und Mäuse nicht hochkommen, so daß die Vorräte vor ihrem Nagezahn gesichert sind. Anderwärts erklärt man die Erhöhung vom Erdboden auch als Schutz gegen Überschwemmungsgefahr, gegen die rasende Flutgewalt der Schmelzwässer oder übertretender Sturzbäche, denen die Schmäle der festgerammten Sockel weniger Angriffsfläche und leichteren Widerstand bietet als die breite, eindrückbare Front einer Holzhütte.

An sich würden solche praktischen Deutungen recht gut zum vorsichtig bedachtsamen Charakter der Bevölkerung passen, die in jahrhundertelanger, zäher und planvoller Arbeit die ungleiche und abstürzige Bewässerung ihres Landes durch ein lückenloses, mühsam und kühn angelegtes Netz von Gräben, Rinnen und Kanälchen verteilt und geregelt, die Berge vor Verkarstung, die Täler vor Dürre gerettet und den harten Boden bis in die höchsten Lagen hinauf fruchtbar gemacht hat.

Trotzdem kann man sich der Vorstellung nicht erwehren, daß in dieser urtümlichen, althergebrachten Formung noch ein anderer, geheimer, verlorengegangener Sinn steckt, eine mythische oder kultische, und ein wenig unheimliche Bedeutung, etwas von Opferstätte oder Totenweihe, von Bann oder Beschwörung unsichtbarer Mächte.

Lange genug hausten in den rauhen und lichtarmen Tälern und an den zerklüfteten Hängen dieser Berge ungezähmte und unbekehrte Volksstämme, und ihre Sagen und Überlieferungen sind voll Erinnern an wilde, grausame, endlose Kämpfe und Schlachtereien. Heute noch nennen sich die Einwohner in gewissen abgelegenen Dörfern, spaßhaft, und doch mit einer Art von Stolz: Les Sauvages – die Wilden. Die Weiber, so erzählt eine alte Geschichte, schwemmen Wäsche im Fluß, während die Männer in den Bergen, wo er entspringt, gegen Feinde kämpfen. »Heute«, sagt eine junge Frau, »wird mein Mann schon viele getötet haben!« – Da gurgelt es in den Wellen, und zwischen ihren Linnen taucht sein blutiger, abgeschlagener Kopf empor.

Auch die Totenzüge, nächtliche Wanderscharen der Verstorbenen, in rasender Eile dahinbrausend, die dem begegnen, der ihnen bald folgen soll, geistern durch die Schluchten und Hohlwege dieses Landstrichs. Man glaubt, daß die letzten Hunnen, versprengte Flüchtlinge, deren gefallene Brüder in den katalaunischen Lüften weiterkämpfen, sich hier verkrochen und mit den keltischen Ureinwohnern vermischt hätten. Überall weist man die Spuren verschollener römischer Legionen – Hannibal soll mit seinen Afrikanern hier über die Alpen gezogen sein. Sogar spanische Mauren, von den Rittern des großen Karl aus den Pyrenäen und den südfranzösischen Gefilden verdrängt und alpenwärts geworfen, seien bis dort hinaufgedrungen, und man will ihre verwitterten Sprachbrocken und Wortreste in alten Orts- oder Bergnamen erkennen. ›Le Sarazènes‹, oder die ›Mohren‹ ruft man im benachbarten Waadtland die dunkleren, leichter erregbaren, heftigeren Walliser.

In den Hochtälern aber, deren enge Waldschluchten vom Glanz der blauen Gletscher überweht sind, lebten wohl Feen und Geister, halfen den Menschen in ihrer Arbeit und Lebensnot, straften sie für Hochmut und Frevel, spielten oft grausam und schauerlich mit ihnen, lockten sie in ihren Bann, gossen Rausch und Zauber über sie aus und lösten sich endlich, wie ein vom vollen Mond aufgesaugter Nebel, vor der Kraft einer milden und frommen Seele.

Vor langer Zeit, als nur schmale Saumpfade in die Talenge emporführten und die Dörfer aus wenigen, um ein Kirchlein gescharte, Steinhäusern mit vielen hölzernen Ställen und Vorratshütten bestanden, waren es zwei Geschlechter, welche den Lauf des Flüßchens Vispach von seinem Einstrom ins Rhônetal bis zu seinem Ursprung hinauf besiedelt hatten und dort ihr Vieh züchteten und ihr Korn bauten. Sie hießen die Balfrin und die Holdermatten.

Während die Balfrin große und breit gebaute, starke und heftige, kühle und nüchterne Menschen waren, deren Sinn dem Diesseits und seiner Beherrschung, dem Besitz und Erwerb, dem Faßlichen und Erreichbaren zugewandt blieb und leicht in Gier, Zorn oder Hochmut überschlug, lebte in den schlankeren, schmaleren, doch nicht minder kräftigen Körpern und in den schönen, quellklaren oder brunntiefen Augen der Holdermatten ein Hang zu selbstloser Kühnheit und Abenteuer, zum Freien und Unbegrenzten, zu allem, was ihnen schön, groß und erhaben vorkam, aber auch zu dunkler und versponnener Schwarmgeisterei und mancherlei Nebel oder Wirrsal.

Die Balfrin hatten mächtige, stierhafte Schädel, und ihre Augen lagen etwas tiefer, standen etwas schräger als bei anderen Menschen. Die Köpfe der Holdermatten waren gewöhnlich an den Schläfen ein wenig eingesunken, mit schmalem Nasenrücken und dicht zusammenstehenden, weitgeschwungenen Brauen in der gewölbten Stirn.

Man kann nicht sagen, daß Feindschaft zwischen den beiden Familien bestand, eher eine Art von gegenseitiger Hochachtung und Bewunderung, die allerdings manchmal nicht ganz frei von Neid war, oder von einem stachelnden Ehrgeiz, das andere Geschlecht auf Gebieten, in denen es weniger befähigt war, zu übertrumpfen oder zu schlagen. So bauten die Holdermatten höhere Wohnhäuser und legten mehr Wert auf deren schöne Form und Lage als auf die Ersparnis an Kosten und Material. Einige von ihnen waren Steinmetzen oder Bildschnitzer, aber sie verkauften ihre Erzeugnisse nicht, sondern behielten sie im eigenen Haus und vererbten sie einander, während die Balfrin immer mehr Land an sich brachten, mit ihrem Vieh, ihrer Schafwolle, ihrer Webarbeit Handel trieben bis nach Italien hinunter, und, statt fensterreiche Häuser und zierliche Kapellen zu bauen, lieber ihre schwarzbalkigen, schmuck- und fensterlosen Vorratshütten vermehrten.

Die erstgeborenen Söhne der Holdermatten hießen stets Peter Marie mit Vornamen, nach dem Fels und nach der Gottesmutter, und wenn eine Tochter zuerst geboren wurde, nannte man sie Petra Maria. Die Balfrin waren gewöhnlich nach einem der vier Evangelisten genannt, und ihre ältesten Töchter trugen den stolzen und ungewöhnlichen Namen Isola.

Viele Generationen hindurch hatten die Männer beider Familien sich ihre Frauen gern aus den fruchtbaren und reicheren Weintälern, von Italien oder von der Rhône her geholt. Als nun zum erstenmal ein Holdermatten, Peter Marie, um eine Isola Balfrin anhielt, entstand ein langes Beraten, Wägen und Handeln im ganzen Tal, Aussteuer, Mitgift, Erbschaft, Rechtstitel und Grenzsteine betreffend, bei dem die Holdermatten schließlich nachgaben, da sie die Ärmeren waren und auf Bereicherung weniger Wert legten als auf den Glanz und die Ehre ihres Namens. Schließlich gipfelte alles in einem gewaltigen Fest, das die Familie der Braut herrichtete und bei dem mit Essen und Wein nicht gespart wurde. Bei diesem Hochzeitsfest ereignete sich das erste ernstliche Zerwürfnis zwischen den beiden Familien.

Isola, die Braut, welche jetzt Holdermatten hieß, hatte einen Bruder, Lucas Balfrin genannt, der als zukünftiges Oberhaupt und Erbe des Balfrinschen Vermögens ein Anrecht auf besonderen Respekt zu haben glaubte und sich ziemlich groß aufpielte. Statt einer trug er drei goldene Uhrketten auf seiner prall gespannten Weste, und die Ohrringe glänzten wie Halbmonde unter seinem schwarzen, glatt gebürsteten Haar. Isola, seine Schwester, war eine schöne, hochgewachsene Frau, deren Gemütsart schwer zu erkennen war, da sie sich hinter einer fast steinernen Gleichmäßigkeit und Ruhe der Gesichtszüge verbarg. In ihrer Kindheit schon hatte sie etwas von einer Insel, reich, lockend, unnahbar, gleichsam mit unsichtbaren Riffen umwehrt, die eine Gefahr und ein Geheimnis ahnen ließen. Die Geschwister waren im Alter kaum ein Jahr auseinander, man hatte sie bei allen besonderen und alltäglichen Anlässen, von der Erstkommunion bis zum ersten Fastnachtstanz, vom Almauftrieb bis zum Schulweg oder zu Marktgängen, immer beisammen gesehen, und wenn der selbstbeschränkte, wenig anschluß- oder freundschaftswillige Lucas, den seine Spielgefährten fürchteten und den sein Vater, seines glühenden Blickes wegen, nicht zu strafen wagte, überhaupt eine Art von Zuneigung zu einem anderen Menschen empfand, so war es die zu seiner Schwester, die er in einer herrischen, aber fast anbetungsvollen Ergebenheit zu betreuen pflegte.

Der Bräutigam aber, Holdermatten Peter Marie, hatte im ganzen Tal den Beinamen: der Eispeter, vielleicht weil seine Augenfarbe in rätselhafter Weise dem blaugrünen Schillerglanz der tiefen Gletscherspalten glich. Als Landwirt hatte er sich nicht besonders hervorgetan, und es ging die Rede von ihm, er habe einmal den ganzen Käse-Ertrag eines Sommers für ein gemaltes Bild weggegeben, das ihm ein italienischer Hausierer angehängt hatte. Sein Großvater hatte das Bild dann in den Fluß geworfen, denn es stellte die heidnische Göttin Venus dar, wie sie, im Glanz ihrer nackten Schönheit, dem Schaum des Meeres entstieg. Peter Marie hatte seine beiden Eltern in früher Jugend durch eine Krankheit verloren, der er selbst fast erlegen war, und er lebte dann mit dem Ahn und Ältesten der Familie, seinem Großvater Peter Johannes, der ihn streng und nüchtern erzog.

Aber die Traum- und Spielfreudigkeit und die immerwache, ziellos brennende Sehnsucht nach einer heimlich erahnten, alles Irdische überstrahlenden Schönheit hatte den Knaben niemals losgelassen und besaß das Herz und die Sinne des heranwachsenden Mannes. Immer wieder verschwand er tagelang im Gebirg, es gab keinen Gipfel, keinen Grat und keinen Gletschersturz, den er nicht so genau kannte, wie ein Balfrin den Bestand seiner Vorratshütten – und man hätte nicht sagen können, ob ihn die Lust an der Gefahr, der Kühnheit, der Selbsterprobung ins Eis und in die Felsen hinauftrieb oder die Hoffnung auf ein erträumtes, ersponnenes Abenteuer, auf eine ungewisse, herrlich-erschütternde Begegnung, auf einen seltenen, glückhaften Fund. Immer schon hatten die Holdermatten das unwegsame Gebirge durchforscht, auch Fremde über die Paßhöhen geführt und sich wohl mit der Gesteinskunde und dem Vorkommen edler Metalle abgegeben, die Balfrin aber keinen Schritt weiter getan, als ihre ertragsichere Arbeit und ihr griffnaher Vorteil sie zu gehen hieß; und während sich dergestalt das Geld bei ihnen in der Truhe häufte, erbten sich im Hausgut der Holdermatten die Geschichten von verborgenen Schätzen, heimlichen Fundstätten fort, für die sie sich allerdings keine Uhrketten und Ohrgehänge kaufen konnten. Denn die große Goldader, den versteckten Rubinengrund, wo man die Edelsteine im Hut auflesen konnte, die verschüttete Silbergrube, von deren Reichtum einst die Stadt Milano gebaut worden war, hatte noch keiner von ihnen entdeckt, obwohl ihre Kaminsimse voll von glitzernd durchbänderten Quarz- und Kieselproben lagen. Peter Marie, der ebenso reich an Märchen, Liedern, Geschichten wie arm an gespartem Gelde war, trug als Schmuck das selbstgepflückte Edelweiß, und auf seiner Weste baumelte der seltene, der schwarze Bergkristall, den er in einer Felsenhöhle gebrochen hatte. Bei seiner Werbung um die reiche Isola hatte bestimmt keine Gewinnsucht mitgespielt – eher war es ihre kalte, statuenhafte Schönheit, die ihn bezaubert hatte, weil sie ihn an die unerreichbaren Gebilde seiner Knabenträume erinnern mochte. –

Dem Schwager Lucas war keine gute Botschaft auf die Zunge gelegt, wie seinem apostolischen Namenspatron. Vom Wein erhitzt, von fetter Speise gesäuert, von Besitz- und Geschlechterstolz hahnenhaft geschwellt, begann er – vielleicht auch in einer unklaren Eifersucht auf seine schöne Schwester, die Hand in Hand mit ihrem Gatten saß und über deren undurchsichtiges Antlitz heute gleichsam ein Schleier versunkener Seligkeit gebreitet schien –, den neuen Verwandten zu verspotten und mit abschätziger Rede herauszufordern. Peter Marie, in der guten Laune des Glücklichen, versuchte zuerst, ihm scherzhaft und überlegen zu erwidern, bald aber übermannte ihn der Zorn und Stolz der Jugend, und die beiden saßen sich mit gesenkten Köpfen und geröteten Stirnen, die Fäuste unterm Tisch geballt, gegenüber. Alter Groll kochte auf. Hatte nicht Peter Marie der Balfrinschen Leitkuh, die von der seinen beim jährlichen Kampf um die Herdenführung zu Boden gestoßen wurde, einen Distel- und Brennesselstrauß an den Schwanz gebunden, um sie zu kränken und lächerlich zu machen? Hatte nicht Lucas, aus Rache, Glasscherben in den Trog geschmissen, aus dem die Holdermatten ihre Schweine fütterten? Keiner konnte es dem andern beweisen, sie ziehen sich gegenseitig der Lüge, Verleumdung und Feigheit. Die Vettern und Nachbarn nahmen so oder so Partei, böse Worte fielen, manche Hand zuckte zum Messer. Peter Johannes, der älteste Holdermatten, gebot Frieden, und die Dudelsäcke und Trommeln, Holzklarinetten und Querpfeifen machten den Wortstreit verstummen. Später wurde gewürfelt, die Zahl mit Spielkarten aufgehauen und im gegenseitigen Einsatz verdoppelt. Nach drei Würfen rechnete man ab, und die verlorenen Punkte mußten in bar bezahlt werden. Peter Marie spielte gegen Lucas, er wußte, daß Lucas gewinnen würde, und er ließ ihn gern gewinnen. Er gönnte ihm den Triumph und wußte selbst nicht, warum – vielleicht aus einem Wunsch nach Versöhnung, vielleicht aus einer Art von Hochmut, einer eitlen Lust am Verlieren. Bald hatte er keinen Kreuzer mehr einzusetzen. Lucas warf eine seiner Goldketten auf den Tisch, und Peter Marie seinen schwarzen Bergkristall. Lucas lachte auf.

»Solche mußt du mir ein Dutzend hinlegen, um das Gold von dieser Kette aufzuwiegen!«

»Er gilt für ein Dutzend«, sagte Peter Marie, würfelte und verlor. Lucas setzte seine zweite Kette ein, und seine dritte. Peter Marie verlor immer wieder.

Isola war hinter ihn getreten und hatte die Hand auf seine Schulter gelegt. Aber er konnte nicht aufhören. Es hatte ihn gepackt – nicht das Spiel, sondern ein Unbekanntes, das nach dem Spiele kam –, es war wie eine tolle, berauschende Verlockung, sich immer mehr zu verschwenden. Als er aufstand, schwindelte ihn fast, und ihm war, als höre er im Innern seines Ohres eine zärtliche Stimme flüstern, die ihm tausendfachen, unsterblichen Lohn verhieß.

»Du mußt mir drei Hände voll solcher Steine bringen«, sagte der Schwager und steckte den seltenen Kristall in die Weste, auf der seine Uhrketten längst wieder baumelten, »oder den Wert für drei goldene Ketten ausbezahlen – zum nächsten Markttag.«

»Ich bring dir bessere Steine«, sagte Peter Marie, wie in einem Wachtraum befangen, »ich weiß, wo der Rubin wächst, hinterm Eis.«

»Sieh zu, wie du mich zahlst«, sagte der andere, »ich geb keinen Aufschub.«

Drei Tage nach der Hochzeit verließ Peter Marie seine junge Frau und stieg ins Gebirge. Sie legte beim Abschied ihre Arme um seine Schultern und hielt lange ihr Gesicht an dem seinen. Die Erinnerung an das Glück, das sie mit ihm genossen hatte, machte ihre Haut heiß und ließ sie erröten. »Komm wieder«, flüsterte sie. – »Bald!« Er lächelte heiter, unbeschwert. »Ich will wiederkommen«, sagte er in ihr Ohr, in ihre dunklen Haarflechten hinein, »wie ein Schiff mit kostbarer Fracht geladen, und meine Insel in ein Paradies verwandeln.«

»Ich vertraue dir«, sagte sie, »ich glaube an dich.« – Sie wußte um seine heimlichen Pläne, um seine hochfliegenden Gedanken, sie kannte das Holzmesser und den Steinmeißel, das begonnene Schnitzwerk, den Zeichenstift, die bemalten Leinwände in seinem Schrank – sie verstand, weshalb er nach raschem Reichtum, nach Finderglück, nach Freiheit strebte. Sie winkte ihm nach, als er hoch überm Almsteg verschwand. Er hatte seinen ziegenledernen Brotsack mitgenommen und eine Schlafdecke. Tagelang blieb er droben und schürfte mit dem Pickel im Gestein.

Als er zurückkam, war er bleich und verändert. In seinen Augen, deren Licht schon immer an das schillernde Ungewiß der blaugrünen Eisklüfte erinnert hatte, glomm ein krankes, verzehrendes Feuer.

Heftig umarmte er Isola, die ihn voll Bangnis erwartet hatte. »Ich hab's«, flüsterte er ihr zu, »ich hab's gezwungen!« Dann stürzte er ins Wirtshaus, es war der Tag, an dem er Lucas treffen sollte, um seine Schuld zu begleichen.

Der saß dort, von ein paar Dorfkumpanen umringt, die ihm zu schmeicheln und seinen Launen zu dienern pflegten, damit er ihre Saufschulden bezahlte.

»Nun«, sagte Lucas, »wie steht's mit unsrer Rechnung?«

Peter Marie bestellte sich einen Wein, dann griff er geheimnisvoll lächelnd in seine Tasche – gleich darauf aber malten sich Schreck und Bestürzung in seinen Zügen.

»Ich hatt ihn noch in diesem Augenblick«, stammelte er verstört, »er muß mir entfallen sein!«

Und er begann seine Taschen umzudrehen, auf der Bank, unterm Tisch zu suchen.

»Nun«, sagte Lucas, »das kann wohl nichts Großes gewesen sein, das dir so leicht entgleitet.«

»Ein Edelstein«, sagte Peter Marie atemlos, »so groß und rein wie noch keiner gefunden wurde. Und er ist nur eine Probe – ich habe die Ader entdeckt!«

Immer verzweifelter und durch die Aufregung ungeschickt, kramte und suchte er unter seinen Sachen und auf dem Boden herum.

»Du wirst ein Stück Eis in die Tasche gesteckt haben«, spottete Lucas, »und eine Ader Neuschnee gefunden haben!«

Man lachte und grölte. Die beiden Kumpane rechts und links von Lucas blinkerten einander verstohlen zu. Wohl hatten sie es aufglimmen sehn, was aus Peter Maries Tasche gefallen war, und bemerkt, wie der breite, genagelte Schuh des Lucas Balfrin sich darüber schob und es verdeckte. Aber sie schwiegen, denn sie wollten ihm seinen Spaß nicht verderben, obwohl es, wie sie dachten, ein allzu langer, ein grausamer

Spaß wurde. Eine haßvolle Lust an der Beschämung, am Zappelnlassen, am Quälen schien Lucas gepackt zu haben. Mehr und mehr arbeitete er sich selbst in eine zornige Empörung, in die Entrüstung betrogenen Rechts hinein. Schon nannte er den Schwager einen Lump und Taugenichts, einen Schwindler, der nicht einmal das Steinschürfen verstünde und noch keinen Fuß hinters Eis gesetzt habe, der sich mit einem Trick, mit hohler Täuschung um seine Schulden drücken wolle, der noch nicht einen Wein bezahlen und seine Frau erhalten könne.

Andere Wirtshaushocker weideten sich an der Szene, es wurde gejohlt und gepfiffen, wenn Peter Marie den Mund auftat, und man beachtete nicht, wie dem kräftigen jungen Mann, dessen Gesicht schneebleich geworden war und dessen Hände bebten, das Fieber durch die Adern raste.

Auch Lucas war bleich und schweißig geworden. Es war, als hielte ihn ein böser Geist besessen, als könne er nicht mehr zurück, als müsse er nun die Folter weiter und weiter treiben, als glaube er selbst an sein Recht. Sicherheit, Bürgschaft, Pfandwerte, verlangte er von dem Hilflosen, statt einer Lügengeschichte.

»Du kannst ja«, rief er ihm unterm Gelächter der anderen zu, »Isolas Brautschmuck verpfänden, damit sie dich achten lernt!«

»Ich schwöre«, schrie Peter Marie, fast von Sinnen, »daß ich den Stein hatte! Ich habe mehr – ich habe alles, was ich will! Ich bin reich – reicher als du – ich brauch nur die Hand auszustrecken. Ich schwöre es – beim Augenlicht meines erstgeborenen Kindes!«

»Verschwör dich nicht«, sagte Lucas, als würde ihm plötzlich angst, »es hat schon mancher geglaubt, er hätte den Schatz entdeckt, und dann hatten ihn nur die Berggeister verblendet.«

»Mich«, rief Peter Marie, um den es nun ganz still geworden war, »haben sie nicht verblendet! Ich hab sie bezwungen, sie haben mir ihr Geheimnis aufgetan, und ich will's euch enthüllen! Ich schwöre zu Gott, beim Augenlicht meines erstgeborenen Kindes.« –

In diesem Augenblick zersprang das Glas der großen Standuhr, die im Schatten der Gaststube tickte, mit einem schrillen, klirrenden Laut in tausend Stücke.

»Man ruft mich!« schrie Peter Marie und sank bewußtlos vornüber auf den Tisch.

Der Wirt aber war zum Fenster gerannt und schimpfte in die Nacht hinaus, weil er glaubte, es habe jemand mit Kiesel geworfen.

»Bringt ihn heim«, sagte Lucas, ohne sich zu regen. Sein Schuh stand noch wie angewachsen auf dem gleichen Fleck über der Ritze zwischen den Dielen. Als man den Fiebernden weggeschafft und der letzte Gast sich verzogen hatte, fuhr er rasch mit dem Finger, dann mit der Messerspitze, in den klaffenden Bretterspalt. Er fand nichts als alten Staub und Mörtelbrocken, allein blieb er hocken und trank, bis ihm die Augen zufielen.

Eine Woche lang lag Peter Marie im Fieber und redete irre. Bald lachte, bald flüsterte er, und manchmal kamen wunderbare Worte von seinen Lippen, die keiner bekannten Sprache anzugehören schienen. Dann wieder glaubte er, mit Isola in Italien zu reisen, wie ein großer Herr, er rief Diener und Gefährten herbei, redete mit Künstlern und Fürsten und zeigte ihr die Schönheit der Welt.

Isola saß schweigend an seinem Bett, reichte ihm zu trinken und legte manchmal Eis auf seine Stirn. Aber dann schrie er auf, als werde er mit einem glühenden Stahl verbrannt.

Sie gab ihm kein gutes Wort, als er zu Kräften kam.

An ihrem Stolz fraß die Schande, daß er der Schuldner ihres Bruders geblieben war und sich im Wirtshaus zum Gespött gemacht hatte.

Kaum trugen ihn die Knie, ging er wieder ins Gebirge hinauf.

Man wartete viele Tage, dann suchte man ihn, aber er kam nicht zurück. Am Fuß des großen Gletschers fanden sie seinen ziegenledernen Brotsack, den er weggeworfen hatte, um rascher steigen zu können. Das Brot und der Käse waren nicht berührt.

Das Gerede im Tal, das sich an Peter Maries Verschwinden geknüpft hatte, verstummte allmählich, und man begann an einen gewöhnlichen Unfall zu glauben, wie es viele gibt und wie man viele vergißt. Trotzdem lag es wie eine Wolke über dem Dorf, die nicht weichen wollte und die Gemüter verdüsterte und beschwerte. Balfrin Lucas war immer heftiger und herrschsüchtiger geworden. Von Zeit zu Zeit randalierte er im Wirtshaus, und wenn er betrunken war, warf er harte Geldstücke ins Glas der großen, altersknarrenden Standuhr, daß es klirrend zersprang. Dann ließ er den Kopf auf die Tischplatte fallen, stöhnte und jammerte: »Ich war dran schuld – Ich war dran schuld –.« Und schließlich kniete er sich auf den Boden und kratzte wie ein Hund zwischen den Brettern der Diele.

Aber am andern Tag ging er wieder breit und behäbig umher, zählte die Vorräte in seinen Hütten nach, stieß den goldbeknopften Stock auf die Erde und trieb seine Dienstleute an. Dreiviertel Jahr nach der Hochzeit gebar Isola ein Kind. Es war ein Mädchen und wurde nach dem verschollenen Vater auf die Vornamen Petra Maria getauft. Bald nach der Geburt bemerkte man, daß das Mädchen blind war. Ihre Augen waren stets weit geöffnet, schön, klar und glänzend wie geschliffene Steine, mit jenem eisgrünen Schimmer, der ihrem Vater seinen Beinamen eingebracht hatte. Aber sie konnten Licht und Dunkel nicht unterscheiden, sie blieben ohne Leben und Bewegung und spiegelten die Welt wie tote gläserne Kugeln, ohne sie zu erkennen. Die Künste der weisen Frau blieben umsonst, und auch die Salben und Säfte, die ein wandernder Chirurg für teures Geld verschrieb, wollten nichts helfen.

Isola, die Mutter, war nach Peter Maries Verschwinden immer mehr verstummt, versteint und erkaltet. Sie lebte, wie ihr Mann vorher, im Haus des alten Peter Johannes, des Ahnherrn der Holdermatten, und als sie nach einiger Zeit an der Auszehrung erkrankte, rasch verfiel und nach kurzem klaglosen Leiden verstarb, wunderte sich niemand darüber: sie hatte keinen geliebt, außer dem Mann, dem sie nur drei Tage angehört hatte, und als sie ihn verlor, hielt sie nichts mehr auf der Erde. An ihr Sterbebett hatte sie einen alten Holzschnitzer aus der Stadt hergerufen, und als letztes Vermächtnis übergab sie ihm all ihren Schmuck, damit er am Dorfende, wo Peter Marie den Weg ins Gebirg hinauf genommen hatte, ein hohes Kreuz errichtete, mit dem Leib des Heilands, mit allen Werkzeugen seiner Marter und allen Sinnbildern seiner Leiden, mit Sonne, Mond und Sternen zu seinen Füßen und dem Hahn auf der Spitze zu seinen Häupten, der die Sündigen warnt und die Toten aufweckt. Sonst wollte sie niemanden sehn vor ihrem Ende. Das blinde Mädchen hatte sie vom ersten Augenblick seiner Geburt an mit Schauer und Grausen erfüllt, und sie hatte es von sich weggeschoben, als sei es nicht ihr eigenes Kind.

Petra Maria wuchs in der Obhut des Ahnherrn auf, der schon ihren verwaisten Vater großgezogen hatte, und je älter sie wurde, desto zarter, milder und liebreizender entwickelte sich ihre Gestalt und ihr Wesen. Eine tiefe und himmlische Frömmigkeit erfüllte ihre Seele, und von ihren Lippen strömten ernste und heitere Lieder mit gleich beglückender Klarheit. Sie ging auf die Viehweide, und obwohl sie nichts sah, erkannte sie jedes einzelne Tier an seinem Geläut und rief es bei Namen, die Kühe und Ziegen aber lauschten auf ihren Gesang und folgten ihrer Stimme. Sie tastete sich mit nackten Zehen durch Gras und Gestein, nie strauchelte ihr Fuß, und mit den ausgestreckten Fingerspitzen spürte sie in der Luft die Nähe von Bäumen oder Felsen, die Höhe und die Tiefe, den sicheren Pfad und den Abgrund. Auch die Nähe von Menschen schien sie zu fühlen, sie lächelte den alten Leuten zu, die stumm auf der Bank vor ihrem Hause kauerten, und niemand fürchtete für sie, wenn sie allein über die Matten ging. Weder Mensch noch Tier hätte ihr etwas zuleid tun können.

Als sie fünfzehn war, nahm der Ahn einen gleichaltrigen italienischen Bettelknaben ins Haus, den sein Hund halb erfroren im Schnee gefunden und wach geleckt hatte. Er kam weit vom Süden und wußte seinen eignen Namen nicht, denn er war als kleines Kind vor einem Kloster ausgesetzt worden, dem er später entlaufen war. So nannte der Alte ihn Salvatino, das hieß: der Gerettete. Im Dorf lachte und spottete man darüber, daß der alte Holdermatten, der kaum für sich selbst und seine Leute genug zu essen hatte, noch einen hungrigen Schnabel ins Nest nahm, aber den verdroß es nicht, denn der Knabe war munter und wohlgeartet und ging ihm bei jeder Arbeit tüchtig zur Hand. Zwischen ihm und der blinden Petra Maria hatte sich bald ein kindlich frohes Einverständnis ergeben. Sie halfen einander und waren einander gut.

In dieser Zeit hatte Lucas Balfrin, der immer schwerer, voller und mächtiger aufgedunsen war, den alten Holdermatten und seine Kinder, wie man das Mädchen und den Knaben kurzerhand nannte, als Hüter seiner Viehherden angestellt. Seit Peter Maries Verschwinden, der ja als armer und verschuldeter Mann gegangen war, hatte das kärgliche Vermögen der Holdermatten immer mehr abgenommen, und sie waren schließlich dem reichen Lucas in Diensthaft und Hörigkeit geraten. Zwar wohnten sie noch immer in ihrem hohen, fensterreichen Haus, aber ihr eigenes Vieh und ihre Felder hatten sie längst verkaufen müssen, nur um ihr Dach ohne Schäden, den Herd warm und die Diele trocken zu halten. Trotzdem lebten sie ohne Sorgen von dem, was der Dienst beim reichen Lucas eben erbrachte, trieben im Frühjahr seine Herden auf die Hochalpen im Angesicht der großen Gletscher, taten die Sennarbeit und brachten das Vieh im Herbst in die warmen Ställe zurück. Ein paar ältere Leute und halbwüchsige Burschen, die noch zu ihrer verarmten Sippe gehörten, halfen ihnen dabei und teilten ihr sparsames Brot.

An einem heißen Frühsommertag, dessen Sonnenluft aber noch von dem Hauch der überall frisch herabstrudelnden Schmelzwässer durchkühlt wurde, stieg Lucas auf die Gletscheralp hinauf, um nach seinem

Vieh zu sehen. Es war aber noch ein anderer, geheimer Grund, der ihn hinauftrieb. Er war, obwohl schon bei guten Jahren, immer noch unverheiratet. Mit vielen Mädchen hatte er sich versucht, mit mancher war er verlobt, mehr als eine hatte sich ihm ergeben – in der Hoffnung, die reichste Bäuerin des Tales zu werden –, aber schließlich war ihm keine fein, reich oder schön genug gewesen, er hatte sie immer wieder sitzenlassen, und wenn da oder dort bei einer Almhütte ein Kind die Ärmchen zu ihm aufhob und »Vater« rief, warf er ihm einen Kreuzer auf die Erde und zog ihm, wenn es sich darnach bückte, rasch seinen Ochsenziemer übers Gesäß. »Dir will ich den Vater austreiben«, sagte er dazu und lachte.

Im letzten Winter aber war er nie bei dem hohen Haus der Holdermatten vorbeigegangen, ohne unter die Tür zu treten und nach dem oder jenem, Zeit oder Datum zu fragen; denn er schlug, seit ein paar Jahren, jede Uhr entzwei und wußte nie genau, an welchem Tag er lebte. Wenn dann der alte Peter Johannes – der wohl wußte, daß der Besuch des Dienstherrn nicht aus Leutseligkeit oder guter Nachbarschaft geschah – oder der junge Salvatino ihm antworteten, folgten seine Blicke jeder Bewegung der blinden Petra Maria, deren Schönheit nun, in ihrem achtzehnten Jahr, noch süßer und reifer erblüht war. Die Blinde bemerkte von seinen Blicken nichts, aber wenn er näher zu ihr trat und seine Hand erhob, als wolle er sie übers Haar oder über die Schulter streichen, zuckte sie wie angewidert zusammen und wandte sich von ihm ab.

Lucas selbst wußte kaum, was ihn an dem sanften und scheuen Geschöpf so ungeheuer anzog – das noch dazu das Kind seiner Schwester war. Vielleicht waren es gerade die verwandelten Züge dieser Verwandtschaft, vielleicht etwas anderes, Dunkleres, das in ihren schönen, steinglatten, blicklosen und fühllosen Augen lag. Aber als sie im Frühjahr mit den andern Holdermatten auf die Alp hinaufgegangen war und das große Haus leer stand, ließ es ihm keine Ruhe mehr im Dorf, und so kletterte er nun schwitzend den steilen Stiegenweg empor, um dem alten Peter Johannes kundzutun, daß er sein Schwesterkind zu sich ins Haus nehmen und bei sich erziehen wolle. Das und nichts anderes war wohl zunächst sein Plan, eine andere Absicht hätte er sich selbst nicht eingestanden, aber dieser Plan hatte sich in ihm festgesetzt, als hinge seine ganze Zukunft, seine Hoffnung, seine Seligkeit davon ab.

Es war schon dämmerig, als er die Stallhütte sah, und weiter oben in den Felsen brannte ein Feuer, dort wärmten sich die Hirten ihre Abendmilch. Wie er aber zu ihnen hinaufsteigen wollte, hörte er hinter den Steinen einen süßen und vollen Ton, der das Bachkullern sanft überschwoll, wie wenn ein Sprosser oder eine späte Wacholderdrossel an einem abendlichen Gewässer flötet.

Es war ein froher Gesang, ihm fuhr er wie ein Schmerz durchs Mark, und es lief ihm brennend über den Rücken. Er ging dem Tone nach und sah die Blinde, die sein Nahen noch nicht bemerkt hatte, mit nackten Beinen im Bachbett stehen, dort wo das Wasser seicht und von der Tagessonne durchwärmt über glatte Steine floß, die es wie einen Weiher stauten. Sie hatte ihr Haar aufgelöst, ihr Kleid hochgeschürzt und wusch sich im klaren Wasser. Noch ehe er sie ansprach, verstummte sie im Schreck, ließ ihr Kleid über die Knie herabfallen und hob in Abwehr die schönen Arme.

Er sei gekommen, sie zu holen, sie zu sich zu nehmen, sagte er, und seine heisere Stimme klang bittend und herrisch zugleich.

Sie brauche nicht länger das Vieh zu hüten. Sie verdiene ein besseres Leben. Sie solle mit ihm gehen, bei ihm bleiben.

Sie aber schüttelte nur zu allem, was er sagte, den Kopf, als wolle sie ihn nicht hören und begreifen, ihre Hände falteten sich, und sie wand sie gegen ihn wie zum schützenden Bann.

Dann, stieß er hervor, werde er sie zwingen zu dem, was ihr gut sei. Sie sei ihm dingbar und eigen, wie all ihre Leute. Sie gehöre ihm. Es sei an ihm, zu bestellen, wo sie ihren Dienst tue. Er könne sie mit sich führen an ihrem offenen Haar, falls sie töricht und störrisch wäre.

Da begann die Blinde, mit den nackten Zehen tastend, über die Steine bachaufwärts zu fliehen. Lucas, von der Hilflosigkeit und Anmut ihrer Bewegungen überwältigt und wie ein Jäger erhitzt, folgte ihr blindlings und keuchte hinter ihr her. Da sie nicht sah und die Hände ausstrecken mußte, um nirgends anzustoßen, kam sie nur langsam vorwärts, bald mußte er sie erreicht haben, schon spürte sie seinen schnaufenden Atem auf ihrem Hals.

Da sprang plötzlich der wilde, eisige Gletscherbach, der nebenan durch die Felsschlucht brauste, aus seinem Bett, schnellte wie eine zischende Schlange hoch empor und warf sich aufschäumend zwischen das Mädchen und seinen Verfolger, Lucas mußte hart zurückspringen, um von den brausenden Fluten nicht mitgerissen und in die Tiefe geschleudert zu werden. Um den Stein aber, auf dem Petra Maria in die Knie gesunken war, zog der Bach eine Schleife und umwand ihn wie mit zwei schützenden Armen. Petra betete leise, unhörbar im Flutgetös, da kam aber die Bise, der leichte Nordwind, herbeigeflogen und trug ihr Gebet und die Not von ihren Lippen zu den Hirten am Feuer hinauf. In großen Sprüngen eilte der uralte Peter Johannes herab, von Salvatino gefolgt, um ihr Hilfe zu bringen.

Salvatino, der schneller war, wurde zuerst des keuchenden Verfolgers ansichtig. Er packte ein altes Wurzelholz, das am Boden lag, und schlug damit auf ihn ein. Rasend griff Lucas nach ihm, hätte den schwächeren Knaben leicht über den Schluchtrand geworfen. Da aber erschien Peter Johannes und bot mit einer großen, machtvollen Gebärde Einhalt, vor der Lucas die Hände sinken ließ.

Wortlos, nur mit einem Blick voll Zorn und Verachtung, wies der alte Mann den reichen Lucas Balfrin, den Herrn dieser Alp und alles dessen, was sie umhegte, von seinem eigenen Grund und Boden hinweg. Dann schritt er durch das tobende Wasser, nahm die Blinde auf den Arm und trug sie zum Feuer hinauf.

In der nächsten Woche bereits ließ Lucas das Haus der Holdermatten auf Grund alter Schuldscheine, die er in Händen hatte, versteigern – brachte es für einen Teil seines Wertes an sich und befahl, es abzureißen. Nun hatten sie keinen Ort mehr, wo sie im Winter hätten herbergen sollen. Als es dann Herbst wurde, die gelben weichen Nadeln von den Lärchen fielen, die Nußhäher im Arvenwald kreischten und der erste Reif auf den Matten lag, schickte Lucas fremde Knechte hinauf, um das Vieh zu den Ställen ins Tal zu treiben, in denen es seinen warmen Winterstand hatte. Die Holdermatten aber, welche um die Kost bei ihm gedient hatten und keinen Anspruch auf weiteren Lohn besaßen, entließ er ohne Frist und Gnade. Sie sollten sehen, wie sie ohne ihn auskämen, ließ er ihnen sagen, und wie sie, in der Alphütte droben, den Winter überstünden. Eine andere Bleibe gäbe es nicht für sie. – Das bedeutete für die besitzlosen Leute, die keine Nahrung und nichts zum Feuern hatten, den Tod durch Hunger und Kälte. – Einen der Knechte, die das Vieh wegholen und die harte Botschaft ausrichten mußten, dauerte das schöne blinde Mädchen, und er ließ ihr ein weißes Kälbchen zurück, das, mit einem sternartigen schwarzen Fleck auf der Stirn, im Sommer geboren worden war und sich wie ein Hündlein an sie angeschlossen hatte. Auch ließ er den Rest seines Brotes oben und ein paar Käse, die er dem harten Herrn unterschlug.

In diesem Herbst fiel der Schnee sehr früh, und als der Novembervollmond schien, waren die verlassenen Seelen dort oben von aller

Welt abgeschnitten und ihre mageren Vorräte aufgezehrt. Im Anfang hatten befreundete Dorfbewohner ihnen dann und wann heimlich etwas hinaufgebracht – jetzt aber traute sich keiner mehr auf den Pfad am Hang, wegen der drohenden Lawinen. Sie hatten nichts mehr zu essen, der Wald war zugeschneit und gab ihnen kein Feuerholz mehr, sie hungerten und froren erbärmlich. Aber immer noch lebte Petra Marias weißes Kälbchen. Sie ließ es an ihrer Brust schlafen und nährte es von den Resten des Heus, das sie im letzten Herbst mit den Händen gerupft hatte, denn man hatte ihnen Sichel und Sense, Hacken und Beile, alles Werkzeug, das dem Lucas Balfrin gehörte, weggenommen. Die Blicke der hungernden Männer, wenn sie das zitternde, schwer atmende Kälbchen in Petras Armen sahen, weiteten sich oft in Gier, sie hätten sein Blut trinken, sein warmes Fleisch ungekocht verschlingen mögen. Aber keiner hatte noch gewagt, es ihr wegzunehmen. Der alte Peter Johannes, wie ein finsteres, starres Gerippe, an seiner Seite der zähe, tapfere Salvatino, hielten nachts an ihrem Lager die Wache.

Die Leute im Dorf steckten die Köpfe zusammen und wisperten hin und her. Sie fürchteten Unglück vom Himmel, Strafe Gottes, wenn im Bannkreis ihres Ortes so Böses und Grausames geschah. Laut wagte keiner, den mächtigen Lucas anzusprechen, von dem alle abhingen und der in diesem Herbst immer wüster, stumpfer, jähzorniger wurde, sich immer öfter im rauchigen Wirtshaus betrank.

Eines Abends aber faßte sich der Pfarrer, ein ernster junger Mensch aus dem Flußtal, der erst im letzten Frühling hier oben seine Primiz gelesen hatte, ein Herz, sammelte einige der ältesten Bauern und Knechte aus Balfrins Nachbarschaft, und sie suchten gemeinsam den Dorfherrn in der Gaststube, an seinem Stammsitz, auf.

Lucas hockte beim Ofen, sein Gesicht war von Hitze und Wein gerötet, vor ihm stand ein gehäufter Teller voll Kalbfleisch, aber er rührte es nicht an. Er war satt. Er starrte mit glasigen Augen auf die fette Schüssel und murmelte vor sich hin: »Das hättest du alles, wärst du zu mir gekommen. Das gäb ich dir in den Mund, hättest du ihn mir gegeben. Jetzt kannst du singen vor Hunger, und kein Bach und kein Wind und kein Herr im Himmel kann dir helfen.«

Dazwischen schielte er nach der Standuhr im Eck, als fürchte er, ihr Glas springen zu hören, scharrte mit dem Schuh auf den Dielen und flüsterte manchmal, wie in herausforderndem, lästerlichem Spott: »Beim Augenlicht meines erstgeborenen Kindes –!«

Als die Männer ihr Anliegen vorbrachten – er solle ein Einsehen haben, es sei nun genug der Strafe, auch falls sie verdient gewesen sei –, er möge ihnen gestatten, zu einer lawinensicheren Zeit die armen Leute herunterzuholen, oder wenigstens durch einen Trupp mutiger Männer, Vorräte für den Rest der harten Zeit heraufzuschicken, da lachte er laut.

»Eher«, rief er, die Schwurhand grausig gereckt, »werden meine gefüllten Vorratshütten von selber den Berg hinaufwandern, als daß ich auch nur ein Scheit Holz oder eine Rinde Brot zu denen hinlasse!«

Und als sie ihre Bitte wiederholten und der Priester drohend und beschwörend die Arme hob, packte er in Wut sein Weinglas und warf es, hart an des Pfarrers Kopf vorbei, in die Scheibe der Uhr, daß sie splitternd herabstürzte.

»Bei meiner Seele«, schrie er, »und bei meinem Leib! Bei meinem eigenen Augenlicht! Eher sollen meine Hütten von selber den Berg hinaufwandern!«

Da bekreuzigten sich die Leute und ließen ihn allein.

In der gleichen Nacht aber hatten die Verwandten Petras und des alten Johannes beschlossen, mit Gewalt das Kälbchen zu töten, und jeden, der sich dem entgegenstellte, desgleichen, denn der Hunger hatte sie fast zu Raubtieren gemacht. Sie drohten, den Ahn zu erschlagen, schnürten seine Arme mit Stricken zusammen und warfen Salvatino, der ihn verteidigen wollte, zu Boden.

Petra aber, in einer plötzlichen Erleuchtung, war neben ihm auf die Erde niedergekniet. Ihre dünnen Hände hielten den Rosenkranz umschlungen, und ihre Stimme betete laut und so, als ob eine unsichtbare Macht ihr die Worte in den Mund legte:

»Daß doch die tote Natur sich unser erbarme und gnädiger sei als der Mensch! Daß doch die vollen Hütten von selber zu uns heraufwandern möchten, um unser Lebensflämmchen zu retten!«

In diesem Augenblick stieß einer der Hirten, der aus der Fensterhöhle der zerfallenen Stallhütte hinausgeschaut hatte, einen gellenden Schrei aus, und gleich darauf stürzten alle vor die Hütte in den mondbeschienenen Schnee, standen erstarrt und sanken dann, halb gelähmt, in die Knie:

Da kamen, dicht hintereinander gereiht in dunkler Zeile, in langsamen, kriechenden Holperschritten, schwarzhölzern, starr und kantig, auf ihren kleinen pilzhaften Sockelfüßen, die Vorratshütten des Lucas, eine nach der andern, über Schnee und Eis und Felsen, den Pfad bergauf gestapft. Manche sahen aus wie unförmige krabbelnde Käfer, manche schwankten im Gehen wie schwangere Eselstuten, andere schoben sich wie wandelnde Särge bergan, und man hörte durch die tiefe gewaltige Nachtstille das Stöhnen und Knarren ihres alten Holzes.

Auch im Dorf drunten hatten die vom Wirtshaus heimkehrenden Männer die unheimliche Prozession bemerkt, mit gesträubten Haaren stürzten sie in die Gaststube zurück, in der Lucas immer noch mit stieren, geröteten Augen auf den gefüllten, unberührten Speiseteller starrte.

»Lucas!« schrien sie ihm zu, »deine Hütten wandern! Deine Mazots steigen den Berg hinauf!«

Der sprang auf, stieß sie auseinander und taumelte in den mondbeglänzten, kälteknirschenden Schnee hinaus:

Wahrhaftig, da sah und hörte er sie schon ein ganzes Stück über der Talsenke – knirsch und knarr und trapper und klapper, den eisverharschten Berg empormarschieren. Er vergaß den Schreck und das Entsetzen, so sehr packten ihn Zorn und Wut. Mit geballten Fäusten drohte er in die Lüfte und brüllte empor: »Halt! Halt!!«

Aber die Hütten wanderten ohne Hast und ohne Stocken, unentwegt und immer geradeaus.

Wie ein Verrückter rannte Lucas durch die Gassen, dem Dorfende zu, da ragte im weißen Schein der große hölzerne Kruzifixus, den die sterbende Isola hatte aufrichten lassen.

»Du!« schrie Lucas keuchend zu ihm hinauf, »wenn du Macht hast, halt meine Hütten auf! Steig herab und halt meine Hütten auf!«

Aber der Heiland am Kreuz blieb unbewegt und schaute ihn aus blinden Augen so schmerzvoll an, als habe er ihm all sein Leid und Sterben angetan. Die Leute aber, die Lucas gefolgt waren, glaubten plötzlich zu sehen, daß das hölzerne Bildwerk Peter Maries Gesichtszüge trug.

»Dann sei verflucht!« schrie Lucas und trat mit dem Stiefel gegen den Kreuzbalken. Und der Hahn droben hob seine hölzernen Schwingen und ließ ein furchtbares Krächzen hören, als rufe er zum Gericht. Lucas jedoch vernahm es schon nicht mehr. Schweißüberströmt, trotz der grimmigen Kälte, rannte und sprang er bergauf, hinter den wandernden Hütten her. »Halt! Halt!« brüllte er immer wieder, aus röchelnder, berstender Kehle – er kletterte jach empor, um ihnen den Weg abzuschneiden, taumelte über vereiste Strünke und stürzte in tiefe Schneelöcher, daß es ihm in die Augen stäubte, raffte sich wieder auf und strauchelte keuchend weiter. Endlich, fast droben, wo der Bach sich teilt, kreuzte er ihren Pfad und stellte sich ihnen mit ausgebreiteten

Armen entgegen: »Steht! Steht! Ihr gehört mir! Ich habe euch zu befehlen! Zurück! Ihr seid mein eigen, mein Hab, mein Gut, mein Leben!«

Aber die wandernden Hütten stapften mit schwarzer, finsterer Stirne auf ihn zu, und als er die Hand gegen die vorderste stieß, sank sie ihm kraftlos herab, es ergriff ihn aber von der Wucht ihres Marsches ein tödlicher und entsetzlicher Windstoß, der ihn, ehe er fliehen konnte, auf den Rücken warf. Unaufhaltsam und ohne ihn zu beachten, schritten die wandernden Hütten über ihn weg. Die erste setzte den steinernen Fuß auf seine Brust, die zweite zertrat ihm mit ihrem Holzstumpf den Schrei im Hals, die dritte bedeckte mit Mauerwerk seine beiden Augen und zerschmetterte ihm mit gelassenem Gehschritt den Kopf. Und als die Hütten alle vorbei waren und über ihn hinweggegangen, da löste sich hoch droben unterm Fuß der Petra Maria ein kleiner Schneeball, wölbte sich rasch zu einer Lawine auf, warf sich herab und begrub, was von Lucas noch übrig war, unter ihrer flaumigen Weiße.

Die Hütten aber hatten nun die glatten Felssteine des Hochtales erreicht, die ein warmer Wind und das Lächeln des Mondes rasch schneefrei gesaugt hatten. Dort blieben sie stehen, die ersten drei wie sinnend und ihren Standort überprüfend, die andren so, wie sie sich ihnen angeschlossen hatten, in ihrem steten ununterbrochenen Zug. Ihre Mienen und Gesichter strahlten nun unterm goldenen Vollmond eine große und heitere Milde aus, ihr Holz hörte auf zu knarren, und sie blieben wie eingewurzelt auf ihren versteinten Pilzen und müden Stümpfen. Immer noch mit gefalteten Fingern, leitete Petra Maria die Schar der Hirten, die sich fürchteten, zu den Hütten hin. Mehr noch als deren Erscheinung ergriff alle das Wunder, daß die Blinde sehend geworden war und ihnen den Weg zeigte.

Hinter ihr schritt Salvatino, der das weiße Kälbchen trug, und an seiner Seite, mit befreiten Armen, der alte Peter Johannes, dem die Tränen über die harten Kieferknochen tropften. Die Hütten aber nahmen die Bedürftigen auf und beschenkten sie mit warmem Heu und trockenem Holz und Fellen und Brot und Fleisch und allem, was sie brauchten, um zu überleben. In ihrer Mitte gründete im nächsten Frühjahr Petra Maria den neuen Hausstand der Holdermatten. Salvatino baute das Haus und wurde ihr Mann. Und da er aus Italien kam und keinen eigenen Namen hatte, übersetzte er den Namen Holdermatten, der von dem Wacholder auf den Bergmatten kommt, in seine Sprache und nannte sich Juniprado.

Im selben Frühling fand man am Fuß des Großen Gletschers in einer blaugrün schillernden Spalte die Leiche von Peter Marie. Er war schön und jung, und das Eis hatte ihn unversehrt erhalten, so wie er hinaufgestiegen war. Seine Hand war um ein Stück reinen Silbers geklammert, und als man sich abseilte, um ihn zu bergen, entdeckte man hinterm Eis die Spuren der großen Ader, die er angeschürft hatte. Die Juniprados begannen sie zu eröffnen, und viele Geschlechter lebten in Freiheit von ihrem Ertrag, bauten Häuser und Kapellen, der ewigen Schönheit zum Lob, und halfen ihren Mitmenschen.

Die schwarzen Hütten aber kann man in manchen besonderen Mondnächten und in manchen bedeutungsvollen Jahren, wenn man die Augen dazu hat, noch heute wandern sehen.

Eine Liebesgeschichte

> *Wissen Sie aber auch, was die Liebe sie lehrte,*
> *dem Rittmeister zu sein?*   LESSING

Der Rittmeister Jost Fredersdorff, der als junger Leutnant bei den Brandenburgern Kürassieren Roßbach und Leuthen mitgekämpft hatte und am Tag nach dem Torgauer Sieg wegen Tapferkeit vorm Feind dekoriert und befördert worden war, verbrachte den Silvesterabend des Jahres 1767 in der Wohnung seines Regimentskameraden, eines Grafen von Prittwitz.

An diesem Abend lernte er die Schallweis kennen.

Lili Schallweis war nicht gerade mehr jung, aber sie gehörte zu der Art von Frauen, die sich von Mitte der Zwanzig bis in die Vierzig hinein an Gestalt und Angesicht kaum verändern. Von Natur aus zu leichter Fülle neigend, blieb doch ihr Körper stets straff und nervig gespannt, und um Fesseln und Kniekehlen, vor allem aber von den Hüften aufwärts zu Schultern und Nacken hin hatte sie etwas von der wendigen Biegsamkeit eines Reitpferdes aus guter Zucht. Manchmal, wenn sie müde oder verstimmt war, verschwammen ihre unteren Augenlider in bläuliche Schattentiefe, und es spielten kleine, flüchtige Falten um ihre Nasenflügel und um die Bögen der Stirn. Dann wieder, und besonders zu später Nachtstunde oder bei lebhafter Unterhaltung, zeigte ihr Gesicht, von den weich fallenden lichtblonden Haaren gerahmt, die Frische und den kräftigen Farbton eines gesunden Landkindes. Auch ihre Hände, schmalfingrig und schön geformt, waren in der Mitte mehr kraftvoll und fest als zart. Man wußte nicht viel über ihr Leben, nur, daß sie früher mit einer wandernden Theatergruppe aus Süddeutschland gekommen war und eine Zeitlang als Geliebte eines hohen Offiziers in Berlin gewohnt hatte. Später war sie mit einem andern Offizier, der eines Zweikampfs wegen versetzt worden war, nach Brandenburg gekommen. Der aber hatte dort geheiratet, und sie lebte seitdem ganz offensichtlich von den Zuwendungen ihrer häufig wechselnden Liebhaber. Jetzt war sie die erklärte Freundin des Grafen Prittwitz.

Graf Prittwitz, der an diesem Abend einige unverheiratete Kameraden zu Gast hatte, unter denen die Schallweis als einzige Frau den natürlichen Mittelpunkt bildete, war das, was man unter Frauen, damals wie heute, einen ›interessanten Mann‹ zu nennen pflegt. Sein schmales dunkles Gesicht, das schon mit vierzehn Jahren etwas müde und lebenskühl gewirkt haben mochte, zeigte jene Mischung aus Weichheit und eigensüchtiger Härte, die immer eine dunkle, gefährlich verhaltene Hintergründigkeit, eine leidenschaftliche Unruhe des Gefühls auszudrücken scheint, auch wenn sich nichts dergleichen dahinter verbirgt. Er galt unter den Kameraden als feiner Kerl, als schneidig, amüsant und vorurteilslos. Aber es wäre doch nie einer auf den Gedanken gekommen, sich ihm etwa in einer schwierigen Situation anzuvertrauen, einen besonderen Freundschaftsdienst oder gar eine aufopfernde Tat von ihm zu erwarten. Das war es wohl, was ihn reizvoll und anziehend machte: man war sich seiner nicht ganz sicher, ohne doch Grund zu haben, ihm zu mißtrauen. Manchmal konnte er, ganz aus der Luft heraus, von einer kindlichen Herzlichkeit des Sichfreuens, Wohlbehagens, Genießens sein, von einer stürmischen und berauschten Heiterkeit, die mitriß und ansteckte. Besonders seine Erfolge bei Frauen trug er mit einer so heftigen Selbstbegeisterung zur Schau, mit so viel unverhohlener Freude am Triumph, am Besitz und an der Eitelkeit, daß man ihn glänzend und sympathisch fand und niemand ihm sein allzu leichtes Glück mißgönnte. Er bekleidete, obwohl auch noch ziemlich jung, die Charge eines Majors und galt, schon infolge seiner Familienbeziehungen, als Anwärter auf eine große Karriere.

Lili Schallweis spielte an diesem Abend bei ihm ein wenig die Hausfrau, sorgte für die Bewirtung der Gäste und auch für den Wein, denn ab elf hatte man den Burschen freigegeben, damit sie sich am Mitternachtsfest der Mannschaften beteiligen konnten. Es war schon recht viel getrunken worden, und es wurde laut geredet und gelacht, als die Uhrzeiger allmählich auf zwölf zu rückten und man schon da und dort aus den Straßen der kleinen Stadt das Aufzischen von Feuerwerkskörpern und das Johlen verfrühter Neujahrsgratulanten vernahm.

Obwohl alle Gäste, außer Fredersdorff, der selten zu Prittwitz kam, die Schallweis längst kannten – der eine oder andere sogar ziemlich gut –, gab doch die Tatsache ihrer Anwesenheit dem Abend ein besonderes und leicht erregtes Gepräge. Zwar versuchte niemand, mit ihr vertraulich zu werden, man fiel auch nicht in den Ton reiner Herrengesellligkeit, aber es herrschte doch keineswegs die Zurückhaltung in Rede und Benehmen, die im Beisein einer richtigen Dame üblich ist. Gerade dieses Gemisch von Ausgelassenheit und leiser Reserve, von

Wahrung der äußeren Form und allgemein lächelndem Einverständnis lockerte die Stimmung mehr und mehr auf und erfüllte die Luft unmerklich mit Spannungen und prickelnder Geladenheit. Prittwitz trank seinen Gästen tüchtig zu und schien ein wenig zu gleichgültig, wenn sie Lili den Hof machten. Ging sie aber einmal in die Küche, um Getränke nachzuholen, beugte er sich rasch vor und lobte, von den andern sachverständig unterstützt, ihren Gang und ihre Figur, ihre Haut und ihre sonstigen Vorzüge.

Der junge Jost Fredersdorff saß ziemlich einsilbig dabei. Er war an sich kein allzu gesprächiger Mensch, obwohl seinem Alter entsprechend heiter und gern gesellig. An diesem Abend aber verschlug ihm etwas die Luft. Sooft er, mit oder ohne Absicht, die Schallweis anschaute, glaubte er seinen Blick erwidert zu fühlen, und zwar nicht in einer beziehungsvollen oder pikanten Art, sondern kühl, forschend, nachdenklich. Auch wenn er nicht hinsah, glaubte er oft den kühlen Strahl dieser Augen auf seiner Stirn oder seinen Lidern zu spüren. Das beunruhigte ihn so sehr, daß es ihm schwerfiel, der Unterhaltung zu folgen. Sein Gesicht bekam etwas gezwungen Abweisendes, Steifes, Frostiges, und man fragte ihn schon gelegentlich scherzhaft, ob er sich fürs neue Jahr eine Audienz beim König oder den Beisitz beim Obersten Militärgerichtshof vorgenommen habe. Als die Schallweis einmal durchs Zimmer ging, um eines der Wandlichter zu putzen, konnte er sich nicht enthalten, ihr mit dem Blick zu folgen. Prittwitz unterbrach plötzlich das Gespräch der andern, lehnte sich in den Sessel zurück und deutete lachend auf ihn. »Jost fängt Feuer!« sagte er mit übertrieben amüsiertem Tonfall. Die andern grinsten. Fredersdorff verlor die Fassung nicht und wurde auch nicht rot. »Warum nicht?« — sagte er nach einer kleinen Pause, mit einer höflichen Kopfneigung zu Lili, die sich ihnen wieder zugewandt hatte und auf den Tisch zukam. Sie blieb vor Jost stehen und sah ihn wie geistesabwesend an.

In diesem Augenblick ertönte von der Garnisonskirche das Glockenspiel, das den Stundenschlag einleitete. »Achtung!« rief Prittwitz und füllte rasch die Gläser. Alle standen auf, auch Lili blieb stehen, wo sie stand. Von der Kaserne her schmetterte eine Signaltrompete mit scharfem, glänzendem Ton, und auf den ersten Schlag der zwölften Stunde begannen die Glocken zu brausen, Schüsse donnerten empor, und die Posaunen bliesen den Lobchoral nach der Schlacht. »Es lebe der König!« rief Prittwitz mit lauter, etwas knarrender Stimme, und alle Herren zogen ihren Degen, berührten die Spitzen der Klingen hoch in der Luft, die von blankem Metall und Kerzenschein funkelte. Lili war einen Schritt zurückgetreten und sah zum Fenster hin, bis die Stille im Zimmer und das Scheppern und Klappern der Waffen, die man in die Säbelscheiden zurückschob, verklungen war. Dann, als die Gläser klirrten unter lautem, lachendem Zuruf und alle sich, in einer freimaurerischen Gepflogenheit, die damals unter den preußischen Offizieren üblich war, umarmten und den Bruderkuß tauschten, trat sie zu Prittwitz und legte ihm die Hand auf die Schulter. Der nahm ihren Kopf und küßte sie auf die Lippen. Dann preßte er sie an sich und streichelte ihre Arme und ihren Hals, während ihr Kopf fast in seinen Rockaufschlägen verschwand. Die andern traten mit den Gläsern herzu und verlangten, mit ihr anzustoßen. Sie drehte sich herum, ihr Gesicht war ernst, bleich und verschattet. »Jetzt wird Lili euch den Schwesterkuß geben«, sagte Prittwitz lachend und schob sie dem Nächststehenden zu. Der faßte sie um die Hüften und küßte sie respektvoll auf beide Wangen, nicht anders, als er es mit einer Nichte oder Cousine aus gutem Haus getan hätte. Aber als er sie schon losgelassen hatte, schien er zu bereuen, beugte sich hastig noch einmal auf ihr Gesicht und küßte sie auf den Mund. »Bravo!« rief Prittwitz. »Courage, meine Herren!« Nun küßte sie jeder, wohin er wollte, und Lili lächelte schweigend dazu. Auch Fredersdorff küßte sie auf den Mund und spürte, daß sie die Lippen fest geschlossen hielt.

Prittwitz hatte den Fenstervorhang aufgezogen und öffnete nun. Draußen war die Regimentskapelle aufmarschiert, die in dieser Stunde jedem der Offiziere vor seiner Wohnung ein Ständchen brachte. Die Herren traten ans Fenster und grüßten hinab, riefen wohl auch ihrem Tambourmajor ein paar Worte hinunter und taktierten, von der Nachtkälte berührt, mit den Körpern die hitzige Marschmusik. Jost war bei Lili im Zimmer stehengeblieben, er hielt sein Glas noch in der rechten Hand, schaute zu den andern hin, und plötzlich spürte er, wie sie mit beiden Händen seine herabhängende Linke ergriff und an ihre Brust preßte. Er sah ihr ins Gesicht. Sie hatte die Augen geschlossen, und ihre Lippen sagten lautlos ein Wort, das er nicht verstand. Das dauerte nur einen Herzschlag lang, dann ging sie rasch von ihm weg, und er trat ans Fenster.

Zufällig kam er neben Prittwitz zu stehen, und zufällig folgte sein Auge dessen Blick. Der haftete auf der zurückgelehnten Glasscheibe des Fensters, in deren blanker Schwärze sich groß, deutlich, mit allem Licht und Schatten, das Zimmer spiegelte. Fredersdorff starrte in die Scheibe, und ihm war, als sähe er darinnen noch sich selbst und neben sich Lili Schallweis, ihre Hand, ihren Mund und ihre geschlossenen Augen. Tatsächlich sah er nur noch einen Schimmer von ihrem Kleid, denn sie verließ jetzt den Raum durch die rückwärtige Flurtür. Nun drehte Prittwitz den Kopf zu Fredersdorff und sah ihm ins Gesicht. Der erwiderte seinen Blick voll und ruhig. Prittwitz sah aus wie immer, nur im samtigen Braun seiner Iris und in den großen schwarzen Pupillen schien ein dreieckiges, spitzes, grellweißes Licht zu stehn. So verharrten beide noch einen Augenblick, während die andern Herren schon zum Tisch zurücktraten, dann schlug Prittwitz mit der flachen Hand ganz leicht auf Fredersdorffs Rockärmel. »Komm«, sagte er und schloß das Fenster, zog den Vorhang vor. Von drunten Trommelwirbel und Marschtritte der abziehenden Musik. Sie gingen zum Tisch, setzten sich. Lili erschien in der Tür. Sie hielt einen großen Schöpflöffel in der Hand, und es wehte ein Geruch von heißem Rotwein und Rum ins Zimmer. »Jetzt kommt die Siebenjährige!« rief sie, und die Offiziere applaudierten begeistert. Die ›Siebenjährige‹ nannten sie eine ganz besonders stark gebraute Feuerzangenbowle, mit der sie sich in den Quartieren der sieben Kriegswinter das ewige Warten auf Friedrichs säumige Zahlmeister und auf den Beginn der Frühjahrskämpfe verkürzt hatten. »Kommen Sie, Graf«, rief Lili zu Prittwitz hin. »Das Anbrennen trau ich mich nicht!« Die Bowle mußte brennend auf den Tisch gebracht werden, indem man draußen einen ganz und gar mit Arrak übergossenen, vorher in Rum getränkten Zuckerhut, der, in eine Zange geklemmt, über der dampfenden Flut lag, anzündete und dann bei verlöschten Lichtern die bläulich umflammte Schüssel hocherhoben hineintrug.

»Nein«, sagte Prittwitz. »Ich habe zuviel getrunken. Geh du, Jost.« – Der schüttelte den Kopf. »Ich kenn mich nicht aus mit dem Bowlemachen«, sagte er. – »Das ist mir neu«, sagte Prittwitz. »Oder du mußt seit Böhmen einiges verlernt haben!« – Beide blieben steif sitzen, sahen sich an. »Inzwischen verdampft der schöne Alkohol«, sagte ein anderer mißbilligend. – »Also bitte!« sagte Prittwitz, ohne sich zu rühren. – »Kommen Sie schon, Herr Rittmeister!« rief Lili von der Tür her. »Der Rum wartet nicht länger!« Fredersdorff stand auf. »Bravo«, rief einer, »Jost kann den Rum nicht warten lassen!« Er zog dabei das U von Rum in die Länge und lachte dann ganz allein über seinen spärlichen Witz. »Machs gut, Jost!« rief Prittwitz hinter ihm her, als der zur Tür ging. »Und nicht zu schwächlich! Viel Feuer! Viel Brennstoff! Nicht mit dem

Pulver sparen!« brüllten die anderen durcheinander. »Licht aus!« kommandierte Prittwitz, und der jüngste Leutnant sprang auf und löschte im Zimmer die Kerzen. Einen Augenblick lang ward es fast feierlich still. Man hörte ferne Musik und das Kreischen einer Weiberstimme von irgendwo. Dann ging die Türe auf, und mit starkem, schwerem Geruch schwebte die Bowle, von unsichtbaren Armen getragen, flackernd und züngelnd herein. In dem springenden, ungewissen Lichtschein, der nun am Tisch entstand, sah man das weiße Kleid der Schallweis schimmern und daneben in schwarzem Umriß Fredersdorffs hohe Gestalt.

»Wo bleibt das Lied?« sagte Prittwitz mit gelangweilter Stimme. Ein tiefer Baß stimmte an, die andern fielen ein. Das Lied, das einmal in einer durchsoffenen Kriegsnacht lustig und jung gewesen sein mochte, schlappte wie ein bekrückter Veteran durch die Stube:

> »Das Feuer muß brennen,
> Und die Liebe brennt auch —«

Während des Liedes war Lili hinausgegangen, nun kam sie mit einem Span zurück und zündete wieder die Lichter an. Fredersdorff tauchte den Schöpflöffel in die mählich abflackernde Bowle und füllte die hohen, dicken Punschgläser. »Hast du sie auch gekostet?« fragte Prittwitz. Jost antwortete nicht, vielleicht hatte er die Frage überhört. Er reichte eben der an den Tisch tretenden Lili ein volles Glas. Prittwitz hatte angesetzt, nippte. »Pfui Teufel!« brüllte er plötzlich und setzte das Glas hart auf den Tisch, so hart, daß die heiße Flüssigkeit im Bogen herausspritzte und Lilis weißes Kleid an der Brust, aber auch ihren Ausschnitt und ihren Arm traf. Sie schrie leise auf, fuhr zurück. Die andern sprangen auf. Alles fragte durcheinander. Jost stand bleich und still vor Prittwitz, der sich nun auch erhob. »Was tust du denn!« sagte er halblaut. — »Pfui Teufel!« schrie Prittwitz noch einmal. »Das ist bitter! Das ist Gift!« kreischte er völlig unbeherrscht. »Du bist verrückt«, sagte Jost und zuckte die Achseln. Dann wandte er sich zu Lili Schallweis, die sich mit einem Tuch betupfte. »Sie müssen Öl drauftun«, sagte er. Lili ging wortlos. Es leuchtete rot auf dem weißen Atlas ihres Kleides. Die andern standen betreten herum.

»Gute Nacht«, sagte Fredersdorff nach einer Pause, mit einer Verbeugung zu Prittwitz. Der antwortete nicht. Man versuchte ungeschickt, beiden Vernunft zu predigen, obwohl keiner von den andern ganz genau wußte, worum es ging. Jost drehte sich auf dem Absatz, ging hinaus. Drinnen bestürmte man den Grafen, der glasig in die Luft starrte, ihn zurückzuholen. Schließlich schien der auch einen Entschluß gefaßt zu haben, ging mit raschen Schritten ihm nach auf den Gang. Man erwartete allgemein eine prompte männliche Versöhnung und blieb lachend, trinkend zurück. Jost hatte seinen Mantel umgeworfen und den Hut aufgesetzt. Er war im Begriff, die Wohnung zu verlassen, hielt schon die Türklinke in der Hand. Da trat Lili aus einer Nebentür, auch sie in Mantel und Hut. »Bringen Sie mich nach Hause«, sagte sie zu Jost. »Bitte —«, fügte sie noch hinzu. Ehe der antworten konnte, kam Prittwitz heraus und blieb stehen. »Hast du Geld bei dir?« sagte er zu Jost. »Es kostet was.« – Jost machte einen halben Schritt auf ihn zu. »Pfui!« sagte er laut. Und dann, die Tür öffnend, Lili den Vortritt lassend, ging er mit ihr, ohne sich noch einmal umzudrehn.

Es war eine klare Winternacht, der Mond schon untergegangen, die Sterne zuckend und hell. Die Straßen waren schneefrei gefegt, nur kleine, zusammengefrorene schmutzgraue Hügel an Häuserecken und um Laternenpfähle gehäuft. In vielen Häusern brannte noch Licht, aber es war jetzt, nachdem die erste Jahresstunde vorüber war, schon wieder still geworden in der Stadt. Selten begegnete man ein paar von einem Fest nach Hause kehrenden vermummten Leuten. Dann und wann der ruhig hallende Tritt einer Wachpatrouille.

Fredersdorff wußte nicht, wo Lili Schallweis wohnte. Sie hatte seinen Arm untergefaßt, und er überließ ihr die Führung. Ihre Hände berührten sich im Gehen. Sie trugen beide keine Handschuhe, aber sie spürten den Frost nicht. Nach einiger Zeit schob Lili ihre Finger zwischen die seinen, die er nun fest über ihren Knöcheln schloß. Die inneren Handflächen hielten sie eng zusammengepreßt, und sie fühlten die Bewegung des Blutes bei jedem Schritt. So gingen sie lang, ohne zu reden. Schon waren sie in der Vorstadt, wo die Häuser vereinzelt zwischen kleinen Gemüsegärten lagen. Das Pflaster hörte auf, der Weg wurde schmal und holprig. Schließlich sah man gar keine Häuser mehr, ein zerbrochener Zaun lief noch ein Stück über Land — dann flache Felder, von dünner Schneeschicht bedeckt, leise flimmernd im Sternenschein. Eine Wagenspur zog sich schnurgerade vor ihnen her, auf die schwarzen Umrisse eines Kiefernwaldes zustrebend. Es knirschte und sang in der Stille unter den Stiefeln, und wenn man in die tiefe Radrinne trat, klirrte das trocken splitternde Eis. Von der Stadt her schlug die Kirchenuhr, es klang dünn und silbrig. Lili lauschte und blieb einen Augenblick stehen.

»Wohnen Sie noch weiter draußen?« fragte Jost plötzlich.

»Nein«, sagte sie lachend. »Ich wohne ganz woanders. Da drüben, wo wir herkommen!«

»Ich dachte es mir schon«, sagte er. »Aber es ist herrlich, zu gehen!« –

»Ja – es ist herrlich.«

»Sind Sie nicht müde?« fragte er dann, da sie immer noch stehenblieb.

»Noch bis zum Wald, bitte!« sagte sie. »Das ist nicht mehr weit.«

Sie gingen voran. Ihre Hände hatten sich nicht gelöst. Der Wald wuchs finster auf sie zu. Immer mehr vom Himmel versank hinter dem Wall seiner buckligen Baumkronen, die sich mählich voneinander schieden. Nun sah man den hellen Fleck, wo der Fahrweg zwischen die Stämme einmündete. Rechts davon stand ein Wegweiser, der wie ein Kreuz aussah. Sie gingen darauf zu, blieben stehn.

»Ich dachte, es wäre ein Gekreuzigter«, sagte Lili.

»Nein«, lächelte Jost, der jeden Feldstein in der Gegend kannte. »Das gibt es hier nicht.«

»Wo ich zu Hause bin, stehn sie überall«, sagte sie. »Auch Marien!«

»Hier gibt es das nicht«, wiederholte er. Dann sah er sie an. Sie blickte noch auf den Wegpfahl. Er legte den freien Arm um sie, preßte sie an sich. Sie sah zu ihm auf, beugte den Kopf zurück. Er küßte sie. Ihre Haut war kalt, auch ihre Lippen von der Luft überfroren. Er hielt seinen Mund lange auf dem ihren, bis er auftaute und sich an ihm festsog. Ihre Gesichter lagen aufeinander, bewegten sich nicht. Durch den Pelz und den schweren Mantel hindurch spürten sie ihre Körper und ihre klopfenden Herzen.

»Komm«, sagte sie nach einer langen Zeit. »Wir wollen heim.«

Er nahm jetzt ihren Arm, schob seinen drunter.

Sie schritten rasch aus, stolperten manchmal auf den hartgefrorenen schartigen Sandfurchen, kamen immer wieder in gleichen Tritt. Über den Dächern der Stadt, die sich vor dem Anlauf der flachen Felderwellen duckten, sprang mächtig der strahlenblitzende Orion auf, der winterliche Himmelsjäger. Mit den gespreizten Füßen stand er breit überm Erdrand, die Hüfte mit dem blitzenden Gürtel schräg zur Seite gebeugt, das kurze Schwert flammte niederwärts, aber die Sternfäuste spannten den Bogen weitzielend in die nördliche Nachtkuppel hinaus.

Bei Prittwitz, an dessen Haus sie wieder vorbeimußten, brannte noch Licht. Sie gingen vorüber, fast ohne es zu merken. Einige Straßen weiter, der andern Richtung nach, blieb Lili vor einer Haustür stehen, kramte den Schlüssel vor. »Hier ist es«, sagte sie. Jost half ihr beim Aufschließen, dann ging er hinter ihr die Treppe hinauf. Unten, neben der Haustür, befand sich ein Spezereiladen, und es roch im Treppengang nach gebranntem Kaffee, Zimt, Nelken, Muskatnuß und anderm scharfen Gewürz. Die beiden Stockwerke dienten völlig als Lagerräume, mit Ausnahme zweier Vorderstuben der oberen Etage, die Lili gemietet hatte. Nachts oder an Feiertagen war man ganz allein im Hause. Es wohnte auch keine Zofe oder Magd bei ihr, sondern eine Bedienerin kam des Morgens und ging, wenn ihre Arbeit getan war. Da es im Treppenhaus dunkel war, hatte Lili sich im Gehen halb umgedreht und führte ihn an der Hand. Droben schloß sie im Finstern die Flurtür auf, dann standen sie auf einem kleinen Vorplatz, der von einem fast heruntergebrannten blakenden Öllämpchen ein wenig Licht bekam. Lili schraubte den Docht höher, und man sah nun linker Hand eine Küche, zu der die Tür offenstand. Geradeaus ging es in ihr Zimmer, und sie ließ Jost, noch in Mantel und Hut, eintreten. Durch das Wohnzimmer, das im Dunkel lag und von dem man nichts erkannte als die Umrisse eines großen, die Wärme noch haltenden Kachelofens, führte sie ihn ohne Aufenthalt und wortlos in ihr Schlafzimmer und nahm ihm im Finstern den Mantel ab. Dann entfernte sie sich von ihm, und er hörte, wie sie beide Mäntel, ihren und seinen, irgendwohin hängte. Das Zimmer mußte durch sehr schwere Vorhänge verdunkelt sein, denn er sah nicht die Hand vor den Augen. Nun ging Lili hinaus und kam sehr rasch mit einer brennenden Kerze unter einem schmalen geschliffenen Windglas zurück. Sie stellte das Licht neben das Bett auf einen kleinen Tisch, dann kam sie zu ihm, strich ihm übers Haar. Er wollte sie küssen, aber sie entzog sich ihm, lief noch einmal hinaus. Er sah sich im Zimmer um: ein breites Bett aus schönem, dunkel poliertem Holz, die Kopf- und Fußenden in Schiffsform geschwungen, stand an der hinteren Wand. Den Boden bedeckte ein dicker samtiger Teppich in einfarbigem tiefen Rot. Der Kachelofen war zwischen die beiden Zimmer eingebaut, so daß er im Wohnzimmer geheizt wurde und seine Wärme noch ins Schlafzimmer hinübergab. Zwischen Bett und Fenster war ein Teil des Zimmers durch Vorhänge abgetrennt. Daher hatte man, wenn die geschlossen waren, gar kein Licht von außen. In der Ecke standen eine Art Spieltisch mit blanker, gemusterter Platte und zwei gepolsterte Backenstühle. Jost sog die Luft durch die Nüstern und spürte den sehr zarten, unverkennbar weiblichen Duft des Zimmers. Er schien von der seidenen Decke des Bettes und von einem Schrank, dessen Tür nur angelehnt war, auszugehen. Jost ging bis zur Schwelle. Aus dem Neben-

zimmer roch es nach angewelkten Blumen und ein wenig nach Holzrauch. Lili schien in der Küche zu sein, er hörte sie gehen. Er schnallte
seinen Degen ab und stellte ihn in die Ecke. Dann setzte er sich auf einen der Backenstühle, wartete. Gleich darauf kam Lili herein, mit einer
Flasche Tokaier, die sie geöffnet hatte, und zwei Gläsern. Sie stellte
Wein und Gläser vor ihn auf den kleinen Tisch, goß ein und setzte sich
ihm gegenüber. Es war, seit sie das Haus betreten hatten, noch kein
Wort gesprochen worden. Jost hob das Glas ihr zu, wollte etwas sagen.
Aber sie legte rasch den Finger auf ihre Lippen, lächelte. Dann stieß sie
mit ihm an und trank ein wenig. Sie saßen eine Weile und sahen sich
an. Es war so still, daß man den eignen Atem hörte. Nach einiger Zeit
schlug im Nebenzimmer eine Standuhr. Lili zählte mit den Lippen lautlos die Schläge mit. Die Uhr schlug drei. Sie stand auf, ging zum Schrank,
kramte ein wenig, holte einen rotseidenen Schlafrock hervor, schloß die
Schranktür und verschwand dann hinter den Vorhängen, indem sie das
Licht mitnahm. Das Zimmer lag im Dämmer, und der Lichtschein zitterte gelblich durch die Spalte des Vorhangs. Jost hörte, wie sie sich aus-
zog, und die Geräusche ihrer fallenden Kleider hatten etwas Traum-
haftes und Ungewisses, das ihn tief erregte und gleichzeitig wieder die
leise Unruhe seines Herzschlags seltsam beschwichtigte. Als sie zurückkam, auf nackten Füßen, den roten Mantel mit der Hand über die Brust
haltend, ließ sie das Licht hinterm Vorhang stehen, so daß das Zimmer
weiterhin fast im Dunkel lag. Sie ging zum Bett, ohne ihn anzusehen,
deckte es auf. Nun ließ sie den Mantel fallen, legte sich nieder. »Komm«,
sagte sie leise, fast flüsternd. Dann drückte sie den Kopf mit einer raschen Bewegung in die Kissen und blieb so, daß er nur ihr Haar und
ihren nackten Arm sah. Er kleidete sich leise im Dunkel aus, trat an
ihr Bett. Sie hob mit dem Arm die Decke ein wenig, ohne aufzusehen.
Er legte sich neben sie, spürte ihre Wärme. Ganz leicht strich sie mit
der Hand über seinen Arm und zog ihn etwas an sich. Sein Herz pochte,
er atmete tief und küßte sie, als sie das Gesicht ein wenig hob, auf die
geschlossenen Augen. Sie schlang die Arme um seinen Hals, und sie
lagen beide unbewegt, eng zusammengeschmiegt und still atmend. Obwohl sein Puls rascher ging, fühlte er eine kostbare, kindhafte Müdigkeit, eine süß beklemmende, rieselnde Schwäche im ganzen Leib, wie er
sie nie gekannt hatte. Es war ihm, wie wenn man im Traum zu schwe-
ben glaubt, und als könne sein Körper nie mehr etwas anderes tun, als
so schwerelos zu liegen und im gemeinsamen Atem zu vergehen. Er lag
mit offenen Augen und sah den kleinen Widerschein des verborgenen

Lichts auf der Decke, der immer schwächer wurde. Nach einer Weile merkte er, daß sie schlief. Noch etwas später fielen auch ihm die Augen zu, und er glitt in einen Schlaf, der schon im Wachen lösend und stillend auf ihn zugeflutet war.

Dieser Schlaf schien bodenlos und ohne Ufer. Wachten sie einmal auf, so nur, um – ohne den Riß des Wachwerdens – im Bewußtsein der Nähe und der Geborgenheit gleich wieder zu versinken. Es war, wie sich Kinder den Schlaf von Tieren in der Höhle denken oder wie die Saat schläft unterm Schnee. Nur süßer, gnadevoller, beseelter. Kaum daß sie ihre Lage ein wenig veränderten. Sie blieben so hingegossen und so verzaubert, wie sie sich in die Wiege dieses Schlafs gefunden hatten.

Jost, der sich wie viele Soldaten den inneren Appell erworben hatte, zu der Stunde zu erwachen, die der Dienst von ihm verlangte, schlug die Augen auf, als die Standuhr im Nebenraum gleichzeitig mit dem Glockenspiel der Garnisonskirche den Morgen ansagte. Er fühlte sich klar, frisch, von einem Strom lebendiger Kraft durchronnen. In seinen Fingerspitzen spürte er ein Prickeln und Knistern, wie wenn Funkenbündel aus einem Stab springen. Er lag mit dem Kopf in ihrer Achselbeuge, und bei jedem Heben des Atems berührten seine Lippen den Ansatz ihrer Brust. Es war dunkel im Raum, die Kerze längst heruntergebrannt, nur ein dünner Streif opaligen Frühlichts quoll durch die Vorhangspalte. Sehnsucht und wilde Zärtlichkeit machten ihn plötzlich erzittern und betäubten ihn fast. Aber er blieb noch unbewegt und lauschte mit angehaltener Luft auf ihre leisen Atemzüge. Da hob sie die Schultern auf und stützte sich auf den freien Arm. »Du bist wach«, sagte sie, und er spürte, wie sie ihn im Finstern ansah. Er faßte nach ihrem Haar und bedeckte ihr Gesicht mit Küssen. Dann richtete er sich auf. »Was ist?« flüsterte sie. Er sagte ihr, daß er, durch Dienstorder verpflichtet, in die Kaserne müsse, um seine Schwadron zum Neujahrsgottesdienst zu führen. »Und was dann?« fragte sie ihn. Dann müsse er dem Kommandeur eine Neujahrsvisite machen und dann mit den andern Herren vom Dienst im Kasino speisen. Aber dann? wollte sie wissen. Dann sei er frei, bis zum Dritten früh, denn der Zweite fiel auf einen Sonntag. »Dann kommst du wieder!« sagte sie. Er küßte sie und stand auf. Während er sich rasch im Dunkeln anzog, hatte auch sie sich erhoben und eine neue Kerze geholt. Nun stand sie vor ihm in ihrem roten Morgenrock, der vorne offen war und ihr lose fallendes Hemd freiließ. Sie gab ihm das Licht und die Schlüssel der Wohnung und des Haustors. Dann legte sie die Hände auf seine Schultern. »Du kommst wieder?« fragte sie noch einmal. – »Natürlich!« sagte er. – »Wann?« – »Sobald ich frei bin. So gegen vier.« – »Das ist spät«, sagte sie. »Aber ich freue mich.« Während er unterschnallte, holte sie seinen Mantel aus dem Eck hinterm Schrank und legte ihn um seine Schultern. Dann ging sie um ihn herum und zog den Mantel vorne zu. Sie bog den Kopf nach hinten, und er küßte sie auf den Mund. Dann, als er rasch hinausging, hörte er, wie sie sich wieder zu Bett legte.

Graf Prittwitz erschien an diesem Mittag nicht im Kasino. Er ließ sich mit Krankheit entschuldigen. Da er, am Tage nach den Silvesterfeiern, nicht der einzige war, lachte man und machte Witze darüber. Jost nahm das alles kaum ins äußere Gehör auf, er lebte in einem Dämmer, in dem er sich uhrenhaft bewegte, aß, trank, Rede und Antwort stand, bis er sich endlich nach einer Ewigkeit gleichgültigen Tuns und Wesens, das er sofort vergaß, wieder mit sich allein und ganz in sich gesammelt fand. Er hatte nur einen Gedanken, so rasch wie möglich zu ihr zurückzukehren. Aber in seiner Wohnung, wo er sich umzog, fiel ihm ein, ihr etwas mitzubringen, und er suchte hastig und unverständig überall herum. Er stopfte in eine Ledermappe, was er Eßbares fand, ein paar Äpfel vom Obstgut seines Freundes, Nüsse und etwas Weihnachtsgebäck, eine Flasche Danziger Schnaps und ein Glas mit eingemachten Früchten. Auf der Treppe fiel ihm ein, daß er noch etwas sehr Wertvolles besitze, nämlich ein kleines, mit echten Steinen besetztes Kreuz an einer goldene Kette, das er im dritten Kriegsjahr geschenkt bekommen hatte. Aber im selben Moment beschloß er, es nicht mitzunehmen, denn er fürchtete, sie könne ein so kostbares Geschenk mißverstehen. Und als er, nach kurzem Zögern, die Tür ihrer Wohnung aufgesperrt hatte und allein auf dem kleinen Vorplatz stand, ließ er, bevor er eintrat, die Mappe mit den Geschenken in der Küche zurück, denn er kam sich plötzlich mit seinen Äpfeln und Nüssen komisch vor. Er klopfte zuerst an die Wohnzimmertür, und da er nichts hörte, öffnete er. In der Nacht und am frühen Morgen hatte dieses Zimmer im Dunkel gelegen, so daß es ihm jetzt mit seinen hellen Möbeln fremd und feindlich vorkam. Er zögerte einen Augenblick, wie von böser Ahnung bedrückt. Dann ging er zur Schlafzimmertür, klopfte wieder. Er hörte ihre Stimme von drinnen und war erlöst. »Komm!« rief sie. Er machte rasch die Tür auf. Tageslicht füllte den Raum, der ihm schon so vertraut erschien, als habe er sein Leben hier verbracht. Die Vorhänge zwischen Bett und Fenster waren zurückgezogen, gaben eine Art Ankleidezimmer frei, dessen Hauptwand von einem mächtigen Spiegel ausgefüllt wurde. Sie stand in diesem Raum, nackt, mit aufgestecktem Haar. Auf dem Boden zu ihren Füßen eine flache Holzwanne, in der sie wohl vorher, sich waschend, gestanden hatte. Der rote Morgenrock lag über einem Stuhl, ihre Kleider vom Vorabend waren achtlos um den Toilettetisch verstreut. Sie stand mit dem Rücken zu ihm und hatte den Kopf über die Schulter gedreht. Nun drehte sie sich ganz zu ihm herum, und er sah diese Drehung noch einmal im großen Spiegel. Gleichzeitig aber nahm sein Blick jede Einzelheit des ganzen Zimmers auf, mit einer Schärfe und Gründlichkeit, daß er es nie vergessen konnte. Sie mochte die ganze Zeit über im Bett gelegen haben, denn es war noch nicht aufgeräumt. Aber die Bedienerin mußte wohl hier gewesen sein, denn auf dem Spieltisch waren Flasche und Gläser verschwunden, statt dessen stand da ein Kaffeetablett mit einer halb geleerten Tasse und etwas Gebäck. Ihr Mantel hing noch da, wo sie ihn in der Nacht mit seinem zusammen aufgehängt hatte. Jost schloß ganz langsam die Tür hinter sich, dann zog er den Mantel aus und brachte ihn auf diesen Platz. Auch den Säbel stellte er dorthin, und dann ging er mit ruhigen Schritten zu ihr. Sie hielt ihm die Hände entgegen, aber er nahm sie mit beiden Armen um den Leib. Dabei sah er sich selbst und jede seiner Bewegungen und war doch so sehr von seinem Gefühl zu ihr überwältigt, daß er fast ohne Besinnung handelte. Er fühlte ihre Haut über den Hüften und mit den Lippen die federnde Weichheit ihrer Brust, den Flaum ihrer Achselhöhlen, die beglänzte Straffheit ihrer Schultern. Ihr Geruch überschwemmte ihn, und es spannte sich alles an ihm vor Drang und Begehr. Er packte sie fast roh, gewaltsam, und sie dehnte sich in seinen Griff mit einer zärtlichen, drängenden Bereitschaft. Mit feuchten offenen Lippen berührte sie sein Gesicht, als er sie hochhob. Er trug sie zum Bett, schloß die Vorhänge, daß es halb dunkel ward, kam zu ihr.

Dies geschah in der Dämmerstunde des ersten Neujahrstages. Draußen war's wärmer geworden, tiefe, bauchige Wolken trieben über die Stadt. Rasch fiel die Dunkelheit, und nachts begann es zu schneien. Der rieselnde, flutende Schnee umhüllte die Häuser mit einer so tauben, hauchlosen Stille, daß man kaum noch den Stundenschlag der Kirchtürme vernahm. Alles Leben schien hinter die dick angelaufenen, verwehten Winterfenster der Stuben gebannt, und was darinnen atmete,

pochte, flammte und sich erfüllend verglomm, war wie auf Meeres-
grund versunken, von den schwarzen Wassern der Tiefe eingehüllt,
von aller Zeit und Umwelt ewig geschieden und abgetrennt. Auch der
nächste Tag dämmerte schwer und spät, der Himmel mochte nicht hell
werden, das Getöse der Kirchenglocken ertrank im Schneegewölk und
zog als fernes, verworrenes Brausen vorbei. Dann sank die Nacht wieder herab, es hatte zu schneien aufgehört, der Sternhimmel sprühte im
kalten Feuer des Frostes, Eisblumen schossen am Fenster auf, wucherten sprießend, kristallisch, einsame Schlittenschellen klingelten dünn,
verschollen. Fast ohne Schlaf, aber in einer Versunkenheit, die tiefer
und heftiger als ein Rausch war und schwebender als ein Traum – fast
ohne die Augen zu schließen, aber manchmal durch blinde Stunden im
Nebel einer halbwachen Bewußtlosigkeit treibend – fast ohne Unterlaß
einander stumm umarmend, berührend, beglückend, nur hin und wieder im Flüstern der Scheu, der Stille, der Nähe einander Worte tiefster
Vertrautheit schenkend –, durchmaßen sie die Ewigkeit dieser Begegnung – eine Nacht, einen Tag, und wieder eine Nacht –, als gäbe es aus
ihr kein Zurück mehr in die vergessene Zeit – als stünde an ihrem Ende
auch das Ende des eigenen irdischen Daseins. Manchmal ward ihren
Augen der Strom einer Dämmerung zuteil, von dem sie nicht wußten,
ob er dem Abend oder dem Tag zuschwimme. Auch schlurfte wohl nebenan ein Schritt, pochte ein Knöchel vorsichtig an die verschlossene
Tür, knisterte frisches Holz im Ofen der Wohnstube, ward ein Tablett
mit leise klirrenden Tassen draußen abgestellt, nichts aber, kein lebendiger Laut drang wirklich über ihre Schwelle. Entfernten sie sich einmal
für kurze Frist voneinander, so geschah es schlafwandlerisch und ohne
Erwachen, fühlbar nur durch die Brandung neuer Sehnsucht, neuer Heftigkeit, die sie einander neu entgegenwarf. Als er sie in der Frühe des
zweiten Tages verließ, ging er wortlos und ohne Abschied, denn es war
nur ein Schatten von ihm, der in eine verlorene Welt glitt, all sein Wesen blieb ungeteilt in ihrem Raum zurück.

Seine Stiefel knarrten fremd auf der leeren Holzstiege, und er erschrak fast über das Klirren seiner Sporen auf den Steinfliesen des unteren Hausflurs. Er löschte das Licht und stellte es in die Ecke hinter der
Tür, dann trat er hinaus und schloß von außen wieder ab.

Die Sterne waren schon erloschen, und ein langer, rötlicher Streif lag
über den Dächern. Der Himmel darüber war hechtgrau, schuppenhäu-
tig, vom Widerschein des gefrorenen Schnees beglänzt. Quer über die

Straße, deren buckliges Pflaster ganz vom Schnee verhüllt war, lief im Zickzack die Fußspur eines Mannes in Reiterstiefeln, der bis zur Haustür und dann vielfach hin und her gegangen sein mußte. Jost bemerkte sie nicht, schritt weit ausholend darüber hin, mit jedem Tritt neue, dunkle Tapfen in den noch unberührten, hell knirschenden Glitzerschnee brechend. Die Kälte biß ihm ins Gesicht, er spürte sie in der Haut wie eine wilde, brennende Liebkosung. Dampfweiß schnob der Atem aus seinem Mund, wie die Rauchwolke aus Pferdenüstern. Die Stille, das immer stärkere Morgenlicht und das Alleinsein in dieser Stunde erfüllten ihn mit einer göttlich heiteren Gelassenheit, einer strömenden Zuversicht, mit einem ganz neuen, in allen Fasern des Körpers ausschwingenden Gefühl von Weite, Freiheit, grenzenloser Leichte und Kraft. Er ging immer schneller, das Blut sauste in seinen Ohren. In seiner Brust war ein Dröhnen und Schmettern, gleich mächtiger, vorwärts stampfender Marschmusik. Er glaubte sich selbst, um viele Jahre jünger, in das blinkende Ungewiß eines Kampfmorgens reiten zu sehen – mit jener überlichteten Klarheit, Helligkeit hinter der Stirn, die die Grenzen des menschlichen Denkens und Fühlens schon fast überschritten hat. Noch im kahlen Hof der Kaserne, unterm gewohnten Hornklang des morgendlichen Wecksignals, im scharfen Dunsthauch des Stalles und auf dem federnden Rücken des leicht antrabenden Gaules verblieb ihm diese Bereitschaft, dieser mächtige stumme Alarm, dieser freie, unwiderrufliche Einsatz aller Kräfte, auf Gedeih und Verderb.

Prittwitz begegnete ihm, als er vom Dienst zurückkam, am Kasernentor. Sie grüßten sich kurz. Aber in den nächsten Tagen, wenn er seine kleine Wohnung in den Kronhäusern neben der Kaserne betrat, die er jetzt nur noch zum Umkleiden für kurze Zeit aufsuchte, erfuhr er mehrmals von seinem Burschen, Graf Prittwitz sei hier gewesen und habe nach ihm gefragt. So beschloß er, etwa eine Woche nach Neujahr, selbst zu dem Grafen hinzugehen, ihm Erklärung, Rechenschaft abzustatten. Der Major von Prittwitz saß, als er eintrat, auf einem schmalen seidenbezogenen Bänkchen vorm Spinett, seine linke Hand klimperte ruhelos kleine Läufe und Arpeggien, während er ihn mit der rechten in einen Polstersessel lud. Dann läutete er dem Diener, ließ einen Südwein, Gläser, Gebäck hereinbringen. Beim Einschenken, das er selbst besorgte, schlug er mit der freien Hand leicht auf Josts Schulter. »Nett, daß du herkommst«, sagte er. »Ich wollte dich mehrmals besuchen – aber du wohnst nicht mehr bei dir!« – »Ich hab's erfahren, daß du bei mir

warst«, sagte Jost ohne Steifheit, aber doch im Ton bewußter Zurückhaltung, »und deshalb bin ich hier.« – Prittwitz hob langsam das Glas.
»Auf dein Wohl!« sagte er. – »Auf deins!« erwiderte Jost. Sie tranken.
Plötzlich lachte Prittwitz ganz leicht, lustig, jugendhaft, unbefangen
ihm ins Gesicht. »Alter Kerl!« rief er und beugte sich lachend zu ihm
vor. »Sind wir nicht einfach komisch? Sollen wir uns deshalb vielleicht
Gift in den Wein schütten?« – »Nein«, sagte Jost und lächelte. »Auch
nicht in die Feuerzangenbowle!« – Prittwitz stand auf, hielt ihm die
Hand hin. »Ich war verrückt«, sagte er, »und du hast die Sache wettge-
macht. Erledigt?« – »Erledigt!« sagte Jost, drückte seine Hand. – »Na,
Gott sei Dank«, rief Prittwitz leicht, »nun kann man doch wieder ein
vernünftiges Wort miteinander reden!« Und zwinkernd, vertraulich
ihm beide Hände auf die Schulter legend: »Bist du glücklich, mein
Junge?« – »Ich bin glücklich!« antwortete Jost ernsthaft. – »Es sei dir
gegönnt«, sagte Prittwitz, schenkte wieder ein, schlug dann einen Triller auf den Tasten. »Bei mir hätt's auch so nicht mehr lang gedauert«,
sagte er. »Und schließlich ist sie dazu bestimmt, daß sie uns alle glücklich macht. Immer hübsch nach der Rangordnung!« Er lachte, hörte auf
zu trillern. »Ablösung vor!« rief er und machte die Armbewegung der
antretenden Wache. »Ich bitte dich«, sagte Jost leise und stand auf,
»nicht mehr so zu reden. Ich betrachte sie ganz als meine Frau.« – »Wieso?« machte Prittwitz und starrte ihn an. – »Sie ist meine Frau«, wiederholte Jost, seinen Blick voll aushaltend. Es sah so aus, als wolle Prittwitz
laut lachen, aber er blieb still, in seinem Gesicht arbeitete es. »Sag mal«,
meinte er nach einer Weile, »hast du noch nie was mit einer Frau gehabt?« – »Doch«, sagte Jost. »Aber ich bin noch nicht geliebt worden.« –
»Liebt sie dich?« fragte Prittwitz. – »Ja«, sagte Jost einfach. – »Na, dann
gratulier ich«, sagte Prittwitz spöttisch, verbissen. – »Danke«, sagte Jost.
Sie schwiegen eine Weile, dann streckte Jost ihm die Hand hin. »Auf
Wiedersehen«, sagte er. – »Moment noch«, sagte Prittwitz, ohne die
Hand zu nehmen, ging im Zimmer auf und ab. Dann blieb er vor ihm
stehen. »Wohnst du wirklich bei ihr?« fragte er. – »Ja«, sagte Jost. »Ich
komme nur noch von Dienst wegen ins Kronhaus.« – »Weißt du, daß
man schon redet?« sagte Prittwitz. – »Meinswegen«, antwortete Jost.
»Aber ich muß jetzt gehen.« – »Schön«, sagte Prittwitz, ergriff seine Hand
und hielt sie einen Augenblick fest. »Mach keinen Blödsinn, Jost«, sagte
er. »Tob dich aus, aber komm wieder zu dir selbst!« – »Ich bin bei mir
selbst«, sagte Jost lächelnd, »mehr, als ich es jemals war. Und ich freue
mich, daß zwischen uns nichts mehr ist.« – »Ich freue mich auch«, sagte

Prittwitz und ließ seine Hand ab. Er sah ihm nicht mehr ins Gesicht, und als Jost gegangen war, stand er noch eine Zeitlang unbewegt und spielte mit der Zunge in seinem Mundwinkel.

Gegen Ende dieses Winters, als schon Tauwasser in den Traufen gluckste und der laue Wind nach Pfützen und bitterer Birkenrinde roch, kam die berühmte Wiener Operngesellschaft Coronelli-Schlumberger in die Stadt und gab ein Gastspiel im großen Saal des Hotels ›Zum Kurfürsten‹, der sonst zu Bällen und Festlichkeiten benutzt wurde. Da das Orchester vor der rasch aufgezimmerten Bretterbühne unten im Saal sitzen mußte, waren die Stühle für die Zuschauer halbkreisförmig in immer weiteren Ringen, die allen Platz ausnutzten, angeordnet, und der ganze Raum wurde von einer Art Logen umkränzt, die auch wieder auf einem erhöhten Podest aufgebaut und durch kleine, niedrige Zwischenwände voneinander getrennt waren und die in der Hauptsache das Offizierkorps der Kürassiere belegt hatte. Während die Musiker ihre Instrumente stimmten und von dem Zirpen, Trillern, Zupfen, Schaben und Flöten ebenso wie von den Bewegungen des niedergelassenen Vorhangs, dem Flackern der Rampenlichter unter seinem Spalt und dem Geschwirre vieler halbblauter Worte Wellen seltsamer Erregtheit durch den Raum liefen, nahmen die Herren, in großer Uniform, zum Teil mit ihren Damen, zum Teil in kleineren Freundschaftsgruppen, ihre Logenplätze ein, und man beobachtete sich gegenseitig durch Lorgnons und Theatergläser. Bald wandte sich die allgemeine Aufmerksamkeit, die zunächst dem Kommandeur gegolten hatte, der mit seiner Gattin und seinen drei Töchtern in der Mitte Platz nahm, einer kleinen Seitenloge zu, in der nur zwei Stühle standen. Dort war der Rittmeister Fredersdorff erschienen und, von ihm geleitet, in einem großen, pelzbesetzten Seidenkleid, die Schallweis. Er wartete, bis sie sich niedergesetzt hatte, legte ihr den Schal, den er auf dem Arm trug, um die Schultern, dann trat er zur Brüstung, grüßte höflich und unbefangen zuerst nach der Loge des Kommandeurs, dann zu den übrigen Herren und Damen. Ehe man sich noch darüber schlüssig werden konnte, ob und wie man sich nun in dieser Sache zu verhalten habe, ehe noch die gnadlosen Blicke der Damen und Mädchen, die vielfach schon etwas von der Existenz und dem Ruf dieser Frau hatten läuten hören, jeden Zug ihrer Erscheinung abtasten konnten, gingen die Lichter aus, ein kurzes hohes Anschwellen aller Stimmen wich völliger Stille, das Orchester begann mit der Ouvertüre. Josts Stuhl stand ein klein wenig weiter zurück als der ihre, und nach dem Hochziehen des Vorhangs sah er im Widerschein der Bühnenlichter einen leichten Glanz auf ihrem Haar und die bleiche, reglose Hälfte ihres der Bühne zugewandten, im Hören der Musik ganz aufgeschlossenen Gesichtes. Ihre Hand lag neben der seinen auf der Seitenlehne ihres Sessels, aber er berührte sie nicht. Er spürte von dieser Hand, von diesem Körper her eine tiefe, besessene Abwesenheit, es war ihm, als trennten die Töne, die sein eigenes Gehör aufnahm, sie auf eine heimliche und unerklärliche Weise von ihm. Als das große Vokalquartett kam – man gab eine Oper von Gluck –, sah er, wie ihre Lippen sich lautlos bewegten und ihr Auge sich an einen dunklen, selbstversunkenen Glanz verlor, der ihn jäh und ohne daß er es begriff mit einem brennenden, bohrenden Schmerz erfüllte. Da berührte ihre Hand fast zufällig die seine, und dann tastete sie nach ihm, umschloß seine Finger mit heißem, zärtlichem Druck. Ohne sich umzuwenden, grüßte sie ihn mit einer kaum merklichen Veränderung ihrer Lippen, ihres vorgebeugten Halses, ihres abgewandten Blickes, und jetzt erst, als habe es eines Schlüssels, eines Zustroms, einer Mündung bedurft, ging der Zauber, der Schauer, die zarte Kraft und die schwebende Vollendung dieses unfaßbaren Elements, dieser formgewordenen Unwirklichkeit, in sein Wesen ein. Als es hell wurde, saßen sie noch eine Zeitlang stumm nebeneinander und hoben die Blicke nicht auf. Später, in der Pause, als man aufstand, um sich von Loge zu Loge und in den Gängen vor dem Saal zu begrüßen, merkte Jost wohl – und es war nichts, was er nicht erwartete und kühl erwogen hätte –, daß man seinem Gruß auswich, daß man hinter Fächern vor, über Achseln und zwischen Fingern hindurch die Frau an seiner Seite mit ablehnender Neugier maß. Er schien gleichgültig und unberührt, und sie unterhielten sich leise, übers Programm der Oper gebeugt. Prittwitz, der dicht an ihnen vorbeimußte, fühlte ihren Blick auf sich geheftet, und er grüßte sie kurz und förmlich. Als er dann, draußen, der Frau und den Töchtern des Kommandeurs die Hand küßte, zog der ihn am Arm beiseite. Sie flüsterten miteinander, während die Damen sich vergeblich bemühten, ein Wort zu erhaschen, Prittwitz mit eifrigem, besorgtem, doch etwas lauerndem Ausdruck, der Kommandeur ernsthaft, unschlüssig, ohne sichtliche Erregung. Ein paar andere Herren traten näher, wurden ins Gespräch gezogen, das nun etwas heftiger schwoll und in einzelnen Ausrufen seinen Gegenstand verriet. Aber der Oberst winkte rasch ab und trat wieder zu den Damen, während die jüngeren Offiziere sich um Prittwitz sammelten, der für diesen Abend nach der Vorstellung einige Regimentskameraden und die Mitglieder

der Operngesellschaft zu einem kleinen Fest in seine Wohnung eingeladen hatte. Auch dort, wo man sich erst gegen Mitternacht versammelte, drehte sich das Gespräch zunächst um Fredersdorffs unerklärliches Verhalten und um die Schallweis. Es war ein Thema, das auch die Eingeladenen, besonders die Künstlerinnen, beschäftigte und so die Unterhaltung mit ihnen mühelos in Gang brachte, denn es stellte sich heraus, daß Lili Schallweis bei ebendieser Operngesellschaft Sängerin gewesen war und sich erst vor einigen Jahren von ihr getrennt hatte. Herr Schlumberger, der Prinzipal, von dem Prittwitz den andern Herren versicherte, daß er völlig im Bilde sei und sofort nach dem Essen verschwinde, beteuerte immer wieder, ein so wertvolles und gutartiges weibliches Wesen wie die Schallweis weder vorher noch nachher je bei seiner Truppe gehabt zu haben, womit er ganz offensichtlich nur die Coronelli reizen wollte, die, als Diva der Gesellschaft, mit einer herablassenden Nachsicht, einem vernichtenden Mitleid von ihrer früheren Kollegin, der sie immer alles Gute gewünscht habe, sprach. Mit besonderer Heftigkeit jedoch und ganz ohne jede Zurückhaltung drückte sich die kleine Zuckerstätter aus, ein resches, wuschelköpfiges Wesen, dessen wienerischer Aussprache und affektierter Natürlichkeit die preußischen Herren wie einem exotischen Rauschgift verfielen. Vor Frauen, die sich dazu hergäben, rief sie aus, könne sie keine Achtung haben, noch dazu, wenn es sich um eine Künstlerin handle, allerdings, fügte sie hinzu, gäbe es ja auch sogenannte Künstlerinnen. Man pflichtete ihr höflich bei, obwohl man im Grunde selbst den Unterschied nicht so genau nahm, und als Herr Schlumberger nach dem Essen gegangen war und den müden, schläfrigen Tenor sowie den noch sehr trinklustigen, heftig widerstrebenden Baßbuffo mitgenommen hatte, verzichtete man auf weitere Festlegung und allzu scharfe Trennung der Begriffe. Die Coronelli wurde schließlich von einem sehr jungen Leutnant nach Hause gebracht, die andern Damen in einer Regimentsequipage unter männlichem Schutz in ihre Quartiere gefahren, die kleine Zuckerstätter hatte den Hausschlüssel ihres Gasthofs vergessen und mußte bei Prittwitz übernachten. Als der am nächsten Tage seine kostbare Tabatiere und eine goldene Uhr vermißte, wollte er die Sache wohl vertuschen, aber sein Bursche und vor allem seine Aufwartefrau fühlten sich verdächtigt, holten, bevor er es hätte verhindern können, die Polizei, und schon am Nachmittag hatte man ihm seinen Besitz wieder zugestellt und die kleine Zuckerstätter ins Polizeigefängnis eingeliefert.

Jost, gegen Abend nach Dienst und Befehlsempfang den gewohnten Weg zu Lilis Haus eilend, begegnete kurz vor ihrer Tür einem unbekannten, etwas schäbig aussehenden Menschen in Schlapphut und Radmantel, der, als er seiner ansichtig wurde, vom Gehsteig heruntertrat, Front zu ihm nahm, seinen Hut zog und mit einem Kratzfuß murmelte: »Schlumberger!« Er achtete nicht darauf, hastete rasch vorüber. Erst im Hausflur, zwischen den leeren Kisten und aufgestapelten Säcken der Spezereihandlung, kam es ihm in den Sinn, diese Gestalt mit Lili in Beziehung zu setzen. Er blieb einen Augenblick stehen, dachte nach, dann ging er weiter. Aber schon auf dem ersten Treppenabsatz hielt es ihn wieder fest. Er lauschte, hielt den Atem an, dann spürte er, wie sein Herz mählich, beklemmend zu pochen begann. Leise, fern, dann plötzlich in einem Lauf zur Höhe anschwellend, wieder abklingend, fast zaghaft der klaren Linie einer Melodie nachtastend, sie dann mit Bögen und Figuren zärtlich umspielend, drangen Töne zu ihm herab. Es war zum erstenmal, daß er sie singen hörte. Er hatte nie daran gedacht, daß sie Sängerin war. Langsam schritt er weiter treppauf, bis er vor ihrer Flurtür stand. Er verharrte unschlüssig, den Schlüssel in der Hand wiegend. Die Stimme brach kurz ab – dann setzte sie neu ein, in einem großen, jubelnden Crescendo. Er überlegte, ob er eintreten solle. Da vernahm er den leise verwehten Klang des Glockenspiels, das die volle Stunde ansagte. Es ward ihm klar, daß sie ihn um diese Stunde erwartete, erwarten mußte, daß er nicht die Schwelle eines heimlichen, heimlich gehüteten Eigenlebens übertrat, daß sie, ihn erwartend, auf seinen Eintritt wartend, sang, ihm entgegensang – und diese Vorstellung beschwingte ihn so sehr, daß er fast über sein Zögern, über das dunkle Erschrecken seines Herzens lachen mußte. Er drehte den Schlüssel um, trat ein. Der Gesang riß ab, als er die Stubentür aufmachte, die Stimme zerfiel in einem leisen, verhaltenen Lachen, das ihm ebenso fremd schien wie die Töne vorher. Sie stand zwischen Koffern, von denen einer geöffnet und halb ausgeräumt war. Ein leichter Geruch von Seide, Kattun, Lavendel und etwas Mottensalz erfüllte den Raum. Auf Stühlen und Sesseln, auch auf dem Boden und überm aufgeklappten Deckel des Koffers lagen Kostüme, Tücher, Garderobenstücke aller Art. Quer überm Tisch ein spitzenbesetztes Pagenkostüm, mit kurzen gelbseidenen Kniehosen. Sie hatte ein kleines geblümtes Mieder in der Hand und hielt es prüfend gegens Licht. Als er eintrat und näher kam, ließ sie's zur Erde fallen. »Hier«, sagte sie, ihm die Hand entgegenstreckend und mit der anderen auf verschiedene umherliegende Kostüme weisend: »Lucinda! Rosamonde! Coelestin!« – Dann bemerkte sie seinen Blick, schwieg, sah ihn voll an. Er trat zu ihr, umarmte sie. »Was ist?« fragte er leise. – »Es ist meine alte Truppe«, sagte sie. »Ich bin jahrelang mit ihnen gereist. Der Prinzipal war hier. Er hat heut ein Mitglied verloren, das meine Partien sang. Er fragt mich, ob ich einspringen will – mitwill.« – Jost sah auf ihre Hände, in seinem Gesicht regte sich nichts. »Möchtest du?« fragte er, mit ruhiger Stimme. – »Ich weiß nicht, ob ich noch kann«, sagte sie. »Ich war sehr krank damals – als ich aufhörte. Ich hatte fast keine Stimme mehr.« – Jost trat einen Schritt zurück – steckte seine Hände in die Taschen. »Und wenn du könntest«, sagte er dann, »möchtest du fort?« Da sie nicht antwortete, wiederholte er nach einer Weile: »Möchtest du von mir fort?« – Sie stand unbewegt, den Kopf etwas geneigt, das Lampenlicht verschattete ihre Augen, hob ihren Mund und die kleinen Falten um seine Winkel scharf und deutlich heraus. »Ich glaube, es wäre besser!« sagte sie langsam. – »Warum?« fragte er. – »Weil es nicht geht«, sagte sie. – »Warum?!« wiederholte er mit unveränderter Stimme. – »Weil es nicht geht«, sagte sie wieder. – »Warum?!« fragte er zum dritten Male. – »Wir hätten nicht dorthin gehen sollen«, sagte sie gequält, »gestern abend.« Sie wandte sich etwas ab. Er trat hinter sie, nahm ihren Kopf in die Hände, drehte ihr Gesicht zu sich um. Es schwamm in lautlosen Tränen. »Ich laß dich nicht«, sagte er fest. »Niemals.« – Sie warf sich herum, umklammerte ihn, barg ihr Gesicht an seinem Hals, preßte es in die Aufschläge seines Rockes. Er spürte, wie ihre Zähne den Stoff seines Hemdes zerbissen. Er beugte seinen Mund auf ihren Kopf, sprach in ihr zerwühltes Haar. Seine Worte versanken darin, vergingen in ihrem Atem, in ihrem Blut, im Dröhnen ihrer Herzen. Ihre Hände fanden einander, berührten, preßten, marterten sich. Dann spürte er, wie ihr Mund ihn suchte, sah ihr Gesicht ganz groß, aufgetan, mit geschlossenen Augen, spürte, wie ihr die Knie wegsanken und wie ihr Schoß ihn zu Boden zog.

Der Kommandeur des Brandenburgischen Kürassier-Regiments, ein alter verdienter Kriegsobrist, der aus dem bürgerlichen Offiziersstand stammte, entschloß sich in den nächsten Tagen, nach einer Besprechung mit einigen seiner Herren, die ihm die Beschwerden ihrer Damen und ihre persönliche Verstimmung mitgeteilt hatten, den jungen Rittmeister unter vier Augen zur Rede zu stellen und ihm das Unpassende seiner Gesellschaft in der Oper, das Bedenkliche seines Lebenswandels überhaupt freundschaftlich und verweisend klarzumachen. Bevor aber noch die Ordonnanz mit der Befehlszustellung an ihn abgegangen war, ließ der Rittmeister Jost von Fredersdorff sich beim Kommandeur melden und unterbreitete ihm ein Gesuch um Erlaubnis zur Eheschließung mit der ledigen Sängerin Lili Schallweis.

Am zweiten Ostertag holte Jost sie in einem Wagen ab, den er selbst kutschierte, und fuhr mit ihr übers helle, sonnenbeglänzte Land. In der seidigen Luft des Apriltages standen schon Lerchen wie hochgeschleuderte, schmetternd schwebende Feldsteine, Starschwärme plapperten, flöteten auf den Giebelrändern der Scheunen, von den weiten Marschwiesen quäkte der Brutschrei der Kiebitze. Da und dort am Kanal schleierten junge Birken und Weiden, und Lili trug an der Brust einen Busch frischer Veilchen, den ihnen ein Bub an der Landstraße verkauft hatte. Jost nannte kein Ziel, aber es war ihm anzusehen, daß er mit dieser Fahrt eine besondere, ungewöhnliche Absicht verband. Er sprach wenig, schien aber von einer heiter leichten Gespanntheit, und seine Augen hatten manchmal den Glanz stiller Erwartung. Je weiter sie von der Stadt und den vorgelagerten Dörfern ins platte Land kamen, je schlechter der Weg und je endloser das Blickfeld über feuchte Wiesen, Äcker im Flaum der jungen Saat und ferne Waldränder sich dehnte, desto munterer, ausgelassener wurde sein Wesen, er lachte viel, ließ sie die Zügel des vor Kraft und Luftfreude ausschlagenden Pferdes führen, ihr die Grundlagen des Fahrens beibringend – und zeigte ihr plötzlich sehr aufgeregt Kenn- und Merkpunkte in der Gegend, die sich durch nichts von ähnlichen Erscheinungen in anderen Gegenden unterschieden: die Flügel einer Windmühle am Horizont – einen Kirchturm fern hinterm Hügelrand – ein altes Storchennest auf dem vermoosten Dach eines Bauernhofs – und schließlich die Front eines hellen, schloßartigen Gebäudes, die zwischen Ulmen aufschimmerte. Er griff in die Zügel, hielt den Wagen an. Lili schwieg, sah ihm ins Gesicht. Sie spürte, daß etwas in ihm stockte, das sie mit Fragen nicht lockern konnte. Sie rückte nah zu ihm hin, wartete. »Das ist mein Vaterhaus«, sagte er schließlich, mit dem Peitschenstiel auf das Herrschaftsgebäude weisend, an dessen Flanken man jetzt die Wirtschaftshäuser und Stallungen sah. »Und hier werden wir leben«, fügte er nach einer Weile hinzu. Sie sagte noch immer nichts, schmiegte sich dicht an ihn. »Als meine Eltern starben«, sagte er dann im Ton ruhigen Erklärens, »war ich schon in die Armee eingetreten. Brüder hatte ich nicht, ein Vetter von mir, der bei uns aufgewachsen war, übernahm das Gut. Aber ich habe erblichen Anspruch

auf die Hälfte des Besitzes. Den will ich jetzt geltend machen. Für uns.«
– »Wird dein Vetter das hergeben?« fragte sie. – »Er muß!« lachte Jost.
»Und außerdem sind wir Freunde, von Kind auf. Ich will ihn jetzt über-
raschen.« Er lockerte die Bremse, wollte anfahren. Sie legte die Hand
auf seinen Arm. »Willst du nicht lieber allein zu ihm?« fragte sie. »Ich
kann hier aussteigen, spazierengehen«, und da sein Gesicht sich be-
schattete, fügte sie kraftlos lächelnd hinzu: »unser Gut anschauen!« –
»Das tun wir später zusammen!« rief Jost und schien wieder fest. »Jetzt
mußt du mitkommen!« sagte er mit fast herrischem Ton und ließ den
Gaul mit einem Ruck antraben. Sie lenkten in die kahle Allee ein, die
zur Freitreppe des alten einfachen Herrenhauses führte. »Es heißt Gut
Wendlitz«, sagte er, »hat ein paar tausend Morgen Ackerland, Wiesen,
Wald, Viehweiden.« – »Es ist wunderschön«, sagte sie leise. – Ein Knecht
in Hemdsärmeln sprang aus dem Stall herzu, faßte das Kopfzeug des
Pferdes. Jost sah ihn prüfend an, aber er schien ihn nicht zu kennen, es
war ein jüngerer Mensch. »Sind die Herrschaften zu Haus?« fragte Jost.
– »Jawohl, Herr«, sagte der Knecht. »Soll ich ausspannen?« In diesem
Augenblick öffnete sich die Haustür überm Schwung der Freitreppe, ein
Herr trat heraus, in Reitstiefeln und einer Art soldatischer, vorne offen-
stehender Litewka, die er mit der linken Hand zuknöpfte. Lili starrte
wie gebannt auf die schlanke, fast hagere Gestalt im Türrahmen, die
jetzt, die Ankömmlinge erstaunt prüfend, eine Hand über die Augen
hob. Da stand ein Abbild von Jost, nur etwas älter, kälter, härter, leb-
loser – so wie man es ihm vielleicht als Denkmal aufs Grab gesetzt
hätte, wenn er bei einer Heldentat gefallen wäre –, und es ging so viel
Fremdheit, Sprödheit, Unberührbarkeit von ihm aus, daß ihre Haut
kalt wurde. – »Fritz!« rief Jost und knallte mit der Peitsche. Der Ange-
rufene mochte ihn gleich erkannt haben, es änderte sich nichts in seinem Gesicht, er blieb noch einen Augenblick stehn und musterte beide
mit einem gesammelten Ausdruck, wie ein Mensch, der gewohnt ist,
rasch Ziel und Wirkung abzuschätzen. Dann kam er ruhigen, aber flot-
ten Schrittes die Freitreppe herunter. Jost war abgesprungen, half ihr
aus dem Wagen. Nun wandte er sich mit ausgestreckter Hand dem
Gutsherrn zu, der sie ergriff und freundlich schüttelte. »Ich freue mich,
daß du mal herkommst, Jost«, sagte er. »Ich habe dich lange nicht gesehen.« Dann wandte er seinen Blick kühl fragend auf die Dame. »Dies
ist mein Vetter Fritz«, sagte Jost herzlich und schob ihn etwas näher zu
ihr hin. »Fritz von Fredersdorff. Und dies ist meine Verlobte.« Der
Gutsherr beugte sich über ihre Hand, dann trat er zurück, und ließ ihr

mit einer Armbewegung den Vortritt auf die Freitreppe. Sich umwendend rief er dem Knecht zu: »Spann das Pferd aus, Kilian, schütt ihm vor! – Du bleibst doch eine Stunde?« wandte er sich an den vorausschreitenden Jost. – »Es kommt drauf an«, sagte der und drehte sich lächelnd halb um. »Vielleicht länger!« – In der Tür oben erschien ein älterer Diener, der sich vor Jost tief und freudig atmend verbeugte. Jost gab ihm die Hand. »Wie geht's immer, Martin?« sagte er. – »Danke, gnädiger Herr!« flüsterte der Diener und wollte sich rückwärts entfernen. Der Gutsherr hielt ihn mit einem Blick zurück. »Sie führen die Herrschaften ins Herrenzimmer!« sagte er, während sie in eine dämmerige, mit Hirschköpfen und alten Waffen geschmückte Halle eintraten. Von links, offenbar von einem Flur her, der zur Halle führte, hörte man deutlich eine Frauenstimme und das Lachen von Kindern. Jost wandte sich nach dort. »Deine Frau?« fragte er. – »Meine Frau ist leider nicht zu Hause«, sagte der Vetter in unverändertem Ton. »Sie ist mit den Kindern über Land gefahren und wird auch vor Abend nicht zurück sein.« – Jost blieb stehen, sah ihn an. Der hielt seinen Blick ruhig aus, dann sagte er, zu Lili gewandt: »Ich bitte Sie, mich einen Augenblick zu entschuldigen!« und ging rasch nach links. Der Diener öffnete eine Tür zur rechten Hand. Sie traten ein. Eine strenge Einrichtung und ein Schreibtisch gaben dem Raum fast den Anstrich eines Büros. Jost blieb an der Tür stehn, öffnete sie einen Spalt, dann schloß er sie wieder. »Verdammt!« sagte er, stampfte auf. Sein Gesicht war bleich, seine Augen flammten. Lili sah ihn kurz an, dann riß es ihren Blick von ihm weg. Sie trat zum Fenster, schaute in einen vorfrühlingskahlen, mit Fichtenreisern eingedeckten Garten hinaus. Mit dem Blut, das ihr in die Schläfen wallte, stieg ohne Willen und Vorsatz ein Trotz, eine Wut, eine zornige Empörung in ihr auf. Sie erschrak tief, denn sie merkte, daß dieser keimende Haß nicht gegen die fremden Leute, sondern gegen ihn, den Mann, den Geliebten, gerichtet war. Sie spürte, wie sehr er, mit verkrallten Händen an der Tür stehend, litt, und es regte sich eine blinde, hilflos grausame Feindschaft in ihr. Sie preßte die Hände gegen die Schläfen, sagte sich lautlos wie eine Litanei alle zärtlichen Namen, Worte, alles Gute, Vertraute, Gemeinsame, das sie für ihn wußte. Aber sie konnte sich ihn dabei nicht vorstellen, so wie man oft nicht imstande ist, beim Aufsagen eines Gebetes sich dessen, an den es gerichtet ist, bewußt zu wenden. Hinter sich hörte sie seine Stimme, scharf, fremd, erkaltet, so daß sie sie im ersten Vernehmen nicht von der des Vetters unterscheiden konnte. »Da deine Frau es vorzieht«, sagte er zu dem lautlos Eingetretenen, »meine Verlobte nicht kennenzulernen, möchte ich auch dich nicht lange aufhalten.« – »Ich habe ein kleines Frühstück anrichten lassen«, sagte der andere. »Darf ich bitten!« Er wandte sich deutlich zu ihr, aber sie drehte sich nicht um. »Danke«, sagte Jost ziemlich trocken, »wir verzichten darauf. Ich bitte dich nur um eine kurze Unterredung unter vier Augen.« – »Wie du willst«, sagte der andere nach einer kleinen Pause. »Darf ich Sie bitten, solange im Salon Platz zu nehmen?« – »Ich möchte lieber draußen warten«, sagte Lili und deutete mit einer unbestimmten Armbewegung durchs Fenster in den Garten hinaus. – »Es wird Ihnen kalt werden«, sagte der Gutsherr höflich. – »Nein«, sagte sie. »Ich werde umhergehen.« – Er verbeugte sich leicht, öffnete ihr die Tür, winkte dem Diener draußen. Sie neigte den Kopf, ging hinaus. Der Vetter schloß die Tür, wandte sich zu Jost um. Der stand am Schreibtisch, eine Hand auf die Tischplatte gestützt. Sie sahen sich wortlos an. Dann sagte der Gutsherr: »Du wirst es verstehen, Jost. Ich kenne die Schallweis vom Sehen. Ich kann meine Frau unmöglich mit deiner –«, er zögerte kurz, »mit deiner Freundin bekannt machen.« – »Es handelt sich um meine zukünftige Frau«, sagte Jost kühl. »Und um die zukünftige Herrin von Gut Wendlitz. Wenigstens vom halben Gut Wendlitz!« fügte er hinzu. – Der Vetter nickte, als höre er etwas, das er erwartet hatte. »Möchtest du dich nicht setzen?« sagte er dann. – »Nein«, antwortete Jost. »Wir wollen's kurz machen. Ich werde den Abschied nehmen. Ich habe ein Gesuch um Eheschließung eingereicht, es wurde abgewiesen.« – »Wunderst du dich darüber?« fragte der Vetter. – »Nein«, erwiderte Jost. »Aber ich ziehe die Konsequenz.« – »Jost«, sagte der andere, ohne daß seine Stimme besondere Erregtheit oder Nachdrücklichkeit aufbrachte – mehr, wie man eine Formel anwendet, von der man weiß, daß sie sinnlos ist, »wenn dir deine Laufbahn gleichgültig ist, so denke an unsern Namen.« – »Unser Name«, sagte Jost leise und ernst, »wird im Kriegstagebuch meines Regiments nicht ausgelöscht werden. Auch meine Laufbahn«, sagte er lächelnd, »steht in diesem Journal. Jetzt aber beginnt mein Leben.« – Sie schwiegen. Dann sagte Jost: »Die Hälfte des Gutes gehört erbrechtlich mir. Ich beanspruche sie jetzt. Wir müssen uns über die Form der Teilung verständigen.« – Der Gutsherr antwortete nicht, sah lange zum Fenster. Dann ging er zum Schreibtisch, zog eine Lade auf, nahm einen kleinen Schlüssel heraus, trat zur Wand und öffnete einen eingelassenen Tapetenschrank. Aus einer Mappe nahm er ein großes, vielfach gesiegeltes Schriftstück, breitete es auf den Tisch. Beide beugten sich darüber. Der Vetter tippte mit dem Finger mehrere Male auf einen bestimmten Absatz. »Hier steht's«, sagte er. »Wenn ich das Gut länger als zehn Jahre bewirtschaftet habe, steht mir das Recht zu, dir deinen Erbanteil gegen eine bestimmte Barsumme abzugelten. Die Summe richtet sich nach dem amtlich festzustellenden Schätzungswert. – Ich bewirtschafte das Gut seit mehr als elf Jahren.« – »Hast du das Geld?« fragte Jost. – »Nein«, sagte der andere. »Es wäre nicht leicht. Aber wenn du mich zwingst, bringe ich's auf.« – »Ich will das Geld nicht«, sagte Jost. »Ich will meinen Anteil. Ich will hier leben.« – »Mit dieser Frau?« fragte sein Vetter. – »Mit meiner Frau!« erwiderte Jost, jedes Wort betonend. Sie schwiegen, der Gutsherr packte das Schriftstück wieder ein, verschloß den Wandschrank. – »Du mußt mir einen Monat Zeit lassen«, sagte er dann. »Das entspricht der Gepflogenheit.« – »Selbstverständlich«, sagte Jost. »Mein Abschied ist auch noch nicht eingereicht.« – »Danke«, sagte der Vetter kurz. – »Leb wohl«, sagte Jost und hielt ihm die Hand hin. »Ich hoffe, daß wir in einem Monat die Teilung regeln können!« – »Leb wohl«, sagte der Gutsherr und gab ihm die Hand. »Ich werde dir Nachricht geben.« – Jost ging. – Kinderlachen schrillte ihm entgegen. Lili stand hinterm Haus im Obstgarten, dessen Blüte noch nicht aufgebrochen war, und scherzte mit zwei kleinen flachsköpfigen Mädchen. Sie ahmte das dumpf murrende Quaken der früh laichenden Erdkröte nach, das von einem nah gelegenen Schilfteich herüberdrang. Es klang so echt, als habe sie immer nur Erdkröten nachgeahmt, sie blies dabei die Backen auf und preßte die sehr gewölbten Augenlider dick zusammen, so daß sie ein richtiges Froschgesicht bekam. Die Kinder versuchten es auch, es gelang ihnen nicht, sie schnitten Grimassen, machten andere Tiere und Tierstimmen nach, johlten. Plötzlich vom Fenster her eine scharfe, befehlende Stimme. Die Kinder fuhren zusammen, standen starr. Dann warfen sie sich herum, jagten zum Haus.

Jost trat zu ihr, nahm behutsam ihren Arm. Sie sah ihn nicht an, schaute den Kindern nach. Sie gingen ein paar Schritte. Dann sagte Jost, ihre Hand streichelnd: »Es wird alles gut werden.« Sie antwortete nicht, ihre Mundwinkel zuckten. Als sie im Wagen saßen und er das Pferd wendete, im Schritt den Hof durch die Allee verlassend, brachte sie ihr Gesicht nah zu ihm und sagte flüsternd: »Verzeih!« Er beugte sich rasch nieder und küßte ihre Hand, die nackt auf der Decke lag. Kreuz und quer lenkte er das Gefährt über sandige, ausgefahrene Feldwege, durch kleine Wäldchen, an Viehzäunen entlang, manchmal nur Hufspuren oder Radrinnen folgend. Immer wieder sah man aus verändertem Winkel und verschiedener Entfernung das Herrenhaus. – Schließlich hielt er in einem kleinen Hohlweg an, machte die Zügel an einem Weidenstrunk fest. Er stieg ihr voraus die grasige Böschung hinauf, folgte ein paar Minuten einem schmalen Fußpfad durch knospenden Buchenwald, blieb am Rand einer Lichtung stehen. Unter einem vereinzelten knorrigen Eichbaum war eine niedrige, zerzauste Buchshecke eingepflanzt. Er bückte sich, teilte den Buchs mit den Händen, man sah einen flachen grauen Stein darunter. »Ein Hundegrab«, sagte er dann und lächelte abwesend. Die Sonne lag schräg auf dem Waldrand und auf der langgestreckten, noch winterfahlen Wiese, durch deren Mitte ein schmaler Wassergraben lief. Sie setzten sich auf das trocken knisternde Altlaub zu Füßen der Eiche, lehnten die Rücken an ihren sonnenbehauchten Stamm. Die atmende Kühle des Erdreichs und die mähliche Erwärmung der sonnenstäubigen Luft vermischten sich zu einem lauen, feuchtwürzigen Dunst, der mit dem Atem und durch die Haut in sie einströmte, ihre Stirnen und Lippen umbadete und ihre Körper wie mit Himmelsäther ganz durchdrang. Die tiefe, zehrende, durch Schlaf nicht stillbare Müdigkeit des Frühlings zog mit diesem lichtflüssigen Nebel in ihre Adern. Ihre Hände und Knie berührten sich, ihre Blicke versanken brennend ineinander. »Man könnte sterben«, sagte Jost nach einer langen, schweigenden Zeit, und seine Stimme klang etwas heiser, von Dunst und Sehnsucht belegt, »– man könnte sterben vor Glück.« – Sein Blick verlor sich von ihrem, streifte weit über die Lichtferne des Horizonts. Lili hob scheu die rechte Hand und machte, ungesehen von ihm, mit dem Daumen das Zeichen des kleinen Kreuzes auf Stirne, Mund und Brust. »Ist es wahr«, fragte sie nach einer Weile mit einer kleinen fast ängstlichen Kinderstimme, »daß euer König nicht an Gott glaubt?« – »Unser König«, antwortete Jost, und sein Gesicht ward schmal vor Stolz, »unser König braucht keinen Gott.« – »Aber wir brauchen ihn«, sagte sie leise. »Wir sind ja verloren ohne ihn.« – »Ja«, sagte Jost. »Aber er hat uns drei große Wege gemacht, die immer ins Freie führen.« – »Welche sind das?« fragte sie. »Die Tapferkeit«, sagte Jost, schwieg eine Zeit, blickte sie an. »Die Liebe«, sagte er dann. – »Was noch?« fragte sie rasch. – »Der Tod«, sagte er, stand auf, reckte die Glieder. Sie sprang von der Erde empor, umschlang ihn mit aller Kraft. Er küßte sie lange. »Komm«, sagte er dann. Sie schritten zum Wagen zurück. Als sie, in scharfem Trab, auf die große Landstraße einbogen, die zur Stadt zurückführte, drehte er sich noch einmal kurz um, pfiff zwischen den Zähnen. »Er wird das Geld nicht aufbringen!« sagte er dann, lachte kurz und trieb den Gaul an.

Josts Gesuch um Abschied aus der Armee lag nun schon einige Wochen beim Kommandeur seines Regiments, der sich nicht entschließen konnte, es zur Personalkammer nach Potsdam weiterzugeben, und immer wieder erfolglos versuchte, den jungen Offizier von seinem Vorhaben abzubringen. In den ersten Maitagen empfing der Kommandeur den Grafen von Prittwitz zu einer langen Aussprache hinter verschlossenen Türen. Kurz darauf erhielt Jost einen militärischen Auftrag, der ihn für einige Tage von der Stadt entfernte. Es handelte sich um die Führung der Ehreneskorte für eine durchreisende Fürstlichkeit, die in der Stadt Pferdewechsel hatte und von einer Schwadron der Kürassiere bis Berlin geleitet werden sollte. Jost wunderte sich im stillen über diesen Auftrag, denn es waren dem Zug schon zwei Geleitoffiziere eines Potsdamer Regiments beigegeben. Am Tage nach seinem Abritt wurde bei der Schallweis, die ihre Wohnung nicht verließ – denn es folgten ihr seit einiger Zeit die Blicke der Passanten, und manch gehässiger Ausruf gellte hinter ihr drein, wenn sie allein auf der Straße ging –, an der Flurtür gepocht. Da sie allein war, öffnete sie selbst. Prittwitz stand draußen, in seinen langen Mantel gehüllt. Sie sah ihn wortlos an, gab den Eingang nicht frei. »Ich bitte Sie«, sagte Prittwitz, »mir eine kurze Unterredung zu gewähren. Ich muß mit Ihnen sprechen.« – Ich wüßte nicht«, entgegnete sie, »was wir zu besprechen hätten.« – »Es handelt sich um Herrn von Fredersdorff«, sagte Prittwitz. »Es geht um Jost!« fügte er drängend hinzu, da sie keine Miene machte, ihn eintreten zu lassen. Sie zögerte noch einen Augenblick, dann trat sie zurück. »Ich bitte«, sagte sie, öffnete die Tür des Wohnzimmers. Drinnen blieb sie in der Nähe des Fensters stehen, forderte ihn nicht auf, abzulegen oder sich zu setzen. Er ging ihr nach, sah sie lange an. »Sie müssen fort!« sagte er dann unvermittelt. In ihrem Gesicht regte sich nichts. – »Was wollen Sie damit sagen?« erwiderte sie langsam. – »Ich will damit sagen« – er trat einen Schritt auf sie zu, legte die Hand leicht auf ihren Arm – »daß Jost nicht zugrunde gehen darf!« – Sie schwieg, zog ihren Arm zurück. Nach einer Weile sagte sie: »Kommen Sie in einem Auftrag hierher?« – »Ich bitte Sie, mich zu verstehen«, sagte Prittwitz mit Nachdruck. »Ich komme nicht in einem Auftrag hierher. Aber ich komme in einer allgemeinen Sache hierher. – Jost ist Offizier. Er ist einer der Besten.« – Sie nickte, sah zu Boden. »Sie meinen, daß ich ihn verlassen soll?« sagte sie dann in einem ungläubigen Ton. — »Ich meine, daß Sie es müssen!« entgegnete Prittwitz mit fester Stimme. »Sie sind für das verantwortlich, was geschieht.« – »Ich bin für sein Leben ver-

antwortlich –«, sagte sie, wie zu sich selbst. – »Ja«, rief Prittwitz aus.
»Und es geht um sein Leben!« – Sie sah ihn an. »Ich kann nicht«,
flüsterte sie. – Prittwitz trat auf sie zu, legte den Arm um ihre Schulter.
Sie ließ es geschehen, stand unbewegt. »Seien Sie stark, Lili«, sagte er,
und seine Stimme bekam einen wärmeren Klang. »Sie wissen doch
selbst, daß es nicht geht!« – »Ich weiß nichts«, sagte sie. »Ich liebe ihn.«
– »Wenn Sie ihn wirklich lieben«, sagte Prittwitz, »dann müssen Sie
mich verstehen. Es gibt nur die Wahl zwischen dem raschen Schnitt, der
verheilt – und dem langsamen Verbluten.« – Sie lehnte sich leicht an
ihn, er spürte, daß ihre Knie zitterten. »Glaubst du, daß wir nicht leben
können, miteinander?« fragte sie. – »Muß ich dir darauf antworten?«
fragte er leise zurück. – »Ich kann nicht –«, sagte sie, ging von ihm weg,
ließ sich in einen Stuhl sinken. – »Du brauchst nichts zu entscheiden,
sagte er rasch. »Es genügt, daß du nicht widerstrebst!« – Sie sah ihn fragend an, mit glanzlosen, bläulich umschatteten Augen. – »Ich stehe für
alles ein«, sprach er weiter. »Ich werd's ihm erklären. Ich werde ihn
nicht allein lassen. Er hat Freunde!« Sie regte sich nicht. »Es ist alles
vorbereitet«, sagte er. »Es liegt eine polizeiliche Ausweisungsorder für
dich vor. Erschrick nicht –«, sagte er und trat rasch zu ihr hin, fuhr ihr
kurz übers Haar, »es ist eine Formsache. Es enthebt dich der freien Entscheidung, nimmt deinem Schritt alles Bittere. Wenn er zurückkommt,
bist du verschwunden, durch höhere Gewalt.« Sie antwortete noch immer nicht. »Es wird Blut kosten«, sagte er, »– aber dann ist er gerettet.
Auch du wirst nicht sterben daran«, fügte er hinzu. – »Man stirbt und
lebt weiter«, sagte sie fast ohne Ton. Prittwitz durchmaß zweimal die
Stube, dann blieb er am Tisch stehen, sprach trocken und fast geschäfts-
mäßig. »Es geht alles ohne Aufsehen. Es fährt ein Wagen vor, mit verhängten Fenstern, morgen um die gleiche Zeit. Zwei berittene Polizisten
werden ihn begleiten. Sie warten am nächsten Straßenkreuz, es wird sie
niemand bemerken. Ich selbst werde hier sein, dich abzuholen.« – »Wo
soll ich hin?« fragte sie im gleichen unberührten Tonfall. – »Das steht bei
dir!« sagte er. »Am besten zunächst nach Berlin.« Dann, nach einer Stille
sagte er noch: »Solltest du ohne Mittel sein, so könnte fürs erste für dich
gesorgt werden.« Sie stand auf, hob die Hand. »Das nicht!« sagte sie hart.
»Das bitte, nicht!« – »Verzeih«, sagte er. »Ich wollte dich nicht kränken
damit.« – »Ich weiß es«, sagte sie leise. Er trat zu ihr hin, streckte die
Hand aus. »Ich kann auf dich rechnen?« fragte er. Sie antwortete nicht
mehr, übersah die Hand, wandte sich ab. Er sah, wie ihr Nacken sich immer schwerer herniedersenkte. Schweigend verbeugte er sich, dann ging er.

Jost, der sich in Potsdam vom Kommandanten der Ehrenwache hatte beurlauben lassen und, von tiefer Unruhe getrieben, der unter Führung eines Leutnants heimkehrenden Schwadron um einen Tag vorausgeeilt war, ritt gegen Abend, von seinem Pferdeburschen in kurzem Abstand gefolgt, in die Stadt ein. Aus dem Platz vor der Garnisonkirche hielt er kurz an, wie von einem Gedanken gepackt, dann zwang er sein Pferd, das, den Stall witternd, in Richtung zur Kaserne drängte, herum und lenkte es in schärferer Gangart der Straße zu, in der die Schallweis wohnte. Immer heftiger trieb er das schrittmüde Pferd an und spähte, auf seinen Hals vorgebeugt, in die rasch sinkende Dämmerung. Schon von weitem bemerkte er den Wagen vor ihrer Haustür, und als er die beiden Gestalten auf die Straße treten sah, ließ er den Gaul trotz des Holperpflasters in Trab fallen. Die berittenen Polizisten, hinterm Straßeneck, sahen ihn vorbeisprengen und schlossen sich seinem langsamer nachfolgenden Reitknecht an. Jost warf sich atemlos vom Pferd, als er beim Wagen angelangt war, dessen Schlag Prittwitz schon geöffnet hatte. Er ließ das Pferd stehen, wo es stand, der Bursche sprang ab und nahm es beim Zügel. Lili, in einen Reisemantel gehüllt, hatte den Fuß auf den Wagentritt gesetzt. So verharrte sie regungslos, wie sie seiner ansichtig wurde, alles Blut wich aus ihrem Gesicht. Als er mit drei Schritten neben ihr stand, sank sie mit einem leisen Aufschrei zusammen. Er fing sie auf, nahm sie in die Arme. Prittwitzens Faust umklammerte den Griff der Wagentür, als wollte er ihn zerbrechen. – Jost starrte ihn an, die Lippen weiß vor Feindschaft und Empörung. Lili richtete sich in seinen Armen empor, löste sich von ihm, stand frei zwischen beiden. Er trat rasch vor sie, so daß er ganz nahe an Prittwitz herankam. »Was willst du hier?« fragte er drohend. Gesichter erschienen an Fensterscheiben, ein paar Burschen traten mit vorgestreckten Hälsen aus einer Toreinfahrt. Prittwitz, blindlings vom Gedanken besessen, seine Absicht durchzuführen und die Szene rasch zu beenden, richtete sich straff empor. »Herr Rittmeister von Fredersdorff«, sagte er scharf und leise, »ich fordere Sie bei Ihrem Diensthgehorsam auf, sich sofort in die Kaserne zu begeben!« Jost rührte sich nicht. »Ich will wissen, was hier vorgeht«, sagte er dann kalt. – »Es geschieht auf Befehl des Polizeikommandanten«, sagte Prittwitz hastig. »Es gibt keinen Widerstand!« Er wollte einen Schritt zu ihr hin tun, sie in den Wagen drängen. Da hob Jost die geballte Faust, stieß ihn so heftig gegen die Brust, daß er zur Seite taumelte. Die beiden Polizisten waren abgesessen, traten unschlüssig näher. Prittwitz, am hinteren Rad des Wagens lehnend, winkte ihnen ab. Jost legte den Arm um ihre Hüfte, führte sie rasch zum Haustor. Dort drehte er sich noch einmal um. »Ich bin zur Genugtuung bereit«, sagte er laut. »Aber ich werde meine Frau gegen jede Gewalt verteidigen!« Dann trug er sie mehr, als er sie stützte, in ihre Wohnung zurück. Prittwitz stand noch einen Augenblick wie erstarrt, dann gab er den Polizisten und dem Reitknecht einen halblauten Befehl und stieg in den Wagen, der sich rollend und polternd entfernte. Langsam folgten ihm die Gendarmen und der Soldat mit den beiden Pferden.

Noch am gleichen Abend erhielt Jost durch einen Ordonnanzoffizier die Aufforderung, seinen Degen abzugeben, da er bis zur Erledigung seines Abschiedsgesuchs, das durch reitenden Boten weggeschickt worden war, vom Dienst suspendiert sei. Am nächsten Tag aber geschah es, daß die dritte Schwadron, von Berlin zurückkehrend – im Glauben, es könne ihrem Rittmeister nur ein Unrecht geschehen sein –, dem Grafen von Prittwitz, der mit ihrem vorläufigen Kommando betraut war, den Gehorsam verweigerte.

Sie hatten die Wohnung nicht mehr verlassen, seit er sie vom Tritt des Reisewagens weg hinaufgebracht hatte, lebten besinungslos in einer neuen Entflammtheit, die jede frühere schattenhaft und vergänglich machte. Auch in ihrer Seele wurden alle Zweifel vom Feuer des Glaubens, das solche Liebe entfacht, zu Asche verbrannt. Ganz tief in ihrem Innern bebte manchmal nachts eine leise schraubende Angst, die rasch vom Sturm ihres Blutes und von den Wettern seiner Umarmung erstickt wurde. Sie erwarteten den Tag seiner endgültigen Entlassung wie ein heimliches Fest, dem das der Vermählung nur noch als ein letztes sichtbares Bekenntnis folgen konnte. Von Prittwitz hatte er einen Brief erhalten, in dem er auf jede Genugtuung verzichtete, da Jost nicht gegen seine Person, sondern gegen den militärischen Gehorsam verstoßen habe, wofür er die Folgen allein und in anderer Weise tragen müsse – und in dem er ihn bat, sein Vorgehen aus der alten Freundschaft zu begreifen und ihm eine kameradschaftliche Erinnerung zu bewahren. Auch erfuhren sie, daß man seiner Schwadron bis zur Erledigung seines Falles die Pferde und Waffen genommen hatte. Der Kommandeur war in diesen Tagen persönlich nach Potsdam befohlen worden, um dort die Vorfälle zu erklären und zu verantworten. Er tat dies in einer Art, die der Handlungsweise des Rittmeisters alles Entehrende oder Unverzeihliche nahm und Jost der Gnade und dem Verständnis des Königs empfahl. – Ihn berührte all das nicht mehr, drang kaum noch in sein Ohr wie die

Geräusche einer fremden Welt, deren Luftkreis man längst verlassen hat und deren Geschick und Bewegung man nicht mehr versteht. Einmal erschien ein Amtsschreiber bei ihm, der ihn in einer wichtigen Sache zum Notar holen wollte. Aber Jost schickte ihn nach kurzem Wortwechsel allein wieder fort. Am nächsten Tag ließ der Notar selbst sich bei ihm melden und hatte in der Wohnstube eine längere Unterredung mit ihm. Als Lili, die im Nebenzimmer gewartet hatte, nach seinem Weggang die Wohnstube betrat, lag eine größere Geldsumme, in Bündeln und kleinen Säckchen geordnet, neben dem Duplikat eines gesiegelten Schriftstücks auf dem Tisch. Sie schaute ihn fragend an. »Er hat es doch aufgebracht«, sagte Jost mit fast gleichgültiger Stimme. Sie fühlte, daß dies keine gespielte Gleichgültigkeit war, und die letzte Furcht schwand aus ihrem Herzen. »Jetzt können wir weit reisen!« sagte er lachend leichthin. »Nimm du's! Ich kann's nicht verwalten!« Und da sie eine abwehrende Handbewegung machte, schob er's zusammen und tat alles in die Lade ihres kleinen hellpolierten Sekretärs. An diesem Tage verließ Lili zum erstenmal wieder das Haus. Sie ging gegen Dämmerung einige Besorgungen machen, und als sie an einem Blumenstand vorbeikam, kaufte sie der Gärtnerfrau einen Armvoll frischer, kaum entknospter Rosen, der ersten dieses Jahres, ab. Während sie fort war, erschien bei ihm ein Offizier seines Regiments und brachte ihm ein allerhöchstes Handschreiben, in dem ihm, in Anerkennung seiner Verdienste im Krieg, der ehrenvolle Abschied aus der Armee des Königs gewährt wurde. Auch schickte ihm der Regimentskommandeur seinen Degen zurück. Als Lili heimkam, traf sie ihn am Tisch stehend, das Wehrgehänge mit Degen und Pistole in der Hand – mit hellem, strahlendem Gesicht. – In dieser Nacht blieben sie lange wach. Das Fenster stand weit offen – der Duft der Rosen, die wie eine Hecke mitten im Zimmer blühten, vermischte sich mit dem trunkenen Atem der Mondstunden. Sie sprachen nicht zueinander, versanken in den Wellen ihres Glückes, für das es kein Wort mehr gab. Als sie die Augen schlossen, wuchs schon die rasche Dämmerung des nördlichen Vorsommers über den Osthimmel.

Mit dem Jubelschrei der Vögel und dem ersten aufblitzenden Sonnenpfeil weckte sie ein ungewohnter, mählich näherschwellender Lärm, der wie das Anrollen einer fernen Schlacht aus der Stadtmitte auf ihr Haus zu drang. Jost sprang plötzlich empor, warf sich in seine Uniform, nahm das Wehrgehänge um, trat in die Wohnstube, ans offene Fenster. Da kamen sie, um die Ecke biegend, die leere Straße entlang,

Schritt vor Schritt, Fuß bei Fuß mit trappenden Sohlen, klappernden Eisen, klirrenden Reitersporen, die Kürassiere seiner alten Schwadron, ohne Pferde und Waffen, den Tambour, dumpf und mächtig trommelnd, an ihrer Spitze, den Torgauer Fahnenstumpf in ihrer Mitte hochgestemmt. Vorm Fenster formierten sie sich zu kurzer Front, die Trommel schwieg, in stummer männlicher Ergebenheit blickten die vielen Gesichter, die bärtigen und vernarbten, die glatten, jungen, begeisterten, zu ihm empor. Und während er stand und auf sie herabschaute, unfähig zu einem Wort, einem Laut, einer Bewegung, riefen sie aus rauhen, beklommenen Kehlen erst – dann immer freier, in wildem, brausendem Chor die Namen ihrer Schlachten und Gefechte, ihrer bösen und stolzen Jahre zu ihm, der sie mit ihnen geteilt hatte, hinauf. Dann fiel die Trommel donnernd wieder ein, und abziehend in Schritt und Tritt verhallte mit ihrem Schlag das alte Reiterlied. Lili trat nicht zu ihm herein. Sie blieb auf dem Bettrand sitzen, reglos gebannt, als hielte sie noch halb der Traum. Von drinnen hörte sie seine Stimme, mit einem veränderten, seltsam beschwingten Klang.

»Das war der Abschied!« sagte er. Es klang wie ein Jubelruf. Sie blieb unbewegt, wagte nicht, ihm den Hauch dieser, seiner Stunde durch ein Wort, einen Laut zu entführen.

»Das kann nicht vergehn« – vernahm sie ihn wieder – »das kann nicht vergehn!« Sie fühlte, daß er zu ihr sprach.

»Ja«, sagte sie laut und begriff kaum, daß es ihre eigene Stimme war – »es kann nicht vergehn!«

»Dank!« rief er drinnen. »Dank!«

Sie wollte aufspringen, doch ihre Knie waren von einer plötzlichen Eiseskälte gelähmt.

Mit dem letzten verhallenden Trommelschlag fiel der dumpfe Knall des Schusses zusammen.

Der Schreck warf sie zu Boden, sie tastete sich auf den Händen zur Tür. Dann richtete sie sich langsam empor, trat ein. Er saß, aufrecht zurückgelehnt, nahe beim Fenster in einem hohen, schmalen Sessel, die rauchende Pistole noch dicht an seinem Herzen. Sie sah sein Gesicht, es war schön und still und so erfüllt von allem, was eines Mannes Leben ausmacht, daß sie niederkniete und keine Tränen fand.

Das Herz der Könige

Drei schwedische Legenden

Gustav Wasa, der Wahl-König, hatte in seinem Alter zum dritten Mal geheiratet. Er war noch stark und rüstig — unter den bereiften Büschen seiner Brauen brannte ein großer, menschenbezwingender Blick. Wen er ansah, der vergaß, daß es Jugend und Alter gibt — und daß der Tod sich in den Kammern eines Leibes einrichtet, bis er ihn ganz bewohnt. Seine Frau hieß Ingelinde, sie war die Tochter seines ersten Kanzlers, und fünfzehn Jahre alt. Aber sie war voll erblüht, ihre Haare hatten den rotbraunen Glanz der Kastanien, und ihre Haut war sehr weiß. Der König liebte das zarte Gesprenkel der Sommersprossen auf ihrem Nasenrücken und auf der Biegung ihres Nackens, und er verträumte sich in ihre halbgeöffneten Lippen und in den stillen, gereiften Ausdruck ihrer undurchsichtigen Augen. Er konnte lange schweigend ihre Hand betrachten, wenn sie regungslos und kühl auf der seinen lag; blaß wie das innere einer Rosenmuschel hob sich die edle Form von der sonngebräunten Härte seiner Zügelfaust, die zarten Linien der Adern schimmerten blau und kindlich. Die Nacktheit und Milde dieser Hand beglückte und rührte ihn, und die geheime Kraft ihrer Weiblichkeit erfüllte ihn mit einem Schauer von Furcht und Vertrauen.

Eines Tages, als er von einem harten Ritt nach Hause kam und beim Ausziehen der schneenassen Reiterstiefel die Kälte in seiner Brust stechen fühlte, trieben ihn Furcht und heißer Herzschlag zur ungewohnten Zeit in ihre Nähe. Die Tür zu ihrer Schlafkammer stand halb offen, und sein Schritt auf pelzumhüllten Füßen war ohne Absicht lautlos.

Sie saß, der Türe abgewandt, auf ihrem Bett, und ordnete ihr Haar hin und her, ohne in einen Spiegel zu schauen. Ihr Kopf war leicht gebeugt, so daß er ihre Schultern und ihren Nacken sah, und während er vom Anblick verzaubert stehenblieb, hörte er sie zu sich selber sagen: »Den alten König habe ich recht gern — aber den anderen kann ich nie vergessen.«

Ihre Stimme klang gleichmütig und unerregt, wie wenn man ein oft wiederholtes Wort ausspricht, oder betet.

Der König stand lange still, dann ging er, bevor sie ihn bemerkt hatte. Er ging rückwärts, mit geschlossenen Augen, und lautlos, ohne an eine Wand zu stoßen.

In seiner Schlafkammer legte er sich aufs Bett und öffnete die Augen nicht. Als man ihn später wecken wollte, war er kalt, und sein Herz schlug nicht mehr.

Die junge Königin verließ das Schloß nicht nach seinem Tod. Sie schnitt ihr Haar kurz wie eine Nonne, und trug den langen schwarzen Witwenschleier. Darunter wölbte sich ihr Leib über den zarten Hüften. Im Frühjahr gab sie einem Sohn das Leben, und starb im Kindbett. Dieser Sohn war Johann. Er wuchs rasch heran, und sein Körper wurde sehr kräftig, aber man hielt ihn für schwach begabt, weil er nicht gerne sprach, und die Mägde fürchteten sich vor ihm, weil er niemals sang. Als er sechzehn Jahre alt war, begann er plötzlich zu singen, mit einer rauhen und heiseren Stimme. Es waren Soldatenlieder, Kriegsgesänge, wie er sie von Landsknechten und Veteranen gehört hatte. Seine Haare waren dunkelbraun und so dicht, daß er einen eisernen Kamm brauchte, mit dem man die Mähnen der Hengste striegelte. Die Mädchen nannten ihn Eisenkamm und lachten, weil er die Augen schloß, wenn sie zu ihm sprachen. Es hieß, daß niemand sagen konnte, wie die Farbe seiner Augen war.

Mit siebzehn zog er nach Polen und kämpfte mit den Starosten gegen die Ungarn und Deutschen. Man erzählte Geschichten von seiner Tapferkeit, und von dem grausamen Rausch, der ihn im Kampf überkam. Die Räusche seines Alters schien er nicht zu kennen, und mit den Frauen, die in die Zelte kamen, war er heftig und achtungslos. Aber als er in Warschau die Tochter des Polenkönigs traf, Katherina Jagellonika, verwandelte sich sein Gesicht. Die Macht seines Herzens zersprengte ihn fast und brannte in seinen Augen. Man sah nun, daß seine Augen einem Achatstein glichen, den man in ausgetrockneten Bergbächen findet und der ›das Pardelauge‹ heißt; ein goldgekörntes schimmerndes Erdbraun rahmt einen schmalen Schlitz, der wie von Sonnenlicht flammt, und vor dem sich fremde Blicke senken.

Katharina aber ertrug seinen Blick, bis er sich ganz mit dem ihren verlobt hatte und zwischen den Hügeln ihrer Brust das Bett seiner Ruhe fand. Sie nahm ihn in ihre Arme, und ihre Herzen schlugen in einem Takt zusammen, der kein Gesetz und kein Ende kennt. Er bat den Polenkönig um ihre Hand. Der aber sagte zu ihm: »Der Mann meiner

Tochter muß selbst ein König sein.« Da sagte Johann von Schweden: »Für sie will ich ein König werden.« Er ließ einen Ring für sie schmieden, auf dessen Innenseite eingegraben stand: »Nur der Tod soll uns trennen.« Dann kehrte er nach Schweden zurück, wo sein Bruder herrschte.

Sein Bruder, zwölf Jahre älter als er, war Erik der Vierzehnte. Aber wenn man die beiden zusammen sah, hielt man Erik stets für den Jüngeren. Seine langen blonden Haare, die schon in seiner Kindheit wirkten wie aus gesponnenem Glas, rahmten ein schmales Gesicht, in dem die Augen nah zusammen standen. Sein Blick unter den dunklen Wimpern war blau und ruhevoll. Er schien an den Menschen vorbei zu sehen und immer von einem Bild erfüllt zu sein, das von unbekannter Schönheit war. Er stammte aus Gustav Wasas früherer Ehe und war an den Brüsten seiner Mutter aufgewachsen. Es hieß, daß sie ihm noch Milch gab, als er schon Mann wurde. Sie starb in seinen Armen, während der Vater im Krieg war.

Er ritt nie aus und liebte es, allein und zu Fuß lange Wege zu gehen – durch die Stadt, durch die Wälder, oder am Meeresstrand. Und er konnte die Laute spielen wie keiner der Sänger und Musikanten, mit denen er sich umgab. Dichter und Musiker waren seine Freunde – und statt der Kriegsräte oder Generale befragte er die Astrologen vor einer Entscheidung. Er lernte selbst die Sterndeuterkunst, und blieb in den gestirnten Nächten allein im Auslug seines Schloßturms. Im Umgang mit Menschen war er heiter und voll Vertrauen. Aber die Offenheit seines Herzens konnte plötzlich in Wahn und Entsetzen umschlagen, das ihn zu wilden, unbesonnenen Verfolgungen derer trieb, die er für seine Feinde hielt. Es war, als ob dann die Dämonen über ihn Macht bekämen, die er aus finsteren Sternbezirken beschwor, und man fürchtete ihn in solchen Zeiten so sehr, wie man ihn sonst liebte.

Er blieb sehr lange unverheiratet und überließ es seinem Kanzler, mit den Höfen Europas über eine dem Land günstige Verbindung zu unterhandeln. Aber eines Tages, als er allein durch die Altstadt ging, kam er auf den Marktplatz, und dort saß ein Mädchen auf der Erde, das in einem Korb frische Nüsse zum Kauf bot. Sie hieß Karin Mansdotter, und war die Tochter eines Bauern. Erik beugte sich zu ihr nieder und verlangte ein Pfund Nüsse von ihr. Und während sie die Nüsse abwog, hob sie den Blick zu ihm auf. Sie wußte nicht, daß er der König war, aber es kam ihr vor, als hätte sie ihn schon oft und immer gesehen. Er beugte sich näher zu ihr, während die Waage mit den Nüssen immer tiefer sank, und nahm eine Flechte ihres hellen Haares in die Hand. Er hielt sie dicht an sein eigenes Haar, das ihm in offenen Strähnen vom Haupt fiel, und ihre Haare glichen einander so sehr, daß man sie nicht unterscheiden konnte, wenn sie sich vermischten. Da band er die beiden Strähnen, die von ihrem und seinem Scheitel, zusammen, so daß sie sich mit ihm aufrichten mußte, als er jetzt seinen Körper hob, und die Nüsse kollerten aus der übervollen Waagschale zu Boden. Als sie aufrecht neben ihm stand, legte er den Arm um ihre Hüften. So führte er sie ins Schloß, ohne daß sie sich wehrte oder erschrak. Am selben Tag schickte er die Gesandten Englands, die sein Kanzler hatte herkommen lassen, um ein Verlöbnis zu besprechen, nach London zurück und schlug die Hand der jungfräulichen Königin aus. Er zwang seinen Kanzler, der die schwarze Mönchskutte trug, ihn mit Karin Mansdotter zu trauen. Ihre Haare waren ineinander verknüpft, als sie vor den Altar traten.

Im Volk war Freude und Zorn über des Königs Heirat. Die einfachen Leute waren stolz, daß der König eine der ihren erwählt hatte, aber sie schämten sich gleichzeitig, daß ihre Königin nichts Besseres war als sie selber. Am meisten schimpften die Soldaten und die kriegerischen jungen Herrn, denn seit der König geheiratet hatte, war sein Herz nur noch von friedlicher Lust und Heiterkeit erfüllt, und er wollte keinen von ihnen mehr sterben lassen. Das gesicherte Leben schien den Soldaten weniger wert als die Aussicht auf Ruhm, Beute und rasche Rangerhöhung. Erik aber ging so weit, daß er lieber dem Zaren von Rußland freiwillig ein Stück seines Landes abtreten wollte, als daß ein Bauernhof verwüstet würde oder ein junger Mann seiner Mutter und seiner Braut entrissen. Er dachte, daß die Leute genauso glücklich leben könnten, wenn der Name ihres Herrschers ein anderer sei. Er konnte sich Glück nur noch vorstellen, wie er es selbst empfand: als ein sanftes Feld oder den milden Glanz einer Mondnacht. Er hatte unter den Dichtern und Musikanten einen Wettbewerb veranstaltet für das schönste Liebeslied, aber sie genügten ihm alle nicht, und er dichtete selbst die Lieder, die er für Karin sang. Die späteren Sänger seines Volkes, noch nach Jahrhunderten, feierten die Stärke und die Schönheit seiner Verse und spielten seine Weisen. Wenn er abends mit Karin am Herdfeuer saß, flocht er ihre Haare mit den seinen zusammen. So gingen sie zu

Bett. Sie gebar ihm zwei Kinder; erst eine Tochter, dann einen Sohn.

Aber als der zur Welt kam, erschien Johann im Schloß. Zwölf polnische Kriegsleute begleiteten ihn. Er war ohne Aufenthalt von Warschau herbei geritten. Die Liebe zu Katharina Jagellonika und der Schwur, den er ihr geleistet hatte, verbrannten sein Herz.

Die Nachricht von seiner Rückkehr verbreitete sich rasch im Land, und es hieß: Jetzt kommt der Eisenkamm, der wird die königlichen Haare zausen. Bei der Kindstaufe seines Sohnes traf Erik den Halbbruder zum ersten Mal wieder, und als er seine Stirn und sein Auge sah, erschrak er furchtbar, verfärbte sich, und wurde vom Fieber der Todesangst befallen. Nachts schloß er sich im Turm ein und befragte die Sterne. Die Stellung war wüst und verworren, die Astrologen grübelten darüber. Ein König, lasen sie heraus, der seine Schwester zum Weib nimmt. Ein Bruder, der seinen Bruder tötet. – Erik legte es so aus, daß Johann ihn töten und Karin, die ihm durch ihn verschwistert war, zum Weib nehmen werde. Er hörte auf keinen Rat mehr, die Verzweiflung machte ihn toll. Er ließ Johann gefangensetzen und die polnischen Krieger, die mit ihm gekommen waren, erschlagen. Der Polenkönig drohte mit Krieg, und im Osten rückten die Russen über die Grenze, die Eriks friedlicher Wahn geschwächt hatte. Im Volk wuchs Unwillen, und der Kanzler, seit Eriks Heirat sein geheimer Feind, nährte ihn. Spottverse wurden herumgetragen, in denen es hieß, daß Gustav Wasa, Eriks Vater, einst auf der Jagd in jenem Bauernhof übernachtet habe, von dem Karin Mansdotter stammte. Es sei sehr kalt gewesen, und der Bauer habe ihm seinen Platz im Bette seiner Frau überlassen. Darunter waren Bilder gezeichnet von König Erik und seiner Gattin, die einander wie Geschwister glichen.

Ein Rat trat zusammen, der Eriks Ehe ungültig erklären und seinen Kindern das Thronfolgerecht aberkennen wollte. Erik aber ließ den Rat verhaften und bedrohte seine Teilnehmer mit dem Tode. Da brach der Aufstand aus, vom Kanzler vorbereitet, mit polnischem Geld bezahlt. Johann wurde aus dem Kerker befreit und zum rechtmäßigen König ausgerufen. Nachts drang er mit einem Trupp Bewaffneter ins Schloß ein. Man fand Erik in Karins Bett, ihre Haare waren ineinander geflochten. Sie fürchteten sich nicht vorm Sterben, aber sie wollten sich gegenseitig mit ihrem Leibe schützen. Man zerrte sie auseinander und sperrte sie in getrennte Kerker ein. Sie sollten sich nicht mehr wiedersehen. Aber Eriks Kerkermeister hatte Mitleid mit ihm und ließ ihn einmal am Tage aus dem Fenster schauen, das dem Turmfenster Karins gegenüber lag, um die Stunde, in der man ihr Luft gönnte und in der sie in der Sonne ihr Haar flocht. So sah er sie täglich, und er lebte von diesen Stunden. Aber eines Tages sah er sie nicht mehr. Der Kanzler hatte sie mit ihren Kindern außer Landes bringen lassen, und niemand hat je erfahren, was aus ihnen wurde. Erik aber, als er sie nicht mehr sah, verweigerte Licht und Nahrung; er lag mit geschlossenen Augen, wie sein Vater einst, bis sein Herz brach.

Der Polenkönig hatte inzwischen, als er hörte, daß Johann von seinem Bruder Erik eingekerkert worden war, seine Tochter dem Zaren Iwan von Rußland verlobt, den sie ›den Schrecklichen‹ nannten. Aber Katharina verweigerte die Brautfahrt nach Moskau, sie trug den Ring, den Johann ihr gegeben hatte und auf dem stand: Nur der Tod soll uns trennen. Sie wollte Johann von Schweden, und sie glaubte an seinen Schwur, an die Macht und an das Feuer seines Herzens. Die Starosten, welche den russischen Hof haßten und die Weisheit ihres Königs nicht begriffen, sondern ihm Feigheit vorwarfen, da er den übermächtigen Feind ans Ehebett fesseln wollte, hielten zu Katharina und standen ihr gegen den Vater bei. An Stelle der Braut, die man in Moskau mit großen Vorbereitungen erwartete, schickten sie eine weiße Stute, mit dem nachgeahmten Heiratsschmuck behangen. Der Hengst im Kreml solle sich mit einem polnischen Roß begnügen. Iwan ritt diese Stute, als er gegen die Polen zum Krieg zog – ein Krieg, der ungezählte Leben kostete und in der Folge unsägliches Elend über Polen brachte.

Katharina Jagellonika aber zog, auf die Kunde von Johanns Thronerhebung, nach Schweden. Er erwartete sie auf den Stufen des Schlosses und hob sie aus dem Wagen. Sie hatten die Arme einander um die Schulter gelegt und verschränkten ihre Hände, einer in des anderen Nacken. Ihre Blicke brannten ineinander. Er führte sie in die Schlafkammer, ehe der Bischof den Segen über sie sprechen konnte. In der gleichen Stunde heulten die Kriegshörner an der Grenze und übers Land. Bauernhöfe gingen in Rauch und Flammen auf, ein blutiger Schein flackerte am Himmel, die dumpfen Felltrommeln riefen das Volk zum Sterben. Katharina und Johann aber schliefen zusammen, und sie teilte sein Zeltlager mit ihm, als er ins Feld zog. Sie hatten keine Scheu vor Blut, und sie fürchteten sich nicht, zu töten für ihre Liebe. Ihre Herzen waren hart gegen die Welt und schmolzen zu einer einzigen feurigen Lava, wenn sie sich berührten. Sie kannten nichts als sich selbst, aber sie liebten einander.

Ihr Leben war voller Schuld und ohne Reue. Katharina trug immer seinen Ring. Aber selbst der Tod trennte sie nicht.

Als er sehr alt war und den Zugriff des Todes spürte, legte er seine Arme um ihre Schultern, und sie verschränkte ihre Hände in seinem Nacken. So standen sie beide, aufrecht, Blick in Blick. Aufrecht, stehend, wurde er vom Herzschlag gefällt. Sie aber stürzte nieder mit seinem Leichnam und bedeckte sein Gesicht mit Küssen, bis ihr der Atem stockte.

Man hat das Herz toter Könige aus ihren Leibern genommen, einbalsamiert und in prunkvollen Särgen verwahrt. Aber die Zeit zerstört auch die Mumien.

Den Schlag großer Herzen zerstört sie nicht.

Herr über Leben und Tod

Am Ende des regenarmen Sommers, in dem seine Arbeit ihm kaum die matte und zerstreute Erholung einiger Wochenendstunden vergönnt hatte, wurde Sir Norbert Stanhope nach Paris berufen, um an einem der führenden Staatsmänner der Republik eine komplizierte Operation vorzunehmen. Obwohl erst knapp über vierzig, zählte Sir Norbert schon unter jene ›Kapazitäten‹, die man in verzweifelten oder durch die Bedeutung der erkrankten Persönlichkeit besonders verantwortlichen Fällen herbeiholt und an deren Namen sich eine Art von Wunderglaube knüpft. Er war Chefarzt einer großen Klinik in London und Inhaber einer Professur der medizinischen Fakultät. Wie bei jeder ungewöhnlichen Karriere, hatten auch bei der seinen Glücksfälle bestätigt und verstärkt, was die Sicherheit seiner Hand und eine vielleicht geniale Intuition in das verborgene Getriebe des Organismus begannen. Eine Reihe von erfolgreichen Eingriffen bei Störungen oder Verletzungen des Herzens, die man früher als hoffnungslos betrachten mußte, hatte ihm Weltruf eingetragen. Das menschliche Herz – auch im Zeitalter des wissenschaftlichen Denkens immer noch Sinnbild magischer Quellkräfte, ja der geheimen Lebensmitte schlechthin –, unter seinen Augen und Händen war es ein zuckendes Bündel kontrollierbarer Funktionen, deren gestörte Mechanik zu regeln oder vor Stillstand zu retten der Macht und Beherrschung chirurgischen Könnens unterstand, und das ihm in seiner Wesenheit weniger geheim oder unenträtselt erscheinen mochte als etwa die vielbezogene Wechselwirkung der Drüsen und innerer Sekretionen, das ewig sich wandelnde und gleichsam aus dem eignen Strom sich erneuernde Blutmeer, die sympathetischen Vibrationen des Nervensystems. Trotzdem waren solche Eingriffe jedesmal ein Spiel mit der Uhrfeder des Lebens, – ein Spiel mit höchstem Einsatz und höchster Verlustchance, ein Kampf mit der unbekannten Größe, ein Griff nach dem Ursprung und nach dem Ende –, und obwohl er selbst nicht aufhörte, das Partielle und Mechanistische seiner Arbeit sachlich abzugrenzen, haftete ihren Erfolgen doch etwas von einer Wiederauferweckung

Verstorbener, von einer fast übernatürlichen Gewalt über das kreatürliche Leben an. Nicht selten hatte seine Kunst auch nach dem Eintritt von Symptomen, die man gemeinhin als unabänderlich betrachtete, das Wiederaufleben der funktionellen Tätigkeit erzwungen.

Wie Norbert im tiefsten Innern über Wert und Bedeutung seiner Heilkunst denken mochte – ob sie ihn mit Stolz, mit Skepsis oder mit Furcht erfüllte, blieb unerfindlich. Es war nicht seine Art, sich zu enthüllen. Patienten gegenüber blieb er ein etwas unzugänglicher, gleichmäßig temperierter Herr, der jede Beunruhigung, aber auch jede Geheimnistuerei vermied, und der sein Äußerstes hergab, ohne zu versprechen oder zu trösten. Für seine Kollegen, Schüler, Untergebenen war er ein Arbeiter von verpflichtender Gründlichkeit, den unwillkürlich, und ohne daß er es jemals betonen oder erzwingen mußte, ein Wall von Respekt und allgemeiner Unterordnung umgab. Die Mitwelt kannte ihn als eine Erscheinung der gepflegteren Gesellschaft, von liebenswürdiger und unfaßbarer Konventionalität, von großer Anziehungskraft auf Damen und jüngere Leute, von selbstverständlicher und niemals absichtsvoller Distanz. War es ein ganz leiser Zug von Hochmut oder Spöttischkeit, der manchmal in seinen Augen oder um seine Mundwinkel spielte, so hatte das nichts von Arroganz oder irgendwelcher Einbildung, eher war es ein Ausdruck jener gewissen Kühle, Fremdheit, Souveränität gegenüber dem Einzelschicksal, wie es wohl alle Personen, in welchem Beruf auch immer, kennzeichnet, deren Wissen und Können das normale Maß übersteigen. Ob es Kraft oder Schwäche bedeutete, große Abhärtung oder übergroße Empfindsamkeit, Scheu oder Kälte, was ihn so streng und sorgsam jede Äußerung privater Gefühle verbergen ließ, war kaum zu entscheiden. Zum Teil war es wohl auch eine Mitgift seiner Abstammung und Erziehung. Einziger Sohn eines früh verstobenen Vaters, hatte er seine Kindheit in der Obhut seiner Mutter auf einem der mütterlichen Familie angestammten schottischen Landsitz verlebt, und nach Abschluß seiner Schulzeit und Studienreisen war die Mutter, eine große, ernste und etwas hartäugige Frau von unverwischbarer Altersschönheit, zu ihm nach London gezogen, wo sie seinem Hause vorstand. Vielleicht war er deshalb nie auf den Gedanken gekommen, sich zu verheiraten. Wer die Mutter kannte und ihre herrschsüchtige Leidenschaft für den Sohn und für alles, was ihn betraf, hätte sich kaum eine Gattin und Schwiegertochter vorstellen können, die imstande gewesen wäre, sich in seinem Hause durchzusetzen oder unbedrückt zu behaupten. Dabei wirkte Lady Stanhope mehr als

Freundin, Gefährtin ihres Sohnes denn als verwandtschaftliche Belastung, und sie vermied alles, was die Freizügigkeit und Unabhängigkeit seines Lebens hätte beeinträchtigen können. Norbert seinerseits behandelte sie mit einer rücksichtsvollen und behutsamen Ritterlichkeit, welche gleichermaßen Hochachtung und Abstand ausdrückte, und es war schwer, sich die ursprünglich animalische Brutwärme zwischen Mutter und Sohn bei diesen beiden zu denken. Nur eine seltsame Ähnlichkeit in Kopfhaltung und Gang, in einem plötzlichen Zusammenkneifen der Lider, als gelte es Heimliches und Unbewachtes zu verdekken, ließ manchmal die Ahnung verborgener Feuer und schattentiefer Wesensgründe erglimmen.

Nach stundenlanger Arbeit, die alle Nervenkräfte zu fressen schien, lästigen Konferenzen und Erledigung gesellschaftlicher Pflicht hatte Sir Norbert den größten Teil des Abends ganz allein in den rastlosen Straßen von Paris verbracht, die ein staubiger Spätsommerwind durchflatterte, untätig und versponnen vor Caféhäusern sitzend, manchmal an einem Glase nippend, von einer sonderbaren Leere und Selbstverlorenheit gebannt, die seinem tätigen Leben sonst unbekannt war. Eigentlich sollte ich mit dem Nachtflugzeug zurückkehren, dachte er. Aber er hatte sich nicht entschließen können, beim Portier den Platz zu bestellen. Es war, als seien seine Entscheidungskräfte plötzlich gelähmt, und als könnte er sich nicht mehr recht besinnen, warum er hier sei und wohin er denn überhaupt mit sich solle. Vielleicht, dachte er, sollte man solche Augenblicke, in denen das Bewußtsein müde wird, den vordringlichen Taktstock zu schwingen, in denen das Orchester der Lebenselemente von selber spielt und also zweifellos die vorgeschriebene Partitur nach ihrem eigensten Gesetze wirksam wird – vielleicht sollte man solche Augenblicke genauestens registrieren, denn sie allein vermöchten die Frage zu beantworten, was es nun eigentlich mit unsrem Willen, unsrer Selbstbestimmung und unsrem Schicksal auf sich hat. Vielleicht, dachte er, entscheidet gerade jetzt etwas über mich, was völlig außerhalb des Machtbereichs meiner eignen Entschlüsse und Handlungen liegt. Aber ich bin wohl einfach überarbeitet. Mit einem etwas spöttischen Lächeln über die Fadenscheinigkeit solcher Alltagsdefinitionen begab er sich in sein Hotel zurück, vor dessen Glastür sich gerade zwei altmodisch gekleidete Herren mit leicht übertriebenem Habitus, wie man ihn bei französischen Würdenträgern öfters beobachtet, voneinander verabschiedeten.

»Also, um sechs Uhr früh«, hörte er den einen mit einer gewissen

Feierlichkeit sagen, die ihm komisch vorkam und deren Pathos ihn noch beim Auskleiden belustigte.

Kurz nach sechs Uhr wurde er von einer aufgeregten Stimme – sie gehörte einem Kollegen, den er tags zuvor kennengelernt hatte – durchs Telephon beschworen, sofort die Unfallstation in der Rue d'Armaillé aufzusuchen, wo ein Herr mit dem Tod ringe. Soviel er dem Wortschwall entnehmen konnte, handelte es sich um ein Duell mit unglücklichem Ausgang, eine Verletzung der Herzgegend, die das Schlimmste befürchten lasse, und der Verwundete sei kein anderer, als der alte d'Attalens – ein Name, der Norbert wenig sagte. Als er bald darauf in der morgenleeren Straße ungeduldig nach einem Taxi rief und sich noch einmal rasch zum Portier zurückwandte, der seine Instrumententasche hielt, stürzte plötzlich eine junge Dame an ihm vorbei und riß den Schlag des eben anrollenden Wagens auf.

»Verzeihen Sie«, sagte Norbert, bevor sie noch dem Chauffeur die Adresse zurufen konnte, »ich brauche den Wagen dringend!«

Sie warf ihm einen verstörten und wutflammenden Blick zu, sprang aufs Trittbrett und stieß mit einer vor Erregung heiseren Stimme den Namen der Klinik hervor, in die Norbert selbst zu eilen im Begriff stand.

Norbert schwang sich kurzerhand hinter ihr in das niedrig gebaute Auto, wobei er seinen Oberkörper fast auf die Knie klappen mußte, und winkte dem Chauffeur, rasch zu fahren.

»Wir haben denselben Wagen«, sagte er, zu dem Mädchen gewandt, »und vielleicht auch den gleichen Anlaß.«

Sie war flüchtig angekleidet – ihr Gesicht, ohne jede Retouche, schmal und jung, die Wangen von Angst und Eile gerötet. Eine Locke, die dunkel in ihre Stirn und über die Augenbraue fiel, gab dem noch schlafbehauchten Antlitz einen Zug von kindlichem Trotz und Wildheit, während ihr Nacken, von dem ein Schal geglitten war, der halbnackte Arm und der ruhelose Knöchel eines unbewußt mit der Bewegung des Wagens laufenden, zartgefesselten Fußes Anmut und Zauber kaum erblühter Jugend mit jener weichen und elastischen Fraulichkeit verband, die an das knisternde Fell von Katzen, an den Hals edler Pferde oder an den Geruch halboffener Tulpen gemahnt.

Dies alles bemerkte Norbert jetzt nur flüchtig und ohne Anteilnahme, denn er war schon von jenem gegen die Außenwelt völlig abgestellten Vereisungszustand befangen, der ihn während seiner Arbeit trancehaft besaß. Er sah das zerknitterte Blatt einer Frühzeitung in ihrer Hand – das hatte sie wohl beim Portier vorgefunden, nachdem man sie aus ahnungslosem Schlummer heraus alarmiert hatte –, auf der Titelseite prangte unter fettgedrucktem Namen das Bild eines Herrn mit weißem Schnauzbart und Kohleaugen, neben der sensationell aufgemachten Ankündigung seines Zweikampfs.

»Ich bin die Tochter«, sagte die junge Dame leise wie zur Entschuldigung, unter seinem kurz forschenden Blick.

Er nickte, nahm ihr das Blatt aus den Fingern, starrte abwesend hinein.

Plötzlich spürte er ihre Hand auf seinem Arm, die Nägel krallten sich durch Rock und Hemd in die Haut.

Ihr Blick, auf seine Hände gebannt, stand voll Entsetzten.

»Sie sind der Arzt –?« flüsterte sie aus blutleeren Lippen.

»Natürlich«, sagte Norbert, seine Stimme klang abweisend.

Sie schaute zu ihm auf, ihre Augen bekamen einen ganz kleinen Schimmer von Bitte und Vertrauen.

»Werden Sie ihn retten?« fragte sie zaghaft, um ihren Mund war ein Lächeln wie von kindlicher Lockung und versteckter Zärtlichkeit.

Er schaute hinaus, die breite Allee schien völlig ausgestorben, Paris umdehnte sie wie ein Meer von Einsamkeit. Sie waren, hinter milchig verschlagenen Scheiben, ganz allein auf der Welt.

Gegen sein Wissen und Wollen trat auch in sein Gesicht ein Lächeln von beschwörender Milde, und er sprach aus, wovor er selbst erschrak, und was er sonst niemals geäußert hatte:

»Ganz gewiß –!«

Auf einmal lag ihr Kopf an seiner Schulter, während der Druck ihrer Finger um seinen Arm sich lockerte, und ihr ganzer Körper bebte im Schluchzen an dem seinen.

Mit einer Mischung von Staunen und leiser Beklommenheit strich Norbert leicht über ihr halbgelöstes Haar, dessen Duft wie Nebel in ihn einzog – da hielt der Wagen, und er zwängte sich hastig hinaus, ohne sich noch um sie zu kümmern oder auch nur nach ihr umzuschauen.

Sie folgte ihm fast laufend über einen langen und kahlen Treppengang, der nach Karbol und Äther duftete, und sah ihn, durch eine angelehnte Tür spähend, schon über ein Wasserbecken gebeugt, in dem er mit sonderbar langsamen und eintönigen Bewegungen seine Hände wusch. Diese rhythmisch knetenden Bewegungen, die etwas von Magie und Beschwörung zu haben schienen, das leise Klirren von Instrumenten, die man mit Pinzetten in kochendes Wasser senkte, das Geflüster von Assistenten und Schwestern, die ihn vorgeneigt und fast demütig umstanden und denen er dann und wann ein knappes und unverständliches Wort, wie aus einer alchimistischen Geheimsprache, zuwarf, der saubere Geruch von gebleichtem Linnen, von Äther und Wasserdampf, der den Raum durchzog, all das erfüllte sie mit einer ungekannten Wallung von Schauer und Vertrauen, von traumhafter Beklemmung und kindlich befremdeter Zuversicht – so, als schaue sie zum ersten Mal und aus großer Nähe einem Priester bei der Heiligen Wandlung, bei der sichtbaren Verrichtung eines Wunders zu –, und sie konnte den Blick nicht von seinen schmalen, elfenbeinfarbenen, ruhigen und herrischen Händen lassen, wie er sie jetzt aus dem Wasser hob, sorgfältig abtropfte, und, mit abgewandtem Gesicht, einer mit Tuch und Handschuhen bereitstehenden Schwester entgegenhielt. –

Als er sie in der Tür erblickte, machte er eine kurze zornige Kopfbewegung, und ließ es ohne Frage und Widerspruch geschehen, daß eine Pflegerin sie sanft hinausführte.

Der alte Marquis d'Attalens – man nannte ihn den ›alten‹, seines weißen Schnauzbarts und seiner betont konservativen Haltung wegen, obwohl er mit seinen knapp sechzig Jahren jeden Zwanziger an Temperament und Jugendfrische übertraf – war ein Hitzkopf gallischen Schlages, der im Lauf seines Lebens wohl schon ein Dutzend Zweikämpfe ausgefochten hatte. Bei ausgesprochener Gutherzigkeit und freundlichster Weltgesinnung, fernab von Aggressivität oder Fanatismus, konnte ihn ein Wort oder eine taktlose Wendung derart in Wolle bringen, daß er seine Seelenruhe nicht wiedergefunden hätte, ohne durch vollen Einsatz seiner Person die Sache zu regulieren. Ebenso schnell war er dann nach ritterlichem Austrag zu vergessen bereit, und die tage- und nächtelangen Versöhnungsfeste nach seinen verschiedenen Bataillen standen bei Freund und Feind wie bei der Pariser Kellnerschaft in eindrucksvollster Erinnerung. Es hieß von ihm, er besitze in Frankreich keinen guten Bekannten, mit dem er sich nicht schon einmal geschlagen habe.

Aus dem aktiven Armeedienst war er seit längerer Zeit ausgeschieden und widmete sich gemeinsam mit seiner Gattin, welche gleich ihm im achtzehnten Jahrhundert hätte leben können und von Standesgenossen wie Bauern und Angestellten nur ›Madame Myrte‹ genannt wurde, der Bewirtschaftung seines über und über verschuldeten Landgutes, das mit dem kleinen Schloß und den mächtigen Parkbäumen der Familie von alters her eignete, und in dessen Erhaltung das Ehepaar seinen einzigen Lebenszweck sah. Als Deputierter seines Bezirks reiste er dann und wann nach Paris, wo er jedesmal viel zuviel Geld ausgab, und von wo er manchmal mit dem Arm in der Schlinge oder ein wenig hinkend, stets aber zufrieden, stolz und in vollem Einklang mit sich selber, in die bedrängten häuslichen Verhältnisse zurückkehrte. Lucile, die einzige Tochter, war in einer so staub- und schattenfreien Luft von Weltfreundschaft, familiärer Vertraulichkeit und, bei allen Geldnöten, ländlicher Ungebundenheit herangewachsen, daß sie dem Leben mit einer geradezu tierhaften Sicherheit und Unversehrtheit aufgeschlossen war, und die Erziehung durch den beweglichen, phantasiebegabten, trink- und sangesfrohen Ortspfarrer hatte Frömmigkeit und Gottvertrauen, Mystik und wundergläubige Neugier als natürliche, triebstark rankende Wurzeln in ihr Herz gepflanzt. Zum ersten Mal hatte der Marquis sie mit nach Paris genommen, um sie der Welt ein wenig näherzubringen, in die sie nächstens auch gesellschaftlich eintreten sollte, und er hatte ihr natürlich mit der Rücksicht des alten Kavaliers sein Rencontre verschwiegen, in der sicheren Überzeugung, daß er, wenn sie dem Frühstückskellner klingeln werde, längst als Sieger von seinem morgendlichen Abenteuer zurück sei. Die Contrahage war im Anschluß an eine Kammersitzung zustande gekommen, in der ein bekannter politischer Journalist seiner Meinung nach die Armee beleidigt hatte. Sein Gegner war ein ziemlich gleichaltriger Herr mit unbehaartem Schädel und etwas zu großer Nase, der sich, im Gegensatz zu d'Attalens, gern vor dem Waffengang versöhnt hätte, denn ihm war in dem taukühlen Park, dessen Mauern Presseleute und Photographen umlagerten, keineswegs wohl zumute, während der Marquis die Sache mit der Lust eines ausgehungerten Essers anging, dem ein anregendes Apéritif gereicht wird. Der Anblick der beiden älteren Herren, mit den Hüten auf dem Kopf, in langen Hosen und Hemd, wie sie auf leises Kommando in Auslage gingen, mochte nicht ohne Komik gewesen sein, so wie es immer zum Lachen herausfordert, wenn erwachsene Männer etwas ausgesprochen Knabenhaftes tun, Bäume erklettern oder einander über den Buckel springen würden – und vermutlich war es nur nervöse Ängstlichkeit, die den kampfungewohnten Schriftsteller, von seinem Partner spielerisch bedrängt, so jäh und heftig zustoßen ließ, daß er selbst fast ausglitt und sein Florett den Marquis mitten in die lässig ungedeckte Herzgegend traf. Sicher war er viel mehr darüber erschrocken als der Getroffene, der zuerst nichts spürte und mit kurzem Auflachen eine Finte in die Luft schlug, bevor er lautlos zusammenbrach.

Die Operation war keineswegs eine der schwersten, die Norbert hinter sich hatte – immerhin mußte er das Herz des alten Kämpen bloßlegen, und es gehörten seine Hand und seine Erfahrung dazu, es vorm Stillstand zu bewahren. Als er den Operationssaal verließ, konnte der Marquis d'Attalens, dessen starke Natur keine schlimmen Zufälle befürchten ließ, als gerettet gelten. Er war noch bewußtlos, und Norbert hatte jeden Besuch und jede Erregung strengstens untersagt. In einem Warteraum fand er Lucile, sie kniete vor einem kleinen Wandkruzifix und betete. Etwas verlegen wartete er an der Tür, bis sie ihr Vaterunser zu Ende geflüstert hatte, und als dann noch das Ave Maria dazu kam, konnte er sich nur schwer eines ungeduldigen Räusperns enthalten. Sie schlug sorgfältig ihr Kreuz, dann stand sie auf und schaute ihm frei und vertrauensvoll entgegen. Ihr Gesicht war ruhig, und sie nickte gleichsam bestätigend, als er ihr mit nüchternen Worten rapportierte.

»Ich wußte es«, sagte sie lebhaft, – »daß es gutgeht, – schon im Wagen. Und dann habe ich ja für Sie gebetet.«

»Für mich?« fragte er etwas befremdet.

»Natürlich«, sagte sie mit einem fast verschmitzten Lächeln, »denn es lag doch alles daran, daß Gott jetzt mit Ihnen war. Ihm konnte er ja nicht mehr helfen – höchstens durch Sie!«

»Ach so«, sagte Norbert heiter, – »ich verstehe. Man segnet auch Fahnen, Waffen und so weiter, damit sie die Schlacht gewinnen.«

»Bei Ihnen«, sagte sie ernst, – »waren es die Hände. Als Sie mir im Wagen die Zeitung wegnahmen, sah ich sie zum ersten Mal – und ich erschrak furchtbar davor. Ich hatte noch gar nicht recht begriffen, daß Sie der Arzt sind, ich war ja halb gelähmt – aber ich erschrak furchtbar, als ich Ihre Hände sah – und dann wußte ich alles. Ich hätte am liebsten gleich –«

Sie unterbrach sich mit einem Kopfschütteln.

»Was?« fragte Norbert.

»Ihre Hand geküßt«, fuhr sie rasch fort, – »aber dann, beim Beten, dachte ich immerfort daran. An die Hände nämlich.«

Ihr Blick glitt an seinen Armen herab, wie ihm schien, mit einem Ausdruck von Schauer und Verlangen, und er war irgendwie froh, daß er die Hände zufällig gerade in den Taschen hatte.

Er betrachtete ihr Gesicht, es war etwas blasser als vorher.

»Kommen Sie mit«, sagte er, – »wir wollen frühstücken.«

»Ja«, rief sie, und in ihre Wangen kehrte die Farbe zurück – »aber viel, und gut!«

Sie saßen in dem kleinen Hotelrestaurant, das um diese Zeit noch menschenleer war. Teils um plötzliche Müdigkeit zu übertauchen, teils aus einer unkontrollierten Laune hatte er Champagner bestellt. Sie trank in durstigen Zügen, ihre Augen bekamen rasch einen dunklen und feuchten Schimmer.

»Herrlich!« sagte sie, und schob ihm ihr leeres Glas hin.

»Man soll das überhaupt nur morgens trinken«, belehrte er, während er einschenkte, »sonst ist Wein besser.«

»Vor der Suppe«, rief sie lachend, »sagt mein Vater. – Wissen Sie was?« fügte sie hinzu und quirlte die Kohlensäure heraus, daß der Schaum überging, »wenn ihm etwas passiert wäre, hätte ich mir ein Stückchen Bambusrohr gekauft . . .«

»Bambus?« fragte er, »wozu das?«

»Dazu!« sagte sie, und rieb mit der Fingerspitze rasch auf seiner Hand hin und her, die neben der ihren auf der Armlehne lag, »zum Reiben! Wissen Sie das nicht? Wenn man Bambus zu ganz kleinen Splitterchen zerreibt und tut es jemandem in ein Getränk hinein, dann reißt es ihm innerlich alles ganz entzwei, viel ärger als Glassplitter, und er muß elend zugrunde gehen. Das hätte ich seinem Mörder eingegeben«, sagte sie lächelnd, »vielleicht auch Ihnen«, fügte sie hinzu, »wenn Sie versagt hätten!«

Er nahm ihre Fingerspitzen in die seinen.

»So grausam können Sie sein?« fragte er leichthin.

»Manchmal ja«, erwiderte sie ernsthaft, »das ist wohl sehr scheußlich, wie? – Aber ich kann dann gar nicht anders. Ich habe als Kind einmal eine Katze bestraft, die meinen Lieblingsvogel gefressen hatte, ich kann Ihnen gar nicht sagen, wie –! Und später hab ich dann auch geweint deswegen, und hab's gebeichtet, und hab's wohl auch bereut, aber doch müßte ich's wieder machen – wenn es so käme . . . Ich meine, wenn mir jemand etwas Schreckliches antut –. Vielleicht finden Sie das unsympathisch«, sagte sie noch und drehte den Kopf weg.

»Ich finde es nur natürlich«, sagte Norbert, wie von einem rieselnden Schauer erfüllt, und nahm ihre Hand fester.

Plötzlich fuhr sie herum und preßte ihre Lippen auf den Ansatz seines schmalen, langgestreckten Handgelenks.

»Jetzt hab ich es doch getan«, flüsterte sie und grub die Zähne ein wenig in seine Haut.

Er beugte sich nah zu ihr, nahm ihr Gesicht zwischen die Hände.

Ihre Augen verglasten in Schreck, ihr Mund schien wehrlos und überwältigt.

Er küßte sie nicht, aber sein Mund war dicht bei dem ihren, und seine Stimme zwang Sinn und Begreifen in ihre gebrochenen Augen zurück.

»Ich will«, sagte er langsam, »daß du meine Frau wirst. Verstehst du mich?« fügte er drängend hinzu.

Sie nickte, tastete nach einem Stückchen Brot auf dem Tisch, schob es zwischen ihre erblaßten Lippen.

»Wirst du mich immer so erschrecken?« fragte sie nach einer Weile.

»Nur, wenn es sein muß«, sagte Norbert und zog die Brauen in die Höhe.

»Wenn es sein muß –«, wiederholte sie, »dann ist es gut.«

Er riß sie in seine Arme, küßte den leisen Aufschrei weg – stumm, heiß und schmerzhaft.

Wenige Wochen später war die Hochzeit. Der ›alte‹ d'Attalens konnte bereits in einem Lehnstuhl sitzen, er war in heiterster Laune, trank und aß kräftig und bekam beängstigende Wutanfälle, wenn man ihm sein Burgunderglas wegnehmen wollte. Madame Myrte, sehr würdig anzuschauen in schwarzem Seidenkleid und schöngewelltem Grauhaar über einer rosigen Jungmädchenhaut, wirkte selbst eher bräutlich als mütterlich, sie hatte bald einen kleinen Rausch und war sichtlich in ihren Schwiegersohn verliebt. Gleichzeitig trug sie einen kindlich übertriebenen Respekt gegen ihn zur Schau und erschrak jedesmal, wenn er sie ansprach. Der Mann, der ihren Gatten gerettet hatte, sein fast schon erloschenes Herz wie einen Beutel genäht und wieder zum Pulsen gebracht, der Mann, der ihre ländlich ungezähmte, kaum der Nesthut entwachsene Tochter mit einer Handbewegung sich zu eigen machte und aus der Enge ihrer verarmten Landadels- und Offizierswelt heraus in eine kaum vorstellbare Höhe von Glanz, Erfolg und Reichtum emporhob — für sie kam er fast schon dem lieben Herrgott gleich, und ähnlich ging es dem neugesundeten Marquis, der sicher für jeden anderen ein äußerst lästiger, eifersüchtiger und mäkliger Brautvater gewesen wäre. Luciles beide Eltern waren vollkommen glücklich. Auf sehr taktvolle Weise hatte Norbert es verstanden, Teilnehmer und Linderer ihrer finanziellen Nöte zu werden, er hatte die Gründung einer Art landwirtschaftlicher Produktionsgesellschaft veranlaßt, deren Hauptaktionär er selber war und die nur den einen Zweck hatte, die Schulden ihres Gutes aufzusaugen und abzutragen. Die Hochachtung des alten d'Attalens vor seiner lässig sicheren und herrschgewohnten Noblesse war grenzenlos, und er ließ sich von ihm sogar ohne Widerspruch zu normaler Zeit ins Bett schicken.

Norberts Mutter war nicht gekommen. Er hatte sie, kurz nach jener ersten Begegnung, in London aufgesucht und war eine Stunde in einem verschlossenen Zimmer mit ihr auf und ab gegangen.

Sie habe gar nichts gegen eine Heirat einzuwenden, sagte Lady Stanhope dem Sinne nach, und es liege ihr fern, seine Wahl beeinflussen zu wollen, die sicher die beste und richtigste sei. In ihrem Alter jedoch könne sie sich nicht mehr auf die Gepflogenheiten einer anderen Religion einstellen – und wenn die Hochzeit nicht hier und im gewohnten Stil stattfinde, sei sie leider außerstande, daran teilzunehmen. Norbert war ein wenig erstaunt über diese plötzliche Entdeckung ihrer religiösen Voreingenommenheit, er hatte bisher nie ähnliche Neigungen bei ihr feststellen können, da sie in allen derartigen Fragen durchaus unkonventionell und weltläufig dachte. Vergeblich suchte er ihr klarzumachen, daß der alte Marquis vorläufig noch nicht reisefähig sei, daß er aus Gründen nahender Berufspflichten, des beginnenden Universitätssemesters und anderer Anlässe, die Hochzeit nicht allzulange aufschieben könne, und daß man ein noch so kindhaftes Geschöpf, wie Lucile es sei, an diesem Tag nicht ohne die Eltern lassen dürfe. – Die Mutter blieb unerbittlich, und auf eine letzte telephonische Intervention hin erklärte sie, an einem rheumatischen Anfall erkrankt und bettlägerig zu sein.

Natürlich hätte Norbert während der Wochen ihres Verlöbnisses die Möglichkeit gehabt, Lucile, obwohl sie den Vater pflegte, für einen Tag nach London zu bringen, um sie mit seiner Mutter bekannt zu machen. Warum er es nicht tat, war ihm selbst wohl kaum bewußt, er versuchte auch gar nicht, sich Rechenschaft darüber zu geben. Vielleicht erfüllte ihn eine heimliche und ahnungsvolle Angst, dies alles könne zusammenbrechen, sich auflösen, verflüchtigen, die Leibhaftigkeit verlieren und nicht mehr wahr sein, sobald die Umgebung, die Luft, die erstmalige und unwiederbringliche Tonart ihres Einklangs wechsele und sich verwandle. – Lucile ihrerseits überließ die Führung in allen Dingen vollständig seiner Hand. Sie hatte sich ihm einfach und ganz ergeben – wie sich das Land dem Regen und der Sonne, dem Fall der Wetter und Jahreszeiten, der Nacht und dem Himmel dargibt, um den Segen zu empfangen. Sie wollte und forderte nichts von ihm, und sie kannte nicht den Hochmut des Gedankens, daß ihre Jugend ihm ein Geschenk und eine Gabe sei. Sie war für ihn da und sie erwartete von ihm das Göttliche.

Er selbst war ihrem freien, unbedingten Wesen gegenüber nie ohne eine leise Spur von Befangenheit. Das war nicht die Frau, wie er sie aus vielen, im Gedächtnis ineinander verschwimmenden Begegnungen und Abenteuern, flüchtigen und hartnäckigeren, als reizvoll wandelbaren Fremdkörper in seinem Leben gekannt hatte. – Das war nicht die Frau, wie sie im Bildnis seiner Mutter verpflichtend und unberührbar über ihm stand.

Das war ein völlig neues, unverhofftes Geschöpf gleichsam aus Gottes erster Hand gefallen, und nur in ihrer Nähe konnte er das empfinden, was ihm durch die allzu hüllenlose Kenntnis des menschlichen Körperwesens fast verlorengegangen war: Furcht – ja Ehrfurcht – wie vor neuem Land – und erstes, brennendes Verlangen.

Als sie, anderen Morgens, auf den kleinen eisenvergitterten Balkon des Hotels hinaustraten, lehnte sie sich in einer ruhigen Schmiegung an seine Brust und sagte das Wort, das er tief in sich selbst gehört haben mochte:

Ich will ein Kind von dir.

Das Stanhopesche Haus in der Nähe des Regent's Park war nicht unfreundlicher, auch nicht liebenswürdiger als viele andere Häuser dieser besonders ruhigen und angenehmen Wohngegend: nicht zu alt und nicht zu neu in Bauart und Einrichtung, war es weiträumig genug angelegt, um allen Insassen hinlängliche Freiheit der persönlichen Bewegung und eine gewisse Unabhängigkeit voneinander zu gewähren. Nach Straße und Nachbarvillen war es durch kleine, backsteinummauerte Blumengärtchen und eine rückwärtige Front hoher Laubbäume abgegrenzt.

Trotzdem schien es Lucile, vom ersten Augenblick ihres Eintritts an, von einer düsteren und bedrückenden, feuchtkalten Luft erfüllt, die sich wie eine Kompresse um ihren Hals legte, die unbekannte Art der Schiebefenster, durch die man sich niemals hinauslehnen konnte, brachte sie fast zur Verzweiflung, und selbst wenn die klare Herbstsonne über den frisch gesprengten Rasen des Gärtchens spielte, schien sie ihr wie durch eine Mattscheibe gedämpft und ohne Kraft und Wärme.

Ganz im Gegensatz zu ihrem Empfinden war von Sir Norbert mit seinem Wiedereintritt in die gewohnte Umgebung jeder Schatten, ja jeder Hauch von Benommenheit, Staunen und Scheu, welche ihn noch auf der kurzen Reise in Luciles südlichere Heimat befangen hielt, wie durch unsichtbare Häutung abgefallen. Die stete, hellhörige Bereitschaft und Aufgeschlossenheit – wie sie ein Ausnahmezustand, eine Krise, als Glück oder Gefährdung verleiht –, die leichte, selbsthypnotische Benebelung des Geistes wie durch einen zitternden Holzfeuerrauch, der Entflammtheit von Sinnen und Seele entstiegen, war jener Haltung gewichen, die für ihn die einzig tragfähige Grundlage seiner Existenz und seiner Leistungen war: Klarheit, Rationalität, kristallische Kantung des Wesens und beherrschtes Gleichmaß.

Daß er für sie – der er sich auch in Momenten glühender, eruptivster Leidenschaft nie wirklich und voll erschlossen hatte, die seine Berührung als einen göttlich weckenden Strahl empfand, auf seine Nähe jedoch, und seine menschliche Faßbarkeit, noch immer wartete – daß er für sie in dieser grundrißhaft abgezirkelten Klarheit, in dieser Lebens- und Selbstbeherrschung, die keine Rätsel und Dämmerungen zu kennen schien, immer rätselhafter, immer fremder, immer unbegreiflicher und unnahbarer wurde, lag außerhalb seines Fassungswillens und -vermögens.

Die Mutter war ihr mit einer gleichmäßig freundlichen Toleranz entgegengekommen, nie hörte sie ein unhöfliches Wort, nie sah sie einen strengen oder abweisenden Blick von ihr, und fast fand Lucile es lächerlich, daß sie sich vor dem Zusammenleben mit dieser schönen, gepflegten und zurückhaltenden Patrizierin heimlich gefürchtet hatte. Bald aber spürte sie eine unübersteigbare Grenze, welche die Mutter ihr gegenüber von vornherein zu errichten wußte, und die sie viel ärger kränkte und härter abstieß, als es schlechtes Benehmen, Haß oder Bosheit vermocht hätten: man behandelte sie als Gast in diesem Hause, und man verbot es ihr stillschweigend, darinnen heimisch zu werden. Norbert kam und ging, der Beruf beanspruchte ihn Tag und Nacht, in seinen freien Stunden führte er Lucile aus und machte sie mit seinen Kreisen bekannt, in denen man sie entzückend aufnahm – obwohl sie auch hier nie ganz die Empfindung loswurde, ein wohl gelittener, doch vorübergehender Gast zu sein.

Nach einiger Zeit wurde ihr Zustand merkbar.

Von da an fühlte sie öfters, wenn sie gemeinsam den Tee oder eine Mahlzeit einnahmen, die Blicke der Mutter und Norberts sich treffen und auf ihrer Erscheinung einander kurz begegnen – aber auch darin empfand sie nicht Wärme oder liebevolle Teilnahme an ihrer Person, sondern eher eine Art von leidenschaftlicher, herrschsüchtiger und triumphaler Besitzergreifung.

Wenn Norbert nachts allein mit ihr blieb, legte er manchmal mit einer sehr behutsamen und zarten Bewegung das Ohr oder die Hände an ihren Leib und lauschte mit seltsam versponnenem Ausdruck den ersten Stößen und Herztönen des werdenden Lebens. Als Frau berührte er sie fast gar nicht mehr in dieser Zeit, aber er beschenkte sie oft mit Schmuck und schönen Dingen und war in besonderer Weise auf ihr äußeres Wohlergehen bedacht, ohne sie jedoch irgendwie mit Vorsicht oder Vorschriften zu quälen. Seltsamerweise erfüllte sie gerade dieser Zug – die Neigung zum Beschenken, die artige Ritterlichkeit, die schonungsvolle Umsicht – mit Zorn und Beschämung und mit einer brennenden, kehlewürgenden Einsamkeit. Mehr und mehr verschloß sie sich in sich selber, und all ihre Neigung, all ihre Sehnsucht nach Blut- und Lebenswärme, nach körperlicher und seelischer Nähe, alles Menschlich-Herzhafte und alles Dunkle, triebstark Flutende in ihrem Wesen ergoß und einte sich ganz in die Liebe zu diesem noch ungeborenen Kind. Sie hegte und hütete diese Liebe wie ein Geheimnis, wie eine verborgene Waffe oder ein nur ihr bekanntes mystisch erlösendes Wort, nie sprach sie es aus, nie ließ sie sich dabei ertappen, und am liebsten hätte sie sich zur Geburt wie eine Katze in einen Winkel verkrochen, der selbst dem eigenen Geschlecht versteckt und unzugänglich war. Norbert hingegen redete oft und viel von dem zu erwartenden Nachkömmling, der sich für ihn ohne besondere Erwähnung natürlich als Sohn darstellte, er machte mit seiner Mutter Pläne über Jahre hinaus, Erziehung und Zukunft anlangend, er hatte schon alle mögliche Vorsorge getroffen und es schien für ihn ausgemacht, daß dieser Erstgeborene an Anlagen und Erscheinung ihm ähnlich sei, an Gabe und Begnadung ihn weit übertreffen werde. Sein sonst so vernunftbetontes und skeptisches Denken schien hier ebenso ausgelöscht, wie die Herzenskühle und Gefühlsreserve seiner Mutter: der Wille zum Sohn, zum Enkel, brannte in beiden mit einer ungeduldig verlangenden Leidenschaft.

Die Geburt fand in einer hervorragend geleiteten Klinik statt und war dem besten Gynäkologen des Landes anvertraut.

Norbert, der als Arzt und Gatte dem Ereignis beiwohnen wollte, hatte sich ihrer Bitte gefügt und war ihrer Stunde ferngeblieben.

Dies habe eine Frau, so meinte sie, allein zu tun – wie ein Mann seine Arbeit, seinen Kampf, seinen Beruf.

Er respektierte ihren Wunsch, mit hochgezogenen Brauen und einem befremdeten, etwas verletzten Zug um den Mund.

Die Nacht, in der die Wehen eingesetzt hatten, verbrachte er lesend in seiner Bibliothek.

Als man ihm in der Morgenfrühe meldete, daß ein Knabe geboren sei und beide, Mutter und Kind, am Leben, – ohne ihm jedoch Näheres mitzuteilen oder in der üblich heiteren Weise zu gratulieren, fuhr er sofort in die Klinik.

Der Chefarzt nahm ihn beiseite und erklärte ihm in einer betont fachlichen Art, mit der er wohl am ehesten seiner schweren Aufgabe Herr wurde, daß die Geburt, trotz anscheinend normaler Lage, unglücklich ausgegangen sei: durch Quetschung des weichen Kinderköpfchens sei eine Schädelkontusion eingetreten – ein Fall, für den kein Arzt und noch nicht einmal eine besonders ungünstige Bauart der Mutter verantwortlich zu machen ist –, und das Kind sei zwar am Leben, jedoch in einem Zustand, der wenig Hoffnung für eine gesunde und normale Entwicklung offen lasse.

Norbert hatte ihn blaß und schweigend angehört, keine Miene veränderte sich in seinem Gesicht. Dann verlangte er, das Neugeborene zu sehen.

Man hielt es in einem besonderen Beobachtungsraum unter ständiger Kontrolle, aber Norbert erkannte bald, daß jeder Versuch eines Eingriffs oder einer chirurgischen Regulierung ausgeschlossen war. Entscheidende Gehirnzentren waren durch die Verletzung lahmgelegt, und es gab vor der Unerbittlichkeit und Endgültigkeit dieser Erkenntnis nichts anderes zu tun, als das Geschöpf, das ohne Schmerz- oder Lustgefühl in einem matten und zuckenden Dämmer lag, am Leben zu erhalten – an einem Leben, das ihm nie die Gabe des Bewußtseins, der Sprache, der freien Bewegung erschließen würde.

Jede Frau, die einmal geboren hat, kennt jene Ur-Angst, die kurz vor der Entbindung in glutheißen Wellen aufsteigt: das lebendige Wesen, das sich ihr nun entringen werde, könne irgendwie ›nicht in Ordnung‹ sein, kein richtiges, zu Ende geformtes Menschenkind, kein gelungenes Abbild des Schöpfers oder Vaters. Zwangsvorstellungen kommen dazu, über die man später zu lachen pflegt: daß es womöglich nur eine Hand oder zu kurze Beine, eine Mißbildung am Kopf oder gar keine Augen habe – aber nach einer glückhaften Geburt, wenn zum erstenmal der gesunde Hungerschrei an das Ohr der Mutter dringt, ist das alles wie von hellem Wind zerblasen, und man denkt nicht mehr weiter daran; so wie ein junger Bauer unterm Anblick einer täglich frischer grünenden Saat sein anfängliches Mißtrauen gegen das Aufgehen dieser dunklen, glatten und reglosen Körner ganz vergißt.

Als Lucile, nach der Erlösung, die erste, hoffend-beklommene Frage stellte, verhehlte man ihr den Zustand des Kindes, und als man es ihr dann brachte, bemerkte sie zunächst nichts Auffälliges an dem sorglich eingehüllten Geschöpf: höchstens eine gewisse Stille und Unbeweglichkeit. Aber schon ein leises, hauchzartes Atmen, das sie am feuchten Finger spürte, rührte sie zu Tränen des Glücks und der Entzückung.

Sir Norbert hatte sie am Morgen nur kurz besucht, und ihre blasse, ermattete Stirn geküßt, dann, indem er ihr Lächeln mit einem knappen, etwas verkrampften Kopfnicken erwiderte, hatte er sich unter einer ärztlichen Entschuldigung – sie müsse nun ruhen und dürfe sich nicht erregen – rasch entfernt. Nach Stunden erst kam er zurück und fand das Kind, das die Pflegerin behutsam aus dem Körbchen genommen hatte, in Luciles Armen: ein Ausdruck unendlicher Seligkeit schimmerte in ihren Augen, immer wieder formten ihre Lippen, da das Haupt noch zu erschöpfungsschwer in den Kissen lag, die Bewegung des Kusses und feuchteten sich wie die zärtlichen Nüstern eines Tieres, wenn es das Junge behauchen oder ablecken will. Er beugte sich über sie, betrachtete lange das reglos liegende Wesen, dessen verformten Hinterkopf man in ein seidenes Häubchen gehüllt hatte.

»Ich werde selbst nähren können«, hörte er ihre Stimme, »der Arzt hat es gesagt. Aber erst morgen –«, flüsterte sie, wie mit einem Seufzer der Ungeduld.

Das Kind röchelte ein wenig, die Pflegerin brachte es auf seinen leisen Wink hinaus. Lucile hob ihm mit einer inbrünstig holden Bewegung die Hände nach, und ihre Kehle stieß unwillkürlich einen süßen und schwachen Lockton aus, wie den eines Rotkehlchens oder einer Amsel.

Norbert setzte sich neben ihr Bett, starrte zu Boden. Dann stand er wieder auf, ging zweimal im Zimmer hin und her.

Sie hatte die Augen geschlossen, auf ihrem Antlitz lag noch immer die gleiche selige Versunkenheit.

»Lucile«, sprach er sie an, seine Hände umklammerten die Stuhllehne, »unser Kind –«

Er stockte, rang nach Ausdruck.

Sie aber tastete mit den Fingerspitzen nach seiner Hand und wiederholte, als habe er Worte des Stolzes und der tiefsten Befriedigung in ihren Mund gelegt:

»Unser Kind –!«

Da wandte er sich kurz, ging hinaus. Fast laufend verließ er die Klinik. Fuhr nach Hause.

Sie vermißte ihn kaum. Vielleicht war es ihr eine Art von Erlösung, an diesem erträumten Tage so allein zu bleiben.

Gegen Abend kam Norberts Mutter.

Lucile wollte läuten, damit man das Kind bringe.

Die Mutter wehrte mit einer harten Handbewegung ab.

»Ich habe dein Kind gesehen«, sagte sie und blickte Lucile an.

Lucile erstarrte unter diesem Blick, aus dem ihr Furchtbares und Unbegreifliches entgegenbrannte: Gram, Vorwurf, Urteil, oder ein wilder, schauerlich grausamer Triumph, wie ihn eine verstoßene Geliebte über das Unglück der Nebenbuhlerin feiern möchte.

Allmählich gerann dieser Blick zu einem blassen und grünlichen Metall, schloß und verwappnete sich wie ein Helmvisier, ebbte zurück in unmenschliche Ferne und Hoheit.

»Es trifft niemanden eine Schuld«, sprach sie mit einer kühlen, abgedämpften Stimme, die von weither zu dringen schien, – »der Arzt hat seine Pflicht getan. Und du wirst jetzt die deine zu tun haben – deinem Mann und der Welt gegenüber. Es muß alles geschehen, damit er diesen Schlag so rasch wie möglich verwindet. Am besten begibst du dich baldigst in häusliche Pflege zurück und läßt es« – sie sprach das Wort nicht aus – »in der Obhut bewährten Fachpersonals. Nach außen hin braucht niemand Näheres zu erfahren, damit ihm die Schande als Arzt und als Mann erspart bleibt. Man wird sehen, wie man das einrichtet – so lange es lebt.«

Lucile begriff längst nicht mehr den Sinn der einzelnen Worte, sie war im Bett halb aufgeschnellt wie unter Geißelhieben und stemmte sich rücklings auf die Hände. Die Zunge lag plötzlich trocken und würgend in ihrem Gaumen, sie fühlte das Haar naß an den Schläfen kleben, in ihrer Kehle brannte ein lautloser Schrei — aber sie konnte nicht schreien –, es war wie der Traum, in dem man stürzt oder von Trümmern begraben wird, und in ihre Augen trat ein solcher Ausdruck von hilfloser Not und Qual, daß eine Wallung schwesterlichen Mitleidens die Starrheit der andren löste.

»Es ist ein Unglück, das uns alle trifft«, sagte sie leise, »und wir werden es gemeinsam ertragen.«

Dabei hob sie, wie unter einer Selbstüberwindung, die Hand und näherte sie zögernd dem jungen schmerzzerrissenen Antlitz unter ihr, als wollte sie es streicheln oder trösten.

Lucile aber, die ihre Worte kaum mehr gehört hatte, sah nichts als diese Hand, die immer größer wurde und näher kam, eine noch glatte und feste, wenn auch schon etwas matthäutige Frauenhand, an deren Seite ein scharfer, grausamer Stein blitzte, eine Hand, die mit ihren ruhigen und herrischen Fingern und ihrem elfenbeinernen Glanz in ferner und schrecklicher Weise *seinen* Händen glich, den Händen des Mannes, des Geliebten, des Feindes – und mit beiden Armen vorschnellend, stieß sie jene Hand und die über sie hingebeugte Gestalt blindlings zurück, stieß sie weg, stieß mit den Fäusten nach ihr, indem ihr Mund sich in Haß und Abscheu verzerrte: »Geh! Geh!! Geh!!«

Während Lady Stanhope, mit fest zusammengekniffenen Lippen und herabgezogenem Schleier, die Anstalt verließ, raste die Klingel aus Luciles Zimmer, rannten Hilfsärzte und Schwestern, hallte schauerlich, wie Gebrüll aus tragischen Höhen oder beraubten Ställen, immer wieder das eine Wort:

»Mein Kind!! Ich will mein Kind!!

Mein Kind!

Mein Kind –«

Das Kind dämmerte hin, keine Bewußtseinsregung war merklich. Es blieb einseitig gelähmt, seine Lebensäußerungen beschränkten sich auf lallendes Röcheln. Außer Lucile selbst bekam es fast niemand zu Gesicht. Gegen den Willen ihres Mannes und seiner Mutter hatte sie es bald nach der Geburt mit heimgebracht und sich in einem von Norberts Zimmern abgesonderten Teil des weiträumigen Hauses eingerichtet, wo sie es, abwechselnd mit einer alten französischen Pflegerin, betreute.

Norbert hatte sich kurz nach ihrer Heimkehr auf eine längere Berufsreise begeben, und als er wiederkam, führte er sein früheres Leben mit Kommen und Gehen, Arbeit und gesellschaftlicher Pflicht, ohne daß er gegen Lucile, die er wenig sah, sein Verhalten und Wesen merklich geändert hätte. Das Kind wurde nie zwischen ihnen erwähnt, er fragte nicht nach ihm und widmete ihm nur anfangs kurze, ärztliche Besuche. Auch die Mutter vermied es geflissentlich, das Stockwerk zu betreten, das Lucile mit dem Kind bewohnte. Nach außen hin wurde krampfhaft die Legende aufrecht erhalten, daß Norberts Sohn gesund und normal, nur von einer vorübergehenden Säuglingskrise heimgesucht sei.

Einige Wochen nach der Geburt fragte Lucile in einem kurzen, heftig hingeworfenen Schreiben ihre Eltern an, ob sie mit dem Kind zu ihnen nach Hause kommen und dort wieder wie früher bleiben könne.

Die Antwort, die sie umgehend von ihrer Mutter bekam, schloß den Ring ihrer Einsamkeit und unlösbaren Verkettung. Norbert hatte ihnen längst den wahren Sachverhalt persönlich mitgeteilt.

Die einfach denkenden alten Leute, die von ihm in jeder Weise abhängig, ja ihm bis zur Hörigkeit ergeben waren, hatten sich damit abgefunden, die Katastrophe als harte Himmelsfügung hinzunehmen, und Norberts Wunsch, man möge dieses Kind als ungeboren betrachten und auf eine bessere Zukunft warten, zu dem ihren gemacht.

»Dein Mann«, schrieb Madame Myrte, »ist dir vom Himmel gegeben, und bedenke, was er für deine Eltern tut. Dein Vater, der in letzter Zeit manchmal blaue Backen bekommt, was dem Doktor Levoisseur gar nicht gefällt, würde eine Trennung nie überleben. Hast du vergessen, daß du vorm Priester an Gottes Statt dich ihm vermählt hast und daß das Weib dem Manne nachfolgen muß, so lang es die Sonne bescheint? Er ist der edelste Mensch unter der Sonne. Auch Frau zu sein, ist ein Beruf, und jeder Beruf verlangt seine Opfer. Aber eine Frau, die ihr Haus verläßt, ist von den Menschen verachtet, von den Eltern verstoßen, von Gott verdammt.« —

Von den Menschen verachtet, von den Eltern verstoßen, von Gott verdammt.

Lucile las diesen Brief wieder und wieder, die seltsame und naive Verbindung von gläubiger Frömmigkeit mit den materiellen Vorteilen, die ihre Ehe für die Eltern bedeutete, erbitterte sie nicht, sondern bewegte ihr kindliches Herz, das mit den gleichen, irdisch-mystischen Fäden an Gott gebunden war, und der Hinweis auf die blauen Backen des Vaters rührte sie zu lächelnden Tränen. Sie lächelte, und sie schmeckte Salz auf den Lippen. Sie verstand ihre Eltern, sie beugte sich ihrem Wort, und sie wußte, daß es von ihnen keine Hilfe und keinen Trost mehr gab. Der Ring war geschlossen, das Band ihres Schicksals unlöslich geknüpft.

Norbert, obwohl ihm äußerlich wenig anzumerken war, fand in diesen vorsommerlichen Wochen kaum Schlaf. Nächtelang wanderte er zwischen seinem Bettraum, den er früher mit ihr geteilt hatte, und seinem Arbeitszimmer, in welchem er medizinische Instrumente und Hilfsmittel aufbewahrte, hin und her – oder stand plötzlich reglos gebannt an irgendeiner Stelle.

Oft sah Lucile, wenn sie noch spät am Fenster ihres Stockwerks lehnte, seinen Schatten schmal und unbeweglich, statuenhaft, hinter der Gardine. Dann stieg wohl eine kurze, schmerzhafte Sehnsucht in ihr hoch – und manchmal ein Gefühl von leiser Schuld und Reue. Aber das zerging wie rascher Dunst vor den bittren und kalten Windstößen ihres Hasses.

Sie haßte ihn.

Sie haßte zum erstenmal, sie haßte mit der scheuen Heftigkeit einer Liebenden.

Er hat mich allein gelassen – er war es –, nicht ich!

Er hat sich von mir gewandt, in einer Stunde, in der ich ihn mehr brauchte, als je ein Mensch den andern.

Er hat mich genommen, er hat mich zu seinem Geschöpf gemacht, und dann hat er mich vergessen.

Er hat mich geweckt wie ein Gott – aber er hat mich niemals wie ein Mensch geliebt.

Sie löschte das Licht, entkleidete sich im Finstern.

Tief in der Nacht fuhr sie aus dem Schlummer, der seit der Geburt stets leicht und zerbrechlich war.

Eine plötzliche Unruhe trieb sie zu ihrem Kind – ihr war, als habe sie es im Traume rufen hören, mit einer hellen, klaren und erwachten Stimme.

Als sie die angelehnte Tür zwischen dem Kinderzimmer und dem ihren aufstieß, erblickte sie in dem von der Nachtlampe matt erhellten Raum ihren Mann, der lautlos zum Bett des Kindes hintrat und sich mit einer langsamen, fast qualvollen Bewegung der Schultern über es beugte. Seine Hand hielt einen länglichen Gegenstand. Ihr Aufschrei riß ihn wie ein Hieb in die Höhe. Er barg die Hand auf dem Rücken, starrte ihr ins Gesicht, totenblaß, mit dunkelverschatteten Augen und einem Ausdruck von Grauen vor sich selbst, der ihr das Blut stocken ließ.

Mit einem Satz war sie zwischen ihm und dem Kinderbett, ihre Blicke brannten ineinander, es war, als ob ein tödlicher, übermenschlicher Haß sie verkette. Dann sprang sie, besinnungslos, ihn an, würgte ihn, schlug mit den Fäusten auf ihn ein, ihr Mund gellte ein unverständliches Wort. Er wehrte sie ab, hielt ihr den Mund zu, etwas Gläsernes zerklirrte am Boden, mit der Kraft einer Rasenden warf sie ihn zurück, ihr Schrei weckte das Haus, Fenster wurden hell, Schritte liefen, die alte Französin erschien, schlaftaumelnd, schlotternd und hilflos in der Nebentür.

Im Zimmer erhob sich ein seltsamer, scharf beißender Geruch.

Lucile warf sich am Bett des Kindes, dessen Dämmerschlaf kaum gestört war, auf die Knie, bedeckte es mit Küssen.

Norbert gab einen kurzen, knarrenden Befehl:

Es sei etwas zerbrochen, das habe die Herrin erschreckt, man solle aufwischen.

Dann ging er, ohne seine Mutter, die auf den Gang vor ihren Räumen getreten war, zu bemerken.

Am andren Morgen bat er Lucile in sein Arbeitszimmer.

Beide schienen ruhig und gefaßt.

Er vermied ihren Blick nicht, sah ihr fest ins Gesicht.

»Ich wollte das Kind töten«, sagte er, mit einer gleichmäßig unerregten Stimme, in der doch Tieferes mitschwang, als er je in Worten ausgedrückt hatte, »ich wollte es töten, mit einer Lösung, die unmerklich einschlummern läßt ‹

Vor dem Gesetz wäre das Mord.

Vor *meinem* Gesetz – wäre es Befreiung.

Vor meiner Überzeugung wäre es, auch wenn es sich um andere Menschen handelte, ein Akt der Notwehr, eine erlaubte und gerechte Tat.

Aber ich gebe zu – daß ich es außerdem hasse.

Das mag mich, in deinen Augen, schuldig sprechen.

Es hat uns getrennt.

Es hat uns zu Feinden gemacht.

Früher –«, –

eine plötzliche Aufwallung von leidenschaftlicher Trauer verdunkelte seine Stimme und seine Augen –

»früher – warst du bei mir.«

Er wandte das Gesicht ab, seine Hände bebten.

Dann, nach einer Weile, indem sein Rücken sich straffte, sagte er leise und hart:

»Es muß Klarheit werden zwischen uns.«

»Klarheit«, wiederholte Lucile, – als spreche sie ein Wort aus, in dem alle Schuld und alle Bitternis des irdischen Lebens enthalten seien.

Er wollte mein Kind morden, dachte es in ihr. Ich muß es wegbringen. Ich muß es schützen vor ihm . . .

Gleichzeitig wußte sie sich dem Mann, der da in Stolz und Härte vor ihr stand, unrettbar, unlöslich verknüpft und ausgeliefert, sei es durch Haß, sei es durch Fügung oder Gottes Urteil.

»Was soll geschehen?« fragte sie und blickte ihn offen an.

»Du mußt das Opfer bringen«, sagte er.

Es war keine Trauer mehr um seinen Mund, er lehnte rücklings am Arbeitstisch, und seine Hände bargen sich, wie oft, lässig in den Rocktaschen.

»Welches?« fragte sie tonlos.

»Du mußt das Kind fortgeben«, sagte er, »es gibt keinen anderen Ausweg.« Sie nickte, mit einem gelähmten und starren Gesicht.

»Es wird in guter Obhut sein«, fuhr er fort, »weit von uns, – und weit von unserer Welt. Du kannst es selber wegbringen, wenn du willst. Dann aber kehrst du zurück – zu deinem Leben – zu deiner Pflicht.«

»Bist du einverstanden?« fragte er nach einer Pause.

Er stand hoch aufgerichtet, sie sah ihn wie durch eine gläserne Wand.

»Ja«, sagte Lucile – und es war, als spreche jemand zum Himmel: Ja. Ich nehme das Urteil an.

Sainte-Querque-sur-Mer ist ein kleines Fischerdorf an der französischen Westküste, ein Häuflein armseliger Hütten mit moosigen, windgezausten Strohdächern. Manchmal, wenn die Fischer den großen Sardinen- oder Heringszügen tage- und wochenlang folgen, und ihre Weiber und Kinder, wie eine Horde Nomaden, an der Küste entlangziehen, um die frische Beute zu trocknen und zu salzen, liegt das Dörfchen fast ausgestorben, nur ein paar Wehmütter bleiben bei den Säuglingen zurück, und Greise, die mit zittrigen Fingern in altem Netzwerk knoten.

Das Meer läßt hier nur bei Ebbe einen schmalen Strandsaum frei – bei Flut wirft der Atlantik seine zornige Brandung bis hinauf in die steilen Felsklippen. Dort, auf einer hochgetürmten Kuppe, ragt die kleine Wallfahrtskirche ›Notre Dame de l'Espérance‹, zu der die Fischerfrauen zweimal im Jahr pilgern, um Wettersegen zu erflehen – und dahinter, vom sandfarbenen Fels kaum unterscheidbar, das alte Nonnenstift, in welches Lucile ihr Kind brachte. –

Man hatte diesen weltverlorenen Ort auf Norberts ausdrücklichen Wunsch gewählt – und Lucile war es gerne zufrieden, das Kind, konnte sie es doch nicht mehr bei sich haben, jedem menschlichen Auge oder Zugriff entzogen und gleichsam versteckt zu wissen. Sein Zustand machte ärztliche Beobachtung oder Behandlung sinnlos und überflüssig, das gleichmäßige Klima der durch den Golfstrom auch im Winter temperierten Küste und die pflegliche Fürsorge der Nonnen mochten sein schwaches Lebensflämmchen behüten.

Sie hatte das Kind selbst hingebracht und war noch einige Tage dort geblieben, wo sie einen schmalen, zellenartigen Raum im Stift bewohnte. Außer dem Kruzifix und dem Marienbild schmückte nichts die weißgetünchten Wände. Durch das enge, spitzbogige Fenster sah sie die graugrüne Wüste der See.

Das leichte Gebrause von ferner Brandung, Litaneien und Wind, das wie ein steter, zitternder Strom die kühlen Steinmauern durchrann, der seltene Umgang mit den ernsten, schweigsamen, von Lebensgleichmaß und Entsagung ein wenig stumpfsinnigen Ordensfrauen, die zeitlose, versteinte Unwirklichkeit dieser abgeschiedenen Welt hatten sie selbst in eine Art von traumverwehtem Dämmerschlaf gelullt, in dem ihr alles eigene Dasein, Vergangenheit wie Zukunft, Schmerz, Zweifel oder Hoffnung, unendlich fern und fast von ihr abgelöst erschien. Sie lebte in gestaltlosen Träumen, wie ihr Kind, wie die wolkige Ferne um sie her, ihre Seele war tief unter den Meeresspiegel hinabgesunken, wiegte sich mit den Ertrunkenen zwischen gleichmütig wehenden Seegewächsen und wußte nichts von der Posaune des Erzengels, vom Gericht und von der Auferstehung. Sie hätte immer so leben mögen.

Zwei Tage bevor sie abreisen wollte, starb das Kind.

Es starb ohne Schmerz und Bewußtsein, wie es geatmet hatte, es wurde aus einem Schlaf nicht mehr wach und dämmerte still hinüber.

Als Mater Annunciata, die große, dunkelhäutige Oberin, deren Kopf an die Bilder Savonarolas erinnerte, wie ein schwarzer Engel in Luciles Zelle erschien, um ihr die Botschaft zu bringen, wußte sie es sofort und war kaum erschrocken.

Nach einer Nacht, die sie mit den rosenkranzmurmelnden Schwestern am Totenlager durchwacht hatte, ließ sie den kleinen, bläulich erstarrten Körper, ging hinaus in den frühen Wind, den Steilweg klippenabwärts, zum Dorf hin. Noch leicht benommen von Übernächtigkeit und dem Rauch aus Weihkessel und Kerzengeflimmer, füllten das fliegende Morgenlicht und die scharfe, salzgetränkte Luft ihr Haupt und ihre Nerven wie mit einem plötzlichen, fast qualvollen Geprickel, sie taumelte ein wenig und war ganz verwirrt. Sie wußte nicht mehr: darf sie nun glücklicher sein, ist es eine Erlösung, oder soll sie in tiefere, dunklere Trauer stürzen?

Da sah sie, auf dem verlassenen Steinpfad vom Dorf durch die Klippen, die Gestalt eines Mannes ihr entgegenschreiten.

Er ging weit ausholend und doch nicht sehr schnell, und schon aus

seinem Gehen kam eine große Sicherheit und ein beschwingtes Gleichmaß auf sie zu, wie aus einer milden, heiteren Musik.

Näherkommend sah sie ein junges, kühnes, wie aus Bronze geformtes Gesicht, aus dem das blaue Feuer eines Augenpaares von himm-
lischer Kraft und Wärme in sie einstrahlte.

Der Mann trug keinen Hut, lichtbraune Haare flatterten um seine
Schläfen. Dachte sie später an diesen ersten Anblick zurück, so empfand
sie ihn nicht wie die Begegnung mit einem Mann – eher wie die Erscheinung eines überirdischen Wesens – und sie erinnerte sich deutlich
ihres schmerzhaft starken Wunsches: er möchte nicht vorübergehen.

Als sie dann auf dem schmalen Weg zusammentrafen, neigte er, ihr
ausweichend, kurz den Kopf und ging vorüber. Aber sie wußte, er hatte
sie angeschaut, wie sie ihn.

Nach ein paar Schritten blieb sie stehen, ohne sich umzudrehen,
lauschte dem Verhallen seines Ganges auf den Stufen zum Stift hinauf.

Sie wußte nicht mehr genau, warum sie ins Dorf gewollt hatte: vielleicht auf die Post, um eine Nachricht von dem Geschehenen nach London zu senden. Aber die Post war wohl um diese Stunde noch gar nicht
geöffnet.

Langsam wandte sie sich, schaute zur Kirche hinauf, vor der die niedrigen Grabkreuze eines kleinen Friedhofs in den Himmel ragten.

Die Gestalt war verschwunden.

Sie rastete kurz auf einem Felsenvorsprung, sah die dünnen Schaum-
netze des morgendlich verebbenden Meeres auf geglättetem Sand, hörte
das ferne Schreien streitender Möwen.

Gleichzeitig begann das magere Totenglöckchen im Stift zu läuten.

Man bereitete das Begräbnis ihres Kindes vor.

Sie stand auf, ging zur Höhe zurück.

Die Oberin, die ihr zwischen Kirche und Stift begegnete, wies sie ins
Refektorium: sie werde dort erwartet.

In der Mitte des leeren Raumes, hinter einem langen Tisch, saß, als
sie eintrat, der Mann, den sie in den Klippen getroffen hatte – Schreib-
zeug und Akten waren vor ihm ausgebreitet.

Er erhob sich, blickte sie an.

»Sie sind – die Mutter?« fragte er.

Sie nickte nur.

Er nahm ihre Hand, hielt sie einen Augenblick.

»Ich bin der Kreisarzt, Raymond Duquesnoy«, sagte er, und bot ihr
einen Stuhl.

276

»Ich muß Sie nur um ein paar Daten bitten«, fuhr er fort, und, mit einem leisen Lächeln, wie zur Entschuldigung:

»Es ist gleich vorüber.«

Er fragte rasch und bestimmt, was er zur Ausfüllung des Totenscheins brauchte. Während sie antwortete, überkam sie eine unendliche Ruhe und Leichtigkeit. Sie ließ den Blick nicht von seinem im Schreiben vorgeneigten, knabenhaft kräftigen Kinn.

Er löschte die Schrift ab, hob den Kopf.

Sie blieb in den starren Holzstuhl zurückgelehnt.

Sein Blick senkte sich in ihr Herz.

»Ich bitte Sie«, sagte er mit einer sehr ruhigen und festen Stimme, »nicht untröstlich zu sein. Ich glaube, daß es so kommen mußte und daß es so besser ist.«

Er nahm die Papiere zusammen, schob ihr den Schein hin.

»Ich danke Ihnen«, sagte er, sich erhebend.

Sie machte eine Handbewegung — als wollte sie ihn zurückhalten.

»Gehen Sie nun gleich wieder fort?« fragte sie und sah ihn fast angstvoll an.

»Eigentlich«, sagte er, »müßte ich zur Stadt zurück ...«

Er zögerte kurz.

»Soll ich noch bleiben?« fragte er dann einfach.

»Ich wäre sehr froh«, sagte Lucile leise, »ich bin hier ganz allein. Aber Sie werden nicht bleiben können —«, fügte sie rasch hinzu.

»Doch«, sagte er, und, wie ihr schien, mit einer beglückten Stimme, »ich werde bleiben!«

Von der Kirche her tönte Gesang herauf, einförmig, dunkel.

»Vielleicht bis nach dem Begräbnis«, sagte sie.

Er nahm ihren Arm, sie stützte die Hand auf ihn.

»Bis nach dem Begräbnis«, wiederholte er sorglich und führte sie hinaus.

Gegen Mittag begann die Flut wieder zu steigen. Aber noch lag der Streifen Sand unter den Klippen glatt und unberührt, von keiner Fußspur betreten, wie erstes, meerentstiegenes Land.

Lucile war an dem frisch geschlossenen Grab allein geblieben. Die Nonnen waren, litaneiend, ins Stift zurückgekehrt, ihr Gemurmel zugleich mit dem scheppernden Glöckchen verebbt, nun war eine Stille um sie, welche im wahrhaften, endgültigen Sinne ›Grabesstille‹ hieß und deren lautlos dröhnende Stimme immer das eine Wort wiederholte: Allein. Sie versuchte zu beten, aber sie konnte nicht. In ihrem Leib war ein Gefühl unendlicher Leere – als hätte sie noch einmal, fruchtlos, geboren. Die nackte Erde blickte sie fremd und unerbittlich an.

Sie wußte, das kleine Bündel Körper, das dort unten lag, hätte sie nie erkannt, nie von den anderen unterschieden. Aber es war ihr Kind – wie es auch war. Es war ihr nahe gewesen – und jetzt blieb sie mutterseelenallein.

Als sie, fast blind vor ungeweinten Tränen, das rostige Friedhofsgitter hinter sich schloß und noch eine letzte Hand an die knirschende Klinke geklammert hielt, erblickte sie, wie durch einen Nebel, den jungen Arzt, der dort auf sie gewartet hatte.

Daß er noch da war, daß er hier auf sie wartete, daß er ihr wortlos den Arm bot und sie, als führe er sie von sich selber und ihrer Not hinweg, an den Stationen des Kreuzwegs vorbei zum Strand hinab geleitete –, all das erfüllte sie mit einer so tiefen, tröstlichen und selbstverständlichen Ruhe, als hätte es gar nicht anders geschehen können.

Bei den letzten hohen Stufen gab er ihr die Hand. Sie ließ sie nicht los, als sie den Strand entlangschritten.

Bald sah man die Kirche nicht mehr. See und Klippen dehnten sich unermeßlich. Der Wind sang leise in ihren Ohren.

Er ging neben ihr. Er führte sie. Ihre Schritte klangen zusammen. Sie war nicht mehr allein.

Nach einer Weile hob sie ihm ihr Gesicht zu, mit großem, gestilltem Blick.

»Raymond«, sagte sie, wie sich besinnend, »Raymond . . . Den anderen Namen – hab ich vergessen.«

»Lucile«, sagte er und legte den Arm leicht um ihre Schulter.

So gingen sie langsam weiter.

Es war keine Scheu zwischen ihnen, auch nicht die Fremdheit, die Furcht und die Lockung der Geschlechter. Es war, als hätten sie an der gleichen Mutterbrust gesogen. –

»Du bist jung«, sagte Lucile nach einer Weile.

»So alt wie du«, sagte Raymond lächelnd.

Die Sonne fiel aus den Wolken, blendete sie, sie gingen weiter mit halb geschlossenen Lidern.

»Sind wir nicht schon einmal so gegangen«, fragte sie leise.

»Immer«, sagte Raymond.

Der Wind flirrte um ihren versunkenen Gang, warf Sand in ihre Spuren.

Plötzlich hielten sie an, schreckten empor.

Ein hartes, klapperndes Geräusch hatte sie ereilt, das sich in kurzen, beklemmenden Abständen gleichmäßig wiederholte.

Es klang wie Getrappel von Holzschuhen auf steinernen Fliesen oder wie Schläge mit einem Dreschflegel gegen eine hohle Wand.

Sie klammerte sich fest an seinen Arm – er schritt langsam vorwärts –, fast auf Zehenspitzen näherten sie sich der in die Klippen eingeschnittenen Landbucht, spähten um die Ecke.

Da stand ein verlassenes Haus, von einem halb niedergebrochenen Zaun und einer Dornenhecke umgeben.

Es war eine Villa, wie man sie vor einem halben Jahrhundert in Küstenorten gebaut hatte, ehemals weiß und hell, jetzt sichtlich unbewohnt und verwittert, vom Sand angeweht, von den Spinnweben der Vergängnis behangen. Die Fenster waren mit staubgrünen Holzläden verschlossen, einer hatte sich gelockert und klapperte gegen die Hauswand im auf- und abschwellenden Wind. Näherkommend, lasen sie überm Tor in verblichenen Lettern den Namen, den längst verschollene Besitzer wohl dem Haus gegeben hatten: Passiflora – und an den geschützten Seiten waren die Mauern mit vermorschtem Holzgitter bedeckt, daran sich bis zum Dach hinauf in ungeschnittenem Gewucher die Ranken der Passionsblume zogen. Sie stand in ihrer kurzen Jahresblüte, die seltsamen, grünlich-weißen Sterne, auf denen der blaugerandete Fadenkranz und in starkem Lichtgelb Stempel und Staubgefäße die Leidenssymbole des Herrn darstellen, leuchteten überall.

Hand in Hand umschritten sie das Haus.

Raymond lehnte den losgebrochenen Laden zurück: durch ein leeres, scheibenloses Fenster sah man in ein dämmriges Schlafgemach, mit alter, verhängter Bettstatt und bezognen Möbeln.

Halb von knabenhafter Neugier, halb von der Stille und Weltverlorenheit des Ortes gezogen, schwang Raymond sich plötzlich über die niedre Fensterbank und tat ein paar Schritte in den unbewohnten Raum. Dann trat er zum Fenster zurück, streckte die Arme nach ihr, hob sie hinein.

Am nächsten Abend kehrte Lucile nach London zurück. Sie hatte keinerlei Nachricht gegeben. Der Totenschein des Kindes lag zusammengefaltet in ihrer Handtasche. Sie kam am vereinbarten Tag, zur festgesetzten Stunde.

Norberts Wagen hatte sie am Schiff abgeholt.

Noch im Reisekleid betrat sie die große Halle.

Norbert und seine Mutter saßen einander gegenüber, in tiefen Sesseln dicht beim Kamin, in dem trotz der Sommerzeit ein Feuer brannte. Sie schienen mitten in einem Gespräch verstummt. Beide blickten sie an, die mit einem abwesenden, fremden Lächeln vor ihnen stand, und als Norbert sich nun erhob und dem Diener winkte, zu gehen, war es wie ein Gericht, das über einen Schuldigen Recht sprechen wird.

Norbert, noch ohne ihr die Hand zum Gruß entgegenzuheben, trat auf sie zu.

»Du bist zurückgekommen«, sagte er, ohne Staunen oder Beglückung, als bestätige er etwas Natürliches und längst Bekanntes, »jetzt muß du wieder *ganz* hier sein. Bei mir. Bei uns. Bei dir selber. Denk dir – das Kind sei tot. Denk dir, es sei – in der Erde, im Himmel, wie du willst, denk dir, es habe nie gelebt.«

Ihr Gesicht hatte sich zugeschlossen, sie senkte den Blick, man sah ihre Augen nicht. In die Haltung ihres Nackens und ihrer Knie kam unmerklich etwas zum Sprung Geducktes, stumm, tückisch, verschlagen.

»Du mußt es vergessen«, sagte die kühle Stimme der Mutter, »du darfst nie mehr dorthin zurück. Nie wieder.«

In dem kurzen, kamindurchflackerten Schweigen war es, als knisterten Funken in Luciles reiseverwirrtem Haar.

Plötzlich warf sie den Kopf zurück – in verzweifelter Abwehr.

»Ich muß wieder hin!« stieß sie vor. — »Ich *muß* wieder dorthin!«

Dann ging sie, rannte treppauf, hart atmend durch das leere Zimmer des Kindes, in ihr eignes, verschloß die Tür hinter sich, nahm den gefalteten Schein aus der Tasche, riß ihn in Fetzen.

Mit ihrer Rückkehr nach London schien Lucile wie verwandelt – ein anderes, neues Wesen hatte von ihr Besitz ergriffen. Das Geheimnis, das sie mit sich trug, belastete sie nicht mit Schuld oder Reue – es umgab sie wie eine unsichtbare Wappnung, es füllte sie mit einer nie gekannten, trotzigen Lebenskraft. Sie kämpfte darum, wie sie einst um das noch lebende Kind gekämpft hatte, sie empfand es als einen aufgezwungenen, als einen gerechten und heiligen Kampf, und jetzt war sie nicht mehr die Unterlegene, die sich verbarg und einschloß, deren unverheilte Wunde vor jeder Berührung zitterte: jetzt war sie unverwundbar, und das Bewußtsein der versteckten Waffe machte sie Norberts vulkanisch unterhöhlter Beherrschtheit und der glimmenden Wesensfeindschaft seiner Mutter gewachsen.

Im äußeren Sinne tat sie ihre Pflicht wie nie zuvor: sie war nicht mehr Gast in diesem Hause, sondern seine Herrin, die man weder durch Höflichkeit noch durch Übersehen beiseiteschieben und ausschalten konnte, sie führte das Leben einer Dame von gesellschaftlicher Einordnung und Repräsentation; ohne Widerstand, ohne Fehde hatte sie sich eine Stellung erobert, die sie an Norberts Seite gleichberechtigt, ja souverän erscheinen ließ. Sie war jetzt zu voller fraulicher Schönheit erblüht, und beide boten, sah man sie in Gesellschaft, den Anblick eines von keinem Schatten beschwerten, stolzen und glanzvollen, mit allen Glücksgütern gesegneten Paares. Das Kind, das zwischen ihnen niemals erwähnt wurde, war der Welt gegenüber, angeblich zur Ausheilung einer Erkältungskrankheit, vorübergehend in ein südlicheres Klima verpflanzt worden. Natürlich wurde in den Kreisen von Norberts Kollegen und Bekannten über die Tatsache jener unglücklichen Geburt geflüstert, aber man respektierte nach außen hin seine verständliche Geheimhaltung. Die Wahrheit wußte, außer den weltfernen Ordensfrauen, die das kleine Grab wie andere Gräber pflegten, nur Lucile selbst, und jener Mann, der den Totenschein ausgeschrieben hatte.

Norbert erreichte in dieser Zeit die höchsten beruflichen Erfolge, er brillierte in Ärztekollegien und in wissenschaftlichen Gesellschaften, ein Übermaß von Arbeit schien jede andre Regung in ihm zu ertöten. Fast nie war er allein; kam er von der Klinik heim, stand schon der Diener zum Umkleiden bereit, und wenn Lucile ihm spät nachts nach einer Gesellschaft oder einem Konzertbesuch die Hand zum Abschied bot und in ihr Zimmer ging, fuhr er oft noch in einen Klub, wo er seine überwachen Nerven durch die Spannung des Spiels beruhigte.

Er behandelte Lucile mit einer kühlen, achtungsvollen Zurückhaltung, die die Kluft zwischen ihnen noch tiefer aufriß. Seine stolze und einsame Selbstbezogenheit machte ihn unfähig, zu ahnen oder zu begreifen. Vielleicht glaubte er, die Zähe der Zeit werde Luciles grausame Verhaltung mürb machen und zerbrechen. Er begehrte sie heftiger als je. Aber es lag nicht in seiner Art, zu werben.

Im Frühjahr reiste sie zum zweiten Male nach Sainte-Querque-sur-Mer. Es hatte darüber keinerlei Auseinandersetzungen gegeben.

Sie teilte ihm zu einem Zeitpunkt, da ihn selbst eine Berufung für kurze Frist ins Ausland holte, einfach mit, daß auch sie einige Tage zu verreisen wünsche, und fragte ihn, wann er sie hier wieder brauche.

Er nickte nur – um einen Schein blasser geworden – und nannte ihr das Datum seiner Rückkehr.

Raymond Duquesnoy war kaum ein paar Jahre von der Universität weg und hatte in Marquette, dem kleinen westlichen Kreisstädtchen unweit der Küste, seine erste selbständige Landpraxis übernommen – wohl mehr, um seine Berufskenntnisse zu erweitern, als um zeitlebens dort zu bleiben. Seine Lehrer und Studienfreunde setzten höchste Hoffnungen auf ihn, man rechnete damit, daß er in absehbarer Zeit an ein internationales wissenschaftliches Institut berufen werde. Mit der feurigen Angriffslust seiner Jahre widmete er sich der Erforschung und Bekämpfung einer bestimmten seuchenartigen Krankheit, welche in seiner bretonischen Heimat strichweise die Küstenorte heimsuchte, und deren Opfer hauptsächlich junge Frauen und Kinder wurden. Im Volk nannte man sie ›Die Fischerkrankheit‹ und nahm sie mit einem Gleichmut hin, als gehöre sie zu den Wechselfällen der Witterung und des Jahres. Raymond hatte durch diätetische und Serumbehandlung enorme Erfolge erzielt, die Kindersterblichkeit war seitdem um nahezu die Hälfte zurückgegangen, und zuletzt hatte er es mit einer neuartigen Impfung versucht, die sein eigenes Wagnis bedeutete, und deren entscheidende Wirkung sich, wie er hoffte, etwa in Jahresfrist endgültig gezeigt haben müßte. In der Bevölkerung, die sonst nicht gerade sehr arztfreundlich war, liebte und verehrte man den stets herzlich heiteren, stets hilfsbereiten, stets aller menschlichen Drangsal aufgeschlossenen Jüngling weit über das gewohnte Maß, und er selbst glaubte an sich, an seinen Beruf, an den Sinn seines Lebens, mit der schönen ungesicherten Bereitschaft, dem Einsatz, der Hingebung und Opferkraft seiner Jugend. Alles an ihm war Ansturm, Aufstieg, Beginn und Versprechen – und wie sein Denken und Tun, war das Wesen seiner Liebe: vom hohen Mute beseelt. Auf ihn traf im besten und edelsten Sinne der Name: Jüngling. Juvenis. Der werdende Mann. Der sich entfaltende Mensch.

Seit Lucile ihm begegnet war, stand sein tätiges Leben gleichsam unter der Bestrahlung eines unablässigen Wartens, einer unstillbaren Sehnsucht, einer übermächtigen Verbundenheit, die keine Zeit und keine Entfernung kannte. Es gab keine Nachricht und keine Botschaft zwischen ihnen, aber er wußte immer, sie werde wiederkommen – und als er sie eines Tages in Armen hielt, war weder Frage noch Zweifel, sie fühlten einander, gehörten einander, alles andre war Schein, Traum, Vergängnis, nur diese stürmische Verschmelzung, dieser Einklang ihrer Herzen, dies: Ineinander-Münden war Leben, war Wirklichkeit.

Von einem Häusermakler in Saint-Malo hatte Lucile für einen Spottpreis das wertlose, schadhafte und verlassene Haus ›Passiflora‹ gemietet, und es blieb weiterhin schadhaft und verlassen, die grünen Fenster-läden wurden nicht geöffnet, der Tag drang dort nicht ein, kein fremdes Auge sah seine seltenen Bewohner. Der Schleier ihres Geheimnisses war vollkommen gewebt. Höchstens in den Nächten verließen sie den Raum, der die unermeßlichen Ewigkeiten ihrer Umarmungen beschloß und behegte, unter Wolken und Sternen fanden sie sich am Strand, in den Klippen, an den Stätten ihrer ersten Begegnung. Es war noch warm, sie gingen barfuß über die Hänge, scharfe Dünengräser und Disteln marterten ihre Haut, sie fühlten es kaum, alles war Lust und Liebko-sung. In einer föhnigen Herbstnacht liefen sie nackt in die peitschende Brandung, schwammen lange im ungewiß glimmenden Geleucht, viel zu lange, und wie von einer lautlos jauchzenden Todsucht erfüllt, bis er ihren halberstarrten Körper an Land zerrte, mit blutigen Lippen und schlagenden Händen zur schmerzhaften Seligkeit ihres Lebens, ihrer Jugend zurückriß. Ein solches Übermaß von Seligkeit und Schmerz, von Glück und Verzehrung entflammte sie in diesen kurzen Tagen zwischen Ankunft und Ende, daß es alle irdischen Grenzen sprengte: war ihre Liebe sündhaft, so war sie doch ohne Schuld — war sie schuldlos, so trug sie doch ihr Verhängnis. Es war mehr, als die Götter erlauben.

Nie nahmen sie Abschied. Nie wußte Raymond den Tag oder die Stunde ihrer Trennung voraus. Nach einer Umarmung, einer langen Versunkenheit, einer Stunde tiefsten Einverständnisses in Schweigen und Rede spürte Raymond aus ihrem Blick, daß er sie nun verlassen solle — daß die Zeit um sei. Und er ging, als wolle er nur vor die Tür hinaustreten, um nach einer Minute wiederzukehren. Für ihn war die Zeit, die dann abrann, weniger als Minuten, es war tote Zeit, Pause. Die Uhr blieb stehen, wenn die Geliebte verschwand.

Was sie noch tat, wenn er gegangen war, blieb ihm unbekannt: ob sie das Grab dann besuchte, betete, sich entsühnte, bevor sie in ihre an-dere Welt, von der er nichts wußte und nach der er nicht fragte, zurück-fuhr. Auch dort wurde nicht gefragt — obwohl von Mal zu Mal die schweigende Spannung ins Dunkle, ins Drohende wuchs. Noch zwei-mal im Ablauf dieses Jahres, in dem seine Pflicht ihn an die Küste band, erhielt Raymond das erhoffte und unverhoffte Telegramm, das nur die beiden Worte enthielt: Morgen Passiflora. Dann kam die Zeit wieder, in der sie sich zum ersten Mal begegnet waren.

Auch in London war Sommer geworden, und das Fest, mit dem der me-dizinische Weltkongreß seinen Abschluß fand, wurde in einem dem königlichen Besitzstand angehörenden parkartigen Garten abgehalten, der von Lichtgirlanden überhellt war. Für Norbert hatte dieser Tag besondere Ehrungen gebracht, er war zum Präsidenten des nächsten Kongresses ernannt worden, der in Amerika stattfinden sollte. – Er und seine Gattin, welche durch Jugend und Schönheit von den meisten anderen Damen aufs angenehmste abstach – denn Kapazitäten haben nur selten schöne Frauen –, bildeten so den natürlichen Mittelpunkt des Abends. Norbert hatte in der letzten Zeit mehr geleistet, als Menschenkräfte gemeinhin auszuhalten vermögen. Sein Aussehen war heute von besonders straffer und gespannter Eleganz, aber seine Schläfen waren vor Überwachheit gleichsam eingesunken, und in den Augenlidern fühlte er ein leises, brennendes Zucken. Eine tiefe, zehrende Müdigkeit ließ seinen Blick unwillkürlich, während er in einer Gruppe debattierender Herren stand, zu Lucile hinschweifen, deren zauberische Erscheinung stets von einem Schwarm älterer und jüngerer Festteilnehmer umringt war.

»Beneidenswert«, flüsterte ein Herr in seiner Nähe, dessen Blick dem seinen gefolgt war, einem anderen zu, und Norbert, der es gehört hatte, hob unwillkürlich die eine Braue in die Stirn, aber der hochmütig abweisende Ausdruck, der in sein Gesicht getreten war, schien dem Thema des Gesprächs zu gelten, dem er sich nun wieder zuwandte.

Es drehte sich um die Heilerfolge, die ein seit einiger Zeit in London ansässiger, russischer Arzt, ein Professor Ryschow, durch Injektionen komplizierter Drüsenpräparate bei schwachsinnigen und imbezilen Kindern, ja sogar in Fällen verkümmerter Hypophyse, erzielt habe. Bei Drei- bis Sechsjährigen hatte er derart die Regungen gesunder Säuglinge erweckt, obwohl natürlich über ihre Entwicklungsfähigkeit keine abschließende Erfahrung vorlag.

»Ich meinerseits«, sagte Norbert plötzlich, mit einer Schärfe, die ihm selbst überraschend und unbeabsichtigt war, – »bin für Vertilgung. – Allerdings entsprechen unsere Gesetze in diesem Punkt leider noch den Vorurteilen einer längst überwundenen, falschen Humanität.«

Der russische Arzt, ein weißhaariger Herr mit breitem, tief durchfurchtem Gesicht, warf ihm aus dunkel überbuschten Augen einen befremdeten Blick zu.

»Humanität«, sagte er langsam und nachdenklich, als wolle er sein eignes Votum überprüfen, »gehört zu jenen Begriffen, die man allzuleicht oder gern mit dem Adjektivum ›falsch‹ verbindet. Soweit sie die Heiligkeit des Lebens betrifft – ich meine nicht eines Kollektivlebens, sondern *jeden einzelnen Lebens*, auch des geringsten, auf dieser Welt –, dürfte sie wohl niemals ganz überwunden sein. Vertilgen ist leichter als Bewahren.«

Schon setzte Norbert zu einer Antwort ein, da kam ihm ein kräftiger, breitschultriger Kollege aus Cincinnati zuvor:

»Wenn man gesunde Kinder hat«, rief er voll Überzeugung, – »dann kann man sich allerdings die künstliche Aufzucht krüppliger oder geistig verkümmerter Geschöpfe gar nicht vorstellen — Sie haben doch auch einen Jungen«, sagte er mit lachenden Zähnen zu Norbert, und schlug ihm leicht auf die Schulter.

»Ja«, sagte Norbert, mit einem unmerklichen Zusammenzucken.

»Wie alt?« fragte der Kollege.

»Im zweiten Jahr«, sagte Norbert unbewegt.

»Feines Alter!« rief der andere strahlend, »sagt er schon was? Fängt er schon an zu laufen?«

»Er ist«, sagte Norbert rasch, »derzeit im Süden. Zur Rekonvaleszenz.« Und er fügte den lateinischen Namen einer Kinderkrankheit zu, die häufig die Stimmritzen Neugeborener befällt und gewöhnlich leicht heilbar ist. Dann wandte er sich auf dem Absatz, entfernte sich von der Gruppe.

Professor Ryschow hielt den Amerikaner, der ihm folgen wollte, mit einem Wink zurück.

»Wechseln wir das Thema«, sagte er leise, »bevor Sir Norbert wiederkommt.«

Der war wie absichtslos zu seiner Gattin hin geschlendert, einen Augenblick stand er dicht hinter ihr, starrte auf den zarten Ansatz ihres Nackens über einem Ausschnitt im dunklen Brokat.

Sie wandte sich um, er suchte sie anzuschauen, aber ihr Blick glitt abwesend und zerstreut an dem seinen vorbei. Woran denkt sie jetzt, ging es ihm durch den Kopf – und ehe es ihm bewußt ward, sprach er es aus:

»Woran denkst du jetzt, Lucile?«

Sie schaute erstaunt und etwas befremdet zu ihm auf.

»Warum fragst du das?« sagte sie wie erschrocken.

»Ohne besonderen Grund«, antwortete Norbert müde.

Wie allein können Menschen sein, dachte es in ihm – die nie allein sind. Aber er sprach es nicht aus.

»Ich bin müde«, sagte sie leichthin, »und ich glaube, es ist jetzt genug . . . Brauchst du mich noch, heute abend?«

Er zögerte mit der Antwort – schüttelte aber leise den Kopf –.

Fast war es ihm eine Erlösung, daß er in diesem Augenblick zum Telephon gerufen wurde: in seiner Klinik sei ein ganz dringlicher, unaufschiebbarer Fall eingeliefert worden.

»Gute Nacht«, sagte er rasch, »ich werde wohl spät nach Hause kommen.«

Es war, als er in der Klinik erschien, wie stets schon alles zur Operation vorbereitet. Der Assistent orientierte ihn eilig auf der Treppe: es handelte sich um eine junge Frau, die einen Selbstmordversuch begangen hatte, sie hatte sich in die Brust geschossen, aber bei schnellstem Eingriff schien Rettung noch möglich. Auf dem Gang droben vor den Untersuchungs- und Operationsräumen lief ihr Gatte auf und ab, ein hellhäutiger blonder Hüne, offenbar ein Skandinavier.

»Ich muß Ihnen erklären —«, stürzte er auf Norbert zu.

»Später«, sagte der nur, schob ihn beiseite.

Alle Müdigkeit war von ihm abgefallen. Sein Auge war fest, scharf, unerbittlich. Er betrat einen Vorraum, in welchem Assistenten und Schwestern ihn stumm und eifrig erwarteten, die Hilfsärzte legten bereits ihre Masken an. Man schien seinem Eintritt wie dem einer Gottheit entgegenzusehen, alle Blicke hingen an ihm, bis auf die kleinsten Handgriffe war alles, was er brauchte, bereit und eingeschult. Er schlupfte aus dem Frack, die Hände tauchten ins Becken. Die Lautlosigkeit in dem Raum, die kreidige Schärfe der überstarken Glühbirnen, all das verstärkte den Eindruck einer fast unheimlichen Manipulation, deren allmächtiger Magus Sir Norbert war. Dem Gatten, der trotz allen Widerstandes in diesen Vorhof eingedrungen war, erschien sein hartes, in äußerster Anspannung erstarrtes Gesicht wie das eines kalten, gefährlichen Dämons.

»Sie *müssen* es wissen«, stammelte er mit großen angstvollen Augen, während Schweißtropfen von seiner Stirn perlten, »daß es nur ein Mißverständnis war – eine Dummheit – ein Zufall – Sie dürfen nicht glauben, daß sie etwa gar nicht mehr leben will – so ist es nicht! Sie will leben — sie will!! Helfen Sie ihr, mein Herr —«, sagte er mit einer fast wimmernden, kindlichen Unbeholfenheit.

Norbert, mit unverändertem Antlitz, maß kurz die riesige Gestalt des vor Angst und Erschütterung keuchenden Mannes.

»Glauben Sie nicht etwa —«, begann er von neuem.

»Ich glaube gar nichts«, sagte Norbert hart, »es geschieht selbstverständlich alles, was möglich ist. – Nehmen Sie sich jetzt zusammen«, fuhr er den Mann an, »und stören Sie hier nicht. Wir haben keine Zeit zu verlieren.«

Er hob die Arme der Schwester entgegen, die ihm die Schürze über das Frackhemd streifte und rasch um ihn herumlief, um sie hinten zu schließen.

»Kümmern Sie sich um den Herrn«, warf er irgendeiner Hilfskraft hin, die sich eifrig verneigte, und lief mit großen Schritten hinaus.

Eine halbe Stunde später, als er das Krankenzimmer betrat, in dem der Skandinavier eingesperrt war und mit einem irren Ausdruck neben einer Flasche Cognac kettenrauchend auf dem Bett saß, erschien er diesem vollständig verwandelt: ein eleganter, liebenswürdiger Herr im Frack, mit ruhigem, fast freundlichem Gesicht und unverbindlich guten Manieren.

»Es war höchste Zeit«, sagte er, setzte sich neben ihn aufs Bett und nahm eine Zigarette. »Sie müssen verstehen, daß ich so kurz angebunden war. Aber es ging noch ganz leidlich«, erwiderte er auf den angstvollen Blick des anderen, »wenn sie die Nacht überlebt, haben wir Hoffnung.«

Der Mann warf seine Zigarette weg, legte ihm plötzlich seine beiden gewaltigen Hände auf die Schultern, als wollte er ihn rütteln.

»Wird sie«, fragte er ihm nah ins Gesicht, »wird sie die Nacht überleben? Wird sie die Nacht überleben?!« wiederholte er drängend, fast drohend.

Norbert machte sich mit einer kleinen geschmeidigen Wendung von seinem Griffe frei. Er zuckte leise die Achseln, zog die Brauen hoch, stand auf, lehnte sich mit hüftgestützten Händen rücklings an den Bettrand.

Er kannte diese Fragen – in tausendfacher Abwandlung und Gestalt.

»Mein lieber Freund«, sagte er mit einer Art von hilfloser Nachsicht, »wir sind keine Zauberer und keine Propheten. Ich habe noch niemals etwas vorausgesagt, so lang ich praktiziere. Sie *kann* die Nacht überleben, es ist sogar sehr leicht möglich. Mehr weiß ich auch nicht. Jedenfalls bin ich in aller Frühe wieder da.«

»Aber Sie müssen es doch wissen!« rief der Skandinavier außer sich, — »verschweigen Sie mir nichts! Wird sie davonkommen? Wird sie leben? Sie *muß* leben!« fügte er beschwörend hinzu.

»Leben und Tod«, sagte Norbert wie zu sich selbst, »unterstehen einem letzten Gesetz, dem der Arzt so untertan ist wie der Kranke. Ob jemand leben will – oder muß – danach wird gar nicht gefragt.«

Er drückte seine Zigarette auf der Nachttischplatte aus.

»Sie, hören Sie«, sagte der Skandinavier, in einem plötzlichen Wutanfall rot anlaufend, auf deutsch, »Ihnen wird wohl nie vor Ihrer Gottähnlichkeit bange?«

»Ich glaube nicht«, erwiderte Norbert trocken, doch nicht ganz ohne Humor, »daß ich die menschlichen Grenzen meiner Arbeit jemals überschätzt hätte.«

Er schlug dem Wutgeschwellten freundschaftlich auf die Schulter.

»Kommen Sie mit mir, auf eine Partie Poker«, redete er ihm zu, »das wird Ihre Nerven beruhigen. Hier können Sie ja doch nichts tun.«

»Gehen Sie pokern«, sagte der andere düster, »gehen Sie ruhig pokern, mein Herr. Ich wache vor ihrer Tür.«

»Bitte«, sagte Norbert und zuckte die Achseln, »aber verhalten Sie sich gefälligst sehr ruhig. – Sie ist in allerbester Pflege«, fügte er verbindlich hinzu, »verlassen Sie sich darauf. Und ich bin jederzeit telephonisch zu erreichen, im Klub oder zu Hause.« Er verbeugte sich, ging.

Barhäuptig trat er auf die Straße, die kühle Nachtluft wehte um seine Stirn. Er winkte den Wagen herbei – zögerte kurz, den Fuß schon auf dem Trittbrett.

»Gute Nacht, Sir Norbert«, hörte er eine schüchtern freundliche Stimme hinter sich.

Er drehte sich um.

»Guten Abend, Angelica«, sagte er und nahm den Fuß vom Trittbrett.

Es war seine Narkoseschwester, die eben in einem hellen Sommerkostüm die Klinik verließ, ein ungewöhnlich hübsches Mädchen, aus einer sehr guten irländischen Familie. Trotz ihrer Hübschheit und einer gewissen dauernd spürbaren Bereitschaft, den gewünschten Gebrauch davon zu machen, war sie in ihrem Fach außerordentlich tüchtig und nahm in der Klinik eine Art von Ausnahmestellung ein: es hieß von ihr, sie sei der einzige lebende Mensch, der von Sir Norbert noch niemals angefahren oder abgekanzelt worden war. Übrigens wußte man allgemein, daß sie sterblich in ihn verliebt sei und alle anderen Männer für einen Wink seiner Hand hätte stehenlassen, und auch ihm war das, obgleich sie keineswegs schmachtete, wohl schon aufgefallen, ohne daß er weiter Notiz davon nahm. Ihm war natürlich, wie den meisten Männern, eine hübsche und gefällige Frau in seiner Umgebung auf alle Fälle angenehmer als das Gegenteil. Sonst aber pflegte er sich um die private Existenz seiner Mitarbeiter so wenig zu kümmern, daß er noch nicht einmal ihren Nachnamen oder ihre Familienverhältnisse kannte.

Um so erstaunter und von freudigem Schreck durchzuckt war jetzt Angelica, als er, auf sie zutretend, die Straße entlangspähte und sagte: »Sie werden wohl keinen Wagen mehr finden. Wo wohnen Sie?«

Sie nannte ihre Adresse.

»Gut«, sagte er, als sei ihm durch ihre Antwort ein Entschluß erleichtert worden, »ich fahre noch in den Klub, das ist derselbe Weg. Steigen Sie ein.«

Er trat zurück, ließ ihr den Vortritt.

Im Augenblick war er unendlich erleichtert, nicht allein zu sein.

Er war müde — aber ihm graute vor der Anfahrt an seinem stillen, verdunkelten Haus.

Es müßte jemand auf einen warten, dachte er und ärgerte sich gleichzeitig über den Gedanken, den er als schwächlich und sentimental empfand.

»Sie sehen entzückend aus«, sagte er, wie um sich selbst abzulenken, und breitete sorglich die Decke über Angelicas schlanke Beine.

»Ach«, sagte sie, »nach der Arbeit . . .«

Aber sie lachte geschmeichelt.

»Nehmen Sie doch den Hut ab«, sagte Norbert, während eine Kurve sie nah zusammen schwenkte.

»Gern«, sagte sie willig, »wenn es Ihnen lieber ist.«

Sie nahm den Hut herunter, schüttelte ihre seidig blonden Haare.

»Sie sind heute frisch gewaschen«, sagte sie, wie zur Entschuldigung.

»Ja«, sagte Norbert, ein wenig über sie gebeugt, »mit Kamillen.«

Sie nickte eifrig.

»Ich binde sie immer doppelt ein, bei der Arbeit, und bade jedesmal, und zieh mich ganz um, sogar die Wäsche – damit man nicht nach Spital riecht. Aber ich glaube, man riecht wirklich nichts?«

Sie dehnte die Arme ein wenig, hob die Brust, bot sich ihm gleichsam zum Beriechen dar.

»Nein«, sagte Norbert und sog den Hauch ihres Körpers ein, »man riecht wirklich nichts.«

Er hatte, in einer neuen Kurve, den Arm ganz leicht um ihre Hüfte gelegt, und nun sank sie ihm einfach und ohne Übergang, mit völliger Unverhohlenheit ihr Gefühl zeigend, an die Brust, schloß die Augen, hob ihm durstig die halb geöffneten Lippen entgegen. Ihr Gesicht hatte dabei einen fast puppenhaft kindlichen Ausdruck von Hingebung und Vergnügen.

Er küßte sie, seine Hände glitten an ihren Schultern und Armen entlang. Sie schlug die Wimpern hoch, ihre Augen waren nach oben gedreht, ihr Blick lustvoll verschwommen.

»Nicht mehr in den Klub gehen«, flüsterte sie bettelnd und zog seine Hände auf ihre Brust, »bei mir bleiben, heute –«

Und da sie wohl plötzlich die innere Kühle, das zutiefst Unbeteiligte seines Wesens spürte, fügte sie mit einer hektischen Leidenschaft, die fast komisch wirkte, hinzu:

»Nur heute – nur einmal – und wenn ich Sie nie mehr wiedersehen darf, – und wenn ich morgen hinausfliege –«

»Das geht zu weit«, bremste Norbert ab, »– daß mir dann eine andere die Narkosen verpatzt, oder wie?«

Aber sie spürte den Druck seiner Hände fester und begehrlicher in ihrer Haut, und wie sein Atem heiß wurde und rascher ging.

Da sagte sie, indem sie die Augen wieder schloß und ihre Brust ihm entgegendehnte, ein Wort, das ihr der blinde Liebesdrang, alle Scheu und Ahnung vernebelnd, wohl als vermeintlich tiefste und letzte Lokkung in den Mund legte:

»Ich will ein Kind –!«

Im gleichen Augenblick setzte der Strom zwischen ihnen, wie wenn ein Draht zerschnitten würde, jählings und gänzlich aus.

Mit einer unverbindlichen und etwas ironischen Freundlichkeit strich Norbert ihr kurz über Haar und Wangen und tastete in seiner Manteltasche nach den Zigaretten.

Der Wagen hielt, sie sank vornüber und vergoß ein paar Tränen.

Norbert faßte sie mit einem sanften Druck an den Schultern, daß sie sich kerzengerade aufrichten mußte.

»Gute Nacht, Angelica«, sagte er unbefangen und ein wenig zu burschikos, »zum Pokern kann ich Sie leider nicht mitnehmen. Aber machen Sie sich morgen einen freien Tag und fahren Sie nach Wimbledon, zu den Tennisturnieren, dort gibt es eine Menge nette, umgängliche und wohlerzogene junge Herren, die nur auf Sie warten und mit denen Sie sich glänzend unterhalten werden. Jetzt gehen Sie schlafen, und wenn es Ihnen wohltut, schimpfen Sie vorher eine Stunde auf mich.«

Er half ihr aus dem Wagen, sie versuchte schon wieder zu lächeln, er drückte ihr kurz und herzhaft die Hand, winkte dem Chauffeur, anzufahren.

Aber als er sich ins Leder zurücklehnte, traf seine Hand auf etwas Fremdes: es war ihr Hut, und ein seidener Schal, der ihr wohl vorher von den Schultern geglitten war. Er knisterte in seinen Fingern und roch nach Frau.

Norbert beugte sich vor, als wolle er das Zeug dem Chauffeur übergeben –. Plötzlich aber ließ er es achtlos auf den Sitz zurückfallen und klopfte mit hartem Knöchel an die vordere Scheibe.

»Nach Hause«, rief er hinaus.

Während der Wagen bremste, wendete und in die andere Richtung fuhr, trat in sein Herz der feste, letztgültige Wille zur Entscheidung.

Als Lucile in dieser Nacht nach Hause kam, ging sie noch nicht zu Bett, sondern begann in ihrem Ankleidezimmer hastig einen kleinen Reisekoffer zu packen.

Plötzlich hatte sich die Tür lautlos geöffnet, und Norberts Mutter stand in ihrem Rahmen.

Sie trug einen dunklen, am Hals hoch geschlossenen Überwurf, der bis zum Boden herabwallte und ihrer Gestalt eine tragische Würde verlieh.

Lucile hatte ihr Kleid schon abgelegt und war, in einem lichten Nachtgewand, von weißer Seide umflossen.

Lady Stanhope erwiderte ihren etwas befangenen Gruß nicht – sie blieb unbeweglich in der Tür stehen, ihr Blick haftete auf dem geöffneten Koffer.

»Du willst wieder dorthin?« fragte sie nach einer Weile.

»Ja«, sagte Lucile, und gewann rasch ihre Fassung zurück, »ich war seit Ostern nicht mehr dort. – Hier werde ich wohl in den nächsten Tagen nicht gebraucht«, fügte sie hinzu, »der Kongreß ist vorüber –«

Es war kaum zu erkennen, ob Norberts Mutter ihre Worte gehört hatte, ihr Gesicht blieb starr und undurchdringlich.

Plötzlich machte sie einen raschen Schritt zu Lucile hin – ihre Hände hatten sich krampfhaft geballt.

»Weiß du nicht, was du ihm antust?!« – ihre Stimme klang heiser vor mühsam verhaltenem Haß – »du bringst ihn um – du vernichtest sein Leben! Wofür?!«

»Wofür?« wiederholte Lucile, als warte sie selbst auf eine Antwort.

Dann straffte sie sich, blickte ihr ruhig in die Augen.

»Ihr habt kein Recht, mir Vorwürfe zu machen«, sagte sie langsam, »auch ich habe ein Leben. Danach hat keiner von euch jemals gefragt.«

Ins Gesicht der Mutter trat es wie zornige Trauer.

»Du hast dein Leben verschenkt«, sagte sie unerbittlich, »mehr hat eine Frau nicht zu verlangen.«

»Er hat es verschmäht«, sagte Lucile, in einer aufbrennenden Empö-

rung, »er hat es nicht angenommen — er hat es nicht einmal — erkannt —.« Sie brach ab, preßte die Lippen zusammen.

Dann sprach sie, wie zu sich selbst, während es ihre Augen dunkel
und schmerzlich umwölkte:

»Verschenken kann man nur – aus Liebe. Sonst ist es wertlos.«

»Liebst du ihn nicht?« fragte die Mutter – und es war, als hielte sie
nach dieser Frage den Atem an.

Lucile senkte den Kopf.

»Ich habe ihn sehr geliebt«, sagte sie nach einer Weile.

Die Mutter atmete tief, als sei sie von einem Zweifel erlöst.

»Man kann nichts zurücknehmen«, sagte sie still und einfach, »nicht
sein Leben – und nicht seine Liebe.«

»Vielleicht hab ich mein Leben verwirkt«, sagte Lucile, als rede sie
von ganz fremden Dingen, und ohne zu ihr aufzuschauen, »aber das
geht nur mich an. Mich ganz allein.«

Die Mutter trat näher auf sie zu und erhob plötzlich die Hand.

Luciles Kopf zuckte auf, als erwarte sie einen Schlag.

Aber die Hand senkte sich mild auf ihre Locken, und ihr Streicheln
durchrieselte Lucile mit einem heißen und beschämenden Schreck.

»Auch ich – bin eine Frau«, hörte sie die andere Stimme, aus der alle
Härte und Fremdheit verschwunden war, »und eine Mutter. Man
kämpft um sein Kind – man kämpft um seine Liebe ... Aber zuletzt
kämpft man stets um sich selbst.«

Sie ließ die Hand sinken, trat zurück, als wollte sie gehen.

Dann streifte ihr Blick noch einmal den halbgepackten Koffer.

»Geh deinen Weg zu Ende«, sagte sie, »– so wie du mußt.«

»Hilf mir«, flüsterte Lucile – aber die Mutter hatte den Raum verlassen und hörte sie nicht mehr. –

Als Norbert vorm Hause anfuhr, sah er in Luciles Zimmer noch Licht.
Rasch, ohne sich zu besinnen, eilte er treppauf.

Er pochte hastig – als könnte er etwas versäumen.

Noch eh sie antworten konnte, trat er ein. Den Koffer bemerkte er
nicht. Sein Blick brannte auf ihrer Gestalt.

»Du hast auf mich gewartet?« fragte er, mit einem Schimmer von
Hoffnung in der Stimme.

»Ja«, antwortete sie, seinen Blick vermeidend, »ich habe noch gewartet –«

»Lucile«, sagte er stockend, rauh vor Erregung.

Ohne daß er näher kam, wich sie unwillkürlich vor dem Strom von Gewalt und Verlangen, der alle Dämme seines Wesens zu sprengen schien, ein paar Schritte zurück, beugte sich über den Koffer.

»Ich wollte dich fragen«, sagte sie rasch, »ob ich morgen verreisen kann. Ich denke, du brauchst mich jetzt nicht.«

Indem sie sprach, indem sie das Unvermeidliche tat, war ihr, als müsse sie vor ihm auf die Knie fallen und ihn um Verzeihung bitten. Ihr war wie dem Henker, der sein Opfer umarmt, bevor er den tödlichen Streich zu führen hat. Die Grausamkeit, zu der sie verurteilt war, zerschnitt ihr das eigene Herz.

Aus Norberts Antlitz war alles Blut gewichen.

Seine Backenknochen traten vor, wie die eines nackten Schädels.

»Ich brauche dich«, sagte er tonlos, und aus einer kaum erträglichen Selbstüberwindung, »ich brauche dich – jetzt und immer.«

Sie war beim Koffer niedergekniet, sah zu ihm auf – eine große, unnahbare, fast erhabene Traurigkeit verklärte ihr Gesicht, als wollte sie sagen: Es ist zu spät. Aber sie hob nur hilflos die Hände.

Dann, wie aus Angst vor der Unabänderlichkeit starker Worte, sagte sie nebenhin:

»Ich will meine Eltern besuchen, – vorher. Sie erwarten mich, ich habe mich dort schon angemeldet. – Es ist zu spät.«

Jetzt hatte sie es doch ausgesprochen — aber es war nicht mehr dasselbe.

Norbert trat langsam auf sie zu, sein Gesicht war immer noch fahl, verfärbt, und wie von innen zerstört.

Mit einem Ruck packte er ihre Handgelenke, riß sie vom Boden empor, blickte ihr nah, voll Drohung und voller Not zugleich, in die Augen.

»Schwör mir«, stieß er vor, und preßte die Finger um ihre Fesseln, »daß du zum letzten Male fährst! Schwör mir!« wiederholte er mit einem Ausbruch von Leidenschaft, wie er sie noch nie vor einem Menschen enthüllt hatte.

Luciles Arme erschlafften in seinem Griff.

Seit damals, seit den Tagen und Nächten ihrer hochzeitlichen Vereinigung, hatte sie das nicht mehr empfunden, wovon sie jetzt bis ins Innerste betroffen und überwältigt wurde: jene fast mystische Ergriffenheit von seiner starken und heischenden Person.

»Ich schwöre!« sagte sie fest, »– zum letzten Male!«

Er ließ sie los, trat beiseite, sie preßte die beiden Hände auf ihr Herz. Dann neigte er den Kopf vor ihr – mit einer edlen und ritterlichen Gebärde.

Noch lange, nachdem er gegangen war, stand sie in der gleichen Haltung, regungslos. Plötzlich streifte sie die Schuhe von ihren Füßen. Ihre Gesicht war ruhig und verschlossen. Auf Zehenspitzen betrat sie den Gang vor ihrem Zimmer, lauschte einen Augenblick in die Stille, eilte treppab und verschwand in Norberts Arbeitsraum.

Das Haus und die Treppen waren schon finster – nur aus dem Schlafgemach der Mutter, das im selben Stockwerk lag, drang noch ein Schimmer von Licht. Sie hatte vorher Norberts Schritte auf den Stufen gehört und sah ihn, durch einen Türspalt, von Lucile zurückkommen. Er war noch kurz in den Arbeitsraum getreten, vielleicht nahm er dort irgendeine Tablette, dann hörte sie ihn in sein Schlafzimmer hinübergehen, bald würde er in traumlose Betäubung fallen. Sie selbst konnte nicht schlafen, blieb an der Tür stehen, als lausche sie oder warte noch auf etwas Unbekanntes – – Und plötzlich fühlte sie mehr, als sie hören konnte, den wehenden Schritt nackter Sohlen.

Als Lucile nach einigen Minuten den Arbeitsraum wieder verließ, sah sie die Mutter, in ihrem dunklen langfließenden Überwurf, wie eine stumme Gottheit, in der Tür ihres erleuchteten Zimmers stehen.

Sie schrak furchtbar zusammen – barg etwas in ihrer Hand.

»Ich suchte – ein Schlafmittel«, flüsterte sie stockend.

Die Mutter antwortete nicht. Ihr Blick folgte Lucile treppauf, bis über die Schwelle, bis in die Dunkelheit ihres kurzen, ruhelosen Schlummers.

Die Landschaft kochte über von Mittag, Sonne und Fruchtbarkeit, die Felder standen hoch, der Mohn prangte knallig, Kürbisse und Gurken, blühend und reifend zugleich, wucherten kriechend am Boden – alles strotzte in sattem Ocker und Rotgelb, wie die Dotter von Enten- oder Gänseeiern. Es roch nach Thymian und dem erhitzten Laub von Tomaten. Es roch auch nach dem Schweiß von kleinen, spruppigen Eseln und von Menschen, nach Zwiebeln und Lauch aus ihren Eßnäpfen und Mündern und nach dem brenzligen Rauch der schwarzen Zigaretten, die den Landarbeitern lässig im Mundwinkel klebten. Ein lustiges dünnes Staubfähnchen wirbelte hinter dem kleinen hochgeräderten Pferdewagen, der Lucile von der Bahn abgeholt hatte, was die Kinder nicht hinderte, mit offenen Mäulern hinterherzurennen und unablässig durcheinanderzuschreien. Der Klang ihres provenzalischen Dialektes, ihr heiseres Freudengeheul, wenn einer hinfiel, ihr Dreck und ihre Sommersprossen, ihr Spucken und Rotzen und ihre dunkelhäutige Schönheit, all das entzückte Lucile und erfüllte sie mit einem solchen Taumel von

Heiterkeit, daß es sie nicht mehr in damenhafter Würde auf dem Rück-sitz hielt, sie sprang auf, kletterte auf den Kutschbock nach vorne, wink-te, rief und lachte, als sei sie selbst wieder ein Kind, das hinter einem zum Schloß trabenden Besuchswagen herläuft. Der alte Kutscher, dessen grinsendes Gesicht einer verhutzelten Olive glich, mußte sie mit dem freien Arm unter den Kniekehlen halten, damit sie nicht hinausfiel. Aber als sie am Eingang des Parks die dicke Hühnermagd stehen sah, die Gärtnerburschen und den Waldhüter mit den jaulenden Wachtelhun-den, sprang sie mit beiden Füßen zugleich herunter und fiel dem schwit-zenden Pfarrer, der mit wehender Soutane eben angerannt kam, direkt in die Arme. Dann flog sie von Arm zu Arm, küßte die alten Freunde auf Mund und Wangen, unbekümmert um Stoppeln und Knoblauchdüfte und um die Abdrücke vieler erdiger Hände auf ihrem Sommerkleid.

»Madame ist im Garten«, sagte der Abbé, »sie mußte natürlich *noch* ein paar Rosen schneiden, obwohl man im Haus schon schwindlig wird vor Blumenduft. Rauchen verboten – damit die Girlande nicht welkt!«

Er hob die Hände zum Himmel.

»Und Sie bleiben heute bei uns?« fragte Lucile und hängte sich bei ihm ein.

»Vielleicht länger«, sagte er kopfwiegend und lächelte verschmitzt, »– das hat seine Bewandtnis . . .«

Aber Lucile hatte ihn schon losgelassen und rannte voraus, denn jetzt sah sie ihre Mutter inmitten des südlich unbekümmerten Gewuchers von Erbsen, Tomaten, Buschrosen und Wicken, welches sie ›Garten‹ nannte und das ihr eigentliches Reich bedeutete. Madame Myrte trug ein Leinenkleid und eine grüne Gartenschürze, und da sie erhitzt war, sah sie unter dem Silberscheitel noch frischer und jugendlicher aus als sonst.

»Mein Kind«, sagte sie, preßte die sonnengerötete Wange an Luciles Hals, bis zu dem sie eben hinreichte, »wie schön du bist! – Und was macht *er*?« fragte sie ungeduldig und blinzelte ein wenig verlegen in die Sonne. »Geht es ihm gut, hat er viel zu tun, wie sieht er denn aus, konn-te er nicht auch mitkommen?«

»Er läßt grüßen«, sagte Lucile kurz und zerrte ungeduldig zum Haus. »Wo ist der Vater?«

»Der Vater«, sagte Madame Myrte, dabei lächelte sie geheimnistue-risch dem Abbé zu, »der Vater erwartet dich im Haus. Wir haben näm-lich eine Überraschung für dich.«

»Was?« rief Lucile eifrig. – »Hat die ›Favorite‹ gefohlt? Oder hat er sich endlich doch seinen Fechtsaal eingerichtet?«

»Nein«, lachte die Mutter, »es ist eine viel größere Überraschung – und sie betrifft dich, mein Kind . . .«

»Mich?« sagte Lucile und schrak leise zusammen. Es ging wie ein Schatten über ihr Gesicht, und sie tastete unwillkürlich nach dem Täschchen, das sie in der Hand trug.

Als sie auf der Freitreppe den Vater erblickte, der mit seinem buschigen Weißhaar und seinem Ebenholzstock wie das Urbild des alten Militärs und Gutsherrn wirkte, stiegen ihr plötzlich die Tränen in den Hals, und sie barg den Kopf lange an seiner Schulter.

Er klopfte sie zärtlich wie ein junges Pferd und küßte immer wieder ihr Haar und ihre Wimpern.

Dann nahm er sie mit einer leichten Feierlichkeit bei der Hand und winkte seiner Gattin und dem Abbé, zu folgen. Vor einer frisch in Weiß gestrichenen Tür machte er halt.

»Deine Mutter und ich haben uns nämlich entschlossen –«, begann er und zerrte an seinem Schnurrbart.

»Ich werde mit dir fahren«, unterbrach Madame Myrte aufgeregt, »ich habe schon alles vorbereitet, ich werde ja nicht viel Gepäck brauchen –«, sprudelte sie hervor.

Lucile spürte eine kühle Lähmung in ihrem Rücken.

»Was ist da drinnen?« fragte sie erstarrend und legte die Hand auf die Türklinke.

»Nun«, rief der Vater lachend, »mach nur auf!«

Sie öffnete, ihr Herz schien auszusetzen.

Mit weißen Möbeln, Tüllvorhängen und einem kleinen Bettchen bot sich ihr der Anblick eines frisch eingerichteten Kinderzimmers.

»Und nebenan«, sagte der Abbé, »werde ich wohnen. Die Pfarre hat ja jetzt ein jüngerer Herr, ich bin überaltert!« rief er empört dazwischen, »aber noch viel zu jung, um in ein Kloster zu gehn. Ich werde ein treffliches Kindermädchen sein«, sagte er lachend, »– und ein bißchen Doktor bin ich ja immer gewesen!«

»Ich denke, wir fahren gleich morgen«, redete Madame Myrte dazwischen, »und holen es her – es soll doch schließlich auch eine Heimat haben –«

»Und *er*«, sagte der Vater, »kann ja nicht auf die Dauer wollen, daß es bei fremden Menschen bleibt. Wir haben lange gezögert, aber dann haben wir uns gesagt: wie es auch sei – es ist doch unser Enkel. Und es ist dein Kind.«

Er brach plötzlich ab – bemerkte Luciles totenblasses Antlitz. Sie hatte immer noch die Türklinke in der Hand, als müsse sie sich daran festklammern.

»Mein Gott«, sagte Madame Myrte, »haben wir etwas Falsches getan? Und es sollte doch eine Überraschung werden –«

Sie schluchzte schon beinah, der Marquis winkte ihr heftig, zu schweigen.

»Was hast du, mein Liebes?« sagte er sehr zart und schaute Lucile an.

Sie antwortete nicht, stand regungslos, und in dem langen Schweigen hörte man den Abbé heftig und angstvoll atmen.

»Willst du vielleicht – mit deiner Mutter allein bleiben?« fragte der Marquis.

Lucile schüttelte den Kopf. Ihr Blick glitt von den hilflos verstörten Mienen der Mutter und des Abbé zu den ernsten, gefaßten Augen ihres Vaters. Und plötzlich sagte sie, dem Vater wie einem Beichtiger voll ins Gesicht sehend, mit klarer und fester Stimme:

»Mein Kind ist tot.«

Indem sie dieses Wort zum ersten Male aussprach, war ihr, als sänke eine ungeheure Last von ihrem Herzen, und als liege der Weg, der ihr jetzt noch zu gehen blieb, frei, offen und ohne Dunkel vor ihr. Die Heiterkeit, die sie bei der Heimkehr so stürmisch überflutet und all ihre heimliche Not gleichsam verschwemmt hatte, wandelte sich unter der Lösung dieses Geständnisses zu einem milden und wissenden Licht.

Sie werden mich nicht verstehen, dachte es in ihr – aber sie werden mir dennoch verzeihn.

»Und warum«, stammelte Madame Myrte, »habt ihr uns gar nichts mitgeteilt –?«

»Ich bitte euch«, sagte Lucile sehr leise, »mich nichts weiter zu fragen. . . . Ich fahre morgen zum Grab«, fügte sie noch hinzu und blickte immer den Vater an.

»Komm«, sagte der einfach, nahm ihren Arm und schloß sanft die Tür hinter ihnen.

Dann führte er sie auf die Veranda, wo ein kleiner Imbiß gerichtet war. Sie saßen zu viert um den runden Tisch, die Mutter legte ihr zärtlich und behutsam zu essen vor, der Vater füllte die Rotweingläser.

Er stieß mit ihr an, es gab einen schönen und edlen Ton.

Sie sprachen lange nichts.

Der alte d'Attalens betrachtete immer wieder forschend ihr Gesicht, seine Augen wurden allmählich nachdenklich und dann finster entschlossen.

Plötzlich hieb er mit der Faust auf den Tisch, aber so leicht, daß kaum die Gläser klirrten.

»Wenn er dich schlecht behandelt«, rief er, wie von einem guten Einfall beschwingt, »bei allem Respekt – ja, zum Teufel, bei allem Respekt –!! – aber ich fürchte«, unterbrach er sich besorgt, »ein Engländer schlägt sich nicht mit der Klinge – und mit der Pistole bin ich nicht mehr ganz sicher, heutzutage –«

Er hob das Rotweinglas, es zitterte ein wenig in seiner Hand.

Lucile sprang auf, lachend unter Tränen, umarmte ihn stürmisch.

»Nein«, rief sie, »mach dir keine Hoffnung, daraus wird nichts!! Er behandelt mich gar nicht schlecht!!«

»Natürlich nicht«, sagte Madame Myrte mit einem Seufzer der Erleichterung, »er ist doch der edelste Mensch.« –

Auch der Vater lächelte nun befreit.

Lucile hatte sich auf seine Knie gesetzt und hielt seinen Kopf mit den Armen umfangen.

In die Augen des alten Herrn trat ein Schein von Weisheit und nobler Bescheidung. »Es gibt Dinge«, sagte er leise und ernst, »über die man mit keinem anderen sprechen kann – und mit seinen Eltern am letzten. Ein jeder Mensch muß mit sich selber ins reine kommen.«

»Ja, Vater«, sagte Lucile, und drückte ihm die Hand. Dann gingen sie in den Garten, in den Stall, auf die Felder.

Am nächsten Morgen reiste Lucile. –

Während die Sonne schon tief im Westen stand, bewegte sich die Prozession mit seltsam schnellen, trippelnden Schrittchen den steilen Klippenweg zur Notre Dame de l'Espérance hinauf. Es waren außer dem Pfarrer und den beiden Meßknaben nur Frauen: alte und junge, Mütter, Bräute und Kinder, und der Gesang von ihren Lippen klang monoton und beschwörend, dumpf, schrill und innig zugleich, in einer strengen und zeitlosen Dissonanz, wie wenn verschieden gestimmte Glocken im selben Rhythmus geläutet würden.

»Defensor noster aspice –«

sangen sie nach der alten gregorianischen Weise, dreimal in steigender Tonart, an den verschiedenen Stationen, und auf dem Friedhof droben, wo die ertrunkenen Fischer und Seeleute lagen, sprengte der Priester das Weihwasser über die Knienden, rief die Gnade des Himmels auf Tote und Lebende herab und sang den Wettersegen:

»A fulgure, grandine et tempestate – libera nos, Domine –!« –

In einem kleinen Abstand war Lucile als letzte der Prozession gefolgt – ihr Gesicht war verschleiert, und um ihre gefalteten Hände, wie um die der anderen Frauen, schlang sich der Rosenkranz.

Sie ging wie die unerlöste Büßerin, welche nicht würdig ist, am Dienst der Gemeinde teilzunehmen, und während des Meßopfers vor der Kirchentür verharren muß.

Allmählich leerte sich der Friedhof, die Stimmen verhallten, von der See her klangen die Rufe der ausfahrenden Fischer, dann wurde es ganz still. Sie blieb allein an dem kleinen Grab, den Schleier hatte sie zurückgeschlagen, ihr Gesicht war friedlich und ohne Tränen. Sie wußte sich verdammt und begnadet zugleich, und sie haderte nicht mit ihrem Geschick. Fast schien es Dankbarkeit, was ihre Augen und ihren Mund verklärte. Mit leichter Hand strich sie zum Abschied über das Grab. Es war keine Zwietracht mehr zwischen ihr und der feuchten Erde, und sie sprach wie zu einem Schlafenden, den man in guter Obhut weiß: Leb wohl.

Als sie bergab schritt und von der westlichen Sonne ganz geblendet wurde, fühlte sie ihre Füße und ihren Gang immer leichter, so als schwebe oder tanze sie, oder werde von Flügeln getragen. Sie war von den Kniekehlen bis zu den Haaren mit einem Körperglück erfüllt, das sie gleichsam umduftete und ihrem Herzen eine selige Trunkenheit verlieh. Dabei wußte sie mit klarer Hellsicht, die sie tief beruhigte: zum letzten Male.

Raymond, der sie in der ›Passiflora‹ erwartet hatte, spürte sofort die Verwandlung, die mit ihr vorgegangen war.

Noch brannte die Sonne durch alle Ritzen der verschlossenen Fensterläden und füllte das Dämmer des Gemachs mit einer rötlich dampfenden Glut.

Sie erwiderte seine Umarmung still, sanft und fremd, wie nie zuvor.

Ihr Wesen war schon in einem anderen Übergang und wollte nicht mehr geweckt und zurückgeschleudert werden in den Wirbel von Lust, Schuld und Betäubung.

»Was hast du«, flüsterte er, von Schreck und Ahnung gepackt. »Nichts«, sagte sie abwesend und entzog sich seinen Händen.

Er stand wie gelähmt, Schmerz schloß ihm die Kehle.

Auch er war als ein Neuer, Verwandelter diesmal hierhergekommen, und alles in ihm drängte nach Aussprache und Einverständnis.

Sie trat ans Fenster, öffnete den Laden.

Der Sonnenuntergang schleuderte sein nacktes Feuer herein.

»Liebst du mich nicht mehr?« hörte sie seine Stimme, und die Worte peinigten und verletzten sie.

»Ach«, sagte sie, ohne sich umzuwenden, »du verstehst mich nicht –«

Gleichzeitig erschrak sie furchtbar vor diesem Satz, der in allen Untiefen und Niederungen behaust ist und den es zwischen ihnen nie gab und geben durfte.

Die beiden Sätze, die zwischen ihnen gefallen waren, klafften wie ein Abgrund voll Verzweiflung: auf einmal waren sie – gleich allen anderen, die sich lieben – zwei Menschen mit ihrem ewigen Unterschied und ihrem abgespalteten kleinen Leben, statt einer einzigen, göttlich vollkommenen Einheit – zwei Menschen, die sich erfühlt und erkannt hatten, wie nie zwei andere sonst, und dennoch nichts und gar nichts voneinander wußten, so daß schon die leiseste Frage nach einer Wirklichkeit ihres Daseins voll ungelöster und unlösbarer Rätsel wäre und ihren Traum zerspellen und zu Tod bringen müßte? Gab es denn kein Verweilen, auf einem Gipfel des Glücks?

Raymond regte sich nicht.

Weither vom Strand, wo ein toter Delphin angeschwemmt worden war, hörte man das Gekreisch hungriger Seevögel.

Der Sonnenbrand begann zu verblassen.

»Soll ich gehen?« sagte er plötzlich, mit einem knabenhaft trotzigen Tonfall.

Da warf sie sich herum – breitete ihm die Arme.

Er riß sie an seine Brust, ihr Pulsschlag brauste zusammen, alle Fremdheit ertrank in grenzenloser, seligster Vereinigung.

»Du –«, flüsterte er immer wieder.

»Du –«, wiederholte sie verhauchend.

Sonst gab es kein Wort mehr zwischen ihnen.

Die Sonne war jetzt ganz herunter, das blaue Zwielicht umhüllte ihre Versunkenheit.

»Ich glaube«, sagte sie nach einer Zeit, »unsere Liebe verträgt kein Tageslicht.«

Er lag auf den Knien halb über ihr und barg seinen Kopf zwischen ihren Brüsten.

Sie liebte ihn in diesem Augenblick wie nie zuvor, mit einem tiefen, schmerzhaft mütterlichen Verstehen.

Sie begriff sein Wesen, das Wesen eines Jünglings, in dem sich tapfere Frömmigkeit mit einer göttlich unbeschwerten, mit einer kretischen Lebensanmut verband.

300

Sie begriff seine Liebe, die in Genuß und Opfer unermeßlich war, ganz Hingabe und ganz ohne Schuld.

Sie aber wußte um die Unbarmherzigkeit jeder Lust und jeder irdischen Erfüllung, die stets mit dem Verzicht und den Leiden der anderen, der Unerfüllten, der Verstoßenen und Verlassenen, gebüßt wird.

Er begann erlöst und heiter zu reden, erzählte ihr von seiner Arbeit, von der besiegten Seuche, von der Einfalt und dem Vertrauen seiner Kranken, es war wie eine Vorbereitung zu mehr, was er ihr zu sagen hatte.

Sie lauschte seinen Worten wie einem schönen, tröstlichen Gesang.

Wie einsam muß Norbert sein, dachte sie plötzlich, und in ihrer Seele brannte der Schwur: zum letzten Male.

Die Nacht sickerte vom Himmel, die Flut begann im Steigen urweltlich zu rauschen, sie waren allein auf der Erde, wie die ersten Menschen.

Als der Vollmond hoch war, standen sie lange auf einem steilen Vorsprung in den Klippen, die in ein gläsernes Gebirge verwandelt schienen.

Die Flut schwoll mit großem Atem immer höher herauf, das Meer war ein Krater von geschmolzenem Blei und Silber.

Da nahm sie plötzlich das Verborgene aus ihrer Tasche und drückte es wie ein Geschenk in seine Hand.

Sie hob ihr Antlitz, das im weißen Mondlicht ohne Furcht und ganz voll Entzücken war, zu dem seinen.

»Jetzt«, sagte sie, und bot ihm die Lippen, »– zum letzten Male –!«

Während er sie mit einem Arme fest umfangen hielt, hob seine andere Hand die kleine, gläserne Phiole dicht vor seine Augen.

»Es ist der einzige Ausweg«, flüsterte sie wie trunken, »und der leichteste – dann sind wir vereint – mit allem« – ihre Hand beschrieb eine Wölbung über Himmel und Meer, »und nie mehr getrennt! –«

Sie blieb in Erwartung an ihn gelehnt und sah, wie in sein Gesicht ein immer stärkeres, mächtigeres Leuchten trat.

»So sehr«, fragte er in ihren Mund, »liebst du mich?«

Sie nickte.

»Bis zum Tod?« sagte er stärker.

»Bis zum Tod«, wiederholte sie und schaute ins Ferne.

»Schau her!« rief er plötzlich, ließ sie los und trat auf die äußerste Kante des Felsens, der senkrecht in die Brandung abstürzte. – »Schau her!« rief er noch einmal, mit einem hellen und kämpferischen Klang.

In weitem Bogen warf er das gläserne Ding von sich, daß es, wie ein Kleinod, im Ungewiß des Mondes und Meeres verschwand.

»Weg damit!« schrie er und schüttelte seine Faust in die Tiefe, als fordere er die Unterwelt zum Kampf, »– das mag der Haifisch fressen, der Rochen, der Oktopus!!« – Ein wildes, männliches Lachen schüttelte ihn, er warf die Haare zurück, höhnte den Tod und die Vernichtung:

»Wir sind stärker als du! Wir sind mehr als das Leben! Wir sind unsterblich –!«

Das Meer aber, während er ihm entgegenschrie, brüllte in höchster Brandung so wütend auf, daß es seine Worte verschlang und ihm den Laut vom Munde schlug. Wie mit Pauken und Orgelbässen überdonnerte es seinen wilden und lästerlichen Päan – und nur seine Lippen, tonlos, von orkischem Getöse übertäubt, formten immer wieder die gleichen Silben:

»Unsterblich –!«

– bis er sie auf den ihren versiegelte und verschloß.

Der Mond umfunkelte sie, als stünden sie in einer Wolke von Flammen.

Von Hoffnung und Glück überwältigt, hing sie an seinem Hals.

Jetzt war sie zum Leben begnadigt oder verurteilt – und der Tod raste machtlos in seinen Ketten.

In dieser Nacht beschlossen und bereiteten sie das Letzte: die Flucht.

Raymond war mit dem vollendeten Plan schon hergekommen, ihr stummer Entschluß hatte ihn gelähmt – nun riß er sie hin und überstürzte sie mit herrlichem Ungestüm:

Ein Ruf ins Ausland hatte ihn kurz vorher erreicht, man bot ihm eine Stellung in Übersee, die einen raschen und glanzvollen Aufstieg verhieß.

In zwei Tagen ging das Schiff, die ›Cap Finisterre‹, von der nahen Hafenstadt. Er hatte alles vorbereitet, sie mit sich zu nehmen.

Sein Plan war, bei aller Kühnheit, wohl durchdacht, er war fest entschlossen, keinerlei Hemmnis dazwischentreten zu lassen und, was es zu regeln galt, erst vom Ausland her zu ordnen. Sein Wille zum Endgültigen kannte kein Bedenken, und auch sie bedachte sich nicht: die Entscheidung war längst gefallen, die Brücken hinter ihr verbrannt, es gab kein Zurück und keinen Abschied mehr.

Eine letzte Trennung stand ihnen noch bevor: er mußte für einen Tag nach Marquette, der Kreisstadt, in der er wohnte, um seine Praxis zu übergeben und seine Sachen zu ordnen.

Sie, da sie nicht allein in dem verlassenen Haus bleiben mochte und es noch mancherlei zu besorgen und einzukaufen galt, sollte zur Hafenstadt vorausfahren und ihn dort erwarten: ihr Treffpunkt war der Quai, eine Stunde bevor das Schiff ihn verließ. Dort würden sie sich an der Landungsbrücke begegnen und gemeinsam das Schiff besteigen, als hätten sie es niemals anders gewußt.

Sie würden die Küste Europas im Nebel versinken sehen – sie würden frei sein – und nie mehr voneinander getrennt.

Im letzten Augenblick, bevor er sie verließ, befiel sie Furcht und Verzagen:

»Einen Tag ohne dich – und eine Nacht ohne dich – wie soll ich das jetzt ertragen? Ein Tag ist eine Ewigkeit – eine Nacht tausend Ewigkeiten –«

»Ein Tag geht vorbei«, sagte er stark, »und jede Nacht muß enden. Aber dann beginnt, was ohne Anfang und Ende ist, dann erst beginnt – das Leben!«

Plötzlich hob sie die Hände zu seinem Gesicht und befühlte es, wie ein Bildhauer sein Werk betastet, überall mit den Spitzen ihrer Finger, als müsse sie es nachformen und sich einverleiben für alle Zeit, als kenne sie es nicht, oder habe es noch niemals begriffen:

»So ist dein Kinn – so sind deine Schläfen – so setzt dein Haar an – so sind deine Lider, deine Wimpern – so sind deine Lippen, kühl und warm zugleich, man kann das Blut spüren, den Atem, den Lebenshauch, und wenn man die Hand bis hier entfernt, spürt man's noch immer, und hier – noch ein wenig – und dann gar nichts mehr –

Und das alles bist – du –, das alles – lebt –!«

Sie stand noch lange voller Staunen, als er gegangen war.

Zu ungewöhnlicher Zeit, früh am Vormittag, hatte Sir Norbert sein gesamtes Hauspersonal in der großen Halle zusammenrufen lassen und gab in knappen Worten bekannt, daß eine Ampulle aus seinem Medizinschrank verschwunden sei, die er selbst vor einigen Tagen hineingelegt habe. Der Schrank sei tagsüber stets mit einem Geheimschloß versperrt, höchstens in der Nacht könne er einmal offen geblieben sein. Falls jemand aus irgendeinem Versehen oder einem sonstigen Grund den vermißten Gegenstand an sich genommen habe, fordere er zur sofortigen Rückgabe auf. Er werde dann keine weiteren Fragen stellen. Andernfalls müsse er strengste Untersuchung einleiten.

Die Leute standen ratlos, blickten unter sich.

Norbert wartete nervös, ohne seine Erregung merken zu lassen.

Die Tatsache, daß das Gift aus seiner privaten Wohnung verschwunden war, konnte ihm, falls irgend etwas damit passierte, die größten Schwierigkeiten machen.

Er hatte nicht bemerkt, daß, während er sprach, seine Mutter hinter ihm auf der Treppe erschienen war, und fuhr wie in Schreck zusammen, als er sie plötzlich in seinem Rücken sagen hörte:

»Du kannst die Leute wegschicken, Norbert – ich habe es an mich genommen, zur Sicherheit, als ich den Schrank zufällig unverschlossen sah. Ich habe ganz vergessen, es dir zu sagen.«

»Ich danke«, sagte Norbert steif und nickte zerstreut dem Haushofmeister zu, der die anderen entließ und sich mit einer Verbeugung entfernte.

Dann wandte er sich langsam zur Mutter, schaute sie an.

»Wer hat das Gift?« fragte er – und seine Augen wurden starr.

Sie hielt seinem Blick stand.

»Lucile hat es genommen«, sagte sie dann, und ihr Ton war nicht anders, als rede sie von einem gleichgültigen Gegenstand, »– in der Nacht, bevor sie verreiste.«

Er trat einen Schritt auf sie zu — blieb stehen.

»Woher weißt du das?« fragte er staunend, – als zweifle er noch.

»Ich habe sie gesehen«, sagte die Mutter.

Sie senkte die Augen, ihre Stirn war fahl und versteint.

»Du hast sie nicht – gehindert?« fragte Norbert noch immer reglos.

»Nein«, kam die Antwort. »Ich habe sie nicht gehindert.«

Plötzlich klammerte er sich mit beiden Händen an eine Stuhllehne.

Schweiß stand auf seinem Gesicht, die Haare klebten an seinen Schläfen.

»Das ist Mord!« stieß er hervor, »das ist — Verbrechen!!«

»Vielleicht ist es Erlösung«, sagte die Mutter, hob die Augen und trat auf ihn zu, als wollte sie seinen Arm berühren.

»Nein!« rief er, fast im Aufschrei, »nein! – nein!!«

Es war, als fänden sein Abscheu und sein Entsetzen nur dieses eine Wort.

Dann riß er die Hände vom Stuhl — wollte zur Tür.

Sie trat ihm entgegen, breitete die Arme aus, wie wenn man ein scheuendes Pferd aufhalten will.

»Nenn es Mord!« sagte sie hart. – »Nenn es Verbrechen.

Ich nehme es auf mich.

Hätte ich anders gehandelt, wär es ein Aufschub und eine verlängerte Qual. Sonst nichts.«

Er starrte sie an, in einer Wallung von Haß, die auf ihn selbst zurückschlug.

»Was wissen wir denn – von ihr?« sagte er leise und voller Not.

»Das fragst du zu spät«, sagte die Mutter und ließ die Arme sinken.

»Es ist nie zu spät«, fuhr er auf, »es darf nicht zu spät sein –«

Seine Stirn spannte sich wie in angestrengtem Denken.

»Ich muß sie zurückholen«, sagte er dann, ruhiger – und machte eine Gebärde, als wollte er die Mutter, die immer noch zwischen ihm und der Tür stand, beiseite schieben.

Da warf sich die große, hochgewachsene Frau, als zerbreche jemand ihr Rückgrat, plötzlich nach vorne, stürzte an seine Brust, klammerte ihre Finger in seine Kleidung.

»Tu es nicht!!« stammelte sie fast unverständlich, die Worte entrangen sich ihrer Brust wie Urlaute tiefster, verborgenster Leidenschaft. – »Tu es nicht – sei stärker – geh nicht zugrund – sei wieder du – sei wieder mein – mein Sohn –!«

Schluchzen durchbebte sie, wild schlang sie die Arme um seinen Hals, als wollte sie ihn erwürgen.

Dann, da er starr blieb, ließ sie von ihm ab, sank auf einen Stuhl, barg den Kopf in den Händen.

»Mutter«, sagte er fest und leise, ohne sie anzublicken, »wenn ihr etwas geschehen ist, will ich dich nie mehr sehn.

Nie mehr, in unserem Leben«, fügte er, wie einen Schwur, hinzu – und wandte sich zum Gehen.

»Bleib noch«, sagte die Mutter und richtete sich wie in übermenschlicher Anstrengung gerade empor.

Er zögerte in der Tür, schaute zu ihr hin.

Ihr Gesicht war ausgeblutet und still, als habe sie den Todesstreich empfangen.

»Wenn du sie wiederbringst«, sagte sie ruhig und wie in einer letzten, selbstbeschiedenen Sammlung, »werde ich euch verlassen. – Vielleicht wird es dann besser, für dich. Ich – hoffe es«, vollendete sie mühsam und hob zögernd die Hand.

Norbert, zu ihr zurücktretend, beugte sich tief über ihre Hand und küßte sie.

»Leb wohl«, sagte sie leise und tastete über sein Haar.

Der russische Arzt, dem sich Norbert hatte anmelden lassen, empfing ihn mit großer Freundlichkeit und führte ihn durch seine Klinik.

»Ich freue mich wirklich«, sagte er, »daß Sie an meiner Arbeit Interesse nehmen. Gerade Sie!«

»Natürlich«, antwortete Norbert abwesend, sein Blick irrte flüchtig über die frohen und wachen Gesichter genesener oder gesundeter Kinder, die dem alten Herrn zuwinkten und mit ihm scherzten.

Dann berührte er seinen Arm mit einer leisen und dringlichen Bewegung.

»Darf ich Sie einen Augenblick allein sprechen?«

Der Professor geleitete ihn in sein Privatzimmer, schloß die Tür, bot ihm einen Stuhl.

Norbert dankte, blieb stehen.

»Es handelt sich«, sagte er zögernd, »– um meinen Sohn.«

Er schwieg, als koste jedes weitere Wort ihn eine unerträgliche Selbstüberwindung.

»Ich wäre glücklich«, sagte der andere einfach, »wollten Sie mir Ihr Vertrauen schenken.«

»Ich danke Ihnen«, sagte Norbert befreit, und mit leichterer Stimme fuhr er fort: »Ich muß Ihnen offen gestehen, daß ich von selbst nie gekommen wäre. – Aber es geht um die Existenz meiner Ehe – und vielleicht um noch mehr –«

»Wie kann ich Ihnen helfen?« fragte der alte Herr und neigte in gespannter Aufmerksamkeit den Kopf etwas schief. Die natürliche Wärme und Bereitschaft, die von ihm ausging und die nichts von der Zudringlichkeit ungebetenen Mitleids hatte, machte es Norbert leichter, sich zu erklären, und während er sprach, war ihm, als lockere sich ein Ring falscher Verhärtung und verletzten Stolzes um sein Herz.

»Glauben Sie«, fragte er am Schluß, »daß der Versuch mit Ihrer Methode eine Aussicht hätte? Daß man das Kind heilen könnte?«

»Man müßte natürlich«, sagte der Professor nachdenklich, »den jetzigen Zustand des Kindes genau beurteilen können. Wann haben Sie es zuletzt gesehen?«

»Vor einem Jahr«, sagte Norbert etwas beschämt.

»Dann«, sagte der Arzt, und schenkte ihm einen starken, ermunternden Blick, »würde ich es mir an Ihrer Stelle einmal schleunigst anschauen.«

»Ja«, sagte Norbert, »ich werde es herbringen.«

Er verabschiedete sich herzlich und fuhr zur nächsten Post. Von da schickte er ein Telegramm an die Adresse seiner Gattin im Stift Notre Dame der l'Espérance: »Erwartet mich dort. Eintreffe morgen.«

Die Kleinbahn rasselte in die etwas außerhalb der Ortschaft gelegene Station: Marquette-en-Bretagne.

Norbert hatte die Tür seines Abteils geöffnet, bevor noch der Zug hielt, spähte suchend umher.

Bauern und Kleinkrämer stiegen aus und ein, Milchkannen wurden verladen, ein Hammel blökte aus einem Viehwagen, die Leute unterhielten sich breit, langsam und behäbig, bis der Zug mit schrillem Gepfeife weiterfuhr.

Norbert stand immer noch allein auf dem Bahnsteig, neben den leeren Gleisen, und schaute wartend die kalkige Landstraße entlang.

Der kleine, schwitzende Stationsvorsteher, der den Zug entlassen hatte und sich die Mütze ins Genick schob, musterte ihn neugierig.

Norbert winkte ihn her.

»Ist da niemand – von Sainte-Querque-sur-Mer?« fragte er.

»Sainte-Querque-sur-Mer«, – wiederholte der Beamte mit breiten Vokalen und grinste amüsiert, – »pas du tout, Monsieur, pas du tout. Die Leute von da fahren nicht mit der Eisenbahn. Die sind noch von früher.«

»Ich meine«, sagte Norbert, »vom Stift. Von Notre Dame de l'Espérance?«

»Die erst recht nicht«, rief der kleine Mann lachend, »die sind noch von viel früher.«

»Wie kann man dorthin kommen?« fragte Norbert, ohne auf seine scherzhafte Laune einzugehen.

»Oh«, sagte der Mann und deutete mit schmutzigen Fingern, »immer nordwestwärts! Immer nordwestwärts, mein Herr. Gute zwölf Kilometer zu Fuß!«

Er schaute zwinkernd auf Norberts Schuhwerk, als mache es ihm Spaß, ihn zu necken.

Nach einiger Verhandlung war ein Bauer, der mit seinem Milchwagen vor dem Stationsgebäude hielt, bereit, ihn hinzufahren. Der kreuzlahme, fliegenwunde Schimmel war kaum in Trab zu bringen, und der Bauer stieg an verschiedenen Estaminets ab, um sich mit Apfelschnaps zu stärken. Bestaubt und zerrädert erreichte Norbert schließlich das Dorf in den Klippen.

Es war totenstill, wie ausgestorben, kein Mensch zeigte sich, kein Hund bellte. Droben, in kahlen Fels, ragte die kleine Kirche, gleich einem Wahrzeichen der Verlassenheit.

Als Norbert den steilen Pfad zum Stift hinaufstieg, ergriff ihn plötzlich Furcht und Hoffnung zugleich. Die Furcht kam aus der ungeheuren Leere der Landschaft um ihn her und aus den tiefsten, unbewachten Gründen seines Innern, darin, seit seiner Ankunft in Marquette, die schlimme Ahnung wuchs – die Hoffnung kämpfte mit allen Kräften und Waffen des Bewußtseins dagegen an, machte ihn hart und beschleunigte seinen Schritt. Das Kind wird nicht wohl sein, dachte er, deshalb konnte sie nicht an die Bahn kommen. Natürlich ist sie bei ihm. Man wird mich in irgendein Zimmer führen, wo sie an seinem Bett sitzt. Zuerst wird sie scheu sein, mißtrauisch. Ich darf sie nicht erschrecken. Ich werde ihr von dem Russen erzählen. Dann wird sie glauben – begreifen. Dann wird alles gut.

Darunter wußte er, daß alles nicht stimmte. Aber er betäubte dieses Wissen mit seinen lauten Gedanken und seinem raschen Gang.

Die Tür des Stifts war verschlossen. Kein Mensch zeigte sich.

Er pochte mit dem rostig eisernen Klopfring. Die Schläge dröhnten in der Stille.

Nach einiger Zeit lugte ein Auge durch ein Klappfensterchen neben der Tür. Verschwand wie geängstigt. Wieder verging eine Zeit. Dann stöhnte die Tür in den Angeln.

Mater Annunciata stand neben der Pförtnerin, blickte den fremden Mann fragend und abweisend an: ein schwarzer, vergilbter, gleichgültiger Erzengel.

Er nannte seinen Namen.

Das stumpfe, abgestorbene Auge veränderte sich kaum.

»Sie wollen das Grab sehen?« fragte sie nach einer Weile.

»Das Grab«, wiederholte Norbert mit trockenen Lippen.

»Ja«, sagte er dann, »ich will das Grab sehen.«

Sie nickte, führte ihn auf den kleinen Friedhof.

Er spähte im Weiten umher – übers Meer, über den leeren Strand, über den leeren, fahlenden Himmel. Es war alles stumm und verschlossen.

Dann beugte er sich tief auf das hölzerne Grab hinab, las den Namen, das Datum.

Er nickte, als erfahre er etwas längst Bekanntes.

Richtete sich auf – stand reglos.

Die Oberin war beiseite getreten, schaute von ihm weg, achtete sein Gebet. Allmählich erst gewannen die Dinge, die er sah, Schärfe und Plastik in seinem Auge.

Er bemerkte neben dem Kreuz, einen Strauß fast noch frischer Passionsblumen, die Ranken in Kranzform verwunden, beugte sich wieder hinab, betastete die Blüten, als wolle er ihre fremde Art studieren.

Die Oberin trat näher heran.

»Sie sind von ihr«, sagte sie, »sie bringt sie jedesmal. Sie war ja erst gestern hier.«

»Ja«, sagte er, lächelte abwesend. Sie war gestern hier.

»Es ist übrigens heute früh ein Telegramm für sie gekommen«, sagte die Oberin, »wir wußten nicht, wo wir es hinschicken sollen. Sie kommt ja immer nur für eine Stunde, um zu beten.«

Die Worte malten sich langsam und fibelhaft in Norberts Bewußtsein.

Sie kommt ja immer nur für eine Stunde, um zu beten.

»Darf ich es Ihnen geben?« fragte die Oberin. »Wir hätten es sonst zurückgehen lassen.«

Sie hatte es in der Tasche.

Er nickte nur, öffnete es nicht. Er wußte, daß es sein eigenes war.

Von der Kapelle begann das magere Glöcklein zu läuten.

Die Augen der Oberin wachten auf, bekamen Glanz und Leben.

»Ich muß zum Ave«, sagte sie und machte eine Bewegung zur Kirche hin.

»Wenn Sie einen Wunsch haben, – des Grabes wegen –«

»Ich danke Ihnen«, sagte Norbert, »es ist ganz gut so.«

Er neigte kurz den Kopf, sie hob die Hand und machte mit den Schwurfingern das kleine Kreuzzeichen über ihn.

Dann ging er wortlos.

Das Dorf lag stumm und verschlossen, wie das Meer, wie der Himmel.

Der Wind raspelte an dem zerschlissenen Stroh der Dächer.

Er fand einen Fischerkrug, trat ein, klopfte mit dem Stiefelabsatz auf die knarrende Diele.

Nach einer Weile kam ein Greis aus dem Dämmer hinter dem Schanktisch vorgekrochen, er schien aus einer Falltür heraufzusteigen und bewegte sich gebückt, fast auf den Händen. Sein Kopf war ganz kahl, die Augen blutgerändert, seine Stimme klang heiser und schrill, wie Möwenkreischen.

»Calvados?« fragte er lallend.

Norbert nickte, setzte sich auf die Kante einer Wandbank.

Der Alte brachte ihm Apfelschnaps, in einem großen, viereckigen Glas.

Während Norbert kostete, blieb er bei ihm stehen, stützte seine falben, flossenartigen Hände auf den Tisch, beglotzte ihn voller Neugier.

Norbert erwiderte seinen Blick, fragend, forschend, in einer dunklen und ungewissen Spannung – als könne er von ihm alles erfahren.

Er hätte jedes Kind, jede Katze, jeden Stein in dieser Ortschaft so angeschaut.

»Hier kommen wohl wenig Fremde her?« fragte er schließlich.

Der Greis legte die Hand ans Ohr, lallte mit zahnlosen Lippen. Er war fast taubstumm.

Norbert wiederholte schreiend seine Frage.

»Nein, gar keine. Nur die Dame«, kam die kreischende Antwort.

»Welche Dame?«

»Die die Villa gemietet hat.

Aber die kommt auch nur alle Vierteljahr und man sieht sie nie. Meine Frau muß vorher das Zimmer putzen, in der Villa. Sonst bleibt sie immer verschlossen. Auch wenn die Dame da ist.«

»Und was tut sie dort, in der Villa?«

»Das weiß man nicht«, heulte der Greis, grinste, ward redselig. – »Das weiß man nicht, das weiß man eben nicht, was ein Mensch so allein in einem leeren Hause tut. Er kann beten, er kann schlafen, er kann in einen Spiegel gucken und Fratzen schneiden, das kann er alles – er kann auch etwas auf ein Papier schreiben und sterben, das kann er alles –«

Er kicherte vor sich hin.

Norbert warf Geld auf den Tisch, lief hinaus.

Bald hörten die Hütten auf, die Villa war nirgends zu sehen.

Blindlings folgte er dem sandigen Streif, am Meer entlang.

Plötzlich schrak er zusammen, – von einem harten, klappernden Geräusch ereilt, das sich in kurzen, beklemmenden Abständen regelmäßig wiederholte. Mit vorgeneigtem Kopf ging er weiter, spähte um die Dünenecke.

Dort stand die Villa – verstaubt, verfallen, vom Sand angeweht.

Der Wind hatte den lässig eingeschlagenen Krampen aus der bröckligen Mauer gezerrt, der Laden trommelte in seinem Auf- und Abschwellen gegen die Hauswand.

Langsam schritt Norbert darauf zu, sah die verschlossene Tür, die verblichenen Buchstaben des Namens: Passiflora – das Gewucher der Passionsblumen auf der geschützten Seite, die staubgrünen, verrammelten Holzläden.

Dann spähte er durch das eine, halb klaffende Fenster, sah ein unbewohntes Gemach mit alter, verhängter Bettstatt, bezogenen Möbeln.

Nichts deutete darauf hin, ob jemals ein Mensch dort verweilt habe. Immer wieder umschritt er das stille Haus.

Schließlich blieb er vor der Tür stehen, klopfte, begann mit der Faust zu pochen, trat mit dem Fuß dagegen, rüttelte an der Klinke.

Es regte sich nichts. Alles blieb stumm und verschlossen.

Rückwärts gehend, das Haus immer im Auge, als könne es ihm in letzter Sekunde doch noch ein Geheimnis enthüllen oder als fürchte er einen Ruf, einen Schrei, eine Stimme hinter sich, wenn er sich umdrehen würde, entfernte er sich langsam zum Strand. Starrte auf den Boden. Ein paar Fußstapfen, halb schon von Sand verweht, eine Wagenspur, mit zermahlenen Muscheln gefüllt. Seevögel kreischten um einen Fischkadaver, der Wind warf eine Welle von Verwesung über ihn.

Der Nachmittagshimmel war hell, glasig, wolkenlos.

Ihm schien er von undurchdringlicher Finsternis erfüllt.

Hell und Dunkel, ging es ihm durch den Kopf, sind von der gleichen Substanz. Aber man kennt sie nicht. Man weiß nichts. Man bekommt keine Antwort. Es bleibt alles unfaßbar.

Er schaute auf seine Hände, sie hingen hilflos herab.

Er, dessen ganzes Leben vom Drang nach Klarheit, Erkennen, Wissen wie eine Linse geschliffen war, tappte im Nebel der Blinden.

Er wußte nichts von der Frau, die er liebte.

Selbst ihre Spur war ihm vom Sand verweht.

Allmählich begann er zu gehen – zum Dorf zurück, auf die Landstraße.

Er ging ohne Rast und ohne aufzuschauen. Er ging ohne Denken und Fühlen. Er ging, wie ein Uhrwerk geht.

Er achtete nicht auf die Zeit, nicht auf die Richtung. Er kannte das alles. Er hatte das alles schon erlebt. Vielleicht war es jetzt nur ein Traum, eine Erinnerung, ein Schattenbild. Er war diesen Weg schon immer, schon ewig gegangen, er war ihm vorgezeichnet, wie eine Fährte, und er mußte ihn auslaufen, als werde er von einem Webschiff abgespult.

Dann stand er allein auf dem Bahnsteig. Es war sehr still, die Zeit sank langsam mit der Sonne.

Aus den Schienen drang manchmal ein Klicken oder Klirren, wenn irgendwo eine Weiche gestellt wurde: das klang wie ein Ruf, eine Warnung, ein leises, metallisches Drohen, ein geheimes Signal.

›Schicksal‹, dachte Norbert und starrte die Geleise entlang.

FATUM, ANANGKE, MOIRA.

Man konnte es deklinieren, aber es hatte keine Mehrzahl.

311

Ein Güterzug schlackerte vorbei, stampfte in den brennenden Abend, eine schwarze Fahne von Kohlenruß flatterte hinterher.

Er wußte plötzlich, daß er sterben möchte.

Er beneidete sein Kind in den Klippen.

Der Bahnbeamte, der dem Güterzug nachgeschaut hatte, stand neben ihm.

»Haben Sie das Nest gefunden? Ein rechtes Drecknest.«

»Ja«, sagte Norbert.

»Wollen Sie heute abend noch weiter? Nach Saint-Malo?«

Er nickte.

»Wohl mit dem Schiff nach England?«

»Ja«, sagte er, mehr zu sich, »mit dem Schiff nach England.«

Will ich das, dachte es in ihm? Will ich überhaupt etwas? oder muß ich etwas? oder ist das alles zu Ende – dieses: Ich bin – Ich will – Ich werde –?

»Der Zug geht aber erst in zwei Stunden«, sagte der Mann. – »Setzen Sie sich doch in die Wirtschaft!«

Er setzte sich in die Wirtschaft, bestellte etwas, berührte es kaum, wartete. Warten, spürte er, ist die Hölle. Ganz gleich, ob man auf einen Zug wartet, auf einen Menschen, auf ein Ereignis, – oder auf gar nichts. Er hatte kaum jemals in seinem Leben gewartet – oder es wenigstens nie bemerkt.

Nach fast zwei Stunden näherte sich vom Ort her Musik: erst dumpfe Paukenschläge, dann schmetterndes Blech, laute Stimmen, Rufe, Lachen, Gesang –

Eine Menschenmenge drängte sich auf den kleinen Bahnsteig, es waren hauptsächlich Frauen und Kinder, auch ein paar Herren in hausbackenen Schwalbenschwänzen, die Ortskapelle nahm zwischen den Gleisen Aufstellung, blies laut und schauerlich.

Der Bahnbeamte war mit dem Wirt ans Fenster getreten, lachte vergnügt.

»Die verabschieden unseren Doktor«, sagte er zu Norbert hin, »– der geht nach Amerika.«

Der Zug wurde gemeldet, Norbert trat langsam hinaus.

Er sah einen jungen Herrn mit ausnehmend schönen, männlich heiteren Zügen, der sich vor Händeschütteln, Schulterklopfen, Ansprachen, Zurufen, Umarmungen kaum retten konnte. Er selbst schien glücklich erregt, antwortete laut und lachend, küßte zum Abschied ein Kind, betastete den Puls und den Bauch eines anderen, das ihm noch im letzten

Moment vor Einfahrt des Zuges eine gleichfalls zur Reise gerüstete Bäuerin entgegenhob:

»Nein«, rief er lustig, »die kleine Crévette hat nur zuviel Kirschen gegessen! Aber ich werde im Zug noch einmal nach ihr schauen!«

Als der Zug schon anfuhr, stolperte er, mit Paketen und Blumen beladen, in das einzige Abteil zweiter Klasse, das sich gleich hinter der Maschine befand, und in das man sein Gepäck schon gebracht hatte. Ein Strauß von Kornblumen und Mohn flog ihm durchs offene Fenster nach und traf den großen, hochstirnigen Herrn, der ihm gegenüber auf der Bank saß. Norbert hob ihn lächelnd auf, reichte ihn dem jungen Mann hinüber.

»Verzeihen Sie bitte«, sagte Raymond, noch im beschwingten, mitteilsamen Freimut seiner heiteren Laune, »— die sind ja wie die Narren, die sind ja ganz aus dem Häuschen. Ich bin nämlich weder ein Fürst noch ein Nationalheld, sondern nur ein gewöhnlicher Landarzt, der ein paar Jahre hier praktiziert hat. – Aber für die Leute ist der Arzt noch eine Art von höherem Wesen, so ein Mittelding zwischen Lieber Gott, Medizinmann und Zirkusclown – entweder sie verachten ihn oder sie beten ihn an. Sie haben natürlich keine Ahnung, wie man sich plagt und wie sie einen schinden, manchmal könnte man sie alle vergiften« – er lachte zu seinem Gegenüber voll weltfreundlicher Sympathie, »aber es ist doch das schönste. Das einzige«, fügte er noch hinzu, »es ist wohl der einzige Beruf, der seine Bestätigung so lebendig, so leibhaftig in sich selber trägt.«

Er bemerkte den Blick voll Kühle und Skepsis, mit dem Norbert ihm lauschte, und hatte das Gefühl, zuviel geredet zu haben und sich entschuldigen zu müssen.

»Das klingt vielleicht übertrieben«, sagte er und schaute zum Fenster, »und wer nicht selber Arzt ist, wird es kaum verstehen.«

»So?« hörte er Norberts Stimme und wandte sich ihm rasch wieder zu. »Ich dachte mir das anders, bisher. Ich dachte mir«, fuhr Norbert fort, da er den fragenden Blick Raymonds auf sich fühlte, »das Leben eines Arztes wie das eines Forschers – der immer ins Unbekannte vorstößt –, der sucht um des Suchens willen, und weiß vorher nicht, ob er die Neue Welt findet oder den Seeweg nach Indien –«

Er verstummte, hob die Hände ein wenig und ließ sie auf seine Knie fallen.

»Aber sein Ziel«, sagte Raymond, »ist unverrückbar und unveränderlich, ganz gleich, in welcher Richtung er sucht: zu heilen.«

»Die Folgen zu heilen«, sagte Norbert, »und die Ursachen nicht zu kennen —. Ein ewiges Glücksspiel mit einem unsichtbaren Partner, den man vergeblich blufft, und der nicht einmal fair ist.«

Raymond schüttelte den Kopf, eine kleine Falte stand zwischen seinen Brauen.

»Der Partner des Arztes«, sagte er, »— wenn Sie so wollen —, dem er die Partie abzugewinnen hat, ist das menschliche Leiden. Das hat er einfach zu lindern und zu bekämpfen, so gut er kann. — Aber dazu gehört wohl eine besondere Art von Liebe.«

»Was für eine Art von Liebe?« fragte Norbert. »Liebe zu den Menschen — oder zur Erkenntnis?«

»Wie will man das trennen?« erwiderte Raymond mit befremdetem Blick.

»Das muß man trennen!« rief Norbert streng, fast zornig. »Welcher Chirurg kann seine Mutter operieren oder sein Kind? Wissen Sie nicht, was Phantasie, was Liebe aus einer Hand und einem Auge macht? Glauben Sie wirklich, ein Arzt könne groß werden, der den Einzelmenschen liebt?«

»Glauben Sie«, antwortete Raymond staunend, »ein Künstler könne groß werden, der seine Geschöpfe nicht liebt?«

»Was liebt der Künstler?« sagte Norbert, und zog die Brauen hoch, »seine erdachten Geschöpfe. Seine Vorstellung von der Welt. Nicht ihre kleine, armselige, immer abhängige, jedem Wandel unterworfene Wirklichkeit. Liebe — im schöpferischen Sinn — ist eine überpersönliche, eine ebenso zeugende wie vernichtende Kraft, sie steht in einer höheren Kategorie als unsre schwanken Gefühle und kennt weder Furcht noch Mitleid.«

Raymond beugte sich vor, wie angezogen, und dennoch in immer stärkerem Widerstand.

»Das stimmt vielleicht in der Abstraktion«, sagte er voll Bedacht, »aber nicht fürs lebendige Dasein. Ihre Trennungen sind klar, aber nicht menschlich. Im menschlichen Wesen einen sich, vermählen sich die polaren Kräfte. Es ist ein müßiges Spiel, sie zu analysieren. Umfassen, begreifen, erkennen — kann man sie nur durch Liebe. Oder nennen Sie es: durch Religion.«

»Religion«, unterbrach Norbert heftig, als habe er sich hart zu verteidigen, »Religion ist eine ethische Bindung — und ein soziales Machtmittel. Sie ist ein Amalgam aus Vernunft und Mystik, dahinter sich geheimes Urwissen des Menschengeschlechtes verbirgt. Sie ist eine Maske der Weisheit, – eine schützende vielleicht –, aber mit Erkenntnis, mit Wissenschaft, mit Medizin hat sie nichts zu tun!«

»Warum trennen Sie immer«, rief Raymond kämpferisch, »wo es zu binden gilt? Alles ist Religion, was unserem göttlichen Drange, was der Verantwortung unseres Herzens entspringt? Denken Sie an Franz von Assisi – an die Sonnengesänge – die Hingebung an jedes kreatürliche Leben, ans Kleinste, Ärmste, Niedrigste – und ins große, ins volle, tausendfältige Dasein. – Das ist – was ich meine – die Religion des Arztes!«

Er hatte sich in schöne, feurige Begeisterung geredet, welche Norberts Stimme wie mit kalter Schneide traf:

»Konnte der heilige Franz den Aussatz heilen? den Krebs? die Luës?«

»Er konnte mehr«, sagte Raymond mit großem Blick, »er konnte den Menschen helfen, ihr Leid zu ertragen.«

»Das Leid der Menschen«, sagte Norbert ruhig und hob sein Gesicht, als spreche er ein Bekenntnis, »ist viel zu tief, als daß es Hilfe oder Heilung gäbe.

Das Leid der Menschen heißt Einsamkeit.

Und es reicht in Gründe hinab, in die kein Forscher und kein Heiliger einzudringen vermag.

Der Fluch der Zerspaltung – die Hölle der Individuation –, die ewige, jammervolle Verspanntheit mit überpersönlichen, übermächtigen, regressiven Gewalten, die wir immer trennen, immer zerlegen müssen, in gruppenhafte, tellurische, kosmische, ohne daß wir doch jemals dem Wesen selbst, dem großen, einen, alleinigen, auch nur um eine Spanne näher kommen – Das ist unser Geschick: auf der Suche nach Ursprung oder Mündung im Labyrinth der eignen Seele zu verschmachten –«

»Nennen Sie es ruhig«, sagte Raymond leise, »die Trennung von Gott.

Die Austreibung aus dem Paradiese. Aber was wäre all unser inneres Leben, all unser Drängen und Suchen nach Schönheit, Wahrheit oder Güte, anderes, als die Ahnung von einem Rückweg – von einer Wiedervereinigung?

Halten Sie die Phantasie des Menschen für größer als die des Schöpfers?«

»Wiedervereinigung«, wiederholte Norbert, sein Gesicht schien sich zu verschließen, und er sprach im Ton einer trocknen, leidenschaftslosen Selbstbezichtigung:

»Wir kreisen splitterhaft in einem ungeheuren Strömen und Gleiten der Räume, die sich ausdehnen und weiten ohne Anfang und Ende, wir wissen nichts von der Zeit und nichts von dem Ort, der uns beherbergt,

315

wir sind wie Gäste, die ihren Wirt nicht kennen und niemals das Haus von außen sahen, in dem sie wohnen. — Wie sollten wir anderes von uns selber wissen, als daß wir allein sind – in alle Ewigkeit –«

»Uns ist eine Kraft gegeben«, sagte Raymond voll ungebrochener Überzeugung, »die mehr bedeutet als Wissen.«

»Man wird allein geboren«, vollendete Norbert, mehr zu sich selbst, »und man stirbt allein. Darüber konnte keiner noch den Menschen helfen.«

»Doch, einer«, sagte Raymond, »— der die Unwissenden selig nannte.«

»Und in dessen Namen man sie auf die Schlachtfelder schickt«, warf Norbert ein, hob die Schultern.

»Nicht: in seinem Namen!« rief Raymond mit Wärme, »nur unter seinem Mißbrauch! Glauben Sie nicht«, fuhr er fort – und seine Stimme, sein Blick gewann immer mehr Kraft und Strahlung –, »daß Liebe geschaffen ist, um die Einsamkeit zu überwinden? Aus der Entzweiung, aus den Frösten der Einsamkeit baut sich unser Tod. Aus jeder Stunde des Einklangs, der Wärme, der Überbrückung, webt sich das ewige Leben! Das aber ist stärker – viel stärker als der Tod! Ich glaube überhaupt nicht an den Tod«, rief er entflammt, »er ist ein Gespenst — kein Geist! Geist aber und Leib zugleich ist nur das menschliche Leben – in seiner Erfüllung durch das Du – durch den anderen! Ja – wir werden allein geboren – doch nur, um diese Erfüllung zu suchen, zu geben und zu finden – in der Güte, in der Brüderlichkeit, in der gegenseitigen Hilfe, und zuletzt und zutiefst – in der Liebe –«

Er brach ab – errötend – da sein Gegenüber plötzlich die Hände vor die Augen geschlagen hatte.

»Glauben Sie wirklich«, hörte er Norberts Stimme nach einiger Zeit, wie in banger, hoffender Frage, »daß jeder Mensch imstand ist, zu lieben und geliebt zu werden?«

»Ich glaube daran«, sagte Raymond einfach, »– ich weiß es!« fügte er nach einer Pause hinzu.

Norbert antwortete nicht, verharrte reglos.

Vielleicht war ich zu heftig, dachte Raymond beklommen, vielleicht hab ich ihn verletzt.

»Das ist Ihnen gewiß alles viel zu emphatisch«, sagte er ablenkend, »und Sie müssen verzeihen, wenn ich mich gehen ließ. Es kommt wohl nur daher, daß ich Arzt bin – und meinen Beruf sehr liebe.«

Norbert hob sein Gesicht aus den Händen und sah ihn mit einem seltsamen, fast liebevollen Lächeln an.

316

»Auch ich bin Arzt«, sagte er und lehnte sich zurück.

»Oh«, sagte Raymond bestürzt, »dann entschuldigen Sie –«

»Nein«, sagte Norbert, immer noch mit dem gleichen besiegten Lächeln im Gesicht, »ich habe Ihnen nur zu danken. – Sie haben mir mehr gesagt – als ich zu hoffen hatte.«

Nach einem kurzen Schweigen stand Raymond auf, sah auf die Uhr.

»Ich muß nach dem Kind schauen«, sagte er, – »die Frau steigt bald aus. Sie sitzt weiter hinten, in der dritten Klasse. Es war wohl nur etwas Kolik, aber ich hab's versprochen.«

Er nahm ein Fläschchen aus seiner Handtasche, steckte es zu sich. Er empfand plötzlich ganz stark das Bedürfnis, aus diesem Wagen herauszukommen – und weg von dem fremden Arzt, der ihn mit seinem sonderbaren, blassen Lächeln und wie mit einer heimlichen Sehnsucht betrachtete.

Norbert hörte ihn, als er sich entfernte, die Tür der Plattform, die den Wagen mit dem nächsten verband, zuwerfen. Er schaute zum Fenster, in die Scheiben. Es war noch nicht ganz dunkel draußen – eine lichte, trockene Sommernacht –, die Glasscheibe spiegelte vor der fließenden Dämmerung Norberts Kopf, sein Gesicht, seine Augen – und durch diese Spiegelung glitt unablässig die Landschaft – Telegraphenstangen – ein paar windschiefe Pappeln – ein Haus, ein Hügel, ein Stück vom Himmel, ein dünner, flimmernder Stern – all das glitt und schwebte durch seinen Kopf, den er neben sich in der Scheibe sah – ein durchsichtiges, ungreifbares, wesenloses Gebilde – das doch immer da ist – und nie vergehen kann –

Wieder ergriff ihn die tiefe, brennende Sehnsucht nach Tod. Nach Auflösung. Nach Vergessen. Aber sie war jetzt in eine mildere, sanftere Melodie gekleidet.

In diesem Augenblick ertrank alles in malmendem, krachendem Getöse und in Finsternis.

Irgendwo mochte ein Weichensteller den falschen Hebel bedient haben – eine elektrische Zündung versagt, ein Signal nicht geflammt – und der Nordwestexpreß stürzte sich wie ein mythisches Ungetüm auf den kleinen Landzug und seine Menschenfracht.

Die Wagenkette der hinteren Abteile war vom Bahndamm gestürzt, lag verknäult und zerschmettert. Nur der vorderste, dicht hinter der Maschine, hatte sich abgetrennt und in hartem Ruck mit dem Tender verklemmt. Das einzige Abteil zweiter Klasse, und der einzige Mann in ihm, blieb unversehrt.

Nach dem ersten betäubenden Schreck sprang Norbert aus dem Wagen, stürzte mehr als er lief den Bahndamm hinunter, rannte dorthin, wo aus der großen Stille jetzt nur vereinzeltes, gleichsam erstauntes Wimmern drang. Schon rannten Beamte mit ihm, eine Stimme rief nach Ärzten, irgendwoher kamen Männer mit Laternen gelaufen, aus einer Bahnwärterhütte gellten Klingeln und zirpten Morsesignale.

Norbert suchte – half dazwischen Verwundeten –, suchte wieder – starrte in jedes Totengesicht.

Endlich fand er ihn, abseits unter weit geschleuderten Trümmern.

Sein Antlitz war unentstellt, er schien nicht mehr zu atmen.

Norbert riß ihm den Rock auf, tastete nach seinem Herzen. Aber es schlug nicht mehr. Brustkorb und Rückgrat waren, wie von einem einzigen raschen Faustschlag, zerbrochen.

Noch nie hatte Norbert Hilflosigkeit, Armut, Beschämung des Überlebenden vor dem entseelten Menschenleib und vor der Majestät des Todes so niederschmetternd empfunden wie bei der Leiche dieses fremden Jünglings, den er in Armen hielt, als wär es sein nächster Freund und Bruder. Ihm war, als müßte er ihn in die nächtige Heide hinaustragen und ganz allein, wie einem gefallenen Kampfgenossen, die Grabwache halten. Dann fiel ihm ein, der Tote könnte irgendwo erwartet werden, er könne Angehörige haben, die es zu benachrichtigen galt, man könne wenigstens auf diese Weise ihm noch irdisch helfen und beistehen. Aber er kannte weder seinen Namen noch sein Reiseziel.

In dem aufgerissenen Rock klaffte eine Brusttasche, Norbert griff zögernd hinein, entnahm ihr ein größeres, unverschlossenes Kuvert, aus dem ihm zwei Schiffskarten, von einem Reisebüro ausgestellt, entgegenfielen. Er schlug die oberste auf, hielt sie in den Lichtkreis der Laterne.

Cap Finisterre, las er, und das Datum des morgigen Tages.

Darunter, in Blocklettern, groß, Luciles Namen – den Namen seiner Frau.

Im ersten Augenblick empfand er weder Schreck, noch Schmerz, noch Bestürzung. Er hob die Augen von dem fahlen, gelblichen Papier, schaute in den lichtbeflackerten Himmel.

Was war das für ein wüster, verworrener Traum.

Was für ein übler Scherz. Was für bösartige Verwechslung.

Dann weiteten sich seine Augen, und seine Zähne klafften, wie die eines Totenschädels.

318

Der Name stand überall, in der Luft, im Himmel, wuchs aus der Erde riesenhaft empor.

Er wandte sich, wie Rettung suchend, zu dem Toten, starrte ihm ins Gesicht. Seine Augäpfel spiegelten offen und blicklos das kleine Laternenlicht. Plötzlich hörte er die erregte Stimme eines Mannes hinter sich, fragend: »Ist da noch was zu retten?«

Mit einer hastigen Bewegung barg Norbert seinen Fund.

»Nein«, sagte er dann mechanisch, »– exitus.«

Dabei erschrak er im tiefsten Innern furchtbar vor diesem Wort, das ein anderer, Unbekannter, aus ihm gesprochen hatte.

Er erhob sich, ging ins Dunkel, das ihn mit brennender, unbarmherziger Klarheit umgab.

Er wagte den Toten nicht mehr anzuschauen.

Irgendein Hilfsarzt drückte Raymond die Augen zu.

Der Hafen lärmte die ganze Nacht, Lucile konnte nicht schlafen. Ein Kommen und Gehen herrschte in dem kleinen Hotel, das den Namen ›Cosmopolite et de l'Univers‹ trug, manchmal wurde auf den Gängen gezankt, manchmal schlug eine Tür. Im Zimmer neben dem ihren tobte und jaunerte ein Liebespaar – ein Reisender in Segeltuch, der eine Bardame mitgenommen hatte –, als lägen sie in Krämpfen oder Wehen. Vor einigen Stunden hatten sie sich wohl noch nicht gekannt. Jetzt hatte der Pfeil getroffen, sie waren eins, sie hatten einander gefunden.

Im ersten Licht stand Lucile auf. Während sie sich wusch, koste die Morgenluft durchs offene Fenster ihre Haut. Ein Hauch von Teer, von Salz, von Seewind kam herein – und noch etwas, irgendwo mußte man Apfelsinen verladen, es roch nach dem Süden, nach den seligen Inseln. Das Tuten eines ausfahrenden Dampfers erfüllte sie mit wilder, stechender Freude.

Leichtfüßig eilte sie treppab, betrat das von der Nacht noch ungeräumte Hotelrestaurant, in dem ein mattes Licht brannte.

Ein verschlafener Nachtkellner, zum Gehen bereit, rechnete noch auf kleinen, verschmuddelten Zettelchen ab. Sie wollte Kaffee bestellen, er verwies auf den Frühkellner, der eben herein kam – ein schlitzäugiger, sommersprossiger, unsauberer Bursche.

Er hielt ein feuchtes Zeitungsblatt und lachte aufgeregt mit kariösen Zähnen:

»Hast du gehört«, rief er dem Nachtkellner zu, »der Expreß hat den Kleinen glatt umgeschmissen. Glatt mittendurchgeschnitten«, sagte er genießerisch, »zwölf Tote! Geh rasch an die Bahn, da kannst du sie sehen!«

Vor Luciles Blick wuchs der picklige, unrasierte Kellner plötzlich zu einer hohen, strengen, marmornen Gestalt. Sie hörte ein Flügelrauschen in der Luft. Sie hörte ein großes mächtiges überirdisches Brausen, wie aus unzähligen Kathedralen.

Aber das alles geschah weit hinter ihrem Wissen.

Nun trat sie zu dem Boten und hob ein wenig die Hände – wie ein Kind, das um eine freie Stunde, um einen Aufschub, eine Pause bettelt:

»Das ist nicht der Zug«, sagte sie sehr bestimmt, »von Marquette-en-Bretagne. Das ist doch ein anderer?« fügte sie fragend hinzu, und lächelte voller Zuversicht, als könnte sie dadurch Gnade oder Strafbefreiung erschmeicheln.

»Marquette?« sagte der Kellner, »natürlich ist er das. Ganz bestimmt!«

»Ganz bestimmt?« wiederholte Lucile, »ganz bestimmt«, sagte sie noch einmal, als sie durch die Glastüre trat.

»Aber sie waren alle gleich tot«, rief ihr der Kellner nach, »es hat keiner gelitten!« hängte er wichtig an.

»Ganz bestimmt –«, stammelte sie noch auf der Straße, und begann zu laufen.

Der Bahnhof war von einer neugierigen Menschenmenge umlungert, und die Leute, welche mit dem Unglückszug Angehörige erwartet hatten, standen in langer Schlange vor einer eisernen Gitterbarre. Warteten.

Drinnen, in einer hohen, kahlen, mit Wellblech gedeckten Gepäckhalle, hatte man eine Art Morgue improvisiert, und die Toten, die von einem Hilfszug gebracht worden waren, zur Rekognoszierung aufgebahrt.

Schritt vor Schritt schob sich die Menschenschlange durch die Absperrung vorwärts, manche schluchzten oder redeten nervös, die meisten schwiegen. Wie bei jedem Golgatha, standen Soldaten, Polizisten, Neugierige umher und bestarrten das schutzlos angeprangerte Leid.

Während der endlosen, martervoll zerdehnten Sekunden, Minuten und Viertelstunden dieses Wartens und Weitertappens durchlitt Lucile, eingekeilt unter Menschen und von Menschenatem umhaucht, alle Höllen der letzten, bittersten Einsamkeit.

Endlich geleitete sie ein Mann mit Rotkreuzbinde an den Bahren entlang. Die Körper waren mit Tüchern bedeckt, die Gesichter fremd, wächsern, verschlossen. Sie hatten nichts mehr mit denen gemein, die sich über sie beugten. Lucile kannte keines.

Als sie das zweite Mal die stumme Reihe abschritt, blieb sie bei dem Körper eines jungen Mannes stehen.

Er war schön, bleich, und unendlich weit entfernt.

Ein Jüngling, zu den Göttern entrückt.

Er war tot.

Der Mann hinter ihr fragte:

»Kennen Sie ihn? – Sind Sie Angehörige?«

Lucile fuhr auf, starrte erschreckt.

»Wie?« fragte sie, als habe sie das letzte Wort nicht verstanden.

»Ob Sie den Toten kennen«, wiederholte die Stimme grob, »ob das ein Angehöriger von Ihnen ist.«

Sie schaute noch immer auf das bleiche, fremde Gesicht.

Dann schüttelte sie heftig den Kopf.

»Nein«, sagte sie fest, »das ist er nicht.«

Und, während sie die Halle verließ, kopfschüttelnd, staunend:

»Das ist er nicht – das ist er nicht –«

Auch in dem lärmenden Bahnhof, auf der Straße, im Sonnenlicht, immer wieder, wie eine Litanei, wie eine magische Formel:

»Das ist er nicht – das ist er nicht –«

Er – er war: Du – und – Leben.

Von seinen Lippen wehte ein warmer und kühler Hauch.

Seine Augen waren voll Kraft, voll Nähe.

Der da ist kalt, blaß, und ohne Fühlen.

Der da – ist tot.

Das ist er nicht.

Das ist er nicht.

Aber wo kann er sein?

Wo – muß ich ihn suchen?

Ein dumpfes, langgezogenes Tuten drang an ihr Ohr. Sie irrte noch immer in den Straßen. Aber jetzt – jetzt war es Zeit! Jetzt mußte das Schiff gehen –

Es schlug schon Mittag.

Die Dampfsirenen der ›Cap Finisterre‹ heulten zum dritten Mal.

Mitten im lauten und grellen, zappelnden und steten Menschenstrom, Lebensstrom, wie er sich stets an einem Pier entlang zu Abfahrten oder Ankünften bewegt – inmitten von Leuten, die Abschied nahmen oder sich trafen, einander winkten, riefen und schrieen, lachten, weinten, besorgt oder gleichmütig dreinschauten –, trieb Lucile, und spähte um sich, als erwarte sie eine ganz bestimmte Begegnung.

Jetzt aber, als die Bordglocke zu läuten begann und eine Kapelle zu spielen anhub, und als man die Brücke langsam hochwand und der Streif schmutzigen Hafenwassers zwischen Schiffsrumpf und Steinmauer aufquirlte, – wußte sie plötzlich:

Er wird nie mehr kommen.

Er ist vorübergegangen.

Er hat sie alleingelassen – ohne Wort – ohne Hilfe.

Und er hat ihr den letzten, den schon eröffneten, Ausweg versperrt –

Sie riß die kleine Tasche auf, die sie in der Hand trug, tastete darin herum – Auch das – hatte er ihr genommen.

Das dünne, zerknüllte Taschentuch blieb in ihren Fingern – und sie preßte es, weiter taumelnd, zwischen die Zähne, als müsse sie ihren Aufschrei ersticken.

Minutenlang lehnte sie an einer Taurolle, die sich von einem eisernen Pflock abspulte und ihr Kleid zerschliß.

Dann ging sie weiter – ohne Blick – ohne Richtung – der gähnenden, schwarzen Leere entgegen.

Als Norbert vor ihr stand und seine Hand leicht auf ihre Schulter legte, war sie ganz ohne Schreck oder Staunen.

Allmählich erst unterschied sie seine Züge, erkannte ihn, wußte, daß er es war, daß er da war – und im gleichen Augenblick sank sie an seine Schulter, wie seit ihrer ersten Begegnung niemals mehr – alles löste sich in ihr – sie weinte.

Er hatte nichts als die Abfahrtszeit auf jener Schiffskarte von ihr gewußt, dort suchte er sie – und dort hatte er sie gefunden.

Jetzt lag sie an seiner Schulter und weinte ihr tiefstes, geheimstes, eigenstes Leid aus sich heraus.

Sehr zärtlich streifte seine Hand über ihr Haar – ganz fern, und dennoch unbegreiflich nah, hörte sie seine Stimme:

»Ich glaube zu wissen«, sagte er, »was dir geschehen ist.

Ich denke – es ist unseres Kindes wegen. Ich denke – es wird nicht mehr leben. Aber – das mußte wohl einmal so kommen. Wir wollen es beide – ertragen.«

Während sein Arm sie fester umspannte, begriff sie trostvoll die ungeheure Kraft der Überwindung, der Liebe, des Menschentums, die, wie ein lebendiger Strom, von seinem besiegten Herzen ausging.

»Es gibt manches in unserem Leben«, hörte sie seine langsamen, suchenden Worte, »was das Ende in sich trägt – und das Licht nicht aushält – und verhüllt bleiben muß.

Aber man darf immer hoffen – auf das Unvergängliche.«

Sie hob den Kopf, schaute zu ihm auf.

Ein großes Staunen hatte sie erfüllt.

»Du bist – gekommen«, sagte sie zweifelnd, »du bist bei mir –«

Er nickte.

»Ich habe einen Ruf hierher erhalten«, sagte er einfach – und nahm, wie zur Bekräftigung, das uneröffnete Telegramm aus der Tasche, das ihm die Oberin gegeben hatte – ließ es ins Wasser gleiten.

»Du bist bei mir«, wiederholte Lucile.

»Ja«, sagte Norbert. »Komm jetzt.«

Er nahm ihren Arm und führte sie zu dem kleinen Schiff hinüber, das nach England ging.

323

Engele von Loewen

Ich kannte ein junges Mädchen, Angéline Meunier, eine Belgierin, die im Jahr 1914, bei der Zerstörung von Löwen, heimatlos geworden war. Damals war sie fast noch ein Kind, aber man hatte sie schon mit einem Postaspiranten verlobt, der nur auf seine Dauerbestallung wartete, um heiraten zu können, und vermutlich hätte sie sich mit ihm zu Tode gelangweilt. Ihre flämischen Verwandten riefen sie Engele – wobei sie wohl kaum mehr an die Bedeutung des Namens dachten. ›Engele von Löwen‹, oder ›Angéline de Louvain‹, nannte man sie dort, wo ich sie später kennenlernte, in einem Brüsseler Nachtlokal. Sie war so lichtblond, so hellhäutig und so brunnenäugig, wie Engel oft gemalt werden, und sicher verbarg sie wie diese ein großes und feuriges Herz. Ihr Vater war Wallone und gefiel sich als französischer Chauvinist, die Mutter Flämin von deutscher Abstammung. So war sie, wie viele belgische Kinder, mehrsprachig aufgewachsen.

Bei Kriegsausbruch mußte der Vater, der in Löwen ein kleines Geschäft betrieben hatte, einrücken, und es gab in den vier Jahren keine Nachricht mehr von ihm. Niemand wußte, ob er noch lebte oder nicht. Die Mutter wurde bei der Beschießung von Löwen getötet, das kleine Haus, in dem sie gewohnt hatten, brannte nieder.

Die Deutschen zogen ein, die Stadt lag im Kampfgebiet, Engele war allein und verwaist, auch ihr Bräutigam war mit den belgischen Truppen abgezogen, und da sie in Löwen niemanden wußte, bei dem sie hätte Zuflucht finden können, wanderte sie barfuß und ohne irgendwelche Habe, so wie sie, mit einem Kittel überm Hemd, aus dem Bett geflohen war, zu ihren einzigen Verwandten – einer Schwester ihrer Mutter und deren Mann, die in einem kleinen flandrischen Dorf ein Wirtshaus hatten. Aber auch dorthin kamen rasch die Deutschen nach, das Dorf wurde besetzt, die Schlacht wälzte sich westwärts, und nun gehörte der Ort, in dem Engele bei ihren Verwandten lebte, zur deutschen Etappe im okkupierten Land.

Der Ort hieß Lindeken – wohl nach den vielen Lindenbäumen, mit denen er bepflanzt war: dicken, alten, mit runzliger Rinde und einem bienen- und käferumsummten Dach herzförmiger Blätter in der Frühsommerzeit, manche von einer schmalen Holzbank umrundet, andere wie mächtige Schirmherren im Halbkreis um einen Dorfplatz geschart — und schlanken, glatthäutigen, mit steil zum Licht strebenden Zweigen, wie man sie neuen Feldwegen entlang oder vor jüngeren Höfen nachgezüchtet hatte. Es war ein kleines Nest, das nur aus einem auseinandergezogenen Haufen einzelner Bauernhäuser, einer Kirche, ein paar Kramläden und jenem Wirtshaus bestand, das sich nicht scheute, den Namen ›Aux Pommes du Paradies‹ – ›Zu den Äpfeln des Paradieses‹ – in seinem verknitterten, von einem ausgeblichenen und regenverwaschenen Früchtekranz gezierten Blechschild zu tragen.

Den Einwohnern ging es nicht schlecht, da sie alle ihre eigne Landwirtschaft betrieben, und auch während der Besetzung hatten die meisten noch einen gewissen Unterhalt von ihren Feldern und Obstgärten. Unweit aber, nur ein paar Meilen entfernt, lag das kleine Industriestädtchen Roselaere, in dessen ungesunden und muffigen Vororten blasse, schlecht ernährte Kinder heranwuchsen. Dort kreuzten sich die großen Fahrstraßen nach Langemarck und Ypern, deren windgeschrägte Pappeln bald von Schrapnellkugeln zerfetzt und von Granaten zersplittert wurden. Denn in dieser Ecke kam im Herbst 1914 der deutsche Vormarsch zum Stehen, und die feindlichen Fronten bissen sich dort für Jahre in der feuchten regensatten Erde fest.

Angélines Tante hieß Rosine Wulverghem, sie war eine dickliche, saloppe Frau, die immer wirkte wie gerade aus dem Bett aufgestanden. Bei den deutschen Soldaten und in der Bevölkerung hatte sie bald den Spitznamen ›Orlogh‹ oder ›Laguerre‹, was beides ›Krieg‹ bedeutet und über ihr Temperament genügend aussagt. Ihr Mann hieß, der ›schiefe Leopold‹, denn er hatte eine lahme Hüfte, und außer zum Tragen des Wassers, das von einem nahen Ziehbrunnen herangeschleppt werden mußte, machte sie wenig Gebrauch von ihm. Er saß gewöhnlich in einem angeknacksten Schaukelstuhl, dusselte vor sich hin, und wenn er einmal den Mund aufmachen wollte, bekam er prompt von seiner Frau oder einer seiner Töchter recht gröblich angeschafft, ihn gleich wieder zu schließen. Was er denn auch über einer zerkauten Stummelpfeife tat. Die Töchter, Aline und Gezine, von den Soldaten in Ölsardine und Rollgardine umgetauft, waren derbe kräftige Mädchen in den Zwanzigern, die sich tagsüber stritten und sich bei Nacht in ihren ebenerdigen Bettkammern einsam fühlten, und da alle gesunden Männer zwischen sechzehn und sechzig, soweit nicht im Heer, interniert worden waren, fand bald der eine oder andere deutsche Wachsoldat den Weg durch ihre niemals geschlossenen Fenster.

Auch die Mama, die breithüftige Rosine, hatte noch ihre Frühlingsstunden, die der Etappenfeldwebel Röbig, ein aufgezwirbelter Schnurrbart ohne sonstige Menschenähnlichkeit, mit ihr teilen durfte. Das alles geschah aber in tiefster Heimlichkeit. Jeder wußte es, doch niemand hatte das Recht, es zu wissen, und wenn ein unvorsichtiger oder angetrunkener Gast diese sakrale Form der Diskretion durch eine vorlaute Bemerkung oder eine öffentliche Handgreiflichkeit zu durchbrechen wagte, konnte er die volle kriegerische Wucht des Wulverghemschen Temperaments, von Mutter- und Tochterseite, zu fühlen bekommen.

Engele, die verarmte und unwillkommene Nichte, wurde von der ganzen Familie als lästige Mitesserin betrachtet und als unbezahlte Dienstmagd behandelt, der man jede schwere Arbeit aufbürdete und ihr dafür widerwillig die nötigste Nahrung und eine Schlafstatt in der Scheune gab. Denn Mutter und Töchter brauchten die Räume im Haus für ihr Privatleben.

Während man die durchmarschierenden Frontsoldaten, die nach vorne in die Gefahrenzone mußten, kaum anschaute – denn es lohnte sich nicht, da man ja nie wissen konnte, wer von ihnen wiederkam –, wurde das Estaminet der Wulverghems zu einem festen Treffpunkt jener kleinen Chargen oder Beamten, die sich in der Etappe einen unentbehrlichen Posten gesichert hatten und ›sich auskannten‹.

Diese Satrapen und Kleinkönige des Hinterlandes – Zahlmeister, Depotverwalter, Feldpostbeamte, Militärpolizisten und so weiter, daheim subalterne Leute und hier durch die Macht ihrer Rangabzeichen zu einer furchteinflößenden Bedeutung erhoben – machten sich in der Wirtschaft ›Zu den dicken Rosinen‹, wie man sie jetzt nannte, einen guten Tag. Sie konnten, wenn es ihrer Laune entsprach, der Zivilbevölkerung kleine Erleichterungen verschaffen, oder man glaubte das wenigstens von ihnen, andererseits stand ihnen das erprobte Druckmittel der Schikane zur Verfügung, gegen das es keine Appellation gibt. Dementsprechend wurden sie hofiert und bewirtet. Offiziell durfte man nur Cidre ausschenken, den ungegorenen süßen Apfelmost, der noch keinen Alkohol enthielt, aber heimlich ließ man ihn ›hart werden‹, und unterderhand gab es noch allerlei Obst- und Kartoffelschnäpse, verborgene Branntwein- oder Geneverkrüge und selbstgebrautes, obergäriges Bier. Vom nahen Roselaere, dessen proletarische Bevölkerung ohne Arbeit war und von den Hilfskomitees des Roten Kreuzes nur notdürftig unterstützt werden konnte, kamen gelegentlich Frauen und Mädchen herüber, um unter Rosine Wulverghems Patronage, die nach außen hin streng die Moral wahrte, mit den Gästen kleine Geschäfte und Verabredungen zu machen. Es kam ihnen dabei weniger auf Geld an als auf Kommißbrot, Bohnen, Speck oder sonstige Lebensmittel, die das Militär vorläufig noch hatte, und zwar in der Etappe durchweg reichlicher als in der Front.

Daß Engele schön war, in einem mehr als durchschnittlichen Maß, fiel trotz ihrer benachteiligten Ausstattung und Behandlung den Stammgästen des Estaminets natürlich auf. Oberleutnant Lüdemann, der Ortskommandant – ein verschlafener Landwehrkavallerist, bei seiner ersten Übung zum Train versetzt, keineswegs ein Angehöriger der Aristokratie, sondern nur einer ihrer unglücklichen und ungeschickten Liebhaber, in seinem hiesigen Kommando ein willenloses Werkzeug jenes Feldwebels Röbig, der ›die Geschäfte führte‹ – Oberleutnant Lüdemann zog seine Schirmmütze keck-schief und klemmte das Monokel ein, wenn Engele in ihrem dünnen Arbeitskittel mit einer Last Kartoffeln oder einem Wäschekorb vorüberging.

Denn die Soldaten ließen dort auch waschen, plätten, flicken, und das alles besorgte Engele neben der Feldarbeit. Daher kannte man sie allgemein, obwohl sie an jenen sogenannten ›Familienabenden‹ im Estaminet, von denen so viel geflüstert wurde – wenn man die schweren Holzläden vorlegte und das Orchestrion mit einem dicken Plumeau abdämpfte –, nie dabei war. Aber es kam oft vor, wenn sie allein in der dampfigen Wäschekammer hantierte, daß einer der Etappenkrieger hastig und scheu, um nicht von der alten Wulverghem erwischt zu werden, zu ihr hinschlich, sich auf einen Wäschekasten niederließ, eine ungeschickte, stockende Konversation begann oder ihr Schokolade anbot, was die beliebteste und bequemste Ouvertüre war. Nach einiger Zeit jedoch gaben die Besucher, ob sie mehr schüchtern oder mehr zudringlich veranlagt waren, die Sache auf. Engele hatte, immer in freundlicher und bescheidener Distanz, eine Art, sie nicht zu verstehen, ja eine fast damenhafte Grazie im Weghören und Ablenken, auf die der wackere Feldgraue nicht gefaßt war und die auf ihn ernüchternd und beleidigend wirkte. So ein Mädchen sollte glücklich und dankbar sein! Und mit ›Damen‹ hatte man es daheim schwer genug. Anstrengen konnte man sich auf Urlaub, hier wollte man es bequemer. Da lobte man sich das strenge, aber deutliche Geheimritual der Familie Wulverghem.

Tante Rosine, ›la patronne‹, quittierte jeden Blick verstohlener Bewunderung, der ihrer Nichte galt, mit ihrer höchstexplosiven Wut. Dieses Mädchen, das sie als heimatlosen Flüchtling, als ›Emigrantin‹, aufgenommen hatte und dem sie mit der bloßen Duldung eine Wohltat erwies, hatte brav zu sein und nicht bemerkt zu werden. Sie war überhaupt noch ein Kind und hatte es vorläufig, in ihrem Zustand der Mittellosigkeit, zu bleiben. Als aber einmal der Ortskommandant, von einem Ausflug nach Brüssel zurückkommend, eine seidene Bluse für Engele mitbrachte – womit er wohl die Schokolade-Offerten seiner Untergebenen auszustechen hoffte – und als die Tante sogar ihren Leibfavoriten, den Feldwebel Röbig, erwischte, wie er mit angerötetem Kopf dem Engele beim Drehen der Wäschemangel half, da schlug ihre Wut in Haß um, sie sparte nicht mit entsprechenden Beschimpfungen und ließ sie von jetzt ab nur noch hinter verriegelten Türen oder unter Aufsicht des schiefen Leopold arbeiten. Angéline hatte in dieser Zeit keinen Menschen, der ihr nahestand oder dem sie vertraute. So wußte niemand, was sie eigentlich dachte und was sie empfand, worunter sie litt oder worauf sie hoffte. Die Welt, in der sie gelebt hatte, war untergegangen, von der Flut verschluckt. Die aber, in der sie lebte, schien unwirklich und vernebelt wie die schattenhaften Vorhallen des Infernos, und wie diese von Lemuren und Fratzen erfüllt statt von lebendigen Menschen.

Vielleicht erinnerte sie sich in der lethargischen Einförmigkeit dieses Lebens auch nicht mehr an das kleine Ereignis, das sich in der Frühzeit des Krieges abgespielt hatte – während der ersten Monate, die sie bei den Wulverghems verbrachte.

Es war ein warmer, sonniger Herbsttag. Der Himmel war klar, aber über den Landstraßen stand eine Wolke von Staub, aufgewühlt von den Stiefeln, Hufen, Rädern der Truppenmassen, die ununterbrochen westwärts marschierten. Ihr Singen klang heiser, rauh und vertrocknet. Von Langemarck her, wo die Schlacht tobte, hörte man das Rollen der Kanonade.

Dies war der Vortag jenes berühmten Sturmangriffs, bei dem man zum erstenmal die jungen Regimenter mit den ›hohen Nummern‹, wie wir sie nannten – 221, 222, 223 – einsetzte, fast ganz aus Freiwilligen gebildet, die dann mit Gesang, wie im Rausch, ins tödliche Feuer liefen. Wer selbst in diesen Tagen als junger Soldat bei der Truppe stand, bewahrt ihnen, auch wenn er den Krieg verabscheut, eine ernste und mitfühlende Erinnerung.

Gegen Abend zog eines dieser Regimenter durch Lindeken und machte unter den schattigen Bäumen eine kurze Rast. Vor der Wirtschaft der Tante Wulverghem hatte eine Gruppe junger Soldaten haltgemacht, die vom Marsch und vom Durst zu Tod erschöpft waren. Wie sie gingen und standen, hatten sie sich zu Boden geworfen, die verschwitzte Montur aufgerissen, die Tornister unter die Köpfe geschoben. Die meisten schliefen sofort, schnarchten mit offenem Mund, andere zogen ihre Stiefel aus und verbanden stöhnend die blutig gelaufenen Füße. Ein Unteroffizier hatte an die Tür gepocht und für seine Truppe Wasser verlangt, denn am Ziehbrunnen baumelte wie gewöhnlich die leere Kette. Rosine und ihre Töchter wollten mit diesem unprofitablen Geschäft nichts zu tun haben, und der schiefe Leopold entdeckte in solchen Momenten sein patriotisches Herz und stellte sich völlig lahm. So blieb nur Engele, die unter Aufsicht des Korporals zum Brunnen ging und dann die randvollen, schweren Holzeimer den verschmachtenden Leuten zutrug.

Während die anderen Soldaten in gierigen Zügen tranken und ihre Schläfen und Handgelenke mit Wasser kühlten, sah sie einen sehr jungen Menschen neben der Türschwelle am Boden liegen, der so erschöpft zu sein schien, daß er nicht imstande war, den Wasserbecher zu halten. Bevor er ihn an die Lippen führen konnte, fiel er ihm aus der zitternden Hand, das Wasser rann in den Staub, der Kopf des Jungen, mit blasser, schweißbedeckter Stirn, sank hintenüber, als verliere er die Besinnung.

Da lief Engele, in einer Aufwallung von Mitleid, rasch in den Keller und holte ein Glas des starken, belebenden Cidre, des einheimischen, in eichenen Fäßchen dort eingelagerten Äpfelweins. Wortlos kniete sie bei dem jungen Mann nieder, dem der Helm vom schmalen, fast weißblonden Haupt gefallen war, und hielt ihm das Getränk an die Lippen, während sie seinen Hinterkopf leicht mit der freien Hand stützte. Im Augenblick aber, in dem er sich ein wenig auf den Ellbogen hob, um den ersten Tropfen zu kosten, riß ein anderer, der neben ihm saß, ihn an den Schultern zurück. »Nicht annehmen«, stieß er vor, mit einem feindseligen und mißtrauischen Blick auf Engele – »vielleicht vergiftet!«

Es herrschte in diesen ersten, exaltierten Kriegswochen die allgemeine Angst vor Franctireurs oder heimtückischen Akten der Bevölkerung, und alle möglichen Gerüchte gingen um, die oft genug zu vorschnellem Verdacht und entsprechender Behandlung führten.

Engele, die von ihrer Mutter Deutsch gelernt hatte, verstand, was er sagte. Langsam nahm sie das Glas von den schon halb geöffneten Lippen des jungen Mannes zurück, ein Ausdruck von Scham und Trauer verdunkelte ihre Augen. Da aber schlug der Junge plötzlich die seinen weit auf und schaute ihr ins Gesicht. Er hatte den Blick eines Träumenden oder eines eben Erwachten, der nicht recht weiß, wo er sich befindet – und in der kurzen Sekunde, in der er sie anschaute, kehrte die Lebensfarbe in seine Wangen zurück. Dann ging ein schwaches Lächeln über seine Züge, das Angéline unwillkürlich erwiderte, und während er sich mühsam aufrichtete, hörte sie ihn aus trockener Kehle sagen:

»Nein. Die nicht –«

Mehr brachte er nicht heraus.

Doch er griff gleichzeitig nach dem Glas, nahm es aus Engeles Hand und trank es leer, ehe sein Kamerad ihn wieder daran hindern konnte.

Dann setzte er es ab und flüsterte ein leises »Merci«, während er immer noch in ihr Gesicht schaute – und plötzlich sank sein Kopf vornüber und fiel, wie eine Frucht vom Baum, der vor ihm Knieenden in den Schoß. Seine Augen hatten sich wieder geschlossen, er atmete wie ein Kind im Genesungsschlaf, und in seinem Gesicht blieb jener lächelnde, fast erstaunte Ausdruck von Dank, Vertrauen und Geborgenheit.

Engele hockte, mit vorgeschobenen Knien, regungslos, und hörte die schrille Stimme der Tante nicht, die sie ins Haus zurückbefahl. Kaum merklich strich sie über das Haar des Jungen in ihrem Schoß, das so hell war wie ihr eignes, und trocknete mit einem Zipfel ihrer Schürze den Schweiß von seiner Stirn. Nach einigen Augenblicken gellte eine Trompete, Trommeln begannen zu rasseln, Befehle krähten. Schwerfällig rappelten sich die Soldaten hoch, griffen nach ihren zusammengestellten Gewehren, rückten die Helme zurecht.

Bevor er sich aus ihrem Schoß erhob, flüsterten seine Lippen ein Wort, das sie nicht verstehen konnte. Dann aber, als er schon aufrecht vor ihr stand und mit den Armen durch die Riemen seines Tornisters fuhr, wiederholte er deutlicher:

»Wie heißt du?«

»Engele«, sagte sie nur – es fiel ihr nicht ein, den ganzen Namen zu nennen.

»Engele?« sagte er, mit einem fast ungläubigen und lächelnden Gesicht – und dieser Ausdruck, als habe er ein Wunder erlebt, war noch in seinen Augen, als ein neues Kommando ihn in die hastig abziehende Kolonne riß.

Dieser junge Mann gehörte zu meiner Schulklasse, die sich geschlossen nach bestandenem Notmaturum am ersten Mobilmachungstag zu den Waffen gemeldet hatte, und er wurde einer von den wenigen, die übrigblieben. Wir standen nicht beim gleichen Truppenteil, und er hat mir seine Geschichte erst später erzählt. Vorher aber erfuhr ich sie von Engele, als ich sie, auch erst nach Jahren, in Brüssel kennenlernte.

Er hieß Alexander von H. und war der Sohn eines hohen preußischen Offiziers. Bei uns in der Schule hatte er, seiner norddeutschen Sprechweise wegen, die wir nicht leiden konnten, viel Spott erdulden müssen. Er war ein zarter Junge, etwas anfällig und von großer musikalischer Begabung. Von seiner schönen, eleganten Mutter wurde er wohl verwöhnt, aber wir hörten mit Grauen, daß der Vater ihn wegen kleiner Vergehen mit der Reitpeitsche züchtigte, um ihn vor Verweichlichung zu bewahren, und daß er ihn einige Male in Dunkelarrest sperrte, wenn er die Äußerung wagte, er wolle nicht Offizier werden, sondern Musik studieren.

Bei Kriegsbeginn aber hatte ihn, wie die gesamte Jugend Europas, die patriotische Begeisterung mitgerissen, und er war als Fahnenjunker zur Infanterie gegangen, weil er dadurch die rascheste Möglichkeit hatte, vor den Feind zu kommen.

Am Tag nach jener Rast in Lindeken wurde er vor Langemarck leicht verwundet, kam in die Heimat zurück, machte nach seiner Wiederherstellung den Krieg in Rußland mit und rückte drei Jahre später, im Sommer 1917, als Leutnant und Kompanieführer mit seinem Regiment wieder nach Flandern.

Alexander hatte die flüchtige Begegnung, die er am Vorabend seines ersten Gefechts erlebt hatte, nicht vergessen. Und als er nach finsteren und blutigen Wochen in den Betonblöcken und Schlammtrichtern des flandrischen Schlachtfelds vierzehn Tage Urlaub bekam, suchte er auf der Karte das kleine Nest Lindeken, an dessen Namen er sich noch erinnerte, und richtete es ein, daß der Stabswagen, der ihn zu einer Bahnstation bringen sollte, dort Rast machte.

Er fand die Straße mit den Lindenbäumen wieder, die Apfelwiese, den üppig wuchernden Gemüsegarten, den Ziehbrunnen, das alte Wirtshaus. Es war, wie wenn man eine Landschaft sieht, die man einmal geträumt zu haben glaubt. Er kehrte im Wirtshaus ein, fast ohne Hoffnung, dieses Mädchen, von dem er ebenso wie von der Landschaft eine sonderbar überhellte Traumvorstellung hatte, nach den drei Kriegsjahren wiederzufinden. Als er dann an einer Tischecke auf einem fleckigen Plüschsofa saß und von einer dicken, übermäßig freundlichen Frau mit Cidre bedient wurde, kam ihm das ganze Unternehmen töricht und sinnlos vor. An den Ort seiner Träume, sagte er sich, soll man nicht zurückkehren. Dieses Wirtshaus war ihm so fremd, wie jeder fremde Ort auf der weiten Erde. Auch schien es ihm, ohne daß er sich selbst recht begreifen konnte, als müsse der junge Mensch, der damals halb verschmachtet vor seiner Schwelle gelegen hatte, ein anderer gewesen sein – einer, den es gar nicht gab oder von dem er nur gehört hatte. Er bestellte noch einen Apfelschnaps und wollte gehen, ohne nach diesem Mädchen – das es vielleicht auch gar nicht gab – gefragt zu haben. Da begann ein Orchestrion zu klimpern, und zwei derbe, wohlgenährte Personen schlenkerten herein, die eine mit brillantineglänzendem Ponykopf, die andre mit gebrannten Locken. Die Wirtin wußte, was sie dem Besuch eines jungen Offiziers in Urlaubsuniform schuldig war, und hatte ihre beiden Töchter, die Ölsardine und die Rollgardine, zum Kundendienst befohlen. Die Mädchen setzten sich an seinen Tisch und begannen zu grinsen, in der Erwartung, daß er die übliche Konversation eröffnen oder sie auf ein Glas einladen würde. Alexander aber fühlte sich fehl am Platz, verstimmt und ernüchtert verlangte er die Rechnung. In diesem Augenblick erschien einer der Landwehrsoldaten von der Ortswache und fragte, nachdem er vor dem Offizier krachend die Hakken zusammengeschlagen hatte, ob seine Wäsche noch nicht fertig sei. Eines der Mädchen stand auf und schrie etwas mit einer scharfen, unwirschen Stimme durch die Hintertür. Alexander verstand nicht, was sie schrie, aber er verstand den Namen: »Engele!«

Obwohl er eben bezahlt hatte, blieb er sitzen und starrte auf die Tür.

Kurz darauf sah er Engele, die mit einem Armvoll frisch geplätteter Hemden hereinkam, in ihrem zerschlissenen Arbeitskittel, das Gesicht vom Wäschedampf ein wenig gerötet, die schweren blonden Haare auf dem Kopf zusammengesteckt.

Sie lieferte die Wäsche ab und nahm die Bezahlung entgegen, ohne sich mit dem Soldaten, der ihr ein Trinkgeld gab, aber durch die Anwesenheit des Offiziers ein wenig gehemmt war, auf ein Gespräch einzulassen. Bevor sie die Gaststube wieder verließ, streifte ihr Blick wohl auch den jungen Herrn, der auf der Bank saß und zu ihr hinschaute, aber sie erkannte ihn nicht und schien keine Notiz von ihm zu nehmen.

Alexander stand auf, dann setzte er sich wieder und bestellte neuen Schnaps, was die Mädchen zu verstärktem Grinsen und die Mama zu verdoppelter Freundlichkeit anfeuerte. Sie dachten, sie hätten es mit einem Schüchternen zu tun, und ließen Platte auf Platte im Orchestrion abspielen, um ihm Stimmung und Mut zu machen. Mit scharfer und fettiger Stimme trällerten die Schwestern den einen oder anderen verschollenen Vorkriegsschlager mit und begannen sogar, miteinander in dem engen Raum zwischen Buffet und Sofa herumzuwalzen, wobei sich ein sauer-süßer Geruch von Schweiß und Haaröl verbreitete. Alexander merkte es kaum, er saß da, wartete, träumte vor sich hin, obwohl sein Fahrer schon einige Male gemahnt hatte, daß man den Urlauberzug in Roselaere versäumen werde.

Statt auf die Bahnstation ließ Alexander sich gegen Abend zum Ortskommandanten fahren und bat um Anweisung eines Quartiers im Dorf. Er fühle sich nicht wohl genug zur Fortsetzung der Reise und möchte sich erst in diesem Ort ausschlafen und ein wenig erholen. Da man von Männern, die von den Schlachtfeldern kamen, allerhand nervöse Marotten gewohnt war, unter anderem tatsächlich öfters eine gewisse Scheu vorm plötzlichen Heimfahren unmittelbar aus der Fronthölle heraus, entsprach er sofort seinem Wunsch, nicht ohne ihn auf die besonderen Vorzüge des Estaminets ›Zu den dicken Rosinen‹ aufmerksam zu machen – für den Fall, daß der Herr Kamerad sich ablenken wolle.

An diesem Abend bekam er Engele nicht zu Gesicht. Er saß in der Wirtschaft herum und betrank sich langsam, bis ihm, wie damals, vor Müdigkeit die Augen zufielen. Dann ging er zu Bett—ein ungelöstes Rätsel für Rosine und ihre Töchter, die ihre sonst so erfolgsgewissen Bemühungen, vom Ehrgeiz gepackt, bis zur Erschlaffung fortgesetzt hatten.

Aber am anderen Morgen, im ersten Frühlicht, sah er sie von seinem Fenster aus aufs Feld gehen. Er war im gleichen Augenblick erwacht und vom Bett aufgesprungen, als er unten die Scheunentür knarzen hörte. Es war Sommer, sie trug nur eine leichte Trägerschürze ohne Ärmel und weder Schuhe noch Strümpfe. Der schiefe Leopold humpelte als Aufpasser hinter ihr drein.

Er folgte ihnen, so rasch es ihm möglich war, beobachtete aus kurzer Entfernung, wie sie auf einem Feldstück Frühkartoffeln auszuklauben begann, und als der schiefe Leopold sich im Schatten eines Baumes zum Schlaf hingestreckt hatte, sprach er sie an.

»Sie sind Engele«, sagte er, ohne Scheu oder Unsicherheit.

Sie nickte erstaunt und richtete sich von der Arbeit auf.

»Ich habe Sie gleich wiedererkannt«, fuhr er fort, »als Sie gestern in die Gaststube kamen. Aber ich wollte vor den anderen nicht mit Ihnen reden. Deshalb bin ich über Nacht hiergeblieben.«

334

»Kennen wir uns denn?« fragte sie befremdet.

»Sie mich nicht«, sagte er lachend, »aber ich Sie! – Ich habe einmal in Ihrem Schoß geschlafen«, fügte er, über ihre abweisende Miene belustigt hinzu. »Allerdings nur ein paar Minuten. Aber für mich war es eine Ewigkeit. Das ist schon fast drei Jahre her.«

»Mein Gott«, sagte sie plötzlich, »das waren Sie? – Sie sahen damals so elend aus –.«

»Und Sie gaben mir ein Glas voll Cidre. Ein Kamerad warnte mich –.«

Sie nickte.

»Jetzt weiß ich alles wieder«, sagte sie und sah ihn an.

Er streckte die Hand aus, und sie wischte die ihre, bevor sie einschlug, an der Schürze ab.

»Ich muß immer daran denken«, sagte er leise.

Sie senkte den Kopf.

Dann schwiegen sie eine Weile, und er hielt ihre Hand.

»Wo kommen Sie jetzt her?« fragte sie schließlich und entzog ihm langsam die Hand.

»Von dort«, sagte er und machte eine Bewegung mit dem Kopf zum westlichen Horizont, von dem ein ganz leises, kaum merkliches Dröhnen vernehmlich war, mehr wie eine fortgesetzte, schwingende Erschütterung der Luft.

»Ich habe zwei Wochen Urlaub. Ich sollte gestern nach Hause fahren.«

»So haben Sie schon einen Tag versäumt«, sagte sie.

»Nicht versäumt!« rief er. »Ich wollte Sie wiedersehen.«

»Dann fahren Sie heute?« fragte sie.

»Ich weiß nicht«, sagte er, »ich habe keine Eile. Ich möchte so gern etwas mehr mit Ihnen sprechen.«

»Das geht nicht«, sagte sie und schaute sich ängstlich um, »ich muß arbeiten.«

»Müssen Sie den ganzen Tag arbeiten?«

Sie nickte.

»Und am Abend?«

»Sie sollten heimfahren«, sagte sie. »Werden Sie nicht erwartet?«

Er schüttelte den Kopf.

»Es weiß noch niemand, daß ich Urlaub habe. Es kam plötzlich. Ich kann genausogut einen Tag später eintreffen. Ich versäume nichts.«

Sie zögerte kurz.

»Wenn Sie mehr mit mir sprechen wollen«, sagte sie dann, »kommen

Sie heute abend an den Brunnen, wo die Bank steht. Aber Sie müssen nicht hierbleiben – meinetwegen.«

»Doch, Engele«, sagte er lächelnd, »deinetwegen.«

Er blieb die zwei Wochen.

Sie trafen sich jeden Abend an der Bank, die beim Ziehbrunnen hinter dichten Ligusterbüschen verborgen war.

Ihn zog es nicht nach Hause. Er war ein paar Tage dort gewesen, bevor man seine Truppe nach Flandern transportiert hatte, und er hatte sich so fremd und so allein gefühlt wie nie in seinem Leben. Der Vater war Gouverneur einer Garnisonstadt geworden, er ging auf etwas kalkigen Beinen sporenklirrend umher und redete immer noch die gleichen kriegsbegeisterten Sätze, die vor drei Jahren frisch und feurig geklungen hatten. Jetzt klangen sie für das Ohr des jungen Mannes, der die Wirklichkeit des Krieges kennengelernt hatte, unsagbar schal, hohl und beschämend. Abends saß man mit einigen älteren Offizieren am Stammtisch, ließ den Kaiser hochleben, trank auf den kommenden Sieg und erzählte sich dann dieselben öden Witze, die ihm vom Kasino seines Regiments her zum Überdruß bekannt waren. Die Mutter war sehr still und grau geworden, und in ihr schönes Gesicht, das früher von zärtlicher Lebenswärme erfüllt war, solange er ihr Kind sein durfte, hatte sich ein starrer, bitterer Zug eingegraben. Sie ging jeden Tag zur Aufsicht in die Rote-Kreuz-Küche und nachmittags zu ihrem Damenkränzchen, wo man Wollsachen für die Soldaten strickte und einförmige Gespräche führte. Ihn quälte die Erinnerung daran, wie sie sich beim Abschied von ihm gewaltsam die Tränen verkniff. Und die jungen Mädchen, die er getroffen hatte, erschienen ihm blöd, albern, abgeschmackt. Er hatte nichts mit ihnen zu reden. Er wußte: wenn er zu irgendeinem dieser Menschen auch nur ein Wort äußern würde von dem, was er wirklich dachte und empfand – sie würden zu Eis erstarren vor Unverständnis und Hilflosigkeit. Sie würden ihn für krank halten oder für wahnsinnig. Was sollte er dort?

Dabei war er keineswegs ein Grübler oder ein Sonderling. Er empfand wie jeder andere das natürliche Bedürfnis des jungen Menschen nach Heiterkeit, Gesellschaft, gemeinsamer Lebenslust – und mehr noch den immer brennenden Durst nach jener Nähe, jener Wärme, jenem befreienden Einverständnis, das nur vom andern Geschlecht her aus dem magnetischen Kern der Liebesbegegnung erwachsen kann. Er fand nichts dergleichen in den Tanzlokalen und Cafés der Etappenstädte oder wo sonst ein wenig Lust oder Betäubung zu kaufen war. Er begriff seine Kameraden, denen das gefiel, aber ihm genügte das nicht. Die körperliche Sehnsucht war für ihn in den Jahren der vorzeitigen Reifung und des ausschließlichen Lebens in einer Männergemeinschaft mit der seelischen zusammengeschmolzen, und die eine konnte ohne die andere keine Erfüllung finden.

Zwischen ihm aber und Engele war ohne viel Worte und ohne Erklärung alles da, wonach er verlangte. Sie war so jung, so alt und so einsam wie er. Ihre Mutter, selbst von deutscher Abstammung, war durch ein deutsches Geschoß getötet worden. Ihr Vater und ihr früherer Bräutigam – sie erinnerte sich nicht mehr an sein Gesicht – standen drüben in der anderen Front, der Front ihrer Nation — oder waren vielleicht schon gefallen. Der junge Mann hier an ihrer Seite mochte mit ihnen gekämpft haben—auf sie geschossen. Er gehörte zu denen, die man ›die Feinde‹ nannte. Aber er hatte drei Jahre lang nicht vergessen, daß sie einmal gut zu ihm war – und sie hatte noch nicht einmal etwas Besonderes für ihn getan, was in ihrer eignen Erinnerung einen Wert gehabt hätte. Jetzt war er zu ihr gekommen, als ob sie durch ein gemeinsames Band miteinander verknüpft wären, und sie fühlten diese Verbundenheit als etwas ganz Selbstverständliches, Klares und doch unendlich Geheimnisvolles, das man kaum aussprechen durfte und auch nicht auszusprechen brauchte.

Vielleicht war es das Geheimnis, nach dem die Menschen so verzweifelt suchten und das sie mit all den Kämpfen und all der Macht ihres Geistes nicht herbeizwingen konnten? Zwischen diesen beiden jungen Menschen war es gelichtet.

Sie fühlten nicht nur, sondern sie wußten etwas Gemeinsames: einen neuen, noch ungeborenen Sinn des Lebens, dessen Ahnung sie mit einer herrlichen Zuversicht erfüllte. Sie saßen abends auf der Bank nebeneinander, oft schwiegen sie und spürten doch, daß sie das gleiche dachten, oft redeten sie viel und leise von allem, was ihnen einfiel. Bald wußten sie mehr voneinander, als jeder allein bisher von sich selbst gewußt hatte. Sie berührten sich kaum, aber der Strom zwischen ihnen war stärker und wirklicher als alles Stoffliche, und die Kraft ihrer Vorstellung schenkte ihnen das Beste: die Erkenntnis, das volle Bewußtsein des Glücks.

Wie alle Liebenden waren sie in ihren gemeinsamen Stunden allein auf der Welt und vergaßen, daß es Augen, Ohren und Mäuler gibt, die

337

nimmer ruhen und keine Grenzen achten. Wie alle Liebenden waren sie überzeugt, daß niemand ihr Geheimnis kenne – und daß kein anderer Mensch sich darüber Gedanken mache, wohin der merkwürdige junge Leutnant am Abend spazierenging. Denn es war ja keines anderen Sache – dachten sie. Rosine und ihre Töchter dachten anders.

Das Rätsel des Offiziers, der trotz Alokohol, Orchestrion und zärtlichem Hüftendruck nicht angeregt werden konnte, war für sie gelöst. Und der Fall Engele war in ihren Augen völlig klar: das war eine Heimliche, eine Durchtriebene, eine ganz abgefeimte Person, der das gewöhnliche Kriegsbrot nicht gut genug war und die auf den feinen Kuchen gespitzt hatte. Natürlich mußte sie diesen Herrn schon früher getroffen und mit ihm angebandelt haben, denn es lag auf der Hand, daß er ihretwegen hergekommen war. Die Dämlichkeit und Verschlafenheit des schiefen Leopold mußten ihr die Gelegenheit zu solchen heimlichen Bekanntschaften gemacht haben. Wer weiß, was sie sich schon zusammengespart hatte, ohne daß die Familie daran beteiligt war. Rosine kochte vor Wut, aber sie wagte nicht, etwas zu unternehmen, solange der Offizier selbst anwesend war. Sie schloß aus dem respektvollen Verhalten der anderen Militärs – das mehr dem Namen und Rang seines Vaters galt als dem jungen Herrn selber –, daß er eine höhere, vielleicht einflußreiche Persönlichkeit sei, die man besser nicht inkommodieren sollte. So sparte sie sich die Befriedigung ihrer Rache für später. Aber sie paßte scharf auf, daß die Scheunentür, hinter der Engele schlief, fest verschlossen war, wenn sie abends um zehn zu Bett gehen mußte. Den einzigen Schlüssel zog sie persönlich ab und verwahrte ihn unter ihrem Kopfkissen. Sie wollte ihr wenigstens das Vergnügen schmälern, soviel sie konnte.

Auch der Etappenfeldwebel Röbig, der Ortskommandant Lüdemann und die anderen Stammgäste wußten Bescheid und stießen einander unterm Tisch an, wenn Alexander sich nach dem frühen Abendbrot verabschiedete, um noch etwas frische Luft zu schöpfen. Der Feldwebel Röbig hatte sich sogar einmal zum Brunnen geschlichen und hinter den Büschen versteckt, aber die Büsche waren den Liebenden treu mit ihrem dichten Blattwerk, der Nachtwind übertönte raschelnd ihr leises Gespräch, und die Dunkelheit hüllte sie ein. Der Lauscher konnte nichts verstehen und ihre dicht zusammengerückten Gestalten nur undeutlich erkennen. Desto deutlicher arbeitete seine Phantasie, denn er mußte den Herren vom Stammtisch ja etwas bieten. Er tat es so reichlich und mit solch hemmungsloser und drastischer Darstellungskunst, daß es bei denen einen gewissen Respekt erzeugte, ja eine mit Neid gemischte Bewunderung für Alexander und seine geheimen Manneswerte. Gleichzeitig nagte an ihnen der Ärger und die Enttäuschung über Engele, die man für uneinnehmbar gehalten hatte, und von der sich jetzt herausstellte, daß sie das nur für sie, die Stammgäste, aber keineswegs für einen anderen war. Nichts macht Männer — oder vielleicht die Menschen überhaupt — so böse, schamlos und minderwertig wie verletzte Eitelkeit. So kam es, daß man Alexander mit einer Art von perfider und devoter Freundlichkeit behandelte — denn man würde ihn ja bald genug wieder los sein —, Engele jedoch mit gemeinen Augen und rachsüchtigen Gedanken verfolgte — wovon sie um so weniger bemerken mochte, je mehr sie in den Wellen ihres unverhofften Glückes versank.

Am letzten Tag seines Urlaubs ging vorne, in der Front, die Hölle los. Die zweite große Flandern-Offensive der Alliierten hatte begonnen. Das Getöse des fernen Trommelfeuers machte die Scheiben klirren, und der Schlachtenlärm schien stündlich näher zu kommen. Schon waren wie Pauken- und Beckenschläge in dem allgemeinen Gedröhn die Salven und Lagen einzelner Batterien unterscheidbar. Schon spürte man die Abschüsse der schweren Eisenbahngeschütze bei Roselaere wie Erdbeben unter den Sohlen. Bei Wytschaete, bei Dixmujden, im Houthoulster Wald, überall drangen die Angreifer vor. Truppen hasteten vorbei, in rasenden Eilmärschen zu den gefährdeten Frontlücken hin. In den verbissenen Gesichtern der Männer stand das Wissen um das, was ihrer wartete. Ununterbrochen kamen die Sanitätswagen von der Front, mit ihrer jammervollen Last. Verstaubte Ordonnanzen ratterten durch das Dorf. Erde und Himmel dröhnten von Motorengeräusch und vom Feuer der Flugzeugabwehrgeschütze. Höchstalarm war angeordnet, alle Urlaube aufgehoben.

Alexander stellte durchs Stabstelefon fest, daß sein Regiment, zu dem er sich am nächsten Morgen mit einem Ersatztransport begeben sollte, in der schlimmsten Durchbruchslinie stand. Er machte sich marschbereit und wartete, mit jener Mischung von Gleichmut und Übelkeit, von innerer Abgestorbenheit und Widerwillen, mit der man damals, nach vielen Erfahrungen, wie im Zwang eines nicht zu verscheuchenden Albtraums, in solche Schlachten ging.

Die Etappenleute, auch die Zivilisten, lauschten verstört auf die Geräusche des näherkommenden Sperrfeuers. Manche der Einheimischen mit einem befriedigten oder hoffnungsvollen Licht in den Augen, in denen gleichzeitig eine gefährliche Drohung lauerte. Bei Einbruch der Dunkelheit ebbte der Lärm kurz ab, um dann vor einem rötlich flammenden Horizont neu aufzubrüllen. Mitten in der Nacht gab es in Lindeken Fliegeralarm, und gleich darauf hörte man zum erstenmal in diesem Dorf das pfeifende Zischen und den betäubenden Krach einer niedersausenden Bombe. Alles stürzte, der Vorschrift entsprechend und von der Angst gejagt, in die vorbereiteten Keller und Schutzstände. Im Nu waren Betten und Häuser menschenleer, und die Bewohner, Freund und Feind, für den Rest der Nacht in Höhlen und Gewölben zusammengedrängt.

Die Familie Wulverghem hatte sich unter Jammern, Fluchen und unbeherrschtem Gekreisch in ihren mit Sandsäcken abgedeckten Kartoffelkeller geflüchtet. Die dicke Rosine war in ihrer Angst die steile Treppe hinuntergefallen, und auf ihr landete der schiefe Leopold gleichzeitig mit dem Feldwebel Röbig, die sich in diesem Augenblick der Not den Platz nicht streitig machten. Die Damen breiteten Kartoffelsäcke über ihre luftigen Nachtgewänder, man fand auch eine Flasche Schnaps und fühlte sich nach dem ersten Schreck bald ganz behaglich da drunten. Engele hatte man vergessen. Der Schlüssel zu der ungeschützten Scheune, in der ihr Bett stand, steckte unter Rosines Kopfkissen. Alexander rüttelte vergeblich an der Scheunentür, weder er noch Engele kannten das Versteck des Schlüssels. Er hörte ihre Stimme von drinnen, die ihm zurief, er solle sich in Sicherheit bringen, sie habe keine Angst. Da packte er eine Wagendeichsel, die an der Wand lehnte, und brach die Tür auf. Sie standen einander gegenüber, das einfallende Mondlicht verklärte ihre Gesichter. Sie dachten nicht mehr an Krieg, an Flucht, an Gefahr. Jetzt waren sie wirklich ganz allein auf der Welt. Zum erstenmal umarmten sie einander, im Genuß und im Wissen einer längst durchlebten Leidenschaft, und konnten kein Ende finden. Ihre Herzen pochten ohne Furcht, und sie hörten nur den Schlag ihres Blutes. Das Krachen und Schmettern von draußen kümmerte sie nicht. Im Dorf rauchten Ruinen, rannten Männer mit Tragbahren, bellten die Abwehrgeschütze. Sie wußten nichts mehr davon. Vielleicht ersehnten sie in dieser Stunde den Tod als eine höchste Erfüllung. Aber der Tod ging vorüber, und das volle Leben überwältigte sie.

Nach Wochen, in denen man fast vergessen hatte, daß der Mensch zum Schlafen die Stiefel ausziehen kann, fand ich mich plötzlich allein, gebadet, rasiert, mit einem frischgekauften Seidenhemd auf der Haut, zu einem dreitägigen Sonderurlaub in Brüssel. Ich saß auf dem Bett, nach zwölf Stunden Schlaf und dem endlosen Genuß des langsamen, unbeeilten Aufstehens, in einem Einzelzimmer des für Offiziere requirierten ›Hotel de la Paix‹ und sperrte von Zeit zu Zeit den Mund auf. Da war so ein merkwürdiges Dröhnen im Kopf, und die ungewohnte Stille machte sich in den Ohren fühlbar wie der leichte Schmerz beim Landen eines Flugzeugs.

Als ich allmählich zu glauben begann, daß ich wirklich hier war — und nicht in einem Lehmloch mit Scherenfernrohr, Schrapnellbeschuß und kostenloser Aussicht auf die durchlöcherte Tuchhalle von Ypern —, machte ich mich auf meinen Weg. Ich kannte Brüssel von früheren Urlaubstagen und liebte es. Das schönste aber in solchen kurzen geschenkten Atempausen zwischen den langen Spannen der Ödigkeit oder der Schrecken war das Alleinsein. Allein unter vielen Menschen, die man, wenn man wollte, sehen, hören, mit allen Sinnen wahrnehmen konnte — oder auch gar nicht zu bemerken brauchte. Vor allem: mit denen man nicht in einer unwürdigen, qualvollen Enge bis zum Erbrechen zusammenklebte. Das war der Traum vom Frieden. Vom Leben als freier Mann. Das Einzelgehen. Das ungestörte Denken. Die Selbstvergessenheit. Nirgends konnte man diesen Traum so auskosten wie beim Herumstreifen in einer großen, immer noch lebensvollen Stadt, in der man ein Fremder war. Den größten Teil des Tages verbrachte ich auf dem ›Mont des Arts‹, an den Ständen der Buch- und Kunsthändler, im Dämmer steinkühler Kirchenschiffe, in den Sälen des ›Alten Museums‹, bei der Blauen Madonna des Roger van der Weyden, den Dämonen des Hieronymus Bosch und vor den Gestalten Rodins, die mich, in der Einsamkeit einer kaum besuchten Vorhalle, auf eine unbeschreibliche Weise erregten und zugleich beschwichtigten. Ich war zwar zwanzig, das dritte Jahr an der Front, mir wollte das Herz zerspringen vor Glück oder Schmerz über das Schöne, das Große in der Welt und von dem ungestillten Drang, sich ihm zu nähern.

Dann kam die Abendstunde, in einer Erkernische des Cafés Hulstkamp, mit dem opaligen Schillern des Apéritif und dem Himmel, der in den hohen Fenstern gleißte wie eine Fischhaut, während das Gewoge der Stimmen von den Boulevards und das Ausschreien der ›Gazette des Ardennes‹ fremdartig heraufschwoll, und dann war der Himmel fort und die Nacht war da und man wurde ruhelos und hungrig.

So ging ich — nach einer gewaltigen Mahlzeit in der ›Epaule de Mouton‹, wo es auch damals noch alles Erdenkliche zu essen gab, vom Wein ganz zu schweigen — nicht mehr sehr nüchtern, aber zielbewußt, in die ›Gaité‹.

Eine Nacht in Brüssels ›La Gaité‹ war der Wunschtraum des ganzen Heeres, das heißt seines bevorzugten Teils. Der andere, größere Teil wagte nicht mal im Traum an einen Einlaß in dieses Paradies zu denken. Denn vor seinen Pforten prangte ein mächtiges Schild: NUR FÜR OFFIZIERE.

Für Mannschaften hatte man in den Etappenstädten primitivere Gelegenheiten geschaffen, die durch völlige Illusionslosigkeit gekennzeichnet waren und das Bedürfnis von seiner rein sanitären Seite her regulierten. Sie hatten etwa den Komfort und das Cachet einer Entlausungsanstalt und lagen auch gewöhnlich in deren Nähe.

Die ›Gaité‹ aber, Brüssels elegantestes Nachtlokal, rechnete durchaus mit dem menschlichen Verlangen nach Illusion. Ihre weiträumigen Salons in Gold, Stuck und rotem Plüsch, reichlich mit Spiegeln und Kristallkandelabern verziert, waren um ein hübsches kleines Vaudeville-Theater gebaut, in dem es abends eine vom Kaiserlichen Generalgouverneur zensurierte Revue in dezenten Kostümen gab. Nach Mitternacht aber gab es geschlossene Vorstellungen, von denen der Gouverneur sich vermutlich nichts träumen ließ und die dem Direktor keine weiteren Kostümspesen verursachten. Die Damen erschienen im eigenen Haar. — In den angrenzenden Tanz- und Klubräumen, vor allem in den berühmten ›Chambre séparées‹, deren Einrichtung noch aus der Zeit Nanas und Offenbachs zu stammen schien, ging es die ganze Nacht hoch her. Nicht nur die engagierten Künstlerinnen, sondern ein wahres Massenaufgebot eindeutiger Frauen und Mädchen aller Altersklassen sorgten dort für die Unterhaltung der Gäste, von denen die meisten am nächsten Tag schon wieder die Fahrt in ein ungewisses — oder ziemlich gewisses — Schicksal antreten mußten. Sie sparten daher mit nichts, sondern gebärdeten sich, als könnten sie in den paar Nachtstunden die Summe eines ganzen Lebens und all seiner verpaßten Freuden zusammenkaufen und in sich hineinschlingen. Dementsprechend waren die Preise. Die paar Flaschen Champagner, mit denen man sich die nötige Stimmung und die Achtung des Personals erwarb, kosteten die mobile Monatsgage eines Leutnants. Aber in den Schützengräben konnte man sie doch nicht loswerden — und jetzt saß man, zum Teufel, in der ›Gaité‹, ein Mann unter Männern, und wußte nicht, wann man das nächste Mal, oder ob je überhaupt wieder, eine Frau besehen werde. Auch hieß es, daß hier nicht jedes beliebige Frauenzimmer hereinkommen könne, sondern nur die bessere Crème — so daß man sich auch darüber noch einer Illusion hingeben durfte.

Ich machte mir keine, aber ich hockte jede Nacht, die mir in Brüssel vergönnt war, dort herum, oft bis zum andern Morgen. Ich hätte sonst das Gefühl gehabt, etwas zu versäumen. Man soff sich die heimliche Depression aus dem Schädel, oder noch tiefer in sich hinein, und fühlte sich irgendwie zu Hause in dieser dicken Luft von Rauch und Menschenfleisch, melancholischer Exaltiertheit, vertuschter Verzweiflung, in welcher dennoch der große Pan, der spielende Eros, der ungeheure liebende Drang in aller Kreatur, sein leibliches Wesen trieb.

Ich war dort durch einen höchst bemerkenswerten Herrn eingeführt worden, mit dem ich auch heute hier verabredet war. Zum erstenmal hatte ich ihn auf einer früheren Urlaubsfahrt nach Brüssel getroffen, und zwar in der Eisenbahn. Ich saß in einer Ecke und las in einem Band Rimbaud, den damals kaum jemand kannte und den ich bei einem ›Bouquineur‹ in Charleville entdeckt hatte. Plötzlich begann der Herr auf dem Sitz gegenüber, indem er die Augen hinter seinen scharfen Brillengläsern schloß, das Sonett vom ›Farbwert der Vokale‹ auswendig herzusagen, mit einer schwachen, heiseren Stimme, aber in einem vollendeten Französisch. Er trug Zivil und war Agent der Sittenpolizei in Brüssel, der die Beaufsichtigung und Kontrolle des Nachtlebens unterstand. Sicher hatte er auch mit dem Geheimdienst zu tun, vermutlich für beide Seiten. In seiner freien Zeit übersetzte er Gedichte, züchtete Perserkatzen und spielte Cembalo. Er war klein, mittelalt, unscheinbar. Die Mädchen in der ›Gaité‹, bei denen er eine sagenhafte Beliebtheit genoß, nannten ihn ›Monsieur le Curé‹, weil er sie wohl an den dunklen Mann im Beichtstuhl erinnerte, zu dem sie ihre Kindersünden getragen hatten. Jede Nacht saß er in den Salons und regelte die kleineren und größeren Zwischenfälle auf eine lautlose und humorige Art, hinter der sich eine Fülle von Macht und Menschenkenntnis verbarg. Für mich war er, mit seiner versteckten Gefährlichkeit und seiner zweideutigen Welterfahrung, eine faszinierende Gestalt, die den Horizont meiner sonstigen Bekanntschaften bedeutend überragte — und außerdem hatte ich durch ihn die schlimme Lysett kennengelernt, der ich damals, in einer mit Grauen und Neugier gemischten Bewunderung, ergeben war.

Allein hätte ich mich nie an sie herangetraut — denn die schlimme Lysett gehörte nun wirklich zu den wenigen sensationellen Erscheinungen der ›Gaité‹. In der Frühe schien auch sie aus der Zeit Nanas zu stammen, am Abend war sie, mit ihrer tollen Figur, der etwas verrückten Schönheit ihrer Augen und ihrem barbarischen Mund, völlig aus unserer Zeit.

Ein ganzer Legendenkranz, grotesker und schauerlicher Natur, wob sich um ihre Vergangenheit, und jeder neue Tag bereicherte das Epos ihres Lebens um etwas Unglaubliches. Aber wer die schlimme Lysett kannte, bezweifelte nichts. So hieß es von ihr, sie habe ihren früheren Geliebten, als sie ihn mit ihrer besten Freundin im Bett erwischte, kurzerhand mit seinem eigenen Rasiermesser kastriert und der Freundin die Brüste abgeschnitten, sei jedoch bei Gericht mit einer geringen Strafe davongekommen, da sich die beiden Betroffenen als durch sie nicht ernstlich geschädigt bezeichneten. Sie hatte ihnen nämlich eine überaus generöse Lebensrente ausgesetzt, was bei den Richtern zu ihren Gunsten sprach und ihrem Verbrechen einen Schimmer von Menschlichkeit verlieh. Die schlimme Lysett war immer bei Kasse und eigentlich mehr Geschäftsfrau als Buhlerin (obwohl man von ihr behauptete, daß sie von Kronprinzen bis zu Bettelknaben, Patagoniern, Futuristen, Armeeoberpfarrern und Ziegenböcken mit allem geschlafen habe, was männlichen Geschlechtes sei). Der Curé hatte mir erzählt, daß sie im Bereich des Schleichhandels und der Valutaschiebung ein kommerzielles Genie wäre — vermutlich war er beteiligt. ›Kleine Fische‹ wie unsereinen hatte sie nicht nötig, aber sie nahm sie mit, wenn es ihr Spaß machte, oder auch weil sie eine Person war, die den Heller ehrte. Dabei war sie in Geldsachen keineswegs kleinlich. Das durfte ich selbst erfahren, da ich bei meinem ersten Besuch in der ›Gaité‹ mehr ausgegeben hatte, als ich bei mir trug. Der Curé, der nach Hause gegangen war, hatte mich ihr ans Herz gelegt, und als sie sah, daß ich in Verlegenheit kam, steckte sie mir ungezählt ein Bündel Scheine in die Tasche, mit den Worten: »Wenn du nicht zurückzahlst, wirst du in vierzehn Tagen fallen. Zahlst du zurück, dann bete ich vielleicht für dich.« — Ich zahlte zurück, obwohl ich mich auf ihr Gebet nicht unbedingt verließ, aber es schien zu wirken, und das begründete unsere Freundschaft.

An diesem Abend fiel mir ein junges Mädchen auf, das mit einem umgehängten Tragkasten in den Salons ab- und zuging und Zigaretten verkaufte. Sie trug ein einfaches schwarzes Kleid, hochgeschlossen, mit weißem Kragen und weißer Spitzenschürze, was zu ihrer hellen Haut und ihren weichen blonden Haaren besonders gut aussah, und überhaupt wirkte unter all dieser nackten oder halbnackten Weiblichkeit eine angezogene Frau wie die Erscheinung einer Nackten auf den heiligen Antonius. Ich beobachtete, wie sie auf Anruf in die kleinen Logen und Extrazimmer trat, in denen es manchmal wüst zuging, und mit einer gleichmäßigen, gelassenen Freundlichkeit ihre Arbeit tat. Von ihrem Gang, ihrem Gesicht, den Bewegungen ihrer Hände schien eine Art von Harmonie, eine innere Sicherheit auszugehen — als sei der Kern ihres Wesens gar nicht hier, sondern irgendwo anders, unberührbar von allem, was um sie her geschah.

Die schlimme Lysett fing meinen Blick auf, der dem Mädchen folgte, und sie schlug mir mit ihrem schwarzen Pleureusenfächer sanft übers Gesicht. »Augen weg!«, sagte sie, »das ist nichts für euch.«

»Warum?« erwiderte ich, in einem jähen Mute zur Rebellion — »glaubst du, du hast mich für so was schon zu sehr verdorben?«

Ehe mich die Tigerin ganz zerreißen konnte, winkte der Curé, der mit seinem chinesischen Lächeln unserem kleinen Disput gefolgt war, das Mädchen heran.

»Engele!« rief er — »Zigaretten! — Überzeugen Sie sich selbst«, sagte er dann zu mir, »Sie können deutsch mit ihr sprechen.«

»Nun, mein Fräulein«, sagte ich — immer noch in einem gewissen Trotz gegen Lysett, aber schon nicht mehr ganz sicher — »sind Sie wirklich so keusch wie Ihr Name?«

Sie sah mich an, mit einem ruhigen, forschenden Blick, in dem etwas wie mütterliches Verständnis oder Nachsicht lag.

»Das werde ich oft gefragt, mein Herr«, sagte sie dann, »und ich weiß nie, was ich darauf antworten soll.«

»Oh, verzeihen Sie«, sagte ich, leicht beschämt.

»Mach dir nichts draus, Angéline«, sagte Lysett, »er ist noch zu jung. Aber wenn er älter wird, kann etwas aus ihm werden.«

»Falls er älter wird«, fügte ich bei und grinste.

»Ach«, sagte Angéline, fast erschrocken, »der Krieg kann nicht mehr lange dauern . . .«, und ich fühlte, daß der warme Ton ihrer Stimme und der Ausdruck von Trauer und Hoffnung in ihrem Gesicht nicht mir galt, aber durchdrungen war von einem Wissen oder Leiden um jedes gefährdete Leben.

»Du hast recht«, sagte ich leise zu Lysett, »sie ist nichts für uns« — indem ich ein hohes Trinkgeld auf Engeles Kasten legte, das sie mit dem gleichen, bescheidenen und gütigen Liebreiz akzeptierte.

Später in der Nacht gab es plötzlich in einem Nebenraum Radau. Ein betrunkener Rittmeister hatte versucht, das Zigarettenmädchen von hinten zu umarmen, und ihr dabei, da sie sich gegen seinen Angriff wehrte, den Tragekasten mit dem ganzen Inhalt heruntergerissen. Sämtliche Damen waren zu ihrer Hilfe herbeigesprungen und gebärdeten sich, als wolle man ihnen ihr einziges Kind erschlagen. Die Zigaretten rollten am Boden herum, die Frauen kreischten, der Rittmeister brüllte vor Wut, beschimpfte das attackierte Mädchen, die an allem schuld sei, und verlangte von der bestürzten Direktion ihre Bestrafung.

Lysett, die, schon ziemlich illuminiert, gerade mit mir getanzt hatte, horchte kurz auf, ließ mich los und rannte wie zum Sturmangriff in den betreffenden Raum. Ohne lang zu fragen, kämpfte sie sich zu dem tobenden Rittmeister durch und knallte ihm rechts und links zwei peitschende Ohrfeigen.

Was jetzt folgte, läßt sich nicht mehr der Reihe nach erzählen. Der Rittmeister bekam einen nervösen Lachkrampf, man schrie nach einem Arzt, nach der Polizei, nach Cognac, nach Säbeln und Pistolen, denn nun ohrfeigten sich bereits zwei andere Herren, die mit der Sache gar nichts zu tun hatten und sich nur gegenseitig auf die Füße getreten waren. Alle privaten Streitigkeiten brachen wie alte Wunden auf. Mädchen schrien ihren Kavalieren lang verschluckte Wahrheiten ins Gesicht, andere Frauen rissen sich gegenseitig an den Haaren, Kellner empörten sich gegen ihre Chefs und ihre Gäste, fristlose Entlassungen wurden herausgedonnert, und eine kleine schwarze Wallonin, die den Spitznamen ›La Mitrailleuse‹ hatte, schmiß mit Gläsern. Die schlimme Lysett hatte sich inzwischen über den von ihr gefällten Rittmeister hergemacht, der in einem Klubsessel lag und immer noch wie ein Papagei kreischend weiterlachte, nahm ihm die Brieftasche heraus und zahlte davon der Direktion den Zigaretten- und Gläserschaden, nicht ohne eine Abrechnung zu verlangen. In dem allgemeinen Getöse stand plötzlich der Curé auf einem Tisch, grau, bebrillt und unscheinbar, machte der Musik ein Zeichen und begann mit seiner schwachen, heiseren Stimme den Text eines damals bekannten Schlagers zu singen: »Toujours content — pas maintenant —«

(Die Fortsetzung kann ich, selbst auf französisch, dem Papier nicht zumuten.)

Der Zauber wirkte sofort, nach ein paar Minuten sang alles mit, die Mädchen begannen paarweise in einem raschen Onestep durch den Saal zu rasen, und ein allgemeiner Versöhnungstaumel brach aus.

Inmitten des Aufruhrs hatte ich mich nach dem Zigarettenmädchen umgeschaut. Sie lehnte totenblaß in einer Ecke, mit starren, tränenlosen Augen.

»Machen Sie sich nichts draus«, sagte ich zu ihr und versuchte, einige der zerstreuten Zigarettenschachteln unter den Füßen der Menge für sie aufzusammeln. — »Sie können doch nichts dafür.«

346

»Jetzt werde ich meine Stellung verlieren«, flüsterte sie.

»Vielleicht ganz gut so«, sagte ich, »das hier ist kein Ort für Sie.«

»Der einzige, wo man mich aufnahm«, sagte sie, mit einem Ausdruck von Angst und Verzweiflung im Gesicht, den ich mir nicht zu deuten wußte. Da erschien Lysett, die als unbestrittene Siegerin aus dem Getümmel hervorgegangen war, mit dem eingeschüchterten Direktor des Etablissements. »Es ist alles in Ordnung«, sagte sie strahlend, »der Rittmeister hat sich entschuldigt. Du kannst morgen hier weitermachen wie immer. Aber für heut ist es genug.«

Mit einer mütterlichen Gebärde strich sie ihr übers Haar und winkte mir, da sie sah, wie ihr die Knie zitterten.

»Komm, hilf«, sagte sie, »wir nehmen sie mit.«

Nie werde ich diese Nacht vergessen, in der ich Angélines Geschichte erfuhr. Sie lag, immer noch blaß und zitternd, bis zum Hals von einer Damastdecke eingehüllt, in dem viel zu großen Prunkbett, das fast das ganze von Lysett bewohnte Zimmer ausfüllte. Lysett, in ungeniertester Nachttoilette, das Gesicht triefend und glänzend von fettiger Vaseline, saß am Bettrand, gab ihr von Zeit zu Zeit einen Schluck Wein zu trinken oder hielt ihre Hände, während ich, im Halbdunkel, am Fußende, lauschend und manchmal fragend, jenen kühlen, befremdlichen Schauer kennenlernte, den man verspürt, wenn einem das Wunderbare begegnet.

Am Tag nach jenem nächtlichen Fliegerangriff hatte Alexander an die Front zurückgemußt, wo sein Regiment in den wochenlangen Kämpfen, die dann folgten und die Offensive zum Stehen brachten, allmählich aufgerieben wurde. Sie hatte nichts mehr von ihm gehört, denn es gab zwischen der kämpfenden Truppe und den Zivilisten im Hinterland keine Postverbindung.

In Lindeken hatte sich das normale Leben wieder eingestellt; nach der ausgestandenen Angst und den menschlichen Schwächen, die man dabei gezeigt hatte, kehrte jeder seine Robustheit doppelt hervor, und Engele war jetzt dem Haß und der Rachsucht ihrer Umgebung schutzlos preisgegeben.

Unbekümmert, in einem stolzen und schweigenden Bekenntnis zu dem, was ihr begegnet war, versuchte sie, die verschiedenen Phasen der Verspottung, Verleumdung und die Stachelkette der täglichen Schikanen zu bestehen. Ohne eine konkrete Hoffnung in sich nähren zu können, war sie noch nicht einmal unglücklich in dieser Zeit, so stark wirkte die Rückstrahlung des erlebten Glücks. Ihr war, als habe sie den Geliebten ganz in sich aufgenommen und wisse ihn in jedem Tropfen ihres eigenen Blutes.

Die Tür der Scheunenkammer, in der sie schlief, war längst wieder verschlossen. Aber eines Nachts hörte sie das rostige Schloß quietschen, und es erschien der Ortskommandant Lüdemann, der den Schlüssel durch die Vermittlung des Feldwebels Röbig von Rosine herausbekommen hatte. Er roch nach Schnaps und versuchte, zärtlich zu werden. Als sie sich wehrte, begann er, sie zu beschimpfen. Sie solle hier ja nicht die verfolgte Unschuld spielen. Man wisse Bescheid. Es läge nur an ihm, sie wegen Hurerei abschaffen und unter Kontrolle stellen zu lassen, wenn sie keine Vernunft annehme. Was dem Leutnant recht sei, sei dem Oberleutnant billig. Dann wurde er brutal.

Engele aber, die keinen anderen Weg sah, sich zu verteidigen, von Ekel und Abscheu in äußerste Not getrieben, ergriff plötzlich die brennende Petrollampe, die neben ihrem Bett stand und die der Oberleutnant angezündet hatte, und warf sie durch die offene Kammertür in die Masse des bis zum Scheunendach aufgestapelten trockenen Heus und Strohs. Das flammte sofort lichterloh, im Nu stand die Scheune in Brand, die Funken flogen aufs Strohdach des Estaminets, und die ganze Besatzung mußte ausrücken, um ein Umsichgreifen des Feuers und die völlige Einäscherung des Wulverghemschen Hauses zu verhüten.

Am nächsten Tag wurde sie von zwei Feldgendarmen abgeholt und nach kurzer Haft im Polizeigefängnis von Gent in ein Lager eingeliefert, in dem man zur Strafarbeit verurteilte Frauen beschäftigte. Eine Anklage wegen Brandstiftung hatte man wohlweislich unterdrückt, doch ihr Verdikt lautete auf moralische Verwahrlosung. Mit Diebinnen und Landstreicherinnen schlief sie in einer verlausten Baracke und wurde morgens in einem grölenden Weiberbataillon mit geschulterten Spaten oder Heugabeln zur Feldarbeit geführt.

Als sie nach einigen Wochen nicht mehr zweifeln konnte, daß sie in Hoffnung war, entfloh sie nachts aus dem Lager, zwängte sich kriechend durch den Stacheldraht, mit dem es umzäunt war, und lief blindlings davon: sie wußte selbst nicht, weshalb oder wohin. Sie tat es in einer völligen Verwirrung und Umnebelung ihres Denkens, fast im Wahnsinn. Es war ihr, als habe sie etwas wegzuschleppen, fortzutragen, zu verstecken, was ihr hier in dieser Umgebung entrissen, vergiftet oder zerstört werden könnte. Sie wanderte nachts, ohne Nahrung, in ihrem sackleinernen Sträflingskleid, ziellos, nur immer weiter weg, und verbarg sich tagsüber in einsamen Strohmieten oder Feldscheunen, wo sie dann und wann ein paar rohe Rüben zum Essen fand. In einer solchen Scheune blieb sie mit einer Blutung liegen und verlor das Kind. Bauern fanden sie in schwerem Fieber, und da man sie nicht kannte und nichts von ihr wußte, übergab man sie einer Sanitätskolonne, die sie einem Lazarett für vagabundierende Frauen in Brüssel überstellte.

Erst dort kam sie allmählich wieder zur Besinnung. Sie begriff, was ihr geschehen war, und hatte nur den einen Wunsch: zu sterben. Gleichzeitig empfand sie eine wahnsinnige Angst, daß man sie für den Rest des unabsehbaren Krieges in die hoffnungslose Hölle jenes Arbeitslagers zurückschaffen werde. Mit Alexander gab es für sie keine Möglichkeit der Verbindung, und sie wußte nicht, ob er noch lebte.

Hier aber, im Zwangslazarett für verkommene Frauen, geschah ihr etwas völlig Unverhofftes und Unbegreifliches. Ihre Zimmergenossinnen, die durchweg von der Straße kamen und sich wegen Abtreibung oder Ansteckung hier befanden — wüste und schamlose Gesichter, vor denen sie sich im Anfang geängstigt hatte —, begannen mehr und mehr, sie zu bemuttern und zu umsorgen, erwiesen ihr alle erdenklichen Gefälligkeiten und wetteiferten miteinander in ihrer Pflege und nächtlichen Bewachung, da man befürchtete, sie könne sich etwas antun. An Stelle der routinierten Gleichgültigkeit des Pflegepersonals zeigten sie ihr echte Teilnahme und Verständnis. Mit dem sicheren Blick ihrer Erfahrung hatten diese Frauen rasch erkannt, daß Engele anders war als sie selber, ohne jedoch ihren Neid oder ihr Mißtrauen aufzureizen — anders, nicht fremd, reiner im Glück, daher auch tiefer im Unglück —, und ihre Geschichte, die sie stückweise aus ihr herausbekamen, rührte sie zu Tränen. Es ist eine alte Wahrheit: wer eine Hure zum Weinen bringt, kann alles von ihr haben. Und über nichts weint sie so gern, so ausführlich und hingebungsvoll wie über das, was sie selber verloren hat: die wahre Liebe.

So wurde das ›Engele von Löwen‹ zur Schutzheiligen und zum Schützling der Brüsseler Prostitution. Wie jetzt im Lazarett weinte man später in der ›Gaité‹ über sie und wollte sie so unverändert, so behütet, so unberührbar wie ein schönes, ergreifendes Bildchen hinter Glas und Rahmen.

Eines der Mädchen, die mit ihr im Krankenzimmer lagen, kannte den ›Curé‹ und weihte ihn in ihre Geschichte ein. In seiner Eigenschaft als Gewaltiger der Sittenpolizei hatte er die Macht, ihr zukünftiges Schicksal zu entscheiden. Er tat es, indem er ihre Akten heimlich vernichten ließ, wodurch er sie vor der Deportation ins Arbeitslager bewahrte, und sie dann ohne lange Formalitäten unter die Mädchen, die seiner Aufsicht unterstanden, einregistrierte. Nur dadurch, daß sie nun amtlich als Kontrollmädchen gemeldet war — ohne es zu sein —, konnte sie ungehindert in der Stadt bleiben; aber sie hätte auch kaum eine andere Arbeit für ihren Lebensunterhalt finden können als die mit dem Zigarettenkasten in der ›Gaité‹, die der Curé ihr mit Hilfe der schlimmen Lysett verschafft hatte. Das war der Grund, weshalb sie der Zwischenfall dieser Nacht — außer all den bösen Erinnerungen, die er in ihr erweckte — mit solch tödlichem Schrecken erfüllt hatte. Hinter allem stand immer wie ein Gespenst die Angst vor dem Lager und vor der Roheit und Grausamkeit, der sie dort ausgeliefert war. Jetzt aber ereignete sich, gleichsam als Frucht aus jenem peinlichen Vorfall erwachsen, ein kleines Wunder für sie. Schon als sie vorher Alexander erwähnte und nur seinen Vornamen nannte, hatte mich eine Art von Ahnung ergriffen, oder vielleicht hatte mich einfach die Namensgleichheit verführt, mir meinen Schulfreund in dieser Rolle vorzustellen. Als ich sie schließlich nach seinem vollen Namen fragte, stellte sich heraus, daß, unter all den Tausenden, um die sich's hätte handeln können, er es wirklich war. Und das ich, unter Tausenden beiläufiger Durchzügler, wie sie allnächtlich die ›Gaité‹ bevölkerten, ihn tatsächlich kannte, sogar seinen vermutlichen Standort, denn ich hatte kurz vorher als Beobachter bei seinem Regiment im Graben gelegen. Dies war einer jener Zufälle oder Fügungen, wie man sie den Romanschreibern nicht glaubt und die, wie wir oft scherzhaft sagen, »nur im Leben passieren«.

Noch in derselben Nacht, an Lysetts kleinem Empire-Sekretär, der mit den chiffrierten Abrechnungen ihrer Geschäfte, den mit Lippenstift auf Weinkarten geschmierten Adressen ihrer Bekanntschaften und mit Zigarettenstummeln übersät war, schrieb ich an Alexander einen langen Brief, in dem ich ihm von Engeles Schicksalen berichtete und ihn auch wissen ließ, womit sie nun ihre freie Tageszeit verbrachte: sie nahm Musikstunden, um ihn auch in seiner ernstesten Neigung und vielleicht in seinem künftigen Beruf verstehen zu können. Als ich am nächsten Tag zur Front zurück mußte, konnte ich ihr zum Abschied keine größere Freude machen als mit einem Band von Schuberts gesammelten ›Liedern‹.

Ein Jahr später war der Krieg zu Ende. Die deutsche Front brach zusammen, und während die Reste der Kampftruppen noch in verhältnismäßiger Ordnung und im Besitz ihrer Waffen den Rückzug antraten, löste sich die Etappe in kopfloser Flucht und wilden Tumulten auf. In Belgien herrschte ein Aufruhr, wie man ihn wohl seit dem Abzug der Spanier im sechzehnten Jahrhundert nicht mehr erlebt hatte. Dort hatte die Besatzungsmacht, im krampfhaften Glauben an einen unveränderlichen Dauerzustand, am strammsten und gründlichsten regiert. Jetzt erhob sich alles, was sich an unterdrücktem Haß und verborgenen Leidenschaften angesammelt hatte. Gehetzt, beschimpft und am Leben bedroht, mußten die letzten deutschen Einheiten die Städte räumen, in denen sie immerhin, wenn auch mehr gefürchtet als geliebt, in einer gewissen Symbiose mit der Bevölkerung eine gute Zeit verbracht hatten und in denen jetzt, wie wenn ein gewaltsam verschraubter Dampfkessel explodiert, die krasse Gegenstimme erscholl: eine Springflut von orgiastischem Nationalismus tobte hoch, Befreiungstaumel und Siegestrunkenheit mischten sich mit schierer Rachsucht und Vergeltungswut — und da man sie an den eigentlichen Feinden, die sich verflüchtigt hatten, nicht mehr auslassen konnte, richtete sie sich gegen alle, die wirklich oder angeblich mit ihnen paktiert hatten. Am meisten natürlich, da der Geschlechtsneid des Menschen treuester Teufel ist, gegen die Frauen und Mädchen, die, angeblich oder wirklich, freiwillig oder aus Not, den Unterdrückern nicht hatten widerstehen können. Die ersten und greifbarsten Opfer waren die öffentlichen Mädchen, die den ›Verkehr mit dem Feinde‹ nicht in Abrede stellen konnten. Privatpersonen, die, wie Rosine Wulverghem und ihre Töchter, den äußeren Schein gewahrt hatten, mochten sich eher herausreden.

Wo man aber ein weibliches Wesen fand, das sich aus eignem Antrieb, aus echtem Gefühl und in wirklicher Liebe einem ›Feind‹ verbunden hatte, da kannten der Haß und die Rachgier keine Gnade.

Alexander hatte damals meinen Brief nicht erhalten. Denn zur Zeit, als ich ihn schrieb, lag er schwer verwundet mit Lungenschuß in einem Heimatspital. Dann wurde er zur Ausheilung und Erholung in ein Schweizer Sanatorium geschickt, und ich, der ich noch an der Front stand, konnte ihn nicht erreichen. Erst kurz vor Kriegsschluß konnte ich ihm über die Adresse seines Elternhauses eine Nachricht zukommen lassen.

Engele hatte die ganze Zeit hindurch in der ›Gaité‹ gearbeitet, die für sie eine Art klösterlicher Zuflucht war. Jetzt, als die Deutschen abzogen, wurde das Etablissement sofort geschlossen und die angestellten Mädchen, soweit man sie erwischen konnte, sistiert. Man schaffte sie dann

›zur Abstrafung‹ in ihre Heimatgemeinden, und so wurde auch Engele, die als Inhaberin einer Kontrollkarte unter die gleichen Maßnahmen fiel, dorthin abgeschoben, wo sie zuletzt polizeilich gemeldet war: nach Lindeken.

Rosine und ihre Töchter konnten sich nicht genug tun, sie zu belasten und zu verleumden, was für sie eine günstige Gelegenheit war, sich selber reinzuwaschen und ihre Gesinnung zu beweisen. Über sich selbst hatten sie eine Legende aufgebaut, wie sie die Deutschen überlistet und übervorteilt, genasführt, ausgehorcht und ausgesäckelt hätten, und das letztere glaubte man ihnen, denn sie hatten recht dicke Bündel deutscher Papiermark auf die Seite gebracht, die sie jetzt in ihrer Angst dem Fiskus als ›Kriegsbeute‹ übergaben.

In Gent hatte man Frauen, die nachweislich Beziehungen mit dem Feind gepflogen hatten, mit abgeschnittenen Haaren nackt durch die Straßen gejagt und einzelne wie die Hexen des Mittelalters von den Brücken hinab in die Kanäle geworfen. Jetzt zog ein wüster Pöbelhaufen durchs Land, um in den kleineren Orten ähnliche sadistische Strafgerichte zu vollziehen. In Lindeken, wo Engele in ihrer damals abgebrannten und dann wieder aufgebauten Schlafscheune eingesperrt war, hörte man die ›Rächer‹ unter Pfeifen und Johlen auf der Straße von Roselaere heranziehen. Geführt wurden sie von einer Proletarierfrau, die es selbst toll getrieben und bei den Deutschen den bezeichnenden Spitznamen ›Madame Trictrac‹ gehabt hatte, und die nun durch Aufwiegelei und wildes Gehetze ihre eigene Haut zu retten hoffte.

Inzwischen hatte Alexander meine Nachricht bekommen und war noch in den letzten Stunden vor der Erklärung des Waffenstillstandes und der Schließung der Grenzen nach Brüssel geeilt, um Engele herauszuholen. Dort fand er sie nicht mehr, man hatte sie bereits aus ihrer Wohnung verschleppt. Er konnte auch keine Auskunft über sie bekommen, und da er keine andere Spur wußte, wo er sie hätte suchen können, fuhr er, in einem geborgten Zivilanzug und sich als Vlame ausgebend, nach Lindeken. Vielleicht war er sich der Gefahr, in die er sich wagte, nicht voll bewußt, oder er achtete ihrer nicht.

Er traf in der Stunde ein, in der man Engele auf den Dorfplatz schleppte, um sie zu entkleiden, zu stäupen und durch eine Schandgasse zu treiben. Wer die erste Hälfte unseres Jahrhunderts durchlebt hat, wird solche finsteren Exzesse in keiner Nation und an keinem Ort des Erdballs für unmöglich halten. Damals aber waren wir noch in dem Wahn befangen, in einer aufgeklärten, vernunftbeherrschten Epoche zu leben, im Zeitalter des Kindes und der Humanität, wir wußten nichts von der Brüchigkeit jener Kruste, die uns von immer schwelenden Höllenfeuern trennt, und hätten solche Geschichten, wären sie nicht schließlich in unserem nächsten Umkreis und an uns selber geschehen, gern ins Zwielicht längst verdämmerter Jahrhunderte verwiesen.

Der schiefe Leopold war der erste, der Alexander erkannte, als er die Dorfgasse entlang gerannt kam mit dem blinden Vorsatz, sie zu retten oder ihr Schicksal zu teilen. Und er hätte es geteilt. Wie eine Meute stürzte sich der Pöbel über ihn her. Man schlug ihn zu Boden, rannte nach Strick und Leitern. Über die schönste und stärkste Linde wurde ein Hanfseil geworfen. Aus ihrem edlen, feierlichen Gelaub, das im Gold der letzten Herbstfarben prangte, grinste geifernd das Fratzengesicht des schiefen Leopold, den seine lahme Hüfte nicht am Hinaufklettern gehindert hatte. Die Gesichter der Menge waren fahl und verquollen, ihre Augen glotzten verglast, und die Münder verzerrten sich in der Vorkost einer schauerlichen Befriedigung. Engele, deren Gesicht aus häßlichen Kratzwunden blutete, hatte man dem Baum gegenüber auf einen Karren gestellt, damit sie, bevor sie selber drankäme, seine Marter mit ansehen müsse.

Um dieselbe Stunde zog ein Trupp belgischer Frontsoldaten, deren stahlblaue Mäntel und Waffenröcke noch vom Lehm der Gräben verkrustet waren, auf der Landstraße von Roselaere nach Lindeken zu. Es waren jüngere Burschen und reife Männer, Überlebende der grauenvollen Jahre, die hier im Dorf und in den benachbarten Bauernhöfen ihre Heimat hatten. Die meisten hatten sie seit den ersten Tagen des Weltkrieges nicht mehr gesehen. Von ihrer Truppe beurlaubt oder entlassen, marschierten sie nun — einige singend, andere still vor sich hinschauend — nach Hause.

Am Dorfeingang, von dem aus die Hauptstraße und der Platz zu überblicken waren, machten sie halt und beobachteten kurz, was dort vorging. Dann hob ihr Anführer, ein älterer Unteroffizier mit breitem, einfachem Bauerngesicht, ruhig seinen Karabiner und gab einen Schuß ab, der dicht über den Köpfen der Menge dahinpfiff.

Dieser Schuß und diese Männer, die Feinde von gestern, retteten Alexander und Engele das Leben. Sie hatten den Krieg in seiner schlimmsten Gestalt kennengelernt und noch nicht vergessen. Sie hatten seinen Ernst erfahren. Sie wußten, was Sterben heißt. Sie hatten genug gesehen von Blut und Jammer und von der Not der gequälten Kreatur. Mit ihren Gewehrkolben trieben sie, ohne auf lange Erklärung zu warten, den Volkshaufen auseinander, dessen hysterisches Getobe sie anwiderte. Sie nahmen Alexander in Gewahrsam und sorgten dafür, daß sein Fall geklärt und er als Kriegsgefangener behandelt wurde. Sie empfanden kein Rachegelüst gegen eine Frau, die ihr Schicksal gefunden hatte. Sie begriffen die Wahrheit und achteten sie. Einer von ihnen nahm Engele in sein Haus auf, bis Alexander nach kurzer Gefangenschaft in sein Land zurückkehren und sie ihm folgen konnte.

Mehr brauche ich nicht zu erzählen.

Die Fastnachtsbeichte

Am Fastnachtsamstag des Jahres 1913 — es war ein trübkühler, dämmeriger Nachmittag Mitte Februar — betrat ein Mensch in der Uniform des sechsten Dragonerregiments durch einen Nebeneingang am Liebfrauenplatz das schwach erleuchtete Seitenschiff des Mainzer Doms. Unweit, am Gutenbergplatz, vor dem neuen Stadttheater, von dessen offenem Balkon herab sich Prinz und Prinzessin Karneval in ihrem barocken Aufputz der Menge zeigten, wurden grade, wie in jedem Jahr, die ›Rekruten Seiner Närrischen Majestät‹ vereidigt — die Anwärter auf Mitgliedschaft in einem der traditionellen Fastnachtsbataillone, der Prinzen- oder Ranzengarde; und wenn die gepolsterte Doppeltür des inneren Domeingangs auf- und zuschwang, wehten für eine Sekunde der heitere Lärm, Trommelschlag, Pfeifengeschrill, und das schon leicht angeschwipste Gejohle, das die Stadt von der Großen Bleich bis zum Marktplatz überall durchzog, wie ein verworrener Windgesang herein.

Drinnen aber im Dom, in dem außer dem Ewigen Licht vorm Hochaltar nur wenige Lampen und Wachsstöcke brannten, herrschte die gewohnte, steinerne Stille eines Beichtnachmittags, vom Knistern der Kerzen vertieft, und man sah da und dort vor den einzelnen, in den Seitenschiffen verteilten Beichtstühlen, deren jeder mit dem Namen des in ihm verborgenen Priesters oder Domherrn bezeichnet war, ein paar dunkle Gestalten knien, von denen einige das Gesicht in die Hände geschlagen hatten. Allzu viele Bußfertige schien der Fastnachtsamstag nicht anzulocken. Auch vor dem Altar der Madonna im Rosenhag hockten nur wenige alte Weiblein, in Erwartung der Vesperandacht.

Der Mann in der hellblauen Kavalleristenuniform mit dem steifen, samtschwarzen Kragen ging gradewegs auf den nächsten der holzgeschnitzten Beichtstühle zu — es war der des Domkapitulars Dr. Henrici —, vor dem in diesem Augenblick niemand wartete, und der überhaupt schwachen Zulauf hatte; denn der gelehrte Herr stand nicht nur im Ruf besonderer Strenge und eines ungewöhnlich scharfen Gedächtnisses, sondern auch einer zunehmenden Schwerhörigkeit. Der Dragoner schien es eilig zu haben — er stach mit sehr raschen und merkwürdig kurzen, steifen, fast hüpfenden Schrittchen, wie ein Pferd im abgekürzten Trab, schnurstracks und ohne vorher das Knie zu beugen auf den Eingang des Beichtstuhls zu. Dem Dr. Henrici, der eben den dunklen Vorhang seines hölzernen Gelasses ein wenig gelüpft hatte (in der geheimen Hoffnung, gar keinen Beichtwilligen mehr vorzufinden und etwas rascher zu seiner unterbrochenen Lektüre in der bischöflichen Bibliothek zurückkehren zu können), fiel der kurze, stelzige Schritt des späten Ankömmlings auf. Vielleicht hat er sich wundgeritten, ging es ihm durch den Kopf, da er das leise Klirren der Radsporen auf den Sandsteinfliesen vernahm. Dann ließ er den Zipfel des Vorhangs fallen und wandte sein Gesicht dem Eingetretenen entgegen.

Gleich darauf aber zwängte sich die priesterliche Gestalt mit ungewöhnlicher Hast aus der schmalen Öffnung des Beichtstuhls heraus, und der Domkapitular eilte, so rasch es ihm das Alter und die Würde seines Gewandes erlaubte, durch das große Mittelschiff und über die Stufen der Apsis zum Chor hinauf, wo einer der beiden wachhabenden Domschweizer, auf seine Hellebarde gestützt, verschlafen herumstand. Auch der zweite Domschweizer, der in der Gegend des Haupteingangs patrouillierte, kam neugierig herbei, da er die erregten Gesten sah, mit denen der geistliche Herr auf seinen Wachkameraden einflüsterte.

Rasch folgten beide Schweizer, nachdem sie ihre Hellebarden an eine Steinsäule gelehnt hatten, dem Beichtvater zu seinem verlassenen Gehäuse, aus dessen seitlichem Eintritt, von der niedrigen Kniebank herunter, gleichsam umgeklappt, wie Teile einer zerlegten Gliederpuppe und als gehörten sie gar nicht zu einem Körper, ein paar Beine in den Röhren der militärischen Ausgehhosen und die blank gewichsten Stiefel mit den Radsporen hinaushingen. Der Oberkörper des Mannes schien in sich zusammengesunken, die Hände waren noch vor seinem Leib gefaltet, das Kinn auf die hölzerne Kante unterhalb des Beichtgitters aufgeschlagen.

Vorsichtig hoben die beiden Männer den reglosen Körper aus dem fast sargartig engen Holzkasten heraus, und als sie ihn umdrehten, um ihn wegzutragen, baumelten der Kopf und die Arme schlenkernd herab. Das Mittelschiff vermeidend, um bei den wenigen Besuchern kein Aufsehen zu machen, schleppten sie ihn durch die Seitengänge zur Sakristei — von Dr. Henrici gefolgt, dem trotz des Herzpochens, das ihm der Schreck verursacht hatte, nicht das Skurrile und fast Theaterhafte dieses Aufzugs entging: von den beiden Domschweizern in ihren altertüm-

lichen Kostümen war der eine sehr kurz, breit, mit vorstehendem Ober-
bauch, der andere lang, dürr und o-beinig, was bei den Pluderhosen und
Kniestrümpfen seiner Tracht besonders auffiel. Die ungewohnte Last
gab ihren Schritten, die an dem feierlichen Gang der Prozessionen und
geistlichen Umzüge geschult waren, etwas knieweich Verwackeltes. Sie
wirkten, als hätte man sie von der Straße weg als Statisten zu einer
Opernaufführung geholt, oder als hätten sie eine Szene aus den ›Contes
drôlatiques‹ darzustellen.

Die Gestalt zwischen ihnen jedoch, als man sie nun in Ermangelung
einer anderen Bettungsgelegenheit auf den flachen, steinernen Sarko-
phagdeckel eines längst verstorbenen Kurfürsten niederlegte, strahlte in
ihrer Unbeweglichkeit eine seltsame, endgültige Stille aus.

»Vielleicht ist ihm nur schlecht geworden«, sagte Henrici laut zu den
schnaufenden Trägern. Dabei wußte er in seinem Innern, noch ehe er
sich überzeugen konnte: dieser Mann war tot. Gleichzeitig bemerkte er
auf dem weißen Rand seiner Stola, die er gerade abnehmen wollte, einige Blutspritzer, und als er sich jetzt zu dem ausgestreckten Körper nie-
derbeugte, sah er in der helleren Beleuchtung des Sakristeivorraumes,
daß ein dunkler Streifen seitlich aus seinem Mundwinkel sickerte. »Ein
Blutsturz aus der Lunge vermutlich«, sagte er, »man muß rasch einen
Doktor holen. Kennt einer von euch den Mann?« Die beiden schüttel-
ten die Köpfe.

»Vor dem Prälat Gottron seinem Beichtstuhl«, sagte einer von ihnen
umständlich, »kniet noch Dr. Carlebach, vom Welschnonnegäßchen.«

»Dann bitten Sie ihn doch her«, sagte Henrici, »und Sie«, wandte er
sich an den anderen, »holen mal rasch etwas Wasser, für alle Fäll.«

Der Angesprochene zuckte die Achseln und legte, bevor er ging, die
Militärmütze, die er vor dem Beichtstuhl aufgehoben hatte, mit dem
Deckel nach oben auf die Brust des Dragoners, die sich nicht bewegte.

Henrici, als er allein mit ihm war, fühlte eine Neigung, die Mütze
wieder wegzunehmen und dem Mann auf der Brust die Hände zu falten. Aber er wagte nicht, ihn zu berühren, bevor der Arzt es getan hatte.
Das Gesicht mit den halbgeschlossenen Augen war jetzt von einer
wächsernen Fahlheit durchtränkt, und es schien dem Priester, als beginne das Blut am Mundwinkel zu gerinnen. Es war ein hübsches, fast
schönes Jungmännergesicht, mit einem kleinen, dunklen Schnurrbärtchen über starken Lippen. »Nein«, sagte Henrici vor sich hin und
schüttelte den Kopf. Einen Augenblick hatte er geglaubt, in den Ge-
sichtszügen etwas entdeckt zu haben, das ihm bekannt vorkam. Aber es

verflüchtigte sich sofort wieder und fand keine Bestätigung in seinem Gedächtnis. Während er sich mit den Vorbereitungen zur letzten Ölung beschäftigte, trat der Arzt ein, ein kleiner, weißhaariger Herr in altväterlich dunkler Kleidung. Er sah aus, als habe ihn der Ruf von einer Bußübung für sehr läßliche Sünden weggeholt.

»Exitus«, sagte er nach einer kurzen Prüfung, schlug ein Kreuz und strich dem Toten leicht über die Lider.

»So ein junger Mensch«, sagte Henrici, »er kann doch kaum mehr als fünfundzwanzig sein. Was dem wohl gefehlt hat?«

In diesem Augenblick fuhr der Arzt, der den Oberkörper des Dragoners ein wenig angehoben hatte, vielleicht, um doch noch einmal nach Herztönen zu lauschen, heftig zusammen und zog seine Hand zurück, als hätte er sie verbrannt. Dann deutete er zwischen die Schultern des jungen Mannes. Dort, im grünen Strahl einer Gaslampe deutlich aufblinkend, mehr nach der linken Seite hin, war etwas, was da nicht hingehörte. Die beiden alten Herren schauten einander an. Die rotrandigen Augen des Doktors wässerten nervös, und dem Domherrn war es, als krieche etwas Kaltes über die Haut seines Hinterkopfs. Was da im Rücken des toten Mannes steckte, mitten in der kaum befleckten, blauen Montur, war unverkennbar der Knauf einer Waffe.

»Erdolcht«, flüsterte der Arzt und ließ den Oberkörper des Toten vorsichtig auf die Seite gleiten.

»Ja – aber – wieso denn –«, brachte Henrici hervor, während tausend Gedanken und Vorstellungen gleichzeitig in ihm aufkreuzten.

Die beiden Schweizer, einer von ihnen mit einem Glas Wasser in der Hand, waren herzugetreten und starrten mit glotzigen Augen.

»Wollen Sie bitte«, sagte Henrici zu dem Arzt und den Wächtern, »das Nötige veranlassen – mit der Polizei und so weiter. Ich fühle mich nicht ganz wohl.« Er wendete sich, fuhr mit der Hand über die Stirn. »Ich stehe dann gleich wieder zur Verfügung«, sagte er noch, »nur etwas frische Luft . . .«

Langsam schritt er den Weg durch die Kirche zurück, den sie einige Minuten vorher mit dem leblosen Körper gegangen waren – an seinem Beichtstuhl vorbei, zu dem er einen kurzen, zerstreuten Blick hinwarf –, weiter zu dem seitlichen Eingang, durch den der Dragoner eingetreten war. Es war nichts zu sehen, keine Blutspur oder dergleichen, und Henrici suchte auch nichts. Der stelzige kurze Trab des Mannes fiel ihm ein – als ob er vor etwas habe fortlaufen wollen, das ihn doch schon ereilt hatte.

Der innere Eingang bestand im Winter aus zwei dick gepolsterten, schwingenden Holztüren. Zwischen diesen und der schweren, eisenbeschlagenen Außentür, die man mit einer Metallklinke aufzog, war ein halbdunkler Zwischenraum, jetzt schon fast gänzlich finster, da das Licht auf der Seite über den gedruckten Kundmachungen der Diözese — wohl durch die Abhaltung der Domwächter oder eine Verspätung des Küsters — noch nicht angezündet war. ›Hier‹, dachte Henrici schaudernd, ›kann es geschehen sein . . . Oder?‹

Als er langsam die Außentür öffnete, um seine Lungen mit der kühlen, regnerischen Abendluft zu füllen, war es ihm, als ob auf der halbdunklen Straße etwas wegliefe . . . Er hatte, ohne sich genau darüber Rechenschaft zu geben, ganz deutlich das Gefühl von ›etwas‹ — also nicht unbedingt von einem Menschen . . . Es hätte auch — etwas anderes sein können — ein Tier, ein ungewöhnlich großer Hund vielleicht — oder aber doch eine tiefgeduckte Menschengestalt? Er hatte es, in dem kurzen Augenblick, kaum zu Gesicht bekommen, mehr die Bewegung gespürt, — aber es *war* etwas vor ihm aufgesprungen, wie ein schwerer, lautloser Schatten . . ., dem zu folgen unmöglich war; denn erstens war sich Henrici völlig im unklaren über die Richtung, in der dieses Etwas entwichen war, falls es überhaupt eine Substanz hatte — und zweitens wälzte sich in diesem Moment, vom ›Höfchen‹ her, die ganze Straße und die Ausdehnung des kleinen Platzes füllend, unter dem dröhnenden Einsatz von Kesselpauke, Schellebaum und Schlagdeckel, von den Lichtern bunter Lampions und rötlichem Fackelschein überzuckt, schreiend, lachend, johlend und die als ›Handgeld‹ empfangenen Weinflaschen schwenkend, der frisch vereidigte Rekrutentrupp der ›Ranzengarde‹, mit närrischen Kappen auf dem Kopf, in der Richtung aufs Fischtor zu — und eine riesige Menschenmenge hinterher. Dienstmädchen und Kinder quollen aus den Haustüren, im Nu waren auch die Nebengassen von Leuten überschwemmt, und aus unzähligen Mündern drang — zu dem rassligen Schmettern der Blechmusik — mit schrillen, kreischenden oder schon suff- und schreiheiseren Stimmen — der karnevalistische Marschgesang:

— Rizzambaa, Rizzambaa,
Morje fängt die Fassenacht aa —

wie ein päanisches Jubelgeheul zum Rheinstrom hin verhallend.

Der Domkapitular Henrici hörte es kaum. Ihm war etwas eingefallen, das — leise zuerst, dann mit immer lauterer Stimme — in ihm sprach. Er hatte nicht daran gedacht — da es zu selbstverständlich, zu gewohnt, zu unauffällig war, um sich in die Erinnerung einzukerben. Jetzt aber wußte er es ganz genau, und es nahm in seinem Innern eine unbegreifliche Bedeutung an — so als sei damit alles Unbekannte und Dunkle schon auf geheimnisvolle Weise geklärt ... Der fremde junge Mann hatte nämlich im Beichtstuhl, bevor er zusammenbrach, noch zu ihm gesprochen. Es waren jedoch nur die ersten vier Worte der Beichtformel gewesen, wie sie jeder zur Einleitung seines Bekenntnisses dem an Gottes Statt lauschenden Priester zuflüstert:

»Ich armer, sündiger Mensch —«

Dann war er verstummt.

Zwischen Walluf und Eltville, von Mainz aus am besten mit dem zum rechten Rheinufer hinüberfahrenden Dampfschiff zu erreichen, lag, in der Nähe des Dörfchens Nieder-Keddrich, am Fuße des Taunus, das große Weingut Keddrichsbach, mit seinen weltberühmten Wingerten ›Keddricher Ölberg‹ und ›Keddrichsbacher Blutströppchen‹. Es stand seit Generationen im Besitz der Familie Panezza, der außerdem ein bedeutendes Sägewerk und eine Ziegelfabrik am Rheinufer sowie, von der jetzigen Frau Panezza in die Ehe eingebracht, eine Weinkellerei in dem damals noch österreichischen Meran gehörte. Das Herrschaftshaus, zwischen den Weinbergen in einem Park mit reichem Baumbestand gelegen, war um die Jahrhundertwende neu ausgebaut worden, und zwar in jenem schloßartigen Prunkstil, mit Erkerchen, Türmchen und vielfach verzierter Fassade, der seinen Schöpfern zuerst so stolz und heiter vorkam, und dem schon nach kurzer Zeit etwas Muffig-Morbides und Gottverlassenes anhaftete.

Dort schellte es, am gleichen Fastnachtsamstag gegen Abend, recht heftig an der Haustür, die — portalartig aufgemacht — mit einem großen, schmiedeeisernen Klingelzug versehen war.

›Wer soll denn jetzt schellen‹, dachte das Dienstmädchen Bertel, das im obersten Stockwerk des Hauses, wo die Wäschekammern und Flickstuben lagen, der alten Nähmamsell beim Herrichten von Ballkostümen half. Sie knöpfte sich ihre hübsche, hellblau mit weiß karierte Trägerschürze über den Schultern zu und warf rasch einen Blick in den Spiegel, in dem ihr frisches, dunkeläugiges und dunkel umlocktes Gesicht erschien, fuhr sich auch mit der Zunge über die Lippen und mit dem feuchten Finger über die Augenbrauen — denn es war immer möglich, im Flur dem jungen Herrn zu begegnen, wenn er, wie jetzt, auf Urlaub zu Hause war. Dann sprang sie in einem hüpfenden Galopp, der ihr bei jeder Stufe die Brüste im Hemd wippen ließ, die breite Haustreppe hinunter. Bevor sie jedoch den letzten Halbstock erreichte — es hatte inzwischen nochmals und noch etwas heftiger geschellt —, hörte sie, daß die Haustür bereits geöffnet wurde. Der junge Herr, der sich mit seiner Schwester unten im Musikzimmer aufgehalten hatte, war ihr zuvorgekommen, und sie sah, während sie auf der Treppe stehenblieb, von rückwärts seine schmale Gestalt mit der hellgrauen Litewka lose über den Schultern, wie er die mit buntem, bleigefaßtem Glas eingelegte Tür halb offen hielt, indem er sich mit einer fragenden Geste hinausbeugte. Gleichzeitig hörte sie von draußen die Stimme eines Mädchens oder einer jungen Frau, die selbst noch nicht sichtbar war, in erregtem Tonfall und mit ausländischem Akzent fragen: »Kann ich den Herrn Panezza sprechen?«

»Er ist nicht zu Hause«, antwortete der junge Herr, den sie vielleicht für einen Diener gehalten hatte, »aber ich bin sein Sohn, Jeanmarie.« — »Das kann nicht sein!« rief die Stimme der jungen Frau draußen, fast im Aufschrei, »das *kann* nicht sein«, fügte sie dann leise hinzu.

Der junge Herr war inzwischen auf die Stufen unter dem Glasdach hinausgetreten, und das Mädchen Bertel konnte nicht genau hören, was gesprochen wurde, doch als es neugierig näher lief, kam Jeanmarie bereits lachend zurück und führte eine junge Dame am Arm, die über einem eleganten Reisekostüm eine Regenpelerine trug und ein kleines Köfferchen in der Hand hielt.

»Helfen Sie bitte der Signorina«, sagte der junge Herr heiter und winkte Bertel zu, während er der Dame das Köfferchen aus der Hand nahm, »und dann bringen Sie gleich einen heißen Tee, und Rum. Das ist meine Cousine Viola, mit der ich als Kind gespielt habe — sie hat mich nicht wiedererkannt!« — »Nun«, sagte die junge Dame und versuchte ein Lächeln, »wir waren ja noch sehr klein, damals.« — »Allerdings«, rief Jeanmarie aufgeräumt, »kaum vier oder fünf Jahre, aber ich habe dich trotzdem erkannt, bevor du den Namen gesagt hast! Erinnerst du dich nicht, wie wir immer am Rebgeländer auf die Gartenmauer hinauf —« Er unterbrach sich, da er so etwas wie einen gequälten Zug im Gesicht der Besucherin bemerkt hatte, woraus er schloß, daß sie ihn schlecht verstand, und begann italienisch zu sprechen.

›Sie ist schön‹, dachte Bertel, während sie der Fremden die feuchte Pelerine und das schleierverzierte Hütchen abnahm. Ein Stich von grundloser Eifersucht zuckte ihr durch die Brust. Das Gesicht der jungen Dame war blaß, vielleicht von den Anstrengungen einer langen Reise, die großen, dicht bewimperten Augen, die von einem so dunklen Blau waren, daß sie fast schwarz wirkten, ein wenig umschattet. Schwarze Locken fielen ihr über die Ohren herab, als sie das Reisehütchen absetzte. Mit einem Blick hatte Bertel taxiert, daß ihre Figuren fast die gleichen waren: nicht zu groß, jugendlich straff und schlank, mit früh entwickelten Formen schmiegsamer Weiblichkeit. Die Signorina trug Knöpfstiefelchen aus feinem Leder bis über die Knöchel hinauf, die jetzt mit Straßenkot bespritzt waren.

›Komisch‹, dachte Bertel, und schaute den beiden nach, wie sie ins Musikzimmer traten, ›warum hat sie so geschrien?‹

›Das kann nicht sein!‹ hatte die Fremde gerufen. Nun — sie hatte halt ihren Cousin nicht wiedererkannt, ihn sich anders erwartet . . . und damit hatte sich wohl auch Jeanmarie den Ausruf erklärt. Aber dem aufgeweckten Sinn des Mädchens schien es, als habe in jenem Tonfall etwas mehr mitgeschwungen als nur Staunen und Überraschung —: es war eher, wie wenn jemand eine schreckliche Entdeckung macht — oder eine schlimme Neuigkeit erfährt . . . ›Ach was geht's mich an‹, sagte Bertel, stampfte in einem ihr selbst kaum bewußten, nervösen Trotz mit dem Fuß auf und ging, um die noch offene Haustür zu schließen. Einen Augenblick trat sie auf die Stufen, sog die frühe Nachtluft ein, die hier im Rheingau, trotz der noch winterlichen Jahreszeit, ganz stark nach Gartenerde und nach keimenden Kräutern roch . . . Sie fuhr zusammen, da sich eine dunkle Gestalt aus dem Schatten der beiden mächtigen Edelkastanien hinter der Auffahrt löste. »Ach«, sagte sie dann, »da ist schon die Bäumlern.«

Eine schwer gebaute Frau näherte sich dem Haus, mit einem graubraunen Umschlagtuch um Kopf und Schultern. Es war eine Arbeiterwitwe aus dem Dorf, die in ihrer Jugend einmal im Haus gedient hatte und jetzt bei Gesellschaften in der Küche zu helfen pflegte.

»Es ist noch zu früh, Bäumlern«, rief Bertel ihr zu, »aber komm nur schon rein!«

Die Frau antwortete nicht, warf ihr aus einem früh gealterten, aber noch keineswegs alten Gesicht einen bösen, mißtrauischen Blick zu und entfernte sich schwerfüßig in Richtung zum Gesinde-Eingang.

Auf dem Flügel stand der Klavierauszug des ›Rosenkavalier‹, der damals zum erstenmal im Stadttheater gespielt wurde und die Geschwister Panezza bis zur Berauschung entzückte. Daß viele der Älteren die Musik wegen ihrer kühnen Harmonien als ›hypermodern‹ verschrien und das

Buch dekadent oder anrüchig fanden, steigerte die Begeisterung der beiden ins Maßlose, und sie redeten sich seit Wochen nur noch mit Namen aus dem Stück an oder nannten auch in respektlosen Augenblicken ihren lebenslustigen Vater ›den Ox‹, natürlich nur unter sich und wenn er nicht dabei war.

Jeanmarie, der fünfundzwanzig, und seine Schwester Bettine, die dreiundzwanzig war, empfanden sich fast als Zwillinge und lebten im zärtlichen Einverständnis einer heimlichen Verschwörung, die sich vor allem auf die distanziert-ironische Opposition zu sämtlichen Meinungen, Gewohnheiten und Handlungen ihrer Eltern gründete. Jeanmarie, der keinerlei Neigung oder Begabung zum Geschäftsleben empfand und sich nur für die Musik interessierte, ohne jedoch zur musikalischen Berufsausbildung talentiert genug zu sein, diente auf Wunsch des Vaters als aktiver Leutnant beim vornehmsten Mainzer Kavallerie-Regiment, den 6er Dragonern. »Bis ich mal sterbe«, pflegte Panezza zu sagen, »soll er ruhig Soldat und Klavier spielen, dann kann er Coupons schneiden. Viel Intelligenz braucht man zu beidem nicht.«

Die künstlerischen Neigungen seiner Kinder schienen ihm eher ein Zeichen geistiger Schwäche oder mangelnder Lebensenergie zu sein, obwohl er selbst ein angeregter Theater- und Konzertbesucher war und überhaupt allen leichteren und beschwingten Daseinselementen zugetan, doch nur innerhalb dessen, was er die »gesunde Wirklichkeit« nannte.

Seine Frau Clotilde, eine geborene Moralter, aus Südtirol stammend und halb sizilianischer Abkunft, neigte mit zunehmenden Jahren zu einer Art von phlegmatischer Kränklichkeit und lebte nur auf, wenn es den Blumengarten oder das Gewächshaus zu betreuen galt.

Bettine, ein unauffälliges Mädchen von gutem Wuchs, schien die Anlage zu Phlegma und Kopfschmerzen von ihrer Mutter geerbt zu haben, doch lag in ihrem Wesen ein versteckter Zug zum Exaltierten, der sich vor der Reife in verstiegener Frömmigkeit, jetzt in einer fast vernarrten Bewunderung für ihren geistig überlegenen, in ihrer Traumvorstellung übermenschlich genialen und bedeutenden Bruder äußerte. Dieser selbst, Jeanmarie, hielt sich weder für genial noch bedeutend, doch war sein Wesen, wie das vieler gut veranlagter junger Leute in diesen Tagen, von einer feinfühligen Skepsis durchsetzt, einem nagenden und ahnungsvollen Zweifel an der Beständigkeit der sie so fest umzingelnden Ordnung, und einer lustvollen, abenteuerlichen Vorstellung von ihrer möglichen Zerstörung, was ihm in seinen Augen und in denen seiner Bekannten etwas vom Außenseiter oder Frondeur verlieh. Trotzdem war er, mit seinen hübschen, dem Vater ähnlichen Zügen und seiner natürlichen Noblesse, durchaus ein angenehmer junger Herr von guten Manieren und heiterer Lebensart.

Jetzt mühten sich beide Geschwister, nicht ohne eine leise Verlegenheit, die plötzlich hereingeschneite Cousine, eigentlich Groß-Cousine oder Base zweiten Grades, deren Besuch aus dem fernen Palermo merkwürdigerweise nicht angekündigt war, ein wenig aufzutauen: denn sie machte noch immer, trotz des wohlgeheizten Salons und des dampfenden Rum-Tees, einen erstarrten oder gefrorenen Eindruck. Zwischendurch allerdings verfiel sie in eine unvermittelte, sprudelnde Lebhaftigkeit, besonders wenn sie vom Deutschen, das sie an sich gut beherrschte, in das beiden Geschwistern von Kind auf vertraute Italienisch überging. Dann hingen Jeanmaries Augen an ihren vollen, etwas zu breiten Lippen und ihrem jählings von innen aufblühenden Gesicht mit den wirklich violenfarbenen Augen, das ihn an Bilder der jungen Eleonora Duse erinnerte.

Sie redete lachend, und mit einer ähnlichen Ironie, wie sie Jeanmaries und Bettines intimen Gesprächston färbte, von zu Hause, von der sizilianischen Gesellschaft und der enormen Langweiligkeit des Lebens im elterlichen Palazzo, die in ihr die sehnsüchtige Erinnerung an ungebundene Kindertage bei ihren Verwandten im Rheingau und den plötzlichen Entschluß zu dieser Reise geweckt habe. Ja, natürlich habe sie gewußt, daß es die wirblige Zeit des Karnevals mit all seiner Tag und Nacht nicht ruhenden Geselligkeit sei, und gerade das, der Wunsch, die berühmte Mainzer Fastnacht mitzumachen, habe sie sozusagen Hals über Kopf in den nächsten und schnellsten D-Zug getrieben. Ihr Gepäck? Das sei wohl noch unterwegs, aber sie könne in ihrem Täschchen (dabei geriet sie ins Stottern und in ein unsicheres, fehlerhaftes Deutsch) dummerweise den Schein nicht finden — am Bahnhof, ja am Hauptbahnhof habe sie sich an einem Schalter nach der Verbindung, den Fahrzeiten des Dampfschiffs erkundigt und dabei — sie konnte plötzlich fast nicht weiterreden wie unter einer sie stoßhaft überfallenden Depression — »dort habe ich ihn verloren«, sagte sie, und ihre Augen füllten sich sogar mit Tränen, als handle es sich um einen ganz anderen Verlust als um den eines Gepäckscheins. »Dort habe ich ihn verloren«, wiederholte sie. Nun, meinte Bettine, beschwichtigend, das Gepäck könne man wohl auf jeden Fall auslösen, und bis es ankomme, ließe sich ihr leicht mit allem Nötigen aushelfen — sogar mit einem Maskenballkostüm, das sie

364

wohl sowieso nicht mitgebracht habe? — Aber, fragte Jeanmarie, den das sofort einsetzende Kleidergespräch der Mädchen langweilte, warum habe sie denn nicht wenigstens vom Bahnhof aus angerufen, man hätte sie natürlich abgeholt, oder jemanden an die Haltestelle des Dampfschiffs geschickt — und wie sie denn überhaupt ihren Weg heraufgefunden habe? — Das sei leicht gewesen, der Mann am Billettschalter des Dampfschiffs habe ihr die Richtung gezeigt, aber dann — sie schauerte etwas zusammen und es sah aus, als wolle ihr Gesicht wieder gefrieren —, ja, dann sei ihr etwas Merkwürdiges, Erschreckendes passiert . . . Nämlich? — Nämlich, eine alte, oder vielleicht auch nicht so alte, aber ungepflegte, ärmliche, wohl auch gewöhnliche Frau, die sie in der Nähe des Hoftors getroffen und gefragt habe, ob dies das Gut des Herrn Panezza sei — sie zögerte oder suchte nach Ausdruck —, die habe sie statt einer Antwort beschimpft . . . von der sei sie (sie gebrauchte das Wort mit einem südländischen Pathos) *verflucht* worden . . . »Wie denn, beschimpft, verflucht?« fragte Jeanmarie betroffen. — Die Frau habe zunächst getan, als höre oder verstehe sie sie nicht, und ihr dann plötzlich ein gemeines Wort ins Gesicht geschleudert, und die Hand gegen sie gehoben . . . Was für ein Wort — ob sie sich nicht verhört hätte? oder falsch verstanden? — Nein, sie habe es ihr, ganz laut, noch einmal nachgerufen, als sie dann die Stufen hinaufgelaufen sei: »Verdammte Hur«, oder »Verfluchtes Hurenmensch« — sie konnte sich nicht getäuscht haben . . .

»Ach«, sagte Jeanmarie mit einem verlegenen Lachen, »das war die Bäumlern. Es tut mir leid, daß sie dich erschreckt hat — die spinnt ein bißchen. Sie meint das nicht so.« — »Was sie meint, weiß man nicht genau«, erklärte Bettine, »aber ich glaube, sie ist harmlos, nur nicht ganz richtig im Kopf. Sie war Jeanmaries Amme als junges Ding, da unsre Mutter krank war und nie stillen konnte, und sie haßt alle jungen Frauenzimmer, warum, weiß man nicht. Aber sie ist halt arm, und wenn wir Gesellschaft im Haus haben, holt man sie zum Geschirrspülen, damit sie was verdient und ein paar Restertöpfchen mit heimnehmen kann . . .« »— Erwartet man denn«, fragte Viola, »heute Gesellschaft im Haus?« — »Allerdings«, sagte Jeanmarie, und zwischen ihm und Bettine flog ein Blick gemeinsamer, temperiert-spöttischer Verzweiflung hin und her . . . »Eine ganz besondere Gesellschaft sogar, über die du dich vielleicht ein wenig wundern wirst, aber es kommt deinem Wunsch, die Mainzer Fastnacht zu erleben, aufs allerschnellste entgegen — du wirst sogar gradezu in ihr inneres Sanctum eingeführt und ihrer allerhöchsten Kurie konfrontiert werden . . .« — »Wieso denn das«, fragte Viola verwirrt und mit einem fast ängstlichen Ausdruck, und ob sie denn, als Fremde, bei einer so internen Angelegenheit nicht stören werde? »Keineswegs«, rief Jeanmarie, »die unerwartete Anwesenheit eines hübschen Mädchens wird höchstens die Stimmung steigern, die sowieso gewiß schon recht ausgelassen ist. Unser Vater«, fuhr er, mit einem halb lachenden, halb klagenden Blick zu Bettine fort, »ist nämlich ein ›alter Narr‹ — das bedeutet hier nichts Despektierliches, sondern nur, daß er von Jugend auf zum Präsidium des einheimischen Karnevalvereins gehört und sich die Pflege der Fastnacht, ihrer Gebräuche, Zeremonien, Festivitäten, zu einer Art von Lebensaufgabe gemacht hat, die er sich auch eine ganze Menge Geld kosten läßt . . . Er wurde vor fünfundzwanzig Jahren schon einmal zum Prinz Karneval gewählt, damals waren wir allerdings noch nicht dabei, und soll eine so glanzvolle Figur gemacht haben, daß man in den bewußten närrischen Zirkeln noch heute davon spricht . . . Nun, und so haben sie ihn als würdigen Fünfziger noch einmal dazu überredet, so furchtbar schwer dürfte es nicht gewesen sein, der Stadt und der Welt, urbi et orbi, zur allgemeinen Belustigung des Volkes dieses gewaltige Schauspiel zu bieten . . .«

Seine verzwickte Redeweise und Bettinens Kopfschütteln ließen keinen Zweifel daran, daß die Geschwister sich für ihren Vater und seine karnevalistische Passion ein wenig genierten. Für sie war die Fastnacht, der sie in ihrer Kinderzeit gewiß manches Vergnügen abgewonnen hatten, in ihrem derzeitigen Stadium der Sehnsucht nach verfeinerter Geistigkeit, ein recht gewöhnliches und pfahlbürgerliches Amüsement, ein Massenspektakel und ein Ausbruch von ›Fröhlichkeit auf Befehl‹ — wie man ihn vielleicht noch dem einfachen Volk konzedieren konnte —, dessen enthusiastische Zelebrierung durch Leute von Stand, Rang und äußerer Lebenskultur sie aber als geistlosen Unfug empfanden. Sie hätten lieber Theseus zum Vater gehabt als Zettel den Weber — denn so kam er ihnen in seinem karnevalistischen Vereinsgehabe vor —, während Panezza selbst, in seiner närrischen Majestät, sich durchaus als Theseus und volksumjubelten, freudespendenden Landesfürsten fühlte. Ob denn nun ihre Mutter, fragte Viola, auch als Prinzessin Karneval fungiere? Die Geschwister lachten hell auf. Das fehlte noch! Nein, die Mutter pflegte noch nicht einmal den großen, traditionellen Maskenball in der Stadthalle mitzumachen, den kaum ein erwachsener Mensch in Mainz versäumte — sie pflegte nur ihre Blumen und ihre Migräne . . . Jetzt allerdings war sie mit in die Stadt gefahren, wo Panezza vom Altan des Stadttheaters aus die ›Vereidigung der Rekruten‹ vornahm; aber sie sah sich das Spektakel nur vom Salonfenster der Familie Bekker in der Ludwigstraße an — das seien die Bekkers mit zwei k, worauf diese Familie besonders stolz sei, denn das schien ihr vornehmer zu sein, als sich, wie andere Beckers, mit ck zu schreiben. Und die Tochter der Familie Bekker — mit zwei k —, die blonde Katharina, eine jüngere Schulfreundin der Bettine, war dies Jahr die gekürte und gekrönte Prinzessin Karneval, dreitägige Präsentiergemahlin ihres Herrn Vaters ... »Um Gotteswillen«, rief Bettine in das nun herzhaft und unbefangen sprudelnde Gespräch und Gelächter hinein, »ich höre die Autos! Sie kommen schon — und wir sind nicht angezogen!«

Adelbert Panezza, der Vater, hatte es sich nicht nehmen lassen, als Vorfeier der kommenden Freudentage seine jugendliche Mitregentin, das Fräulein Katharina oder ›Katzjen‹ Bekker, und deren Familie sowie die Kommandeure der närrischen Bataillone und ein paar andere karnevalistische Würdenträger zu einem kleinen Festessen einzuladen, und er hatte sich, um sie rasch aufs Gut herauszubringen, einige Mietautos gesichert, deren es damals in der Stadt erst wenige gab. Die ratterten nun, unter ungeheurem Motorgefauche, die lehmige Landstraße hinauf.

Wie gejagt stürzten die Geschwister, Viola mit sich ziehend, treppauf zu ihren Zimmern, während das Dienstmädchen Bertel, nun in weißer Plisseeschürze und Spitzenhäubchen, mit wippenden Brüsten die Stufen hinunter sprang. Ein gemieteter Lohndiener, in der Livree der Prinzengarde, hatte schon das Portal geöffnet, dessen elektrische Beleuchtung, sonst von gläsernen Weinblättern umrankt, heute mit den Mainzer ›Narrenfarben‹, rot-weiß-blau-gelb, drapiert war.

Von draußen, wo die Autos unter explosionsartigem Getöse den Versuch machten, einander bei der Anfahrt nicht zu zertrümmern, erklang jenes etwas krampfhaft angeregte Durcheinander von Reden und Lachen, das einer solchen Abendgesellschaft, bevor sie sich auf den normalen Unterhaltungston abstimmen kann, vorausgeht. Bertel und der Lohndiener hatten alle Hände voll zu tun, um die Mäntel, die Hüte, die Überschuhe zu versorgen.

Von einem oberen Treppenabsatz übers Geländer gebeugt, sah Viola am Arm von Bettine, wie — höflich seine Gäste vor sich her dirigierend — Herr Adelbert Panezza eintrat, im prächtigen Gewand des Prinzen Karneval, mit Gold und Silber, Hermelin und Purpur, Ordenssternen, Paradebändern und Schnüren überladen, in hohen Lackstiefeletten mit Silbersporen, ein glitzerndes Szepter in der Hand, auf dem Kopf eine reichgestickte, schellenverzierte, aus glänzenden bunten Seidenstoffen gewirkte Narrenkappe, die nach Art der phrygischen Mützen geformt war, und wenn man daran denken mochte, auch an die Jakobinermützen der Blutherrschaft erinnerte. Trotz dieser Verkleidung wirkte er in seiner straffen, federnden Männlichkeit, mit seinen von echter Freude und kindlichem Stolz blitzenden, blauen Augen und der frischen, jetzt wohl auch wein- und luftgeröteten Haut unter den grauen Schläfen völlig überzeugend als eine herzerquickende Persönlichkeit. Ja, es strahlte von seinen offenen Zügen etwas wie Wärme und Weltverständnis aus, das mehr als ›Gutmütigkeit‹ andeutete, und Violas beklommener Atem ging bei seinem Anblick unwillkürlich leichter, wie von Vertrauen besänftigt. Panezzas Gattin, Clotilde, war gleich mit einigen älteren Damen in einem Ablegezimmer verschwunden, Viola bekam sie nur umrißhaft, als ein grauseidenes Abendkleid mit Spitzeneinsatz unter fließendem Chinchillapelz, zu Gesicht. An Panezzas Seite aber zeigte sich, ebenfalls in einem überladen prächtigen, doch durch die Koketterie weiblichen Schnitts und Zierats gemilderten Kostüm, eine wahrhaft liebliche Erscheinung, der wie auf Gemälden mit Goldgrund eine blendende Fülle eignen, natürlichen Blondhaars das rosige Mädchengesicht umrahmte. Das kleine diademartige Krönchen, von dem bunte Steine blitzten, schien mit Absicht schief und frech auf den Scheitel gesetzt. Um ihre feinen Lippen lag ein verträumtes, oder auch nur liebenswürdiges Lächeln, während die etwas vorstehenden Augen feucht, blank und einfältig vor sich hin schauten. Ein junger Mann in Smoking und Narrenkappe, der mit einer riesigen Chrysantheme im Knopfloch und eingezwicktem Monokel recht affig wirkte, hielt sich dicht hinter ihr und bemühte sich um ihren zu schweren, brokatsteifen Prunkmantel, den er wie eine Beute oder ein Symbol des Besitzertums überm Arm behielt. Es sei, wie Bettine flüsternd erklärte, Katharinas Bräutigam, ein Regierungsassessor! Sie sprach das Wort mit weichem g aus und ironisierte es gleichzeitig durch übermäßig respektvolle Betonung.

Dann aber zerrte sie Viola hastig in ihr Ankleidezimmer, denn die Gäste drunten betraten schon, unter lauten Ausrufen des Appetits und der Bewunderung: »Ahh — Pommery! Austern! Kaviar!« den großen Speiseraum, in dem offenbar ein Büffet angerichtet war. Nur Prinz und Prinzessin Karneval blieben noch in der Vorhalle zurück, denn es gehörte zum Zeremoniell, daß sie ein wenig später, wie ein hofhaltendes Fürstenpaar, durch das Spalier der drinnen aufgereihten Gesellschaft feierlich einziehen sollten. Der affige junge Mann war, mit dem kostbaren Mantel überm Arm, ins Musikzimmer geeilt, da er grade genug Klavier spielen konnte, um den feierlichen Einzug mit dem Narren-marsch zu begleiten. Das Dienstmädchen Bertel, das eben mit den letz-ten paar Überziehern treppauf verschwunden war, blieb im Schatten des unbeleuchteten ersten Stockes stehen, um sich den Anblick des Ein-zugs nicht entgehen zu lassen. Neugierig musterte sie die beiden pom-pös aufgeputzten Gestalten, die sich jetzt im Vorplatz allein befanden und sich, Arm in Arm, in Positur stellten. Da bemerkte sie, wie sich die Gesichter der beiden, für einen Augenblick einander zugewandt, völlig veränderten ... Es war, als seien sie plötzlich entfärbt, entblutet, lei-chenweiß geworden ... und ihre Hände, die vorher zur Pose des Ein-zugs leicht auf ihren Ärmeln gelegen hatten, suchten sich hektisch und verkrampften sich ineinander. Mit einer heftigen Bewegung preßte Pa-nezza sein Gesicht auf die nackte, von Hermelin umrahmte Schulter des Mädchens. Es hatte nichts von einer spielerisch verliebten Zärtlichkeit, es war wie Verzweiflung. Katharinas Augen hatten sich geschlossen, ihr Mund war verzerrt, als ob sie schreien müsse. Gleich darauf zuckten beide wie unter einem inneren Schlag zusammen und auseinander. Ihre Hände lösten sich, ihre Gesichter nahmen wieder die gewohnte Farbe an, ihr Atem ebbte ab, und mit einer fürsorglich weiblichen Bewegung, als sei nichts weiter geschehen, rückte das Mädchen Panezzas schiefge-rutschte Narrenkappe zurecht.

Im selben Augenblick setzte, grob aus dem Klavier gehauen, die Me-lodie des Fastnachtsmarsches ein — ›Rizzambaa, Rizzambaa‹ —, und un-term Vivat der Gäste stolzierte das Paar mit königlicher Grazie in den Saal. Bertel biß sich droben vor Aufregung die Unterlippe wund.

Indessen lag der stille Mann in der Domsakristei noch immer auf dem steinernen Sarkophag, doch hatte man ihm inzwischen die Uniform ausgezogen, zwei behelmte Polizisten hatten sich den Domschweizern zugesellt, und ein paar Herren in Mänteln befaßten sich mit der Unter-suchung. Auch der Domkapitular Henrici, der den genauen Hergang zu Protokoll gegeben hatte, und der Dr. Carlebach standen noch dabei.

Die Waffe, mit der der Todesstoß geführt worden war, hatte der Ge-richtsarzt entfernt und sorgfältig eingepackt. Soweit Henrici hatte sehen können, handelte es sich um ein langes, dünnblattiges Stilett, mit einem Handgriff oder Heft aus Feinmetall. In der Uniform des Toten einge-näht und auf einem eingeklebten Plättchen in seinem Mützendeckel hatte man den Namen gefunden: Dragoner Clemens Bäumler, sowie die Schwadronsnummer des Regiments — der gleiche Name fand sich auf einem Urlaubspaß in der Tasche des Toten, der für die Zeit von Samstag nachmittag nach dem Stalldienst bis Mittwoch früh zum Wekken lautete. Allen übrigen Inhalt seiner Taschen hatte der untersuchende Kriminalkommissar an sich genommen, ohne etwas davon sehen zu lassen. Ein telefonischer Anruf vom Sekretariat des Domkapitels beim Wachbüro der Kaserne hatte bestätigt, daß tatsächlich ein Dragoner dieses Namens, der in seinem dritten Dienstjahr stand, über die Fastnachtstage beurlaubt worden war. Als Heimatort des Soldaten wurde das Dorf Nieder-Keddrich im Rheingau angegeben.

Weitere Nachforschungen schienen im Augenblick noch nicht dienlich. Doch waren dem Kommissar, wie er den anderen Herren mit leiser Stimme zu verstehen gab, einige ungewöhnliche Umstände aufgefallen. So konnte man, trotz der Leichenblässe, feststellen, daß die Gesichtshaut des Toten besonders dunkelbraun gebrannt war, von einem geradezu gegerbten Braun, wie es in diesen Breiten auch bei häufigem Außendienst und starker Sonneneinwirkung kaum vorzukommen pflegt. Allerdings war der obere Teil der Stirn, wie es bei helm- oder mützentragenden Militärpersonen der Fall ist, bedeutend heller gefärbt. Das tiefe Sonnenbraun mochte also nach fast dreijähriger Dienstzeit nichts anderes bedeuten als eine besondere Empfindlichkeit der Hautpigmente. Das dunkle, wellige Haar des Mannes war jedoch nicht auf militärische Art geschnitten, sondern eher etwas zu lang, und auf der Seite modisch gescheitelt. Das Merkwürdigste aber war das Fehlen der Handschuhe, die zu dem sonst völlig korrekten Ausgehanzug unbedingt gehörten. Nun mochte er sie wohl vorm Händefalten ausgezogen haben, aber es hatten sich weder im Beichtstuhl noch sonstwo in der Kirche oder in ihrer unmittelbaren Umgebung verlorene Handschuhe gefunden. Jedenfalls wurden die Polizisten beauftragt, in den umliegenden Straßen sorgfältig danach zu suchen, was aber bei dem in der Marktgegend herrschenden Fastnachtstrubel ziemlich aussichtslos erschien.

Inzwischen war draußen am Leichhof vor einem Hinterausgang ein pferdebespannter Polizeiwagen vorgefahren. Man hatte der Fastnacht wegen vermeiden wollen, einen richtigen Leichenwagen in Erscheinung treten zu lassen, und lieber nach der sogenannten ›Grünen Minna‹ geschickt, die gerade in diesen Tagen, in denen es öfters Radaubrüder oder allzu Betrunkene abzuschaffen galt, in den Straßen der Stadt kein ungewöhnlicher Anblick war. Nur folgten ihr immer eine Horde von Gassenbuben, weil es beim Ausladen der Delinquenten manchmal zu turbu-

lenten Szenen kam. Zu dieser späten Stunde jedoch durfte man annehmen, mit dem stillen Mann ohne besonderes Auffallen zum Seiteneingang des Kriminalgerichts in der Albinistraße zu gelangen, wo sich die
Aufbahrungshalle für tödlich Verunglückte oder unbekannte Tote befand.

Bevor man die starre Gestalt auf die Bahre hob, die von zwei Sani-
tätsmännern hereingebracht worden war, beugte sich Henrici noch einmal über das Gesicht des Toten, und machte mit dem Daumen das
Kreuzzeichen auf seine Stirn. Erst als die Bahre dann im sicheren Gleich-
schritt der Träger, dem etwas Berufsmäßiges anhaftete, wie wenn man
Bretter oder Säcke transportiert, aus der gewölbten Halle verschwand,
wurde dem Priester bewußt, daß von dem Toten ein eigentümlicher Geruch, oder Duft, ausgegangen war — wie man ihn bei Männern, noch dazu Militärpersonen, nicht erwartet. Es war das Arom eines starken,
süßen Parfums, und gleichzeitig erinnerte sich Henrici — er hatte im
Augenblick auf solche Dinge gar nicht aufgepaßt —, daß die unbehand-
schuhten Hände des Mannes sehr gepflegt waren, und daß er unter der
Uniform nicht die grobe Wäsche der gemeinen Soldaten, sondern ein
feines Herrenhemd getragen hatte. Henrici wiegte den Kopf und
schnüffelte nachdenklich in die Luft, in der sich erst jetzt der süße Hauch
des Parfums verflüchtigte und dem gewohnten Geruch von Stein und
kaltem Weihrauch Platz gab. Ihm war plötzlich ganz bang und traurig zu
Mut, als habe man ihm ein Kind fortgetragen. Ein seltsames Beichtkind
— sagte er vor sich hin. Was hatte der wohl auf dem Herzen gehabt?

Um die selbe Zeit bestellte ein Mann in einem oberen Zimmer des
Hauses Kappelhof Nr. 14 die dritte Flasche Wein. Der Wein, den er ohne
zu wählen bestellt hatte, hieß ›Feiner Malaga‹ — weil das Mädchen Rosa,
die Inhaberin des Zimmers, nur süß mochte. Es war ein schwerer, kleb-
riger, rasch wirksamer Südwein, von den Hausinsassen ›Verführer‹ genannt.

Die Pächterin oder ›Mutter‹ des Etablissements, eine Frau Guttier, die
aber keinesfalls wie ein gutes Tier, sondern französisch Güttjeh ausgesprochen werden wollte, legte keinen Wert auf Gäste, die stundenlang
oben blieben, selbst wenn sie tüchtig zahlten — besonders nicht an einem
Abend wie heute, an dem im Kappelhofgäßchen (im sogenannten Schifferviertel, keine zehn Minuten vom Dom in einem Gewirr von altertümlichen Gassen gelegen) starker Andrang herrschte. Auch mochte sie
keine Betrunkenen, die dann manchmal randalierten oder endlose Re-

den schwangen, und nur schwer oder gewaltsam wieder loszukriegen waren. Ihre Grundsätze waren eine glatte Abwicklung des Geschäfts und ein gutes Verhältnis mit der Polizei.

Als ihr gemeldet wurde, daß ein Mann im zweiten Stock die dritte Flasche Bocksmilch bestellte — auch das war ein im Haus gebräuchlicher Beiname des betreffenden Getränks —, und als sie erfuhr, daß der Mann schon über zwei Stunden bei Fräulein Rosa war, während gerade ein geschlossener Sportverein, der Velo-Club ›Harter Schlauch‹, das Wartezimmer, das man Salon nannte, betreten hatte und nach Bedienung schrie, beschloß sie, persönlich nach dem Rechten zu sehn, obwohl sie selbst die oberen Stockwerke selten und nur im Fall von Höchstalarm betrat. Es lag aber hier gewiß schon die erste Alarmstufe vor, denn die vertraute Bedienerin, die mit dem Wein oben gewesen war, hatte ihr berichtet, daß der Mann laut geschluchzt, dabei mit den Fäusten auf seinem Kopf herumgetrommelt habe, und sich auch sonst auffällig benehme. Vor allem sei er, nach so langer Besuchszeit und bei der dritten Flasche Venustropfen (auch dies ein Beiname des geschätzten Weins), noch völlig angezogen und das Lager unberührt. Dieser Umstand wirkte auf Madame Guttier besonders alarmierend, zumal der Sportverein im Salon schon die künstliche Palme in den Schirmständer umtopfte und nach Art eines Sprechchors, mit zunehmender Lautstärke, die Namen der von früheren Besuchen erinnerten Mädchen rief.

Die Rosa, dachte Frau Guttier, während sie ihren schweren Leib über den abgetretenen roten Plüschläufer die steile Treppe hinauf schleppte, war allerdings keine der begehrtesten im Haus, obwohl sie die jüngste war. Die strammen, dicken, fleischigen, mit massiven Schenkeln und einem frechen Maul, standen im Vorzug. Die Rosa hatte eher zarte Schenkel und Kinderwaden, auch war sie nicht schlappmäulig und konnte kein ordinäres Wort aussprechen, nur hatte sie ein gewisses heiser-glucksendes, tiefkehliges Lachen, das manche Herren als besonders sinnlich empfanden. Sie war, bis auf seltene Anfälle unvermuteter Störrigkeit, die sich in Heulkrämpfen und langem Sich-Einriegeln im Abort äußerten, von sanfter, willfähriger Gemütsart. Ernsthafte Schwierigkeiten hatte es noch nie mit ihr gegeben, und ihre Gäste waren gewöhnlich die stillsten oder verschämtesten der Besucher.

Die Tür zu Rosas Zimmer war nicht abgeschlossen, da man ja eben erst die dritte Flasche des ›Strümpfausziehers‹, auch dies ein Beiname jenes Weins, serviert hatte, und Frau Guttier bemühte sich nicht um irgendwelche Maßnahmen der Diskretion, sondern öffnete brüsk.

Der Mann saß an dem kleinen Tisch, dessen Hohlsaumdeckchen von Malagaflecken beklebt war, auf dem einzigen Stuhl, während Rosa, die kastanienrötlichen Haare aufgelöst und nur mit einem kurzen, blaßvioletten Hemd bekleidet, an der Tischkante lehnte und seinen Kopf zwischen ihren hügeligen Brüsten hielt, wie den eines betrunkenen Knaben. Er war völlig angezogen, und das einzige, was er außer dem Hut und dem Mantel abgelegt hatte, waren seine ungewöhnlich noblen Wildlederschuhe. Sie standen vor dem Bett und schienen für seine Füße, die in groben Wollsocken groß und plump aussahen, viel zu klein. Dagegen hatte er — und dies wirkte, wie Madame Guttier später kundgab, direkt unheimlich auf sie — weiße Zwirnhandschuhe an den Händen. Ein Mensch, sagte sie sich, der nichts zu verbergen hat, geht nicht mit Handschuhen ins Bett. Vom Bettgehen war allerdings kaum die Rede, denn der Mann hatte, wie schon bemerkt, noch nicht einmal den Rock seines elegant geschnittenen, etwas übermäßig zimmetbraunen Anzugs abgelegt, der übrigens gleichfalls für seine breite Figur einen zu engen oder knappen Eindruck machte.

Im Augenblick war er ruhig, doch offenbar bis zur Besinnungslosigkeit vollgetrunken. Als Rosa auf den leisen, aber scharfen Anruf der Madame ihn losließ, fiel sein Kopf nach vorn auf den Tisch, ein Glas umstoßend, wobei der Mann leise vor sich hin lallte.

Frau Guttier zog Rosa auf den Gang hinaus. »Der Kerl muß weg«, sagte sie, »wir haben das Haus voll Kunden.« Was denn überhaupt mit dem los sei? — Er rede ein bißchen komisch, sagte die Rosa, aber er sei nicht schlimm. Er habe gesagt, er wolle für die ganze Nacht bezahlen. Diese Antwort ärgerte die Madame. »Das könnt dir so passen«, fuhr sie das Mädchen an, »dich vom Geschäft zu drücken, daß der sich ausschnaufen kann! Und ihm vielleicht noch die Hosen- und Westentaschen ausklauen, daß es dann ein Geschrei gibt! Hier ist keine Pennbude. Entweder er . . .« (sie drückte sich außerordentlich unverhohlen aus) »oder er geht.«

Damit betrat sie energisch das Zimmer, in dessen überheizter, von Haaröl, Puder und verschüttetem Malaga dünstender Luft ihr sofort der Schweiß ausbrach. Mit einem groben Wort faßte sie den Mann an der Schulter. Der hob den Kopf, starrte sie aus geröteten Augen an. Es war das Gesicht eines einfachen Mannes von höchstens fünfundzwanzig bis dreißig, ein gutes festes Bauerngesicht, nur die Augen flackerten sonderbar.

»Laßt mich in Ruh«, sagte er schwerzüngig, »ich bin ja tot. Ich bin tot.

Tot wie der Ferdinand. Der ist nämlich auch tot. Jetzt sind wir alle zwei gestorben . . .« Er schlug plötzlich mit der behandschuhten Faust auf den Tisch und ließ ein schluchzendes Lachen hören. »Es ist gar nichts dabei«, schrie er laut, »es ist gar nicht so übel, tot zu sein! Es ist manchmal besser!« Er stand mit einem Ruck auf, daß Stuhl und Tisch umstürzten, wankte zum Bett. Der ›Umleger‹ (noch ein Beiname des bekannten Südweins) schien seine Wirkung zu tun. »Laßt mich in Ruh«, lallte er, »ich bin ja tot.« Damit ließ er sich aufs Gesicht fallen.

»Aufstehn!« kommandierte die Guttier, »sofort aufstehn, abhaun! Zieh ihm die Stiefel an!« befahl sie dem Mädchen, das zum Bett getreten war und ratlos, mit einem Anflug von Mitleid, auf den Hingestreckten herabsah. Der regte sich nicht.

Als aber Rosa gehorsam einen seiner Füße hob, um ihm den Schuh anzustreifen, fuhr der Mann in die Höhe. »Ich bleibe hier«, sagte er plötzlich ganz klar zu der Madame, »ich zahle alles.«

»Hier ist kein Hotel«, sagte Frau Guttier ruhiger, »hier kann man nicht bleiben. Hier ist ein Geschäft, das geht stundenweis, und das können Sie gar nicht zahlen, für eine Nacht wie heute.«

»Das kann ich nicht?« schrie der Mann und schien plötzlich wieder völlig ohne Besinnung, »ich kann alles! Ich bin ja tot! Schaut her!« Er lachte schluchzend, und riß sich mit einer wilden Bewegung das seidene Innenfutter seines zimmetbraunen Rockes auf, schmiß ein dickes Bündel Banknoten auf den Bettvorleger. »Da, nehmt«, brüllte er, »nehmt, nehmt, nehmt, nehmt! Wir Toten sind reiche Leut! Wir zahlen — zahlen alles . . . !«

Damit fiel er aufs Bett zurück und begann mit offenem Mund zu schnarchen. Bei diesem Fall war ihm etwas aus der Hosentasche gerutscht, und stürzte jetzt mit hartem Aufschlag zu Boden, fast auf Madame Guttiers Fuß. Es war eine kleine, dunkle, mit Perlmutt eingelegte Pistole.

»Allez vite«, sagte die Madame und zerrte Rosa an Arm hinaus, die noch einen besorgten Blick auf den schwer atmenden Menschen warf. Draußen drehte Frau Guttier den Schlüssel um und gab dem Mädchen, das sie plötzlich in einem stummen Ringkampf daran hindern wollte, eine schallende Ohrfeige. Dann zog sie den Schlüssel ab, steckte ihn in ihr Korsett und ging zum Telefon, um die Polizei anzurufen. Rosa weinte.

Am Fastnachtsonntag änderte sich das Wetter. Schon in der Frühe, als die närrische Reveille mit Pfeifenmusik und Trommelschlag durch die

Straßen zog, hatte es aufgehört zu regnen, bald glänzte das zarte seidige Licht eines umschleierten Sonnenaufgangs auf dem feuchten Pflaster, und als es zusammenläutete, spiegelte sich ein vorfrühlingshaft glasgrüner Himmel in den bräunlich zum Ufer schäumenden, hochgehenden Wellen des wintergeschwollenen Rheins. Jeanmarie, Bettine und Viola standen ganz vorn an der Spitze des kleinen Dampfschiffs, das stromauf unter der neuen Kaiserbrücke hindurch zum städtischen Landeplatz stampfte, der leichte weiße Wind umzüngelte ihre jungen Gesichter, der scharfe Duft des Rheinwassers durchfeuerte sie wie ein starkes, reines Getränk. Alle Fremdheit oder Verlegenheit zwischen den dreien war von dem gemeinsamen Empfinden dieser schwerelosen Morgenfrische wie weggeblasen. Heitere Zurufe, den Maschinenlärm des Dampfers und das zischende, schleifende Rauschen der Kielwellen übertönend, flogen zwischen ihnen wie Bälle hin und her.

Goldene Ströme von Glockengeläut aus den vielen Pfarrkirchen vermischten sich und wogten über der Stadt. Die jungen Leute hatten vor, das Hochamt im Dom zu besuchen, den Viola noch nie von innen gesehen hatte, und sich dann gegen Mittag das Maskentreiben in den sonntägigen Straßen anzuschauen.

Dieser Sonntag, als leichter Vorgeschmack eines drei Tage lang ansteigenden und mit steigender Lust genossenen Volksfestes, war hauptsächlich der Jugend gewidmet, während der Montag mit dem großen, immer von gleicher Neugier erwarteten Fastnachtszug, und der Dienstag mit einem traditionellen Blumen- und Apfelsinenkorso in geschmückten Kutschen, die ›Kappefahrt‹ genannt, sowie die am Montag und Dienstag abend stattfindenden populären Maskenbälle ein enormes Leistungsvermögen an geselliger Lustbarkeit von allen Altersklassen erheischten.

Jetzt aber, bald nach der Kirchzeit, zogen maskierte junge Leute beiderlei Geschlechts in bunten Reihen durch die größeren Straßen der Stadt, allen Fahrverkehr sperrend—verlarvte Kinder tobten in kleineren Trupps herum, um unmaskierte Erwachsene, besonders wenn sie Respektspersonen wie Großväter oder Schullehrer erwischten, mit ihren harmlosen Papierpritschen auf den Rücken zu klatschen, sie mit Konfetti zu überschütten oder mit Rosenwasser anzuspritzen, wobei man sie mit verstellter, hoher Kopfstimme bei ihren Spitznamen rief. Die Ludwigstraße, der breite ›Boulevard de Mayence‹, war durch die in hüpfendem Tanzschritt einander folgenden Maskenketten von einem Trottoir zum anderen geradezu blockiert, während maskierte Einzelgänger sich einen Spott daraus machten, die mit den Armen ineinander verflochtenen Marschreihen zu durchbrechen und in Verwirrung zu bringen.

Die billigste und kommunste Maske war der ›Bauer‹, sie bestand in nichts als einem weiten blauen Kittel, der über alle Kleidungsstücke gestreift werden konnte, und einer groben, gleichsam gedunsen glotzenden Gesichtslarve mit Zipfelmütze. Die ›Bauern‹ waren gefürchtet und standen im Verruf der Roheit, und die Mädchen liefen gern vor ihnen weg, denn sie trugen manchmal kleine Fuhrmannspeitschen oder harte Holzpritschen statt der üblichen, gefächerten Klatschen aus Papiermaché. Aus den Mundöffnungen ihrer Larven, die vom vielen Schreien schon speichelfeucht verweicht waren, drang oft mit schlechtem Atem und dem Geruch von Leim und Farbe ein Schwall wüster Worte. Denn sie fühlten sich eben, in ihrer Bauernrolle, auch zu sprachlicher Derbheit verpflichtet.

Sonst aber waren Roheit und Gewöhnlichkeit fremd und verpönt, das Vulgäre oder Obszöne hatte innerhalb der unbeschränkten Freiheit und der ansteckenden, kindlichen Lustigkeit dieser Maskentage keinen Platz: alle Welt, ungeachtet des Standes, arm und reich, hoch oder niedrig, alt oder jung, spielte mit bei dem großen Lust-Spiel der losgelassenen Geister, der flüchtigen Vermischung, der vertauschten Rollen, der verrückten Gesetze, und es herrschte im tollsten Durcheinander immer noch eine merkwürdige, unerzwungene und beinahe kulthafte Ordnung.

Auch die Masken waren nach einer gewissen archaischen Ordnung typisiert: vom plumpen Bauern bis zum zierlichen Rokokoprinzen oder dem mittelalterlich mit Talar und Perücke aufgemachten ›Doktor‹ gab es alle möglichen Arten festgelegter Verkleidungen, unter denen die häufigste und populärste der ›Bajass‹ war — als Wort von Bajazzo stammend und auch durchweg in dessen mehlweißer, weitgebauschter, spitzkappiger und mit farbigen Pompons verzierter Tracht —, während es, besonders bei Kindern, noch die Spielart des ›Schnippelbajass‹ gab, dessen Kostüm einfach darin bestand, daß man auf einen alten Anzug unzählige Schnitzeln aus farbigem Glanzpapier wie ein Papagenogefieder aufgenäht hatte. Diese Narrensorte hatte auch die Aufgabe des ›Klepperns‹, mit einem eigens dafür erfundenen Instrument, einem in die Hand eingepaßten schmalen Stück Hartholz, an dem rechts und links an elastisch schwingenden Metallstäbchen zwei Bleikugeln angebracht waren. Das harte, rhythmische Kleppern, das gelernt und gekonnt sein mußte, schepperte denn auch überall durch die Stadt, vom schrillen oder nasalen, kreischenden oder trillernden, langgezogenen oder stoßweisen

Tuten, Heulen und Quietschen aus allen Spielarten von Kindertrompeten oder Schweinsblasen untermischt.

Die beiden Mädchen hatten Jeanmarie in die Mitte genommen, sie hatten sich an einem Verkaufsstand mit komischen Hutfedern und närrischen Abzeichen versehen und zogen, die Arme fest ineinander eingeklammert, mitten durch das Maskengetriebe am Marktplatz und auf der Ludwigstraße, wobei die Geschwister versuchten, der von dem ungeheuren Trubel ganz verwirrten Viola so viel wie möglich von den spaßhaften Gepflogenheiten zu erklären und beizubringen.

Es wollte aber Jeanmarie erscheinen, daß die Sizilianerin nicht nur vom Ansturm ungewohnter Eindrücke überwältigt, sondern in Wirklichkeit gar nicht bei der Sache war, gar nicht ganz anwesend, oder zum mindesten in sprunghaften Intervallen seiner und jeder Gegenwart entgleitend oder sich entziehend, bald ganz in sich selbst versponnen, bald von einer geradezu angstvollen oder gehetzten Anstrengung ihres Innern erschöpft. Schon am Vorabend, als er sie bei seinen überraschten Eltern und ihrer Gesellschaft eingeführt und sich dann betreuend an ihrer Seite gehalten hatte, fühlte er sich von dieser merkwürdigen Abwesenheit, oder Nichtanwesenheit, ihrer Person wie von etwas Krankem, gefährlich Unfaßbarem, fast Gespenstischem, irritiert und beunruhigt, gleichzeitig erregt und angezogen. Jetzt aber, inmitten der kindlich-übermütigen Kapriolen des Fastnachtstreibens, glaubte er mehr und mehr in ihren Blicken ein rastloses, angespanntes Herumsuchen zu bemerken, manchmal wandte sie sich plötzlich hart um und folgte irgendeiner maskierten Männergestalt oder auch einem unkenntlich vermummten Bub mit weit aufgerissenen Augen, als erwarte sie, jemanden zu erkennen oder wiederzufinden.

Als sie, vom unablässigen Gedränge ermüdet, von der Ludwigstraße in eine stillere Seitengasse zum Ballplatz hin einbogen, begab sich etwas Erstaunliches. Einer jener ›Bauern‹, irgendein kleiner untersetzter Kerl mit vornübergeneigtem, etwas schwankendem Gang — vielleicht hatte er schon einen Frühschoppen hinter sich —, kam zufällig an die Straßenecke so dicht an die jungen Leute heran, daß er sie fast anrempelte, wobei er, um die jungen Mädchen zu schrecken, das zu seiner Bauernrolle gehörende, unartikulierte Narrengeheul in heiseren Kopftönen ausstieß und aus seinem Kittel heraus heftig mit den Händen fuchtelte, so daß er fast aussah wie ein im Bellen hochspringender Hund. Fast im gleichen Augenblick schon wandte er sich wieder von ihnen ab und stürzte sich mit tolpatschigen Sätzen ins Menschengewühl. Viola aber hatte laut aufgeschrien, und es war Jeanmarie, als sei es nicht ein Laut des Erschreckens oder der Angst, sondern ein — im Lärm unverständlicher — Name gewesen, der ihr entfahren war, gleichzeitig riß sie sich mit einer wilden Bewegung von seinem Arme los und versuchte, der schon über die Straße verschwundenen Gestalt nachzurennen . . . Mit Mühe gelang es ihm, ihr zu folgen und sie, fast mit Gewalt, zurückzuzerren. Sie schien ganz von Sinnen, und wäre sonst von einer der im Polkaschritt heranstürmenden Maskenreihen mit- oder umgerissen worden.

Bettine stand an einem Laternenpfahl angeklammert und schüttelte sich vor Lachen. Sie hatte Violas heftige Reaktion für einen Ausbruch temperamentvollen Zorns oder Ärgers gehalten, weil der ›Bauer‹ sie mit seinen fuchtelnden Armen berührt und betastet hatte, und daß sie ihm nachgerannt sei, um ihn zu strafen. Jeanmarie aber hatte etwas wie einen beklemmenden Schauder verspürt, und seine Hand, mit der er Viola jetzt an sich hielt, zitterte nervös. Vielleicht auch war es das Zittern ihres Armes, das in seine Nerven übersprang. Ihre Lippen waren weiß geworden, ihre Augen schienen versteint.

»Wir müssen uns irgendwo hinsetzen«, meinte Bettine, »es regt sie zu sehr auf.« Sie lief voraus, da sie in der Nähe ein kleines Café wußte, wo man vielleicht ein Tischchen ergattern könne. Langsam folgte Jeanmarie mit der noch immer bebenden Viola. Plötzlich blieb er stehn und wandte sich ihr zu, ohne sie loszulassen. »Darf ich dich etwas fragen«, sagte er. Sie schaute an ihm vorbei, antwortete nicht. »Warum«, sagte er, »bist du hierher gekommen?«

Ihr Arm hörte auf zu zittern. Sie drehte ihm das Gesicht zu, es war blaß und unbewegt, in ihren Augen glimmte etwas Böses, Feindseliges. »Weshalb fragst du mich das?« sagte sie leise. Er zuckte die Achseln, sah ihr voll ins Gesicht. Ihre Augen veränderten sich, wurden weich, dunkel, vertrübt. Eine Art von Lächeln spielte um ihren Mund. »Weil ich dich gesucht habe«, sagte sie traurig. »Dich, Jeanmarie.« Dann wendete sie sich ab, ließ seinen Arm fahren, ging voraus, Jeanmarie folgte betroffen.

Am Sonntag gegen Abend hatte Panezza eine sehr unangenehme Nachricht bekommen, es war mitten während eines Dämmerschoppens des ›Großrats der Närrischen Elf‹, deren jeder aber noch elf Gäste hatte mitbringen dürfen, so daß es im ganzen zwölf mal elf plus eine Person waren, nämlich die der Prinzessin Karneval. Sie hatten sich die Büttenredner, die bei einer solchen Gelegenheit, in einem leeren Faß stehend, witzige Suaden und manchmal sogar Stegreif-Verse improvisierten, zum Ziel genommen, indem sie abwechselnd versuchten, in durchweg charmanter, nicht aggressiver Weise die beiden k in ihrem Nachnamen zu veralbern und sie womöglich noch mit dem großen K ihres Vornamens zu alliterieren. »Das Katharinche hat zwei k — k — Koppkisse zu Haus, — das Katharinche hat zwei k — k Kappekavalier am Bendel« — und so weiter, und das Publikum sparte weder mit Beifall, wenn es eine kleine Anzüglichkeit oder Anspielung vermutete, noch mit dem vernichtenden Mißfallensruf: »Der Aff! Der Aff!«, wenn ein Witz ihm zu albern oder gar ungehörig erschien: dann stürzte eine über der Bütt an Zugschnüren aufgehängte Wolldecke mit wüster Affenmaske herunter und bedeckte den Erfolglosen mit seiner Schande.

Panezza ließ sich nicht merken, daß er bei diesen Späßen, soweit sie seine prinzliche Gefährtin betrafen, auf heißen Kohlen saß, und lachte sogar überlaut, aber mit leeren Augen, bei jeder halbwegs erträglichen Pointe. So empfand er es fast als eine temporäre Erlösung, als ihn ein buntbekappter Kellner zum Telefon rief. Doch als er zurückkam, schien er ernst und verändert, flüsterte rasch mit Katharina, deren immer gleichmütiges, sanftes Gesicht mit dem verträumten Lächeln und den feuchtwarmen, etwas einfältigen Augen ohnehin nie etwas von ihren Heimlichkeiten verriet, und entfernte sich unauffällig während eines gemeinsam gesungenen, vom närrischen Hofdichter verfaßten Dialektlieds.

Da an diesem Tag außer einer karnevalistischen Festausgabe keine Zeitung erschienen war, hatte bisher niemand, auch er nicht, irgend etwas von dem unheimlichen Ereignis im Dom und von der Verhaftung im Kappelhof erfahren. Jetzt aber hatte man ihn von seiten des Kriminalgerichts informiert, daß er — in seiner Eigenschaft als ehrenamtlicher Ortsvorsteher von Nieder-Keddrich und auch aus anderen, noch nicht bekanntzugebenden Gründen — wegen eines Mordfalles zusammen mit seinem Sohn Jeanmarie auf Montag früh neun Uhr zu einer gerichtlichen Untersuchung vorgeladen sei. Auch habe er für das gleichzeitige Erscheinen der Witwe Therese Bäumler aus Nieder-Keddrich Sorge zu tragen. Auf seine bestürzte Rückfrage, ob man denn nichts von seinen unaufschiebbaren Verpflichtungen an diesem Tage wisse — denn um elf Uhr elf Minuten elf Sekunden beginne doch der große Fastnachtszug, auf den die ganze Stadt und ein paar Tausende zugereister Besucher warteten und bei dem er unter keinen Umständen fehlen könne — hatte man ihm bedeutet, es handle sich um eine besonders dringliche Angelegenheit, deren Aufklärung nicht verzögert werden dürfe. Jedoch nehme man an, daß man die Vernehmung, wenigstens soweit seine Anwesenheit dabei notwendig sei, vor elf abschließen könne.

So wurde am Montagmorgen in Keddrichsbach wieder ein Mietauto bemüht, und beide Panezzas, Vater und Sohn, hatten ihre liebe Not, die Bäumlern zum Einsteigen in dieses ihr unheimliche und widerwärtige Gefährt zu bringen, vor dem sie höllische Angst hatte. Überhaupt hatte man sie fast gewaltsam aus ihrem, in einem kleinen Zwiebelgärtchen gelegenen, baufälligen Wacksteinhäuschen herausholen müssen. Mit der Polizei, schrie sie immer wieder, habe sie nie was zu tun gehabt, und wolle sie auch nichts zu tun haben. Sie sei eine anständige Person, und alles andere sei Verleumdung und böse Nachrede, sie könne sich schon denken von welcher Seite. Unter solchen gegenstandslosen Redensarten und Wutausbrüchen — denn worum es sich wirklich handle, konnte man ihr nicht sagen, da man es selbst noch nicht wußte — hatte sie sich zunächst geweigert, sich anzuziehen, und nur das gute Zureden Jeanmaries, den sie als ihr Ammenkind ins Herz geschlossen hatte und von dem sie nichts Böses erwartete, hatte es überflüssig gemacht, den Ortspolizisten zu Hilfe zu rufen.

Jetzt saß sie zusammengekauert zwischen den beiden Herren im Rücksitz des furchtbar stoßenden und holpernden Autos und murmelte unverständliche Worte vor sich hin, die Gebet oder Fluch sein konnten. Sie trug das schwarze Kleid, mit dem sie sonntags zur Kirche ging, und ein ebenfalls schwarzes, aber mit Violett gemustertes, besseres Umschlagtuch um Kopf und Schultern, das ihr Frau Panezza einmal zu Weihnachten geschenkt hatte. Die Hände hatte sie in ihrem Schoß zu Fäusten geballt. Jeanmarie hatte seine Uniform angelegt, da ihm bedeutet worden war, daß er auch in Sachen seines Regiments auszusagen habe, und Panezza war im dunklen Anzug, doch zu seinen Füßen standen zwei große Kartons, in denen sich das gesamte Kostüm des Prinzen Karneval mit all seinem Zubehör befand. Er stand vor der etwas peinlichen Aufgabe, sich dann im Gerichtsgebäude umkleiden und es als Närrische Hoheit verlassen zu müssen.

Als sie über die Straßenbrücke fuhren, lag der schon beruhigtere, merklich abgeschwollene Strom in einem klaren, föhnigen Licht, gleichsam geronnen. Es war alles wie blankes Metall, die Wellen schienen sich nach aufwärts zu stauen, man konnte kaum ihr starkes Fließen an den Brückenpfeilern erkennen. Der Taunus wie ein dicker, schwarzblauer Wurm auf den Flußbogen gekrümmt, die Stadt so nah und schwer, als wollte sie den Herankommenden auf den Kopf fallen. Selbst die tiefen schillernden Wolken am emailblauen Himmel waren stehengeblieben und glotzten fischäugig herab. Die Bäumlern flunschte und murmelte, sonst sprach keiner ein Wort.

Beim Hauptportal des Amtsgerichts in der Schloßstraße wurden sie von einem Schutzmann zum Seiteneingang gewiesen, und dann in einen mittelgroßen Raum geführt, der neben der Leichenhalle lag.

Einige Herren hatten sich dort versammelt, die Panezza durchweg bekannt waren: an einem kleinen Tisch auf einem Podium saßen, ohne Amtstracht, der Oberstaatsanwalt Dr. Classen, ein vollbärtiger Herr aus einer preußischen Familie, der hier nicht sehr beliebt war, der Kriminalrat Dr. Merzbecher mit zwei Kollegen und ein junger, noch wenig bekannter Anwalt namens Levisohn. Außerdem der Gerichtsarzt, ein Kommissar, zwei uniformierte Schutzleute, die neben dem Podium standen, und ein Gerichtsdiener. Auf halbkreisförmig angeordneten Stühlen dem Podium vis-à-vis saßen der Domkapitular Dr. Henrici, dann Dr. Carlebach, der vertraute Hausarzt vieler guter Familien, und einer der beiden Domschweizer in Zivil, der andere war wegen eines Anfalls von Gelenkrheumatismus entschuldigt. Zu seinem Staunen fand Jeanmarie außerdem den Regimentsadjutanten der 6er Dragoner, einen Rittmeister Graf Riedesel, sowie den etatsmäßigen Wachtmeister der dritten Schwadron, bei der er selber Dienst tat.

Man begrüßte sich kurz und leise, die beiden Panezzas nahmen ebenfalls in dem Halbkreis Platz und zogen die widerstrebende, niemanden anschauende Bäumlern zwischen sich auf einen Stuhl. Dort saß sie jetzt still und ohne Murmeln, mit einem Gesicht, als sei der Jüngste Tag angebrochen. Man habe nur noch, sagte der Oberstaatsanwalt, auf zwei weitere Zeugen zu warten, bevor man mit der Untersuchung beginnen könne.

Panezza schaute nervös auf die Uhr, als man draußen mit lautem Hufgeklapper eine zweispännige Chaise anrollen hörte und durchs Fenster beobachten konnte, wie der Kutscher und Fräulein Rosa der Madame Guttier mit einiger Mühe heraushalfen. Sie hatte es vorgezogen, in einem geschlossenen Wagen durch die Stadt zu fahren, da sie und Rosa trotz der zeitigen Stunde von Maskierten hätten erkannt und mit der Pritsche geklatscht oder sonstwie belästigt werden können. Man wies die beiden an, sich auf zwei gesonderten Stühlen im Hintergrund niederzulassen. Madame Guttier war gekleidet wie eine wohlsituierte Bankiersgattin, in keiner Weise auffällig oder übertrieben, nur hatte sie etwas zuviel Schmuck angelegt, während Rosa in einem bescheidenen Wollkleidchen, dunkelbraunem Mantel mit schwarzem Plüschkragen und schleierbesetztem Filzhütchen den Eindruck einer braven, zur Stadt gefahrenen Landwirtstochter machte. Ein leiser Geruch von Veilchenparfum und starker Kernseife strömte von ihr aus.

Der Oberstaatsanwalt klopfte kurz mit dem Knöchel auf den Tisch, öffnete ein nicht sehr dickes Aktenbündel und lehnte sich zurück. »Ich verzichte darauf«, sagte er nach einem Blick zum Kriminalrat, »die Anwesenden en bloc zu vereidigen, da es sich um eine Vorverhandlung handelt, wie sie auf Grund der Strafprozeßordnung vom 7. Januar 1869 und der zusätzlichen Bestimmungen vom 12. September 1873 bei besonderem Anlaß von der Staatsanwaltschaft, in Übereinstimmung mit der Untersuchungsbehörde und unter Ausschluß der Öffentlichkeit, anberaumt werden kann.« Wesentliche Aussagen von besonderer Bedeutung könnten dann unter Eid wiederholt werden. Jedoch fordere er die sämtlichen Anwesenden auf, und zwar unter Androhung einer Gerichtsstrafe im Fall des Zuwiderhandelns, über alles hier Gefragte, Ausgesagte und Besprochene vorläufig, nämlich bis zur öffentlichen Gerichtsverhandlung, vollständiges Stillschweigen zu bewahren, um den Gang der Untersuchung nicht zu erschweren oder zu gefährden. Daß er von jeder zum Zeugnis aufgerufenen Person eine absolut wahrheitsgetreue Aussage erwarte, bei der nichts hinzugefügt und nichts verschwiegen werden dürfe, verstehe sich von selbst. Er erteile jetzt dem Kriminalrat Dr. Merzbecher die Vollmacht zur Befragung.

Sobald dieser, ein auf einem Weingut in Oppenheim geborener, stadtbekannter Beamter, das Wort ergriff, wich der bei Classens Rede entstandene peinliche Eindruck, auf der Anklagebank zu sitzen. In seiner sehr zivilen, eher konversationellen Art teilte Merzbecher den Anwesenden mit, es sei am Samstag gegen Abend ein Mann ermordet worden, als er sich gerade im Dom zur Beichte begeben wollte, und es sei in derselben Nacht ein der Tat Verdächtiger verhaftet worden. Die Untersuchungskommission habe sich auch schon eine gewisse Theorie über die Umstände der Tat gebildet, doch sei vieles noch unklar, und man rechne daher auf die Unterstützung der hierher Gerufenen, soweit ihnen dies möglich sei. Zunächst handle es sich um die Identifizierung sowohl des ermordeten als des tatverdächtigen Mannes, und er möchte daher einige Fragen an die Arbeiterwitwe Therese Bäumler aus Nieder-Keddrich richten.

Die Bäumlern machte, auch nach mehrmaligem Anruf, keinerlei Anstalten, aufzustehen. Angstvoll und störrisch starrte sie auf die geballten Hände in ihrem Schoß. Erst als Jeanmarie sie sanft unterm Arm faßte, entschloß sie sich, sich halb zu erheben, jedoch stand sie mit geduckten Kniekehlen und schaute nicht zum Podium.

»Seien Sie unbesorgt«, sagte der Kriminalrat, »es geschieht Ihnen hier nichts, wir bitten Sie nur um eine Auskunft. Sie sind die verwitwete Therese Bäumler aus Nieder-Keddrich?« Die Bäumlern nickte kurz mit dem Kopf. »Ihr Mann war Transportarbeiter?« — »Er hat Ziegel verladen«, murmelte die Bäumlern, »an der Station.« — »Er ist im Jahr 1900 gestorben?« — »Der ist nicht gestorben«, sagte die Bäumlern, »der ist druntergekommen.« — »Was ist er?« — »Unter den Zug.« — »Also verunglückt.« Die Bäumlern machte eine Kopfbewegung, die man als Zustimmung oder Ablehnung deuten konnte. »Sie hatten aus dieser Ehe zwei Söhne, Clemens und Ferdinand?« Die Bäumlern antwortete nicht, ihr Mund verhärtete sich. »Bitte geben Sie mir eine kurze Antwort. Sie haben zwei Söhne?« — »Der Clemens«, sagte die Bäumlern, »ist bei den Soldaten.« — »Und der Ferdinand?«

Die Bäumlern setzte sich mit einknickenden Knien auf ihren Stuhl zurück, schaute in ihren Schoß, die Lippen fest verkniffen. »Bitte, Frau Bäumler«, sagte der Kriminalrat, »es sind nur noch ein paar ganz kurze Fragen. Die *müssen* Sie uns aber beantworten. Ich habe nach Ihrem Sohn Ferdinand gefragt.« Die Bäumlern regte sich nicht.

»Therese«, sagte Panezza leise mahnend, und versuchte, sie durch ein Unterfassen ihres Ellbogens zum Aufstehen zu bewegen. Sie zog mit einer barschen, unwilligen Bewegung ihren Arm zurück, ihr Kopf sank tiefer. »Reeschen«, sagte Jeanmarie bittend, und strich ihr über die Hände. Sie hob den Kopf, schaute Jeanmarie ins Gesicht. »Das wißt ihr doch«, murmelte sie dann, ohne aufzustehn. »Mein Ferdinand lebt nicht mehr.« Sie sah Jeanmarie vorwurfsvoll an, als sei er daran schuld, daß man sie hier so plage.

»Sie nehmen also an«, fuhr Merzbecher fort, »daß Ihr Sohn Ferdinand tot ist. Wie sind Sie zu dieser Annahme gekommen?«

Die Bäumlern schaute wieder in ihren Schoß, und ließ den Kopf tiefer sinken, ihre Augen waren nicht mehr zu sehen. Ihr Atem begann kurz und seufzend zu pfeifen.

Jetzt erhob sich Panezza. »Ich habe nicht das Recht«, sagte er, »Ihnen hier dreinzureden, aber ich verstehe nicht, warum man die Frau mit völlig überflüssigen Fragen quält, die sie nur verletzen müssen. Es ist doch allgemein bekannt, daß der Ferdinand Bäumler tot ist.«

»Wissen Sie das genau?« fragte der Kriminalrat, »könnten Sie das beeiden?«

»Ich kann beeiden«, sagte Panezza, »daß ich in meiner Eigenschaft als Amtsvorsteher und Armenpfleger von Nieder-Keddrich selbst die Dokumente gesehen und begutachtet habe, aus denen das einwandfrei hervorging. Der Ferdinand Bäumler ist, als Fremdenlegionär, bei Wahdi Askrah gefallen.«

»Was für Dokumente sind das gewesen?«

»Eine amtliche Benachrichtigung von seinem Bataillon, in französischer, und vom deutschen Konsulat in Algier, in deutscher Sprache. Außerdem wurden der Frau seine Habseligkeiten zurückgeschickt.« Worin die bestanden hätten? Das wisse er nicht mehr ganz genau, aber es sei nichts von Bedeutung gewesen. Eine billige Uhr, sein Soldbuch, ein Groschenroman, ein deutsch-französischer und ein deutsch-italienischer Dictionnaire, und ein paar Briefe, die er von seiner Mutter bekommen hatte, sonst nichts, soweit er sich entsinne. Aber diese Dinge seien wohl alle noch bei der Frau Bäumler vorzufinden, falls das von Belang sei.

Die Bäumlern hatte jetzt ihre Ellbogen auf die Schenkel gestützt, und sah, mit vermörtelten Lippen und einem stieren, bösen Blick, zum Podium hinauf.

»Wann ist diese Todesnachricht eingetroffen?« fragte Merzbecher. »Warten Sie«, sagte Panezza, »es muß letzte Ostern gewesen sein. Ja, es war in der Karwoche, vorigen Jahres.« — »Danke, Herr Panezza«, sagte der Kriminalrat.

»Ich muß Ihnen jetzt«, fuhr er nach einer verlegenen Pause fort, »leider eine persönliche Identifikation zumuten, von der wir mit dem besten Willen auch die Mutter — ich meine Frau Bäumler — nicht ausschließen können. Vielleicht darf ich die Herren, die sie näher kennen, bitten, ihr nach Kräften beizustehen. Ich rufe Herrn Adalbert Panezza, Herrn Leutnant Panezza, Frau Bäumler, dann Euer Hochwürden« — er neigte sich zu Henrici —, »Herrn Dr. Carlebach und den Domschweizer Philipp Seilheimer.«

Es erhoben sich außerdem der Oberstaatsanwalt, der Gerichtsarzt und der Kriminalkommissar; einer der Schutzleute hatte bereits die schwere Doppeltür zur Leichenhalle geöffnet, aus der ein sonderbar ätzender Geruch, wohl von einem Desinfektionsmittel, drang.

Alle Aufgerufenen hatten schon ihre Sitze verlassen, nur Jeanmarie war bei der Bäumlern geblieben und versuchte nun, sie zum Aufstehen und Mitkommen zu bewegen. Mit der aber war während der letzten

Sätze des Kriminalrats eine vollständige Veränderung vor sich gegangen. Ihr Gesicht sah auf einmal nicht mehr alt, verhärmt und verfallen aus, sondern es war auf unbegreifliche Weise jung und straff geworden, die Falten um den Mund und um die Augen hatten sich verzogen oder geglättet, die Lippen standen offen und ließen eine Reihe noch gut erhaltener Zähne sehn, und ihre Augen glänzten in einer wilden, fiebrigen, fast hysterischen Spannung. Jeanmarie — obwohl er nicht wußte, was bevorstand — erschrak furchtbar. Es war ihm klar, daß etwas völlig Wahnwitziges in ihr vorgegangen war, und daß sie, ohne etwa den Worten genau gefolgt zu sein oder ihren Sinn richtig verstanden zu haben, nun etwas ganz und gar Irreales erwartete, eine Auferstehung, ein Wunder, jedenfalls ein Ereignis, das in ihr mit einem Schlag alle Lebenskräfte und alle verschütteten Quellen aufbrechen ließ. Mit einem Ruck stand sie auf und schritt ohne ihre gewohnte Schwerfüßigkeit, als habe sie ein Recht zum Vortritt, allen anderen voraus auf die geheimnisvolle Doppeltür zu, die sie dicht hinter den Gerichtspersonen erreichte.

Drinnen, in der Mitte des sonst leeren Raums, auf einer Art Operationstisch, lag eine Gestalt, die mit einem Leintuch bedeckt war. Die Fenster des Raums waren geschlossen, schwere Jalousien herabgelassen, und über dem Tisch mit der bedeckten Gestalt war eine scharfe, scheinwerferartige Blendlampe angedreht. Die Bäumlern war gleich nach ihrem Eintritt stehengeblieben und starrte mit weit offenem Mund, aus dessen Winkeln etwas Speichel rann, zu dem Tisch hin. Jeanmarie und Panezza blieben neben ihr, die anderen Herren stellten sich mit einer Art von Scheu zur Seite. Mit einer ruhigen fachmäßigen Bewegung deckte der Gerichtsarzt den oberen Teil des starren Körpers auf, während Merzbecher den Eingetretenen winkte, näher heranzukommen. Von beiden Panezzas geführt, stakte die Bäumlern mit versteiften Knien und herabhängenden Händen voran.

»Frau Bäumler«, sagte der Kriminalrat leise und mit einer von Mitgefühl rauhen Stimme, »kennen Sie diesen Mann?«

Die Bäumlern machte sich von Panezza und Jeanmarie, die noch immer versuchten, sie unter den Achseln zu stützen, los. Sie trat noch einen Schritt näher. Sie stand jetzt ganz dicht bei dem Aufgebahrten. Sie stand kerzengrade. Sie wankte nicht. Ihr Mund hatte sich geschlossen, ihre Hände falteten sich langsam vor der Brust, ihre Augen glitzerten heiß und trocken. Dann sagte sie mit einer Stimme, die nicht die ihre zu sein schien — sie klang wie die eines Kindes: »Ihr habt ihn mir heimgebracht.«

Es war ganz still im Raum, man hörte niemanden atmen, auch die Bäumlern nicht. Merzbecher wollte etwas sagen, verschluckte es aber. Mitten in die vollständige Stille knarrte die Stimme des Oberstaatsanwalts Classen: »Ist dies nun also der gewisse Ferdinand Bäumler, ja oder nein?«

In diesem Augenblick kam ein heiseres Keuchen aus der Kehle der Bäumlern, und sie warf sich, ehe es jemand hätte verhindern können, mit aller Wucht ihres Leibes über den Toten hin, klammerte sich an seine kalten Schultern, versuchte, ihn aufzuheben und an ihre Brust zu pressen, bedeckte sein Gesicht mit wilden, verzweifelten, in der Stille laut schmatzenden Küssen.

Die Herren standen ratlos herum, von der Besessenheit dieses Ausbruchs wie festgebannt, und keiner fand den Weg, ihn zu beenden oder abzukürzen. Selbst Dr. Henrici, der schon vielen Menschen in ihrer innersten Not beigestanden hatte, hob nur hilflos die Hände und suchte nach einem Wort des geistlichen Trostes, das er nicht fand. Auch hätte die Bäumlern, in ihrem völlig außervernünftigen Toben und Rasen, ihn weder gehört noch verstanden.

Hier griff wieder der Oberstaatsanwalt Classen in einer harten, unzarten aber diesmal rettenden Weise ein. »Hören Sie, Frau«, sagte er mit seiner holzigen Stimme, »Ihr Sohn ist nicht auf natürliche Weise gestorben. Ihr Sohn ist umgebracht worden«, fügte er, noch etwas lauter und schnarrender, hinzu.

Die wälzenden Zuckungen des schweren Frauenleibs über der Leiche hörten mit einem Schlag auf. Ihr Kopf hob sich, als werde er an den Haaren hochgezogen. »Bei Wadi Askrah«, murmelte sie, wie wenn man eine eingelernte Formel wiederholt.

»Nein«, sagte Dr. Merzbecher rasch, »er ist nicht bei Wadi Askrah gefallen, das muß ein Irrtum gewesen sein. Er ist ermordet worden, in dieser Stadt, kaum eine Stunde von seiner Heimat, und wir sind hier, um den Mord zu sühnen, an dem, der ihn begangen hat.«

Die Bäumlern antwortete nicht, niemand wußte, ob sie überhaupt gehört hatte. Ihr Gesicht war wieder alt und schlaff geworden, der Gang, als man sie jetzt zu den Stühlen im Nebenraum zurückführte, schwerfüßig und schleppend. Sie saß wie beim Anfang der Untersuchung, die Hände im Schoß geballt, den Kopf tief gesenkt, mit unsichtbaren Augen.

Auch Panezza schaute auf seine Knie und hielt die Hände fest ineinander geschlossen, wie jemand, der sich mit Anstrengung zu beherrschen sucht. Der Anblick der Leiche und das Verhalten der Bäumlern schienen ihn mehr angegriffen zu haben, als er sich merken lassen wollte.

Die Beamten hatten wieder auf dem Podium Platz genommen, nachdem der Kriminalrat sich von Dr. Henrici, Dr. Carlebach und dem Domschweizer die Identität des Toten mit dem Dragoner vom Samstagabend hatte bestätigen lassen. Panezza und Jeanmarie hatten gleichfalls zu Protokoll gegeben, daß sie in dem Toten den, wenn auch etwas veränderten, Ferdinand Bäumler wiedererkennen könnten, der vor einigen Jahren, aus Angst vor Bestrafung wegen eines unbedeutenden Delikts, zur Fremdenlegion durchgebrannt war.

Die Tür zur Leichenhalle hatte sich lautlos geschlossen. »Wir schreiten jetzt«, sagte Dr. Merzbecher, »zum zweiten Teil der Untersuchung.« Damit übergab er dem Gerichtsdiener einen flachen Schlüssel. »Die Objekte, bitte schön«, sagte er.

Der uniformierte Mann ging mit dem Schlüssel zu einem in der Seitenwand eingelassenen Schrank, den er unter Anwendung einer Geheimzahl öffnete. Man sah in dem Schrank an Bügeln aufgehängt einen zimmetbraunen Anzug und eine Dragoneruniform. Der Diener nahm einige in Tuch gewickelte Gegenstände heraus und legte sie dann vor dem Kriminalrat auf den Tisch.

»Ich rufe«, sagte der, »Frau Helene Guttier.«

Die Madame erhob sich mit einer für ihr Gewicht erstaunlichen Lebhaftigkeit. Mit schwanenhafter Grandezza rauschte sie dem Podium zu und begann schon im Gehen zu sprechen: »Wie ich am Samstagabend gehört habe, daß da droben ein Mann betrunken war, und wie ich die Treppe raufkam und die Tür aufmachte — «

»Wollen Sie hier bitte«, unterbrach sie der Oberstaatsanwalt, »nur die Fragen beantworten, die Ihnen vorgelegt werden, Frau Guttier.«

»Güttjeh«, sagte die Madame mit einem empörten Schnauben.

»Sie sind«, begann Merzbecher, »die Wirtin des Hauses Kappelhof Nr. 14.«

»Pächterin«, sagte Frau Guttier.

»Sie haben am Samstagabend durch Telefonanruf die Polizei verständigt, daß sich in Ihrem Haus ein Mann befinde, den Sie für einen Verbrecher hielten. Was hat Sie zu dieser Auffassung gebracht?«

»Als ich die Treppe raufkam und die Tür aufmachte«, fing sie wieder an, »sah ich natürlich gleich, daß der Mensch sinnlos betrunken war. So etwas kann ich in meinem Etablissement nicht dulden. Sie müssen wissen, daß bei mir eine distinguierte Kundschaft verkehrt, ich habe Gäste aus den ersten Kreisen der Stadt, denen ich nicht zumuten kann — «

»Gewiß, gewiß«, sagte Merzbecher, »aber wir haben die ganze Geschichte schon im Protokoll. Was ich von Ihnen jetzt wissen möchte, ist nur das: welche präzisen Gründe haben Sie veranlaßt, den Mann für einen Verbrecher zu halten? Betrunken zu sein ist ja schließlich noch kein Verbrechen.«

Wieder ließ Madame Guttier ein empörtes Schnauben heraus. Man merkte, wie schwer es ihr fiel, sich die Erzählung ihrer Geschichte zu verkneifen. Der Mann habe, sagte sie dann in beleidigtem Tonfall, verdächtige Reden geführt, aber das wisse das Gericht ja schon. Dann habe er mit gebündelten Banknoten um sich geworfen — sie habe gesehen, daß es hohe Geldscheine in einer fremden Währung waren —, die er nicht in einer Brieftasche, sondern in seinem Rockfutter eingenäht trug. So was tue kein Mensch, der sein Geld auf ehrliche Weise verdient. Zum Schluß aber sei ihm eine Pistole aus der Hosentasche gefallen. Das sei ihr dann doch zu viel gewesen. Sie habe geglaubt, mit ihrem Anruf der Polizei einen Dienst erwiesen zu haben.

»Gewiß, gewiß«, sagte Merzbecher, dabei enthüllte er vorsichtig einen der eingewickelten Gegenstände und hielt ihn mit dem Zipfel des Tuchs in die Höhe. »War das die Pistole?« fragte er die Madame.

»Ganz sicher«, sagte Frau Guttier, »die ist ja unverkennbar.«

»Allerdings«, sagte Merzbecher, zu den anderen Herren gewandt, »es ist ein sehr seltenes Stück, wie man es kaum bei gewöhnlichen Verbrechern findet, man könnte sagen, eher eine Damenpistole. Auf dem Kolben ist, unter allerlei ziselierten Arabesken, ein M eingraviert. Ich möchte hier einfügen, daß wir in einem andren Teil des Rockfutters ein kostbares Schmuckstück gefunden haben, das in der Mitte, in diamantengefaßten Rubinen ebenfalls ein großes M trägt. Weiterhin ist auf dem silbernen Handgriff der Waffe, mit der Ferdinand Bäumler ermordet wurde, das gleiche, in der gleichen Schrift eingravierte M zu sehen. Das ist wohl kaum mit Zufall zu erklären, und dürfte für die Aufhellung der Zusammenhänge von Bedeutung sein. Möchten Sie etwas sagen«, fragte er Jeanmarie, der sich nervös geräuspert hatte.

»Nein«, antwortete der, er habe nur einen Husten unterdrückt.

Dr. Merzbecher wandte sich wieder an Madame Guttier. »Sind Sie imstande«, fragte er sie, »diesen Mann einwandfrei wiederzuerkennen, wenn er Ihnen vorgeführt wird?«

»Selbstverständlich«, sagte sie spitz, »ich erkenne jeden meiner Gäste wieder.«

»So, so«, sagte Merzbecher, »dann darf ich Sie bitten, sich vorläufig auf

Ihren Platz zurückzubegeben. Gerichtsdiener, holen Sie den Verhafteten.«

Keiner regte sich, als der Uniformierte zur Gangtür schritt, nur Jeanmarie räusperte sich nochmals nervös. Man hatte wohl den Verhafteten schon draußen in Bereitschaft gehalten, denn er betrat sofort, in Begleitung eines weiteren Polizisten, den Saal. Seine Hände waren nicht gefesselt, und er hielt seine rechte Hand krampfhaft unter dem Rock des ausgebleichten Anstaltsanzugs aus Drillich oder Rupfen verborgen, in den man mittellose Untersuchungshäftlinge zu kleiden pflegte. Nur als er der Offiziere ansichtig wurde, nahm er beide Hände zu einer Ehrenbezeigung an die Hosennaht, die ungeschickt und etwas komisch ausfiel, da er weite schlappende Strohpantoffeln an den Füßen trug. Dann steckte er die rechte Hand sofort wieder unter den Rock, der keine Taschen hatte.

Breitschultrig und ungelenk, mit den gewohnheitsmäßig etwas gespreizten Beinen des altgedienten Kavalleristen, blieb er an der Seite des Podiums stehn, den Blick zu Boden gesenkt. Sein gutes, festes Bauerngesicht mit den abstehenden Ohren war ziemlich grün, die Augen umschattet.

»Der Mann«, sagte Dr. Merzbecher zu den Umsitzenden, »hat bis jetzt keinerlei Aussage gemacht, das heißt, er wäre kaum dazu imstande gewesen. Der Gerichtsarzt hat bei seiner Einlieferung eine Art von akuter Alkoholvergiftung festgestellt, wie sie bei Leuten vorkommt, die nichts oder wenig zu trinken gewohnt sind, und sich einem plötzlichen alkoholischen Exzeß hingeben. Er soll schon nicht ganz nüchtern im Hause Kappelhof Nr. 14 angekommen sein und hat dort, bekanntlich, in sinnlosem Tempo einige Flaschen eines besonders schweren und besonders unbekömmlichen Weines geleert« (ein empörter Schnaubton vom Sitz der Madame Guttier brachte ihn nicht aus dem Text), »so daß er sich in einem Betäubungszustand befand, aus dem ihn künstlich aufzuwecken wohl wenig Sinn gehabt hätte. Dieser Zustand hat den ganzen gestrigen Tag hindurch angehalten, jetzt ist er nach Meinung des Arztes wieder einigermaßen normal. Aber als man ihn nach seinem Erwachen mit der Leiche des Ermordeten konfrontiert hat, erlitt er einen völligen Nervenzusammenbruch, der sich in stundenlangem Zittern und in Weinkrämpfen äußerte, wir glaubten sogar zeitweilig, daß er die Sprache verloren habe.«

Der Mann, von dem er redete, stand unterdessen unbeweglich und scheinbar teilnahmslos dabei, den Blick auf den Fußboden geheftet.

»Ich bitte nun«, sagte der Kriminalrat, »die Herren vom sechsten Dragoner-Regiment —«

In diesem Augenblick geschah etwas Schreckliches. Die Bäumlern hatte nämlich während der erklärenden Worte des Kriminalrats allmählich ihren vorher noch immer tiefgebeugten Kopf gehoben und mit aufgerissenen Augen den Häftling angestarrt, der bisher nicht zu ihr hingeschaut hatte. Jetzt sprang sie plötzlich auf, am ganzen Leib zitternd, und beide Arme in einer exaltierten, krampfigen Weise hochgereckt, mit weitgespreizten Fingern, wie es bei Sektierern im Zustand der Ekstase oder auch bei Epileptikern vorkommt, schrie sie mit überschnappender Stimme aus speichelspritzendem, fast schäumendem Mund: *„Der hats getan!"*

Sie warf ihren rechten Arm mit ausgestrecktem Zeigefinger nach vorn, als wolle sie ihn dem Angeschrienen ins Gesicht bohren: »Der hats getan!« wiederholte sie keuchend. Der Mann hatte den Kopf gehoben und starrte sie aus angstvollen, verzweifelten Augen an, wobei seine kräftige Gestalt zu schwanken begann, so daß der neben ihm postierte Polizist ihn am Arm packte. »Der hats getan«, sagte die Bäumlern zum drittenmal mit einem hohlen, tauben Stimmklang und ließ sich erschöpft, schwer atmend, auf ihren Stuhl zurückfallen.

Jeanmarie hatte unwillkürlich nach ihr gegriffen, als wollte er die Hand vor ihren Mund pressen, und hielt jetzt, vielleicht ohne es zu wissen, ihre Schulter gefaßt, wie wenn er sie auf dem Stuhl zurückhalten müßte. Panezza hatte seine Stirn in die Hand gestützt.

»Frau Bäumler«, sagte der Kriminalrat nach einigen Augenblicken eines gelähmten Schweigens, »das ist eine furchtbare Beschuldigung. Es handelt sich, soviel wir wissen, um Ihren anderen Sohn, den Bruder des Ermordeten. Haben Sie irgendeinen — Grund, oder Beweis — für Ihre Anklage?«

Die Bäumlern saß still und sprach jetzt mit ihrer gewöhnlichen Stimme, leise, doch in festem Tonfall und mit einem fast verächtlichen Ausdruck. »Der kann ja nicht schwören«, sagte sie. »Der hat keinen Schwurfinger. Der ist schon so auf die Welt gekommen.«

»Sonst«, sagte Merzbecher, und fuhr sich mit seinem Taschentuch über die feucht gewordene Stirn, »sonst haben Sie nichts gegen ihn vorzubringen?«

»Der kann ja nicht schwören«, sagte die Bäumlern wieder, mit einer dumpfen Störrigkeit, »führt ihn doch da hinein, zu meinem Ferdinand, dann fangen seine Wunden an zu bluten.«

Der Verhaftete hatte aufgehört zu wanken, er sagte nichts, schaute nur immer zu der Bäumlern hin, während Tränen lautlos über sein Gesicht liefen.

»Es handelt sich hier offenbar«, knarrte die Holzstimme des Ober-staatsanwalts, »um völlig unsachliche, um nicht zu sagen hysterische Äußerungen, die uns nicht weiterbringen. Ich ordne an, die Frau zu ent-fernen, da sie den sachgemäßen Ablauf der Untersuchung stört.« Dabei gab er den Polizisten einen Wink, die zögernd auf sie zutraten. Sie aber klammerte sich mit beiden Händen und einem bösen, verstockten Wut-ausdruck im Gesicht an ihren Stuhl.

»Ich bitte den Herrn Oberstaatsanwalt«, sagte Dr. Merzbecher sehr eindringlich, »diese Anordnung zurücknehmen zu wollen, es ist durch-aus möglich, daß wir die Aussagen der Frau Bäumler noch brauchen, wie immer auch ihr Wert einzuschätzen ist, und ich glaube, sie dürfte sich jetzt ruhig verhalten.«

Der Oberstaatsanwalt zuckte die Schultern und machte eine ärgerlich nachgebende Handbewegung, woraufhin die Polizisten sich erleichtert wieder zurückzogen.

»Seien Sie überzeugt, Frau Bäumler«, sagte der Kriminalrat, »daß hier alles genau untersucht und der Gerechtigkeit Genüge geschehen wird. Wenn wir etwas von Ihnen wissen möchten, werden wir Sie dann auf-rufen.«

Die Bäumlern nahm ihre Hände vom Stuhl weg und legte sie in ihren Schoß, ihr böser Blick haftete unverwandt auf dem Gesicht des immer noch lautlos weinenden Mannes.

»Ich bitte jetzt«, hob Merzbecher nach einem schweren Atemzug wie-der an, »die Herren vom sechsten Dragoner-Regiment, Herrn Rittmeister Graf Riedesel in Vertretung des Kommandeurs, Herrn Leutnant Pa-nezza als Führer des ersten Zugs der dritten Schwadron, und den in der dritten Schwadron geschäftsführenden Wachtmeister Gensert, sich den Verhafteten genau anzuschauen und zu erklären, ob er ihnen bekannt ist.«

Die Aufgerufenen hatten sich erhoben und waren ein wenig nach vorne getreten.

»Als Regimentsadjutant«, begann der Rittmeister, »kenne ich natür-lich nicht alle bei der Truppe stehenden Leute persönlich. Aber ich bin ziemlich sicher, daß es sich hier um einen bei der dritten Schwadron dienenden Dragoner handelt, an dessen Gesicht ich mich von Löh-nungsappellen, Paraden und Regimentsübungen her ganz gut erinnern kann.«

»Danke, Herr Rittmeister«, sagte Merzbecher und wandte sich an Jeanmarie.

»Ich kann mit absoluter Sicherheit bezeugen«, sagte dieser rasch und mit einem mitleidigen, fast liebevollen Blick in die Augen des Vorgeführten, »daß es sich um den Dragoner Clemens Bäumler handelt, der bei mir im ersten Zug der dritten Schwadron steht. Ich kenne ihn außerdem von Kind auf und möchte sagen . . .«

»Danke, Herr Leutnant«, unterbrach Merzbecher, »ich werde Sie dann um nähere Auskunft bitten. Wachtmeister Gensert«, fuhr er fort, »kennen Sie den Mann?«

Der Wachtmeister klappte die Hacken zusammen, daß die Absätze knallten und die Sporen klirrten. »Jawohl, Herr Kriminalrat«, sagte er laut, »es ist der Dragoner Bäumler, seit zweieinhalb Jahren aktiv in der dritten Schwadron. Der Mann ist in seiner ganzen Dienstzeit nicht ein einziges Mal aufgefallen.«

Clemens Bäumler errötete bei diesem Lob, dem höchsten, das in den Kategorien des Kasernenhofs gespendet werden konnte. Seine Tränen waren versiegt, sein Gesicht hatte sich seit der Konfrontation mit seinen militärischen Vorgesetzten beruhigt und gefestigt.

»Ich danke Ihnen, Herr Wachtmeister«, sagte Merzbecher. »Nun möchte ich den Herrn noch die Frage vorlegen, ob ihnen an dem Mann irgendwelche besonderen Kennzeichen aufgefallen sind, die ihn im Zweifelsfall einwandfrei als den besagten Clemens Bäumler identifizieren würden.«

»Jawohl«, antwortete der Wachtmeister prompt, »rechter Zeigefinger durch Geburtsfehler verkrüppelt. Der Mann war deshalb zunächst mehrere Jahre vom Militärdienst zurückgestellt und wurde erst auf wiederholte freiwillige Meldung hin genommen, nachdem befunden worden war, daß er überhaupt Linkshänder ist und die zur Bedienung des Karabiners und der Reiterpistole notwendige Krümmung des Zeigefingers mit der linken Hand einwandfrei ausführen kann. Säbel und Lanze bedient er vorschriftsmäßig mit der rechten.«

Jeanmarie nickte nur bestätigend zu dieser ausführlichen und korrekten Auskunft.

»Bitte«, sagte der Kriminalrat nicht ohne Freundlichkeit zu Bäumler, »zeigen Sie uns Ihre rechte Hand.«

Mit zusammengepreßten Lippen und verlegenem Gesicht nahm der Aufgeforderte die Hand aus dem Rock, in dem er sie bisher verborgen hatte, und hob sie in halber Höhe vor seine Brust. An Stelle des rechten Zeigefingers befand sich nur ein kleiner, mit dem Knöchel verwachsener Höcker.

»Danke«, sagte Merzbecher, woraufhin Bäumler sofort seine Hand wieder verschwinden ließ, als ob er sich ihrer schäme. Vom Sitz der Bäumlern kam ein leises, höhnisches Lachen.

»Sie hatten sich angewöhnt«, sagte Merzbecher zu Bäumler, »in und außer Dienst immer Ihre Monturhandschuhe zu tragen?« Bäumler nickte kurz. Merzbecher griff hinter sich und nahm ein kleines Päckchen vom Tisch, das er auswickelte. Es enthielt ein Paar weiße Zwirnhandschuhe, an deren rechtem ein fest ausgestopfter Zeigefinger auffiel. »Sind das Ihre Handschuhe?« fragte er. Bäumler nickte. »Ich danke den Herren vom sechsten Dragoner-Regiment für ihre Aussage, und bitte Sie, jetzt wieder Platz zu nehmen«, sagte Merzbecher. »Sollten Herr Rittmeister und Wachtmeister es eilig haben, so brauche ich Sie nicht mehr«, ergänzte er sich, aber keiner der beiden verließ den Saal. Merzbecher wandte sich an einen der Polizisten. »Holen Sie dem Clemens Bäumler einen Stuhl«, sagte er. Der setzte sich mit einem dankbaren Blick.

Er habe nun, sagte der Kriminalrat, der stehengeblieben war, noch eine ergänzende Identifikation vorzunehmen, und winkte den beiden Frauen, die von den anderen abgesondert im Hintergrund saßen. Frau Guttier rauschte wie zu einem großen Auftritt nach vorn, während das Mädchen scheu und zögernd folgte.

»Kennen Sie den Mann«, fragte Merzbecher die Madame, im Tonfall einer eigentlich überflüssigen Routine-Frage.

»Natürlich«, sagte die Guttier, »und die Sache mit den Handschuhen ist mir sofort aufgefallen, ich wußte gleich . . .«

»Danke«, sagte Merzbecher drohend, »wir haben das alles im Protokoll.« Dann wandte er sich an das Mädchen, das kaum aufzuschauen wagte. »Sie heißen?«

»Suzanne Ripflin«, sagte das Mädchen leise, mit französischer Aussprache der Endsilbe.

»Sie stammen aus Bicheweiler bei Forbach in Elsaß-Lothringen, waren in Straßburg als Dienstmädchen beschäftigt, haben Ihre Stelle wegen einer unterbrochenen Schwangerschaft verloren und sind jetzt unter dem Namen Rosa im Hause Kappelhof Nr. 14?« las Merzbecher von einem Aktenblatt, das er vom Tisch aufgenommen hatte. Das Mädchen nickte bestätigend. »Sie haben am Samstagabend den Besuch des hier anwesenden Mannes empfangen — um welche Zeit?«

»Ich weiß nicht genau«, sagte die Rosa, »ich trage bei der Arbeit keine Uhr.«

»Können Sie es nicht ungefähr sagen?«

»Es war mein erster Besuch an diesem Abend. Es kann noch nicht spät gewesen sein, aber es war schon dunkel draußen.«

»Haben Sie den Mann vorher gekannt? War er schon früher bei Ihnen gewesen?«

»Aber nein«, fuhr Madame Guttier dazwischen, »er ist am Samstag zum erstenmal . . .«

»Wollen Sie bitte«, sagte Merzbecher mit ungewohnter Strenge, »nicht reden, wenn Sie nicht gefragt sind. Ich wiederhole«, wandte er sich an das Mädchen, »haben Sie den Mann vorher gekannt?«

»Nein«, sagte die Rosa leise.

»Sie hatten ihn bestimmt noch nie gesehen? Sie standen in keinerlei Beziehungen zu ihm?«

»Nein«, sagte die Rosa wieder, diesmal etwas lauter und ziemlich fest.

»Warum haben Sie dann«, fragte Merzbecher rasch, »nach Aussage der Frau Guttier, versucht, ihr den Schlüssel zu entwinden, mit dem sie den Mann, als er ihr verdächtig wurde, einschließen wollte? Was haben Sie mit dieser Handlung bezweckt?« Er sah Rosa scharf an, die über und über errötete. »Antworten Sie, bitte.«

»Er hat mir leid getan«, sagte Rosa mit kaum hörbarer Stimme, nachdem sie mehrmals geschluckt hatte.

»Ist das alles?« fragte Merzbecher. — Rosa antwortete nicht mehr. »Sie haben sonst nichts auszusagen, auch wenn wir Sie unter Eid nehmen?«

»Nichts«, sagte Rosa, und wagte plötzlich einen Blick zu dem wie unbeteiligt auf seinem Stuhl sitzenden Bäumler hin, den anzuschauen sie bisher vermieden hatte. Auch der Kriminalrat schaute ihn jetzt an.

»Bäumler«, sagte er, »haben Sie die Suzanne Ripflin gekannt, bevor Sie am Samstagabend das Haus Nr. 14 in der Kappelgasse betreten haben?«

Der Befragte sah ihn an, als ob er nicht verstanden habe oder in seinen Gedanken mit etwas völlig anderem beschäftigt sei.

»Schauen Sie sie an«, sagte der Kriminalrat, »das ist doch das Mädchen, bei dem Sie die Abendstunden des vorgestrigen Samstag verbracht haben?«

Bäumler wandte sein Gesicht der Rosa zu. Seine Augen blieben auf ihr haften und zeigten zunächst keine Veränderung und keinen Ausdruck des Erkennens. Dann aber schien etwas in seinem Blick zu dämmern. »Ich glaube«, sagte er, und begann leicht zu erröten, »aber sie sah anders aus.« Auch Rosa errötete wieder, während sie ihn anschaute, und es war für eine Sekunde, als sei um die beiden ein Kreis gezogen, in dem sie ganz allein waren und sich zum erstenmal erblickten.

»Sie haben sie vorher nie gesehen?« fragte der Kriminalbeamte noch einmal.

»Nein«, sagte Bäumler, ohne seinen erstaunten und warmen Blick von dem Mädchen wegzunehmen.

»Dann habe ich an Sie keine weiteren Fragen mehr«, sagte Merzbecher, und bedeutete den beiden Frauen mit einer Handbewegung, auf ihre Plätze zurückzukehren.

»Ich rufe Herrn Adelbert Panezza«, sagte er dann, nachdem er sich wieder gesetzt hatte, »und bitte um eine knappe, zusammenfassende Aussage über die Familienverhältnisse der Familie Bäumler, sowie über die Lebensumstände, unter denen die beiden Brüder Clemens und Ferdinand Bäumler aufgewachsen sind.«

Panezza schien diese Aufforderung erwartet zu haben. Er erhob sich und begann in fließender Rede, gleichsam vorbereitet, zu sprechen. Als er anfing, schlug die Uhr von der nahen Peterskirche zehn. ›Jetzt‹, ging es Panezza durch den Kopf, ›würde ich in der Ludwigstraße vorfahren, um Katharina abzuholen ...‹ Um Elf Uhr elf Minuten elf Sekunden sollte ja der Fastnachtszug nach vorheriger Aufstellung vom nahen Schloßplatz aus abmarschieren ... Diese Zeitzahl, 11 h 11' 11", bohrte sich mit der Hartnäckigkeit eines tickenden Uhrwerks unablässig in seine Gedanken hinein, während er redete, so daß er sich alle Mühe geben mußte, sie nicht plötzlich mitten in seiner Rede laut auszusprechen.

Panezzas Aussage war sachlich und klar, und brachte keinerlei überraschende Momente. Natürlich kenne er die Therese Bäumler und ihre Familie von Jugend auf, da er ja selbst auf Gut Keddrichsbach groß geworden sei. Frau Bäumler sei einige Jahre jünger als er, aber er habe sie bei der Kleinheit des Dorfes schon von der Kirche und anderen Anlässen her flüchtig gekannt, als sie noch, mit ihrem Mädchennamen, Therese Seyffritz hieß. Ihr Vater sei Taglöhner gewesen, die Mutter Waschfrau, beide seien früh gestorben und hätten nichts hinterlassen. Die Therese sei dann — soviel er wisse — als sehr junges Mädchen schon mit dem Bäumler gegangen, also verlobt gewesen, der — Panezza zögerte ein wenig — auch eine Art Gelegenheitsarbeiter war, aber kein besonders — erfolgreicher ...

Hier unterbrach die Bäumlern, indem sie mit ruhiger, ganz normaler Stimme sagte: »Er hat gesoffen.« Nur daran merkte man, daß sie den Ausführungen Panezzas überhaupt zuhörte. Ihr Blick haftete ununterbrochen mit dem gleichen Ausdruck von Haß und Verachtung auf dem Gesicht des Verhafteten, der sehr still und mit niedergeschlagenen Augen auf seinem Stuhl saß.

Ihr älterer Sohn Clemens, fuhr Panezza fort, sei vorehelich geboren worden, kurz bevor sein eigener Sohn, Jeanmarie, auf die Welt kam. Da seine Frau durch Krankheit verhindert war, das Kind selbst zu stillen, habe man damals die junge und kerngesunde Therese als Amme ins Haus genommen. Als diese dann später ihr zweites Kind erwartete, habe er selbst, Panezza, den Bäumler veranlaßt, sie nun zu heiraten, und auch etwas für die Begründung dieses Ehestands getan. Dieses zweite Kind, schon in der Bäumlerschen Ehe geboren, war dann der Ferdinand — derselbe, der nebenan in der Totenkammer lag. Als nach einigen Jahren der Bäumler auf dem Rangierbahnhof, auf dem er mit Verladearbeiten beschäftigt war, tödlich verunglückte, habe Panezza als einheimischer Gutsherr und Armenpfleger sich der Familie ein wenig angenommen und dann und wann in Notlagen ausgeholfen. Noch heute werde die Witwe Bäumler in seinem Haus beschäftigt, sobald es irgendwie zusätzliche Arbeit zu verrichten gebe. Das wäre wohl alles.

»Darf ich«, sagte Dr. Merzbecher nach dem üblichen Dank für Panezzas Aussage, »Ihnen noch eine kurze Frage vorlegen, die Ihnen vielleicht sonderbar vorkommen wird, deren Beantwortung für die Untersuchungskommission jedoch von einer gewissen Bedeutung ist. Haben Sie nicht eigentlich ein Adelsprädikat?«

»Ja«, sagte Panezza und ließ ein kurzes, verlegenes Lachen hören, »das ist so, mein Großvater hatte im Hofdienst den erblichen Adel erworben und nannte sich von, oder auf Reisen de Panezza. Mein Vater aber war als sehr junger Mensch Achtundvierziger und sein Leben lang ein überzeugter Demokrat, daher machte er keinen Gebrauch von dem Titel, und so ist das dann geblieben. Darf ich fragen, was dies mit der vorgehenden Untersuchung zu tun hat?«

Er werde sich erlauben, etwas später darauf zurückzukommen, sagte Dr. Merzbecher — möchte jetzt zunächst den Leutnant Jeanmarie de Panezza (es war nicht klar, ob er ihn mit Absicht oder versehentlich so nannte) bitten, gleichfalls in möglichst knapper, zusammenfassender Art etwas über die Jugend und den Charakter der beiden Brüder Bäumler auszusagen.

»Da Clemens etwas älter war als ich«, begann Jeanmarie, »und Ferdinand ein Jahr jünger, gingen wir alle gemeinsam in die Keddricher Dorfschule, weil mein Vater Wert darauf legte, daß ich die Volksschulzeit wie die anderen Kinder dort auf dem Land durchmachen sollte. In diesen Kinderjahren, schon vor der Volksschule und bis ich dann aufs Gymnasium kam, war ich mit beiden Brüdern sehr befreundet und spielte viel mit ihnen. Besonders der Ferdinand kam oft zu uns ins Haus. Mit dem Clemens aber«, sagte er mit einem warmen Blick zu dem Verhafteten, der an seinen Lippen hing, »war ich besser befreundet.«

»Warum?« warf Merzbecher ein.

»Ich mochte ihn halt besonders gern«, sagte Jeanmarie, »und wir waren ja sozusagen Milchbrüder.«

Es sah aus, als ob der Verhaftete mit den Tränen kämpfe, dann schaute er wieder auf den Boden. —

»Später«, fuhr Jeanmarie fort, »verlor ich den Clemens etwas aus dem Gesicht, denn er blieb in der Dorfschule, während Ferdinand in Mainz die Realschule besuchte. Wir benutzten denselben Schulzug nach Mainz-Kastel und gingen dann noch zusammen über die Straßenbrücke, von dort aus hatten wir verschiedene Schulwege.«

»Einen Augenblick bitte«, unterbrach Dr. Merzbecher, »der Ferdinand besuchte also die Realschule, während Clemens weiter auf die Dorfschule ging. Hatte das einen besonderen Grund?«

»Darf ich das vielleicht beantworten«, sagte Panezza, »Frau Bäumler hätte für die Realschule das Schulgeld nicht zahlen können, ich habe es für ihren Sohn Ferdinand gezahlt.«

»Weshalb für den, und nicht für Clemens?« fragte Merzbecher.

»Weil Ferdinand zweifellos der intelligentere war«, sagte Panezza. »Der Clemens war immer sehr brav«, fügte er rasch hinzu, »aber weniger lernbegabt. Er nahm dann auch gleich nach Absolvierung der Dorfschule Arbeit in unserem Sägewerk und unterstützte, soviel ich weiß, fortgesetzt seine Mutter.«

»Können Sie sonst«, wandte der Kriminalrat sich wieder an Jeanmarie, »etwas über die Charaktere, oder vielleicht die Charakterunterschiede, der beiden Brüder sagen?«

»Der Ferdinand«, begann Jeanmarie nach einem kurzen Nachdenken, »war ein besonders lebhafter, man könnte sagen, phantasievoller Bub. Schon beim Spielen hatte er immer die besten Ideen. Aber er neigte auch von Kind auf zu einem gewissen Leichtsinn, nahm es nicht so genau mit der Wahrheit, schwänzte manchmal die Schule, was aber nicht weiter ins Gewicht fiel, da er ungewöhnlich leicht lernte und überhaupt sehr beliebt war, das heißt« — fügte er mit einem scheuen Blick auf die Bäumlern hinzu, die jetzt lautlose Kaubewegungen machte —, »mehr bei den Lehrern als bei den Mitschülern.«

»Mit besonderen Gründen?« warf Merzbecher ein.

»Er war nicht feige oder schwächlich«, sagte der Leutnant zögernd,

»aber nie sehr stark, und auch nicht besonders mutig, eher manchmal tollkühn. Er hatte etwas an sich – ich kann es schwer ausdrücken –, was die anderen reizte, entweder waren sie ihm verfallen und taten alles, was er wollte, oder sie haßten ihn. Manchmal fielen sie haufenweise über ihn her – ganz ohne besonderen Anlaß – und verprügelten ihn. Aber wenn das passierte, oder wenn ein Stärkerer ihn auf dem Schulhof boxte, dann hat ihn der Clemens immer herausgehauen. Er war ja auch ein bißchen älter, und ich glaube, daß er den Ferdinand abgöttisch geliebt hat. Der Clemens war immer gutmütig, aber furchtbar stark, und wenn einer seinem Bruder was tat oder ihm nur etwas nachsagte, dann wurde er wild. Und wenn er wild wurde . . .« – er brach ab, als habe er zuviel gesagt, vielleicht schon etwas, was den Verdächtigen belasten könne.

»Wie vollzog sich dann«, fragte der Kriminalrat, »der weitere Werdegang des Ferdinand, ich meine, bis zu seiner Flucht in die Legion?«

Jeanmarie warf einen Blick auf Panezza. »Vielleicht«, sagte er, »kann mein Vater das besser beantworten, weil er ja für seine Ausbildung sorgte. Ich absolvierte das Gymnasium, machte dann einige Reisen und trat als Avantageur bei den sechsten Dragonern ein, so daß ich von den beiden Brüdern nicht mehr viel sah – bis dann der Clemens meiner Schwadron zugeteilt wurde.«

»Nachdem er mit sehr guten Zeugnissen durch die Realschule gekommen war«, berichtete Panezza, »habe ich den Ferdinand als Lehrling auf dem Büro eines befreundeten Weinhändlers in Mainz untergebracht. Er sollte Kaufmann werden, ich dachte, er hätte das Zeug dazu. Soviel ich weiß, machte er gute Fortschritte und war dort recht beliebt – allerdings kamen auch Klagen, und zwar mit der Zeit ziemlich häufig, wegen Leichtsinns und Weibergeschichten. Er schien eine Neigung zu haben, vor den Mädchen oder anderen jungen Leuten aufzuschneiden und den großen Herrn zu spielen – so kam es wohl dazu, daß er Schulden machte, nicht nur in Wirtschaften, sondern vermutlich auch bei einem Wucherer, der ihn dann in die Zange nahm. Eines Tages stellte sich heraus, daß in der Kasse der Weinhandlung gewisse Beträge fehlten – ich glaube kaum, daß es sich um sehr beträchtliche Summen gehandelt hat –, und daß in den Büchern, mit deren Führung der junge Bäumler beauftragt war, die entsprechenden Eintragungen gefälscht waren. Es kam noch hinzu, daß er versuchte, einen anderen Angestellten zu belasten und durch einen Meineid seine eigne Unschuld zu beteuern. So erstattete sein Chef Strafanzeige. Am selben Tag war Ferdinand Bäumler verschwunden. Man hörte erst wieder von ihm, als er seiner Mutter von Marseille aus eine Postkarte schrieb. Von dort und von seinen verschiedenen Dienstorten in Afrika bekam Frau Bäumler dann manchmal eine weitere Nachricht. Zuletzt kam die schon erwähnte Mitteilung von seinem Tod — vor ungefähr einem Jahr. Mehr weiß ich nicht.«

»Vielen Dank«, sagte Dr. Merzbecher. »Ich habe jetzt noch eine Frage an den Herrn Leutnant. In der Tasche des Anzugs, in dem am Samstag der Clemens Bäumler verhaftet wurde, fanden sich einige gedruckte Visitenkarten, auf denen Ihr Name, allerdings *ohne* den Offiziersrang und *mit* dem Adelsprädikat, also: ›*Jeanmarie de Panezza*‹ steht. Haben Sie dafür vielleicht irgendeine Erklärung?«

Jeanmarie stand einen Augenblick wie erstarrt und schaute ratlos zu dem still und fast unbeteiligt vor sich hinsehenden Clemens Bäumler hin. Panezza hatte sich mit gespanntem Ausdruck vorgebeugt. Die Bäumlern schien nicht mehr zuzuhören, murmelte leise und unverständlich. —

»Das ist mir vollständig rätselhaft«, sagte Jeanmarie, fuhr aber dann plötzlich zusammen wie von einem Schreck.

»Ist Ihnen doch etwas eingefallen?« fragte Merzbecher, der ihn genau im Auge behielt.

»Nein«, sagte Jeanmarie, »allerdings, der Anzug gehörte ja wohl gar nicht dem Clemens Bäumler . . .«

»Natürlich nicht«, sagte Merzbecher. »Es ist anzunehmen, daß er dem Ferdinand gehörte.«

Jeanmarie schüttelte den Kopf. »Ich habe gar keine Erklärung«, sagte er dann, »ich habe nie solche Visitenkarten besessen. Ich verstehe das alles nicht.«

»Wir leider auch noch nicht«, sagte der Kriminalrat. »Aber ich hoffe, daß Clemens Bäumler uns einige Aufklärungen geben wird.« Er schaute Clemens an, der immer noch wie unbeteiligt vor sich hin sah und den Blick seiner Mutter vermied.

»Ich rufe den verhafteten Clemens Bäumler«, sagte Merzbecher.

»Den wegen Mordverdachts verhafteten Clemens Bäumler«, knarrte die Stimme des Oberstaatsanwalts dazwischen.

»Ich bitte, die Formulierung der Aufrufe mir zu überlassen«, sagte der Kriminalrat.

»Es ist meine Pflicht als Oberstaatsanwalt«, erwiderte Dr. Classen, »auf der Exaktheit der jeweiligen Benennung zu bestehen, soweit sie mit der Jurisdiktion zu tun hat.«

Hier erhob sich der junge Rechtsanwalt, der bisher ziemlich überflüssig dabeigesessen hatte, bat den Oberstaatsanwalt ums Wort und erklärte dem stumpf dreinschauenden Clemens, daß er für ihn als einen des Mordes Verdächtigen zum Offizialverteidiger bestimmt worden sei. In dieser Eigenschaft müsse er ihn darauf aufmerksam machen, daß er nicht verpflichtet sei, irgendwelche Aussagen zu machen, die im Verlauf des Prozesses zu seiner Belastung gegen ihn benutzt werden könnten.

Clemens antwortete nicht und schaute verständnislos vor sich hin — es war, als sei er in tiefes Nachdenken versunken.

»Danke, Herr Levisohn«, sagte der Oberstaatsanwalt Classen mit einer merkwürdigen Betonung.

»Dr. Levisohn«, sagte der junge Anwalt.

»Danke, Herr Doktor Levisohn«, wiederholte Classen, wobei er den Namen noch ausgeprägter betonte.

»Herr Doktor genügt«, sagte Levisohn, der erblaßt war.

»Das haben nicht Sie zu bestimmen«, fuhr Classen ihn an.

»Zur Sache, meine Herren«, mahnte Dr. Merzbecher und warf dem Oberstaatsanwalt einen unwilligen, fast verächtlichen Blick zu.

»Dragoner Clemens Bäumler«, sagte er dann. »Sind Sie zu einer Aussage bereit?«

Langsam und schwer erhob sich Clemens von seinem Stuhl.

»Jawohl«, sagte er, und blickte in Richtung seines Wachtmeisters. Dem Kriminalrat entfuhr ein Seufzer der Erleichterung.

»Es kann nur zu Ihrem Besten sein«, sagte er, »wenn Sie hier eine möglichst vollständige, unverhohlene Aussage machen.«

»Jawohl«, sagte Clemens wieder, und schwieg.

»Vielleicht wird es Ihnen leichter«, sagte Merzbecher, »wenn ich Ihnen einige Fragen stelle.«

»Jawohl«, antwortete Clemens zum dritten Mal, und schien jetzt plötzlich, als habe er den Soldaten in sich zur Verantwortung gerufen, von einer stillen und aufmerksamen Gefaßtheit zu sein.

»Wann und wo«, begann Dr. Merzbecher, »haben Sie Ihren Bruder Ferdinand zum letzten Mal lebend gesehen?«

»Im ›Rote Kopp‹«, antwortete Clemens ohne Zögern, »am Samstag abend zwischen fünf und sechs.«

Der ›Rote Kopp‹ war, wie jeder der Anwesenden wußte, eine populäre Wirtschaft in der Mainzer Altstadt.

»So«, sagte Merzbecher und nickte gedankenvoll. »Im ›Rote Kopp‹. Habt ihr euch dort öfters getroffen?«

»Nein«, sagte Clemens, »er war ja nicht da. Er war ja — ich habe ihn ja für tot gehalten . . .« (Er schluckte plötzlich, nahm sich aber zusammen und fuhr, ungefragt, fort.)

Vor drei Tagen — also am Freitag vor Fastnacht — habe er bei der Postverteilung einen Brief bekommen. Er habe sonst, fügte er hinzu, nie einen Brief bekommen, seit er beim Militär war, drum sei er gleich erschrocken. Der Brief war vom Ferdinand, und der Ferdinand schrieb darin, daß er noch lebe und daß er ihn sprechen müsse, er dürfe es aber keinem Menschen sagen, auch der Mutter nicht, bei seiner Räuberehre.

»Bei was?« unterbrach der Oberstaatsanwalt.

Das sei noch von früher her, erklärte Clemens schwerfällig, sie hätten zu Haus als Schinderhannes gespielt, und da hätte es eine Ehre gegeben, daß man nämlich nie etwas hätte verraten dürfen, sonst wäre man in Verschiß gekommen . . . (er verhaspelte sich und kam ins Stottern).

»Ja, ja«, sagte Merzbecher, »so haben wir's auch gemacht, als Buben. Das verstehen wir schon.« Was denn nun weiter in dem Brief drin gestanden habe?

»Ich soll«, sagte Clemens, »versuchen, mir Fastnachtsurlaub zu nehmen — das hatte ich aber sowieso schon getan, weil ich zur Mutter wollte . . .« Er schwieg betreten.

»Und?«

»Und ich soll ihn am Samstag um fünf im ›Rote Kopp‹ treffen, dort wolle er auf mich warten, falls ich erst später aus der Kaserne weg könne.« —

»Sonst stand nichts in dem Brief?« fragte der Kriminalrat.

»Dein Ferdinand«, sagte Clemens. —

Merzbecher wartete einen Augenblick, da er mit Recht annahm, daß Clemens selbst weitersprechen würde.

»Ich habe dann die Nacht nicht schlafen können«, sagte Clemens, »weil ich nie gedacht hätte, daß er noch lebt.« —

»Haben Sie sich nicht darüber gefreut?« fragte Merzbecher.

»Doch«, sagte Clemens, »aber ich war erschrocken.«

»Wo war der Brief abgeschickt? Von welchem Ort war er datiert?«

Diese Frage brachte Clemens in Verlegenheit — es war ganz klar, daß er es nicht wußte. Der Ferdinand hatte keinen Ort geschrieben, nur den Tag, das war der Mittwoch. Und am Freitagabend war der Brief gekommen.

Aber auf dem Umschlag müsse doch eine Briefmarke gewesen sein, und ein Stempel. — Ja, eine Marke schon, eine fremdländische, und auch ein fremdländischer Stempel, der sei verschmiert gewesen, und er habe auch nicht daran gedacht, ihn genau anzugucken, denn der Ferdinand würde es ihm ja sagen, wo er herkäme — er hätt's ihm aber dann doch nicht gesagt. Wie er den Brief bekommen habe, da hätte er an so was gar nicht gedacht, da war er viel zu erschrocken. Es habe aber noch was in dem Brief drin gestanden, unten, am Rand . . . »Nämlich?«—»›Vernichte diesen Brief sofort, daß ihn keiner findet.‹« — Da sei er dann in die Latrine gegangen, habe den Brief in kleine Stückchen zerrissen und mit einem Streichholz verbrannt. — »Mitsamt dem Couvert?« — »Mitsamt allem.« — »›Räuberehre‹«, sagte Merzbecher seufzend, und irgend jemand ließ ein leises Lachen heraus, das aber sofort wieder verstummte.

»Um halb fünf war der Stalldienst aus«, fuhr Clemens fort, »und da mußte ich mich erst waschen, und umziehen, und abmelden.« Er schaute zu Wachtmeister Gensert hin, der bestätigend nickte. »Wie ich dann in den ›Rote Kopp‹ gekommen bin, hab ich ihn erst nicht gefunden. Aber er war schon da. Es gibt da nämlich zwei Gaststuben, das Restaurant, und das Zimmer. Um die Zeit sind dort noch nicht viele Leut, aber im Restaurant waren doch schon ein paar, im Zimmer war niemand, aber hinten ist dort eine Ecke, mit einer Stufe und einem Geländer und einem Vorhang, den kann man zuziehen — drum heißt das die ›Knutsch-Ecke‹ —, es hat noch kein Licht gebrannt, und da hat er gesessen.« —

»In dem braunen Anzug?« fragte Merzbecher und wies auf das Kleidungsstück in dem offenen Wandschrank.

»Ja, aber er hat auch noch den hellen Mantel bei sich gehabt, und den weichen Hut.« (Auch diese Stücke hingen im Wandschrank, man hatte sie bei Clemens Bäumlers Verhaftung gefunden und mitgebracht.)

Wie sich dann nun das weitere abgespielt habe? Zuerst, berichtete Clemens, habe der Ferdinand zu lachen angefangen, und da habe er auch lachen müssen, und dann hat ihn der Ferdinand wie früher in die Rippen geboxt und noch mehr gelacht, und dann hat er gesagt: »Siehst du, Unkraut vergeht nicht.« Dann habe der Ferdinand die Kellnerin gerufen und Bier und Schnaps bestellt, gleich zwei doppelte Asbach, und habe ihm gesagt, den solle er mal runtertrinken, das helfe über das Gemütliche hinweg — Clemens wollte wohl sagen — Gemütsbewegung — und das mache auch Mut, und auf Mut käm's jetzt an. Clemens merkte aber trotzdem, daß der Ferdinand Angst hatte. Er schaute immer wieder zur Tür, und öfters zum Fenster hinaus, und hielt sich hinter dem Vorhang versteckt, als ob er sich vor was fürchte.

Da hätte er dann den Schnaps ganz ausgetrunken und das Bier hinterher, und von da ab, da sei's ihm schon ein bißchen schwummerlig gewesen, und er hätte manches gar nicht sofort kapiert — erst hinterher, so langsam, da sei ihm alles aufgegangen.

Und nun erzählte Clemens, manchmal stockend und von den Fragen des Kriminalkommissars wieder in Fluß gebracht, folgende Geschichte:

»›Wenn wir Mut hätten‹, begann der Ferdinand, ›dann könnten wir jetzt unser Glück machen, alle beide. In Afrika‹, sagte er, ›war es die Hölle gewesen. So ein Legionär, das ist weniger als der letzte Dreck. Von den Offizieren verachtet, von den Unteroffizieren geschunden, von den Kameraden beklaut, oder auch Schlimmeres, das kann man gar nicht erzählen, was manche von den Alten nachts in der Baracke an einem Neuling treiben, perverse Unmenschen sind das, und wenn man schreien will, kriegt man eine aufs Maul.‹ Sein Leben lang, sagt er, wird er schwitzen, wenn er davon träumt, von den schrillen hastigen Clairons und den Kesselpauken, und dem Hufgetrappel der Spahipferde und dem ›Vite! Vite!‹ der Serganten, wenn sie im Laufschritt Parade machten, mittags um zwölf auf der Place d'Algérie, und die geputzten Damen auf den Caféterrassen dazu in die Hände klatschten. Dem Ferdinand brach, als er das erzählte, auch wirklich der Schweiß aus, wie Angstschweiß lief's ihm aus den Haaren und von der Stirn, aber er sagte, das sei die Malaria, ›wer die mal gehabt hat, den packt das Fieber nach dem ersten Schnaps‹. Und er bestellte für jeden noch einen Doppelten.

›Später‹, fuhr er fort, ›auf Außendienst und Patrouille, da ging's einem schon ein bißchen besser‹, aber wie sie dann ins Gefecht gekommen sind, bei Wahdi Askrah, mit einem Trupp aufständischer Berber, da hat er die Nase längst voll gehabt. Beim ersten Schuß ließ er sich in den Sand fallen, und so blieb er liegen, bewegungslos, Gesicht in den vorgerutschten Tropenhelm gedrückt, so daß er grad atmen konnte, Gott sei Dank war's spät am Tag, sonst hätt er die Sonne nicht ausgehalten. Sein Bataillon hatte die angreifenden Berber zurückgeschlagen und in die Wüste hinaus verfolgt, so daß er dann plötzlich ganz allein gewesen ist, mit denen, die wirklich tot waren. Ein paar Verwundete hatten die Sanitäter weggeschleppt — aber die sich nicht mehr bewegten, die hatte man erst mal liegen lassen. ›Da hab ich mich dann gewagt‹, erzählte der Ferdinand, ›den Kopf aufzuheben, und nach meinem Kameraden Bernard auszuschauen, das war mein einziger Freund in der Legion, und mit dem hatte ich ausgemacht, daß wir's beide zugleich so machen würden, und uns dann gegenseitig helfen bei der Flucht — denn ein Mann allein, der ist schon so gut wie verloren. Der Bernard, das war ein Belgier, aus der Hafenstadt Antwerpen, und hatte in Paris bei einem Bankraub mitgemacht — mit seinem wirklichen Namen hieß er Florian —, der lag denn auch ganz in meiner Nähe, aber als ich hinkroch und ihn an der Schulter packte und ihm zuflüsterte, es sei jetzt alles klar, und wir müßten rasch türmen, da regte der sich nicht, und wie ich seinen Kopf hob, sah ich, den hatte es wirklich erwischt. So ein Dum-Dum hatte ihn seitlich ins Gesicht getroffen, und die Hälfte weggerissen, er war fast nicht mehr zu kennen. Da sagte ich mir, dem armen Kerl kann ich doch nicht mehr helfen. Aber vielleicht hilft er mir! In so einem Augenblick, da denkt man rasch, oder man denkt vielleicht gar nicht, sondern tut was, von selbst, wie der Hase, wenn er den Haken schlägt, um sich zu retten. Ich hab schon gesagt, daß der bei einem Bankraub dabei war, bei dem ein Kassierer erschossen wurde, sie hatten seine Komplizen geschnappt, aber er war mit seinem Anteil durchgekommen und zunächst mal bei der Legion untergetaucht. Denn mit dem Geld konnte er dazuland nichts machen, weil die Nummern der Tausendfrancs-Scheine polizeilich notiert waren. Er trug es immer in seinem Rockfutter eingenäht — zu Banken und Safes hatte er kein Vertrauen mehr . . . Da hab ich sein Soldbuch und seine Erkennungsmarke genommen und mit meinen vertauscht, und das Geld auch aus seinem Rockfutter, denn ihm nutzte das ja nichts mehr, und mit dem Gesicht, da hatte ich nicht viel Arbeit, das meiste hatten die Berber mit ihrem Dum-Dum getan, und dann konnte man ihn gar nicht mehr erkennen. Ich mußte das machen, so eklig mir das war — denn der eine oder andere der Legionäre hatte mich gewiß bei der ersten Salve hinstürzen sehen, und wenn sie die unkenntliche Leiche mit meinen Sachen finden und es heißt, der Bäumler ist tot, dann wird auch keine Fahndung mit dem Bäumler seinem Signalement erlassen. Wenn sie aber auf die Idee kommen, er könnte getürmt sein, dann hetzen sie die Kamelreiter und die Chasseurs hinterdrein. Denn weißt du‹, sagte der Ferdinand, ›ich steckte ja jetzt, wie man so sagt, zwischen Tod und Teufel. Wenn dich die Berber erwischen, die schneiden dir das Gemächte ab und stechen dir die Augen aus und dann lassen sie dich los und weiden sich dran, wie du dich im heißen Sand zu Tode zappelst. Und wenn die Legion dich erwischt, als Deserteur, dann geben sie dir acht Tage Salzhering und keinen Tropfen Wasser, bevor sie dich an die Wand stellen, die Prügel und Bauchtritte bei der Einlieferung nicht gerechnet. Das sind‹, sagte er, ›so Nuancen. Aber wenn man da durch ist und raus — dann weiß man, was man von seinen Mitmenschen zu erwarten hat, nämlich nichts Gutes, wenn man nicht versteht, sie dummzumachen und unterzukriegen. Du trittst, oder wirst getreten, obwohl es manchmal fast gleich wehtut . . .

Dann‹, fuhr der Ferdinand fort, nachdem er ein Bier geleert hatte, ›habe ich allen Toten ihre Lebensmittelration und ihre Feldflaschen abgenommen, wir hatten kurz vorher am Brunnen des Wahdi frisch gefüllt, denn ich konnte mich natürlich an einer Oase oder Zisterne nicht sehen lassen und hatte große Angst vorm Verdursten und überhaupt vor dem Marsch durch die Wüste, ganz allein. Aber ich hatte Dusel. Am zweiten Tag traf ich auf eine kleine Karawane, zum Teil Italiener, die mit Konterbande nach Tripolis unterwegs war, das waren auch keine Menschenfreunde, aber denen war grade ein Lastträger an irgendwas gestorben, vielleicht an einem Fußtritt . . . so erlaubten sie mir gnädig, seine Last zu schleppen, und auch seine Fußtritte und Hiebe einzustecken, wenn ich schlappmachte — aber die reisten nur nachts und auf geheimen Wegen und so kam ich glücklich heraus. Meine Legionsuniform hatte ich zwar gleich an ihrem Kamelmistfeuer verbrannt, und mit den Kleidern von dem verstorbenen Lastträger vertauscht, aber das Geld, das hatte ich in den Stiefeln, es hatte ja auch niemand so einen Schatz bei mir gesucht. Es gelang mir dann, bei irgendeinem Armenier, einen der Tausender zu wechseln, natürlich mit dickem Verlust, aber jetzt hatte ich etwas Bargeld, und damit war es nicht schwer, auf ein Schiff zu kommen und den Staub Afrikas von meinen Füßen zu schütteln — für immer‹, sagte er seufzend.

Wohin er von da gefahren sei, und von wo er jetzt herkomme, und was er in der Zwischenzeit, den letzten zehn Monaten, getan hätte, das könne er ihm jetzt nicht erzählen, vielleicht später mal. Nur eins müsse er ihm sagen, es sei ein Bluthund hinter ihm her, dem gelte es noch zu entwischen, und dann sei alles gut. Von dem Bernard, dem Belgier, wisse er eine Adresse in der Hafenstadt Antwerpen, dort könnten sie auf ein Schiff nach Amerika unterkommen, zur Not auf Heuer, und wenn sie erst mal da drüben wären, dann fange das Leben an, aber nicht klein und häßlich als Tellerwäscher oder so, sondern Hui und Hopp, er habe ja, sagte er, Geld, und noch was, das könne man dort zu Gold machen, dann würden sie ein Geschäft gründen zusammen und reiche Leute werden.« — Da begriff der Clemens langsam, daß der Ferdinand ihn mitnehmen wollte — obwohl ihm zuerst alles im Kopf ganz durcheinander ging. — Vorher aber, sagte der Ferdinand, müsse er noch nach Nieder-Keddrich hinaus. — »Zur Mutter?« fragte Clemens. »Das auch«, sagte Ferdinand, »bei der muß ich mich umziehen, aber außerdem ist dort noch jemand, mit dem habe ich abzurechnen.« — »Warum«, fragte Clemens, »mußt du dich denn umziehen, bei der Mutter?« — »Weil ich nur in deiner Uniform hinausfahren kann«, sagte der Ferdinand, »in dem Anzug da würde ich auffallen, und es könnte mich wer erkennen. Ich darf aber nicht erkannt werden. Ich bin tot, und ich bleibe tot. Glaub mir, das ist manchmal besser!« (Und dabei habe er auf eine Art gelacht, daß es dem Clemens ganz anders wurde.)

Hier stand die Bäumlern auf, die, seit vom Ferdinand die Rede war, mit auf die Schenkel gestützten Ellbogen, die Knöchel unterm Kinn, angespannt gelauscht hatte. Sie machte, ehe sie jemand hindern konnte, ein paar Schritte auf den Kriminalrat zu.

»Er hat zu mir gewollt, mein Ferdinand«, stammelte sie, fast lallend, »zu mir hat er gewollt, und drum hat der« — sie deutete dabei mit dem Daumen auf Clemens, ohne ihn anzuschaun — »ihn hingemacht. Das hatte der immer im Sinn.«

Jeanmarie war aufgesprungen und führte sie, die nun leise zu schluchzen begann, zu ihrem Sitz zurück, wo beide Panezzas sie durch leichtes Handauflegen auf ihre Schultern an weiteren Ausbrüchen zu hindern suchten und offenbar auch beruhigten.

Clemens brach nicht wieder in Tränen aus, er stand mit geducktem Kopf, aber still, wie einer, der schon gewohnt ist, Schläge zu bekommen.

»Sie meint«, sagte er dann mit gesenkten Augen zum Kriminalrat, »daß ich dem Ferdinand bös war, weil sie *ihn* gern hatte und mich nicht. Aber da war doch *er* nicht schuld!«

»Nein«, sagte Merzbecher, »und Sie auch nicht. Aber das tut ja hier nichts zur Sache. Denken Sie, bitte, jetzt nicht daran. Versuchen Sie nur an alles genau zu denken, was noch am Samstagabend vorgegangen ist. Der Ferdinand wollte also Ihre Uniform haben, um damit unerkannt ins Dorf hinaus zu kommen, damit er weiter für tot gelte —«

»Ja«, sagte Clemens, »es dürfte ihn keiner sehn, zu zweit könnten wir auch nicht hin, weil immer Leute aus dem Fenster gucken und es dann heißt: ›Wen hat denn der Clemens Bäumler da mitgebracht?‹ Aber allein in der Uniform und dazu noch bei Nacht, wenn er rasch ginge, da würde man nur meinen, der Clemens kommt halt auf Urlaub heim. Bevor es hell ist, wäre er dann wieder weg, in einem alten Anzug von mir oder von ihm selber, was er halt finden kann. Und wenn die Alte, er nannte sie so, dann hinterher was redet, dann sagt man, die spinnt, die hat eine Erscheinung gehabt, das kennt man schon.«

»Hat er dann noch Näheres über seine Pläne geäußert?« fragte der Kriminalrat.

»Am Sonntagmorgen«, sagte Clemens, »solle ich ihn im Wartesaal dritter am Hauptbahnhof erwarten. ›Und in der Zwischenzeit den braunen Rock immer anbehalten und niemals ausziehen, da steckt unsre Zukunft drin eingenäht. Es geht ein Zug, da können wir nachts schon in Antwerpen sein. Wenn du aber nicht mitwillst‹, sagte der Ferdinand, ›dann kannst du deine Affenjacke zu Hause abholen, dann kriech nur in deinen Saukoben zurück, dann werden sie dich schon verwursten, eines Tages.‹« — »Und was hast du davon, wenn ich mitkomm?« fragte der Clemens. »Ich will was machen aus dir«, hätte der Ferdinand gesagt, »sonst kommst du nie aus dem Dreck. Und dann bin ich nicht so allein.« Und wie er das sagte, hatte der Clemens wieder das Gefühl, daß der Ferdinand Angst hatte, aber nicht nur vor der Polizei oder der Auslieferung an die Franzosen oder so, sondern — vor *etwas* halt —, und er habe auch immer öfter zum Fenster hinaus geschielt. — Was denn dann, fragte Clemens, aus der Mutter werden sollte, wenn sie beide weg sind? »Da mach dir keine Sorgen«, sagte der Ferdinand, »ich hab dir schon erklärt, ich muß noch mit jemand abrechnen daheim, und dieser Jemand wird zeitlebens für sie sorgen, ob er will oder nicht.«

»Haben Sie sich dabei etwas denken können?« unterbrach Merzbecher, »oder haben Sie eine Idee, was und wen er damit gemeint haben kann?«

»Nein«, sagte Clemens, »ich habe keine Idee, und ich dachte auch, das redet er nur so daher, damit ich mir kein Gewissen mache, und insgeheim hab ich gedacht, wenn ich wirklich mitgeh, da könnt ich ja Geld schicken, von dort.« Aber ob er mitgehen wollte, oder müsse, oder sollte — das war ihm alles ganz unklar in dem Moment, das ging in seinem Kopf durcheinander, »wie Mussik«, sagte Clemens — also wie etwas, was man gar nicht verstehen kann. »Die Hauptsache ist«, sagte der Ferdinand, »daß ich jetzt rasch in die Uniform rein komme, damit ich hier raus kann, und daß du mir den Anzug trägst und hütest wie deinen Augapfel.« — »Da hab ich ihm«, sagte Clemens, »mein Ehrenwort drauf gegeben, auch daß ich am Sonntagmorgen im Bahnhof bin. Und dann haben wir den Vorhang zugezogen, wie wenn ein Pärchen sich küssen will, die Kellnerin war sowieso auf die Gaß hinausgelaufen, weil grad die Prinzengard vorbeigezogen ist, und sonst war noch niemand da, und unterm Tisch haben wir die Hosen gewechselt und die Schuh und überm Tisch die Röck und alles andre.« Die Schuh hätten ihm wehgetan, denn der Ferdinand hat kleinere Füße gehabt...

»Der war immer neidisch«, redete die Bäumlern hinein, wurde aber von Jeanmarie zur Ruhe gebracht. Clemens hatte es offenbar nicht gehört.

»Die Mütze«, sagte er, »war für den Ferdinand ein bißchen zu weit, er mußte sie bis auf die Ohren ziehn, aber im Dunkel war das egal, ›das ist nur gut‹, hat er gesagt, ›da bin ich erst recht nicht zu erkennen, nicht mal für einen Bluthund‹. — Aber der weiße Hemdkragen hat mir gepaßt«, sagte Clemens, »den brauchte ich nur auf mein Militärhemd aufzuknöpfen, in das ich vorn und hinten am Hals zwei Löcher gemacht hab.« — Wachtmeister Gensert schüttelte bei diesem Geständnis unwillig den Kopf. —

»Und das ist die ganze Geschichte?« fragte Merzbecher und schien beinah enttäuscht.

»Nein«, sagte Clemens, »dann hat er mir noch die Pistole gegeben.« Alle horchten auf. —

»Aus einem besonderen Grund?« fragte der Kriminalrat.

»Das war so«, sagte Clemens, »zuerst hatte er sie aus dem Anzug herausgenommen und sich selbst in die Uniformhose gesteckt. Dann guckte er mich so komisch an und plötzlich hat er gesagt: ›mir kann ja nichts passieren, in deiner Uniform — nimm du sie lieber, und wenn dir ein Bluthund begegnet und an die Gurgel will, dann schieß‹.« — Einen Augenblick herrschte Stille im Saal.

»Und das Stilett? das Messer?« knarrte plötzlich die Stimme des Oberstaatsanwaltes Classen. »Das steckte wohl auch in dem Anzug?«

Clemens schaute hilflos und ohne Verständnis zu ihm hin.

»Oder«, fuhr Classen fort, bevor Merzbecher hätte eingreifen können, »wie sind Sie sonst zu der Mordwaffe gekommen?«

»Ich bin gar nicht dazu gekommen«, sagte Clemens mit schwerfälliger Zunge.

»Behaupten *Sie*«, sagte Classen ironisch, »aber Sie sind Ihrem Bruder doch nachgegangen und haben ihn vor oder im Eingang zum Dom erstochen, um das Geld allein zu behalten, das wissen wir doch alles. Ja oder nein?«

»Ich protestiere«, rief Dr. Levisohn und sprang auf, »gegen diese Art von Suggestivfragen.«

»Schweigen Sie«, brüllte Classen, »Herr — —«

Jetzt verlor Merzbecher die Geduld. »Herr Oberstaatsanwalt«, rief er ziemlich erregt, »ich bitte, die Befragung mir zu überlassen! Das ist nicht Ihr Ressort!«

Classen zerrte verärgert an seinem Bart und trommelte mit der anderen Hand auf dem Tisch. »Dann wursteln Sie halt weiter«, sagte er dann mürrisch, »Sie werden schon sehn, wo Sie hinkommen.«

Wieder war es einen Augenblick still, Merzbecher schien nach dem Faden zu suchen, an dem er neu anknüpfen könne, Clemens schaute unter sich. »Wie haben Sie sich dann«, hub Merzbecher wieder an, »von Ihrem Bruder getrennt?«

Dem Clemens entrang sich ein schwerer Atemzug. »Das ging dann rasch«, sagte er. »Der Ferdinand rief die Kellnerin, und zahlte alles...«

»Von welchem Geld?« fragte der Kriminalrat.

»Von seinem«, sagte Clemens, »er hatte genug in der Rocktasche, das hatte er sich rausgenommen vorher, und ich hatte mir meine gesparte Löhnung eingesteckt, das waren zwei Goldstücke. Die wollte ich« — sagte er fast unhörbar — »die wollte ich nämlich der Mutter bringen — eigentlich.«

»Und dann?«

»Dann sagte der Ferdinand ›Tschüß, und mach's gut‹, und wollte fort, und da wurde mir auf einmal ganz angst und ich hielt ihn am Arm und sagte, wo soll ich denn hin, bis morgen früh, und da hat er gelacht und gesagt: ›In den Kappelhof, aber behalt den Rock an.‹ Dabei hat er mich in die Seite geboxt, wie früher als, und war weg.« —

Damit setzte Clemens sich erschöpft auf seinen Stuhl, als habe er nichts mehr zu sagen. —

»Bleiben Sie ruhig sitzen«, sagte Merzbecher, »wenn Sie müde sind, aber erzählen Sie uns noch ganz genau, was Sie dann gemacht haben — oder — was Ihnen begegnet ist —; bis man Sie schließlich im Kappelhof verhaftet hat.«

Clemens machte ein Gesicht wie jemand, dem es schwerfällt, sich an etwas zu erinnern. Aber er stand wieder auf.

»Ich bin dann hinaus«, sagte er, »gleich nach dem Ferdinand — da war mir doll im Kopf, von dem Bier und den Asbach, und auch sonst, und ich bin eine Zeitlang durch die Gassen gelaufen.«

»Wie lang?« fragte Merzbecher.

»Eine Zeitlang«, sagte Clemens, »ich hab nicht aufgepaßt. Übers Höfchen konnte ich nicht hinüber, da war grade der Umzug, da hab ich warten müssen.«

»Und dann?«

»Dann bin ich in den Kappelhof.«

»Gleich? Ohne Umweg?«

»Gleich.« — Nur Classen lachte ironisch. —

»Sind Sie am Dom vorbeigegangen?« fragte Merzbecher, ohne besondere Betonung.

»Ja«, sagte Clemens, »da muß man ja vorbei.«

»Und von Ihrem Bruder haben Sie nichts mehr gesehen?«

»Nein.«

»Hatten Sie eine Vermutung, daß er in den Dom gegangen sein könnte? Hat er irgendeine solche Absicht geäußert?«

»Nein«, sagte Clemens, und schüttelte den Kopf.

»Und warum sind Sie dann in den Kappelhof gegangen?«

Clemens antwortete nicht.

»Ich meine«, sagte Merzbecher, »sind Sie nur dorthin gegangen, weil Ihr Bruder das gesagt hatte?«

Clemens bewegte die Lippen und wurde über und über rot.

»Ich — ich war schon lange bei keinem Mädchen«, sagte er dann, mit einem Ausdruck unendlicher Verlegenheit und Scham, »ich gehe mit keiner — und in Uniform darf man dort nicht hin.«

Er richtete plötzlich einen verzagten Blick in die Ecke, wo neben Frau Guttier die Rosa saß, als suche er Hilfe, Trost und Verständnis.

»Nun«, sagte Merzbecher, selbst etwas verlegen und unwissentlich errötet, »erinnern Sie sich an die Äußerungen, die Sie dort getan haben?«

Clemens wandte ihm das Gesicht zu, mit einem angestrengt suchenden Blick. Er wisse nur, daß er rasch getrunken habe, sagte er dann, um alles zu vergessen. Aber je mehr er hinunter goß, desto klarer kam alles herauf.

»Und ich mußte denken«, sagte er, »die ganze Zeit, daß ich jetzt auf alle Fall ein Verräter bin, ein Judas, entweder an meinem Bruder, der auf mich traut wie auf keinen sonst und nicht allein sein will — oder am Regiment, wenn ich davongeh, als Deserteur. Ich wollte aber keiner sein, das war mir jetzt nur passiert, und ich wußte gar nicht mehr wohin, und wär lieber tot gewesen. — Ich war immer gern Soldat«, sagte er nach einer Pause, »und bin jetzt Stubenältester, ich habe mein Pferd gern und meine Stube, und vorher ist es mir nie so gut gegangen. Aber den Ferdinand, den konnte ich auch nicht lassen — obwohl mirs jetzt schwer aufs Herz fiel, daß es schlecht war, was er gemacht hat, mit dem Geld und allem, und daß Blut dran klebte, und es war unrecht Gut — da war ich aber schon ganz benebelt, und wollt es los sein und von mir werfen, alles was mir passiert war . . .« So habe er wohl das Rockfutter aufgerissen und das Geld hingeschmissen, aber das wisse er nicht mehr recht.

Seine Stirn war feucht geworden, und er wischte sich die linke Hand an seiner Hose. Die rechte hielt er noch immer im Rock verborgen.

»Ein Judas«, murmelte die Bäumlern. Niemand achtete darauf.

»Sie können sich jetzt setzen«, sagte Merzbecher, »das ist genug für heute. Glauben Sie nicht, Bäumler«, fügte er mit einer gewissen Wärme hinzu, während Clemens sich erleichtert niederließ, »daß wir hier eine vorgefaßte Meinung gegen Sie haben oder Sie für einen Lügner halten. Aber wenn Ihnen noch etwas einfällt, was Ihnen jetzt entfallen ist — was es auch sei —, so verhehlen Sie uns nichts. Wir müssen Sie natürlich in Haft behalten, bis die näheren Umstände des Mordes aufgeklärt sind — denn leider haben Sie für den Zeitpunkt der Tat kein genaues Alibi.«

Er hatte, während er sprach, einen in Tuch gewickelten Gegenstand vom Tisch aufgenommen, und enthüllte jetzt ein langes, dünnblättriges Stilett, das in eine fast nadelscharfe Spitze auslief und einen schmalen, silbernen Handgriff besaß. Er hielt es mit dem Tuch an der Spitze, ohne den Handgriff zu berühren.

»Diese Waffe«, fragte er Clemens, »haben Sie also nie gesehen?«

Clemens schüttelte den Kopf.

»Es handelt sich«, sagte Merzbecher, die Waffe hochhebend, so daß jeder sie sehen konnte, »um ein italienisches, oder nach Meinung unseres Waffensachverständigen, sizilianisches Stilett von besonders feiner Arbeit, wie es hierzulande nicht im Gebrauch ist. Es ähnelt jenem, mit dem die Kaiserin Elisabeth von Österreich vor dem Laufsteg eines Dampfers am Genfersee von einem italienischen Anarchisten namens Luccheni inmitten der wartenden Menge erstochen worden ist. Auch sie konnte noch einige Schritte gehen, offenbar ohne die tödliche Verletzung gespürt zu haben, und brach erst auf dem Dampfschiff zusammen. Um einen solchen Stoß zu führen, muß man wohl an den Gebrauch derartiger Waffen gewohnt sein. Man müßte nachforschen, ob in der Stadt kürzlich irgendwelche Italiener eingereist sind . . .« Er hatte dabei den aufmerksam dabeisitzenden Kommissar angeschaut, der bisher keinen Grund gehabt hatte, sich zu der Untersuchung zu äußern.

Jetzt stand dieser auf und sprach eifrig, in ausgesprochenem Lokaldialekt: »Mir hawwe e paar hunnert italienische Chaussee-Arbeiter in der Stadt — für die neu Chaussee nach Zahlbach um Bretzenheim. Die kann ma nit all vernehme — noch dazu an Fassenacht!« — Das letzte sagte er mit einem vorwurfsvollen Tonfall, als sei er über diese kriminalistische Störung der Fastnacht persönlich beleidigt.

»Nun«, sagte Panezza plötzlich mit einem Lächeln, »da wäre ja noch —« Aber er spürte im gleichen Moment den Blick seines Sohnes mit einem solchen Flehen, oder einer so verzweifelten Warnung, auf seinem Gesicht, daß er verstummte. »Das ist ja auch Unsinn«, sagte er vor sich hin, ohne daß ihm jemand Beachtung schenkte, denn die Aufmerksamkeit war immer noch auf das Stilett in der Hand des Kriminalrats gerichtet, auch hatte die mainzerisch getönte Äußerung des Kommissars eine leise Heiterkeit geweckt.

»Zu dieser Waffe«, sagte Merzbecher gedankenvoll, »muß es auch eine Scheide geben, und zwar, der Klinge und dem Heft entsprechend, wohl eine gut gemachte, leichte, elegante Scheide, kein gewöhnliches Messer- oder Dolchfutteral. Wenn wir die hätten . . .«

»Aber wir haben sie nicht«, schnarrte der Oberstaatsanwalt, »die hat der Täter natürlich zwischen dem Dom und seinem nächsten Ziel — sagen wir vielleicht dem Kappelhof — fortgeworfen. Man müßte in dieser Gegend suchen lassen.«

»Das ist, selbstverständlich, geschehen«, sagte der Kriminalrat, »aber ohne Erfolg.«

»Wenn ich mir eine Bemerkung erlauben darf«, ließ sich auf einmal der Domkapitular Henrici hören, »sollte man wohl eher nach einer anderen Richtung hin suchen. Ich bin zwar Laie, doch in bezug auf menschliche Bekenntnisse oder Geständnisse nicht ganz ohne Erfahrung, und ich muß sagen, daß die Erzählung des Clemens Bäumler mir sehr glaubhaft erschien. Es kam aber darin mehrmals etwas von einem ›Bluthund‹ vor — und ich möchte darauf hinweisen, was ich bereits zu Protokoll gegeben habe, daß ich selbst am Abend der Tat beim Verlassen der Kirche glaubte, eine Gestalt forteilen zu sehen, die mir nicht wie ein Mensch vorkam.«

Er lehnte sich wieder in seinen Stuhl zurück.

»Auch ich habe daran gedacht«, sagte Merzbecher, »aber ein Hund beißt, und sticht nicht mit einem Stilett.«

»Außer Hund und Mensch«, sagte Henrici leise, »gibt es noch viele Wesen.«

»Meinen Sie natürliche«, fragte Merzbecher ernst, »oder übernatürliche?«

»Diese Grenze zu ziehn«, sagte Henrici, »ist nicht ganz einfach. Jedes natürliche Geschöpf kann Werkzeug von Kräften sein, die wir übernatürlich nennen.«

412

»Ich weiß nicht«, sagte Merzbecher, »ob uns das weiterführt, wir können uns leider nur an das Faß- und Greifbare halten, obwohl die Wurzeln unserer Taten gewöhnlich dort liegen, wo grade das aufhört. Jedenfalls danke ich Ihnen, Hochwürden, für Ihre Anteilnahme. Im übrigen glaube ich, daß wir jetzt, besonders im Hinblick auf die begrenzte Zeit einiger Zeugen, die heutige Untersuchung schließen könnten.«

Er blickte zum Oberstaatsanwalt hin, der wieder mit dem Knöchel auf den Tisch klopfte und in barschem Tonfall mitteilte, die Untersuchung sei beendet, die Aufgerufenen hätten sich aber dem Gericht zu eventuellen weiteren Befragungen jederzeit verfügbar zu halten — wobei er noch einmal auf die Schweigepflicht hinwies und mit Bestrafung drohte.

Von St. Peter schlug es eben elf, was Panezza grade noch elf Minuten elf Sekunden gab, um sich in den Prinz Karneval zu verwandeln und sich zu seinem, allerdings in nächster Nähe am Schloßplatz aufgestellten Prunkwagen zu begeben. Trotzdem zeigte er keine Hast und machte, im Moment, keine Anstalten, sich rasch zu entfernen, sondern schien wie von Grübeln gelähmt.

Als die Herren sich nun erhoben und einander zur Verabschiedung zuwandten, eilte ganz plötzlich, und zunächst fast unbemerkt, das Mädchen Suzanne Ripflin genannt Rosa nach vorne und trat zu dem ebenfalls aufgestandenen Clemens, an dessen Seiten, rechts und links, sich schon zwei Uniformierte zur Abführung postiert hatten.

Mit einer raschen Geste, ohne daran zu nesteln, öffnete sie ihr unscheinbares Handtäschchen und entnahm ihm zwei Goldstücke im Wert von je zehn Mark, die sie Clemens entgegenhielt.

Der schaute sie ratlos an, auch die beiden Polizisten guckten verdutzt. »Ich möchte«, sagte das Mädchen, »Ihnen das zurückgeben. Bitte, nehmen Sie das.«

»Warum wollen Sie das tun?« fragte Merzbecher, der mit dem Kommissar dazugetreten war.

»Er hat gesagt«, antwortete sie und wurde rot, »es wär seine gesparte Löhnung gewesen. Und er hat«, fügte sie leiser hinzu, »nichts davon gehabt.«

Merzbecher nahm ihr die beiden Goldstücke aus der Hand. »Haben Sie das«, fragte er Clemens, »dem Mädchen geschenkt?«

»Ich glaube«, sagte Clemens, ohne das Mädchen anzusehen, »und sie soll's nur behalten.«

»Nein«, sagte die Rosa, »ich will nicht.«

Inzwischen hatte sich Madame Guttier durch die aufmerksam gewordene, obwohl schon in Auflösung begriffene Versammlung nach vorne gedrängt. »Sie hat nicht gearbeitet«, sagte sie, »das müssen die Herrn verstehen. Meine Damen sind äußerst kitzlig in puncto Ehrgefühl.« — Dabei warf sie jedoch der Rosa einen verächtlichen Blick zu.

»Wenn Sie das ernstmeinen«, sagte Merzbecher zu Rosa, »wird das Gericht vorläufig das Geld für den Verhafteten in Verwahrung nehmen. Aber ich hoffe, Sie werden's dann nicht bereuen, eine spätere Reklamation hätte keinen Zweck.«

Rosa nickte nur, aber sie schien erleichtert und wandte sich rasch dem Ausgang zu, mühsam hinter ihr herschnaubend die Madame.

Inzwischen hatte sich Panezza zusammengerissen und ging, nach einer kurzen, geflüsterten Instruktion an Jeanmarie, die vermutlich die Bäumlern betraf, mit raschen Schritten zur Tür. Dort traf er mit dem Domkapitular Henrici zusammen, und blieb, um ihm den Vortritt zu lassen, einen Augenblick stehen.

»Gehen Sie nur voraus«, sagte Henrici, »Sie haben es eilig.« Aber Panezza ging nicht.

Mit dem gleichen, leeren und abwesenden Blick trat er für eine Sekunde dicht an den geistlichen Herrn heran und neigte seine Lippen zu dessen Ohr. »Gut«, sagte der Priester und nickte ihm freundlich zu, »am besten in der bischöflichen Bibliothek.«

Erst dann wandte sich Panezza und lief eiligst die Treppe hinunter, wo er in einem kleinen Ankleideraum verschwand.

Jeanmarie hatte die Bäumlern unterm Arm gefaßt und sanft von ihrem Sitz hochgezogen, auf dem sie während der letzten Vorgänge in sich zusammengesunken war, als ginge sie das nichts mehr an.

Auch als man Clemens abführte, hob sie den Kopf nicht und gab ihm keinen Blick.

Jetzt aber drängte sie plötzlich mit einer Kraft, der Jeanmaries schmale Schultern nicht gewachsen waren, ihn mit sich schleifend, auf die verschlossene Tür der Leichenhalle zu.

»Er hat zu mir gewollt«, stieß sie immer wieder hervor, mit einer rauhen, zornigen Stimme, »er hat zu mir gewollt, ich will ihn mir holen!«

Der Saal war inzwischen fast schon geräumt, nur Merzbecher und der Gerichtsdiener waren noch zurückgeblieben, und diese beiden eilten dem wehrlosen jungen Mann zu Hilfe.

»Ihr Sohn«, sagte Merzbecher, während der Gerichtsdiener sich mit ausgebreiteten Armen vor die ohnehin verschlossene Tür stellte, »wird

Ihnen nach Hause gebracht werden, sobald die notwendigsten Untersuchungen abgeschlossen sind. Sie können dann wegen der Beerdigung frei verfügen — man wird Ihnen sicher beistehen —, er kann dann in seinem heimatlichen Friedhof beigesetzt werden . . .«

Er redete immer weiter, obwohl er wußte, daß die Bäumlern nicht auf ihn hörte, um sie durch den Stimmklang zu beruhigen und abzulenken, wobei er Jeanmaries Versuch, sie wegzuführen, vorsichtig unterstützte. Sie gab dann auch allmählich ihr Drängen nach der Leichenhalle auf und folgte, ohne zu weinen oder noch ein Wort zu äußern, mit verbissenen Lippen den Herren hinunter, wo sie sich von Jeanmarie widerstandslos in das Mietauto setzen ließ.

Am nahen Schloßplatz begann schon mit donnerndem Paukenschlag und mächtigem Getöse die Musikkapelle Seiner Närrischen Majestät mit dem Fastnachtsmarsch, der das Anrollen des Festzugs einleitete, und man hörte die Große Bleiche entlang bis zum Münsterplatz das laute, ungeduldig hallende Geschrei der spalierstehenden Leute und Kinder.

Der Domkapitular Henrici hatte sich einen geschlossenen Einspänner kommen lassen, da er in seinem geistlichen Gewand nicht gut durch das Maskentreiben hätte zu Fuß gehen können. Mühsam suchte sich der Wagen auf weniger belebten Seitengassen seinen Weg durch die Stadt. Dicht hinter ihm her klapperte eine andere, etwas noblere, zweispännige Chaise und fuhr, als Henrici beim bischöflichen Palais die seine verließ, ein paar Straßen weiter — ins Schifferviertel.

Nachdem Jeanmarie die Bäumlern bei ihrem Wacksteinhäuschen abgesetzt und sich umgekleidet hatte — denn ein uniformierter Offizier mochte in diesen Tagen der Maskenfreiheit ebenso ungern durch die Straßen gehn wie ein geistlicher Herr oder eine stadtbekannte Hurenmutter —, fuhr er mit dem Dampfschiff nach Mainz zurück und begab sich, durch das ungeheure Gedränge in der Rheinallee, am Fischtor und in der Marktgegend mühsam vordringend, zur Wohnung der Bekkers in der Ludwigstraße.

Die große, weiträumige Etage hatte eine breite Fensterflucht, sogar einen offenen Balkon zur Straßenseite, von wo man den Fastnachtzug, der zweimal — am Anfang und am Ende seines langen Marsches durch die Stadt — dort vorbeirollte, aus genügender Nähe und in aller Bequemlichkeit ansehen konnte. Die Bekkers pflegten, wie die meisten Leute, an deren Wohnungen der Zug vorüberkam, ihre weniger begünstigten Freunde und Bekannten alljährlich zu diesem Schauspiel einzuladen und reichlich zu bewirten — dies Jahr war durch das Mitwirken ihrer Tochter Katharina an so illustrer Stelle doppelter Anlaß zum Feiern, wozu natürlich auch die Familie Panezza gebeten war. Vor dem Haus stand die Menge Kopf an Kopf, bis zu der von einem Sperrseil gesäumten Trottoirkante, und zahllose ›Bittel‹, nämlich Halbwüchsige aus jenen Schichten, die man im Gegensatz zu den ›feinen‹ oder den ›besseren Leuten‹ nur »die Leut« nannte, stießen sich wie die Stierkälber dazwischen herum.

Als Jeanmarie sich endlich einen Weg zur Haustür gebahnt hatte, und als er die Bekkersche Wohnung betrat, fand er die Gäste durchweg auf den mit Sitzkissen belegten Fensterbänken zusammengedrängt oder draußen auf dem Balkon; denn der Zug sollte auf seinem zweiten Vorbeimarsch jeden Augenblick erscheinen: man hörte schon das Schüttern und Dröhnen vieler, miteinander wüst disharmonierender Musikkapellen aus geringer Entfernung, wo er vermutlich durch eine Stockung aufgehalten war.

Jeanmarie leerte ein Glas Sekt, das ihm der Hausherr kredenzte, und gleich darauf ein zweites, dabei wich der beklemmende Druck des Erlebten, der ihm fast übel gemacht hatte, von seinem Herzen, und gab einer andersgearteten, fiebrig pochenden Erregung Raum. Ihm war, als müsse er etwas tun, etwas aufhalten, verhindern, das sich mit Schicksalsgewalt zu nähern schien, aber sein Drang zum Handeln war vom Bewußtsein der Fragwürdigkeit unterhöhlt — allem Tun und aller Welt gegenüber —, denn alle Welt war plötzlich bodenlos und ohne Gewißheit, alles Tun verdächtig, und allen Menschen schien alles zuzutrauen. Gleichzeitig quälte ihn ein Bedürfnis nach Mitteilung, das sich auf keine bestimmte Person bezog und ohnehin durch die ihm auferlegte Schweigepflicht gelähmt wurde ... Am liebsten hätte er sich in einem Beichtstuhl ausgeflüstert, denn er empfand sich als mitschuldigen Mitwisser von etwas, das er nicht wirklich wußte, und vor dessen Aufhellung er sich fürchtete.

An einem kleinen Erkerfenster zur äußersten Rechten des Raums sah er Viola mit seiner Schwester Bettine. Die beiden Mädchen kauerten kniend, von einigen Jahrgängen der vielen Bekker-Kinder umringt, auf dem Sitzpolster und hielten einander mit den Armen um die Taille, während man für Frau Clotilde Panezza einen Sessel in die Nähe der Balkontür geschoben hatte, auf dem sie, die Silberdose mit den Migränetabletten in der Hand, sich ihrem chronischen Phlegma hingab.

Jetzt verstärkte sich das Bumsen und Blasen, Pauken und Schmettern,

Pfeifen, Huftrappeln und Räderrasseln in rascher Steigerung, und die Kinder stürmten mit ihren Quietschtrompeten, die dem allgemeinen Lärm seine vordergründig schrillen Akzente setzten, auf den Balkon, von dem sie bunte Papierschlangen und in Glanzpapier eingewickelte Lutschbonbons auf die Straße warfen, wo sich die ›Bittel‹ drum balgten. Jeanmarie war von hinten an die aneinander geschmiegten Mädchen herangetreten, hatte plötzlich seine Arme um ihre Schultern gelegt und sein Gesicht zwischen ihren Köpfen durchgesteckt — der erschreckte Aufschrei der beiden hatte sich in munteres Lachen gelöst, nun zog er das angelehnte Fenster auf, und alle drei beugten sich über eine draußen vorgelegte Geländerstange weit hinaus.

Mit der freien Luft, die sie jetzt umwehte, wandelte sich das brodelnde Lautgewirr aus Musikfetzen, Wagengepolter, Gesinge, Geschrei und Gelächter zu einem einzigen, ungeheuren Brausen, das auf Jeanmaries überreizte Nerven wirkte wie das Heulen eines lawinenlösenden Tausturms im Gebirge oder das kataraktische Aufgurgeln und Überschwellen einer alles verschlingenden Brandung. Er lehnte sich fest an Bettine, die, seine Erregung spürend, ihre kühle Hand auf die seine legte. Ihrem fragenden Blick wich er aus. Man würde die morgendliche Fahrt zum Gericht, die natürlich nicht unbemerkt abgegangen war, der Familie gegenüber vorläufig als eine Erbschaftssache bagatellisieren, war zwischen ihm und Panezza ausgemacht. Von der Seite beobachtete er Viola, die aber in völliger Unbefangenheit und ganz mit Schauen beschäftigt all ihre Aufmerksamkeit der Straße zugewandt hatte.

Dort näherte sich jetzt, mit Herolden, kostümierten Spitzenreitern auf tänzelnden oder schon müde dahintrottenden Gäulen, gesäumt vom Fußvolk und der Reiterei der närrischen Garden, der Zug, der sich aus endlosen Gruppen phantastisch aufgemachter Festwagen zusammenfügte, mit schweren, bänder- und glöckchenbehängten Pferden belgischen oder dänischen Schlages beschirrt. In Abständen durchsetzten ihn die in Clownkostümen oder barocken Uniformen marschierenden Blech-, Trommel- und Pfeiffer-Korps mit ihren manchmal schon weinschwanken Tambourmajoren.

Der Zug entrollte sich mit einer gewissen gravitätischen Schwere und Langsamkeit, die nicht nur vom Tempo der breitarschigen Percherons bestimmt wurde. Es war kein Zweifel, daß er, bei aller Lustigkeit und Narretei, sich selbst recht ernst und wichtig nahm und auch so genommen wurde. Da war nichts von Wildheit, Wüstheit, orgiastischer Maßlosigkeit, weder bei den Mitwirkenden noch bei den Beschauern, das

417

Ganze war eine riesige, aber in den Grenzen des kindlichen Vergnügens gehaltene Volksbelustigung, deren Stimmung ohne Bösartigkeit oder Schadenfreude, überhaupt ohne das hämische Element, das populären Schaustellungen leicht anzuhaften pflegt, von harmloser Spottlust, ansteckender Lachbegier und milder Selbstironie getönt war. Und doch machte sich, besonders mit dem weiteren Vorrücken des Zugs, das eine leichte, rüttelnde Beschleunigung mit sich brachte, auch eine Art von feierlicher Tollheit spürbar, etwas Hintergründiges und Verstecktes, Unausgesprochenes, Absichtsloses, ein Schauer geheimer Dämonie, wie er aller Vermaskung anhängt und der ganz nah bei der Anbetung wohnt, eine Mischung von Bakchentanz und Prozession ... Da wurden, durch überlebensgroße Pappfiguren oder Gruppen kostümierter Leute, von quergespannten Spruchbändern verdeutlicht, aktuelle Ereignisse aus der großen und kleinen Politik persifliert, pikante oder schildbürgerliche Lokalgeschichten verulkt, mancherlei hochmögende oder sich so dünkende Persönlichkeiten durch den Kakao gezogen, je nach Witz oder Deftigkeit von der Menge mit Lachsalven, Beifallsgeschrei, Händeklatschen, Scherzrufen begrüßt. Auf anderen Wagen waren allbekannte ›Sprüch‹, notorische Redensarten oder Schlagworte der Zeit parabelhaft dargestellt, und traditionelle Symbole oder Gestalten aus der Sage und dem Alltag der Stadt — der Vater Rhein, der alte Willigis, das Rollerad, der Bawwelnit, der Gogges vom Neue Brunne, der preußische Stadtgouverneur und die Grashüpper vom Großen Sand (nämlich die dort experimentierenden ersten Sportflieger) travestiert — und zugleich wie mythische Helden- und Götterbilder dem Volk preisgegeben und vom Volke verlacht oder gefeiert.

Plötzlich aber entstand in dem Riesenlärm eine Art von akustischer Oase, indem wohl eine der Blaskapellen eben um die Ecke gebogen, die nächste noch nicht auf dem Plan war oder grad pausierte — und in diese immer noch von wogenden Geräuschen erfüllte, aber fast wie Stille wirkende Stauung hinein erscholl das hundertfältige, scharf rhythmisierte Bleikugelknattern von einer in Viererreihen marschierenden Knabentruppe, der ›Kleppergard‹, die wie die Pagen bei einem feudalen Défilé dem Prunkwagen von Prinz und Prinzessin Karneval unmittelbar vorausschritten. Mit ihrem Gefieder aus bunten Papierschnitzeln und ihren mehlweißen Spitzkappen über den frischen Gesichtern zogen sie kräftig daher, unermüdlich die Klepper schwingend, und ihr blanker, einstimmiger Bubengesang erfüllte die Luft mit dem Jubel jener Vögel unter dem Himmel, die sich um ihre Lebsucht nicht zu kümmern brauchen.

Als nun der purpur- und goldbehängte Thronsessel, auf einem mit leichteren Pferden beschirrten Landauer aufgebockt, mit den Närrischen Majestäten über den Köpfen der Menge erschien, bemerkte man in der Bekkerschen Wohnung den affigen jungen Regierungsassessor, Katharinas präsumptiven Bräutigam, der bisher nicht weiter aufgefallen war, sich jetzt völlig unsinnig und lächerlich benahm. Wie ein gepeitschter Drehkreisel oder ›Dobbisch‹ raste er, vor Eifer um seine eigene Achse wirbelnd, von Fenster zu Fenster, zwängte sich mit Kopf und Schultern zwischen den anderen Zuschauern hindurch nach vorne, schrie, brüllte, jodelte, juchzte und kreischte hinunter, ruderte mit beiden Armen in der Luft, die Hände wie Schlagzeugdeckel aufeinander schmetternd, und wäre schließlich beinah übers Balkongeländer abgestürzt, hätte ihn nicht jemand noch rasch an den Hinterbeinen gepackt.

Ob Katharina seine vordringlichen Ovationen bemerkte, blieb unerfindlich. Sie lächelte höchstens einmal flüchtig und ohne den Kopf zu heben zu ihrer elterlichen Wohnung hin. Die beiden, Prinz und Prinzessin, saßen in ihren glitzernden Gewändern mit einer marionettenhaften Grandezza auf dem Thron, und ihre Bewegungen, wenn er das Szepter, sie den Blütenstab hob, wenn sie der Menge zuwinkten, sich huldvoll nach vorne und nach den Seiten neigten und mit lächelnder Miene den rasenden Beifall der Straße und der besetzten Fensterfronten entgegennahmen, hatten etwas Abgezirkeltes, fast Automatisches. Ihre Arme, sein rechter, ihr linker, waren ineinandergelegt, ihre Hände berührten sich nicht, und sie vermieden wohl auch, einander anzusehen. Ihre Haltung war ganz die von wirklichen, nicht von gespielten oder spielenden, Majestäten, die gewohnt und erzogen sind, hinter höfischem Zeremoniell und leutseliger Freundlichkeit Gedanken, Gefühle, Meinungen, überhaupt ihr wahres Selbst zu verbergen. Tatsächlich waren sie so in sich selbst versunken, daß sie kaum bemerkten, was ihre Hände und Gesichter taten und ausdrückten. Grade dadurch aber ging von ihnen die Strahlung einer so echten Würde und Hoheit aus, wie sie bewußt und mit Absicht darzustellen ihnen kaum gelungen wäre, und selbst einen gelernten Komödianten auf die Dauer überanstrengt hätte. Auf die Menge, die ja in ihnen ihre selbsterkürten, aus ihrem Fleisch und Blut geschaffenen Potentaten, einen ihrem Wunsch und Willen untertänigen Traum von Glanz und Adel sehen wollte, wirkte dieses sonderbar rituelle, jeder Gewöhnlichkeit bare und eher steif distanzierte als populäre oder dionysische Verhalten der beiden dort oben, in ihrer von tausend Augen bespähten Ein- und Zweisamkeit, gradezu berauschend:

man fand, daß sie fürs Volk ein großes, nie gesehenes Schauspiel gäben, und jubelte ihnen zu wie gnadebringenden Weihegöttern — was von ihnen mit einer vornehm gelassenen, ja ernsten und wissenden Anmut und Artigkeit quittiert wurde. Katharina war schön wie ein Bild, es war kaum zu denken, daß sie wirklich lebte, wäre nicht das unregelmäßige Atmen ihrer Brust gewesen, in dem sich die verborgne Erregung Luft machte — und von Panezza ging eine so noble melancholisch ergebene Selbstbeherrschung aus, daß es den Geschwistern, die bereit waren, alles dumm, albern und geschmacklos zu finden, die Spottlust verschlug, und sie auf eine eigne, ihnen selbst unerklärliche Weise ergriff und bewegte.

Auch Viola schien von dem Besonderen und Ungewöhnlichen dieses Aufzugs ergriffen zu sein, so sehr, daß sich ihre Augen verdunkelten und mit Tränen füllten. Fast reglos, mit offenen Lippen, kauerte sie neben Jeanmarie, der sie immer wieder verstohlen anschauen mußte, und erst als der Prunkwagen schon vorüber und beinah den Blicken entschwunden war, neigte sie sich vor und streckte, wie alle andern, den Verschwebenden nachwinkend, Arm und Hand hinaus. Dabei bemerkte Jeanmarie an ihrem Handgelenk, das schmal und zart den vollen weißen Arm abschloß, einen Reif, den sie bisher nicht getragen hatte: etwas mehr als fingerbreit, aus mattem, vom Alter nachgedunkelten Silber, der sich in der Mitte zu einem fein ziselierten, wappenartigen Weinblatt erweiterte. In dieses Blatt war ein M eingraviert — in der gleichen, leicht geschwungenen Schrift, die sich ihm im Gerichtssaal unverwechselbar eingeprägt hatte.

Ihm war, als werde ihm ein Stilett durch die Herzwand gestoßen. Seine Schläfen hämmerten, sein Kopf begann zu dröhnen. Einen Augenblick hielt er sein Gesicht in den leicht nach Apfelsinen duftenden Luftzug, der vom Rhein her wehte. Dann faßte er, während das Gefühl von Schwindel und Ohnmacht ihn allmählich verließ und einer bebenden Spannung Platz machte, wie absichtslos ihre Hand und hielt sie dicht vor seine Augen.

Drunten nahte sich das Schwanzende des Zuges mit einigen besonders komischen Figuren, den als ›Krüppelgard‹ grotesk aufgemachten Schleppenträgern der dickbusigen Göttin Moguntia, die von einem athletischen Mann in Weiberröcken dargestellt wurde — so daß seine ihr zugeflüsterten Worte, vom tosenden Gelächter übertönt, auch von Bettine nicht gehört werden konnten.

»Habt ihr dieses M«, fragte er sie in ihr Ohr, »auch auf andren Familienstücken?«

»Kennst du es nicht?« antwortete sie mit unbekümmerter Stimme, »es ist das Geschlechterzeichen der Moraltos, des sizilianischen Zweigs. Bei uns wimmelt's davon, man findet es auf all unsren alten Sachen.«

»Auch auf Waffen vielleicht?« fragte er rasch — »auf einer eingelegten Pistole zum Beispiel — oder auf dem Griff eines Stiletts?«

Ihre Augen weiteten sich, ihr Gesicht wurde weiß bis in die Lippen. Ihre Hand, die er noch in der seinen hielt, war kalt und feucht geworden. Sie entzog sie ihm, und preßte sie auf ihr Herz.

»Was weißt du?« flüsterte sie dann.

»Nichts«, sagte Jeanmarie — und er sprach damit die Wahrheit, und die Unwahrheit zugleich. Aber der Mund war ihm versiegelt.

»Nichts«, wiederholte er, und dann fast stammelnd, dicht an ihrem Hals: »Ich will dir helfen . . .«

Sie schwieg eine Zeitlang, ihre Blicke irrten auf die Straße hinaus. »Bring mich nach Hause«, sagte sie dann, ohne ihn anzuschauen. »Ist dir nicht wohl«, fragte Jeanmarie, »soll ich einen Wagen besorgen?«

Sie schüttelte den Kopf, erhob sich mit ruhiger, gesammelter Energie und schritt zur Tür, ohne sich von Bettine zu verabschieden.

Jeanmarie folgte ihr rasch und sorgte dafür, daß man ihr Mantel und Kopftuch brachte — einen Hut zu tragen war weder für Herren noch für Damen ratsam in diesen Tagen. Dann ging er noch einmal zurück, um seiner Mutter und Schwester ihr Fortgehen mit einer plötzlichen Müdigkeit des jungen Mädchens zu erklären, die das lange Schauspiel überanstrengt habe und die wohl auch noch unter dem raschen Klimawechsel leide.

Da bei den Bekkers jetzt Kaffee, Gebäck und Liköre serviert wurden und noch niemand ans Aufbrechen dachte, war es nur selbstverständlich, daß Bettine bei der Mutter blieb, um später bei der Heimfahrt an ihrer Seite zu sein. Es gelang Jeanmarie, ohne weitere Verabschiedung wegzukommen und Viola im Treppenhaus einzuholen. Sie drängte hinaus und vermied noch immer, ihn anzusehen.

Es war Nachmittag geworden, und da der Himmel sich bewölkt hatte, herrschte schon graues Dämmerlicht. Auf den größeren Plätzen und Straßen begannen die Bogenlampen zu erglimmen, während im Gassengewinkel, wo es noch Gasbeleuchtung gab, die Laternenanzünder ihr Werk taten. Maskierte ›Bittel‹ warteten nur auf ihr Verschwinden, um an den Laternenpfählen hinaufzuklettern und sie wieder auszudrehn. Dies geschah nicht nur als Nachahmung eines altgedienten Studentenulks, sondern man wollte die Dämmerstunde und die zwischen Haustoren, Einfahrten, Sackgäßchen und Hinterhöfen schon dichter fallende

Dunkelheit lieber ohne den störenden Lichtschimmer genießen: denn jetzt war, mit dem sinkenden Tag und der steigenden Blutwärme, in das närrische Treiben, bisher ganz mit Schaulust und Alberei gesättigt, etwas von Rausch, Trieb und Kitzel eingebrochen, ein brunstschwelliges, ruhloses Wittern und Suchen, ein Drang nach saturnalischer Ungebundenheit, nach Bockssprung und Rammelei, eine Lust, fremde Weiber anzupacken, unzüchtige Griffe zu tun, unter den Halblarven die nassen Mäuler auf zungengespaltene Lippen zu drücken; und die Liebespärchen gingen eng aneinandergepreßt, um sich in Treppenhäusern gierig zu umarmen.

Zwar hatte sich mit dem Verschwinden des Zugs ein Teil der Leute verlaufen, aber die Stadt vibrierte und summte noch wie ein Bienenstock, bevor der Schwarm ausbricht; hier und da hörte man das erschreckte, abwehrende oder lüsterne Aufkreischen einer Frau, das Gedudel und den Singsang aus Wirtschaften, das Johlen der Angetrunkenen. Es war immer noch schwer, auf den Straßen voranzukommen, an ein Gespräch war nicht zu denken. Jeanmarie hatte alle Mühe, die in einer nebelhaften Abwesenheit an seinem Arm hängende Viola durch den Menschenstrom zu steuern, der immer dichter wurde, je näher man dem Rhein und der Stadthalle kam, an der sie auf ihrem Weg zum Dampfboot vorbei mußten. Dort, auf dem Halleplatz, hatte wie jedes Jahr ein fliegender Jahrmarkt, die ›Meß‹ genannt, seine Karusselle, Rutschbahnen, Zucker- und Schaustellerbuden aufgeschlagen, und von ferne schon hörte man das Scheppern und Heulen, Hämmern und Rasseln der mechanischen Drehorgeln und Musikautomaten. Ein rötlicher Glutschein schwelte über dem Meßplatz, dessen größere Zeltbuden schon beleuchtet waren, und ein Geruch von frisch gebackenen Waffeln, gebrannten Mandeln, gerösteten Kastanien und türkischem Honig wehte mit dem Stank von Karbidfunzeln in der Luft.

Seltsamerweise bewirkten die Nähe und der Anblick dieses Jux- und Rummelplatzes eine vollständige Veränderung bei Viola. Neugierig drängte sie hin, den ganz perplexen Jeanmarie an der Hand mit sich ziehend, ihre Augen funkelten und lachten, es war, als hätte sie alles andere vergessen und nichts mehr im Sinn, als immer tiefer in das Gewühl zwischen den Buden einzudringen. Die beweglichen Figuren vor ›Schichtls Zaubertheater‹ und die an unsichtbaren Fäden kreisende Eule mit ihren glühenden Augen entlockten ihr Aufschreie des Entzückens; vor dem mechanischen Gorilla, der in einem Glaskasten eine halbnackte weiße Frau auf den Armen trug und dabei das Maul auf- und zuklappte, schlug sie entsetzt die Hände vor die Augen; über die fleischprotzenden Muskelmänner vor der Ringkämpferbude und ihr herausforderndes Gebrüll und Gehabe wollte sie sich ausschütten vor Gelächter und gleichzeitig vor Ekel vergehen, bei ›Wallendas Wolfszirkus‹ lauschte sie schaudernd auf das Peitscheknallen und Schießen, zu den tanzenden Liliputanern starrte sie in ehrfürchtigem Staunen hinauf, und immer wieder bat sie Jeanmarie, ihr da und dort bei den kinderumdrängten Händlern etwas zu kaufen: bald hielt sie viele kleine Tüten, mit heißen Maronen, gesponnenem Zucker, rötlichen oder giftgrünen ›Meßklumpen‹ und tintenschwarzen Lakritzen in ihren Arm gepreßt. Jeanmarie, der den plötzlichen Umschwung ihrer Laune und ihre schrankenlose Hingabe an die Verzauberung des Augenblicks zuerst gar nicht begriff, folgte ihr wie in einem Taumel, immer mehr fasziniert und mitgerissen von der Besessenheit ihres Schauderns, Staunens und Entzückens, ihrem Ernstnehmen des Wunderbaren, ihrem gläubigen Gepacktsein vom Unglaublichen, dem ebensoviel Barbarisches wie Kindliches innewohnte — ja es war, wie wenn man einem schönen, engelhaft unschuldigen Kind, das sich unbeobachtet glaubt, bei einem verbotenen gefährlichen, abgründigen Spiel zuschauen würde, und er wußte plötzlich, daß er hilflos in sie verliebt war. Schließlich veranlaßte sie ihn, mit ihr in eine obskure Bude einzutreten, die sich als ‹Abnormitäten-Schau› anschilderte, und in der es allerhand Mißgeburten und Groteskfiguren, teils echter, teils fingierter Natur, zu sehen gab: ein Kalb mit zwei Köpfen, draußen wie ein lebendiges angepriesen, das aber drinnen in Spiritus schwamm, eine Dame ohne Unterleib und eine Jungfrau mit Fischschwanz, was durch Spiegelungstricks glaubhaft gemacht wurde, die dickste Frau der Welt, vier Zentner schwer, die bayrisch sprach und freiwillige Herren aus dem Publikum auf den Armen schaukelte, einen verharschten Krüppel ohne Hände, der mit den Fußzehen seinen Kopf kratzen, die Gabel zum Mund führen, Schlösser und Riegel öffnen, eine Knallpistole abschießen und sogar die ersten Takte von ›Guter Mond‹ auf der Geige kratzen konnte. Außerdem aber, als Sensation, für deren Besichtigung man zehn Pfennige extra zahlen mußte, ein Geschöpf, das auf dem anreißerischen Plakat mit gesträubter Riesenmähne und wild aufgerissenem Raubtierrachen als ›Lionel der Löwenmensch‹ — ›halb Mensch halb Löwe‹ — abgebildet war.

Es handelte sich um einen lebenden Menschen von der Größe eines zwölfjährigen Knaben, der zwar in einer Art von Pagenkostüm steckte, aber im Lauf der Vorführung bis zum Gürtel und bis zum Knie hinauf ausgekleidet wurde und tatsächlich über und über, auch im Gesicht, das kaum den Mundschlitz und die Augen frei ließ, und auf den Armen und Händen, die in kurze spitzige Fingerchen ausliefen, mit fahlblonden pelzigen Haaren bedeckt war. Auch die Nasenlöcher blähten sich klein und schwärzlich unter dichtem Fell. Statt des Löwengebrülls kam aus der jämmerlichen Mundspalte, die keine Zähne sehen ließ, ein dünnes piepsiges Stimmchen, das in mühsam gestotterten Worten den Damen und Herren Guten Tag bot und behauptete, »in-ei-ne-Löbenn-Höl-le-ge-fun-denn« worden zu sein.

Viola betrachtete die traurige Erscheinung mit großem Ernst und — wie es schien — unter angestrengtem Nachdenken. Ihre Lebhaftigkeit war jäh verflogen, anstelle der kindlich-fühllosen Neugierde war der leidvolle, gequälte Ausdruck in ihr Gesicht zurückgekehrt.

»Glaubst du«, fragte sie Jeanmarie, »daß er wirklich in einer Löwenhöhle aufgewachsen ist?«

»Aber nein«, sagte er, »das ist doch Schwindel. So eine Mißgeburt kommt eben manchmal vor, man behauptet wohl, wenn sich schwangere Frauen an irgend etwas versehen . . . Mit wirklichen Löwen hat der nichts zu tun.«

»Ob sich so einer«, sagte Viola, mehr vor sich hin, »selbst ernähren könnte, wenn man ihn laufen läßt? . . . Gehen wir, bitte«, fügte sie hinzu, ohne eine Antwort abzuwarten.

Es war dunkler geworden, das Gewühl in den Zeltgassen und zwischen den Buden, die vorher exotisch und märchenhaft, jetzt aber nur grell und laut erschienen, hatte sich verstärkt und warf heftige, ungeduldige Stoßwellen. Etwas Böses, Rohes, Hinterhältiges lag in der Luft, es war, als drängten sich die Leute, um grinsend einer Folterung beizuwohnen, mit weißen, aufgerissenen Gesichtern, die Stimmen der Ausrufer gellten wie Schmerzensschreie in das brutale Hämmern der Karusselle. Es gab keine Menschenstimmen mehr, alles meckerte, gackerte, blökte, krächzte durcheinander. Jeanmarie hielt Viola fest an seinem Arm, dem Ausgang zustrebend. Vor der Bude des Kölner-Hennesje-Theaters brüllte ein schon gurgelheiserer Marktschreier, mit verschmiertem Gesicht, der ein Papiermaché-Schwein um seinen Bauch gebunden hatte und damit wilde Galoppsprünge vollführte, als ob er darauf ritte — unentwegt auf die Pauke hauend — den Refrain eines damals umgehenden, ordinären Gassenhauers:

Widdewidd-bumbum, widdewidd-bumbum,
Die Liebe bringt die Weibsleut um.

Sein gemeiner Klang verfolgte Jeanmarie wie eine Peitsche. Viola hielt die Augen gesenkt, schaute nicht mehr zurück.

Als sie, durch die sogenannte Zuckergasse, das Ende des Jahrmarkts und fast schon die baumbestandene Rheinallee erreicht hatten, hörte man plötzlich aus einem Volkshaufen ein unartikuliertes, jaunerndes Heulen, wie es von einem Betrunkenen, aber auch von einem Tier ausgestoßen werden mag, inmitten eines rüden, wüst und häßlich kreischenden Gelächters und Stimmenschwalls. Viola fuhr furchtbar zusammen, als hätte sie einen Schlag bekommen, im selben Moment reckte sie sich hoch auf und stieß aus gespitzten Lippen einen sonderbar scharfen Pfiff aus — etwa wie den Warnpfiff einer Gemse —, der aber in dem allgemeinen Getöse unterging und nur in Jeanmaries Ohr gellte. Verblüfft starrte er sie an. Ihr Arm zitterte in dem seinen, ähnlich wie er es am Sonntagmorgen verspürt hatte.

»Was ist«, fragte er ratlos, »was hast du?« — »Bitte«, sagte sie, jetzt völlig erschöpft, indem sie sich an den Stamm einer Platane lehnte, »schau nach, was da los ist . . .«

Jeanmarie drängte sich in den Volkshaufen, kam rasch zurück. »Sie verulken irgendeinen Besoffenen oder Verrückten«, sagte er. »Hast du ihn sehen können«, fragte sie angstvoll, »wie hat er ausgesehn?« — »Ich konnte es nicht erkennen«, sagte Jeanmarie, »er schien auf allen vieren zu kauern. Vermutlich ist ihm kotzübel, und die widerliche Bande hat ihren Spaß daran.«

Viola hatte ihre Tüten fallen lassen, die sie vorher immer noch in ihrem freien Arm trug, das klebrige Zeug rollte in den mit Fetzen von Papierschlangen und Konfetti durchfleckten Straßendreck. Schon hatte sich das Gesindel, hinter dem Opfer seiner Spottsucht her, in der Richtung zum Fischtor und zu den engeren Gassen hin verloren. Langsam führte er sie zur Haltestelle des Dampfers, wo nur wenige Menschen warteten.

Während der Überfahrt stand sie auf die Schiffsreling gelehnt, schaute in das schwarz quirlende, gischtzerfetzte Wasser. Er hielt sich neben ihr, suchte vergeblich nach einem Wort, das er ihr sagen, mit dem er ihr Gehör finden, den Ring der Abwesenheit und Isolierung durchbrechen könnte, den sie jetzt wieder um sich geschlossen hatte, nichts fiel ihm ein. Von Zeit zu Zeit streichelte er leicht ihren Arm, es sah aus, als ob sie ihre Lippen zu einem dankbaren Lächeln verzog, ihre Augen antworteten nicht. Er wußte nicht, ob sie ihn noch bemerkte. Auch auf dem Weg zum Gutshof gelang es ihm nicht, sie anzusprechen, ein paarmal versuchte er es, deutsch, italienisch, aber sie schien ihn nicht zu verstehen, sah ihn nur bittend, mit einem verzagten Ausdruck an, so daß er wieder schwieg und ihren Arm streichelte.

Der Himmel hatte sich mit tief treibenden, bauchigen Föhnwolken bedeckt, der Park lag in einer schweren dampfenden Feuchtigkeit. Kurz bevor sie den Eingang des Hauses erreichten, blieb er stehn, nahm ihre beiden Hände, zog sie etwas näher zu sich hin. Sie schaute ihn mit ihren großen violendunklen Augen an, müde, verschattet, ließ wie ein schläfriges Kind ihren Kopf an seine Schulter sinken.

Jeanmarie hörte den Wind, der in den Baumkronen ächzte, er hörte vom Dorf das langgedehnte Schreien einer brünstigen Katze, er hörte das Blut in seinem Schädel pochen, er war sich dieses Augenblicks und seines eigenen Daseins bewußt, als sei er aus sich herausgetreten und stehe neben sich selbst. Dieses Mädchen hatte ihn wahrhaft außer sich gebracht. Es war etwas an ihr und um sie, was er bisher bei keinem jungen Weib erfahren oder empfunden hatte: ein Duft von Frucht und Blüte zugleich, von Reife und Knospenhauch – die Grenze zwischen Keuschheit und Wollust schien bei ihr verwischt oder gar nicht vorhanden –, und ihr Antlitz, ihr ganzes Wesen war von einer leidenschaftlichen Tragik durchtränkt, von einer schoßgeborenen, schmerzhaften Passion, die sein Herz erschütterte, und in seinen Nerven ein Gefühl von sinnlicher Trunkenheit entfachte. Daß aber sie den Sturm seines Empfindens, überhaupt sein Dasein als Mann, offenbar gar nicht bemerkte, daß sie sich ihm gegenüber in voller Unbefangenheit gab und gleichsam vor ihm entblößte, fern aller Lockung und jeder Berührbarkeit, steigerte sein Begehren ins Unerträgliche. Hätte sie ihm jetzt ein Geständnis gemacht, durch das er zum Mitwisser eines Verbrechens, einer mörderischen Tat geworden wäre, er hätte nicht gezögert, ihr blindlings, ohne Vorbehalt, ohne Scheu vor den Folgen, gegen Recht, Gesetz und Gewissen beizustehen, nur um ihr durch Mitschuld enger verknüpft zu sein.

Eine Zeitlang standen sie so aneinandergelehnt, auch sie schien zu fühlen, daß noch irgend etwas gesagt oder geklärt werden müsse, bevor sie sich trennten.

Schließlich nahm er mit einer zarten Bewegung ihren Kopf von seiner Schulter, hob ihr Gesicht, daß sie ihm wieder in die Augen blicken mußte, fuhr ihr leicht übers Haar, von dem der seidene Schal abgeglitten war.

»Ich habe dich«, begann er stockend, »mit meinen Fragen erschreckt... Ich will dir alles sagen, was ich weiß...«

Sie schüttelte traurig den Kopf.

»Tue es nicht«, sagte sie leise, »es hat keinen Sinn mehr. Du kannst mir nicht helfen.«

»Willst du dich mir nicht anvertrauen?« fragte er hoffnungslos.

Sie ließ die Lider müde über ihre Augen fallen. »Vielleicht später«, sagte sie dann, »wenn alles vorüber ist.«

Bevor er sich entschließen konnte, sie zu fragen, was sie damit meine, war sie ins Haus und in ihr Zimmer hinaufgeeilt.

Als Panezza gegen Abend, nachdem er sich bei den Bekkers umgekleidet und mit einer Ausrede empfohlen hatte, die bischöfliche Bibliothek betrat, fand er Henrici an ein Stehpult aus mattem, unpoliertem Nußbaumholz gelehnt, das von einer linksseitig angebrachten Leselampe mit grünem Schirm beleuchtet wurde. Der blasse, junge Kaplan, der ihn über die breite Sandsteintreppe hinaufgeleitet hatte, zog hinter ihm die gepolsterten Doppeltüren zu. Von den dunklen Wintervorhängen der Fenster, den langen, wändefüllenden Zeilen der Buchrücken, die sich in Etagen aufwärts türmten, und der Höhe des Raums ging eine strenge, aber nicht feierliche Stille aus — die in sich ruhende Sammlung einer ganz dem Lesen und Meditieren gewidmeten Welt. Die Decke war unbeleuchtet und lag im Dämmer, kein Laut kam von außen, ein merkwürdig trockener, holziger Geruch hing in der Luft, kaum spürbar, der von den alten Bänden und Buchdeckeln stammte.

Panezza nahm sich nicht Zeit, sich auf den ihm von Henrici angebotenen Ledersessel niederzulassen, er ging nach der Begrüßung zweimal auf und ab, dann blieb er mit einem schweren Atemzug vor dem Domherrn stehen, der immer noch an der Seite seines Stehpults lehnte und seine Lesebrille auf die Stirn zurückgeschoben hatte.

»Ich«, sagte Panezza, »bin der Mörder. *Ich* habe ihn umgebracht.«

Seine Stimme hallte, da er in der Erregung sehr laut gesprochen hatte, von den Wänden und von der Decke zurück, so daß er zusammenschreckte.

»Ich habe ihn auf dem Gewissen«, fügte er leiser hinzu.

»Sie wollen sagen«, erwiderte Henrici nach einer Pause, mit einer ruhigen, gedämpften Stimme, nicht anders, als gelte es, über eine kirchengeschichtliche Frage zu diskutieren, »daß Sie sich für den Tod des jungen Bäumler irgendwie mitverantwortlich fühlen. So darf ich doch wohl Ihre Äußerung verstehen.«

»Nicht nur für seinen Tod«, sagte Panezza, der sich nun doch in den alten, mit blinden Messingknöpfen beschlagenen Backenstuhl gesetzt hatte.

Henrici nickte. Dann zog er sich auch einen Stuhl heran.

»Ich dachte es mir schon«, sagte er.

Panezza fuhr mit dem Kopf in die Höhe, sah ihn an. »Was«, fragte er, »haben Sie sich gedacht?«

»Nun«, sagte Henrici, ohne Lächeln, aber mit einer begütigenden Leichtigkeit, »ich habe ein starkes Gedächtnis, auch für Gesichtszüge, das sich manchmal ganz selbständig macht. Als ich den jungen Mann — den Toten — in der Sakristei liegen sah — da kam er mir plötzlich in irgendeinem Zug bekannt vor. Gleichzeitig wußte ich, daß ich ihn nie gesehen hatte. Sie aber habe ich gesehen, als Sie selbst noch sehr jung waren. Das fiel mir erst auf, als ich Sie heute morgen wiedersah — nach ziemlich langer Zeit.«

»Sie haben recht«, sagte Panezza, »er war mein Sohn.« Er schwieg, warf unwillkürlich einen Blick nach der hohen, ledergepolsterten Tür.

»Es kann uns hier niemand hören«, sagte Henrici, »ich habe dafür gesorgt, daß wir nicht gestört werden. Seien Sie gewiß«, fügte er hinzu, »daß alles, was Sie hier aussprechen, unter dem Siegel des Beichtgeheimnisses steht — auch wenn Sie sich nicht dem sakramentalen Vorgang unterziehen.«

»Ich danke Ihnen«, sagte Panezza, »Sie wissen, ich bin kein großer Kirchenläufer, ich bin von Haus aus liberal erzogen, Sie werden mich wohl unter die Kategorie der Freigeister einreihen — und — wenn ich Sie bat, mich mit Ihnen aussprechen zu dürfen, so wird es mir leichter, wenn es ohne die religiöse Formel geschieht.«

»Sie meinen«, sagte Henrici lächelnd, »von Mensch zu Mensch, wie man das nennt.«

»Es geht dabei schon«, sagte Panezza, »um eine Gewissensfrage, von der meine ganze weitere Existenz abhängt . . .« Er schaute unter sich, mit angestrengter Stirn — in der Bemühung, den richtigen Anfang zu finden. »Sie müssen verzeihen«, sagte er dann, »wenn ich hier Dinge erwähne, die Ihnen fremd und vermutlich zuwider sind . . .«

Henrici machte eine leise Handbewegung, die andeutete, daß ihm nichts, was ein Mensch sagen könne, fremd sei.

»Als die Therese«, begann Panezza, ein wenig unbeholfen und stokkend, »die Therese Bäumler meine ich, in unser Haus kam — da meine Frau den kleinen Jeanmarie nicht stillen konnte, oder wollte —, war sie ein junges, kräftiges, gesundes Weibsbild — sie war nicht schön oder hübsch, aber sie hatte, schon damals, etwas Fanatisches und Maßloses, etwas — Besessenes fast, das mich ganz unvernünftig anzog, und lockte. ... Man kann sich das wohl heute nicht mehr vorstellen«, sagte er mit einer hilflos verlegenen Geste.

»Das kann man sich«, sagte Henrici gelassen, »wohl bei vielen Frauen nach fünfundzwanzig Jahren nicht mehr.«

Panezza schien durch diese weltläufige Bemerkung sichtlich erleichtert. »Es war nicht nur das«, fuhr er, weniger verlegen, fort, »die Burschen waren wie toll hinter ihr her — «

Er zögerte eine Sekunde, in der sich eine dichte Fülle von Bildern und Eindrücken aus seinem Gedächtnis hob, ganz deutlich sah und spürte er sie, wie sie damals war, ohne daß ihre jetzige Gestalt sich dazwischenschob — mit dicken, feuchten, offenen Lippen über sehr weißen, breiten, doch etwas spitzigen Zähnen, ihre Augen hatten immer dieses heiße Glitzern, das unheimlich war, aus Trotz und Verlangen gemischt, sie pflegte, beim Waschen oder Bügeln, die Volkslieder der Gegend, die Lieder der Dienstmädchen und Bauernmägde, mit einer schleppend langgezogenen Stimme zu singen, so ganz darin vertieft, daß man nicht wußte, ob sie nicht, würde sie unterbrochen — tot umfallen müsse — und er dachte, ohne sich's klarzumachen, an Stallduft, Euterduft, Heuschoberhitze, frisch aufgepflügte, frisch gemistete Äcker, vermoosten Wald- oder Moorboden mit Schlangen und Schnecken und starkem Pilzgeruch —

»Ja«, sprach er weiter, »sie hatte etwas, das fast nicht menschlich war — und grade dadurch von einer schrecklichen, verrückten Aufreizung —, und wenn man sagen kann, heute, sie ist eine alte Hexe, so war sie eben damals eine junge Hexe, die — wenn sie begehrte und liebte — eine diabolische Kraft ausströmte — die Kraft einer völlig unberechenbaren, ich möchte sagen: vulkanisch ausbruchsfähigen Weibsnatur...

Nun«, fuhr er fort, »ich war selbst wie verrückt, ich besuchte sie nachts in ihrer Kammer, so oft ich es unbemerkt tun konnte — ich hätte sonst nie etwas Derartiges im eignen Haus getan!«

Henrici zuckte ein wenig die Achseln, als ob er sagen wollte, daß er den Unterschied zwischen eignen und fremden Häusern nicht gar so entscheidend finde.

»Das war dieselbe Zeit«, sagte Panezza, »in der mir klar wurde, daß ich mit Clotilde, meiner Frau, eigentlich gar keine Ehe führte, sie im Grund nie zur Frau gehabt hatte ... Sie war die gleiche, verwöhnt-bequeme, nur mit sich selbst beschäftigte junge Dame geblieben, als die ich sie aus ihrem elterlichen Patrizierhaus in Meran heimgeführt hatte; auch die Kinder hatten uns nicht nähergebracht, vielleicht lag das an mir, und ich bitte Sie«, setzte er eifrig hinzu, »nicht zu denken, daß ich damit irgend etwas von dem, was ich zu bekennen habe, entschuldigen will . . .

Ich glaube«, sprach er nach kurzem Nachdenken weiter, »daß von meiner Beziehung zur Therese nie etwas bemerkt wurde, und daß auch später nie ein Verdacht aufkam. Als die Folgen sichtbar wurden — etwa um die Zeit, als Jeanmarie an die Flasche gewöhnt war und sie unser Haus wieder verließ —, sprach ich mit dem Bäumler, von dem ihr erstes Kind stammte. Ich setzte ihm eine anständige Summe und eine Rente aus, falls er sie heiraten und das neue Kind ehelich anerkennen würde, wobei ich natürlich meine eigene Vaterschaft nicht zugestand, sondern so tat, als ob ich ernstlich glaube, sie hätte es in der Zeit noch mit dem Bäumler gehalten — obwohl ich das Gegenteil wußte. Ich kam mir dabei sogar ziemlich nobel und großartig vor, wie wenn jemand wirklich nur für eine arme, ledige Mutter sorgt — und mit dem Bäumler hatte ich leichtes Spiel . . . Hier aber beginnt meine eigentliche Schuld. Ich wußte, daß sie den Bäumler verabscheute und haßte — sie hatte sich halt als junges Ding nach einer Tanzerei mit ihm eingelassen, wie das so geht . . . Aber einen anderen hätte ich schwerlich finden können. Sie machte mir eine furchtbare, verzweifelte Szene, als ich ihr das erklärte, während sie den Kinderwagen mit meinem kleinen Jeanmarie durch die Rheinauen schob« — (es war im April, ging es ihm durch den Kopf, die Pappeln hatten kaum angesetzt, die Frösche schrien) — »und sie hat schließlich nur um des Kindes willen nachgegeben, an dem sie dann mit einer verstiegenen Affenliebe hing.

Ich sagte bereits, es kam nie ein Verdacht auf. Es ist auch nie jemandem eine Ähnlichkeit zwischen Ferdinand und mir aufgefallen — außer Ihnen —, mag sein, daß sie erst im Tod zutage getreten ist, der ja die Züge eines Menschen gewissermaßen entblößt . . . Als ich an seiner Leiche stand, war mir, als sähe ich ein Stück von mir selbst. —

Sie haben gehört«, fuhr er nach einer Pause fort, »was ich heute über seine Erziehung, seinen Fehltritt und sein Verschwinden erzählt habe. Das Entscheidende«, stieß er vor und wischte sich das plötzlich schweißbedeckte Gesicht, »habe ich nicht erzählt.

Als nämlich die Veruntreuung bei seiner Firma aufgedeckt wurde, noch bevor eine Anzeige gegen ihn ergangen war — da kam er zu mir und bat mich um das Geld. Hätte man es zurückgestellt, so hätte sich die Sache im Büro und mit seinem Chef noch regeln lassen, ohne daß er gerichtlich verfolgt worden wäre. Ich habe ihm das Geld nicht gegeben. Ich habe ihm gesagt, es sei jetzt genug, und er solle verschwinden. Auf mich könne er nicht mehr rechnen. Er wußte, daß das Verhaftung und Gefängnis bedeutete. Ich wollte ihn loswerden, und jetzt war die Gelegenheit dazu. Er war nämlich schon öfters mit Geldforderungen zu mir gekommen, und ich hatte ihm mehrmals aus seinen Schulden und Schwierigkeiten herausgeholfen, zuletzt in einer recht peinlichen Affäre mit einem Mädchen, das ihn verklagen wollte, weil er es um seine Ersparnisse gebracht hatte; und dabei hatte er — ganz versteckt zuerst, dann mehr und mehr — durchblicken lassen, daß er ein Recht darauf habe, daß ich ihm helfen *müsse*. Er sprach es auch diesmal nicht aus, aber seine Art zu fordern und zu verlangen, hatte etwas ausgesprochen Erpresserhaftes, Gefährliches. Ich sagte mir damals, wenn ich ihm das Geld jetzt gebe, dann hat er mich in der Hand, dann wird er es immer wieder versuchen, und dann treibt er es immer ärger mit seinen Lumpereien, bis er doch einmal drinsitzt — ich hatte auch dafür meine moralische Rechtfertigung bereit, aber die Wahrheit ist, ich wollte ihn los sein. Er war unheimlich — wie seine Mutter als junges Ding — man konnte sich denken, daß er auf Weiberleute gemein oder berauschend wirkte, nein beides, eins durch das andere — und für mich war er eine ständige Bedrohung.

Ich gab ihm grade so viel, daß er über die Grenze kommen konnte, und ich hoffte, er werde nie wiederkehren. Als er tot gemeldet wurde, war ich eher erleichtert — obwohl ich mir auch da schon hätte sagen können, daß ich daran schuld bin —, aber ich sagte mir, aus dem wäre doch nichts Gutes mehr geworden, und jetzt kommt er nicht mehr zurück.

Aber er ist gekommen und er wollte mir an den Kragen — irgendwie muß er dieser Sache, die er vorher wohl nur geahnt hat, sicher geworden sein. Er wollte mit mir abrechnen — hat er gesagt — und er hat es getan. ... Denn der Ermordete, der Tote, zwingt mich zu etwas, was er lebend nie vermocht hätte: meine Schuld zu bekennen ... und ich frage mich, frage Sie, genügt es, wenn ich das in der Geborgenheit einer vertraulichen Aussprache, sozusagen im Schutze des Beichtstuhls tue? Kann ich noch weiterhin den Ehrenmann spielen, den Repräsentanten einer moralisch unantastbaren Gesellschaft, den Fürsten des lokalen Frohsinns, den König der Volksfeste, der erlaubten und honorigen Lustbarkeit — mit einem solchen Brandgeschwür am Leib? Muß ich nicht dem Gericht, wenn es zu einer öffentlichen Verhandlung kommt, die volle Wahrheit sagen — und mich vor aller Welt zu meiner Schande bekennen? Denn der tote Ferdinand — wer immer ihn umgebracht haben mag —, *ich* habe ihn doch in den Tod getrieben und, was schlimmer ist, ins Leben — aber an ihm klebt die Schande eines schlechten, unehrlichen Lebens ... Soll ich den falschen Schein bestehen lassen, daß nur die armen Leute unehrlich sind? Er war mein Sohn —«

Seine Stimme brach, seine Hände klammerten sich an die Lehne des Backenstuhls. Seine Blicke waren im Raum umhergeirrt, jetzt hefteten sie sich in stummer Ratlosigkeit auf das Gesicht Henricis.

Der hatte sich, im Eifer des Zuhörens, vorgebeugt, nun stand er auf, trat zu seinem Stehpult, legte wie in Zerstreutheit seine Brille auf das dort aufgeschlagene Buch, kam zu Panezza zurück.

»Die Frage ist«, sagte er langsam, »wem wäre damit geholfen? Ich meine, wem wäre mit einem solchen Schuldbekenntnis gedient, außer vielleicht Ihrem eigenen Selbstgefühl? Die andere Frage: wem würde dadurch geschadet. Denn den Toten wecken Sie nicht mehr auf — und die Staatsanwaltschaft oder Kriminalpolizei dürfte das alles nicht weiterbringen. Mit dem jetzt geschehenen Mord hat Ihre persönliche Gewissensfrage nichts zu tun.«

»Zum mindesten«, sagte Panezza, »wäre damit eine Schuld getilgt, die nicht ungesühnt bleiben sollte — so wenig wie der Mord.«

Henrici setzte sich wieder, sah ihn lange an. »Es gibt«, sagte er schließlich, »sehr viele Arten von Schuld oder Sünde, und es gibt sehr wenige Möglichkeiten ihrer Tilgung, wenn man mit menschlichen Maßen mißt. Irdische Gerechtigkeit, die wir alle erstreben, entspricht nur bedingt der wahren, göttlichen, deren Wesen im überzeitlichen Ausgleich beruht. Das meiste Unrecht, die meisten Sünden und Vergehen, sind kaum im Gesetz und nicht einmal in den Geboten genau zu fassen — und das menschliche Gesicht, von dem man sagt, daß es ein Spiegel der Seele sei, ist in Wahrheit nichts als die Maske, hinter der sich Schuld und Unschuld in einer kaum entwirrbaren Weise vermischen. Wären Sie als Beichtender zu mir gekommen, dann müßte ich anders mit Ihnen reden. So ist es nicht meine Sache, Ihr Gewissen wachzurütteln — das hat sich schon ganz von selber wachgerüttelt ... Denn das Gewissen — syneidäsis — ich glaube, daß es eine selbstwirkende Kraft in uns ist, sogar ein Teil unserer angeborenen Natur — und wenn es das nicht wäre, sondern nur ein Ergebnis vernünftiger Überlegung, dann hätte es gar keinen Wert ... Ich weiß, Sie denken anders —«

Beide schwiegen einen Augenblick.

›Warum‹, dachte Henrici, ›ist er hierher gekommen? Er glaubt an die

Vernunft — an die sittliche Selbstbestimmung — und plötzlich spürte er, daß er damit allein nicht weiterkommt, weil ihm außerdem die Seele gegeben ist, diese Erinnerung an den Ursprung, dieser Quell der Unruhe und des Trostes.‹

›Warum bin ich hierher gekommen‹, dachte Panezza verwirrt.

»Ja, ich denke anders«, sagte er laut, »aber ich bin gekommen«, weil ich den Rat eines klugen und verschwiegenen Menschen suchte — auch wenn er Priester ist.«

»Sie können ruhig sagen, weil er Priester ist«, erwiderte Henrici lächelnd, »denn ohne das Amt, glaube ich, das mir die Stellvertretung eines höheren Rates auferlegt, könnte ich Ihnen weder raten noch helfen. Aber ich fürchte, Sie wollen sich's wieder zu leicht machen.«

»Zu leicht«, wiederholte Panezza, mit einem ihm selbst nicht bewußten, kaum hörbaren Stöhnen in seiner Brust.

»Ich meine«, sagte Henrici, »man kann sich nicht so leicht einer Lebensschuld entledigen, indem man sie einfach abwirft, wie einen Sack voll alter Nägel, der dann anderen auf die Füße fällt ... Ein Autodafé ist noch keine Tugend, eine Selbstzerstörung noch lang keine Entsühnung. *Sie* kämen sich als Märtyrer vor — und andere müßten zahlen. Ihre Kinder zum Beispiel — warum wollen Sie denen, wenn nichts Ärgeres, eine solche Verletzung ihres Empfindens zumuten — ganz ohne Not? Und all die Menschen, denen Sie durch Ihre Stellung, Ihre Wirksamkeit, etwas bedeuten — selbst wenn es nur die eines ›Fürsten des lokalen Frohsinns‹ wäre, wie Sie vorhin gesagt haben — auch das verpflichtet. Nein — es besteht kein Notstand für eine öffentliche Erörterung dieser Sache — weder im rechtlichen noch im moralischen Sinn. Vielleicht hätten Sie sich früher einmal, zu einem ganz anderen Zeitpunkt Ihres Lebens, anders entscheiden können — jetzt ist es zu spät. *Sie dürfen nicht aus Ihrer Rolle fallen!* Verstehen Sie mich?«

»Glauben Sie nicht«, sagte Panezza gequält, »daß man immer noch — auch als Mann meines Alters — ganz neu anfangen kann? Sie sagen, ich darf nicht aus meiner Rolle fallen — ich aber sage Ihnen, ich hasse, ich verabscheue diese Rolle, ich möchte endlich aus ihr heraus — *aus allem heraus*«, rief er, plötzlich fast schreiend.

»Ich bin ganz allein«, sagte er dann, wie zur Entschuldigung, »mit meiner Frau verbindet mich nichts, von meinen Kindern empfinde ich spöttische Ablehnung oder Gleichgültigkeit. Ich brauche keine Brücken abzubrechen, weil es für mich keine gibt.«

Henrici zog seine starken, weißen Brauen zusammen, für einen

Augenblick war er der strenge Beichtiger, als den man ihn fürchtete — der den Menschen all ihre Schwächen und Fehler zugestand, aber keine Ausflucht und keine Vertuschung duldete.

»Ihr Gewissenskonflikt«, sagte er scharf, »ist also mehr ein Ventil — um sich aus einem Leben zu befreien, dessen Sie überdrüssig sind.«

»Aus einem liebeleeren, ungeliebten Leben«, sagte Panezza leise.

»»Aus allem heraus««, wiederholte Henrici, fast zornig, »*wer* möchte nicht einmal aus allem heraus, was ihn gebunden hält . . . Ein schlechter Priester, der nicht einmal aus der Kutte springen will — weil ihn die Last seines Amtes, die Last Gottes zu hart auf den Schultern drückt . . . Aber er *muß* weitertragen, wie der Sankt Christoph sein schweres Kindlein, durch den reißenden Fluß — denn er tut es in Stellvertretung dessen, der Himmel und Erde trägt . . . Und ich sage Ihnen eines: *jedes* Amt — nicht nur das geistliche, auch das weltlichste —, jeder Stand, jede Stellung in der Welt, enthält eine solche Stellvertretung, die man nicht einfach aufkündigen kann.«

»Auch nicht«, fragte Panezza, »um der Liebe willen?«

»Das sind Worte«, sagte Henrici trocken, »was meinen Sie damit?«

Panezza brach plötzlich zusammen, ohne daß er ein Glied rührte, oder seine aufrechte Haltung in dem Lehnstuhl veränderte. Er sah aus, als werde er einen Blutsturz oder einen Schlaganfall erleiden, seine Adern traten an den Schläfen dick hervor, seine Stirn wurde dunkel, und sein Hals schwoll an. Dann wurde er totenblaß.

»Ich wollte nicht davon sprechen«, sagte er mit großer Beherrschung, »aber ich wäre wohl — ohne das — gar nicht hierher gekommen . . . Sie hängt an Ihnen — Sie bedeuten ihr mehr als Elternhaus und Familie . . .«

»Von wem reden Sie jetzt?« fragte Henrici betroffen.

Panezza neigte sich zu ihm vor, flüsterte einen Namen, so als scheue er sich, ihn auch unter vier Augen laut auszusprechen.

»Glauben Sie mir«, sagte er dann, sich zurücklehnend, »es ist zum erstenmal in meinem Leben, daß ich — so empfinde . . .«

»Ja, ja«, sagte Henrici — und seine Augen wurden flaumig, wie wenn man von einem Nestvogel spricht, »sie war mein Taufkind und sie ist bei mir zur Kommunion- und Firmstunde gegangen — das ist noch gar nicht so lange her . . . Sehen Sie«, sagte er dann, ohne wieder in seine vorherige Strenge zu verfallen — »ich habe doch gespürt, daß es nicht nur der Bäumler war, was Sie hierher getrieben hat . . .«

»Mein Gott«, murmelte Panezza, »es kam plötzlich alles zusammen . . .«

Henrici schwieg, wartete.

»Gleich nach der Wahl«, sagte Panezza, mit dem Gesicht eines trotzig verzweifelten Knaben, »zu unsren Karnevalsämtern, die am 11. November stattfand, wußten wir, daß es uns ernst war . . . Es war immer ernst, es war nie eine Spielerei, oder ein Leichtsinn –

Sie können sich nicht vorstellen, was wir in diesen Monaten durchgemacht haben, in denen wir immerzu gemeinsam repräsentieren, das strahlende Paar spielen mußten – mit dieser Not im Herzen – und uns höchstens einmal für eine viertel oder halbe Stunde allein sehen und aussprechen konnten . . . Ich versichere Sie«, sagte er mit einem entwaffnenden Ungeschick, »daß – nichts geschehen ist. Nichts, was ich nicht ihr, auch Ihnen gegenüber, verantworten könnte.«

Henrici hatte wie im Nachdenken, vielleicht auch in einer Art von Geniertheit, die Lider gesenkt. Jetzt hob er sie wieder. In seinem Gesicht war eine Veränderung vorgegangen. Während seine Züge sich in lebendiger Anspannung und Anteilnahme verjüngten, trat in seine klaren, blaßgrauen Augen ein Ausdruck unermeßlichen Alters, dem aber nichts Müdes oder Greisenhaftes innewohnte. Es war das immer gegenwärtige Alter des Priesterstandes, das Alter der Kirche, das Alter des Menschengeschlechts, des Wortes und des Gedankens.

»Da sind Sie mit einer alten Schuld hierher gekommen«, sagte er leise, »und da hat Ihnen der Himmel – oder nennen Sie es das Schicksal, das Leben, wie's Ihnen lieber ist – schon eine Buße auferlegt – so schwer, wie sie kein Priester hätte erdenken können.«

»Sie meinen also . . .«, sagte Panezza, ohne den Satz zu vollenden.

»Das wissen Sie doch selbst«, sagte Henrici.

Panezza schwieg. Dann lief er rot an, seine Fäuste ballten sich. »Soll ich sie«, stieß er vor, »diesem Affen überlassen, den ihre Familie, aus blödem Ehrgeiz, ihr aufschwatzen will?!«

»Wenn er ein Affe ist«, sagte Henrici ruhig, »dann wird sie ihn nicht nehmen. Sie weiß, was sie tut. Und sie hat Zeit. Sie ist erst neunzehn . . .«

Panezzas Hände lösten sich, hingen herab.

»Denken Sie nicht«, fuhr Henrici fort, »ich wolle den Altersunterschied betonen – das wäre das Wenigste . . . Aber das Mädchen – sie würde einem Kampf ausgesetzt – einem Zwist mit all ihrer gewohnten Welt –, dem sie in ihrem einfachen, lieben Herzen gar nicht gewachsen ist. Sie würde ein Opfer bringen, das Sie niemals annehmen dürfen.«

»Vielleicht«, sagte Panezza verzagt, »machen Sie sich doch keinen Begriff – von der Seelengröße dieses Mädchens.«

435

»Es kommt jetzt«, sagte Henrici mit einer ernsten Herzlichkeit, »vor allem auf *Ihre* Seelengröße an.«

Panezza sah eine Zeitlang vor sich hin, dann stand er auf, zog seinen Rock zurecht.

Auch Henrici stand auf, geleitete ihn zur Tür. »Leben Sie wohl«, sagte er, ihm die Hand hinreichend. »Und vergessen Sie nicht«, fügte er wie in einer plötzlichen Eingebung hinzu, »daß immer in der Welt, auf jeden Menschen, eine Seele wartet, die seiner Hilfe bedarf.«

»Ich danke Ihnen«, sagte Panezza, »für das Gespräch.«

Sie drückten einander kurz und fest die Hände, dann ging Panezza.

»Haben Sie von dem Mord gehört?« fragte das Dienstmädchen Bertel, als sie am Dienstagmorgen dem Fräulein Bettine beim Frisieren half.

»Was für ein Mord?« fragte Bettine ohne besondere Neugier.

Bertel berichtete, was in der Zeitung stand, die, obwohl noch Fastnacht herrschte, an diesem Morgen zum erstenmal wieder erschienen war.

Es sei — hieß es in einer kleinen Randnotiz, neben den dick überschrifteten und reich illustrierten Schilderungen des in diesem Jahr ungewöhnlich wohlgelungenen Rosenmontagszugs, die den Großteil des Blattes füllten — am Samstagabend ein Mann (dessen Name nicht genannt war) in der Uniform eines der angesehensten hiesigen Regimenter, als er sich im Dom zur Beichte begeben wollte, von einem Unbekannten mit einem italienischen Stilett erstochen worden.

»Ist das alles, was drinsteht?« fragte Jeanmarie, der aus seinem nebenan gelegenen Ankleidezimmer, die Wangen mit Rasierschaum bedeckt, hereingetreten war. — Auf der Rückseite des Anzeigers, sagte die Bertel, stehe noch eine besondere Annonce der Kriminalpolizei, mit einer Beschreibung der Mordwaffe und des dazugehörigen, gesuchten Futerals, was Länge, Breite und so weiter anlangt, samt einer Aufforderung, sachdienliche Angaben, auch über verdächtige Personen, die um die fragliche Zeit in der Nähe des Doms gesehen worden seien, zur Meldung zu bringen, besonders falls es sich um unbekannte Italiener handle. Die Zeitung liege im Salon, und sonst, sagte die Bertel, wisse sie nichts — beugte aber dabei ihr Gesicht tief über die Frisur ihres gnädigen Fräuleins und war froh, daß der junge Herr, ohne irgendeine Äußerung zu tun, zu seinem Rasierspiegel zurückkehrte. Ihr war nämlich die Neuigkeit schon in der Frühe von einem Hilfsgendarmen des Bezirks Walluf hinterbracht worden, der wußte, daß sie einen besonderen Spaß an Sensationsgeschichten und aufregenden Ereignissen hatte, und sich damit bei ihr beliebt zu machen hoffte — denn seit geraumer Zeit machte er ihr die Cour, ohne bisher zu seinem Ziel gekommen zu sein. Die Bertel ihrerseits, ohne sich im Moment etwas Besonderes dabei zu denken, hatte sich nicht enthalten können, dem jungen Polizisten von dem plötzlichen Besuch der sizilianischen Verwandten zu erzählen, und daß diese sich, was ihr erst im Erzählen wieder einfiel, am Samstagabend bei ihrer unerwarteten Ankunft ganz sonderbar benommen hätte.

Der junge Mann hatte daraufhin recht wichtigtuerisch sein Notizbuch gezückt, nach dem Namen des Gastes gefragt und erklärt, das müsse er sofort seiner Behörde zur Meldung bringen. Dann war er gleich gegangen, mit der Versicherung, sie mit weiteren Einzelheiten der Mordgeschichte zu versorgen, sobald er was Neues erfahren habe.

›Der will sich nur aufspielen‹, sagte sich die Bertel, und dachte nicht weiter daran. Jetzt aber, beim Anblick der Geschwister, die sich so rasch und innig mit ihrer sizilianischen Cousine angefreundet hatten, und beim Erinnern an das bleiche, leidvolle Gesicht Violas, als sie ihr vorhin das Frühstück ans Bett serviert hatte, begann ihr das Gewissen zu schlagen. Warum mußte sie auch immer so rasch mit dem Mundwerk sein! Vielleicht hatte sie eine Dummheit gemacht — die der junge Herr ihr nie verzeihen werde ... Angstvoll lauschte sie auf jedes Zeichen der Haustürklingel, stets in der Erwartung, uniformierte Gendarmen — oder gar Geheimpolizisten (mit klirrenden Handschellen und Revolvern, stellte sie sich vor) — erscheinen zu sehen; aber außer dem Postboten und den gewohnten Lieferanten, der Nähmamsell und der zum Abwaschen bestellten Bäumlern — denn die Köchin hatte heut Ausgang — kam den ganzen Tag niemand. Seltsam war nur, daß bald nach dem Mittagessen ein Anruf vom Bezirksamtmann in Walluf kam, durch den die Bäumlern aufgefordert wurde, sich baldmöglichst dort einzufinden. Jeanmarie begleitete sie, da Panezza abwesend war.

Am frühen Abend war ein leichtes Familiensouper gerichtet, zu dem nur Katharina Bekker, ohne ihre Angehörigen oder ihren vorgesehenen Bräutigam, geladen war — denn heute nacht fand zum Abschied des Karnevals der große, populäre ›Halleball‹ statt, ein riesiger Maskentanz in sämtlichen Räumen des Stadthallengebäudes — in der Fastnachtszeit nur die ›Narrhalla‹ genannt —, der für alle Stände und Schichten der Bevölkerung, für die Spitzen der Gesellschaft ebenso wie für ihre Angestellten und Dienstboten, das Ereignis des Jahres bedeutete.

Es war von langer Hand verabredet, daß Katharina den ›Halleball‹

mit ihrer Freundin Bettine gemeinsam besuchen werde — für sie die erste Gelegenheit, unbelastet von ihrer Prinzessinnenrolle und all der anstrengenden Publizität, die Fastnacht auch als Privatperson zu genießen und sich wie die andern zu amüsieren. —

Katharina kam mit Panezza, beide noch in ihren Prachtkostümen, von der nachmittäglichen ›Kappefahrt‹, dem großen Korso, bei dem sie zum letztenmal, in einem eleganten Zweispänner auf Gummirädern bequem zurückgelehnt, als Prinz und Prinzessin repräsentiert, Mimosen- und Veilchensträußchen, Orangen und Mandarinen in die Menge geworfen hatten — um dann in einer kurzen, aber höchst feierlichen Zeremonie von ihrem Amt zurückzutreten und es, durch Überreichung des Szepters und der sonstigen Embleme an den Großrat der Närrischen Elf, der nächstjährigen Wahl zur Verfügung zu stellen.

Beim Abendessen herrschte eine gedämpfte Stimmung, trotz des spritzigen Moselweins, dem Panezza mehr als gewöhnlich zusprach, — Katharina schien müde zu sein, und Frau Clotilde fühlte sich, was niemanden erstaunte, nicht wohl, da draußen Föhnwind herrschte, ließ sich mit Ei verrührten Rotwein reichen und zuckte bei jedem Anklingen eines Glases oder jedem Tellergeräusch wehleidig zusammen. Nur Bettine war von einer ungewöhnlichen, exaltierten Lustigkeit, die sie mit Mühe zurückhielt, solange ihre Mutter dabei war — immer wieder mußte sie ein Kichern oder Auflachen unterdrücken, und von Zeit zu Zeit flüsterte sie der neben ihr sitzenden Katharina oder auch der Bertel, die die Platten herumreichte, etwas ins Ohr. Kaum hatte Frau Clotilde die Tafel aufgehoben und sich zu ihren Kopfweh- und Schlaftabletten zurückgezogen, da faßte sie die beiden anderen Mädchen, Katharina und Viola, an der Hand und zog sie mit sich aus dem Zimmer und die Treppen hinauf in die Nähstuben, wo die Ballkostüme bereitlagen.

»Was hat nur Bettine«, sagte Panezza, der mit Jeanmarie bei einem Kognak und einer Zigarre zurückgeblieben war.

»Ich weiß nicht«, sagte Jeanmarie ohne Interesse, »sie hat sich wohl irgendeinen Schabernack für den Ball ausgedacht.«

»Nun«, sagte Panezza, »dann müssen wir uns allmählich auch fertig machen. Am liebsten«, fügte er mit einem unterdrückten Gähnen hinzu, »blieb ich zu Hause.«

»Warum tust du es nicht«, sagte Jeanmarie.

»Ach was«, sagte Panezza, wie in Wut auf sich selbst, und stand auf, »man soll sich nicht gehenlassen.«

»Ich muß dir noch sagen«, hielt Jeanmarie ihn zurück, »sie haben die

Leiche des Ferdinand Bäumler freigegeben. Er wurde heut nachmittag über das Bezirksamt Walluf hierbei gebracht – ich habe die Bäumlern dabei begleitet–und im Totenkapellchen beim Kirchhof aufgebahrt. Da du nicht hier warst, habe ich wegen der Beerdigung alles Nötige veranlaßt, auch mit dem Pfarrer gesprochen — die Beisetzung soll morgen nachmittag in aller Stille stattfinden. Natürlich habe ich auch einen Kranz bestellt und einfach ›Familie Panezza‹ auf die Schleife drucken lassen. Oder hast du einen besonderen Wunsch?«

»Warum soll ich einen besonderen Wunsch haben«, sagte Panezza, ohne ihn anzusehen.

»Das weiß ich auch nicht«, sagte Jeanmarie, »ich habe nur gefragt.«

»Danke«, sagte Panezza kurz.

»Ein etwas makabrer Auftakt zu einem Maskenball«, murmelte er dann, nahm noch ein Glas.

»Hast du etwas Neues vom Stand der Untersuchung gehört?« fragte Jeanmarie in beiläufigem Tonfall.

»Nein«, sagte Panezza, und sah ihm plötzlich grade in die Augen, »aber ich hielt es für meine Pflicht, den Kriminalrat Merzbecher vom Besuch Violas zu verständigen. Nicht daß ich dächte, sie hätte irgendwas damit zu tun, das ist natürlich Unsinn, aber nachdem eine öffentliche Aufforderung ergangen ist, daß alle kürzlich zugereisten Italiener sich melden sollten, schien es mir einfach korrekt.«

Jeanmarie fühlte eine lähmende Kälte in der Zwerchfellgegend.

»Das hätte schließlich«, sagte er in dem gleichen, beiläufigen Tonfall, »auch noch bis morgen Zeit gehabt.«

»Nun ja«, sagte Panezza, »ich rief ihn grade an, um nach dem Gang der Dinge zu fragen. Da ergab sich das von selbst. Er sagte, er könne mir noch nichts Näheres mitteilen, aber sie stünden im Begriff, den Clemens freizulassen.«

»Dann müßten sie doch«, sagte Jeanmarie, mit einer großen Bemühung, seine Stimme zu beherrschen, »eine andere Spur gefunden haben.«

»Möglich«, sagte Panezza abwesend, »oder sein Alibi für die genaue Zeit hat sich auf irgendeine Weise erhärtet. Dr. Merzbecher sagte, wir würden es bald erfahren.«

Jeanmarie antwortete nicht, sie standen noch einen Augenblick einander gegenüber, jeder von seinen eignen Gedanken gequält. Dann gingen beide hinauf, mehr wie wenn man sich zu einem Begräbnis als zu einem Maskenfest umzukleiden hätte.

Im Umkleidezimmer der jungen Damen droben ging es indessen sehr bewegt und lebhaft zu. Bettines aufgeregtes Kichern und Schwatzen schallte gedämpft durch die Türen, untermischt mit den verzückten, heiseren Krählauten der taubstummen Nähmamsell. Dann und wann auch juchzte ein Lachen von Bertels frischer Mädchenstimme auf – denn auch sie durfte heute, zum erstenmal in ihrem Leben, gemeinsam mit den herrschaftlichen Fräuleins den Ball besuchen. Bettine aber hatte beim Abendessen einen plötzlichen Einfall gehabt, wie man diesem Tanzvergnügen – machte man es schon mit – einen besonders phantasievollen und fastnachtsmäßigen Anstrich geben könne – vielleicht hatte sie ähnliches von früheren Ballgeschichten gehört. Denn die Geschichten, die kleinen Romanzen und Abenteuer, die sich dabei abspielten, das Sich-Verstellen, Necken und Nasführen und die gegenseitige Überlistung waren ja der Witz und das Salz dieser ganzen Vermummung, und jeder war bemüht, sich möglichst so zu maskieren, daß er auch von seinen nächsten Bekannten und Angehörigen nicht erkannt oder aber mit anderen verwechselt würde. Jahrelang gingen dann noch die Anekdoten um von den besonders gelungenen Täuschungen, Späßen, Erfolgen, Reinfällen oder Blamagen, die sich in einer solchen Ballnacht ergeben hatten – so etwa, wenn ein Ehemann, seine eigne Frau nicht erkennend, wohl aber von ihr gekannt, ihr wie toll nachstellte und womöglich noch, im Glauben, er habe eine ganz fremde Eroberung gemacht, und sich selbst als einen anderen ausgebend, ein verschwiegenes Rendezvous mit ihr ausmachte, um dann bei der Demaskierung von der Triumphierenden verlacht, verspottet, bestraft und schließlich begnadigt zu werden ..., oder ähnliches in ungezählten Varianten. Der große Jux und auch der Zauber dieser stadtumfassenden Maskenfeste bestand eben darin, daß man sie nicht als eine plumpe Gelegenheit zu erotischen Intimitäten, sondern als ein betörendes Wechselspiel empfand, eine improvisierte, extemporierte, freizügige Laienkomödie mit allseits vertauschten Rollen, bei der jeder nach besten Gaben und in vollster Laune mitzuwirken hatte.

Die Herren natürlich, die sich ungern blamieren oder vor ihren Damen bloßstellen wollten, versuchten auf jede Weise, deren Kostümierung, mit der eine riesige Geheimnistuerei getrieben wurde, herauszukriegen – eventuell durch Bestechung ihrer Zofen oder Nähfrauen, oder es gelang ihnen doch, einen Blick in die verbotene Kleiderkammer zu werfen. So wußte Katharina genau, daß sichs ihr zudringlicher Assessor ein blankes Fünfmarkstück hatte kosten lassen, um von ihrer Hausschneiderin eine Beschreibung und ein Stoffmuster ihres heutigen Kostüms zu bekommen; auch Jeanmarie hatte wohl eine Ahnung, was Viola tragen solle – und darauf war Bettines Plan aufgebaut. Die exaltierte Lustigkeit, die sich ihrer bemächtigt und ihr Gesicht mit roten Flecken durchfeuert hatte, teilte sich bald den anderen Mädchen mit, die mit nackten Armen und Schultern, in ihren weißen Hemden, Miedern und fliegenden Unterröckchen, einander beim Probieren, Ankleiden, Zumachen und Feststecken der Kostüme halfen. Sogar Viola hatte ein heißes Gesicht und zeigte lachende Lippen. Nur Katharina benutzte eine Ausrede, um sich für ein paar Minuten von den anderen zu entfernen. Dann aber beteiligte sie sich mit unverstellter Freude an dem Spaß der gegenseitigen Vergewandung. Bei Viola und Bertel war es nicht schwer, da sie fast die gleiche Figur hatten. Katharina und Bettine aber waren zwar gleich groß, jedoch war Bettine trotz ihrer dreiundzwanzig Jahre noch mädchenhaft mager und busenlos, während Katharina mit ihren neunzehn schon in schöner fraulicher Reifung schwellte, so daß die Nähmamsell in aller Eile das eine Kostüm an der und jener Stelle erweitern, das andere mit weichen Wäschestücken und Watte auspolstern mußte. Für Viola – deren Gepäck übrigens noch immer nicht gekommen war, man nahm an, daß es auf einer Grenze hängengeblieben sei – war eine schwarz mit rot changierende Pierette vorgesehen, in die aber jetzt das Mädchen Bertel schlüpfte, während sie selbst sich in das kurzberockte, hemdartig anliegende, mit vielen bunten Flikken besetzte Kostüm einer Zigeunerin kleidete, das eigentlich Bertel hätte tragen sollen. Selbstverständlich wurden auch die Gesichtslarven und die Kopfbedeckungen entsprechend vertauscht, und da sie und Bertel beide dunkel- und etwas kraushaarig waren, gelang es ihnen, fast gleich aussehende Korkzieherlocken rechts und links über ihre Ohren baumeln zu lassen.

Bettine aber und Katharina waren beide in Seide, Damast und Spitzen als große Damen des Rokoko kostümiert, nur hatten sie die Farben, Rosa gegen Blau, und auch die umgekehrt gefärbten Gesichtslarven vertauscht, und ihre Haare waren unter weiten, flockigen Allongeperücken versteckt.

Man konnte sich Zeit lassen, denn der Hauptspaß pflegte erst in den späteren Abendstunden zu beginnen, wenn alle Räume gedrängt voll waren und schon das Suchen derjenigen, die einander oder jemand anderen finden wollten, aufregende Verwirrung ergab – und Bettine spielte den anderen Mädchen ausführlich vor, wie sie Katharinas ›Assessor‹ springen zu lassen und zu vexieren gedachte. Viola ließ sich indessen von der schmiegsamen Bertel die landesüblichen Tanzschritte zeigen, denn von Rheinländer, Drehwalzer oder Hoppgalopp hatte sie in ihrer heimatlichen Gesellschaft nichts gelernt.

Wie üblich, fuhren die Herren, Panezza und Jeanmarie, zuerst in einem bestellten Wagen, der dann zurückeilte, um die immer etwas später erscheinenden Damen abzuholen. Panezza hatte den Wagen für den ganzen Abend gemietet, damit ihm selbst und den Mädchen das Gedränge an der überfüllten Garderobe erspart blieb: man konnte die Mäntel und Schals in der Obhut des Fahrers zurücklassen, mit dem ein sicherer Standplatz ausgemacht war. Ab ein Uhr früh, nach der Demaskierung, würde man ihn zur Heimfahrt bereit finden.

Er und Jeanmarie waren in einfache, weiße Pierrots mit Pompons und breiten Ärmelsäumen gekleidet, und in verschiedenfarbige, seidene Domino-Umhänge gehüllt, mit denen auch die Farben ihrer Gesichtslarven abgestimmt waren. Erst als Panezza beim Aussteigen in seiner Manteltasche kramte, um dem Chauffeur ein Trinkgeld zu geben, fand er darin den Zettel in Katharinas Handschrift, der ihn mit ein paar Worten, warnend, von dem Kostümtausch verständigte. Der Schreck fuhr ihm nachträglich in die Glieder. Was hätte passieren können, wenn er seine Tochter mit Katharina verwechselt hätte — die er vielleicht heute zum letztenmal, wenn auch nur im Tanz und inmitten eines Menschengewimmels, in seinen Armen halten würde. Ernst und im Innersten erschüttert knüllte er den Zettel zusammen, um ihn wegzuwerfen, dann glättete er ihn wieder und steckte ihn sich wie ein Amulett unters Gewand — während Jeanmarie, dem er nichts gesagt hatte, sich in der einströmenden Menge von ihm verlor.

Inzwischen war der Wagen zu dem Gutshof zurückgekehrt und hatte die jungen Mädchen aufgenommen, die sich, über ihren Kostümen in warme Abendmäntel oder Pelze gewickelt, lachend und schwätzend zusammendrängten. Um zur Hauptstraße zu kommen, mußte man auf dem holprigen Fahrweg am Rande des Dorfs und an der etwas außerhalb auf einer Anhöhe liegenden Kirche mit dem daran anschließenden Friedhof vorbei, an dessen alte, bröcklige Mauer ein kleines Kapellchen, zur Aufbahrung und Einsegnung der Toten, vorgebaut war. Bertel, die ihre Augen stets überall hatte, bemerkte mit Staunen, daß dort, im Leichenhäuschen, Licht brannte, was zu dieser Stunde ganz ungewöhnlich war ... Von einer Leiche im Dorf hätte sie wohl gewußt. Während der Wagen, da es dort besonders tief ausgefahrene Radrinnen gab, langsam vorbeikurvte, trat aus dem von flackrigem Kerzenlicht erhellten Kapell-

442

chen eine unförmige, dunkle Gestalt und reckte plötzlich, mit einem wüst geschrienen, heiseren Fluchwort zwei drohende Krallenhände gegen die Mädchen aus. Viola schrie auf und klammerte sich an Bettine, der Fahrer schimpfte laut, weil es ihm das Steuer verriß.

»Die Bäumlern«, sagte Bertel befremdet, »was tut denn die jetzt hier?« Denn von der Rückkehr und der Heimführung des Ferdinand hatte auch sie, da ihr Wallufer Hilfsgendarm wohl den Rest des Tages im Dienst gewesen war, noch nichts erfahren.

Bettine schob das Wagenfenster herunter und ließ die Luft herein — der Wind hatte aufgefrischt, die Wolken waren verflogen, und der Himmel blitzte von unruhig zuckenden Sternen. Kurz bevor sie die Hauptstraße erreichten, sah man im Strahl der Scheinwerfer eine dorfwärts wandernde Männergestalt, die aber sofort vom Weg herunter und in den Schatten der Bäume trat. Es war Bertel gewesen, als hätte sie die Uniform eines Soldaten erkannt. Jetzt aber gab der Fahrer auf der glatten Rheinstraße Gas, und bald zeigte sich über dem dunklen Fluß der blendende Widerschein von der illuminierten Narrhalla.

Als man den Clemens gegen Abend aus der Untersuchungshaft entlassen und ihm seine Uniform zurückgegeben hatte, war ihm auch mitgeteilt worden, daß die Leiche des Ferdinand inzwischen nach Nieder-Keddrich verbracht worden war. Der Kriminalrat selbst hatte ihm, in einem gelben Couvert, das Papier ausgehändigt, das die Entlassung bestätigte, weil der Verdacht gegen ihn fallengelassen worden sei — das sollte er dann bei seiner Rückmeldung in der Kaserne abgeben. Auch wurden ihm seine Habseligkeiten zugestellt, das Soldbuch, der Urlaubspaß, ein wenig Kleingeld in einem alten Lederbeutel, sowie die beiden Goldstücke, welche die Rosa gestern, am Schluß der Untersuchung, für ihn deponiert hatte. Der Kriminalrat drückte ihm mit ein paar freundlichen und aufmunternden Worten die Hand, deren Sinn er kaum erfaßte, da er auf dem Rücken seines Uniformrocks das kleine Loch gesehen hatte, nicht viel größer als der Einschnitt von einem Taschenmesser, an dessen Rändern nur ein klein wenig schwärzliches Blut klebte. Seines Bruders Blut. Während er ohne Zögern den Weg nach Hause einschlug — denn sein Urlaub lief noch bis morgen früh um sechs —, ging es ihm durch den Kopf, er müsse sich bei der Mutter Nähzeug geben lassen, oder sie bitten, den Schaden in seinem Rocktuch auszubessern. Daß ihm, wegen des Herleihens der Uniform und überhaupt, noch eine militärische Strafe bevorstand, wußte er wohl, aber er dachte nicht daran. Er konnte nichts denken. Er fühlte sich auch kaum erleichtert über seine Befreiung von dem Tatverdacht, den er nie in seiner ganzen Schwere begriffen hatte. Denn er hatte es ja nicht getan. Nur daß der Ferdinand, der grade wieder ins Leben und zu ihm Zurückgekehrte, nun wirklich tot war, spürte er wie einen Stein in seiner Brust und einen brennenden Schmerz hinter den Augen.

Erst als er den blassen, zitternden Lichtschein in dem vergitterten Fenster des Totenkapellchens sah, wurde ihm klar, daß ja der Ferdinand dort aufgebahrt sei, und daß er wohl auch die Mutter dort finden werde. Eine Zeitlang blieb er auf der verwitterten Stufe vor der geschlossenen Türe des Leichenhäuschens stehn. Es war ganz still, aber ihm war, als höre er ein leises Murmeln von drinnen. Er nahm die Mütze ab, der Nachtwind strich ihm kühl um die Stirn, dann machte er das Kreuzzeichen und drückte, mit steifen Fingern, die Türklinke herab.

Die Bäumlern kniete, mit dem Rücken zur Tür, vor einem offenen Sarg. Was darin lag, konnte er nicht sehen. Der Sarg stand quer vor dem kleinen Steinaltar. Zu seinen beiden Seiten, und rechts und links auf dem Altar, brannten je zwei große Wachskerzen. Sonst brannte nur das kleine rote Öllämpchen, das von der Decke hing. Der Luftzug fuhr beim Türöffnen über die steilen, schmalen Kerzenflammen hin und wehte sie fast um, so daß Clemens rasch die Türe hinter sich zuzog. Die Bäumlern regte sich nicht, drehte sich nicht herum, murmelte auch nicht mehr, vielleicht hatte sie bei seinem Eintritt aufgehört. Plötzlich aber – ohne den Kopf zu wenden, ohne daß sie ihn gesehen und erkannt haben konnte – sagte sie mit einer lauten, harten Stimme: »Heb dich hinweg!«

Der Clemens stand wie erstarrt, unwillkürlich hatten sich seine Hände gefaltet. Er atmete nicht, und es verfloß die Ewigkeit einer Minute.

»Heb dich hinweg!« sagte die Stimme wieder, klar und ohne Erbarmen.

»Mutter«, flüsterte er, und es schoß ihm wie eine Hoffnung durch den Kopf, daß sie ja gar nicht wisse, wer eingetreten sei, daß sie ihn vielleicht für einen anderen halte – für einen bösen Geist oder den Teufel . . .

»Ich bin es, der Clemens«, sagte er dann, vor dem Laut seiner Worte erschreckend.

Keine Antwort kam, die Kniende regte sich nicht.

Da wagte er, langsam, auf den Fußspitzen, ein paar Schritte zu hin. Aber die Stimme hieb ihn zurück.

»Kain«, sagte sie schneidend, »wo ist dein Bruder Abel!«

444

Und plötzlich warf sie ihren Kopf herum und starrte ihm ins Gesicht mit heißen, trockenen, rotgeränderten Augen, in denen ein böses, furchtbares — ja ein lustvolles Glitzern zuckte.

»Hinweg!« fauchte sie grausam, ihre Lippen wurden naß dabei, es war, als spucke sie ihn an.

Clemens duckte den Kopf. Kein Gedanke an Abwehr, an Widerspruch, an Empörung kam in ihm auf. Statt dessen füllte sich sein leeres Herz und seine hilflose Seele mit einem immer schwereren Empfinden von Schuld und gerechter Strafe.

Täppisch kramte er in seiner Hosentasche und brachte die beiden Goldstücke hervor, dann trat er noch einen Schritt näher und hielt sie ihr auf der offenen Handfläche entgegen. »Fürs Begräbnis«, stammelte er töricht.

Da hob sich die gelbe, von Dampf und Seifenwasser verquollene Frauenhand, und schlug mit harten Fingern auf die seinen. Hell klirrend fielen die Goldstücke zu Boden.

»Judas«, zischte die Stimme, »Judas! Behalte dein Blutgeld.«

Dann wandte sich die Bäumlern zu dem offenen Sarg zurück, auf den langsam, wie ein sich ablösendes Stück Mauerwerk, ihr Kopf herabsackte.

Clemens bückte sich und nahm die Goldstücke auf, er tat es demütig und ohne zu wissen warum, wie wenn man etwas aufhebt, das man zerbrochen hat. Dann ging er, und zog mit Vorsicht die Tür hinter sich zu.

Langsam, mit breiten Reiterschritten, stapfte er die dunkle Straße zum Rhein hinab. Als sei er selbst aber ein schwer gesatteltes Packpferd, so preßte auf seinem Rücken die unbegreifliche Schuld.

Er hatte, ging es mühsam in ihm herum, seinen Bruder nicht behütet. Er war ihm willfährig gewesen, sein Leben lang, schwach und feig wie ein Götzendiener, er hatte zu ihm, dem Jüngeren, wie zu einem Abgott aufgesehn, auch wenn er unrecht tat, und ihm bis zum Ende gehorcht, ihn aber nicht vor seinem Ende bewahrt. Er hatte ihn geliebt. Jetzt war er von seinem Grabe fortgewiesen — wohin?

Vom Ufer hörte er das schleifende Ziehen und Rollen des Stroms, und das leise Gurgeln und Glucksen, mit dem einzelne Wellen an die vergraste Böschung und unter die Wurzelklumpen der Weidenbüsche spülten. Er blieb stehen, betastete mit der Stiefelspitze einen schweren Stein, der im Straßengraben lag, bewegte ihn mit dem Fuß hin und her.

»Mit dem um den Hals«, sagte er vor sich hin, »da käme man nicht mehr hoch. Ein Toter, heißt es, zieht oft den anderen nach sich.«

Er bückte sich, um den Stein aufzuheben und mit seinem Koppel fest-
zumachen.

Da spürte er aber die beiden kühlen Goldstücke, die er — ohne es zu
wissen — noch in der Hand hielt, so wie er sie von dem staubigen Boden
des Leichenhäuschens aufgeklaubt hatte. Die konnte er doch nicht mitnehmen, ging es ihm durch den Sinn — so viel Geld.

Er ließ den schon halb gehobenen Stein in den Schlamm zurück-
plumpsen, der gierig aufschmatzte.

Dann begann er zu gehen, stromauf, er ging und ging, immer rascher,
in Richtung auf die Stadt, noch wußte er nicht, daß er ein Ziel hatte,
noch dachte er nichts, doch war es in ihm wie der Drang eines Fisches,
der in stetem bewußtlosem Zug aus den tiefen, vernichtenden Wässern
in seichte Bäche muß, die seinen Laich und sein Leben bewahren, es
war wie der Trab hungernder Rudel vor Schneestürmen her, er hatte
kein Gefühl, keinen Willen, doch es trieb ihn, als wäre ein Saatwind
hinter ihm drein, dem Schoß und den Furchen der Rettung entgegen, so
wie es ihn vorher zur Mutter und zu dem Toten hingetrieben hatte.

Auf der Rheinbrücke blieb er stehn, starrte in den strahlenden Lich-
terglanz um die Stadthalle her, von der man Musik und Jubel hörte.

›Wo geh ich denn hin?‹ fragte er sich plötzlich. ›Ja, wegen dem Geld‹,
dachte er laut. ›Das soll sie wiederhaben.‹

Er vermied es, am Dom vorbeizugehn, blieb auf der Rheinstraße, bis
er zum alten Holzturm kam. Von dort wandte er sich in die schwach beleuchtete Schlossergasse und näherte sich langsam dem Kappelhof.

Es war dort ziemlich still an diesem Abend, die ausklingende Fastnacht sog alles nach Lustbarkeit drängende Leben in die Mitte der Stadt
und ihre lauten Vergnügungsplätze hinein.

Clemens blieb im Schatten einer Seitengasse stehn, von wo er die
Reihe der rot beleuchteten, groß numerierten Häuser und auch den Eingang des Hauses Nr. 14 sehen konnte.

Wie immer schlenderten ein paar Gruppen unentschlossener junger
Leute durch die Straße, blieben mit einem Witzwort stehen, wenn sich
da und dort eine Tür oder ein Fenster öffnete und ein nackter Arm
ihnen zuwinkte, oder aus dem Spähgitterchen der Türen, hinter dem
die alten Pförtnerinnen saßen, ein geflüsterter Zuruf drang, und verschwanden dann wieder nach einigem Hin und Her. Wie immer schritt
von Zeit zu Zeit eine Männergestalt mit hochgestelltem Mantelkragen,
tief in die Stirn gedrücktem Hut, rasch und als gelte es eine Bestellung
zu erledigen, auf eine der Türen zu, hinter der er hastig verschwand.

446

Auch lungerten wie immer ein paar Halbwüchsige schweigend in den Seitenstraßen herum, drückten sich scheu hinweg, wenn das gelangweilte Polizistenpaar um die Ecke schlurfte, kamen nach seinem Verschwinden wie Nachtfüchse wieder hervor und starrten aus schwarz umränderten Augen zu den geschlossenen Fenstern hin, als könnten sie die Vorhänge weggucken.

Ein solcher Bursch mit knöchelhohen Hosen und einer Schifferjacke hatte lange neben Clemens in der Seitengasse gestanden und an einem ausgegangenen Zigarettenstümpchen gesaugt. Schließlich sprach Clemens, der in seiner Uniform nicht selbst hinübergehen konnte, und sich auch nicht in das Reich der Madame Guttier getraut hätte, ihn an. Er gab ihm fünfzig Pfennige, und versprach ihm noch eine ganze Mark für die Besorgung, was für den Jungen eine fürstliche Prämie war. Clemens hatte die beiden Goldstücke in sein Taschentuch gewickelt und in das große gelbe Couvert gesteckt, in dem man ihm seinen Entlassungsschein übergeben hatte, dann das Couvert fest zugeklebt, und dem Boten aufgetragen, daß er es nur persönlich, auch wenn er warten müsse, an Fräulein Rosa in Nr. 14 übergeben dürfe, worauf die Rosa dann ihren Namen auf das leere Couvert schreiben und ihm zurückschicken solle, damit er auch wisse, daß sie die Sendung richtig erhalten habe, und sie nicht von dem Boten veruntreut worden sei. Was in dem Umschlag und in dem Taschentuch verborgen war, sagte er natürlich nicht. Er solle nur sagen, es sei von dem Dragoner.

Es dauerte nicht lang, bis der Junge wiederkam. Er brachte das leere Couvert zurück, auf dem nichts geschrieben stand. Aber das Mädchen habe gesagt, er solle warten.

»Auf was«, sagte Clemens verstört.

»Auf sie natürlich«, sagte der Junge, mit einem neugierigen Grinsen, »sie käme dann selbst.«

Clemens gab ihm die Mark, ohne ihn anzusehn, dann trat er tiefer in den Schatten und wartete. Er wußte nicht, wie lang — vielleicht eine halbe Stunde, vielleicht kürzer, vielleicht mehr. Ihm war zu Mut, als hätte er schon immer so gestanden, genauso, an dieser Gassenecke, als wäre das alles schon einmal gewesen oder würde immer wieder so sein, und er spürte ein leises, kühles Schwindelgefühl, ohne daß ihm bang oder schwach war, mehr so wie wenn man träumt.

Dann ging im Haus Nr. 14 die Türe auf, und die Rosa trat heraus, gekleidet wie beim Gericht am Montagmorgen, doch in der Hand trug sie einen Schließkorb aus Strohgeflecht, mit einem Ledergriff. Die Tür wurde von innen laut hinter ihr zugeschlagen. Sie wandte sich nicht zurück — sie schaute nur suchend nach den beiden abzweigenden Seitengassen hinüber, da sie wohl nicht genau wußte, wo er stand, und Clemens trat ein wenig aus dem Schatten hervor, ohne sich in den Laternenschein zu begeben.

Sie kam rasch herüber und wechselte den Schließkorb von der rechten in die linke Hand. Sie trug dünne Wollhandschuhe, ihm hatte man seine weißen Zwirnhandschuhe, mit dem ausgestopften Schwurfinger, wiedergegeben, und ihre Hände fanden sich und hielten sich fest, ohne daß sie die Handschuhe abnahmen. So begannen sie wortlos zu gehen, Rosa führte den Weg, und auch das war für ihn, als wäre es schon immer so gewesen, oder sei so bestimmt, und werde immer so sein. In einer Querstraße steuerte sie auf ein Haus zu, das auf einem erleuchteten Glasschild die Aufschrift ›Hotel‹ trug. Unten schien eine Wirtschaft zu sein, aus der verworrenes Lärmen und Singen tönte. Überm Eingang war ein großer schräger Schiffsanker gemalt, darunter stand: ›Gasthaus Zum Anker, Treffpunkt der Schlepperkapitäne aller Länder‹.

Das Mädchen trat nicht dort ein, sie führte ihn um das Haus herum, das in einem sehr engen, dunklen Sackgäßchen einen Hintereingang haben mochte. Erst hier blieb sie stehn, schaute ihm ins Gesicht und legte den Kopf zurück. Da küßte er sie auf den Mund.

»Ich geh nicht mehr dorthin«, sagte sie dann, an seine Schulter gelehnt — »sie kann mich nicht zwingen. Mein Zimmer ist für den ganzen Monat bezahlt, und sonst bin ich ihr nichts schuldig.«

Er sprach nichts, nickte nur.

»Bleib hier stehn«, flüsterte sie, »ich hole dich gleich.« Dann verschwand sie in der dunklen, schmalen Hintertür.

Es mußte nahe beim Winterhafen sein, man hörte ein Schiff tuten, es roch nach Rheinwasser und Teer.

Die Tür ging wieder auf, im Gang brannte jetzt ein Gaslicht, sie war allein, hielt einen Schlüssel in der Hand, führte ihn eine enge Holztreppe hinauf.

Auch im Zimmer war eine Gasflamme, die leise zischte und sang. An der Wand stand ein schmales Bett, in der Ecke ein Waschgestell, ein einzelnes Fenster ging wohl zur Straße hinaus.

Sie stellte den Schließkorb ab, hängte ihren Mantel auf einen Haken an der Tür, er hängte seine Mütze dazu, dann setzten sie sich nebeneinander auf den Bettrand, ohne sich anzufassen, sie küßten sich jetzt auch nicht. Nach einer Zeit aber, allmählich, während sie leise seinen Namen nannte, zog sie erst sich, dann ihm die Handschuhe ab, er ließ es geschehen, sie streichelte immerzu seine rechte Hand, und schließlich berührte sie ganz zart mit den Lippen seinen verkrüppelten Finger. Er zog die Hand nicht zurück, ihm war gut und leicht ums Herz.

Und ganz ohne Mühe oder Überlegen, so, als wüßten sie schon das meiste voneinander, fingen sie langsam an, sich das oder jenes zu sagen, von dem, was ihnen das nächste und wichtigste in ihrem Leben war, und was wie von selbst aus ihren Gedanken und auf ihre Lippen trat.

In diesem Gasthaus, sagte sie, kenne sie die Wirtin, das sei eine anständige Frau, sie habe mittags oft hier gegessen. Die werde ihr jetzt auch ein Verdienst verschaffen, vielleicht zuerst in einer Wäscherei, denn nach der Fastnacht gäbe es viel zu waschen, dann vielleicht in einem Geschäft. Sie hätte schon lange dort weg gewollt. Ein bißchen hätte sie sich gespart, und jetzt noch das Geld von ihm, damit könne sie sich ein kleines Zimmer mieten, wo er immer bei ihr sein könne, wenn er Urlaub habe.

»Mit Urlaub«, sagte der Clemens, »wirds nicht viel werden jetzt — mehr mit Striche kloppen.« Sie würden ihm wohl noch eine Strafe geben, wegen der Uniform.

Das solle er sich nicht zu Herzen nehmen, sagte sie, er sei doch im dritten Jahr, da wär es ja bald vorüber.

»Ja«, sagte Clemens, »zu Ostern ist es herum.« Aber er wäre wohl jetzt Gefreiter geworden — und er hätte auch schon daran gedacht, dabeizubleiben, als Unteroffizier.

»Aber nein«, sagte sie lebhaft, »beim Militär, das ist doch nichts, kein rechter Beruf und keine Zukunft, du warst doch beim Sägewerk und kennst dich aus mit Maschinen — ein Mann wie du«, sagte sie, »der kann es doch zu was bringen!«

»Ja«, sagte er mit Überzeugung, »das kann ich auch!« — und er wußte in diesem Augenblick, daß er es könne, ein Mann wie du hatte sie gesagt — daß er alles könne, wenn sie nur bei ihm blieb. Er sagte es nicht, aber sie spürte es, daß er sie brauchte, und es hatte sie noch nie jemand gebraucht.

»Ich habe Glück gehabt«, sagte sie leise, »und auch immer sehr aufgepaßt, ich bin nie krank gewesen, und jetzt ist es vorbei.«

Sie atmete tief, und sie dachte bei sich, sie werde doch noch einmal zum Doktor gehn, damit sie ja ganz sicher sei, Kinder kriegen zu können. Aber sie wußte in ihrem Leib, daß alles gut war. Voll dankbarer Zuversicht strich sie ihm mit der Hand über die breiten Schultern, wie über ein großes, fest angewachsenes und von der Sonne durchwärmtes Stück Fels, mit Moosen und Farn und einem Haselstrauch, an dem man ausruhen und unter dem man auch Schutz suchen kann. Dabei spürte sie das kleine Loch im Stoff seines Waffenrocks und wußte sofort, was es war.

»Komm«, sagte sie, »ich mach dir das. Zieh ihn nur aus.«

Sie öffnete ihren Schließkorb, holte Nähzeug hervor, auch ein Fläschchen mit Fleckenwasser.

Wieder neben ihm auf dem kantigen Bettrand sitzend, wie daheim auf einer Ofenbank, reinigte und stopfte sie die kleine Schnittstelle, so gut es ging.

»Das muß dann kunstgestopft werden«, sagte sie, »es wäre schad um den Stoff. Aber du sollst nicht so hinkommen, daß man es gleich sieht.«

Er nickte, schaute ihren flinken Händen zu, lächelte. »Weißt du«, sagte er, »ich wollte schon in den Rhein.«

»Ach du«, sagte sie mit ihrem glucksenden Lachen, »der ist ja naß . . .« Aber dann wurde sie gleich wieder ernst. »Ich wollte auch einmal«, sagte sie, »ich glaube, es geht fast jedem einmal so. Aber man muß sich helfen . . .«

Er beugte sich auf ihre Hände nieder, die jetzt nach beendeter Arbeit in ihrem Schoß lagen, schmiegte seine Stirn hinein.

»Ich habe dich gleich gern gehabt«, hörte er sie sagen, »wie du hereingekommen bist und deine Schuhe haben dich so gedrückt.«

Er richtete sich auf. »Das waren nicht meine Schuhe«, sagte er.

»Nein«, sagte sie mitleidig, und streichelte seine Hand. »Willst du mich denn?« fragte sie plötzlich, sich näher an ihn schmiegend.

»Ja«, sagte Clemens, und zog sie fest an sein Herz.

»Und wenns einer herausbekommt, später, und dich verlästert, wo du dein Weib her hast?« sagte sie sorgenvoll.

»Dann kriegt er eins aufs Dach«, sagte Clemens ruhig, und sie freute sich, daß er so gut war, und so stark.

Es war kein Ofen im Zimmer, aber vielleicht lag es über der geheizten Schänk, ihm erschien es so warm wie im Sommer, obwohl er in Hemdsärmeln saß. Es war ihm so leicht und wohl, er mußte gähnen.

»Du bist müd«, sagte sie zärtlich, »wann mußt du denn fort?«

»Um halb sechs muß ich dort sein«, sagte er, »am besten bleib ich wach.«

»Aber nein«, sagte sie »du mußt schlafen.« Dann lief sie zur Tür. »Ich bin gleich zurück«, flüsterte sie, und er hörte sie die knarrende Treppe hinunterspringen.

Als sie wiederkam, hielt sie einen großen Küchenwecker in der Hand, der laut und zuverlässig tickte.

Er saß noch auf dem Bett, sie trat zwischen seine Knie, hauchte mit den Lippen über sein Gesicht.

Dann ging sie hin und löschte die Gasflamme aus.

Es kam aber durch den dünnen Kattunvorhang des Fensters noch ein schummriges Licht, wohl von der Straßenlaterne, die an der Hauswand hing.

Stumm zogen sie sich aus, jeder für sich allein.

»Leg dich nur hin«, flüsterte sie.

Er drückte sich unter der Decke ganz nah an die Wand, sah sie nackt vor dem Bett stehen, er sah sie klarer und deutlicher als vorher bei vollem Licht. Ihre Augen waren feuchtbraun und rund, der Mund breit und weich, ihr Haar kastanienrötlich gelockt und die Haut sehr hell, ein wenig sommersprossig. Ihre Brüste waren sanfte weiße Hügel, mit hellbraunen Mondhöfen in der Mitte, und tief dunklen Knospen.

Eine Zeitlang lagen sie still nebeneinander, fast ohne sich zu berühren. Ein Orchestrion klapperte drunten das Seemannslos, betrunkene Stimmen jaunerten weinerlich die Loreley. Sie hörten es nicht, sie hörten nur ihren Atem.

Endlich legte sie ihre Arme um seinen Kopf, er spürte die Wärme ihrer Haut, alle Scheu wich aus ihren Sinnen, sie umschlangen einander, wurden eins, schenkten sich die Erfüllung im Fleisch und in der Seele, die sich in tiefen befreiten Seufzern äußerte, und bei der Frau, nach einem Aufschrei, in einem Strom erlösender Tränen.

Dann schliefen sie ein, er hatte seinen Kopf zwischen ihre Brüste geschmiegt, sie hielt noch im Schlummer seine rechte Hand.

Ganz unversehens brach die Stunde der Demaskierung herein — denn jeder Ball scheint sich zuerst ins Unendliche auszudehnen, wie man es vom Weltraum und vom Strudelteig behauptet, dann schnurrt er plötzlich zusammen und rast seinem Ende zu.

Die Zeiger der großen, mit den Narrenfarben umwundenen Wanduhr, die vorher kaum von der Stelle rücken wollten, rannten einander nach. Wie von der Zeit gepeitscht, wurde das Tempo der Tänze, das hastende Umhereilen und Durcheinandergedränge der Masken, das Verfolgen, Locken und Werben, Sichumfassen und Sichherumschwingen der Paare immer stürmischer — und die kehligen oder piepsigen Kopftöne, mit denen man hinter den Larven die Stimmen zu verstellen suchte, quietschten, den Angstlauten gefangener Fledermäuse ähnlich, immer schneller und gellender durch den Saal.

Für Jeanmarie klang dieses Geschrill und Gezwitscher der Kopfstimmen, das von allen Seiten die Musik durchsetzte, erst wie der betäubende Lärm in einem exotischen Vogelhaus, dann mehr und mehr wie das unheimliche Schnattern und Kichern eines Gespensterreigens, der auf den eigenen Gräbern tanzt: als käme es aus Hälsen, deren Stimmbänder längst verdorrt, aus Kiefern und Gaumen, deren Zungen von der Verwesung gefressen sind.

Immer noch allein, und den Ansprüngen tanzbegieriger Weibermasken immer wieder entweichend, irrte er durch das hitzige bunte Wirrsal hüpfender Beine, trippelnder, schlurfender Füße, gedoppelter Rükken, Hüften, Schultern — suchte und spähte nur nach *einer* Maske: der schwarzroten Pierette, mit Florschleier und rahmfarbener Larve, einem roten und einem schwarzen Strumpf, einem schwarzen und einem roten Seidenschuh.

Er hatte das Kostüm am Abend bereitliegen sehen und sich genau eingeprägt — da aber der nie abreißende Tanz, von mehreren miteinander wechselnden Kapellen begleitet, durch verschiedene Räume wogte, und es viele ähnliche Masken gab, hing es von Glück oder Zufall ab, eine bestimmte Person darunter aufzuspüren.

Auf einmal glaubte er, sie in den Armen eines als Laubfrosch verkleideten, und auch solche Hupser vollführenden Tänzers zu entdecken, dessen bis zu den Hüften eng anliegende, hellgrüne Beinlinge nackt und obszön wirkten — und ihm war, als ob auch sie, die ihn ja eigentlich unter seiner Larve und in seiner wenig auffälligen Maskerade kaum erkennen konnte, zu ihm hindränge, und versuche, sich von ihrem zappligen Frosch zu befreien.

Mit verzweifeltem Eifer, und wie in einem quälenden Traum sie immer wieder aus dem Gesicht verlierend, verfolgte er sie, und es schien wirklich, als würde die Schwarzrote, die inzwischen einige Male den Tänzer wechselte und schließlich allein blieb, eine Art von Spiel mit ihm treiben: bald sich ihm — fast bis zur Berührung — nähern, bald wieder, ihn lockend oder auch heimlich leitend, vor ihm weglaufen.

Als er ganz außer Atem durch eine der offenen Flügeltüren drängte, hinter der sie gerade, von einem Saal in den andern, verschwunden war, stand sie plötzlich neben ihm, als habe sie hinterm Türrahmen auf ihn gelauert. Sofort umfaßte er sie — und spürte, während er sie im Tanzschritt in eine stillere Ecke zu steuern suchte, ihr Herz gegen das seine pochen

— sah, hinter den engen, von künstlichen Wimpern überschatteten Augenlöchern in der milchfarbenen Larve, ein heißes, nachtblaues Funkeln.

»Kennst du mich?« fragte er dicht an ihrem Ohr, und bemerkte erschreckend, daß er selbst unwillkürlich in dem hohen Zwitscherton der Zikaden gesprochen hatte ... Die Maske nickte, schlang ihre Arme fester um seine Flanken. Kannst du mich verstehn, wollte er fragen, doch es wurde ihm klar, daß man in dem enormen Lärm von Musik, Tanzgespräch und Stimmen sich nur schreiend, wie Turmschwalben oder Dohlenvögel, verständigen konnte.

Jetzt waren sie einem Seiteneingang nahgekommen, der zwar auch von Masken durchtanzt wurde, aber einige hohe, mit Säulen gefaßte Fensternischen besaß. Aus einer solchen Nische entwich grade, vermutlich nach einem gewaltsamen Kuß, laut kreischend eine massige, silbergrün umwallte Rheintochter, von einem zottigen Alberich in wilden Faunsprüngen verfolgt. Jeanmarie drängte mit seiner Tänzerin rasch in die freigewordene, schon heftig umkämpfte Wandmulde hinein, bevor ein anderes Paar sie hätte beschlagnahmen können, und schlang die Arme um ihren Hals, wie wenn ein Verliebter sein Mädchen küssen will. Aber daran dachte er nicht, er suchte nur nach einer Möglichkeit, sich ihr verständlich zu machen, denn seit dem abendlichen Gespräch mit Panezza glaubte er die Not, die Gefahr, in der sie schwebte, fast riechen oder schmecken zu können, wie das schwelende Brenzeln eines noch nicht entdeckten, anknisternden Feuers hinter Wandgebälk ... Hastig begann er — und da er laut sein mußte und immer andere Masken vorbeikamen, auf italienisch — in sie hineinzureden, stieß alles vor, was er wußte oder zu wissen meinte, er sprach von Flucht und Versteck, bot ihr Geld, Hilfe, Begleitung ... Sie aber schüttelte nur den Kopf, daß die dunklen Drehlocken flogen — ihm war, als höre er hinter ihrer Larve ein leises, zärtliches Lachen —, und dann geschah etwas, was er nie erwartet, vielleicht heimlich ersehnt, aber in diesem Augenblick nicht einmal gewünscht hatte:

Plötzlich schob sie die Larve so weit vom Kinn zurück, daß ihre Lippen frei wurden, mit der andren Hand lüftete sie rasch den seidenen Lappen, der seine Halbmaske nach unten abschloß — und preßte kurz, heiß, heftig, ihren Mund auf den seinen. Er fühlte, sekundenlang, den feuchten Stachel ihrer Zungenspitze, den Druck und die Schneide ihrer Zähne, die saugende Kraft ihres Atems — dann hatte sie schon, mit einem Ruck ihres Nackens, die Larve wieder geschlossen, und ihr linker

Arm umschlang ihn zum Tanz, während die Finger ihrer rechten Hand sich fest mit den seinen verklammerten.

Er schwang sie herum, betäubt, überwältigt, hingerissen von ihrer Liebesgewalt — all die Furcht, die Besorgnis, die eben noch in ihm gebrannt hatte, schien verflogen, oder ins Grundlose versunken — er spürte durch den leichten Stoff das Andrängen ihrer Brüste, er spürte den zarten Porenduft ihrer Achselhöhlen, den Dufthauch erregter Weiblichkeit — wie er ihn schon auf dem Meßplatz, als sie ihn durch die Zeltgassen zog, zu ahnen glaubte —, es war *ihr* Duft, *ihr* Lebenshauch — es war *ihre* nackte Hand, *ihr* holdes, betörendes Wesen, das sich ihm öffnete, verschenkte, erschloß —, nicht mehr in sich gefangen wie in einem unsichtbaren Fischglas, sondern weit und frei aufgetan — *ihm* aufgetan, in einer unverhofften Antwort auf seinen zaghaften Ruf.

»Liebst du mich?« fragte er sinnlos — mit seiner natürlichen Stimme — in den schmalen Lippenspalt ihrer Larve hinein, und sie faßte ihn fester, und schmiegte die Seite ihres Kopfs im Tanzen an seine Schulter.

»Viola!« rief er laut, in einer triumphierenden Seligkeit, ihm war, als sei sie verwandelt, entzaubert, von einem Bann gelöst, und er war der Prinz, der Märchenritter, der die Dornhecke durchbrochen, den Drachen getötet, den Dämon vertrieben hatte ... Ein wilder, unbändiger Stolz hatte ihn gepackt, ein Rausch von Selbstgefühl und Sicherheit, und eine Lust am Dasein, die seine Jugend noch nicht gekannt hatte, — denn in Wahrheit war *er* der Verwandelte, der Entpuppte, wie aus einer Hülle gebrochen. Jetzt war er nicht mehr der scheu verquälte, von nervöser Unrast durchflackerte, mit morbiden Ängsten belastete Schatten, als der er in den Sälen umhergegeistert war —, sondern der Sohn seines Vaters, ein junger Mann von Geblüt, ein Liebhaber, ein Besitzergreifender, ein leichtherziger, leichtmutiger Kavalier, und er hielt sie umarmt und umfangen, mit einer Kraft des Begehrens, die allen Genuß der Liebe vorausfühlte und einbeschloß.

Im Hauptsaal wurde durch ein Megaphon wie das eines Dreimasterkapitäns der große Schlußwalzer ausgerufen, zu dem die Damen ihre Tänzer zu wählen hatten, und der die letzte Viertelstunde bis zur allgemeinen Demaskierung ausfüllte. Gleichzeitig begann die ölige Stimme des städtischen Operettentenors, der neben dem Orchester postiert war, mit dem Refrain des allbekannten Schlagers aus der ›Lustigen Witwe‹:

Haab — mich — lie — b !

Panezza hatte sich in der Nähe der Kapelle auf eine der zum Podium führenden Stufen gestellt, und spähte wartend in das Maskengewim-

mel. Mehrmals hatte er sich im Vorüberstreifen und in kurzen Tanz-
runden mit Katharina verständigt, aber sie hatten sich immer wieder,
wie in Angst oder Scheu oder auch, um nicht aufzufallen, nach flüchtiger
Berührung getrennt. Doch wußte sie, wo er zur ›letzten Damenwahl‹ zu
finden sei, und jetzt sah er sie, in dem rosafarbenen Kostüm seiner
Tochter, zwischen den sich zum Schlußtanz formierenden Paaren heran-
eilen, und hob winkend den Arm.

Sie legte ihre nackten Unterarme um seine Schultern und faltete die
Hände hinter seinem Hals, er nahm sie eng um die Hüften. Die Musik
wurde lauter und heißer, weil nun alle Kapellen in sämtlichen Räumen
in die gleiche Walzermelodie eingestimmt waren, der klößige Operet-
tentenor wurde von vielen Mitsingenden übertönt, überall schluchzte
und tremolierte es durch die plötzlich verdunkelten, nur von farbigen
Scheinwerfern bespielten Säle:

Haab — mich — lie — b !

während die zwitschernden Gespensterstimmen, da man sich jetzt nicht
mehr zu verstellen brauchte, verstummt waren.

Dachte Panezza später an die Minuten dieses Tanzes zurück, so nannte er ihn in seiner Erinnerung den ›Tanz der Eintagsfliege‹, und ihm war
auch, als ob er nach diesem Tanz gestorben sei — während seine Partne-
rin wohl noch weiterlebte, behufs irgendeines Geschäftes, das man die
Arterhaltung nennt und das ihm, Panezza, recht überflüssig erschien, zumal er selbst nicht daran beteiligt war. Jetzt aber war ihnen beiden, als
würde mit und nach diesem Tanz nicht nur ihr Leben, sondern die Welt
aufhören, mit allem, was man je an ihr geliebt, erahnt oder erfüllt hatte. Sie sprachen dabei nicht ein einziges Wort, sie nannten sich nicht einmal bei ihrem Namen, näherten nur manchmal ihre Gesichter so dicht,
daß die Schläfen sich kurz berührten und schmerzhaft preßten, dann
wieder legten sie weit ihre Köpfe zurück, daß sie durch die Schlitze der
Larven ihre Augen sehen konnten. Katharinas Larve hatte sich um
Augen und Mund herum von innen befeuchtet, er wußte nicht, ob von
Tränen oder nur von der Wärme ihres Atems. Doch je länger sie tanzten — und sie hatten kein Bewußtsein von Zeit —, desto leichter, be-
schwingter, schwebender wurden die Bewegung ihrer Glieder und das
Gefühl in ihrem Innern. Es war, als lösche der gemeinsame Rhythmus,
das wellenhafte Auf und Ab der Drehung und die süße wirblige
Schwindligkeit alle Gedanken aus oder zerschmelze ihre Macht, auch
die des Schmerzes, des Abschieds, der Trennung — und es blieb nichts
als eine unbegreifliche, aller Daseinslast enthobene Leichtheit. Ohne

Absicht, wie von einem Strom getragen, näherten sie sich in einer großen Runde dem Hauptausgang des Saals, und ohne Laut, ohne Geste, auch ohne Zögern lösten sie sich voneinander, er blieb mit leeren offenen Armen zurück, sie eilte hinaus und drehte sich nicht mehr um.

Er hatte keine Empfindung in diesem Augenblick, auch sein Herz ging ruhig. So leicht — spürte er nur, und schüttelte verwundert den Kopf —, so leicht, und so schnell, so ist es, so lebt und so stirbt sich's, und ihm war, als tanze er immer weiter mit ihr und der Tanz werde nie enden.

Allmählich erst merkte er, daß er allein am selben Fleck stand, wie ein Blinder mit ausgestreckten Händen — und erst allmählich begann er wieder zu sehen, was um ihn her vorging: da waren die Clowns, die Bajazzi, die Narren, die Faune, die Elfen, die Nymphen, die Mänaden, da war der juchzende, seufzende Kehraus, der Schlußwirbel und Todesschrei der Fastnacht . . .

Und gleichzeitig mit diesem Zurückfinden ins Gegenwärtige, das einem Aufschlagen der Lider ähnlich war, fiel eine Gestalt in seinen Blick, die ihn sofort ganz wach machte und alarmierte.

Allein, mit ineinander verflochtenen Fingern, aber so, als halte sie die Arme um einen unsichtbaren Tänzer gelegt, wiegte sie sich in einer seltsamen, manischen Traumverlorenheit, nahe der Saalwand, langsam weitergleitend, dahin . . . Panezza kannte dieses Zigeunerkleidchen, — seine Tochter Bettine hatte es vor einem Jahr bei einem als ›Lumpenball‹ veranstalteten Hausfest getragen, und jetzt hatte man es nach kleinen Änderungen der Bertel geschenkt . . . Die Bertel, dachte er — wieso hat denn die keinen Tänzer?

Im selben Moment fiel ihm der Kostümtausch der Mädchen ein—und er wußte, daß das die Bertel nicht war, nicht sein konnte: jetzt schwebte sie, einer Männermaske ausweichend, die sie haschen wollte, um eine Steinsäule herum, öffnete wieder die Arme ihrem unsichtbaren Tänzer, zog ihn mit über der Brust sich kreuzenden Händen an ihr Herz, drehte sich langsam mit ihm — und die Haltung ihres Nackens, die Bewegung ihrer sich zärtlich biegenden Hüften hatten etwas von einer verzückten Hingabe, ergreifend und schauerlich — als spiele sie, Einbildung und Wirklichkeit ganz miteinander durchtränkend, ›Hochzeit‹ und ›Tod‹ zugleich — das Verschmelzen der Seele in einer anderen, und das Entfliehen der Seele aus einem verlassnen, vergessenen Leib —, das Hinschwinden in die Nebel der Ewigkeit.

Panezza fühlte einen Schreck, wie er ihn ähnlich empfunden hatte, als man einmal aus seinem Dorf eine Frau wegschaffen mußte, die irr-

456

sinnig geworden war. Fast laufend folgte er ihr, überholte sie, trat ihr entgegen — und als sie ihm ausweichen wollte, verstellte er ihr den Weg und zog seine Larve hoch, so daß sie durch die Augenschlitze der ihren sein Gesicht sehen mußte.

»Viola«, sagte er fragend und streckte den Arm nach ihr aus.

Da sank sie an ihn hin, als habe sie endlich eine Stütze gefunden, und als er sie hielt, schob auch sie ihre Larve weg, und sah ihn aus todbleichem Gesicht mit flehenden Augen an.

»Bitte«, sagte sie — und ihre Lippen formten fast lautlos das Wort, das Jeanmarie, der Sohn, seit Tagen erhofft, um das er vergeblich geworben hatte: »hilf mir!«

Ein warmes Gefühl von Ritterlichkeit, männlicher Pflicht und väterlicher Bereitschaft durchströmte Panezza — und in diesem Augenblick kehrte er selbst, ohne es zu wissen, ins Leben zurück.

Ruhig, wortlos, mit fester Hand, führte er sie aus dem Saal, die breite Freitreppe hinunter, auf den großen Platz hinaus, der jetzt fast menschenleer war, denn alles, was neugierig herumlungerte, drängte sich zu den Eingängen, um womöglich einen Blick auf die mit dem Glockenschlag fällige Demaskierung zu erhaschen.

Er spürte, wie ein Zittern durch ihren Körper lief. »Komm«, sagte er, »der Wagen wird schon da sein, dort finden wir unsere Mäntel.« Er schlug den seidenen Stoff seines Domino-Umhangs sorglich über ihre Schultern, geleitete sie zur Ecke der baumbestandenen Allee.

Das hohe, geschlossene Auto, beruhigend wie ein Schutzhaus im Walde, stand einsam am ausgemachten Platz. Sonst warteten nur ein- oder zweispännige Chaisen, und es roch angenehm nach Pferd, frischen Roßäpfeln und altem Leder.

Der Chauffeur schlief mit offenem Mund hinterm Lenkrad seines Wagens. Von der Rheinbrücke her klingelte eine späte Straßenbahn, ernst und geruhsam begann die Domglocke, Mitternacht zu schlagen.

Als Panezza den Knöchel hob, um an die Fensterscheibe des Autos zu klopfen, sah er eine graue Gestalt, die ganz nah an einer Platane lehnte. Nun löste sie sich aus dem Schatten des Baumes, wurde ein Mann in langem Mantel und Schlapphut, trat grüßend heran.

»Ach, Sie sind es!« sagte Panezza — kaum erschrocken, eher mit einem Gefühl von Erleichterung —, als er Merzbecher erkannte. Der Kriminalrat neigte den Kopf zu seinem Ohr, flüsterte ein paar Worte.

Panezza wandte sich zu Viola, die unbeteiligt an seinem Arm hing. »Dieser Herr«, sagte er, »bittet dich, ihm zur Beantwortung einiger Fragen ins Gericht zu folgen ... Sei unbesorgt«, fügte er rasch hinzu, mit einem Blick zu Merzbecher, »ich bleibe bei dir!«

Merzbecher nickte und gab Viola die Hand, während Panezza dem inzwischen aufgewachten Chauffeur eine leise Anweisung erteilte und sich seinen und Violas Mantel reichen ließ.

Dann begannen sie schweigend die Rheinstraße entlangzugehen, die Herren rechts und links, Viola in der Mitte, sie ging an Panezzas Arm mit einem stillen, gefaßten Schritt, als sei dieser Weg das Ziel ihrer Reise gewesen.

Mit dem zwölften Glockenschlag war drinnen im Saal die Walzermelodie verklungen, und sämtliche Kapellen spielten gleichzeitig und mit feierlichem Schwung – zum letztenmal in diesem Jahr – den Narhalla-marsch.

Die Tanzpaare glitten auseinander, hielten sich aber an den Händen gefaßt oder Arm in Arm untergehakt und bildeten eine selbstgeordnete Polonaise, die sich von allen Seiten auf das große Podium zu bewegte, wo die Demaskierung und anschließend die Preiskrönung der erfolgreichsten Verkleidung stattfinden sollte. Viele Unentwegte sangen zu den stimulierenden Klängen des Marsches die abgewandelte Schlußfassung:

Rizzambaa – Rizzambaa –
Bald fängt widder die Fassenacht aa –!

Schon hörte man da und dort das schallende Lachgeschrei, das überraschte Quietschen und Kreischen, Schwatzen und Babbeln von Maskenpaaren oder -gruppen, die sich einander zu erkennen gegeben hatten. Inmitten einer noch larventragenden Polonaisenschlange, tänzelnd und im Gehn miteinander schunkelnd wie ein verliebtes Paar, schritten Bettine, in Katharinas hellblauem Kostüm, und Katharinas Assessor, der als Lohengrin erschienen war und eine ausgestopfte Gans an einer Hundeleine mit sich zog. Bettine war an diesem Abend auf ihre Kosten gekommen, vermutlich mehr als die meisten – ihr spaßhafter Einfall hatte sich voll ausgezahlt.

Während der ganzen Zeit hatte sie den dicklichen, in seiner unbequemen Rüstung schwitzenden, über seine Gans stolpernden oder sich in ihre Leine verwickelnden Assessor in Dampf und zum Narren gehalten – veruzt, umschmeichelt, durch wildes Tanzen mit anderen Masken eifersüchtig gemacht, hinter sich her rennen lassen oder sich vor ihm versteckt, und sich an seinem täppischen Suchen geweidet, ihm wohlausgedachte Sottisen gesagt, dann wieder die verliebte Braut gespielt, sich ihm an den Hals geworfen, und ihn schließlich, beim Schlußwalzer, mit Seufzern der Hingabe, zärtlichen Händedrücken, schmachtenden Koselauten ganz von Sinnen gebracht, um den Augenblick seiner Enttäuschung, den sie sich unendlich komisch vorstellte, auf den letzten Effekt zu bringen. Ihm war tatsächlich nicht der leiseste Verdacht gekommen, daß er genasführt würde, dazu war er, in jeder Weise, viel zu vernarrt, und in sieghafter Laune warf er sich jetzt in die Positur eines Opernsängers — er hatte sich das als geistreiche Schlußpointe ausgedacht — und schmetterte mit falschen Tönen das notorische ›Niesollstdumichbefragen‹ heraus, während er sein schon halb verweichtes Visier aus bronciertem Pappdeckel heraufschob. Als er nun — mit offenstehendem Mund — in Bettines kalte, spöttische Augen, in ihr von mitleidlosem Lachen verzerrtes, schon etwas spitzig altjüngferliches Gesicht starrte — und ihm gleichzeitig klar ward, daß Katharina selbst an dem grausamen Spaß beteiligt, daß sie mit im Komplott sein mußte, daß sie ihn den ganzen Abend allein und in den Händen seines Quälgeistes gelassen hatte und auch jetzt nicht zu seinem Trost erschien, sondern verschwunden blieb — da wußte er plötzlich, daß er keine Hoffnung hatte, daß alles verloren war, daß er sie niemals besitzen werde, und er erstickte ein würgendes Schluchzen in seinem Hals unter überlautem, gackerndem Gelächter.

Inzwischen hatten Jeanmarie und seine schwarzrote Pierette, zärtlich aneinandergeschmiegt, weitab vom Hauptgetriebe in die gleiche Fensternische gefunden, wo sie ihn zuerst geküßt hatte, und nahmen — mit verliebten Fingern einander über die Haare streichend — sich gegenseitig die Gesichtslarven ab. Noch mit halbgeschlossenen Augen ihren Mund suchend, blickte Jeanmarie in das hübscheste Mädchengesicht, das er je gesehen hatte, von Erregung gerötet, die dunklen Wimpern niedergeschlagen, die Lippen liebeswillig geöffnet — und es dauerte eine Zeit, bis er begriff, daß es nicht das Gesicht war, das er zu küssen verlangte. Sehr langsam entfernte er seinen Kopf von dem ihren — mit einem verwirrten, noch nicht ganz ausgeträumten Blick, und es schien ihm auch wirklich, daß der Traum gar nicht aus war, daß er in seinem Herzen noch weiterträume, nicht aufhören wolle zu träumen, oder daß der Traum nur wich, um mit einem anderen Traum vertauscht, von einem anderen überlagert zu werden ... Er hielt sie unverändert umschlungen, und er spürte, in einer tiefen, aber nicht enttäuschten Ratlosigkeit, daß er noch immer verliebt war — ebenso verliebt in die, welche

459

er jetzt in den Armen hielt, wie in die *andere,* mit der er grade noch getanzt hatte –, denn das waren für ihn, um den der Saal sich wie beim Tanzen drehte, zwei verschiedene Wesen, die erst allmählich in *eine,* erkennbare Person gerannen . . .

»Du, Bertel!« sagte er, mit einem befremdeten Stimmklang, und es war ihm gar nicht bewußt, daß er sie duzte, es kam ganz von selbst.

Sie hatte immer noch die Wimpern niedergeschlagen, jetzt schob sie den Mund vor, als schmolle sie mit sich selbst, in Zerknirschung über ihren Streich, oder als sei sie *ihm* böse darüber – um ihre Wangen und Augen aber, als sie sie jetzt halb öffnete, spielte das Lächeln eines verliebten Triumphs. Sie wußte, daß er sie küssen werde, und er küßte sie.

Ganz plötzlich schreckte er auf. »Wo ist Viola?« fragte er, es war nicht klar, ob er sie oder sich selbst fragte. Er wartete auch keine Antwort ab. »Komm!« sagte er brüsk. Er nahm sie an der Hand, um suchen zu gehn – Bettine, den Vater – Viola . . .

Er sprach nicht mit ihr, während sie rasch durch den immer noch menschenerfüllten Saal drängten, in dem jetzt viele Sektpfropfen knallten – er wußte selbst nicht, was er dachte –, und trotzdem wich die Verliebtheit nicht aus seinen Sinnen und seinem Gefühl, das vom Glück gekostet hatte, wenn auch vom Glück der Narren, wenn auch von einem erspielten, erlisteten, vorgetäuschten – dennoch vom Glück.

Als sie zum Auto kamen – nachdem Jeanmarie im Saal nur Bettine, aber weder seinen Vater noch Viola hatte auffinden können –, wurde ihm dort vom Chauffeur die Nachricht übermittelt, Herr Panezza sei noch mit der Signorina und einem Dr. Merzbecher ausgegangen. Es könne spät werden, die Geschwister möchten ruhig nach Hause fahren, und falls Herr Panezza den Wagen noch brauche, werde er dann beim Standplatz am Bahnhof anrufen.

»Da sind sie bestimmt zur Wocker, ins Theater-Café«, sagte Bettine, nichtsahnend, »dort gibt es jetzt Katergoulasch und Bier – wollen wir auch noch hin?«

»Nein«, sagte Jeanmarie, während Bertel heimlich seine Hand preßte, »ich muß früh zum Dienst – ich bringe euch jetzt nach Hause.«

Er wußte natürlich, was die Nachricht bedeutete, aber merkwürdigerweise betraf und erschreckte ihn das nicht so sehr, wie er geglaubt hätte. Er fühlte sich sonderbar: verwirrt, etwas schuldbewußt, aber nicht verzweifelt. Er war besorgt um Viola, wie er es um seine Schwester gewesen wäre – vielleicht mit einem dunkleren, beklommeneren Unterstrom –, aber es war nicht mehr, was er vor ein paar Stunden noch empfunden hätte, *sein* Schicksal, um das es ging. Er dachte an ihr bleiches, leidvolles Gesicht, und sein Herz zog sich zusammen. Dann spürte er, zwischen den beiden auf der breiten Rückbank des Wagens sitzend, das Mädchen neben sich — und er schämte sich fast, aber der leise Druck ihres Knies unter der übergebreiteten Pelzdecke erregte ihn und beglückte ihn weiter. —

»Nun hör endlich auf!« herrschte er seine Schwester an, die immer noch über ihren gelungenen Spaß mit dem Assessor gickelte.

Bettine schwieg beleidigt.

»Wo Katharina wohl abgeblieben ist?« fragte sie nach einer Weile, »ich habe sie nicht mehr gesehen.«

»Sie wird müde gewesen sein«, sagte Jeanmarie, »nach all diesen Tagen.«

»Ich bin auch müde«, sagte Bettine launisch, wie ein verwöhntes, vertrotztes Kind nach einem zu schönen Fest.

Stumm fuhren sie weiter, die einsame Rheinuferstraße entlang. Auch Bertel fühlte sich schuldbewußt — aber nicht allzusehr. Es war ja nicht ihre, sondern Bettines Idee gewesen — und im Grund vertraute sie der Kraft und dem Reiz ihres Liebesdrangs, denn sie spürte, daß Jeanmarie ihm auch jetzt nicht widerstehen konnte.

Vorm Gartentor entlohnte er den Chauffeur, damit das Einfahren des Autos über den Kiesweg seine Mutter nicht wecken könne, und an der Haustür verabschiedete er sich von Bettine, die immer noch launisch verstimmt war und über Kopfschmerzen klagte. Bertel begleitete sie in ihr Schlafzimmer, um ihr beim Ablegen des Kostüms und mit der Nachtfrisur zu helfen.

Dann ging er in seine Räume, zog rasch die Maske aus, wusch sich und kleidete sich, da er sehr früh zum Dienst mußte, in seine Uniform. Nur die Stiefel, an denen die Radsporen klirren würden, behielt er in der Hand — man war gewohnt, im Hause nachts lautlos zu gehen, auch waren alle Türangeln geölt, mit Rücksicht auf Frau Clotildes nervöse Schlaflosigkeit, die aber auch, wenn ein Möbel umfiel, nie etwas hörte.

So kam er ohne Geräusch die breite Stiege hinab und in den Garten. Leise ging er ums Haus herum, schaute hinauf. Bei Bettine war es schon dunkel. Aber droben in Bertels Zimmer brannte Licht. Sie war allein droben — die Köchin, deren Eltern im Dorf wohnten, hatte noch bis zum Morgen Urlaub. Er hatte an seinem Schlüsselbund auch den Türschlüssel zum Kücheneingang, von dem die Hintertreppe zu den Mädchenzimmern hinauf führte. Die Gardine an Bertels Fenster bewegte sich. Er wußte, daß sie auf ihn wartete — wartend auf den vom Lichtschimmer ihres Fensters beschienenen Gartenweg hinunterspähte. Er blieb unter den hohen Kastanien im Dunkel, stand fröstelnd. Violas Bild versuchte sich in ihm aufzurichten — aber er konnte es nicht mehr genau erkennen. Er konnte sich jeden ihrer Züge, jede Einzelheit ihres Wesens ins Gedächtnis rufen, aber nicht mehr das Ganze, nicht ihr wahrhaftes Bild, das ihm in den Augen zerging. Die Bertel sah und erkannte er als ganze Person, sobald er an sie dachte. Er zuckte die Achseln, schüttelte den Kopf ...

Nein, er würde jetzt nicht die Treppe hinaufschleichen. Es kam ihm genant vor, peinlich, geschmacklos. Nicht jetzt. Nicht über diese Stiege, mit den Schuhen in der Hand ... Etwas hielt ihn zurück, und es war nicht nur der Zwiespalt und die Sorge um Viola ... Er dachte es nicht bewußt, aber es schwang insgeheim in ihm mit, daß wohl sein Vater einst über diese Stiege hinaufgeschlichen war, die Schuhe in der Hand, und sehr besorgt, daß keine Stufe knarrte — damals, als er das tat, was Jeanmarie immer geahnt hatte.

Mit dem Rücken an den Stamm einer Kastanie gelehnt, schlüpfte er in seine Stiefel. Dann schritt er langsam auf der weichen Grasnarbe des noch winterlichen Rasens, im Schatten der Bäume, dem Parktor zu, und wandte sich rheinwärts. In einer halben Stunde würde das sogenannte Frühboot gehen, er konnte den Rest der Nacht in der kleinen Garçonnière verbringen, die er während der Dienstzeit in der Stadt bewohnte. Sie kann mich dort besuchen, wenn sie Ausgang hat, dachte er, und warf einen Blick zu dem erleuchteten Fenster zurück. Dahinter kniff sich die Bertel vor Ungeduld und Erregung mit den Nägeln in ihre kleinen Brustwarzen, die rot waren und hart, wie die Hetschebeeren im Herbst.

Jeanmarie ging in einem Nebel, obwohl es ganz klar war, die Luft rein und frisch, der Himmel von Sternen sprühte.

Die Fragwürdigkeit dessen, was man ›die Liebe‹ nennt — oder jener exaltierten Imagination, die er sich davon gemacht hatte —, durchdrang und zersetzte sein Bewußtsein wie mit einer auflösenden Säure.

Er hatte geglaubt, Viola zu lieben, bis zur Todbereitschaft zu lieben — und die Sinnenwärme eines Mädchens, das ihm bisher kaum des Anschauens wert war, hatte genügt, seine Not in Glück, seinen Kummer in Stolz zu verwandeln ... Was aber war ›die Liebe‹, wenn sie sich verwechseln ließ und durch einen Tausch, einen Tanz, eine Maske, zum Absterben reif und zum Vergehen bereit wurde? War Liebe so brüchig, so vergänglich, wenn sie unerwidert blieb? Oder gab es doch eine andere Liebe — und wäre die dann, wahrhaft, stärker als der Tod?

Plötzlich begegnete ihm ein Wachtraum, der nichts mit alldem zu tun hatte. Es war September, die Bäume dicht belaubt, einige schon mit gelben Blättern — viele Reiter kamen auf ihn zu — graue Gestalten — eine davon er selbst — sein Gesicht, seine Hand am Zügel, immer näher, deutlicher. Dann quoll ein weißer Dampf in die Höhe, und er war nicht mehr da.

»Nicht mehr da«, sagte er laut vor sich hin. Nicht mehr da —? Er konnte den Sinn nicht verstehen, und gleich darauf vergaß er das Ganze.

Im Fenster des Totenkapellchens, an dem er vorbeikam, zitterte Kerzenlicht. Es fiel ihm ein, daß heute der Ferdinand beerdigt würde. Der Ferdinand, ging's ihm durch den Kopf, oder der Jeanmarie ... was liegt am Namen.

Er trat dicht heran, schaute durch das trübe, bleigefaßte Glas.

Da hockte die Bäumlern auf der Altarstufe, mit dem Rücken an den offenen Sarg gelehnt, wie jemand sitzen mochte, der bewachen muß, was ihm gehört. Sie hatte die Arme überm Leib gekreuzt, er konnte nicht sehen, ob sie die Augen offen hatte, ob sie schlief oder wachte.

Sie saß in einer erstarrten, gewaltigen Schmerzhaftigkeit, die sie wie ein Steinbild in ihrem Schoß und auf ihren Zügen trug — ein hartes Götterbild der gnadlosen Liebe, des ungerechten Zorns, der Verstoßung, und des Leids der Verstoßenen.

In der Gegend des Gerichtsgebäudes waren die Straßen fast unbelebt, die Schritte hallten, die Geräusche der ausklingenden Fastnacht wehten nur fern und verworren aus der Stadt. Ein uniformierter Pförtner wartete am Seiteneingang und schloß ihnen auf — es war die gleiche Tür, durch die Panezza, am Montag um elf, als Prinz Karneval verkleidet, hinausgeeilt war. Ihm schien seitdem eine Ewigkeit vergangen, und er schlug den Kragen seines Wintermantels hoch, als sie den langen, kalten Korridor durchschritten.

Sie betraten den selben Raum, an dem am Vortag die Untersuchung stattgefunden hatte, nur schien er seltsam verändert, nackter und kahler geworden, auch roch es — was man am Tag und durch die Anwesenheit vieler Menschen weniger bemerkt hatte — nach frischem Anstrich oder Verputz. Auch Viola hatte sich fester in ihren Mantel gehüllt, der ihr Maskenkostüm völlig verdeckte, aber sie ging noch immer in einer stillen Gefaßtheit an seinem Arm, und ihr Gesicht zeigte keinen Ausdruck.

463

Der Pförtner hatte bereits den lautlosen Mechanismus der schweren Doppeltür in Bewegung gesetzt, die zur Leichenhalle führte, jetzt drehte er drinnen das Licht an, und der harte, kreidige Scheinwerfer stülpte sich über den gleichen Aufbahrungstisch, auf dem gestern der Ferdinand gelegen hatte.

Nachdem der Pförtner gegangen war, winkte Merzbecher den beiden, näher heranzutreten — dann entfernte er vorsichtig das Tuch von der Gestalt, die Ferdinands Platz eingenommen hatte.

Es war eine kleine Gestalt, klein, breit und massig, nicht höher als ein normal gewachsener Knabe zwischen zwölf und vierzehn, doch mit kräftigen Gliedmaßen, von denen besonders die Länge und die mächtige Muskulatur der Arme auffiel. Brustkorb und Leib waren auch jetzt noch mit weißen Tüchern bedeckt, aber Arme und Beine waren unbekleidet, und zeigten dichte Behaarung, die sich bis auf die Handrücken ausdehnte. Die Hände waren derb und schwielig, mit kurzen spitzen Fingern, sie erweckten den Eindruck von pfotenhaften Gebilden, die aber vielleicht einmal sehr flink und beweglich waren — jetzt lagen sie starr und krallig, wie die Füße eines toten Hundes. Der Kopf steckte tief und auf kurzem Hals zwischen den starken Schultern, der Mund stand ein wenig offen, so daß die großen Eckzähne hervortraten, und schien irgendwie deformiert, wie mit dem Kinn verwachsen, es war wohl das, was man einen Wolfsrachen nennt. Was vom Gesicht zu sehen war, in dessen Stirn die dunklen, struppigen Haare tief hinabreichten, hatte eine weiche, kindliche Form. Es war ein Kindergesicht — bartlos, mit stumpfer kleiner Nase und runden Wangen. Die Augen, unter dichten Brauen weit auseinanderliegend, waren geschlossen, mit sanften, wie zum Schlaf gesenkten Wimpern, die Ohren klein und weiß, und das dichte Haupthaar schien, trotz seiner Struppigkeit, gepflegt und unlängst geschnitten.

»Kennen Sie ihn?« fragte Merzbecher leise.

Viola nickte. Sie hatte ihre Lippen fest aufeinander gepreßt, man sah ihr an, daß sie mit Tränen kämpfte, doch ihre Augen blieben groß, dunkel und trocken.

Mit einer unendlich liebevollen, zärtlichen Bewegung, wie eine junge Mutter über ihr schlafendes Kind, beugte sie sich zu der stillen Gestalt, vor der Panezza ein angstvolles Grauen fühlte, und begann, das Gesicht zu streicheln — immer wieder und wieder, von den geschlossenen Augen über die Wangen herab und über den vorgewölbten, schnauzenartigen Mund und über die struppigen Haare.

»Lolfo«, sagte sie, kaum hörbar, dann preßte sie ihre Lippen wieder zusammen. Nach einiger Zeit erst schien sie sich zu fassen, hörte auf, ihn zu streicheln, und ließ ihre Hand auf seinen geschlossenen Augen ruhn. »Wenn er die Augen öffnen könnte«, sagte sie plötzlich, »er hatte schöne Augen.« Sie schaute Merzbecher an. »Was ist ihm geschehn?« fragte sie.

»Er wurde«, sagte Merzbecher in seiner ruhigen, sachlichen Art, »heute nachmittag tot hier eingeliefert, nachdem er bei einer Rauferei, in der Nähe der Baracken für die italienischen Arbeiter an der Zahlbacher Chaussee, gleich vor der Stadt, durch einen Messerstich umgekommen war. Die Arbeiter erklärten, ihn nicht zu kennen, er hatte sich ihnen offenbar in der Stadt angeschlossen, es scheint, daß man ihn zum Spaß betrunken machte und daß er einen der Italiener, der ihn gehänselt oder vielleicht auch mißhandelt hat, an die Kehle gesprungen ist. Der Mann hatte tatsächlich Bißwunden an der Kehle, und hat auf Notwehr plädiert. In seiner Tasche«, sagte er, halb zu Panezza gewandt, »fand man die gesuchte Scheide des Stiletts, mit dem der Mord am Samstag begangen wurde, die Fingerabdrücke darauf stimmen genau mit denen auf dem Handgriff der Waffe und mit den seinen überein, auch ist er von Personen, die ihn beschreiben konnten, um die genaue Zeit am Eingang des Doms gesehen worden. Es besteht also kaum ein Zweifel, daß er der Mörder ist.«

Einen Augenblick herrschte Stille, in Violas Gesicht war ein verstörter, irrer Ausdruck getreten, der allmählich dem einer furchtbaren Gewißheit wich.

»Wen — hat er gemordet?« fragte sie leise.

»Er hat«, sagte Merzbecher, »mit einem Stilett, in dessen Heft ein M eingraviert war, am Samstagabend den Mann erstochen, der sich — wie wir vermuten — als Jeanmarie de Panezza ausgegeben hat.«

Ihre Hand fuhr zu ihrer Kehle — und dann, mit einem Laut, von dem man nicht wußte, ob er ein Weinen, ein Lachen oder ein gewaltsam unterdrückter Aufschrei war, sank sie zusammen.

Im Untersuchungsraum nebenan roch es jetzt nicht mehr nach Farbe, sondern nach starkem Kaffee, den Merzbecher auf einem Spirituskocher hatte herstellen lassen, es roch auch nach einem althergebrachten Hausmittel, ›Melissengeist‹, das aus der Nachtapotheke geholt worden war und mit dem er Violas Schläfen und Pulsadern gerieben hatte.

Der Nachtpförtner hatte aus einer der Zellen für Untersuchungshäftlinge eine Matratzenpritsche herbeigeschleppt, auf der ausgestreckt Viola allmählich wieder zum Bewußtsein gekommen war. Es brannte nur eine Stehlampe auf dem Tisch, Merzbecher hatte die grelle Deckenbeleuchtung ausgeschaltet. Beide Herren rauchten und warteten schweigend, bis Viola, an ihrem Kaffee nippend, sich erholt hatte.

»Sie wollen wissen«, sagte sie nach einiger Zeit zu Merzbecher, »wer Lolfo war —« Ihre tiefe, glockendunkle Stimme klang ruhig und fest.

»Wir fanden einen Ausweis in seiner Tasche«, sagte Merzbecher, »der ihn als Ludolfo Ferrari, Holzarbeiter auf Gut Moralto, gebürtig aus dem Dörfchen Irmini im Landkreis Palermo kennzeichnete.«

»Das stimmt«, sagte sie, »so war er getauft. Er war mein Bruder.« Sie schwieg, stellte ihre Kaffeetasse weg, schien in die Ferne zu sehn.

Panezza hatte sich vorgebeugt, hielt die Hände über seinen Knien verschränkt. Dann begann Viola zu erzählen, in einem gleichmäßigen, fast unbeteiligten Tonfall.

»Die meisten Herren von Stand oder Vermögen«, fing sie an, »haben bei uns außer ihren Palazzi in der Stadt, in denen es gesittet und langweilig zugeht, kleinere oder größere Landhäuser, am Meer, oder zur Jagd in den Bergen, wo sie ohne ihre Familie, je nach ihren Geschäften, einige Wochen oder Monate des Jahres zu verbringen pflegen, um mit Freunden in ähnlichen Verhältnissen oder den Gutsbesitzern der Nachbarschaft ein Leben zu führen, wie es ihnen lustig und angemessen erscheint. Zu den ländlichen Vergnügungen, mit denen man sich die Zeit vertrieb, gehörte hauptsächlich das Verführen hübscher Bauern- oder Fischermädchen, oder auch der jungen Dienstweiber im Haus. Die Pächter oder Majordomos waren dabei ihren Herren behilflich und machten es ihnen bequem, beim Aufspüren, Anlocken oder Zutreiben der Beute, wobei auch ihnen gelegentlich etwas in den Schoß fiel — und natürlich gebärdeten sich diese, die Subalternen, die selbst niedriger Abkunft waren, herrschaftlicher als der Herr, das heißt, nicht nach der noblen, sondern nach der herrischen Seite. Die Mutter Lolfos muß das Opfer einer solchen Herrenlaune gewesen sein.«

Sie war unwillkürlich in die Form der Vergangenheit verfallen, als erzähle sie eine Geschichte aus längst geschwundener Zeit, mit der sie selbst nichts zu tun hatte.

»Die Mädchen wurden dann, wenn man ihrer überdrüssig oder wenn eine von ihnen schwanger geworden war, sehr anständig abgefunden, bei den Schwangeren sorgte man für eine Heirat und stattete sie aus, verpachtete ihnen wohl auch zu billigem Zins ein Stückchen Land, um